《绵阳文艺丛书》编委会 编

绵阳文艺丛书

文学绵阳

2020-2021

四川文艺出版社

图书在版编目（CIP）数据

文学绵阳：2020—2021 /《绵阳文艺丛书》编委会编. -- 成都：四川文艺出版社, 2022.3

（绵阳文艺丛书）

ISBN 978-7-5411-6269-5

Ⅰ.①文… Ⅱ.①绵… Ⅲ.①中国文学－当代文学－作品综合集 Ⅳ.①I217.1

中国版本图书馆CIP数据核字(2022)第006752号

MIANYANG WENYI CONGSHU·WENXUE MIANYANG 2020—2021

绵阳文艺丛书·文学绵阳 2020—2021

《绵阳文艺丛书》编委会 编

出品人　张庆宁
责任编辑　陈雪媛
封面设计　叶　茂
内文设计　史小燕
责任校对　段　敏
责任印制　桑　蓉

出版发行　四川文艺出版社（成都市槐树街 2 号）
网　　址　www.scwys.com
电　　话　028-86259285（发行部）　028-86259303（编辑部）
传　　真　028-86259306

邮购地址　成都市槐树街 2 号四川文艺出版社邮购部　610031
排　　版　四川胜翔数码印务设计有限公司
印　　刷　成都勤德印务有限公司
成品尺寸　185mm × 230mm　开　本　16 开
印　　张　36.5　字　数　670 千
版　　次　2022 年 3 月第一版　印　次　2022 年 3 月第一次印刷
书　　号　ISBN 978-7-5411-6269-5
定　　价　68.00 元

《绵阳文艺丛书》编辑委员会成员

大倡西蜀风范，高扬创新精神

西蜀绵阳，历史悠久，人文荟萃，孕育了嫘祖、大禹、扬雄、李白、欧阳修、文同、李调元、沙汀等历史文化名人。文脉延续，传承至今。翻开《文学绵阳 2020—2021》和《艺术绵阳 2020—2021》，不难发现，当今绵阳的作家、艺术家们深入历史文化的富矿，挖掘优秀传统文化的精神资源。《唐之诗祖：陈子昂传》《李白评传》《李白的意义》等，追思先贤、振奋后人，作品刻上了深沉的西蜀风格，显示了作家们浓厚的故乡情怀。

这两年极不平凡，面临艰巨繁重的脱贫攻坚任务，面对突如其来的新冠疫情，中华民族在伟大复兴的征程上经受考验，奋力前行。绵阳市 8.3 万户 22.7 万名建档立卡贫困人口全部脱贫，520 个贫困村全部退出贫困序列，北川、平武两个国定贫困县高质量摘帽。衢绵东西部扶贫协作、省内对口帮扶工作任务圆满完成。围绕中心，服务大局，绵阳市文学艺术界联合会承办了“脱贫攻坚奔小康，颂歌献给共产党”省文艺志愿者惠民巡演等走进北川系列活动。报告文学《明珠耀凉山》、剧本《老望沟》等，书写了绵阳人民帮扶凉山以及自身摆脱贫困、走向共同富裕的历史进程。围绕抗击疫情，绵阳市文学艺术界联合会开设了“众志成城抗疫情——绵阳文联在行动”原创文艺作品展示微信专栏。《剑南文学》推出了抗疫专栏，刊登了 100 余件优秀作品。绵阳市音乐家协会、绵阳市美术家协会、绵阳市摄影家协会、绵阳市电影电视艺术家协会组织了抗疫文艺作品创作和电视展播。作家、艺术家们用不同的艺术形式，记录了众志成城的战疫场景。

2021 年恰逢中国共产党建党一百周年。绵阳市文学艺术界联合会举办了“七个一活动”，即：一场“两弹一星”红色文化主题征文比赛，一场绵阳科工题材美术展，一场绵阳百年百首讴歌共产党诗词书法展，一场绵阳百年“红色记忆”摄影作品展，一本《颂歌献给党——绵阳百首原创音乐作品集》，一部《党旗耀绵州》系列党建历史纪录片，一场展现川西北地下党人的摄影展。作家和艺术家们用丰富多彩的艺术形式回顾峥嵘岁月，展示沧桑巨变，热烈庆祝中国共产党成立一百周年。

改革开放四十多年，绵阳市也发生了翻天覆地的变化。特别是近两年来，中央赋予了绵阳市建设国家科技创新先行示范区的时代使命，中国科技城在全国全省发展大局中的地位愈发凸显。绵阳市加快建设中国科技城和社会主义现代化强市，全市 GDP 超过三千亿元，正努力开创成渝科技创新新高地、四川省经济副中心、文化强市。绵阳市委、市政府将在 2022 年举办科技文化节，高扬城市的核心价值，进一步推动科技创新。

“两弹一星”精神是绵阳市科技文化的主要内核。在我国第一枚原子弹成功爆炸五十七周年之际，2021 年 10 月 16 日，中国书法家协会主席孙晓云带领十三位书法家在梓潼县两弹城开展“致敬两弹一星精神”现场主题创作会。现场参观时，一个个感人的故事，一件件珍贵的文物，让书法家们心潮澎湃，几度落泪。他们激情书写“挺起民族脊梁”，礼赞伟大的“两弹一星”精神。

音诗画短视频《人生不等式》，通过两代人的对话，深层展现了制造大国重器的科学家们奋发图强的精神动力、价值源泉。画家们自觉承担重大题材的美术创作，交出了一批“两弹一星”和工业题材的巨幅佳作。作家们或追忆川军抗战的悲壮历史，或书写雪线邮路的敬业担当，为战斗在不同场景和不同岗位上的英雄树碑立传，为时代楷模画心铸魂。

为人民书写，反映百姓的生活面貌，也是绵阳艺术家们的不懈追求。一诗一画，言传心声。或追忆逝去的乡愁，或抓取美好的瞬间；线条飞动，逸兴干云；豪情满怀，歌声嘹亮。普通百姓昂扬的精神风貌，正是中国人意气风发走向新时代的缩影。

无论是文艺的西蜀雄风，还是科技的两弹爆炸，都需要创新。创新，是文艺的灵魂，亦是科技的源泉。一千三百年前，由巴蜀灵山秀水和博大文化孕育的李白，正是从绵阳出发，以海纳百川、放眼世界的胸怀，拥抱万邦来朝的盛唐气象，用气势磅礴和色彩斑斓的浪漫主义大笔，把中国古代诗歌推向了高峰。而五十七年前的原子弹惊天一爆，一批科学家创造了让全世界震惊的奇迹。可以说，创新精神就是绵阳的文化内核。而这，也正是党中央、国务院支持绵阳市构建成渝绵创新高地的意义所在。让我们牢记习近平总书记对建设中国科技城的嘱托以及文艺创新的指示，全力开创科技城建设的新局面，努力攀登文艺的新高地。

目 录

历史名人

纪实文学

长篇小说

中短篇小说

散文

诗歌

新诗

散文诗

儿童诗

旧体诗词

文艺评论

唐之诗祖：陈子昂传（节选）

◆吴因易

吴因易，中国作家协会会员，中央电视台特聘作家，享受国务院特殊津贴专家，曾任四川省作家协会副主席、中国文联通俗小说研究会副会长。出版作品《梨园谱》《唐明皇》《则天大帝》《谁主沉浮》等，其中，《唐明皇》和《谁主沉浮》由央视改编为电视连续剧播出，此外还创作有电视剧剧本《北平战与和》《淘金记》等。曾获得飞天奖、中宣部精神文明建设『五个一工程』奖。

第二十二章　乾坤异变

虽然知道老杜那自视甚高的常态，但听他说自己的《政理疏》是浅薄稚嫩的文章，陈子昂固执的常态也发作了：“洛阳主人！”因为杜审言任职洛阳丞，所以陈子昂这样称呼他。但老杜立即打断他：“非也！”

陈子昂心想：我能称你为大唐主人吗？

“伯玉听着！襄州襄阳杜必简，乃大唐盐梅，文坛宗师！”杜审言朗声对陈子昂说。

盐梅重臣，是指像人们离不开盐和酸梅那样，人君须臾也不可离弃的栋梁大臣。洛阳丞自诩为大唐朝的盐梅重臣，陈子昂终于忍不住笑了一声。

“你不承认？”这声笑没躲过杜审言的耳朵，他立即瞪眼质问。

陈子昂想要切入正题，不愿和他做无谓纠缠，于是应道：“岂敢。”

“谅你也不敢！”杜审言很霸气地说。

“我的疏本，诚如主人所说，是稚嫩文章；但我登门求你指点，也望主人厚爱呵。”陈子昂还是虚心求教。

“陈子昂呀陈伯玉，”杜审言为陈子昂几上的茶盏续着水，

“要我怎么说你呢？我且先问你——”

“请问。”陈子昂急忙揖手恭候。

“你此生此世，到底要做什么？”

陈子昂正要回答，杜审言却伸手做阻止状：“我还未说完。你颍川陈门是何门第？我襄州杜氏，先祖是西晋征南将军杜预。征南将军杜预！听说过吗？”

“令远祖的赫赫威名，见诸《晋书》。”

“你虽是边鄙之地的小子，但还不算孤陋寡闻。”杜审言又损陈子昂一句，“但杜大将军的直系后裔，本人杜审言，也不过区区洛阳丞。你能在二十四岁登进士第，已是陈门的侥幸了。”

“洛阳主人——”

“你等着！”杜审言再次阻止了陈子昂的话头，然后对侍立一旁的婢女说，“去书房取我的文集来。”

婢女退出客堂，有顷抱着四卷文集入堂。杜审言从婢女手中接过，正要说话，只见仆人匆匆入堂垂手禀告：“启禀大人，明府大人要大人即去衙中有要事相商。”

“知道了，备马。”

仆人应声退出。杜审言这才抱着他罕有的歉意对陈子昂说：“伯玉贤契，你风尘仆仆来到东都，但这洗尘宴，只有等我从公衙归家时开宴了。”

“公务为大，主人请便。”陈子昂也不介意他以师父自居，把自己当贤契，早立起身来，揖手相送。

“不过，你一旦翻开我这四卷雄文，自会舍不得放开，也不会饥饿了。”杜审言也起身，正色地说，然后匆匆而去。

陈子昂以恭敬心情，在几上翻开杜审言文集。杜审言的话还真不是自吹，诗赋不必说了，他和李峤、崔融、苏味道并称“文章四友”，不仅文采飞扬，而且深情融于诗文中，令人临几览诗，感慨不已。其中《赠崔融二十韵》尤其令陈子昂感慨良深：

十年俱薄宦，万里各他方。
云天断书札，风土异炎凉。
太息幽兰紫，劳歌奇树黄。
日疑怀叔度，夜似忆真长。
北使从江表，东归在洛阳。

相逢慰畴昔，相对叙存亡。
草深穷巷毁，竹尽故园荒。
雅节君弥固，衰颜余自伤。
人事盈虚改，交游宠辱妨。
雀罗争去翟，鹤氅竞寻王。
思极欢娱至，朋情讵可忘。
琴樽横宴席，岩谷卧词场。
连骑追佳赏，城中及路傍。
三川宿雨霁，四月晚花芳。
复此开悬榻，宁唯入后堂。
兴酣鸲鹆舞，言洽凤凰翔。
高选俄迁职，严程已饬装。
抚躬衔道义，携手恋辉光。
玉振先推美，金铭旧所防。
忽嗟离别易，行役共时康。

字里行间自然流露着杜审言真实的人生和心态。当读到“衰颜余自伤”“雀罗争去翟，鹤氅竞寻王”等句时，陈子昂陡然感觉一股酸楚充溢口鼻。

从“北使从江表，东归在洛阳”和“三川宿雨霁，四月晚花芳”句看，崔融也曾来到洛阳。前年京师一别，被杜审言诗句相邀，陈子昂从崔融想到了郭震，想到了乔知之，还想到了王适、王无竞、卢藏用，以及司马承祯。“思极欢娱至，朋情讵可忘”，陈子昂这时也从杜审言的文集中，透彻了杜审言对自己的提问，来自融渗了无限悲苦吁嗟的“十年俱薄宦”。他不安于座了：“陈汀，摆开纸墨来。”

陈汀立即移开几上的茶盏，排开文房四宝。陈子昂略一沉吟，便提起笔来，一挥而就。

“这个陈伯玉，怎么就等之不及？”杜审言从衙里返回宅院，侍婢禀告陈子昂已借文集离去，并有诗作一道呈留时，杜审言埋怨说，随即又夸他，“知道借我文集回去拜读，算他聪明。”他问仆人，“他呈留的诗稿呢？”

“已放在书房案上了。”

“点烛。”

侍婢急忙先去书房点燃了案上的烛台。杜审言在烛光下朝陈子昂诗稿看去，诗题是：答洛阳主人。是首十四句五言古诗：

平生白云志，早爱赤松游。
事亲恨未立，从宦此中州。
主人何发问，旅客非悠悠。
方谒明天子，清宴奉良筹。
再取连城璧，三陟平津侯。
不然拂衣去，归从海上鸥。
宁随当代子，倾侧且沉浮。

“他倒想得美，能在今上钦赏的清宴中，献上他的《政理疏》，所以，也就不打扰我老杜啦。可是，会有这一天吗？”杜审言并非腹诽，而是含着不可期待的茫然和真诚关切。继之，他在心中笑了：“好小子，‘三陟平津侯’！大有老杜气概。孺子可教也。”

急于和崔融见面的陈子昂却和崔融失之交臂：崔融是来朝廷述职的，他虽是太子侍读，但东宫很多重要的疏、诰、诏都要他捉刀代笔，所以述职一毕，他便匆匆返回京师长安。

但卢藏用却从乔知之带来的口信中，知道陈子昂要向今上亲献《政理疏》，于是他亲驾马车，把陈子昂主仆接上了嵩山逍遥谷的草庐中。一进草庐前厅，一个身材清瘦、留着短髭须的人迎向前来，卢藏用笑着对陈子昂介绍说：“这是我这茅屋的新客人，姓赵字贞固，名元亮，汲人。和你当初西游咸京一样，准备明年应进士科的常科考试。”

陈子昂揖手致礼：“赵兄！小弟——”

“剑南道梓州射洪陈子昂，字伯玉，久仰了！”赵贞固一气说出，陈子昂这才想到定是卢藏用先前告诉他了。赵贞固笑起来：“我这久仰绝非客套，早在前年，就听坊间沸沸扬扬，争说伯玉仁兄在西京毁琴传为佳话。”

“原来如此。纯是子昂孟浪之举，不足为训。”陈子昂含着惭愧说。

“能吟咏出律诗开山之作的诗人，绝不会孟浪行事的。”赵贞固一揖，“进士赵贞固，拜见前进士陈伯玉了。”

陈子昂忙扶着赵贞固，大有一见如故之感：“子潜能待如上宾之人，一定人中龙凤了，还望今后能多予指教。”

“伯玉兄，”赵贞固关切地问，“有云梯可达天听了吗？”

这是在问向皇帝上书门路可通了。

“今上圣躬违和，”陈子昂说，“且待时日吧。”

“时色过午了，”卢藏用携着二人的手腕说，“先去膳堂一聚吧。”

三人转向膳堂。

乔知之带来的第一封信消息尚好：为封禅嵩山，今上敕召太子来到东都，由此可证，今上身体在康复。

可是当乔知之、窈娘陪着崔融来到嵩山卢藏用茅屋，告知这一讯息时，却让陈子昂、卢藏用、赵贞固紧皱双眉。

“大约在下月吧，就会向中外宣告，朝廷停止封禅嵩山。”

皇上病情加重了。

双泉岭上，已下了第一场雪。这是大唐弘道元年，即公元683年。

住在上阳宫洞元堂的当今皇上李治，在入冬不久，突然感到头重，以致双目不能看视，少监衙门所辖的尚药局、太常寺所辖的太医署和太卜署官员、太医、太卜们齐聚洞元堂，对皇上进行会诊。皇后和太子李显，上阳宫近侍女官上官婉儿，亲自在洞元堂听取意见。经过差不多三天会诊，皇帝感到头重得更加厉害，双目也更加模糊不清，呻吟不断。皇后急了，相当生气：“养兵千日，用兵一朝。你们一监一寺三署的衮衮诸公，在君父呻吟不止、病情加重之际，都束手无策，对得起你们享用的俸禄吗？”

一监一寺三署的官员都低头不敢吱声。太子李显点太常寺卿的名了：“太常寺卿，你也全无主张吗？”

寺卿只好硬着头皮捧笏回奏：“启奏天后陛下、太子殿下，这个……”

“休要推诿！”皇后日理万机，处理着军国大事，尤其是突厥近来又频频向岚州侵扰，使皇后处于高度紧张之中，恰在此时皇帝病情加重，而药石不灵，会诊又迟迟不能拿出处方，皇后绝不允许再行拖延了。

“是。”寺卿却望向太仆署官员，“天象如何？”

“天象……”

“哎！太卜署进的‘五石散’，朕初服时觉得精神陡长，才宣太子来到东都，准备封禅嵩山，但近来反而……哎……”皇帝的气息很弱，说着说着又接不上气来。

“你听见了。”皇后冷冷地对寺卿说,“不要管天象地态了。难道我巍巍天朝太医署中，不仅着绯太医医官扎堆成坨，就是着紫者也不乏其人，就不能效忠君父？”

这一下，人们把目光齐聚在着紫的医官身上。

在大唐做官，能穿上绯色袍服，已是刺史一类，而着紫则在三品以上了。其中一位着紫者，姓秦，名鸣鹤，曾在骊宫侍医过太宗皇帝，深得太宗赞许。所以，太宗亲赐其三品品级，身着紫袍。

“秦卿，你是今上贴身侍医。今上眼下症况，卿有何良剂佳方献上？”皇后平抑着心中恼怒，点名垂询。

秦鸣鹤走出班来，恭捧着牙笏，躬身对皇后奏说:“今上仍是头风加重，致头重目花，仅用汤剂，疏理迟缓，见效极慢。”

“唔，奏下去。”

“若要尽快疏导风疾，当在百会、脑户二穴进针。”

知道二穴在何处的官员们为秦鸣鹤捏出一把冷汗来。

秦鸣鹤指向头顶正中处:“这是百会穴。”然后，他请过身边一位同僚，让他背身对坐淡紫帐后的皇后，伸出手来，指着同僚后发际正中向上约一寸五厘的地方，“这是脑户穴。”

在皇上头上进针，正是太岁头上动土！寺卿已至口颤唇栗地问:“各进针多少？”

“所谓头风，实是头中血流不畅所淤积，致患者头晕头重，亦致耳鸣不止，视力模糊。所以进针以见血为度……”

“该死的秦鸣鹤！”淡紫帐中的武氏勃然大怒，以至从帐后拍着胡床扶手而起，怒斥秦鸣鹤，“你敢在天子头上刺出血！”

果然是天威震怒，万物伏慑，堂中众人，连太子在内，都失措惊怖，不知进退。秦鸣鹤早已瘫在地上，叩头不止。

“唉，媚娘……”病榻上的李治曾是太宗病榻前的伏侍者之一，曾目睹秦鸣鹤为太宗针灸疗伤，况且，在一监一寺三署都对自己的病束手无策之际，秦鸣鹤所说症状，自己有感，如耳鸣，那么施行针灸，或许还有万一的希望呢？于是他劝阻皇后:“就让秦卿一刺，未必不佳。”

“可九郎……”皇后虽然盛怒稍减，但是对在头上进针出血，她还是有着很深的顾忌。

“试试何妨？”皇帝十分艰难地劝说。

皇后这才和缓了口吻:“秦卿。”

“臣，臣在！”

“尽心尽力，不得有半点疏忽。”

“臣，臣不敢！”

“施治吧。”皇后下敕。上官婉儿忙扶皇后在胡床坐下。

秦鸣鹤跪在皇帝病榻下，打开随身背入洞元堂的药箱，但激抖双手，却打不开箱盖。太堂寺卿急忙蹲身其旁，悄声安慰：“这是你我臣子效忠君父之时，秦大人不必惊乱。”

“秦卿，你、你施治吧！”皇帝喘息不止，带着恳求的意味吩咐着。

秦鸣鹤这才伏在地上大口向外吐气，乱跳的心脏跳得慢了些。他从药箱里取出两根银针，各有八寸长短，在从窗隙透入的七月骄阳中，发出闪闪寒光。洞元堂中众人，包括淡紫帐后的皇后，又有些惊颤起来。

虽然堂中高朗阴凉，但紫衣医官却早已从头到足心被汗水湿透。他用左手拈针，伸出右手先去皇帝后发际向上一寸五厘处探脑户穴，探索久久，他大口出气，然后屏住呼吸，点针入穴，用右手大拇指和食指拈旋入针，并颤抖奏问：“大家，疼吗？”

皇帝似在感觉，有顷，摇头。

“大家，哪怕稍有痛觉，也是探穴不准，所以请大家再感觉。”

寺卿向皇后悄声解释：“穴位空隙，进针断不会痛；所以患者如果感觉疼痛，那么进针处就不是正确穴位。”

皇后皱眉颔首，凝神关注皇帝的反应。

皇帝仍摇头。

秦鸣鹤停止了对脑户穴进针，躬身伸手向皇帝头顶正中处，更加小心地探究着百会穴。然后，他睁大双眼，右手大拇指、食指拈针点向百会，直插进针三分许，才开始拈旋进针。

“大家，有痛感吗？”秦鸣鹤如是奏问，并提示，“静心感触。”

他担心皇帝因头风加重，昏重头部不能感触。

皇帝吐出一个字：“麻。”

紫衣医官听到这个字，如得到无上封赏，高兴得差点流出泪来。进针拈旋得麻、痒的感触，是之谓“得气”，表明针疗在产生疗效！秦鸣鹤受此鼓励，放手拈旋进针，他看见穴口渗出血丝，还是吓了一跳。

“呼……”

皇帝传出极微的呼噜声。

近来侍驾在侧的秦鸣鹤暗中向皇天后土祷敬："多谢了。"

须知，皇帝近来极难入睡啊。

秦鸣鹤从箱中取出艾条，取下腰间打火石、绒取火，点燃艾条。左手执艾，在百会穴、脑户穴处烤炙，右手转换于两穴处拈旋，两穴都有血沁出，秦鸣鹤向跟随的药童点头，药童捧盘上前，他从盘中取出罗帕，朝两穴轻轻擦拭。

一个时辰过去了。

秦鸣鹤手中艾条烧尽，他轻盈而迅捷地从两穴抽出针来。在同一瞬间，皇帝睁开双眼，四顾着。

皇后惊异地看着忙问："九郎，感觉如何？"

"我双眼似乎看得清楚明显了。"皇帝的语气也不像未行针炙前那么虚弱了。

堂中群臣和太子一齐伏地欢呼："大家万岁万岁万万岁！"

淡紫帐后的皇后以手加额，望天告谢："是天神所赐也！"接着向秦鸣鹤抬起右掌，"爱卿请起。"

秦鸣鹤却一时不起。

皇后命太子："搀扶秦爱卿平身。"

太子急忙上前搀起秦鸣鹤。皇后这才下敕："众卿平身。"

在众人叩谢二圣纷纷立起身的时候，皇后吩咐内侍省内侍王伏灵："吩咐琼林库官，即送百匹锦彩料来洞元堂。"

王伏灵领敕而去。有顷，琼林库官亲督库力士用马车送来锦彩百匹。

皇后对皇帝嫣然一笑后，离开胡床，命上官婉儿："取彩入帐。"

上官婉儿碎步走向马车，从车中取出彩料，进入淡紫帐。

大家正在困惑中，皇后已把一叠彩料，背负在身，对帐外秦鸣鹤笑语相呼："奉天皇圣命，秦爱卿受赏吧。"

秦鸣鹤真是受宠若惊，半晌不能回应。堂中众人再次山呼："二圣万岁！万岁！万万岁！"

但是，针炙的疗效似乎对皇帝的根本治疗无效，到了十二月初四，朝廷宣告改年号为弘道元年。皇帝依照仪典，应在则天门楼宣告改元和大赦天下，但皇帝却因气喘，根本不能乘马，便召集百姓到殿前宣布敕令。

当天深夜，高宗召裴炎入宫，接受遗命，辅佐朝政。

交代遗命时，皇帝已进入弥留之际，待史官记录好遗诏，高宗在贞观殿驾崩。

顾命大臣在贞观殿向文武百官宣告：今上已然驾崩，遗命太子李显在灵柩前即位，军国大事有不能决断者，同时听取皇太后武氏主张处置。

听到皇帝驾崩的消息后，在逍遥谷卢藏用的草庐中研讨《政理疏》的陈子昂、卢藏用、赵贞固悲恸至极。君父去世，作为儒门门徒的陈子昂等人，其情如丧考妣。但陈子昂更为心酸的是，能亲自听取一个太学生的平西策，进而拔识人才，加以重用的李治，对自己历经千辛万苦，跋涉千里，悉心考查前代政治得失，增补、删改多次的《政理疏》，尚未御览，便驾鹤西去！虽还未释褐，连官场也尚未入流的陈子昂，却已从乔知之和田游岩等文友处获知即将即位的太子李显，在东宫是颇以游乐著称的！这样一封上书，休说还无路可通，就是能够送到李显手中，魏元忠的命运会再次降临到自己头上吗?

在全国举哀悼念中，迎来了嗣圣元年。

新年号在公元684年正月初一，由新皇帝李显在则天门楼宣布，同时宣布大赦。

同时，立太子妃韦氏为皇后，擢升韦后父亲韦玄贞为豫州刺史。

这位国丈原为普州参军。出于对国丈的尊敬，皇帝要任命韦玄贞为侍中，还准备授乳母儿子五品官职。

裴炎作为顾命大臣，认为皇帝这些授职不是为国选才，而把品流当作恩赏，十分不妥，于是不肯奉诏。最后，新皇帝雷霆震怒，对裴炎说："我以天下交付韦玄贞又有何不可？怎么会在乎一个侍中职位！"

裴炎产生了极大的恐惧，于是去上阳宫密告太后，秘密商议废立。

二月初六，太后突然召见百官于乾元殿，由裴炎当众宣布废李显为庐陵王的敕令，羽林军将军程务挺等奉命把李显"扶"下皇帝宝座。

李显在惊骇之余，硬着头皮发问："我犯了何罪？"

太后冷冷地回答他："你要把天下交与韦玄贞，还没有犯罪吗？"

李显无话可说，被程务挺等押往囚禁的地方安置下来。

第二天，宣布立雍州牧、豫王李旦为皇帝。

"把皇帝安置在侧殿，对军国朝政不得有任何干预，政事取决于太后。"乔知之告诉赶回东都的陈子昂。

陈子昂面对这纷乱的政局，有种异常茫然的感慨，他想起初到东都时，杜审言对他的发问和他的回答，心想："是不是该'不然拂衣去，归从海上鸥'了？"

但是这心思，却被太后对刘仁轨的一番书信往还而改变。

在宫闱大变之后，太后向西京副留守刘仁轨去信，表明当初先皇任他为西京副留守的用意，就是如刘邦把关中委托给萧何一样，望他为新朝一如既往地效力。

但刘仁轨回奏却说自己年迈体衰，已不堪其任，同时话锋一转，举吕后及其戚属吕禄、吕产祸害汉朝的历史，规谏太后。在刘仁轨如此直白的警告面前，太后反而向其表露眼下自己不得不暂主朝政、以安天下的苦衷，同时还感激刘仁轨的警示，希望两人协力一心，共度艰危。

陈子昂被太后的豁达心胸所震动。这样的心胸，就是当代的太宗皇帝啊！

他要留下来，呈献《政理疏》！

但是，朝廷为龙驭宾天的李治的灵柩该如何安顿，产发了极大分歧，陈子昂在明白缘由之后，决定暂放下《政理疏》，而要向当今太后上《谏灵驾入京书》！

节选自《唐之诗祖：陈子昂传》，作家出版社，2018 年 10 月

李白评传（节选）

◆冯小涓

冯小涓，中国作家协会会员，一级作家。在《人民文学》《中国作家》等二十余家杂志发表并出版作品三百多万字，出版长篇小说《我是川军》及小说集、散文、报告文学、文艺随笔等共十部，作品收入《中国文学年鉴》《中华百年散文精萃》等二十多部权威选本。获北京老舍文学奖散文奖，两次获四川文学奖。《我是川军》被改编为同名音乐剧，列为四川重点文化工程，在全国以及港澳台地区巡演七十余场，两次获国家艺术基金和文旅部奖励。

一、太白其人

如果想要知道唐代大诗人李白的尊容，现存的画像中，南宋画家梁楷的画最能代表中年李白的形象，特别是在长安时期身为翰林学士的李太白：橄榄形的脸显得俊朗明耀；额头宽阔而亮洁，如天空一样明朗；眉毛如大鹏之羽，随诗情飞扬；眼睛如游鱼之轮廓，有珠玉的华光，仿佛日月之轮镶嵌在灵动的天宇中，光华四射；鼻形一定是颀长的，鼻头是圆润秀美的；嘴形小巧且唇薄，张嘴一吐，锦绣了一个盛唐。

李白曾这样为自己画像："尔其天为容，道为貌，不屈己，不干人，巢由以来，一人而已。""虽长不满七尺，而心雄万夫。""必若接之以高宴，纵之以清谈，请日试万言，倚马可待。""至于清谈浩歌，雄笔丽藻，笑饮醁酒，醉挥素琴，余实不愧于古人也。""即四明逸老贺知章呼余为谪仙人，盖实录耳。""常醉目吾曰：'兄心肝五藏皆锦绣耶？不然，何开口成文，挥翰雾散？'吾因抚掌大笑，扬眉当之。"

大约李白骄傲的下颌总是上扬的，目光也时常与云天交接。大而突出的眼睛分外明亮，伴随思绪缤纷，诗情激扬而闪烁激荡。奇思妙想，排俪而来，出口成章，提笔成文，滔滔不绝。他的心与脸是相连的，开敞心胸，绝不闪烁其词，哪怕得罪人也是率真的。

而少年时期的李白大约是一个精灵鬼，白皙的肌肤，灵动的眼睛，时常爱为一些不着边际的问题发呆，不时有惊世骇俗之语。他的身体健硕，朝气蓬勃，对世界充满了好奇和思考。在他幼年时期所作的《咏石牛》一诗中，就有“天地为栏夜不收”这样了不起的句子。

青年太白是一个英俊潇洒的美男子，面容饱满，双目有神，腰佩长剑，有如玉树临风。

而晚年的李白，不免显得有些颓唐。他像一个饱经沧桑的斗士，与命运进行不屈的抗争。在一系列打击面前，他还紧紧握住手中的笔，或者端起冥思与遥想的酒杯。他那一颗仰望苍穹的头颅，从未低下。直到生命的最后阶段，他卧倒在病榻上，仍然没有忘记自己的诗文。他把诗稿慎重地交到族叔李阳冰的手上，托其编辑成册。

他是做了不满三年的翰林闲官，是服食炼丹的道教徒，是漫游山水的旅行家，是好酒的酒仙。最为重要的是他那几乎伴随了他一生的诗歌创作，以数千首诗作奠定了他在中国诗歌史上不朽的地位。他的一生渴望于做官，成功于作诗。他生命的精华已经像蚕吐的丝一样，留在了那些伟大诗作的字里行间。

二、太白的文艺思想

李白曾自嘲：“酒隐安陆，蹉跎十年。”酒隐，是李白生前的隐逸方式之一。但最终成就李白的，既非经邦济世，亦非纵浪仙游，当然更不是酒隐，而是诗隐。

文字是诗人精神的衣钵、灵魂的化身。现世的疼痛经由心灵的转化，如龙迹蛇皮般现形于诗歌，诗人便得之以永生。

对于立德立功立言，李白有清醒的认识。立功不成，立言便是诗人的天职。“我志在删述，垂辉映千春”“立言补过，庶存不朽”——他清晰地意识到一个诗人的使命。

> 自从建安来，绮丽不足珍。
> 圣代复元古，垂衣贵清真。

上祖风雅，下扫梁陈，贵清真，贱绮丽，具体地反映了李白的文学思想。对建安以来的绮丽之风，李白是厌弃的。他要用元古的清真、率直之风，横扫六合。这一个“清”字，是大写的动词，清除脂粉，清洗柔媚，直至太虚之清奇、宇宙之元始。而这一个“真”

字，要裸陈赤心，直抵肺腑。在此之前，蜀中先贤陈子昂已高倡新风，王勃等“初唐四杰”启奏大唐诗风之序曲，而李白挟蜀山之磊落，携蜀水之淋漓，以一泻千里之气势，奏响的是胸中激流，盛唐雄风，寰宇清响！

“君不见，黄河之水天上来，奔流到海不复还。”这样的“清真”之气与元古浑茫，劈空而来，浑厚沉雄，奇俊超拔，只有太白的精神高度才能俯视黄河，才有如此超迈阔大的胸襟。

李白提出的“复元古”，其实是激进的变革性思想。无独有偶，欧洲文艺复兴运动，也是对古希腊的深情回眸。而“元古”，是向天地初始、生命本源的深层掘进。这正是艺术的最高使命和最终目的。纵观艺术史上的每一次变革，都是对世界和人的又一次发现，而每一种新的发现，都能带来视觉的冲击或文字的革命。这些开风气之先者都打着“复古”的旗号，进行变革的壮举。

李白是幸运的。他生活在唐代——中国封建社会的高峰期。在此之前的东汉，只是封建社会的预热期。而东汉之后，中国经历了四百多年的大分裂。之后隋朝统一，但仅仅维持了三十七年。唐高祖李渊之后，雄才大略的太宗皇帝把大唐帝国推向鼎盛。夜不闭户，路不拾遗，富裕的物质条件为民风之基础，所以李白才能潜心读书，仙游各地。从这个意义上说，是盛唐养育了李白，也是盛唐成就了李白。

文艺家李白的另一个幸运在于，唐代是思想自由的时期。李白博采诸家，学习儒术及纵横术，毕生仰慕建功立业、功成身退的鲁连，但又对儒术保持着无情的批判，“儒生不及游侠人”，李白理解的是儒家经邦济世的宏大理想，而不愿做一个循规蹈矩的儒生。《嘲鲁儒》一诗：

鲁叟谈五经，白发死章句。
问以经济策，茫如坠烟雾。

倜傥高奇的李白看不起这种“白发死章句”的儒生，他更喜欢道家与天地齐一、与万物并生的活泼生命；更为重要的是，他知道经世济用、安邦定国的良策和大计。

李白吸取了道家思想的精华。他代表了真正的中国味、华夏风，是中国诗人对世界诗坛的贡献。他跌宕的诗风，活泼的性灵，对天地万物的观照，直抵生命的困境和体验。

佛家思想虽然不是李白思想的主流，但他对佛家是做过深入研究的。早年诗作《听蜀僧濬弹琴》还重在听琴，到了《僧伽歌》就变了风格：

问言诵咒几千遍，口道恒河沙复沙。
此僧本住南天竺，为法头陀来此国。
戒得长天秋月明，心如世上青莲色。
意清净，貌棱棱，亦不减，亦不增。
瓶里千年铁柱骨，手中万岁胡孙藤。
嗟予落泊江淮久，罕遇真僧说空有。
……

李白还写有《李居士赞》《金银泥画西方净土变相赞并序》《鲁郡叶和尚赞》等与佛教有关的诗作。在《地藏菩萨赞并序》中称："唯佛智慧大而光生死雪，赖假普慈力，能救无边苦。"并自称"弟子"，"愿图圣容，以祈景福"。

了身皆空，观月在水。
如薪传火，朗彻生死。

对《心经》中的"不增不减"，对《华严金狮子章》中的"空有"，乃至"了身皆空""朗彻生死"，这些佛家经典要义，青莲居士李白是熟悉的，内化为他的诗作，一些随口而来的诗句都带着禅意。

众鸟高飞尽，孤云独去闲。
相看两不厌，唯有敬亭山。

另一首禅诗：

问余何意栖碧山，笑而不答心自闲。
桃花流水窅然去，别有天地非人间。

多才多艺的李白不但是诗人，还是书法家和弹琴高手。

从保存在故宫的李白书法作品《上阳台帖》看，李白的书风非王羲之书法的清雅俊逸，而是气雄笔酣、墨势淋漓，使转顿挫并非流利而略带奇拙，如蜀中之山川沉雄顿挫，烟云叠起。字如其人，太白之字，乃壮夫所为，狂客泼墨；苍松遒劲，酣畅淋漓，其书法气势，与《蜀道难》是相通的。这样的字，也能看出李白的性格，非“温言树室”之辈、巧言令色之徒。一句话，性情耿直，人格单一。非多重性格，不能应对复杂的宫廷斗争。这为他的命运埋下了伏笔。

在《草书歌行》中，李白是这样写书法家怀素的：

吾师醉后倚绳床，须臾扫尽数千张。
飘风骤雨惊飒飒，落花飞雪何茫茫！
起来向壁不停手，一行数字大如斗。
怳怳如闻神鬼惊，时时只见龙蛇走。
……
张颠老死不足数，我师此义不师古。
古来万事贵天生，何必要公孙大娘浑脱舞。

这首诗表达了李白的书法观。“我师此义不师古”，“此义”即“天生”。书法者是在书写自身天然的性灵，或“大如斗”，或“龙蛇走”，皆是瞬间气注笔端，神运毫尖，率性而作。这在仍然奉二王书法为圭臬的今天，如同穿着古人的靴套前行，“师古”如效颦，失去“天生”也。李白的书法观可谓历久弥新，至今仍然有指导意义。

李白还是个音乐迷，尤喜笛与琴，可以参见他创作的《观胡人吹笛》《春夜洛阳城闻笛》《听蜀僧濬弹琴》《金陵听韩侍御吹笛》《琴赞》等。

一时相逢乐在今，
袖拂白云开素琴，
弹为三峡流泉音。

此外，李白还写下了十余首图赞、画赞之类的诗作，这些诗也能看出他的文艺观。“清晨一观，爽气十倍。”“师猛在图，雄姿奋发。”他喜欢的绘画作品也是充满生命活力的，苍鹰、猛狮、蛟龙之类的画作是他大力赞赏的。

李白的文艺观秉承道家“与天地参”的思想，天然去雕饰，真情流淌，生机四溢。李白是不朽的，因为青春的盛唐，成就了青春的李白，而青春的李白又辉耀着盛唐。“身死朽既没，藏之麒麟阁。”李白虽然已去世一千三百多年，他的诗仍然被珍藏于麒麟馆阁，被世界各地的人们所喜爱。

三、出生于蜀

李白究竟出生在哪里，至今有三种说法影响较大。

一是出生于蜀。唐人有此说，后经明代文学家杨慎提出来，清人王琦表示支持。当代一些学者如戚维翰、安旗、苏仲翔、王伯祥、胥树人、裴斐等也支持李白出生于蜀，此说法逐渐成了当代大多数李白研究者的共同倾向。

另有一说为西域碎叶。1926 年 5 月 10 日，李宜琛在《晨报副刊》上发表了《李白的籍贯和生地》一文，通过对李白生卒年的考订，认为“李白不生于四川，而生于被流放（窜）的地方”，也即李家被流放的西域碎叶。大学者陈寅恪九年后发表了《李太白氏族之疑问》一文，认为李白是生在西域的“咀逻私城”，即今新疆境内博斯腾湖畔的库尔勒和焉耆回族自治县一带。李长之、俞平伯、张书城、李从军、詹锳、日本学者松浦久友等人赞同此说。

还有一说为中亚碎叶。郭沫若在《李白与杜甫》一书中提出，碎叶在唐代有两处，一为中亚碎叶，一为焉耆碎叶，焉耆筑于唐高宗调露元年（679），而《碑文》则标明是“隋末”，故李白的生地是中亚碎叶，而非焉耆碎叶。余恕诚、殷孟伦、周春生、陈化新等人支持这一说。因郭沫若的影响很大，故“碎叶说”在国人中也被知晓得最多。

其他说法还有哈密碎叶，以及《旧唐书》误载的“山东任城”等。

综上所述，对于李白出生地的考察思路皆源于唐人的记载，一是通读唐代关于李白出生的三篇文章，得出“出生于蜀”的结论，另一种是对李序、范碑中“条支”“碎叶”地望的考异，得出李白出生于焉耆碎叶或中亚碎叶的结论。我认为，李序、范碑中的“条支”“碎叶”，只能说是李白的祖上“谪居条支”“被窜于碎叶”，而不是李白的出生地。抛开当代某些学者的学说地位和影响力不谈，关于李白的出生地，只有同时代的并且与李白最为接近的人才有发言权。

让我们回到唐代，认真研读魏颢、李阳冰、范传正的三篇文章，关于李白出生地的最早记录摘引如下：

> 白本陇西，乃放形，因家于绵。身既生蜀，则江山英秀。（魏颢《李翰林集序》）

李白，字太白，陇西成纪人，凉武昭王暠九世孙。中叶非罪，谪居条支……五世为庶，累世不大曜，亦可叹焉。神龙之始，逃归于蜀，复指李树而生伯阳。（李阳冰《草堂集序》）

隋末多难，一房被窜于碎叶，流离散落，隐易姓名。故自国朝以来，漏于属籍。神龙初，潜还广汉，因侨为郡人。父客，以逋其邑，遂以客为名。高卧云林，不求禄仕。公之生也，先府君指天枝以复姓，先夫人梦长庚而告祥。（范传正《唐左拾遗翰林学士李公新墓碑并序》）

此三篇文章，皆佐证李白出生于蜀。

魏颢应该是最了解李白的，在他们相携旅游的日子里，太白向他讲述了自己的身世，甚至将自己的婚姻与孩子都悉数相告、相托，可谓知根知底的兄弟。“因尽出其文，命颢为集。”在《李翰林集序》开篇就有这样的论断：“自盘古划天地，天地之气艮于西南。剑门上断，横江下绝，岷、峨之曲，别为锦川。蜀之人无闻则已，闻则杰出。是生相如、君平、王褒、扬雄，降有陈子昂、李白，皆五百年矣。”

范传正碑文中也有“受五行之刚气，叔夜心高；挺三蜀之雄才，相如文逸”之语。

显然，三家均说“李家迁蜀之后李白才降生的”。这一点，只需将文章慢慢读后，是会明白无误的。最怕只拿出一句话，不顾文章内容之间的连带关系就进行考证、妄发议论，必然会得出乖戾的结论。

那么，李白是何时出生的？

李阳冰说为“神龙之始，逃归于蜀”，范传正说为“神龙初，潜还广汉”，清人王琦在《李太白年谱》中提出，“神龙”为“神功”之讹。他根据李白《为宋中丞自荐表》中的“李白年五十有七”推断出太白生于武后长安元年（701），20 世纪初，黄锡珪在其《李太白年谱》中同意这个观点，郭沫若等人也赞同此说。目前学界普遍接受这一观点。

但当代也有学者维持“神龙”之说，如姚传彬在《李白生年与出生地考辨》（该文发表于《大学语文研究》1991 年第 1 期）一文中认为：“李白是唐中宗神龙元年（705）生于蜀中。”该结论与“神龙之始，逃归于蜀”相吻合。

近来又有学者对李白《为宋中丞自荐表》的写作时间做出新的推断，认为这篇文章写于唐代宗而不是唐肃宗时期，并由此推断出李白是生于神龙元年，即 705 年。我认为此说较为完备。

拨开一千三百余年的时光，回溯唐朝。705 年的春天——之所以要想象为春天，以李白一生表现出来的性情看，他多像春天的孩子。况且，还有关于李树“天枝”的记载，李树一般是春天开花。花开一片白，故名李白吧？——在江油青莲的一处房舍里，一个四十岁左右的妇人夜间做了一个奇怪的梦，太白金星闪耀着长长的光芒，从天上直奔而下，径直闯入她腹中。她猛然惊醒，腹中的胎儿似乎急于来到这个世界，不安地躁动着。她抚摸着这个小生命，望着渐渐发白的黎明发呆。

太白星又叫启明星，在无法计时与定位的年代里，人们以星辰为记。也许是因为母亲梦中出现的太白星，也许是生于天快亮的时辰，太白就成了他的字。

天色大亮，太阳照耀着她身后一座小小的丘陵。这些寂寂无闻的浅丘，是四川盆地与龙门山脉之间的过渡地带。在它的前面，是蜀中的坝子，人们称之为江彰平原。这些坝子的外面就是更大的成都平原。而在它之后壁立的一抹青黛，是龙门山脉的崇山峻岭，慢慢爬高，通向世界屋脊青藏高原。龙门山是这些犬牙交错的山峰的总称，究竟有多少山峰，只有流云与飞鸟知道。“樵夫与耕者，出入画屏中”，太白后来这样描绘家乡的窦圌山。“山从人面起，云傍马头生”一点也没有夸张的成分。而整个龙门山脉就是成都平原的一道画屏，它们是四川盆地通向青藏高原的层层天梯，雪峰与苍翠横卧在云天之下。

生命的种子就在这里扎根。山脊如屏风，丘陵似衾枕，蜿蜒而过的涪江是平原的玉带，那时在广汉郡彰明县青莲乡天宝山麓的陇西院之下，还有一个地方，它有着土里土气的名字——蛮婆渡。“蛮”是文明人对野蛮人的蔑称。离蛮婆渡数十里的江油关，是汉与蛮的分界线，再往后就是未化之民的游牧地，是统治力量难以企及的飞地。

陇西成纪就是现在的甘肃天水一带，离四川最近，距青莲不过百里，迁徙并不难。甘肃文县与四川青川交界的摩天岭周围，是从西域入蜀的捷径，三国时魏国大将邓艾与蜀国大将姜维在这里交战。而从甘南到川西北也还有茶马古道，这些路蜿蜒蛇行在龙门山脉之间，唐时商贾想必是知道的，茶叶与丝绸也会在这些难走的鸟道间传递，毕竟这里是北上丝绸之路的捷径。

李姓人家选择在蛮婆渡一带定居是不无道理的，这里已走出大山，地势平阔，是耕种的好地方。而不远的涪江，是通往外界的水路，可直抵重庆，出入四川。

看来李氏族人并未想到直接“奔流咸秦”，以谋取李唐宗室的承认，从李白一生与大唐皇室的纠葛看，也许李白确是凉武昭王暠九世孙，与李唐王室是血亲，前世的冤亲债主吧？李客选择的不是接近皇室以显富贵，而是走向四川，走一条普普通通的谋生之路。一百多年前，李氏宗族受到隋朝皇帝的清剿，仓皇逃命的记忆过于惨烈，隐姓易名，几为庶人。故对皇权纷争保持了清醒的态度，只想过普通人的日子罢了。

不管怎样，他们历经辛苦到达广汉郡的江彰平原定居下来。本地人称他们为客，并非是知道来客的名字，而是这样随口叫他们而已。那个姓李的外来客居之户，就叫李客吧！

在李白出生之前，他的同祖兄弟已经有十一个，李白排行十二，故也有人叫他李十二。

李白后来有了更多的名字：李青莲，李谪仙，李翰林，李学士，李供奉，酒仙翁，李拾遗。

而那一片土地，因生养了一个伟大的诗人，从而以青莲为名，今为四川绵阳下辖的江油市青莲镇，那座丘陵被称为天宝山。地以人名，山以英秀。青莲和天宝，是值得记录的地方，像莎士比亚与斯特拉福德、托尔斯泰与波良纳一样，青莲是李白的故乡。

李白虽不是胡人，但身上有胡气。这是蛮婆渡给他留下的性格胎记。李白的性格，打上了当时蛮婆渡人的烙印。血性或极端，爱憎分明。既与蛮族近，则好勇尚斗，快意恩仇，民风使然。江油关一带，是汉人与氐羌族交界之处。在明末清初湖广填四川之前，土著的蜀人恐怕也不是那么温良恭俭让的。

李白幼年时聪慧过人。“五岁诵六甲，十岁观百家。”父亲是他的老师，耕田之余课子读书。“余小时，大人令诵《子虚赋》，私心慕之。”其父赞扬司马相如，使太白立下了要赶超司马相如、扬雄这些蜀中英杰的决心。

在李白的家乡有太多关于他的传说，比如传说李白小时候放牛，至今江油仍有放牛坪。

还有一说：李白诗镇石牛。传说青莲镇有一条沟名为石牛沟，这里出了一头石牛，每天晚上出来践踏庄稼，老百信深以为害，但又无可奈何。年少的太白为此赋诗一首：“此石巍巍活像牛，埋藏是地数千秋。风吹遍体无毛动，雨打浑身似汗流。芳草齐眉弗入口，牧童扳角不回头。自来鼻上无绳索，天地为栏夜不收。”许他是石牛的知音，这诗居然将石牛镇住，再也不出来危害庄稼了。而这头石牛居然真的存在，经专家鉴定，其雕塑风格是隋唐时期的。石牛现存江油市李白纪念馆，为国家一级文物。

孩子与牛，是中国几千年农耕文明最为典型的两个意象。而太白不是一般的孩子，乡人视之为神童。

最为励志的是铁杵磨针的传说。有一天，好玩的小太白沿溪边玩耍，见一位老太太正在吃力地磨着一根铁杵，太白问老人家磨铁杵干什么，老妪回答：“磨针。”太白惊问：“这样粗壮的铁杵怎么能磨成针？”老妪说：“只要功夫深，铁杵磨成针。”

太白似有所悟，他不断重复老人的话：“只要功夫深，铁杵磨成针……”

常人只见李白的天才，以为他“斗酒诗百篇”，终日狂歌滥饮，夸大了酒的作用，而忽视了他的勤奋，这是对李白的一大误解。单就清人王琦集纳的李白诗词就达九百多首，而大量的诗词“十散其九”，足见李白诗歌创作的数量之庞大。没有勤奋，李白绝不会成为中国有史以来至唐代创作数量最多的诗人。

“常横经籍书，制作不倦。”足见李白的苦读。而从其写诗中的使典用事，也足见其学养。首先，经史诸集，李白是熟读的，尤喜欢道家书籍，并化为自己的世界观，且树立了他将来的人生方向：怀经济之才，有四海之志。

这就不能不提到太白的老师赵蕤。赵蕤，盐亭人，先氏为文翁嫡传弟子，是蜀中最早的文化人。世代习经书，至汉宣帝时的赵宾已为大儒，在蜀中传《易》。赵蕤不但有经济之才，也有卜、医之术。

“赵蕤术数，李白文章。”师生二人，唐时就被世人称道。有人称赵蕤为谋略思想家，其谋略非一般之谋，而是王霸权谋，换言之，是讲君有君德、臣有臣规的政治谋略。应当说，赵蕤是唐代的政治思想家，所讲的内容属政治学范畴。

这是李白精神营养的主要来源。在与帝乡长安仅有秦岭之隔的蜀中丘陵，李白遇到了自己的人生导师。赵蕤的雄心，是要建立封建社会的霸业。

青年李白不但跟随老师学习宏图霸业之术，还以家乡为中心游历。他游览了窦圌山，写了“樵夫与耕者，出入画屏中”。他访戴天山道士不遇，青年的心中并无哀愁，而是看到万物的欣欣向荣。

犬吠水声中，桃花带露浓。
树深时见鹿，溪午不闻钟。
野竹分青霭，飞泉挂碧峰。
无人知所去，愁倚两三松。

《访戴天山道士不遇》是一首成熟的诗作。以实见虚，多重通感增加了诗的耐读性，显示了青年李白的艺术才华。

这诗也反映了李白的另一脉精神营养，即道家思想。蜀中是道教的发源地。而唐时尊道教为国教，故道风尤炽。戴天山、窦圌山一带皆有庙宇道观，故李白去寻访道士。李白之父“高卧云林，不求禄仕”，可能亦是对道教感兴趣的人。

李白还有在岷山之阳与东严子隐居养鹤的经历。东严子应是太白的道教师父，与赵蕤绝不是同一个人。李白后来在《上安州裴长史书》一文中云：“又昔与逸人东严子隐于岷山之阳，白巢居数年，不迹城市。养奇禽千计，呼皆就掌取食，了无惊猜。广汉太守闻而异之，诣庐亲睹，因举二人以有道，并不起。此则白养高忘机，不屈之迹也。”

此“岷山之阳”是否为都江堰或青城山一带？“东严子”绝非杨慎说的“赵蕤”，而是另一个名叫东严子的隐居道士，也可能是隐居于东边之岩洞的一个人，故当地人称之为东严（岩）子。

蜀山蜀水不但养育了李白，也给了他纵横家和道家两种精神营养，奠定了他从政与学道的两条人生道路。青年李白将挟着蜀人的性格与思想，走向更加广阔的天地。

四、仗剑去国

青年李白开始出游。首先，他游览了成都，到他最敬重的偶像司马相如的故地拜访。他想起了相如和文君的故事，对心中的美人也有按捺不住的憧憬，他想象美好的爱情应是“古来得意不相负”。他对相如的词赋才情是倾倒的，对“丈夫好新多异心”是谴责的，对战国时青陵台边韩凭与妻子生死相殉的爱情是大加赞叹的，这些感悟汇成诗作《白头吟》。这样美好的爱情恰恰是人类的普遍期待，这些诗歌至今感动着少男少女。

太白一定在成都的大街小巷闲逛过，目睹了锦城的繁华与云乐，然后登上锦城最高处散花楼，心中的情思像“春江绕双流”一样婉转萦绕，不忍离别。

沿锦江而下，过清溪登峨眉，半轮明月陪伴着离乡的太白。《峨眉山月歌》记录了他的行程和心迹。

陪伴他出蜀的有朋友吴指南，可能是他在故乡的同窗或剑友。他们在荆门盘桓，也许想适应环境，毕竟这是楚国的领地；也许想寻找机会，茫茫的异地他乡让人摸不着北，同时也想踏看当地的胜迹。直到这年初秋，他们才下荆门开始向长江下游漫游，他宣称：“自爱名山入剡中。”

但在沿湘江至零陵、苍梧时，李白遇到了人生的第一件难事，他的朋友吴指南突然去世了。年方二十五的青年突遇死亡，何况又在异乡。太白穿着孝服，伏尸痛哭，大放悲声，眼泪流尽，眼睛红肿，如丧双亲。要知李白此时只有这个胜似亲人的朋友啊！路过的人看见，无不为之伤心，就连猛虎近前，太白也坚守不动，他不忍与朝夕相处的朋友分开。

反复权衡之后，他只能暂时把朋友的尸体葬在洞庭边。

他不得不一个人上路了，继续沿长江而下。在九江，他弃船而上，到了庐山。秀美的山川总是让太白感到心旷神怡，“而我乐名山，对之心益闲”。他在庐山东南的五老峰筑舍读书，一览九江秀色。这种巢云卧松的日子是非常惬意的。而香炉的瀑布给诗人留下深刻印象，“飞流直下三千尺，疑是银河落九天”。太白夸张的诗笔尽情展现他对初见奇山异水的惊喜之情。

山川大地如铺展的画卷，任太白挥洒成熟的诗歌才情，他开始了一生不绝的行走与从未停歇的诗歌吟唱。

然后他到了金陵。金陵是太白最喜欢的地方，他多次来游。清晨他登上金陵的最高处——楼高二百四十尺的瓦官阁，“极眺金陵城”，虎踞龙盘的钟山、汇入长江的淮水尽收眼底。楼的四周，法鼓雷动，仙乐齐鸣。他看到金陵“山空霸气灭，地古寒阴生”，他对金陵王者的灵光还是颇为赞赏的，“长此镇吴京”。他在金陵住了一阵，大约离城西孙楚酒楼不远，他很熟悉这一带，日后故地重游。

到了第二年春天，风吹柳花满店香的时节，李白已经结识了本地的朋友，他开始同当地融合。他要离开金陵继续漫游时，金陵子弟来相送，他们在酒楼设宴送别，吴姬压糟取酒唤客尝。这种酒酒精度很低，故可以放开来喝，饮“斗酒”不为怪。喝酒的器具是觞。各自尽觞后，李白在黄昏时出发，夜下征虏亭，看到了江火似流萤的长江夜景。这一路，他大约经历了险风恶浪，“人道横江好，侬道横江恶”，这样的诗句听起来仿佛是当地船家的抱怨之语。

然后到达广陵，他就病倒在扬州。客病他乡，思乡之情在所难免，于是他给老师赵蕤写信寄诗；又在某个卧床看月光的夜晚，想起故乡来。青年游子在孤凄的夜晚，洒下了思乡的泪水。

太白开始交朋结友，不逾一年，散金三十余万，见有落魄公子，悉皆济之。他尽情挥洒青春的豪气，并没有为将来的生活计虑。

太白在病好后继续出发，沿运河经苏州至杭州，从越中至剡中，沿剡溪至沃洲湖，望天姥山，抵天台山，眺望东海。这是太白“东涉溟海”的泛游，他最想看的是云梦泽，因“乡人相如大夸云梦之事，云楚有七泽，遂来观焉”。他用青年新奇的眼睛观看一个未知的世界，尽管这个世界已经很古老。一代代的人不就是这样，用自己新生的亮眼打量新奇的事物吗？所以，太白的行走，也是青年人最想做的游走。他的生活和诗篇都是青春的，他将永远激励着那些对世界满怀豪情的人去行走、去寻找远方并发现诗意。

望见海边，李白折返沿长江而上，游览梦中的楚泽，然后来到湖北安陆。

节选自《四川历史名人读本》，四川人民出版社，2020 年 10 月

李白的意义（节选）

◆赵　斌

赵斌，江油一中教师，中国李白研究会会员、四川省李白研究会副秘书长、四川省作家协会会员。出版李白研究专著《李诗猜读》《李白的意义》（2019年四川省作协重点作品扶持项目、四川省文联2020年度百家『推优工程』优秀原创文艺作品）。先后在电视台、大中学等地举办李白学术专题讲座三十余场。此外还研究唐宋文学，出版著作《和大唐诗人对酒当歌》《与大宋词人秉烛夜语》。

《李白的意义》分江油李白、志士李白、士人李白、诗酒李白、道家李白、飘然李白、现实李白、人文李白、悲情李白、伟大李白十个章节，就李白的身世、学习励志、入仕用世、人格精神、文化贡献等方面进行了深入研究，重点阐释了李白的青春精神、崇文精神、创新精神、爱国精神等人文精神贡献，突显了“是伟大的梦想成就了伟大的李白”这一主旨。

此前，李白研究的重点多集中在李白的家世、生平、诗歌和文学贡献，而且著述颇丰。本书研究的对象是李白的精神贡献与当代价值，重点在精神贡献的生成源头、塑造过程。

影响李白精神铸造的因素众多，所起的作用各不相同。李白的家世、出生及成长环境是李白思想形成、精神锤炼的原生点，但是，有关李白的家世、出生情况的史料极少，且是李白的自述，没有第三方旁证材料，很多问题至今仍是未解之谜，这是李白研究的难点。家庭教育、青少年时期的学习对李白的个性形成、理想树立、知识学习、能力发展有着奠基意义。该书对此做了全面的梳理、深刻的分析，进而归纳、总结出了具有借鉴意义的要点。源远流长、丰厚博大的中国文化是影响李白成长为一代文化巨人的核心因素，是李白的思想形成、精神铸造的关键，是本书研究的重点和突破点。该书从古代士文化、儒家文化、道家文化、纵横术等方面对李白的影响进行深入研究，条分缕析，去伪存真，直抵核心，揭示本质。李白对中国传统文化的自觉接受、主动消化、选择性吸收和兼容并蓄是其成长的主观能动因素。没有李白的自觉行动，就不可能有伟大的诗人。

该书针对李白研究资料严重不足的特点，采用了普适性与特异性相结合的办法，解决了这一难点，丰富了李白研究方法。对一些未解的李白之谜提出了相应的可能性，对进一步研究，乃至破解李白之谜具有启发意义。

针对李白这个特殊的个案，该书还引导读者如何再识李白其人。李白是一个渐变的、逐步丰满、不断理想化的李白，经历了本我型、自塑型、他塑型三种形态的不断演变，实现了由本我到自我再到超我的飞跃。随着时间的推移，这种演变还将持续，客观上影响了人们对李白这个特殊个案的准确认知。

本我型李白即生活的原型，是本色的、原汁原味的，体现了李白生存状况的自然属性。本我型李白首先是一名典型的出身于平民百姓之家的平民布衣、士子儒生，其次是一位当之无愧的天才诗人，再就是一位时隐时弃若即若离的道士、重情厚义的侠士，他更想成为一位非凡的纵横家、垂名青史的政治家。本我型李白的内心品质、人格追求高尚率真，在他还活着的时候就已经得到了时人的认可。这个本我型李白因史料不足离读者很远。

自塑型李白即是通过他本人的诗文自我塑造以后，又高出于本我型的李白形象。这是被自我塑造后的人物形象，具有生活原型与文学创作的双重性特点。这是李白的个人行为，是其主观世界的诗意呈现，这个李白的突出特质就是唯我独尊，让世人从中再识了一个高度艺术化、浪漫化、诗意化的李白形象，进而大大提升了李白的本真神采与精神境界，比起本我型李白，更具美学价值与文化史意义。这个李白有着本色与艺术加工兼具的特点。后人多是从李白的诗文中去认知他的，而诗文是高于生活的文学创作，使用了诸如夸张、比喻等众多文学手段，与本我相比，存在巨大的差异。

他塑型李白是早已远离本我型、自塑型的超我型李白，是一个被创作、被演绎的李白文化形象，是经过唐人及无数后人反复加工后的文学形象。因此，他塑型又称为超我型。一是因他有绝世诗才，被誉为千古无二的诗仙。二是他敢于反权贵、挑战皇权，旨在突显其太白风骨，集中体现了一代代文人士子的不惧权贵、热爱自由的文化理想。三是强化了李白的潇洒飘逸、豪迈不羁的形象，强化其绝非凡夫俗子的身世来历，一步步仙化李白，使其高蹈尘世，有着谪仙、酒仙、醉仙、剑仙等众多的仙性美誉。这一个李白已经是高度复合、高度艺术化的文化形象，更符合大众的心理需要与审美追求，寄托了世人的美好愿望与崇高敬意。

今人心中的李白已是一个既有生活原型又远远高于生活原型的文化形象。这是我们今天再识李白、研究李白、传承李白文化应持的基本遵循原则，据此就可避免把李白的诗、文当史去读，避免得出错误的结论，就不会在研究李白中出现误判或评价失当。

李白的精神贡献及当代意义

一、盛唐与李白精神

盛唐培育了李白，给李白的诗歌创作与精神历练提供了丰富的素材和多方面的条件。盛唐在催生李白诗歌创作的同时，更助长和锤炼了卓尔不群的李白精神。

盛唐无疑是文化繁荣创新的黄金时代。开放、包容、进取的时代精神吹响了网罗大唐英才的集结号，激起了整个时代文人士子的民族自豪感和时代优越感，唤醒了他们的功业意识，强化了他们的用世精神，促成了宏阔昂扬的诗歌格调，形成了大唐雄浑盛大的士人群体气象。士人们情不自禁，高声放歌，前赴后继，渴望倾其才智，奉献时代，建立不朽功业。

盛唐气象既是时代的风华盛况，精神风貌，又是其诗歌特征、士人的精神特征。盛唐背景下的李白诗歌、李白精神是盛世狂歌与盛世风采，气挟风雷，光照千秋，成为盛唐气象之下士人群体的杰出代表。李白是盛唐背景下的首席诗人，牢牢占据盛唐诗人排行榜的榜首位置。他的诗歌处处凸显盛世元素，是李白精神的生动载体，是盛唐精神的经典产物。李白诗歌是李白文学贡献与精神贡献的文献留存，更是古代士人文化贡献的典范。

盛唐激发并强化了李白的用世理想。李白是平民布衣、普通士子在盛世光芒照耀下积极践行儒家用世理想的典型代表。他自觉以一代士子身份自居，俨然如孔子一般自觉担起诗歌创作上的删述之职、用世当代的弼辅之责，对自我的人生价值、社会价值自觉定位，把靖乱平叛、拯救世人看作自己义不容辞的人世责任。李白不仅理想明确，而且信念执着，行为笃定，矢志不渝。他把现实的理想投放到历史的维度加以考量，又在其诗歌中构建起实现现世理想的英雄偶像——像古代那些崛起于草泽山野的英雄一样，以其过人的智慧、超常的能力实现济苍生、安黎元的用世理想。用世的手段定位为“帝王师”，用世的目的确定为“解世纷”，人生的终极理想为“功成身退”——这是李白对其理想人生的自我设定，体现出对社会的高度关切与自觉责任，远远超越了他对自身个人利益获取的价值定位。这个定位集中体现了孔子“士志于道”的思想。面对安史之乱这样事关国家命运、百姓生死的突变危局，李白不仅在其诗文中自觉地以救世主的身份自居，还表现出积极的振危靖乱之行。他的幽州之行、应征从李璘、白发请缨从军平叛等自觉行动，切实印证了他在诗文中的自我表白，愈发显现出李白精神的可贵。

可是，在唐代，“士”与“势”之间的关系发生了颠倒，由战国、魏晋时师友般的平等关系转变为盛唐背景下的君臣关系。这时，皇权高高在上，士们及第也好、被举荐也罢，都成了天子脚下的门生、弄臣，只有一味地臣服。有幸被任用的还得感恩戴德，以为三生有幸。唐代的士阶层纷纷转向为对当朝统治势力的依附，统治者的礼遇使“士志于道”的传统用世观受到了严重制约，削弱了“士”对“道”的依赖。同时还削弱了士阶层的独立意识和批判精神，他们在政治势力尤其是皇权面前失去了自我——对“道”的坚守，连同自己的意志，以及自我独立、人性精神。这时，科举制度就成为士阶层实现自我价值和社会价值的唯一出路。

李白没有参加科举考试，他力图通过终南捷径而入仕，以纵横之术弼辅君王，进而达到治世目的。这就是说，李白的价值取向和实现人生价值的方式与朝廷的要求、一般唐代士人的选择是相左相违的。这样，李白要以传统的士身份和方式入仕参政就难以为现实接受，遭遇到了来自现实的重重阻力。首先是“势”的主宰者皇帝的排斥，再就是整个仕场权臣的围攻与打击。“士”的独立人格与批判意识严重受阻，备受打击。可是，李白又不甘“士”的沦落，试图以自己个人的力量相抗衡，以捍卫“士”的尊严。李白在这里扮演了这样一个角色：急于重新挣回“士”真正的社会价值，赢得原本属于“士”的社会地位。他歌吟先秦的游士、侠客，崇尚燕昭王，羡慕郭隗，写出了盛唐背景下士人内心的强烈需求。而且还偶有任侠举动，是其内心需求的现实表达。李白在其诗文中多次表现出这种矛盾：一方面热切地希望平交王侯，力图一步登天，风风光光地为帝王师；一方面又渴盼遇明君，被举荐，被重用，表现出对姜尚、郭隗、鲁仲连、诸葛亮等一类先贤的极度钦羡，对自身不遇窘境表达极度的诽怨。李白的实践激化了“道”与“势”之间的矛盾冲突，使自己沦为封建权场的众矢之的，导致其凭“道”从政理想的最终破灭。这是主导其悲剧人生的核心因素。

李白卓尔不群的人生实践，使他实现人生价值、社会价值的行动彻底失败，却换来了诗歌创作与人文精神铸造的双重胜利，使李白诗歌与李白精神有了不朽的魅力和恒久的生命力。他的诗歌突显出士文学的职能：着眼于时代的家国情怀和忧患意识，凸显自我的个人需求和主体意识。这种超越性和唯一性既是他对唐代士文化的贡献，更是他对盛唐诗歌、盛唐时代精神的卓越贡献。其诗呈现出丰富的多样性，与盛唐的格律诗歌主流相比，保持了他自身的独立性，又显现出绚烂的丰富性。可以这样说，李白诗歌成了盛唐士阶层的集体代言，及时地宣泄了他们深埋内心的情感需求，对他们的群体失落无疑给予了及时的心理补偿。让那些失落的一代士人从李白的诗歌与精神中及时地获得了安慰，并产生了强烈而广泛的共鸣，这也包括后世士人，李白因此备受青睐和褒扬。

这就是说，盛唐的开放、包容和进取也是有底线的。应当注意的是，尽管盛唐削弱了士的独立性和社会性，但是，以天下为己任的终极关怀和社会责任感依然存在于他们的内心。这可以从他们的诗歌中找到那一代人积极主动的用世理想，感受到他们高昂热烈的用世激情。而李白的意义就在于他试图完成双重使命，既坚守士的个人人格，保持士的独立性，又实现用世价值。从这个角度看，李白在努力完成盛唐背景下士的价值重构，由此突显出李白存在的唐代意义。

在这个背景下，李白诗歌虽未能与唐诗发展的总体趋势保持一致，正好突显出他的特立卓异。就中国诗歌发展的总趋势来看，这是其他大唐诗人难以比肩并立的。盛唐诗歌的整体神采尽管体现了时代风貌，但其总体形式的规范划一与其开放、包容、进取的时代特征未能保持和谐一致。李白诗歌的独特性恰好体现了大唐时代的开放性和创新性，正好显现出李白精神的卓异风采。

盛唐助长并锤炼了李白精神。在践行用世理想的过程中，李白冲破一切阻碍，不达目的不罢休，奋斗一生不停息。知识储备上，他博览群书，崇尚先贤，追慕英雄，广学杂取；思想上，他应时代之需，以儒释道为主而兼容诸家精髓，融会贯通，形成了自家风貌；精神上，催发了他的用世热情，使他期许高远，自信无比，同时又傲岸独立，刚毅守真；个性上，他任性张扬，释放真情，时代盛况，心中浓情，淋漓尽致地体现在诗中；创作上，他不甘人后，积极地革故鼎新，几乎所有诗歌样式他都有绝世精品。深厚的学养，非凡的天赋，宏远的理想，空前的自信，狂傲的气质，不懈的追求，是李白诗歌气象形成的关键因素，是李白精神的精髓。李白诗歌澎湃昂扬地彰显了“神来、气来、情来”而“诗来”的盛唐诗歌气象，李白精神生动形象地展示了开放、包容、进取的盛世风采。

李白是盛唐文化、盛唐精神的塑造者和别无替代的巅峰极顶。由李白诗歌及其用世实践所体现出来的人文精神是盛唐精神的显著标志，是盛世风华冲击诗人心灵之弦而迸发出的时代主旋律，体现了大唐文人共同的人生价值观和士人群体显著的精神风貌。他在诗中体现出强烈的反权贵意识，否定功名富贵，是其特立独行的人格光辉，又明显地有别于其他的文人士子。他的诗歌描写自然山水，记录世态沧桑，反映世势变局，揭露仕场腐败黑暗，强化了自己追求自由、热爱自然、情系苍生、拯救家国的恋世情怀，既不累于外物的牵绊，也不羁于尘世的纷扰，更不惧于权势的排挤，不受困于现实的阻遏，显示出高华脱俗的人格追求，突显出他仙性特质的世俗情怀。

李白在盛唐即表现出卓越的人文精神。李白精神因其诗歌而生动精彩地长存后世，因其百折不挠的用世实践而激励后人励志前行、奋斗不止。当代学者何念龙在《"李白文化现象"论纲》一文中将李白精神总结为：高度的人文关怀精神、极度的自由狂放精神、强烈的反权贵精神、淋漓尽致的诗酒精神。《中国文学史》主编袁行霈先生则将李白精神归纳为英雄精神、自由精神和人性精神。英雄精神主要是指李白建功立业、保家卫国以及思想文化上的责担天下和勇于创新，自由精神言其思想意识上的求解放，人性精神言其对天真烂漫的率性的坚守。李白的自由和人性精神是有关自我生命属性的问题。自由是因现实的桎梏、困顿、围攻而致其主动寻求解脱。人性是其个人狂傲性格的极度张扬。通过生命个体同现实的种种抵牾不懈斗争，而获得生命特性、意志、能量的适意释放、生动表达和极致彰显，进而获得崇高、浪漫、恣肆的生命体验。两种提炼立足点不同，从不同的角度高度概括了李白精神。

在开放、包容、进取的盛唐精神照耀下，李白一路奋进，不断加强自我修炼，不断突显精神特质。他自觉吸收古代优秀的传统文化，并根据自身需要选择性地不断接受、兼容、出新。他对不同民族、不同方面、不同地域的不同文化积极吸取其中的优质养分，再融入自家精神，形成自身风貌。诗歌创作上，他"志在删述"；人生奋斗上，他"安社稷""解世纷"，力图"功成"而"身退"。在此过程中，对盛唐文化有着杰出的创新性贡献，同时还丰富了盛唐的人文精神内涵，铸就了振奋人心、激励后世的李白精神。

若排除个人因素，单从对唐代社会的意义来看，李白精神包括了下面三个方面：笃定的用世精神、锐意的创新精神和执着的实践精神。联系新的时代、新的历史背景下的新要求，从个人、文化、时代和家国的角度看，李白精神表现为高昂激越的青春精神、继承兼容的崇文精神、尚美求变的创新精神和执着不舍的爱国精神。其精神特质表现为：有报国悯民的济世情怀，有轻权守真的傲世特质，有重情尚美的行世取向，有崇古创新的立世宏志。在唐代，李白以一己之力扛起了三面旗帜：终生不二地追求济世理想的积极用世旗帜;蔑视皇权、反对权贵、批揭社会、极度不满的愤世旗帜;傲岸独立、追求自由、坚守本真、关注时运、悲悯苍生的人格旗帜。“三面旗帜”独立高标，堪称后世文人士子的精神指引和灵魂补品。

李白通过他的诗歌与人生实践彰显出来的李白精神，不仅是他对盛唐的贡献，更是他留给后世的宝贵文化遗产，深刻地影响着后世的文学创作、个人修身立世及时代的精神锤炼。这是今天研究李白、弘扬李白精神的现实意义。

二、李白的青春精神

李白的青春精神具有永远指向未来、指向美好的理想追求。即使个人暂时失意，他会用历史史实、历代先贤来抚慰自己，抹平创伤，再度前行。贯穿其中的核心就是求真：抱定用世理想一生未变，追求人生价值一生未止步，继承传统文化为我所用、革故鼎新一生不歇息，保持独立人格、坚守自我个性一生不趋同。这个“真”字始终保持了应有的鲜度和应有的质地。

李白的青春精神首先表现为“天真”示人。一是思想单纯，了无杂念，就是“了见水中月，青莲出尘埃”(《陪族叔当涂宰游化城寺升公清风亭》)。他心清如水，明月可鉴；其洁如莲，纤尘不染，自号“青莲”。他又说：“济人不利己，立俗无嫌猜。”(同前)强调做人需一心助人而不只考虑如何有利于自己，立身俗世不应有疑忌之心。李白的“天真”出自内心，没有矫情，更非假象夸饰。二是以“天真”之心看自然，看人生，看世界，看未来，思考无限的时空，探究未知的宇宙。他的《把酒问月》诗以饮酒问月为始，以邀月举杯而终，纵横恣肆地道出了内心的困惑不解。世事推移，人生短促，引人慨叹。诗歌本身随兴挥洒，意绪多端，又脉络贯通，错综回环，浑然天成。读来抑扬顿挫，品之意蕴丰沛，历为世人激赏。三是行为“天真”直率，以至放诞不拘，叫时人——特别是权贵——难以接受。他满身带着仙气，举止道骨仙风，让人钦羡，又不可切近。他浪漫豪放，任侠使气，交友真诚率直，讲信义，重然诺，令人折服。李白刚出蜀时，踌躇满志，血气方刚，被著名道士司马承祯肯定为“有仙风道骨，可与神游八极之表”(《大鹏赋》)。后来，贺知章观其人，读其诗，当面就把他呼作“谪仙人”。李白一点也不矜持，在自己的诗文中，他毫不客气地即以“谪仙”自居:“青莲居士谪仙人，酒肆藏名三十春。”(《答湖州迦叶司马问白是何人》)从此，他的仙性就一直随他走到了生命的终极。李白行为天真的另一面是“狂”态毕现。范传正《唐左拾遗翰林学士李公新墓碑并序》里说，李白“常欲一鸣惊人，一飞冲天……由是慷慨自负，不拘常调，气度宏大，声闻于天……

饮酒非嗜其酣乐，取其昏以自豪；作诗非事于文律，取其吟以自适。好神仙非慕其轻举，将以不可求之事求之。其意欲耗壮心，遣余年也”。李白不拘礼法，不论尊卑，任性使气，我行我素。好在，他狂得磊落，狂得无私，狂得令人敬佩。苏轼叹道：“（李白）雄节迈伦，高气盖世。可谓拔乎其萃，游方之外者也。”（《李太白碑阴记》）若无这天真之质，李白其诗恐难达此境。

李白的青春精神表现在他从政理想和途径选择上的天真毕现。他以为从政如作诗，诗才即治国之才，都是妙笔生花、倚马可待的事。其从政蓝图是“功成身退”，要达成的目标是“寰区大定，海县清一”（《代寿山答孟少府移文书》），选择的线路是“终南捷径”，确保从政理想实现的依凭是“天生我材”。在“天真”的驱驰下，他的从政梦想最终化成了泡影，成了他此生最不能接受之悲、最不能化解之痛。

李白的青春精神表现在以“天真”之质对待友情。一是轻财重义。李白在《上安州裴长史书》中说他不到一年时间就“散金三十余万”，用以接济落魄公子，以此广结善缘，制造声誉，提升自己的知名度，以求得权臣的引荐。他还详述了如何厚葬好友，以证实自己“存交重义”的美好德行，本性淳朴，质地“天真”。二是常在诗中坦言他轻财重义。“我情既不浅，君意方亦深。相知两相寻，一顾轻千金。且向山客笑，与君论素心。”（《酬岑勋见寻就元丹丘对酒相待以诗见招》）因为“素心”相映，所以“一顾轻千金”。“余亦草间人，颇怀拯物情。晚途值子玉，华发同衰荣。托意在经济，结交为弟兄。毋令管与鲍，千载独知名。”（《读诸葛武侯传书怀赠长安崔少府叔封昆季》）因为志趣相投，所以惺惺相惜，虽萍水相逢，仍视为兄弟。三是讲义气，重“然诺”。他多次以诗明志，“肝胆不楚越，山河亦衾裯”（《赠别从甥高五》），“人生感分义，贵欲呈丹素”（《赠溧阳宋少府陟》）。李白说，真正的友谊，贵在肝胆相照，贵在赤诚相见，结果往往事与愿违，花钱难以买到真正的友谊。李白不计后果地“好施”，等自己的钱袋子一空如洗后，生计就成了问题，“黄金逐手快意尽，昨日破产今朝贫”（《醉后赠从甥高镇》），“归来无产业，生事如转蓬。一朝狐裘敝，百镒黄金空。弹剑徒激昂，出门悲路穷”（《赠从兄襄阳少府皓》），落得个“昨日破产今朝贫”“出门悲路穷”的凄凉境地，他为此付出了沉重的代价：“兄弟尚路人，吾心安所从。他人方寸间，山海几千重。轻言托朋友，对面九疑峰。”（《箜篌谣》）兄弟尚且可能成为路人，其心要服从谁呢？心方寸，即便面对面，也隔着山海千重。即便如此，李白仍不改交友之道。

李白总是以“天真”之质评价他人，赏识他人。“扶风豪士天下奇，意气相倾山可移。做人不倚将军势，饮酒岂顾尚书期。”（《扶风豪士歌》）意气在，山可移，这样的“豪士”

可谓天下奇人。“右军本清真，潇洒在风尘”（《王右军》），“裴子含清真”（《送韩准、裴政、孔巢父还山》），“我家仙公爱清真，才雄草圣凌古人”（《鸣皋歌奉饯从翁清归五崖山居》）。在李白看来，一个人能够不受世俗熏染，始终坚守“清真”最为可贵。他也一直以“清真”自律，心向“真意”“真情”，用以完善自己的人格修养。“还家守清真，孤洁励秋蝉”（《留别广陵诸公》），“俄成万里别，立德贵清真”（《南陵五松山别荀七》），“所愿得此道，终然保清真”（《避地司空原言怀》），“偶与真意并，顿觉世情薄”（《题嵩山逸人元丹丘山居》），“归时莫洗耳，为我洗其心。洗心得真情，洗耳徒买名”（《送裴十八图南归嵩山》）。这些诗句都是其真情吐露。至于“有时白云起，天际自舒卷。心中与之然，托兴每不浅”（《望终南山寄紫阁隐者》），“独用天地心，浮云乃吾身”（《对雪奉饯任城六父秩满归京》），这是一种纯真、自由的心境追索，自绝俗尘凡念，心与自然相谐，情寄天地，云卷云舒，自由往来，独享生命的快意。

李白青春精神的天真之质表现在诗歌创作上，就是“全任自然”（朱自清语）。源自他“天真”的诗歌创作观。他在《古风五十九首・其一》中写道：“大雅久不作，吾衰竟谁陈？……自从建安来，绮丽不足珍。圣代复元古，垂衣贵清真。”他说，建安以来，诗道式微，振兴诗歌，自己义不容辞。他认为，“绮丽”与“清真”的本质是相对立的。“绮丽”因过分的粉饰、渲染而显得浓妍、浮华，“清真”就是“清水出芙蓉，天然去雕饰”（《经乱离后天恩流夜郎忆旧游书怀赠江夏韦太守良宰》），就是“纯天然”的心灵放歌，胜在“天生丽质”。他的诗歌无论是外在质感，还是内在积蕴，无论是状物写人，还是寄意抒情，都给人以澄澈、清爽、洁净、灵动、可心之感，一如大自然的春花秋月，晨曦晓风，青山绿水，形神俱清。即使是人力所致，也如右军书法，潇洒出尘，自得神韵，妙绝古今。北宋徐积在《李太白杂言》中赞叹道：“盖自有诗人以来，我未尝见大泽深山，雪霜冰霰，晨霞夕霏，千变万化，雷轰电掣，花葩玉洁，青天白云，秋江晓月，有如此之人，如此之诗。”李白以此诗观和实践开创了一个不可复制、难以逾越的诗歌时代。

李白青春精神的“天真”特质无处不在，为诗为人都来得“天真”。他可以和山水对话，可以托明月寄予对友人的思念。有人陪他饮酒的时候，他可以醉得自顾睡去，不管对方的感受，挥挥手叫别人来去自由。没有人陪的时候，他独自邀月为伴，且歌且舞，自得其乐。他还错把诗才当作经世之才，渴望得到皇帝的重用，还想做皇帝的军师，“安社稷”“清世纷”。被皇帝召见时，以为天降大任，从此可以一展政治才能。见只是个“御用文人”，就以嗜酒的方式麻醉自己，以狂歌的方式泄愤叫屈。在他看来，一个个权臣都成了他政治失意的绊脚石。回归山野后，又渴望有一天君王会垂青自己。错上了李璘的“贼船”，还以为天赐良机，以为实现政治抱负的时机来临……最爽性的莫过于对自己诗才的自信，“兴酣落笔摇五岳，诗成笑傲凌沧洲”（《江上吟》）。最任性固执又不切合实际的是，一会儿想变成大鹏，一冲九天，绝尘万里；一会儿又想得道成仙，从此不食人间烟火，彻底了断凡尘俗念。天才拒绝接受皇权的招安，同样拒绝烦琐世俗的绑架。他一生以自我为上，以真我行世，让行踪自由挥洒，任灵魂逍遥天地之间。李白的为人为诗处世均以“天真”之质独行于世，并发挥到了极致。他天籁般的诗行、可贵的精神成了中华文化恒久记忆中最耀眼的部分。这也是李白赢得众多文人百姓钦羡钟爱的重要原因。

李白写诗为人的“天真”特质深刻影响了后人。“不是烟霄谪，世间无此人。心声与心画，开卷见天真”（北宋·郭祥正《吴子正招饮观李白墨迹》）叹李白其人神行仙踪，其诗开门见山。“洒落风标真谪仙，精神犹恐笔难传。文章若出斯人手，壮浪雄豪一自然”（北宋·孔平仲《李白祠堂二首·其一》）说李白神采如仙举世无双，风致高标难以笔摹言传。究其根源，贵在“自然”。“平生嗜酒任天真”（明·丘浚《将进酒》）说饮酒尽兴的李白一生都保持“天真”本色不变。当代诗人、文学史家林庚说，李白的“天真”“使得他的风格达到惊人的淳朴”。他把李白精神归结为具有布衣感的“少年精神”“时代精神”，“天真”就是其立论的基础。

李白的青春精神还体现在始终保持高昂澎湃的生命激情、锐意进取的理想实践和不畏挫折的拼搏意识，这些贯穿李白精神的全部。

节选自《李白的意义》，西南交通大学出版社，2020 年 10 月

西陵之女嫘祖（节选）

（五十一集电视连续剧剧本）

◆彭加卉

彭加卉，高级讲师，二级作家。四川省作家协会会员，四川省民间文艺家协会会员，盐亭县作家协会主席，中共盐亭县委党史研究室研究员。出版作品《彭加卉电视剧本选》，长篇小说《嫘祖》，五十一集电视连续剧剧本《西陵之女嫘祖》等。

故事梗概

西陵古国的领地山清水秀，人美鱼肥，硕果累累，蓝天白云下，人们生活在原始状态。

歧娘二月初十生了一个女儿嫘祖，小名王凤（喻意凤中之王、王中之凤）。

嫘祖五岁开始在仙人洞跟父亲羲诚等人习文学武、阴阳八卦，学习轻功、射箭、飞刀等武艺，学习织渔网，创造出了火烧陶器。嫘祖发现野生粟米的种子，组织人们烧荒开地，种植粟米。教导族人架木为篱，垒泥为墙建泥巴草房。教导族人改造粗麻和兽皮，编织上衣和麻裙。各部落对嫘祖的功绩赞誉有加，被族民选为西陵部落女首领。

一群健壮的小伙疯狂追求嫘祖，但是嫘祖对方刚情有独钟。

嫘祖在桑树上采摘了很多茧子拿回家，将茧子放在口里浸湿后，从湿茧上抽出一根根白色的丝线套在左手上。她发现用罐子烧水煮茧子，便很容易抽丝了。经过多次抽丝织线，木棍挑丝，她发明了原始的缫丝技术。嫘祖在蜘蛛织网的启发下，织出了人类历史上第一件丝织服装。她上山发现蚕虫被天敌侵害，决定野蚕家养。

有熊部落头领轩辕，十八岁，美慕西陵部落拥有丝织技术，敬仰嫘祖品德之高尚，带领几个部落头人以及族人秘访西陵。轩辕与嫘祖一起劳作，对嫘祖日生情感。嫘祖因思念方刚，虽然没有立即接受轩辕的爱意，却也对轩辕有了很多好感，引起了小伙伴应龙和高熊的嫉妒。

一天夜里，金氏族人窜进嫘祖织丝房内抢走了丝衣和丝片。嫘祖被抓到金氏族人的领地。金氏族人首领金熊要霸占嫘祖，嫘祖坚决不从。于是，嫘祖被暴打、被软禁。其间，嫘祖不但教会了金氏族人怎样种地、养蚕、织丝、制衣，还帮助金氏族人训练保护家园的队伍。桑木暗中救走了嫘祖。

嫘祖回到西陵后组织族民家庭养蚕，废除了野外养蚕的做法。组织族民编蚕架、簸箕，并教大家制作织丝工具。与嫘祖观点不同的曼姑扮演巫师，趁机妖言惑众，说："野蚕家养触犯了天规，家家要死人，养家蚕要带来祸害！"

母亲歧娘、桃娘连夜进山采集桑叶被人抓捕暴打，嫘祖与常伯救回了母亲。

金熊觊觎西陵部落的心不改，在嫘祖担任西陵部落头人后出访西陵十八寨的道路上，处处埋伏兵马暗杀嫘祖，却没有如愿以偿……嫘祖不但消灭了众多山匪，而且还消灭了两界山上的土匪头子巫龙，并与蜀山氏部落结成了联盟。

小九黎头人看上了嫘祖，要娶嫘祖，他的儿子夷方也看上了嫘祖，嫘祖断然拒绝了他们的求婚。

和父亲在饮酒时，夷方毒死了父亲。夷方发觉中原有熊部落的头人轩辕与嫘祖相会，心动杀机。

嫘祖父亲被夷方抓捕，嫘祖为了救父独自前往小九黎部落，父亲被放回，她被扣留。轩辕不放心嫘祖，带领自己的武士前往小九黎营救。

嫘祖在小九黎部落被软禁期间，组织族民开山找水、栽桑养蚕、抽丝织衣、种粮食、造房屋，开发盐业生产。金熊派人暗杀嫘祖，毛毛使用美人计灭除金熊。西陵兵及时赶到，救走嫘祖回到西陵。

轩辕与嫘祖正在筹备婚礼，小九黎部落来偷袭，轩辕将小九黎部落的武士歼灭。嫘祖与轩辕在西陵宫举行了婚礼。嫘祖组织族民修路、烧窑、打铁制造农具。大峰山下一座盐井冒出了地火，把打铁的工房给烧毁了，燃烧到小九黎境地，小九黎部落的首领夷方趁机杀来，活捉了轩辕，西陵部落的武士奋力拼杀，成功将轩辕救回西陵。

中原有熊氏黄帝获知九黎族蚩尤与神农氏炎帝开战，危及了中原。轩辕和嫘祖决定返回中原，一路上，在剑门道上处处埋伏了炎帝武士，企图灭杀轩辕。高洪回到西陵搬来救兵消灭了炎帝武士，他们历尽千辛万苦终于回到了中原。

嫘祖进入中原，不顾身孕和劳累，立即投入传授种桑养蚕、缫丝织衣的活动中。炎氏族民抢夺中原有熊部落的麦子，曾引起了炎黄部落族民之争。嫘祖建议炎黄和解，由于炎帝部下共工、榆罔的挑唆干扰，三次和谈都失败，共工、榆罔还背着炎帝杀了轩辕派去和谈的人员，致使阪泉大战爆发，嫘祖来到阪泉城外劝说轩辕停战和谈。炎黄二帝成功联盟。

九黎部落首领蚩尤嫉妒觊觎中原的富庶，梦想建立“东夷大国”，派兵进攻炎黄。黄帝派出儿子青阳到南方亲戚少昊府卧底，策反了少昊。蚩尤立即调动兵力杀进少昊府。

少昊兵力不足请求黄帝支援，擒了刑天的人马，刑天归顺了黄帝。根据蚩尤喜欢雾天打仗的习惯，黄帝采用火攻驱雾，使用指南战车、夔牛大鼓鸣鼓击进，蚩尤溃败，拒不投降被杀掉。

炎黄联盟打败蚩尤之后，黄帝在斧山亲自主持召开了万邦部落头人大会，天下各部落的头人举着龙图腾旗幡，提着各部落的小笼子图腾陆续走到会议场的平坝上开会。在会上，首领们一致同意建立统一的中国，设黄帝位，推选轩辕任中国黄帝，统领天下部落。

轩辕黄帝在涿鹿建国立都，两年之后又迁都到桥山。

黄帝把国都迁移到桥山后，同嫘祖一道号召并组织天下各部落人民继续栽桑养蚕、织丝制衣、种五谷，炼铜铁制作农具，兴修水利灌溉农田。

嫘祖在回西陵的西蜀峡谷中又遭遇反叛黄帝的刑天的拦截追杀。黄帝接到嫘祖的消息后，日夜兼程赶到西陵宫，打败了刑天，救出了嫘祖。

嫘祖随黄帝从东到西，从南到北，在神州大地的山山水水上留下了他们辛劳的足迹。

第四集

1. 山坡上　晨

嫘祖与父亲羲诚及母亲歧娘在草丛中扯草药。

岐娘："为娘也懂得一些草药治病的土方，凤儿拿来的这五种草都是神农爷爷尝百草制药中的草药，其中有三种我知道，就是发酵保鲜的，有的我也安不下名。可能你舅舅岐伯知道，但他外出行医未归，以后一定问个明白。"

羲诚："女儿这次的试验证实了这些草药能治人畜大病，能防瘟病，能防腐保鲜，更能发酵成为佳品，各有各的功能。可以认定这些有发酵功能的草为发酵药。"

嫘祖："现在天上有、人间也有的桑葚液，我们就叫它'人间桑葚玉液琼浆'。"

羲诚、岐娘："好！"

2. 岐伯的家　日

岐伯拿着五种神奇的草在向嫘祖介绍药的用途。

嫘祖："舅舅，除了这五种草药，另外还要加其他的草药吗？"

岐伯："要。按神农前辈配制的酿造发酵药和防腐保鲜药剂中还要加这两种草药，才能达到酿液发酵和防腐保鲜的作用。"

嫘祖："啊，太好了，舅舅真是活神农爷爷！"

3. 水城沟草地　日

羲诚组织百姓有的在挖坑，有的在往坑里安放桑果并分层上药，再盖上草，搭好防雨草棚。有的人不断提着、背着桑果来到坑边，放下背篼，捡出桑果，细心地放到坑内。

嫘祖吩咐人员从坑里取出味美香甜的桑葚液体，分给近邻乡亲。

4. 野外　日

原始丛林，古木参天，林海茫茫，山峰逶迤连绵，林中鸟雀蝉鸣。穿着树叶的男女老幼在林内奔驰围猎。

嫘祖长发披肩，正在脱身上穿的一张齐于腿的兽皮。

嫘祖的母亲岐娘与嫘祖一样着装。她来到嫘祖身旁，将嫘祖脱掉的上身兽皮捡起来。

岐娘："凤儿，你快点穿上，多不害羞，哪个女孩光条条的，十五岁的大姑娘了……"

嫘祖："阿母，今天好热啊。你看，有些男人、女人不是没有穿树叶遮身嘛。我看不穿兽皮、树叶还舒服些，光条条自由自在，兽皮穿在身上真难受。"

嫘祖接过阿母递来的兽皮不满意地摔在地上。

岐娘："凤儿……"

嫘祖："不穿，就是不穿！"

歧娘举手欲打嫘祖："好，你有本事了，你去造一个遮羞布来穿！"

嫘祖眨着眼睛："遮羞布……什么是遮羞布？"

歧娘："天上去拿，地下去抓，你有本事，用双手去制嘛。"

嫘祖："制？行吗？用兽皮、兽毛，不行。毛刺人，像刺一样。兽皮太硬。树叶、树皮，更不行，把我身上的肉都擦出血了。你看嘛，阿母。"

嫘祖把背移向母亲，示意母亲看。

歧娘："你知道针刺的味道了？"

5. 山坡下　日

嫘祖与母亲在捻着麦子看。

羲诚持弓箭、石器走到歧娘和女儿面前。

羲诚："哦，你们母女俩板着脸干什么？嘿，我今天跑了半天，没有打着猎物，你们又要挨饿了！"

嫘祖："阿爸，你来看，我这里一堆吃的。"

嫘祖从地上抱起一堆麦尖尖。

嫘祖："这个我给它取个名字叫麦子。"

嫘祖捻着麦壳，用口一吹，壳飞去，将麦粒递到羲诚和歧娘手中。

嫘祖："阿爸阿母，你们尝尝，真好吃，那边可多了。"

羲诚、歧娘吃着："真香，有甜味儿。"

嫘祖："阿爸，这几年天旱，兽类、鸟类都要被我们吃光了，地下的这些野麦可供我们吃一辈子的。"

歧娘："能吗？"

歧娘用十分怀疑的目光看着嫘祖。

嫘祖："能。去年我发现有几根野麦子，没管它，今年就多了，只要有种，每年都能生长，麦子就跟咱们人一样嘛……"

羲诚明白了："对，对，对，我看我们要把麦子好好地保护起来，让它世世代代给我们供吃的。"

嫘祖："地上要找吃的，多得很。我看见那边河岸上水里有好多草，长得很深很深，那里面就结着像麦子一样的颗粒。去年我弄来吃过，现在已经又长出草来了。我给它取了个名字叫‘水米草’。”

羲诚、歧娘：“水米草？好听！”

他们二老好奇的眼神投向嫘祖。

嫘祖：“还有树上好多果子供我们吃的，太多太多了。”

羲诚：“真是天无绝人之路呀！”

嫘祖：“阿爸，阿舅是西陵部落的酋长，我想他应该不用再组织大家去打猎了……”

歧娘：“为什么？”

嫘祖：“阿爸阿母，兽类与我们人没有多大的区别，不都是一年一年地长吗？要有多少年才长得大，你们想想，那些兽类小的、大的都被人打光了，连一个种都不留，咱们能长久地吃下去吗？”

羲诚：“我这个聪明的小凤儿，把阿爸提醒了。应该！天上飞的地上跑的吃光了，总不能去喝西北风吧。”

6. 紫霞坪坝桑林处　日

嫘祖口里含着白果茧蠕动着，她从口中取出湿润的白果茧，理着丝头抽出丝，越抽越长，边抽边绕在手指头上。

嫘祖：“嘿，真好看，真好玩！”

嫘祖边抽边转着圆圈，在一棵桑树面前，被一大团蜘蛛网把头网住了。

嫘祖吓得惊叫起来：“哎呀，什么东西缠着我了？

嫘祖认真看着桑树上一个大蜘蛛在绕网，屏住呼吸，目不转睛地观察着，嫘祖的心声：“啊！那是蜘蛛的房子，把它遮盖在里面了，哦……遮羞布……我明白了，要是蜘蛛网遮在人的下半身，全身上……嗯，要不得，好粘人呀，我头上、脸上粘到就脱不掉，太不舒服了！”

嫘祖把头上的蜘蛛网慢慢地捻下来看，再看看手上从白果茧里抽出来的丝，明白了一切。

嫘祖：“哦，有了，白果茧里抽出的丝跟蜘蛛网的丝不一样，白果茧丝光滑柔软，有点韧性，不粘身，可以用来绕网，制遮羞布，美极了！”

在一处摘桑果吃的歧娘朝嫘祖走来。

嫘祖：“阿母，快来，我告诉你，我找到遮羞布了。”

歧娘：“在哪儿？”

嫘祖："在这儿，那桑树上的蜘蛛网……"

歧娘："蜘蛛网？挂在身上都看得见，那网粘在身上扯都扯不掉。"

嫘祖："阿母，你们再看。"

她将白果茧放在口里咀嚼着。

歧娘："你快吐出来，虫虫要毒死你的。"

嫘祖从口中取出白果茧，扯出一根长长的丝，套在阿母的大拇指上，抽起了丝。

嫘祖："阿母，这个白果茧抽出来的丝真好，像蜘蛛一样缠绕，不就造出像神仙穿的遮羞布来了嘛。"

歧娘点了点头，略有所思。

羲诚在一边观看树上的白果茧，摘了一把在手中认真地看着。

羲诚的心声："如果把满山遍野桑树上的白果茧摘下来，像女儿说的那样去做，人身上的遮羞布不就造成了吗？"

嫘祖走近羲诚："阿爸，白天我跟你学武，晚上我来学造遮羞布，如果能成功，我们就不再穿树叶、兽皮了。"

羲诚："行！我支持你，凤儿。"

歧娘："要得，阿母跟你一块儿造！"

7. 家中　夜

残月在云层中穿行，大地一片明亮。茅棚内，一阵阵热水汽雾弥漫了屋子。

石床前和屋角处堆放着白果茧。歧娘看着白果茧入神。嫘祖用一根树棍在热水盆内搅着白果茧。

歧娘："凤儿，这下热水泡茧就能越抽越快了。"

嫘祖拿着一个白果茧越抽越快。

嫘祖："阿母，用热水泡茧抽丝，比冷水浸泡后抽丝快得多。"

歧娘："就是嘛！"

8. 歧伯的家　晨

羲诚来到歧伯的家门前，歧伯忙将羲诚迎进茅棚入座。

歧伯给羲诚倒了一碗热水放到他的面前。

歧伯："羲诚弟，请喝点水。种麦子和水米草，养蚕抽丝，解决咱们的吃穿问题，这个发现是西陵部落了不起的事情，我们西陵部落首府人员要召开一次议事大会商议商议。”

羲诚:“我希望马上开这个会。人们吃饭穿衣是件大事,兽类快要围光吃光,种好粮食，驯养飞禽走兽，才是我们生存的根本之路。”

歧伯:“天旱已经三年，老天不由人呀。至于制衣织丝，先由你们家试验，搞成功了，我组织全部落的人来学习经验。”

9. 嫘祖的家　上午

嫘祖在灶房内烧完水后，倒水于陶盆内，将白果茧倒进盆里浸泡。少顷，嫘祖从盆里捞出白果茧抽出了很多丝。

嫘祖五指屈成一团往上面绕着丝。

歧娘拿着一根三叉树枝正准备往灶里放,嫘祖发觉树杈与自己屈成的五指可以绕丝，跑到歧娘面前从她手中抓过三叉树枝就开始绕丝。

歧娘:“女儿你觉察了没有，绕丝要占两个人，能不能一个人自己绕丝？”

嫘祖一闪念头想起了什么。

嫘祖:“阿母，你说的行。”

嫘祖将三叉树枝用绳索绑在房子柱头上，自己理茧，自己绕丝。

歧娘:“凤儿的脑袋真灵，这下阿母一个人也可以绕丝了。”

嫘祖:“阿母，三叉树枝大小不一，绕出来的丝长短不一致……”

嫘祖乏困了，她伸伸懒腰，抬头就望见房梁上掉着的蜘蛛在风的吹拂下不停地绕圆圈旋转。

嫘祖眼前突然亮了:“……好了，我有办法了……”

10. 桑林地　日

一片桑林郁郁葱葱，黑果缀满枝头。

西陵首府的头人们兴致勃勃地边走边谈着话。

歧伯:“这片野生桑林是我们的财富，如果白果茧抽丝制丝片成功，我们西陵人可算是天下第一个有衣穿的部落。”

金二伯:“酋长，我金二伯作为西陵部落首府管农事的人，如果凤姑的抽丝制衣发明成功,我坚决支持,要人给人,要什么给什么！这片桑林树上的白果茧我们要好好保护，你们看，那树上的鸟、虫都在伤害蚕虫和白果茧……”

金二伯抓起地上泥土撒向果树上偷吃白果茧和蚕子的雀鸟。

羲诚：“宝贝藏在荒山野林，我们要让荒山野林变为人类生活的乐园。”

歧伯：“是啊，眼下我们要做两项工作。一是发动族民保护好能供人类吃的草果，开荒种粮，养蚕织丝制衣。二是建造木屋，让族民们从山洞搬出来，与大地共存。”

羲诚拍着手掌：“说得好！酋长、金总管，咱们到麦子沟、西陵河畔去了解一下麦子和水米草是否能供给人类吃。”

歧伯、金二伯：“行，走吧！”

11. 西陵河畔　日

一片水洼地，草长得十分茂密。水米草在夏风中翻着金浪，穗粒弯腰不断向来者点头致意，像是迎接远方客人的到来。

金二伯在水洼地边抽了几根米穗粒在手中捻着，米粒从壳中滚出。将米粒放进口中，咀嚼着尝着味道。

金二伯：“真香，好吃，好吃，你们可以尝一尝。”

歧伯、羲诚将米穗粒在手中捻着，用嘴吹去壳，剩下的米粒放在口中咀嚼着。

歧伯、羲诚：“好吃，真好吃，一点不假。”

金二伯：“酋长，我们三人首先定下来，给水米草取名为谷子，麦子还叫麦子吧。”

歧伯：“金总管，明日召开各山寨头人会议。各山寨族民从现在起，凡是被人们认为比较好吃的草类粮食都收藏好种子，明年开春我们就开始进行开荒地试种，成功后，全西陵部落种植粮米。”

12. 家中　夜

嫘祖和歧娘在绑好的圆形绕丝架的中间，又绑上了一根长轴，将轴固定在柱头上，在圆架一方绑一短树枝做摇手柄。

绑成后，歧娘右手握摇柄转动，左手将茧上的丝抽出一根套在圆架车上，丝随圆车架转动，绕在圆车架上了。

嫘祖拍手跳起来：“阿母，绕丝车制成功了！”

歧娘：“凤儿，眼下有了丝，还要想法变成丝片，连成一件件的衣服。”

嫘祖：“阿母说的跟孩儿想到一块儿了。”

岐娘："你有什么办法？"

嫘祖跑到另一屋内抱了一捆已准备好的竹片走出来放于地上。

岐娘："这干啥用？"

嫘祖把竹片安放成十字框架，然后一片一片地编织连接成了织丝框。

羲诚从室外走进来，将编好的织丝框举得高高的放在嫘祖和岐娘面前的地上。

羲诚："女儿，按你设计的织丝框架我给你做成了三个，请女儿看要得不。"

嫘祖从地上拿起织丝框兴奋地看着。

嫘祖："很好，阿爸，我今晚就织出一张丝片来，让你们看看！"

岐娘："好，阿母今晚陪你到天亮，你要什么我给你递什么，好吗？"

嫘祖："阿母，你去休息，我一个人就够了。"

13. 室外　深夜

蛾眉月已挂在西边的山腰上。万籁俱寂，茅棚内织丝车"沙沙沙"的旋转声在山林回荡。

14. 室内　深夜

岐娘忙着往竹竿上挂一串串的丝线。

嫘祖拆了丝架，把丝片朝空中散去，雪白的丝片在火旁闪着银光，嫘祖高兴地雀跃起来："成功了，成功了！"

羲诚也十分高兴，看着丝片不断赞叹。

羲诚："太美了，太好了，我们要穿丝衣了！"

嫘祖把丝片披在阿母的胸前。

岐娘："好看，舒服！"

嫘祖："阿母，我织出第一件丝衣首先给你穿上，再织一件给阿爸穿。"

羲诚、岐娘："谢谢女儿的一片孝心。"

15. 山路上　晨

晨雾在阳光照耀下逐渐散去了。

山路上，霞姑、曼姑、巧姑，她们身上挂着树叶，蹦蹦跳跳，又说又笑。

霞姑："凤姑姐姐能抽丝织遮羞布，真伟大。我们去不要打扰她，偷偷学点本领，我们自己也来抽丝织衣。”

巧姑："不行，我们正正经经去求师学艺，偷偷摸摸算什么人？”

曼姑："我同意霞姑的意见。偷学来才是自己的本事，光明正大，不是我们的天才。她凤姑想一鸣惊人，难道我们就不可十鸣惊天吗？巧姑，你从前门去，她会赶你出来的。你想，一个人有了自己的秘密，她会永远是一个谜，让你去猜、去想、去追。一旦你猜不出，追不上，她就是一个出人头地、顶天立地的英雄，而你永远是一个癞蛤蟆……”

巧姑有点不服气："你才是一个癞蛤蟆。我信凤姑姐，她不是你说的那样渺小的人。霞姑姐，你相信曼姑姐刚才说的话吗？反正我不信！”

霞姑点了点头："百闻不如一见，走吧。”

16. 嫘祖家中　上午

羲诚在忙着烧热水，热气雾满了灶房，歧娘在不停地抽丝。一圈圈白色的丝挂在干树枝上。中间房，嫘祖的手不停地在绕丝架上来回绕丝，木架上挂着一张张的丝片。

17. 灶房门外　上午

霞姑、曼姑长长地伸着头，在观察嫘祖抽丝的情景，巧姑边看边在双手间来回做抽丝动作。少顷，曼姑、霞姑的双手也学着歧娘抽丝的动作舞起来。

18. 山坡上　日

一片桑林处，成群雀鸟在桑树上盘旋。

应龙、姜军、王木、高熊和一群年少的男孩子光着身子来到桑林地，打着鹞子翻着跟斗玩耍。他们一双双愤怒的眼睛射向那群啄蚕虫的雀鸟，雀鸟在不停地啄蚕虫、啄茧子。

应龙翻完一个跟斗站立，看着桑树。

应龙："哎呀，麻雀在吃蚕虫，吃白果茧，这怎么得了？听说凤姑正在用白果茧抽丝准备做遮羞布。”

姜军："做遮羞布干啥？我们光身子多舒服，无牵无挂……”

这时一个飞虫叮在姜军的屁股上，咬得他嗷嗷怪叫着。

孩子们围拢来："姜军，干啥子？”

应龙发觉一只蜂子叮在姜军屁股上，一动也不动，姜军痛得在地上打滚。应龙一巴掌打去，将蜂子打死了。

应龙：“你这个光屁股，不要遮羞布，天天都要被蜂子咬。”

王木：“咬得好，咬得好舒服、好安逸啊！应龙哥你说是吗？”

应龙摇手示意王木别再闹了。

姜军：“我要遮羞布，看来不要不行了。晚上蚊子也咬得厉害，穿着草、树叶裤，蚊子从缝隙里也偷偷钻过来啃我的屁股和肚皮。”

应龙：“王木、姜军，我们一齐来消灭桑树上的麻雀，不让它们吃蚕虫。蚕虫吃光了，凤姑就织不成丝制遮羞布了。来，一齐动手。”

应龙、姜军、王木和一群小男孩抓起泥土、石子扔向桑树，雀鸟惊吓飞走了。

节选自《西陵之女嫘祖》，团结出版社，2020 年 5 月

高原之上：木里村幼素描（节选）

◆贺小晴

贺小晴，中国作家协会会员。在各纯文学刊物发表中短篇小说若干，部分作品被转载或进入年度排行榜。著有中短篇小说集《等你把梦做完》《脆响》，长篇小说《花瓣糖果流浪年》，报告文学《艰难重生路——汶川大地震丧子家庭再生育纪实》等。曾获四川文学奖。

“木里”是藏语，美丽而宽广的意思。

——题记

木里地处青藏高原与云贵高原接合部，是四川省凉山彝族自治州境内的高海拔地区，也是全国仅有的两个藏族自治县之一。全县13.9万人口中，有藏、彝、汉、蒙古、回、布依等22个民族。境内群山连绵，雪峰耸立，湛蓝的天空，碧绿的海子，遮天蔽日的原始森林……构成了一派神奇而壮美的高原景象。然而壮美景色的背后，是异常艰难的生存环境。因为交通阻隔，也因为传统习俗及语言障碍等原因，木里的教育始终比较落后。木里中学作为全县仅有的一所完全中学，每年高考硬上线仅有几人，有些年甚至上线率为零。2013年，在成都双流棠湖中学和攀枝花各学校的援助下，木里中学开始突围，仅用了五年时间，教学质量便得到了提高，教学业绩稳步攀升。2019年，高考硬上线人数已达86人，被业界称为“伟大的改变”。

木里中学的改变带来了全县教育的联动：初中、小学、幼儿园……各环节的改革全面铺开。然而追根溯源，木里教育的根本限制还在于学前：孩子们在上学之前都说本民族语言，上学之后，因为听不懂汉语，跟不上进度，造成辍学或者成绩落后。这在少数民族地区是普遍现象。

2015年10月，凉山州启动“一村一幼”精准扶贫计划，要求全州的孩子“学前学会普通话”，以从源头上阻断贫困代际传递，打破贫困“积累循环效益”。木里迅即行动，组建了以县级相关部门、乡镇党委、乡政府、村党支部、村委会、乡镇中心校及村级幼教点等各部门通力协作、齐抓共管的运行机制，确定以行政村或人口较多、居住相对集中的自然村为单位设立“一村一幼”或“一村多幼”，免费招收3至6岁适龄儿童入学，并为入学儿童提供每人每天3元的营养补助。教学场地则采取改造村委会活动室、学校富余校舍、闲置村小、租用民房、新建等多种方式加以解决。

与此同时，木里在全县范围内公开招聘村级幼教点辅导员，一批年轻而充满活力的木里人从四面八方回到木里，成为木里有史以来第一批村级幼教点辅导员。

如今，“村级幼教点”已如血管一般遍布木里的每一个村寨，“村级幼教点辅导员”已如种子一般撒遍了木里1.3万平方千米土地。

截至2019年11月，木里县有113个行政村、9个国有牧场，已开办幼教点161个，有村级幼教点辅导员380人，有5003名3至6岁的儿童在读，入园率达92.49%。其中，建档立卡贫困户1184人，入园1133人，入园率为95.69%。木里村级实现了学前教育全覆盖。

看月亮爬上山来

三桷垭乡有5个行政村，设有10个幼教点。全乡在读儿童191人。

鸡毛店村隶属三桷垭乡，占地面积广，人口居住分散。为方便学龄前孩子就近上学，全村共设有3个幼教点：鸡毛店村幼教点、邱家梁子幼教点、关门山幼教点。其中鸡毛店村幼教点由原村小改建，邱家梁子幼教点、关门山幼教点则是租用民房作为幼教场所。

鸡毛店村幼教点的两名“村级幼教点辅导员”，都曾经是本村村小的学生。当年，沿着这条山路，她们走出去了，如今，沿着同一条山路，她们又走了回来。不同的是，从今往后，村里的孩子们会说普通话了……

彝族姑娘木布歪所在的地方就是她曾经的学校，村小，她读一二年级的地方。她说跟她记忆中的样子一点没变。她说的是格局，呈 U 字形的几间平房，围着一个院坝，两端各立着一座篮球架。但房子肯定变了，石头墙换成了木楞子，盖了红色的塑钢瓦。当初的村小办成了如今的村级幼教点。

围墙不高，从墙上看出去，视野十分开阔，可以看见对面的山。

山里的月亮很亮，水洗过似的，木布歪和她的同伴马小明常坐在这里，看月亮从山后爬上来。

当年，木布歪就是沿着这条山路走出去的，如今，沿着同一条山路，她又走了回来。

木布歪是 2016 年 4 月从攀枝花回到木里的。那之前她在攀枝花市同德中心幼儿园任教。她的运气好，刚从攀枝花经贸旅游学校学前专业毕业，就找到了工作，一去就担任班主任。上课之余，还时常有机会听讲座、受培训，到各乡镇幼儿园走走看看，开眼界，长见识。

木布歪觉得生活正向她展开一幅她所期待的画卷。

可就在这时候，她得到消息，她的家乡木里县正在公招幼教，准确地说，不是幼教，是村幼，全称叫“村级幼教点辅导员”。名称上已经表明，不是幼师，是辅导员。再看待遇：无编制、月薪两千，其中包含社保中个人应缴纳部分。

木布歪很快就把这个消息放下了。可是朋友圈里老乡多，县里的任何一点动静她都晓得。那段时间，木里招村幼成为朋友圈里的热点，谁都知道，这是木里从未有过的新鲜事。小时候，别说是上幼儿园，就连听也没听说过。

那阵子，只要手机在手，木布歪总会下意识翻看朋友圈。

2016 年 4 月，木布歪的母亲病了。母亲的病促使她下了决心，也成为她向幼儿园辞职的理由。

但她说那是大家都晓得的原因。还有不晓得的，她自己心里清楚，她的心中始终有一个结。

木布歪 11 岁时才上小学。村小，就在她现在任教的这个院里。她说 11 岁了，啥也不懂，思维还不如城里五六岁的孩子。但那时候他们很快乐。村里的孩子都一样，从走路开始，在院里跑，在村里跑，在山上和树林里跑……跑大了，父母想起来了，就去上村小。那时候的孩子们也不知道这世上还有个名词叫“幼儿园”。不光孩子们不知道，父母乃至全村的人都不知道。村小只有一二年级，三年级就去乡中心小学就读。

她家所在的三桷垭乡鸡毛店村是彝族村，小朋友们是彝族，老师也是彝族。上课下课说彝语，上学放学也说彝语。木布歪觉得上学挺有意思，小朋友多，换个地方玩似的。

可是，三年级时，一到三桷垭乡中心小学，木布歪沉默了。

这一沉默，就伴随了她好多年，甚至改变了她的性格，让一个天真烂漫的小姑娘，变得寡言，寡言中还带有几分忧郁。

初见木布歪时，我就感觉有些异样，与许多的年轻女孩比，她更静，更淡，微笑从她的面部和眼睛里泛出来，忧伤也从她的面部和眼睛里泛出来。

初到三桷垭乡中心小学的木布歪听不懂汉语。一句也听不懂。同学们下课时说汉语，她可以不说，装着不搭理。可是老师上课全说汉语，她一直在“坐飞机”。

课本上的字看不懂，她看着窗外。作业完不成，她把作业本盖过来。只要有人跟她讲话，就讨厌。老师多说一句话，她都烦。

四年级时，她才重新开口，勉强能说汉语。

对语言的艰涩记忆几乎盖过了她的所有记记。其实当初上小学上初中，条件之艰苦同样难忘。从村里到乡上没有公路，走路来去，要翻两座山，爬数不清的坡坎，单边步行七八个小时。学校考虑到学生们路远，改了学制，每两周上 10 天课，放 4 天假。可学校没有食堂，学生们得自己做饭：用几块砖头垒在寝室里，一长排，满屋子的黑烟白烟。饭煮没煮熟不要紧，都得吃。菜是家里带去的酸菜辣酱。放假时，米面没了，学生必须回家，拿米拿面。可木布歪的家太远了，遇上雨雪天，半夜还在路上。后来读初中，她便去了倮波乡。那里有一所锦屏希望学校，尽管离家也远，但七天制，学校有食堂，周末可以留校。

木布歪一学期只能回一次家。

初中毕业，享受国家对少数民族地区的教育政策，她到攀枝花经贸旅游学校学前教育专业上“9+3”（即在九年义务教育基础上，专为少数民族孩子再提供三年免费中职教育），毕业后留在了攀枝花。

可她最终回来了。妈妈的病是一大原因。医生说，妈妈的病很难治愈。

回来的话，既可以照顾妈妈，又可以在村幼教点上班。

她是沿着当初出去的这条山路回来的。这条路的路线是这样的：头一天，从攀枝花坐大巴到西昌，3 小时，车费 80 元。但当天她不能再赶路了，因为从西昌到木里县境内的锦屏电站，也要 3 个多小时，赶到时，天黑了，回不了家，又没地方住，她只能在西昌住一晚。

第二天，再从西昌坐私家车到锦屏电站，3 个多小时，车费 200 元，再从锦屏步行到鸡毛店村，5 个多小时。

这一次回来，仅有的区别是，锦屏电站到鸡毛店村的道路已经修通，但路面尚未硬化，又因下雨塌方，车辆无法通行，她仍然只能步行。

回来之后的第五个月，母亲走了，木布歪留了下来。如今，幼教点的工作已经上路，她们的三桷垭乡鸡毛店村幼教点有46个小朋友，两个班，一个大班一个小班；两名村幼，她和马小明。2019年春季开学时，她和马小明商量，觉得小朋友们的衣着很不整齐，有的不能按时换衣服，打算在开学时的家长会上提出来，为小朋友们订制校服，以校服的形式强调着装和卫生习惯。

但也只是提议，愿意的就订，不愿意的绝不勉强。

没想到，提议一说，所有家长全部愿意。

校服为大红色，三件套，每套120元。她们还特意设计了小太阳图案的Logo。

木布歪说，幼儿园办起三年多来，家长们很满意。每年的儿童节，把家长们请到学校，开交流会，看孩子们表演节目。家长们看节目，看着看着就哭了。他们是百感交集：这些孩子真幸福啊！可是，他们的哥哥姐姐就没有这样的福气……他们自己更是，没上过幼儿园不说，连学也没上过，别说是普通话了，就连四川话也不会听，不会说……

下午，孩子们放学回家，学校静下来。对面的那座青山，就成了她们的伙伴。山不算高，线条极其优美，山顶的树细密整齐，树缝里透出湛蓝的天，远远看去，仿佛山也长出了长睫毛。

夜晚，总会有月亮，从山的背后爬上来。

为了能听到点声音，木布歪说，到了傍晚，她们会放音乐，把音量放到最大。附近的乡亲们都过来了，就在院子里跳舞，跳锅庄。学校又成了娱乐点。此外，她们还写字、做手工，用以驱逐孩子们放学后的空落。可更多的时候，她还是愿意静坐着，望着对面的山。

难道，这往后，就这样望着，这片山？

如今，木布歪已经27岁。没有男朋友，以前没有，在这里更难找到。渺茫的可能摆在眼前，也等在身后。她说，看缘分吧，也只有看缘分。

前一阵子，新疆招幼师，问了工资、待遇、报名条件，她有些心动，但最终还是决定留下来。

木布歪说，我也不知道。说的是为什么留下来，也说的是未来，会不会走。但她说，在这里一天，我就会好好干，干下去。

马小明和木布歪很相似，经历一样，感受一样，也是鸡毛店村人，也接受的是“9+3”教育，也是毕业后留在攀枝花，在一所名叫小天使的幼儿园任教。

她也和木布歪一样地安静。圆圆的眼睛，黑黑的皮肤。明明她在说话，你却觉得她一声不响，就那样坐着，看着你。

她的声音轻得有些梦幻。

她说辞职前，幼儿园的领导再三挽留，她也犹豫过。但她最终选择了回来，不为什么，就为家乡的这些小朋友可以上幼儿园了。

而有关她之前的经历，她没有多提。说得多的是她回来之后。

到鸡毛店村之前，她已经在两个幼教点待过。先在高房子村，后来又去了邱家梁子幼教点。

木里境内的村级幼教点呈现两个特点。一是因为山高路远，说是“一村一幼”，许多的村需设一村两幼三幼，每个点的孩子多则三五十人，少则三五人、七八人。鸡毛店村就有三个幼教点：鸡毛店村幼教点、邱家梁子幼教点、关门山幼教点。

二是因为山高路远，以及传统、文化等原因，各地对教育的重视程度不同，按照县统一设定的村级幼教点辅导员招聘条件，各地符合条件的人选也有差异，有的地方甚至为零。这就需要从其他地方调派，也需要应聘者服从安排。

马小明就属于这类情况。

2016年11月，马小明从攀枝花回来，在高房子村幼教点任教。此时的木里各村级幼教点刚开设不久，仓促上阵，各类设施来不及完善。而高房子村是个大村，交通便利，入学的小朋友多。全班46个小朋友，就她一个老师。没有桌子板凳，就站着上课。后来有了板凳，没有桌子，膝盖就当桌子。小朋友中有彝族、藏族、布依族……彼此听不懂彼此的话，但哭和闹是一样的，都哭，都闹。

上厕所，得一个个带。

沈玉娟是她当时的学生之一，5岁。整整哭了一个月才安静下来。整整用了两个月时间，才勉强能回答“老师好”。两年后，沈玉娟去了三桷垭乡读小学，一年级第一学期考试，全县第一名。

也是因为需要，马小明又去了邱家梁子幼教点。

那是一段让马小明终生难忘的经历。

邱家梁子幼教点是鸡毛店村三个幼教点之一，正如它的名字，位于高高的山梁子上。

班上仅有5个小朋友。房子是临时租的，农户家的闲置房。公路边风大，房子久不住人，四处漏风。起风时，外面吹什么风，屋子里就吹什么风。风大时，能把火吹熄，能把锅吹翻。

没有水，没有电，没有柴……连床也没有。

床是从苏以伍家的废旧堆里翻出来的，他家的两个女儿都在上幼教点，他的家就成了幼教点的唯一后援。

用铁锤敲，用铁钉钉，马小明自己修床。可床修好了，只有一张，住房也只有一间，搭档却是位男老师，木金贵。

木金贵只好去农户家里借住。

水也是从苏以伍家接，柴也是苏以伍送。

木里山高林茂，水资源极为丰富，境内有大大小小几十个电站。可是水在山脚，人在山顶，木里的大部分山区长年缺水缺电。邱家梁子的村民是“靠天吃水”，都从山上笕水吃：用很长的管子，从远远的水源处接下来。天雨时水大，天干时水小。那年天干，苏以伍家的水管子里，水细得就跟棉线似的。马小明用桶去接，感觉那水管子里流出来的不是水，是油，是血，她自己都觉得心痛。除了吃水，别的事一概省去。脏衣服也是存下来，周末背回家洗。

照明则是去林里捡松明，代替电灯。

第二学期，男老师木金贵辞职，新来的女同事沈小云，怀孕已经五个月了。周末时，马小明和沈小云一起回家。从邱家梁子幼教点到家并不远，步行，一个多小时。可路是山路，路面坎坷，沈小云怕颠，不敢坐摩托车，马小明只好陪着她走路。天晴时地上树上全是土，下雨时，路不见了，只见小河，两个人手拉着手，看不清路，只好趴下，手足并用，爬着走。

周日再回“学校”，门前睡着牛、羊、猪、马……坝子里全是粪。打开门，进房间，地上天上全是土……

那时候的马小明就会退出来，坐在门前的石头上。她开始想念起攀枝花来，想念那所辞职的学校。辞职之后的好长一段时间，园长还跟她保持着联系，让她回去。她也确实想过不干了，回攀枝花去，回小天使幼儿园。

可是，为什么没走？她自己也说不清楚。

从那些咧着嘴笑或者哭的孩子的脸上，她总能看见自己的影子。

以前上学时没有幼儿园，现在有了……我应该能坚持。马小明说。

后来邱家梁子点的 5 个小朋友分流，有的去了县城，由爷爷奶奶陪读，有的上小学，有的去了高房子村，马小明这才到了鸡毛店村幼教点。

说到往后，马小明说，往后可能不会辞职了，这么艰苦都过来了。只是，说到婚恋，马小明的语气慢下来。她比木布歪小一岁，今年26。家里上有哥哥，下有妹妹。哥哥早已成婚。妹妹国庆节也结婚了，丈夫是倮波乡人，做建筑。她的婚事，成了父母眼里的头等大事。可是，放眼看去，周围没有一个合适的。

木里的村幼中，像木布歪和马小明这样的未婚女还有很多。她们从山里出去，再回来，眼界和内涵都不同了，择偶的标准也不同了。如今身处深山，曾经的那些未婚男，早已成为人夫，或者，压根儿就不再般配。

到哪里去找合适的人？

缘分吧，也只有看缘分。马小明说的，和木布歪一样。

从“跑”开始

海拔3500米是一个敏感的数字，一边是高海拔，一边是超高海拔。麦日乡就在这个临界点上。麦日乡位于木里西北边缘，境内4000米以上的雪峰就有6座。被世人称为香格里拉核心区域的玛娜茶金，就在距此60千米的地方。壮美的风景和艰难的生存环境，是构成麦日乡现实的一体两面。长期的教育滞后导致人才缺乏。麦日乡4个行政村，设有7个幼教点。全乡14名村幼中，仅有2名是本地人，其余12人均由外乡调入。

而紧邻木里县城的乔瓦镇，受县城的辐射和影响，长期以来外出读书的人相对较多。开办村级幼教点以来，乔瓦镇成为主要的“村幼输出地”，麦日乡则是“村幼输入地”的代表。两地的空间距离，带来的是心理、观念、习俗等全方位的距离……

扎西祝玛很直率，对自己当初的“逃跑”毫不避讳。她说，跑，怎么不跑，刚来了就跑，只住了一晚上，爬起来就跑。

扎西祝玛高，瘦，立在人堆里，像一根灯柱子。她也确实光彩照人，大眼睛，白皮肤，一条粗辫子垂在身后，缎子般光亮。

我问她多高，她极腼腆，移开眼睛，道，一米七二。

这样的藏族美女，倘若去了外面，仅凭相貌，就可能有一大堆机会，有一个大好的前程等着她。

2015 年 11 月，扎西祝玛从蒲江县职业中专学校旅游专业毕业，回到家乡木里报考村幼。但她家所在地乔瓦镇是离县城最近的乡镇，报考人多，竞争激烈，第一次应聘失利。第二次应聘前，为保险起见，她表示服从调配，愿意到离县城最远、比邻稻城亚丁的麦日乡任教。

她如愿被聘用。

报到那天，她是在男朋友的护送之下前往的。路上整整 10 个小时。傍晚到达时，麦日乡立在夕阳里。面前是山，背后是山，山下一条水洛河，岸上一片黑土地。层层叠叠的梯田，呈扇形。地里的庄稼已经种下，正在发芽。正是 2016 年 3 月，乍暖还寒，万物复苏。祝玛的感觉不错，以为在这样的地方肯定能够待下去。可是，报完到，校长说，她工作的地点不在乡上，也不在村上，在日龙村的一个点——日窝幼教点，车程还需一个小时。

她和男朋友再度起程。

日窝幼教点坐落在田坝当中。远远看去，周围全是土地，独独的几间房子立在中央，仿佛汪洋中的一片孤岛。天下着小雨，转眼又成了雨夹雪。远处的空地上有人赛马，马蹄驶过，尘土飞扬，雨、雪、土……构成了一个灰蒙蒙的世界。

到达幼教点，水、电、网络信号……一样没有，只有几间旧房子，冷清清立着，远处近处的大山，形成屏障，与世隔绝。

再看屋里，房梁有些倾斜，墙上片石裸露。桌上有几本书，是前任幼教留下的。感觉中，前任走得匆忙，逃也似的，顾不及带上它们。

从屋里出来她就去找信号。

搭档打珍拥色是本地人，她知道信号在哪儿。那些信号都是被风吹来的，挂在云端，藏在树缝里。她们找信号找了半个多小时。终于，找到了，拨通电话，祝玛在电话里哭起来。

电话是打给妈妈的。她说，妈，我肯定坚持不了，要回来。

妈也哭。可是，妈说，你先坚持一个星期，看下吧，坚持一个星期……

妈妈想让她有个正式工作。或者，妈妈还有种期盼：某一天，村幼也能转正，有编制……

她说不，她肯定坚持不了，要回去。

两人就吵起来。她在这头哭，妈妈在那头哭。

最终，她还是走了，跟着男朋友回去了。

头天来，第二天爬起来就走。

在家里一住就是 20 多天。

这 20 多天里，麦日乡中心小学的何校长几次打来电话。何校长话不多，总是那么几句：来都来了，考都考上了，可惜了。我们乡村教师都是这样过来的。熬一熬，习惯了，也就容易了。

妈妈也在耳边嚷，天天嚷：去吧去吧，考都考上了，可惜了……

她只好咬着牙，又起程。

还是男朋友相送。到了日窝幼教点她才知道，她走后的这 20 多天里，是搭档一个人撑着。幼教点远离人户，不敢住，搭档就去村长家借住。

她决定暂时留下来。

第一天上课时，6 个小朋友坐在教室里，6 只脑袋挤在门口——都是孩子们的家长，有爷爷奶奶，也有爸爸妈妈。他们探着头，不说话，笑，露出的白牙，在黑脸上闪，在阳光下晃。

祝玛开始上课时，才发现，小朋友们听不懂她的话。小朋友们说话，她也同样听不懂。

原来麦日乡的藏语在木里的藏语方言中属于呷咪，而祝玛所在的乔瓦镇属于普咪。彼此的话并不相通。

比，用手比画。比着比着，也就懂了。

可是，两星期后，搭档去西昌考试去了，祝玛自己留在学校，又想到了跑。这一次，如果跑回去了，绝不会再来。祝玛在心里暗下决心。只是，得等着搭档回来，总不能扔下孩子们，就这样跑。硬撑着上完课，饭也不想做，话也不想说，躺在床上，闭上眼睛，感受着度日如年。娃娃们的午餐都是从家里带来，在学校吃。祝玛的房门开了，可光线并没有亮起来。祝玛起身看，娃娃们堆在门口，一人的手里一块馍。她看见那些脏黑的小手，手指深深陷进馍里。

见她起身，那 6 只小手，6 块馍，一起向她伸来。

6 块馍，她全吃了。

那天起，每天中午，娃娃们要么带馍，要么带酸奶、土豆，总是要递给她，6 份，她全吃了。

后来她开始做饭。娃娃们不再给她馍了，仍然堆在门口。她挥手，全进来了，一起吃。

那天起，每到中午，她做饭，娃娃们就堆在门口，等着她招呼：进来，一起吃。

后来，娃娃们回去，跟他们的妈妈说，你做的饭没有我们老师做的好吃。

再后来，祝玛笑了，她就坚持了下来。

如今，当初的男朋友已成为她的丈夫。他们的孩子也满周岁了。丈夫在不远处的东朗乡政府上班。孩子一岁前留在家里，由外婆带，满周岁后，祝玛带至身边，与小朋友们一起上村幼。问及往后，祝玛还是腼腆：那么难都挺过来了，以后，不会走了。

格绒拉姆说，她也想跑，也跟爸爸说，她干不了，最多一个星期，肯定要回去。

让她想逃的不是学校，也不是孩子们，是那些猪。

格绒拉姆是由爸爸送去幼教点的。车程来一天，回去一天，爸爸刚进门，格绒的电话就追回去了。

格绒拉姆的家也在乔瓦镇。刚考上村幼时，她还兴致勃勃。闺蜜兰阿金跟她一起考上了村幼，一起培训，一起分到麦日乡同一个幼教点：克米幼教点。报到前，她跟兰阿金通电话，你带锅碗瓢盆，我带米面油……那感觉，像在计划一次长途旅行。

到达幼教点她才发现，她所在的克米幼教点不是村幼教点，是格伊村的三个幼教点之一，设在高山上，周围的农牧民，不种菜，吃土豆……早上炸土豆，中午炒土豆，晚上又炸土豆。

还有房子，是村上的闲置房，久不住人，顶上盖着铁皮，风一吹，哗啦啦响。

这些都不是问题。问题是上厕所。

去村幼教点的第二天，格绒的肚子痛，捂着肚子去找厕所。村幼教点没有厕所，格绒头一天就发现了，却没有放在心上。格绒是藏族，对本民族这方面的状况有认知也有心理准备。藏族人因为长期的游牧生活，形成了一套独有的生活习俗。后来日渐定居，许多家里也有了旱厕。近几年精准扶贫，要求住房环境标准化，许多家里还有了抽水马桶。格绒家也是这样，如今已用上了抽水马桶。而在成都读书的三年，她早已养成了新的需求和新的卫生习惯。到了这里，她主动降低了对厕所的预期。昨天到达幼教点后，她早就发现幼教点没有厕所，但她想附近的农户肯定有。那天她捂着肚子往邻居家跑，邻居很热情，把她往猪圈的方向引。进到猪圈，地面竟是平的。

她瞬间明白过来，根本就没有什么厕所。

也没有人和猪的隔离区域。

她小心翼翼往下蹲，一群猪拥上来。

她尖叫着站起来，想逃，顺手从柴堆上抓起一根木棍，向猪挥舞。

猪们在木棍的逼迫之下往后退去。

她再度蹲下，面对面，与猪保持着距离。猪们不敢往前，相互推挤，脊背汇在一起，形成一道巨大的洪浪。

木棍不断地挥舞，坚守着自己的地盘。

她起身提裤子时，木棍放下，猪们一拥而上，像一群狼。

她吓得哇哇大叫。

是怎么从猪圈里逃出来的，格绒全无印象。她也不知道自己在哭。对着电话，哭声大起来。她说，爸爸，我肯定干不了，干不了……

最多一个星期，要回来……

话语夹在哭声中，爸爸听不明白，只问她咋样了，为什么哭，遇到啥了。

她说不出自己遇到啥了，也说不出口，只是哭，哭够了，抽泣着，这才说出话来：这种鸟都不拉屎的地方……我从没有受过这种苦……

可是，为什么没跑？为什么没有回去？格绒找出了许多理由为自己开解，好像没跑回去，失了言，是她的过错。

是那些孩子们，他们太捣蛋了，听不懂我的话，上课时，你说你的，他说他的。娃儿要喝水，我把他拉去解手……格绒咯咯笑。

还有，他们骂我，我也听不懂，我就把他们的话记下来，打电话去问我的闺蜜，让她给我翻译，她说，他们在骂你是哑巴。

还有个 4 岁的小男孩，叫苏朗扎什，每天来了，就是不进教室，走到学校门口，就在那里坐下去。当时的门，用两块板子钉上的，上面下面都空着，只关牲口不关人。他来了，坐下来，手伏在门上，脚从下面露出来，上面下面都露着，就那样睡觉，舒服得很，睡醒了，爬起来就走。你拉他进教室，他就动手打你，见啥扔啥，石头、棒子、泥沙……实在没扔的，就吐口水。

可后来他又成了最听话的孩子。他的爸爸妈妈在外面打工，跟着爷爷奶奶生活。每天放学，他把书包放回去，又回到学校来，跟我们一起吃饭，还陪着我们散步……后来人家还以为，他是我们的孩子。

还有，隔壁的那个聋哑爷爷，每天把院子扫得干干净净，每次包了土豆包子，都往我们屋里送。

还有家长们，我们这一年，吃了好多土豆，几百斤，都是他们送的……

格绒没走，只是上厕所仍然是她的心病。她和兰阿金便结成联盟，同时行动，小便时轮流站岗，大便还是去农户家，手里挥根木棍。

一个多月之后，乡中心小学何校长来了，格绒忍不住诉苦，何校长的一句话，让格绒感动得说不出话来。

何校长说，女生不能没有厕所。

事隔三年多，格绒重提起这句话，仍然觉得温暖。

故事并没有结束。何校长把事情嘱咐给村文书，把钱也拨给了村上，让村文书负责修厕所。

那些天里，幼教点的一角成了工地，有人在那里码石头，抹水泥，哐哐当当的声音传来，让格绒的心里格外踏实。厕所修好了，村文书让她们去看，推开门，格绒愣住了：水泥的地面又是平的，地上固定着两块砖头，一根水管子，一头接着水龙头，一头通向户外。

格绒问：这就是厕所？

村文书说：啊。

格绒不知道说什么了，又问：那解大便怎么办？

村文书显然没想过这个问题，又觉得不值一提，说道：就解在里面，让猪来吃。

格绒更不知道该说什么了。

猪们果真听话，后来每次上厕所，都在外面等着，嗡嗡地叫，拱着门板，门板很薄，在格绒的眼前一闪一闪，随时都可能倒下去。

但厕所终归有了，门板也没有倒下去。

日子终于由生变熟，变得顺畅起来。周一到周五，孩子们的上学时间，日子就像装了轮子，转得飞快。只是，一到周末，日子又慢下来，锈住了似的，得想办法往前推。

最近的两个幼教点，也不近，骑摩托车两个小时。那里的村幼老师也是单身，也是从外乡来。到了周末，格绒拿起电话，先打给俄西幼教点的卓玛拥初和拥宗拉姆，再打给瓦托幼教点的海巴里和呷绒：

周末了，你们在干啥？要不，快来嘛，有腊肉哦，还有，你们那里的蔬菜，多带点，打发我们一点……

格绒是爽快性格，有她的地方就有笑声，果真，伙伴们来了。

聚会就这样开始。后来她们还给聚会命名：光棍聚。

食物也越来越丰盛，有了鸡，有了啤酒……可电是个问题。幼教点用电是从聋哑爷爷家牵出来的一根电线，开关也安在爷爷家。爷爷睡得早，灯一关，幼教点早早陷入了黑暗。可山上的松明多，不稀罕，随便烧，屋子里就跟宫殿似的，每个人都有几个影子。满屋子的影子，满屋子的人，大碗喝酒，大块吃肉，大声地说话。再也不觉得孤单，再也不觉得寂寞，再也不觉得日子难熬……

只是，第二天，伙伴们走了，就剩下格绒和兰阿金。她俩互相看着，想笑，却最终哭起来。

钻进被子里，呜呜地哭。

为什么？因为头晚点了松明，当时看不见，大白天再看时，鼻孔里，眼窝里，连头发根里都是黑的……

格绒看不见自己，但她看得见兰阿金。兰阿金也一样。她俩互为镜子。

但“光棍聚”还是聚，而且成了惯例。那天又到了周末，伙伴们都来了。买了酒，买了鸡，腊肉也煮上了。还有一些小零食，满满的一桌。又是松明。松明到处都是，不稀罕，使劲烧。酒劲上来，却没有喝多。到睡觉的时候了，可女孩们不想睡。不知是谁提议，到外面去，打地铺，可以看星星。

那个晚上的星星是被女孩子们看出来的。起先并不明显，后来就多起来，满天都是，像一顶缀满珍珠的大帽子，戴在女孩们头顶，又像是一件藏袍，袍上缀满了珠宝……

原载《人民文学》2020 年第 5 期

明珠耀凉山（节选）

◆廖伯逊

廖伯逊，男，四川省作家协会会员。出版长篇报告文学《河南·江油：大河情怀》《天鸟》，长篇小说《失落》，散文集《不灭的灯火》；多篇文学作品刊载于《人民日报》（海外版）《四川日报》《四川农村日报》《剑南文学》《凉山文学》等，并被收入《四川回答世界》《四川精短散文选》《浴火重生》《生命至上：四川战疫丛书·文艺卷》等图书。其中，《河南·江油：大河情怀》获四川省精神文明建设『五个一工程』特别奖。

美丽的布拖高原，一个以马铃薯原原种、原种繁育和推广为核心，集农作物繁育、生产和销售、农业科技推广等为一体的现代农业科技示范园在布拖高原跃然而出，成为四川对口帮扶的涉藏地区、涉彝地区一颗亮眼的明珠。

——题记

1. 使命如山

一轮红日从阿布泽鲁山跃起，沉睡的布拖高原再次苏醒过来。远处山梁上的根根白色风电装置，哗哗转动，让人恍如进入童话世界；近处的华山松林茂密葱茏，延绵铺展，直到山的尽头。环顾四周，特木里镇被群山包围着，一条条墨色山脊从山巅延展到山脚，就像条条巨龙穿云破雾，奔腾而来，拱卫着宝珠——高原盆地中央的特木里镇。

“多好的风水啊！”江油市农投集团监事会主席胡钢感叹道。

刚刚感叹完毕，一阵歌声从华山松林里飘了出来：

破烂的褂子妈妈缝的最暖和，
春荒三月里，

粗糙的荞粑妈妈做的最可口。

这歌声有如天籁，一下把胡钢震到了。歌声刚一结束，胡钢就问宾馆里的彝族服务员。服务员知道他是外来客，耐心地当起了翻译："这是我们彝族阿都高腔。"

胡钢这才知道，彝族阿都高腔是布拖彝族民间广为流传的民歌。刚才飘来的歌声，表达了对彝族阿姆（妈妈）的依恋和赞美，也表达了彝族同胞对美好生活的向往。

胡钢暗下决心，一定要为布拖彝族同胞的脱贫致富做点实事。于是，他们按照江油市委、市政府的要求和扶贫协作"布拖所需，江油所能"的原则密集展开了考察工作。

其实，在胡钢马不停蹄赶往布拖前，江油市委先后两次召开常委会，专门研究江油对口帮扶布拖县工作。

江油与布拖的缘分始于2016年8月21日。当天，四川省召开对口帮扶涉藏地区、彝族聚居区贫困县工作会，江油作为经济较为发达的35个县（市、区）之一对口帮扶布拖县。

江油市委常委会两次要求，努力争创扶贫协作工作全省一流，决定将每年对口帮扶资金按上年地方公共财政预算收入的0.3%以上提高到0.5%以上。

江油市对口帮扶布拖县脱贫攻坚前线指挥部迅速成立了办公室、规划建设组、公共服务组、产业发展组四个工作机构，主动向布拖县委、县政府汇报工作情况，与县级相关部门、乡镇和贫困村进行对接，派出帮扶人员深入乐安镇、俄里坪乡、火烈乡、特木里镇的10多个贫困村实地查看，与当地群众磋商协作方向和帮扶项目。

与此同时，前线指挥部还组织江油工投、旅投、城投等企业到布拖考察，为选准帮扶项目打基础。

"形势逼人，农投不能落后啊！"胡钢有些着急了。

很快，胡钢就了解到，布拖县地貌特征可以概括为"三个坝子四片坡，两条江河绕县过，九分高山一分沟，立体气候灾害多"。三个坝子，就是布拖、拖觉、西溪河坝子，是三个高原小盆地。境内的阿布泽鲁、乌科梁子两大山脉，呈南北走向，最高点阿布泽鲁峰，海拔3891米，最低点在西溪河入金沙江口处，海拔535米，高差达3356米。位于布拖坝的特木里镇，海拔达2400米左右。

布拖县大面积种植的农作物是土豆、苦荞、燕麦、苞谷、萝卜，少量种植有中药材附子。全县广泛种植的土豆，大部分为自留种，只有少部分是从附近的云南省巧家县，乃至西北地区的甘肃省定西市买来的脱毒马铃薯生产种，运距大，种植成本高。全县没有一处水果种植地，仅在县城旁边搞了一个规模不大的蔬菜种植大棚，基本能满足县城居民对大宗蔬菜的需求。水果和一些没有种植的蔬菜都要从西昌购买，才能满足县城里的市场供应。

“贵得咬人。”说起布拖的水果和蔬菜，帮扶干部深有感触地说。

畜牧业是布拖得天独厚的产业。在整个凉山州18个县（市）中,布拖的“五黑一西”名头响亮。五黑，即黑猪、黑鸡、黑牛、黑山羊和黑绵羊；一西，即西门塔尔肉牛。在一些高海拔地区，还放养着牦牛……

让人馋涎欲滴的莫过于布拖的坨坨肉与酸菜汤、布拖冻肉和烤猪儿了。

坨坨肉与酸菜汤是彝家招待贵客的招牌大菜。那坨坨肉是牛、羊、猪、鸡肉，一坨多则半斤，少则二两，是真正的“大块吃肉”。酸菜汤，是将煮肉的汤加入血、酸菜、木姜煮出来的。

了解得越多越深入，胡钢觉得自己已是“少数民族”了。

经过细致的调查，胡钢对对口帮扶布拖的思路逐渐清晰起来。他认为，作为“一步跨越千年”的直过民族地区，布拖农业受恶劣自然条件的影响，思想观念落后、基础设施薄弱，要实现脱贫致富的梦想，必须走产业升级的路子，建设现代农业科技示范园区，以科技为引领，带动全县农业向高产、优质、高效的现代农业迈进，创造出独一无二的品牌，实现民族地区的增收致富。

正所谓英雄所见略同。胡钢把自己考察的情况和系列思考向江油市对口帮扶布拖县脱贫攻坚工作前线指挥部领导做了汇报，与他们的思路不谋而合。

2016年9月29日，江油市对口帮扶布拖县脱贫攻坚工作前线指挥部向江油市委、市政府报告了（2016—2020年）产业扶贫工作规划，得到批准。

《工作规划》明确提出，以建设布江蜀丰现代农业科技示范园为引领，把科技农业、生态农业、观光体验、电子商务、示范拓展五者有机、紧密地结合在一起，建设马铃薯原种繁育基地、高山蔬菜种苗繁育基地，发挥最大的生态效益、社会效益和经济效益，探索出一种全新的高效农业发展模式，闯出一条传统农业走向现代化、都市化、商品化的新路子。

半个多月的心血没有白费！胡钢心潮澎湃，他仿佛看到了一座现代化的农业科技示范园区正跃然而出。

胡钢深知，得到组织的认可与项目落实之间还有相当长的一段路要走。

为了便于推进工作，江油与布拖成立了以布拖县委常委、副县长、江油市对口帮扶布拖县脱贫攻坚工作前线指挥部指挥长唐顺江，布拖县委常委柳子色为双组长的项目推进领导小组，布拖县相关职能部门的主要负责人为项目推进领导小组成员。

落实很关键，也很考眼力和脑力。

布拖县相关部门提供了五个备选点，供江油市领导考察和选择。

10 月的布拖高原，迎来了 2016 年的第一场雪。北风呼啦啦地吹了一天一夜；北风稍停，鹅毛般的大雪又接踵而至。

此时的彝族同胞们，要么围着火塘，聊着开心事；要么穿着查尔瓦，围成一圈喝啤酒，一般很少外出活动了。偶尔在房外的雪地里见面，也就相互问候一句“孜莫格尼”（吉祥如意），就匆匆离开了。

胡钢与指挥部的领导及指挥部产业组的成员吴传斌、杨心源、谢国光、杨煊却不敢耽误太久，因为要早一点确定选址，早一点确定规划建设方案，就能早一天见到成效，早日为彝族同胞们造福。

彝族同胞们看到江油人如此拼命，都劝胡钢们莫要逞强，这儿不比内地，天寒地冻的，容易发生意外的险情。

胡钢与前线指挥部产业组的同志们就是不信邪，他们继续冒着大雪，行走在雪原上，脚下发出“咔嚓咔嚓”的声音。

成员们连续考察了特木里镇民主村大棚蔬菜科普示范园等五个备选点。最后，把布江蜀丰现代农业科技示范园定在特木里镇则洛村。

这里是布拖县农业投资有限责任公司的土地，吉志木支是公司的副总经理。当时，布拖县农业投资有限责任公司刚刚组建完毕，还没有展开实质性的经营业务。职工也仅有 3 名，拥有土地 157.43 亩。

经过倾心交谈，胡钢与吉志木支达成合作意向。

10 月 28 日，江油农投集团派出 17 人的工作队，抵达布拖，开始了布江蜀丰现代农业科技示范园建设的前期繁忙、紧张的筹备工作。

17 位同志到位后，江油市对口帮扶布拖县脱贫攻坚工作前线指挥部组织江油、布拖两地的农投公司召开专题会议，讨论审查“布江蜀丰现代农业科技示范园”的概念性规划设计方案。

会上，双方同志畅所欲言，气氛热烈。会议最终达成共识：高起点、大手笔地规划和建设！

基本思路是以布拖县国有示范繁殖农场为基地，由商定的江油农投与布拖农投公司共同投资，2017 年启动建设以马铃薯原原种、原种繁育和推广为核心，建设集繁育、生产和销售、农业观光、农业科技推广、农村电子商务等为一体的现代农业科技示范基地，将布拖县建设成为马铃薯原种、生产种供应基地，助力布拖农业发展、农民增收、产业脱贫致富。

此消息一出，鼓舞着在场的每一位农投人，也激荡着山山寨寨的布拖彝族群众。

江油农投与布拖农投决定合资成立“布拖县布江蜀丰生态农业科技有限公司”，由江油农投控股，占 51%；布拖农投占股 49%。江油农投主要以货币资金入股，布拖农投主要以土地评估作价入股（不足部分货币补足），项目最终以审计后的实际发生额为最后投资总额。江油市委、市政府也明确，江油农投控股的资金，属社会帮扶类资金，完全靠市场运作，不算入江油对口帮扶布拖的资金。

带着江油人民的美好愿望和布拖彝族同胞的热切期盼，布拖、江油于 11 月 16 日举行了马铃薯原原种繁育暨现代观光农业项目签约仪式。

唐顺江代表江油市委、市政府、前线指挥部讲话。他说，马铃薯原原种繁育暨现代观光农业项目正式签约了。这是江油对口帮扶布拖脱贫攻坚的重大项目，承载着为布拖人民造福，为彝族同胞谋利的美好愿景。希望高标准高水平地推进合作项目，确保建设高质量；尽早谋划，实现多种经营，做到有利于群众增收，带动周边群众就业，以技术培训等带动布拖现代农业产业发展……

李春代表布拖县委、县政府向签约仪式的成功举行表示热烈的祝贺。他说，协议的签约标志着“布江”友谊开出了鲜艳的花朵，标志着大凉山腹地真正的现代农业开疆破土，标志着布拖人民即将搭上科技扶贫的快车，实现经济腾飞。这是江油市委、市政府高度重视两地产业协作的结果，更是江油市对口帮扶布拖县脱贫攻坚工作前线指挥部和江油农投的大善大爱。布拖彝族人民将永远铭记这个难忘的时刻。

2. 站高谋远

不怕人笑话，在布拖县连续待了两个多月，胡钢连县城周围五千米之外的地方都没去过。两个多月来，胡钢不是在拜访布拖的县领导，就是游走在县级各大部门之间，除此之外，就是跟布拖农投的领导和当地彝族群众商讨建设布江蜀丰现代农业科技示范园的问题。

“忙”成为胡钢那段时间的主旋律。

原本以为签订完协议，就可以好好休息一下了，也可以好好转转布拖境内的四川第二大湿地——乐安湿地了，还可以到不远处的著名的金沙江溜索上，感受下别样的风情。

乐安湿地距离县城只有 30 千米，被称为“布拖之肾”，面积达 7000 多亩。

当地彝族同胞把乐安湿地称为“依莫火尔”，意为水草丰美的地方。在“依莫火尔”周围，分布着 11 个彝族原始村落，至今仍保留着原始的民风民俗。湿地内水草丰茂，是水鸟栖息的最佳场所。因此，湿地内候鸟成群，非常壮观。尤其是世界濒危动物、国家一级保护动物黑鹳，竟有 18 群之多。在冬日的暖阳下，这种体色鲜亮、体态优美、活动敏捷、性情机警的大型涉禽，就会翩翩起舞，让人流连忘返。还有难得一见的苍鹭、天鹅、丹顶鹤、大雁、赤麻鸭、绿头鸭等珍稀动物，更是成群结队，蔚为壮观。

胡钢也想去一睹近在咫尺的“依莫火尔”。可是，他真的抽不开身啊！

作为新任的布拖县布江蜀丰生态农业科技有限公司的董事长，胡钢要协调各方关系、忙着编制规划设计，做好建设前的准备工作、专业团队的组建等等。

高标准严要求成为胡钢的行为准则和行动纲领，因为建设布江蜀丰现代农业科技示范园，关系到江油人在彝族同胞中的形象，关系到布拖县农业产业的发展，关系到 19.12 万彝族同胞的脱贫致富。

沉甸甸的责任就像布拖那座沉重的阿布泽鲁山压在胡钢的肩头。

原以为协议签订后，胡钢就可以返回江油农投，从事自己熟悉的工作了。但不论是布拖的领导，还是江油的同人，都觉得胡钢不能走，理由也很简单：胡钢最熟悉情况，与彝族同胞已经建立了良好、深厚的感情。

吉志木支被任命为布拖县布江蜀丰生态农业科技有限公司的总经理，说起胡钢，不仅竖起大拇指，还连声说：“瓦吉瓦（好），瓦吉瓦（好）。”

领导的信任、彝族兄弟的盛情，让胡钢原本想回江油的打算悄然消退了，他毅然坚定地扛起了布拖县布江蜀丰生态农业科技有限公司董事长的责任。

在胡钢的力主下，布拖县布江蜀丰生态农业科技有限公司的领导班子搭建起来了。新公司的首要任务，就是建设布江蜀丰现代农业科技示范园。

在胡钢的心中，高标准就是要用全国最先进的设施设备，把布江蜀丰现代农业科技示范园建设成为四川省一流的现代农业科技示范园区。

具体来说，布江蜀丰现代农业科技示范园分三期建设：一期为产业示范核心区、二期为产业建设生产区、三期为产业建设辐射区，占地 1270 亩。一期总投资 2200 万元，占地 310 亩，主要建设马铃薯原原种繁育智能温室、标准化钢架生产大棚、马铃薯冷冻冷藏库以及马铃薯主食文化体验中心和农业科技培训与优质农产品展示中心、农业休闲设施、园林绿化等。

胡钢算了一笔账：一期项目建成后，可年产马铃薯原原种 400 万粒，年生产原种 600 吨、生产种 6000 吨。每年可为布拖县提供 3 万亩的马铃薯生产种，能满足布拖县脱毒马铃薯一至二代生产种实现 3—4 年一轮换，农户年可新增产值 1.26 亿元。

如是，就能彻底提升布拖县马铃薯产业的档次，一举改变马铃薯产业落后的面貌，促进彝族群众尽快脱贫，增收致富。

目标不可谓不宏伟！围绕这个宏大的目标，胡钢忙得像一个飞速旋转的陀螺。很快，示范园建设用地、项目立项、项目开工筹备便相继落实了。

2017 年 2 月 28 日，天空阴沉得如同铅色的大幕。布拖县特木里镇则洛村奇寒无比，附近的山尖上，戴了一个冬天的白帽子（冰雪）更加重了；农房上的冰凌一串连着一串，显得非常刺眼；黄土地上，零零星星的没有拔去的萝卜苗，经过严寒的洗礼，依然挺立着；沟渠里的冰凌，像一把把长剑，横七竖八地摆放着，寒光闪闪。

这是春节过后的一个工作日，许多人还没从春节的气氛中清醒过来，依然沉浸在节日的喜庆氛围之中。

一大早，从布拖县城通往州府西昌的柏油马路左边，聚集了大批彝族群众。欢快的迎宾曲在田野上回荡。这些彝族同胞就是被这优美、欢快的曲子吸引出来的。男男女女、老老少少的彝族群众亲热地打着招呼，互致问候。

彝族同胞们聚集的坝子石子铺地，是前一天由江油农投集团星乙建设工程公司刘继忠带领四十多个工人紧急平整出来的。坝子西边，挂着一块巨大的红色幕布，上面写着：布江蜀丰现代农业科技示范园开工仪式。坝子两侧，摆放着几块介绍江油对口帮扶布拖的情况和布江蜀丰现代农业科技示范园简介的展板。几台挖掘机戴着红绸大花，停放在附近……

尽管天气寒冷，但彝族同胞们热情高昂。得知这儿将要崛起一座科技示范园，大家来了兴趣，尤其是听说要建马铃薯原原种繁育智能温室，这些种了几辈子马铃薯的彝族同胞更是要打破砂锅问到底：原原种到底是个什么新鲜玩意儿？

上午 10 时，布拖县副县长、江油市对口帮扶布拖县脱贫攻坚工作前线指挥部副指挥长王成洪亮的声音从扩音器里传了出来，凝聚着江油、布拖人民心血和智慧的布江蜀丰现代农业科技示范园开工仪式正式举行。

江油市委副书记钟培代表江油市委、市政府致辞。他说，根据布拖县马铃薯产业的实际，江油决定提升产业档次，支持江油农投（集团）与布拖农投合作建设布江蜀丰现代农业科技示范园。这是江油人民的一片心意，也是江油帮扶布拖的重大举措，必将积极助推布拖一、二、三产业良性循环与互动发展。

布拖县委常委柳子色代表布拖县委、县政府致辞。他说，布江蜀丰现代农业科技示范园的开工是布拖县农业产业发展史上的一件大事。江油与布拖立足布拖的特色农业资源，友好协商推进农业产业协作，共同促成了布江蜀丰现代农业科技示范园的建设。我们坚信，以马铃薯繁育和推广为核心，以建设集马铃薯种薯繁育推广、加工和销售，优质高山蔬菜生产和销售，农业休闲观光，农业科技推广，农村电子商务等为一体的布江蜀丰现代农业科技示范园，必将在布拖高原开出绚丽的花朵。

听到领导们的致辞，围了里三层外三层的彝族同胞们终于明白了建设布江蜀丰现代农业科技示范园的目的和重大意义。

"江油，瓦吉瓦（好）；江油，瓦吉瓦（好）……"

"卡莎莎（谢谢），江油；卡莎莎（谢谢），江油。"

……

彝族同胞们洋溢着幸福的笑脸，对江油真心实意、高水平的帮扶感到由衷的高兴。

西昌学院党委副书记、纪委书记彭徐说："在布拖高原建设现代农业科技示范园是开天辟地的一个壮举；江油的建园思路清晰，着眼长远，措施有力，是一个真心实意的帮扶项目。"

吉志木支作为布江蜀丰现代农业科技有限公司的代表，参加了开工仪式。他满怀激动的心情说自己有三个没想到：一是没想到设计理念这么新，二是没想到规划水平这么高，三是没想到项目推进这么快。这样的理念和速度，几乎颠覆了自己以前的认知。

开工仪式的礼花还没散尽，刘继忠就带领四十多个工人冒着严寒，在原布拖县林场的办公楼内把地当床，搭起了地铺，建起了伙食团。

天气奇寒，但刘继忠们似乎并不害怕，立即着手测量建设布江蜀丰现代农业科技示范园围墙的长短，计算所需的红砖和沙石。

刘继忠们忙着建围墙的时候，布江蜀丰生态农业科技有限公司确定的地勘单位也进场了。突突突的钻机声打破了高原的宁静，在特木里镇上空盘旋。一些不明究竟的彝族同胞纷纷跑来看稀奇，胆子小的娃儿站在稍远一点的地方，不时看看这里究竟发生了什么。

布拖县没有混凝土块（加气砖）、钢筋、水泥、塔吊和一些辅助材料，刘继忠只好到西昌去采购；布拖县也没有架管（钢管），刘继忠就到邻近的昭觉县去租。

起早贪黑地干了一个多月，一道坚固的围墙矗立在157.43亩土地的周围。这道围墙，在宽阔的红土地上显得异常抢眼。这点变化，让南来北往的行人和路过的群众纷纷投去赞许的目光。因为这里很久都没啥动静了，一道围墙的诞生，不仅带来了人们对新生事物的期盼，更带来了人们对美好生活的憧憬。

天气慢慢转暖，路边的毛白杨光秃秃的枝丫上已有些绿意，庭院里人工迁移而来的紫叶李也开出了久违的花朵。

刘继忠们与胡钢一样，没有时间到处去转悠，欣赏欣赏缓缓而来的高原春色。他们已拿到四川尚合筑景建筑勘测设计有限公司的设计图。

刘继忠把四十多个兄弟伙召集在一起，开了一个简单的誓师大会。同时也请来了胡钢、吉志木支参加会议。胡钢先讲了这项工程的重要性和紧迫性，刘继忠强调了工程质量的要求。两人讲话的时间都不长，但铿锵有力，总结起来就是一句话：千方百计建设精品工程，为布拖人民和布拖经济的长远发展打下坚实的基础。

听了胡钢、刘继忠的讲话，各个小组的组长和工人纷纷发言，誓言建设优质工程、精品工程，绝不能给江油人拉稀摆带！

铮铮誓言印记每个人的心田，印记在施工的各个环节之中，也印记在布拖彝族同胞的眼里。这群江油人不分白天黑夜，一天24小时都在不停地干。一些彝族同胞很是奇怪，这群江油人早上在干，中午在干，晚上起夜发现他们还在干，凌晨也在干，咋不休息呢？难道他们是支格阿鲁的那匹不知疲倦的名叫斯木都典的飞马吗？

奇怪归奇怪，工程的推进速度和建设质量都让人格外满意。

高原的春天来得迟，去得却很快。刚刚还是春色艳潋，转眼就是蓬勃旺盛的夏日了。高原的夏日也是温情脉脉、情意绵绵，只有紫外线格外强烈，不管不顾地照遍高原的每一寸土地和每个人的脸庞。高原的夏季同样短暂，一不小心就滑到了秋季。萧瑟的秋风如同神笔马良的画笔，将山山岭岭涂抹得妖艳万分。桤木早早地落叶了，毛白杨换了一身黄色的新衣裳，落叶松紧紧跟上……于是，布拖高原的村村寨寨金浪翻滚……

不知不觉，刘继忠与四十多个工人在布拖待了一年。2018年7月10日，布江蜀丰现代农业科技示范园的土建工程，经过一年零五个月的紧张施工，已经顺利完工，比原定计划提前了近半个月。

验收专家们时而听汇报，时而翻资料，时而实地检测……最后，大家一致认为整个工程质量优良，是布拖的一流建筑工程。

这次验收的建筑工程包括三楼一底的布江会议中心，新建及改建的智能温室，种植、育种大棚与温室，气调库（冻库），阳光餐厅，办公用房，以及其他附属工程。

验收成功，为7月20日即将举行的布拖彝族火把节献上了一份从未有过的独特的厚礼。江油对口援建布拖，一流的质量不仅体现在建筑工程上，还体现在马铃薯原原种培育中心的建设上。

布江蜀丰现代农业科技示范园建设的马铃薯原原种培育中心采用了国内最先进的雾培法设备和全物联网控制系统，确保了理念最超前、设备最先进、技术最前沿。

气调库也不仅仅是一个冻库，而是能满足各种蔬菜和水果的储藏、保鲜，达到了抑制果蔬呼吸、延缓新陈代谢、保持果蔬新鲜度和商品性、延长果蔬贮藏期和保鲜期的目的。布江蜀丰现代农业科技示范园气调库的效果，是普通冷藏库的四到五倍。

“这是当今最先进的气调库。”布江蜀丰生态农业科技有限公司生产部经理杨军说。

“站高谋远！”说起马铃薯原原种培育中心，布拖县农业农村局的高级农艺师吉色色呷激动地说，“这将是布拖马铃薯种植业的一次大变革和技术上的一次大飞跃！”

江油人的故事也在大凉山腹地的布拖撒播、浸润、扎根……

节选自长篇报告文学《天鸟》，哈尔滨出版社，2021年6月
原载《剑南文学》2020年第6期

艰难的口罩

◆戴　岱

戴岱，四川省作家协会会员，南充市嘉陵江经济文化协会副会长，三台县作家协会常务副主席。发表、出版文学作品近三百万字，创作、发表歌曲近百首，编、导纪录片、音乐电视等数十部。

序

2020年，农历庚子年，生肖鼠，俗称鼠年。

天干地支纪年法，是世界上一种古老的纪年法，也是中国特有的传统文化结晶之一。现今，仍然流行于中国及东亚一些地区。

在所有国人的脑海中，十二生肖就是一种纪年的方式，或者习惯。鼠年，并不是老鼠过年；同样，龙年也不是龙的年。无非是春节期间，一些与生肖相关的玩偶、招贴画、对联等应运而生，烘托出浓烈的节日气氛。

但让所有中国人猝不及防的是，这个鼠年，不但让人们生活与生肖密切相关，而且还关联得非常紧，非常具有讽刺意味：十几亿人像老鼠一样被关进了樊笼,做了一回真正意义上的“老鼠”——规避于斗室之中，储藏食物、坚壁清野。一时之间，口罩成了每个人出门的标配。无人不戴罩，无罩不准出……平时不起眼的口罩，成了全民疯抢之物。其情其状，虽无血腥之惨烈，却有浩劫之悲壮。

等疫情过去，相信所有人都会有劫后余生的隔世之感。

逆行之旅

公历 2020 年 1 月 23 日，农历己亥年腊月二十九，北京时间 12 点 15 分，沈阳桃仙国际机场 T3 候机楼。

天空多云，太阳躲在云层里若隐若现。零下 10 摄氏度左右的气温，让刚走下飞机舷梯的刘占兴情不自禁打了个寒噤。

年关临近，全国各地到处都是匆匆忙忙赶回家过年的旅人。无论是机场，还是车站、码头，无不人满为患、喧嚣繁华。城市的楼宇间、大街小巷里，到处都有红灯笼、彩旗、中国结的渲染，洋溢着浓郁的中国特色的春节气氛。

刘占兴把手里抱着的孩子递给身后的妻子。此刻，4 岁多的小儿子手里抱着一只憨态可掬的老鼠玩偶，爱不释手。紧随其后的岳母则拖着鼓鼓囊囊的行李箱，拎着包袱。那里面大多也是孩子的用品：吃的、玩的、穿的，还有学习用品。两手一腾空，刘占兴立即打开手机。未接电话、短信、微信、QQ 留言……各种信息像憋在笼里许久的小鸡雏一样，争先恐后地一股脑跑了出来。

一边随着人流慢慢往前挪动，刘占兴一边匆匆翻看着信息。刚才还满脸喜色的他，越看脸色越凝重。旁边抱着孩子的妻子，不时瞄一眼丈夫。丈夫脸色的变化让她心里敲起了小鼓：难道他公司里出什么事情了？

刘占兴是四川省中兴药业有限公司的董事长、总经理。公司员工几百号，业务遍布全国各地。这年关时节，要是公司里出了什么纰漏，可就过不了清净年了。

“是不是……公司有什么事情？”妻子迟疑着，一句话还没问出口，刘占兴的电话铃声骤然大响起来。妻子忍不住探头看一眼，来电显示：马辉。妻子知道这个人，是丈夫公司所在地四川省绵阳市三台县的县委书记。

看到马书记的名字，刘占兴心里不禁涌起了一股暖流。

刘占兴当年从成都中医药大学峨眉学院毕业后曾经在行政部门供职了一段时间，后来因为热爱中医药事业，毅然做回了本行。

2003 年 9 月，三台县中药材公司和医药公司两家集体所有制企业均濒临破产边缘。改革的潮流中，刘占兴被推上了潮头。他收购、整编了这两家企业，更名为四川省中兴药业有限公司。尽管从商前曾经在官场待过，但经商多年的刘占兴却很少与官场有过密的联系。

他与现任县委书记马辉不同寻常的友谊，得从两年前全县一次工业、企业会议说起。那是刘占兴第一次见识新来不久的父母官。马辉深入浅出、脚踏实地的讲话，让他热血沸腾，顿生好感。他自己就是一个干实事的企业家，比较反感那种高高在上、夸夸其谈的领导。轮到他表态时，他的一席话也让新来的父母官对他印象深刻："政府支持我，我们会发展得很好；政府没有支持我，我们也一定要发展好。因为打铁还需自身硬……"

马辉到任后，把臭水沟密布的十里沿江滩涂变成了让人眼前一亮的花园式长廊；把南城门外破败不堪的"贫民窟"，变成了让人耳目一新的古城……实实在在干出的几件大工程，让刘占兴更加从心里佩服他。

刘占兴热爱中医药事业，一直想在三台筹建一条中医药文化街。但他这个想法酝酿几年了，却都因为种种原因而一直搁浅。一个偶然的机会，刘占兴把这个想法向马书记汇报了,马书记大加赞同。不但助推完成了三台县中医药文化一条街的建成,还促成了"梓州药市节"的诞生。马书记务实求真的工作作风，让刘占兴佩服感动之余，更是在心里头把他当成了无话不说的挚友。

在刘占兴的印象中，马书记儒雅、睿智、果敢、务实，是一位勤政爱民的好领导。马书记计划在芦溪工业区筹建一个大健康产业园，刘占兴毅然决定把他公司旗下的中药饮片厂、保健食品厂以及筹划中的医疗器械厂全部都迁建在那里。他向马书记表态，一定要让三台的百万人民能够享受到真材实料、物美价廉的保健产品。

"武汉已经封城了！"接通电话，马书记没有寒暄，直接把一个重磅消息砸进了刘占兴的耳朵，让他立刻呆在原地，生怕一点走动就会漏掉了重要信息。马书记告诉刘占兴，在武汉发现的新型冠状病毒感染的肺炎，已经随着春节返乡人潮的流动，波及全国各地，成为灾难性的疫情。昨天，绵阳也已经确诊了两例。虽然三台县目前还没有确诊患者，但不排除潜在危险——因为三台县也有逾千从湖北返乡的打工者。形势非常严峻，不容乐观！

马书记强调，中兴药业公司作为三台县最大的医药专业公司，在这个关键时刻，务必要承担起一个企业应有的责任。他要求刘占兴立刻想尽千方百计把各种防疫设备、设施、药品等，特别是口罩，一定要准备充足。要为维护三台百万人民的生命安全，做出百分百的努力！

还没容刘占兴表态，对方说完就立刻挂断了电话。估计在这个紧要关头，作为一个

148 万人口大县的父母官，马书记已经处于高度战备状态了，需要紧急部署全县各级各部门的预防工作。

其实，刚才刘占兴已经从手机收到的部分信息中得知了武汉疫情的严重性，现在听到书记的叮嘱，全身所有的细胞都进入了临战状态。

一直伫立旁边静听的妻子，脸色也变得无比凝重起来。空姐出身的妻子，身材高挑、容貌清丽，现在成都一家航空公司地勤部门上班。夫妻俩平时各自忙，只有节假日才能聚在一起享受小家庭的幸福时光。这一次，他们是想趁年假期间，到她老家沈阳来度假。

仿佛为了印证事态的严重性，入眼的来往人流中多了无数的口罩，白的、黑的、蓝的……大有山雨欲来风满楼的感觉。刘占兴来不及多想其他，紧急梳理一下纷乱的思维，发出了第一道指令：让妻子赶紧去商场购买口罩——在这个紧要关头，自己一家人不能倒下，才有能力去完成救助更多人的重任。

妻子刚转身，刘占兴又立即拨通了公司总经理助理黄学明的电话。每一次公司有重大事项，刘占兴第一个想到的就是他。黄学明是公司的元老，改制前就是药材公司的中药材专家。不但业务能力强，而且为人处世稳重。人们常说，家有一老就是一宝。黄学明就是中兴公司里的元老，公司里的宝。

刘占兴在电话里告诉黄学明：一、立即通知所有门店员工，取消年假，全店开门营业；二、采购部全体员工取消年假，动员一切关系迅速联系采购口罩、消毒液、体温计等防疫器材及相关药品；三、其他部门员工做好提前上班的准备，随时待命；四、公司所有员工做好自身防护工作。吩咐完，刘占兴还告诉黄学明："我马上就买返程机票赶回来！"

给助理安排完，刘占兴又赶紧拨通公司负责采购业务的副总经理的电话……等妻子买到口罩转来，刘占兴的工作安排也基本告一段落。

听说丈夫马上要买机票返回三台县，妻子心里纵有千般不舍，却也无法挽留。本来，他们是有一个完美的度假计划的：沈阳故宫、沈阳世博园、张氏帅府博物馆、沈阳怪坡……这些地方是她和丈夫计划了要去游玩的地方；而方特欢乐世界、辉山滑雪，则是小儿子心心念念了好久的愿望。

正在兴致勃勃玩弄着手里布老鼠的孩子，也停止了动作，似懂非懂地看看父亲，又看看母亲。听说爸爸要走，大眼睛一下子就红了。看到妻子和儿子眼巴巴的期盼神情，刘占兴感到自己的心里酸涩无比。

"风萧萧兮易水寒，壮士一去兮不复返。"当返程飞机腾空而起的那一刻，刘占兴的脑海里莫名地冒出了这句诗，不禁打了一个寒噤。他把外衣往紧里裹一裹，一脸义无反顾的表情瞪视着前方，恨不得一下子就飞回到千里之外的故乡——四川省三台县。

他不知道，送行的妻子紧紧搂抱着他们的孩子，站在候机楼的落地窗户前，两眼一眨不眨地盯着他乘坐的飞机消失在灰蒙蒙的天空尽头……妻子秀丽的脸颊上流下了冰凉的泪水，忍不住轻轻呼喊着："老公，你一定要安好啊！"看到妈妈流泪，孩子也忍不住哭喊起来："爸爸，你要早点回来哦！"

身后的这一切，刘占兴毫不知情。逆向而行的他只知道，前方一场没有硝烟的战斗在等着他。

借我一双"慧眼"吧

对于中兴药业有限公司分管购销业务的副总经理羊衍秀来说，2020 年春节有一个词非常适合她：一波三折。

羊衍秀是个娇小、秀气的川妹子，但在公司里却有一个生猛无比的绰号"拼命三郎"。

一提起"拼命三郎"这个绰号，人们脑海里就会想起梁山好汉石秀，或者那些打仗勇敢不怕死、干事竭尽全力的男子汉。一个弱女子被冠以"拼命三郎"这个名号，背后自然有故事。

刚满 30 岁不久的羊衍秀，已经有 10 年的药品采购经历。天南地北，常年奔波。硬是凭着她舍身亡命的苦干精神，一路从普通业务员干到了现在的职位。手下帅哥、猛男一大帮，没有一个不佩服她的。非同寻常的拼搏精神，由此可见一斑。

先说第一折。

21 世纪的业务员，和传统意义上背个军挎坐长途班车、搭牛车，到邮电局打电话、发电报的业务员相比，已是不可同日而语。他们最大的区别在于，通信工具和交通工具的差异。

随着网络、汽车、高铁、飞机的广泛应用，极大方便了五湖四海的沟通。电脑、手机等成了当代业务员必不可少的重要工具。

像任何现代化工具一样，手机、电脑也是双刃剑。提供便利的同时，也对视力、颈椎、腰椎等构成了不小的健康危害。

由于长期频繁使用电脑、手机，近年来羊衍秀的眼睛近视越来越严重，对工作、生活造成了很大的影响。佩戴近视眼镜，又让风风火火女汉子性格的她很不适应。而且稍不留神，就把几百、上千块的眼镜给弄丢了，心痛得她直捶胸口。

2019 年底，羊衍秀和老公商量好，决定利用春节假期去成都做个近视眼手术，彻底解决这个问题。因为平时工作繁忙，做了手术没时间休养。他们计划，年底的时候提前请几天假，带着孩子一起到老公的老家呼和浩特去休养。公公、婆婆也经常念叨着他们，念叨着孙儿。

2020 年 1 月 18 日，羊衍秀参加完公司团拜会后，就向公司提出了想请假做眼睛手术的要求。羊衍秀眼睛近视的事情，公司里都知道。加上临近年关，团拜会后公司里只是一些收尾工作。所以刘总很爽快地批了假，而且还叮嘱她手术后好好休养。

19 日，无事一身轻的羊衍秀和丈夫一起驱车去了成都一家眼科医院。医生经过诊断，于 20 日给羊衍秀做了眼睛手术，手术十分顺利。术后，医生给羊衍秀开了几瓶眼药水以及防强光眼镜。一再叮嘱她要保持充足的睡眠，注意用眼的合理。短期内绝不能看手机、电脑、电视等强光源。否则，有可能出现干眼症、眩光、光晕以及单眼复视，甚至屈光回退，视力严重下降。那样就麻烦大了！

“可以可以，没问题。”丈夫连连替她答应了。要是平时，羊衍秀的老公绝不敢擅自做主的。因为他太了解妻子了——她就是个工作狂。而且是非常犟的一个人，她认准了的事情，八匹马都拉不回。但是这一次是休假期间，而且之前都说好了的。

21 日，一家三口回到了呼和浩特郊区的家中。公公、婆婆听说儿媳做了眼睛手术，不但让她啥事不干，还各种好吃好喝伺候着。为了保护她的眼睛，丈夫把她的平板电脑、手机全都收缴了，让 8 岁的儿子替她保管着。有消息帮她看，有短信帮她回。

四川的冬天多阴霾天气，而北方晴好的天气，暖暖的阳光，在这万家团圆的时节显得弥足珍贵，正适合一家人度假……一切都按照他们的计划有条不紊地进行。

23 日，午饭后，羊衍秀在丈夫和儿子的督促下正准备去午休一下，一个突如其来的电话打破了宁静！

电话是公司刘总打来的。

“武汉都封城了，这么大的事情你为什么不告诉我？”接完电话，羊衍秀连珠炮似的追问丈夫。

其实，丈夫已经看到了疫情方面的很多信息，但为了不影响妻子休息就没告诉她。

羊衍秀夺回由儿子保管了两天的手机，一边火速给公司业务员布置任务，一边让老公赶快给她订返程机票，然后赶紧查询各地厂家货源信息……

公公、婆婆听说媳妇年都来不及过就要返回，泪水都急出来了。

“平时就不说了，这逢年过节的，也不让人休息啊？再不得了的事情也要年过完了再说嘛！再说，你才做了眼睛手术，可以请假嘛！”

是的，过年，休息，中国几千年的习俗，天经地义。这些羊衍秀都懂，她也想休息。她的眼睛才做了手术，也需要休息。她要请假，也说得过去，因为全公司的人都知道她做手术的事。可是，她不能啊！

看两位老人泪眼婆娑的，羊衍秀心里也非常难过。但作为一个从事医药行业多年的业务员，她深知现在疫情快速蔓延的情况下，哪怕延误一分钟，就会有很多人面临生命危险。人命关天，耽误不起啊！

她想了下，诚恳地对两位老人说：“养兵千日用兵一时。我是购销部负责人，我都不以身作则，怎么去要求其他人啊？危险我就让其他人去，我还有脸做这个领导吗？这样吧，我一个人先回去。让他们两爷子留下来陪你们过年哈！”她让丈夫和儿子留下来陪老人过年。

可两位老人见媳妇一定要走，又怎么放心让她一个人走呢？抱怨归抱怨，抱怨完了，还是督促儿子、孙子跟媳妇一起返回。

离别时，两位老人含着泪把他们送出门，羊衍秀看到这一幕，自己也忍不住流泪了。

一个说好了休息的年假，就这样被打破了。

再说第二折。

1月26日（正月初二）晚上10点多，还在办公室加班的羊衍秀突然惊呼一声：“糟了，我眼睛看不到了！”

旁边的同事一听，大吃一惊。慌忙围过来，一边帮她翻出眼药水滴眼睛，一边劝她离开电脑，休息一下。还有一个同事不管三七二十一，三两下就把她办公桌上的电脑给撤了，不让她再看电脑了。

因为办公室里都必须戴口罩，戴了口罩再戴眼镜就会镜片起雾，很不方便。羊衍秀从内蒙古匆匆返回后，就一直像一台机器一样高速运转。医院里配的眼镜，经常被丢在办公桌上。而且一忙起来，也常常忘了滴眼药水。早上一早，晚上到半夜，几乎24小时都在高强度用眼。

平时，同事因为知道她做手术的事，经常劝她少看电脑和手机，大家多辛苦一点就是了。可她放心不下，一定要亲力亲为。

“羊姐，你的眼睛要是出了问题，可咋办哦！”业务员小李子急得都快哭了。

缓过劲来的羊衍秀，揉了揉眼睛，安慰大家："没事，现在好多了。"

正在这时，仿佛心有灵犀似的，远在呼和浩特的婆婆打来电话了，不放心地问她："秀儿，你眼睛怎么样啊？少看电脑哦！"

羊衍秀立刻笑着说："好着哩好着哩，妈您莫担心哈！"

旁边的同事看到这一幕都叹息着，再次劝她休息。

羊衍秀苦笑着说："这个紧要关头，我怎么能够放下工作去休息嘛！"

大年三十夜，她可是立下了"军令状"的啊！每每想到那一幕，她就忍不住热血沸腾、无法自抑。

在中兴公司工作多年，羊衍秀对公司的工作环境应该说非常熟悉了。无论是上南街的老办公区，还是中医药文化一条街的新办公区。但她从来没有想到，有一天她熟悉得不能再熟悉的办公室，会呈现出电影里才能看到的"军事会议"场面。

大年三十晚上，刚风尘仆仆从内蒙古赶回三台的羊衍秀，就接到紧急通知，马上到公司参加一个非常重要的会议。

不知情的人也许会说，一个民营企业的会议能够有多重要？是的，正常情况下一个公司的会议，对于公司以外的人来说，再重要都是可有可无的存在。但是，中兴公司的这次会议是在疫情全国蔓延的大背景下，就非同小可了。因为它不是一个公司的事，而是关乎全县一百多万人的安危、生死！

会议室还是那个会议室，人还是那些人，气氛却是闻所未闻，见所未见。人人一脸严肃，大气不敢出。气氛空前紧张。

为了响应县委、县政府抗击疫情的号召，公司成立了"新型冠状病毒预防物资保供小组"。公司董事长、总经理刘占兴为组长，总经理助理黄学明、业务副总经理羊衍秀、康贝零售部经理吴银萍为副组长，所有采购人员为成员。并聘请三台县药学会会长胡运伟担任顾问。

机构搭起了，接下来的困难却像登喜马拉雅山一样，几乎无法逾越。

业务部、财务部等部门汇总起来的几个问题都非常尖锐，而且一个比一个迫切：

第一，由于疫情突然，又是春节假期，防疫物资特别是口罩，异常紧缺；一些客户单位只有少量库存，而且随时可能告罄。

第二，打探到一些非正常渠道货源，价格超出平常价格好多倍不说，还要一律先款后货，而且都声称没办法提供发票。更重要的是，这些客户都是以前没有往来的，也就是说信誉度为零。在此情况下，采购风险无限大。但是，稍微一犹豫，货源又没了。

第三，公司在年前因为发工资、结算客户货款等，账户余额非常有限，短时间内根本就无法承担起庞大的采购任务所需资金。银行都在放假中，贷款也是不可能。

第四，在这种特殊情况下采购回来的高价物资，哪怕就是原价卖出，都会招致不明真相的人责难。也就是说，公司在承担巨大经济风险的同时，还要承担极大的政治风险。

这几个问题一摊出来，全场都哑住了。空气凝固得几乎要滴出水来，在座的每个人都有了窒息的感觉。

看到大家都被眼前异常严峻的现状给难住了，沉思良久的刘占兴霍地站起来，掷地有声地抛出了他的“原则”：非常时期，非常手段。不惜一切代价，必须保障三台百万人民的安全！在这条原则下，他拍板：

一、原来老客户那里的库存防疫物资，有多少要多少，全部拿下。

二、新客户、新货源一个都不能放过，该打款就打款。出了任何纰漏，公司承担责任。

三、天下兴亡，匹夫有责。号召公司全体员工筹借资金，所借资金公司担保。

四、公司所有采购回来的防疫物资，均以平价出售。任何人任何店不得以任何理由高价倒卖。

“就是赔本，就是被人误解，我们也绝不能让家乡父老在疫情面前‘裸奔’！”

那一刻，所有人都觉得刘总就像一位临战下达命令的将军，说话掷地有声，锋芒逼人。

如果在国企，黄学明已经到了退休年龄。他可谓见多识广，处变不惊。可在经历了这个夜晚，他才发觉自己的血还是热的、滚烫的。会场上那一幕激起了他的斗志，燃起了热情。私企老板在国难当头的爱国之心、报国之志，让他对顶头上司有了一个全新的认识。

散会后走出公司大门，望见大街小巷依然灯火通明，只是不见行人，空空荡荡。平日里小城的繁华、热闹，都被肆虐的疫情给封锁在屋子里了。黄学明觉得肩膀上的责任重大，脚下的步伐也沉重了不少。

侧身看到一同出来的羊衍秀，眼眶里莹光闪闪，知道她心里此刻也在翻卷着波浪。会场上，受到刘总的感染，羊衍秀也立下了军令状：“我是三台儿女，还是共产党员，就是拼命也要保证完成防疫物资的采购保供工作！”

这是羊衍秀有生以来参加的最感慨、最让人血脉偾张的一次会议。

这次会议能否被载入史册不敢说，但至少在羊衍秀的生命中，会留下永不磨灭的记忆！任何时候，她都可以拍着胸脯自豪地说：“为捍卫三台百万人民生命安全的大军中，有我一分子！”

第二天，仅仅一天时间内，中兴公司就向员工筹借到资金几百万元，解了燃眉之急。

听说羊衔秀在公司里眼睛短暂失明，她丈夫吓得魂飞魄散："天啦！你这样拼命要是眼睛瞎了可怎么办啊？"

羊衔秀大大咧咧地说："放心吧！老天爷看我是在做善事，做好事，会保佑我眼睛没事的！"

无可奈何的丈夫只能在心里默默祈祷，希望上天能够像歌里唱的那样"借一双慧眼"给妻子，让她把工作全部完成好。

正所谓一波未平一波又起。正当公司采购部全体人员拼尽全力，用尽各种办法采购防疫物资时，第三折又不期而来。

1月27日（正月初三），公司从浙江采购到的13000只口罩、50箱酒精喷雾，途经重庆时被人近水楼台先得月给"截"了。

随着时间的推移，货源不断减少，需求量越来越大。平时只有特殊工种，比如医生、护士、纺织工、磨砂工等才需要的口罩，现在突然人人都需要。供需矛盾日益尖锐，公司采购部的工作难度也越来越大。

这批被"截"的防疫物资，是公司业务员小黄联系到的。为查询这批物资，她眼睛都快看瞎了，手指戳屏都戳木了。全国各地，不管认识的不认识的，她是有枣三杆杆，无枣杆杆三。好不容易淘到这么点，结果被拦截了。而这一天，三台县城因为头一天发现了第二例确诊患者，也实施封城管制。得到信息，羊衔秀当场就给气哭了。

这也难怪啊！每天电视和微信群里不断传出消息，全国感染人群、确诊病例都在不断攀升，一串串数字触目惊心。全国各地都在抢购防疫物资，紧缺是必然的。

疫情，就像悬在头顶的达摩克利斯之剑，让采购部的所有人，随时都绷紧了弦，不敢稍有松懈。

口罩，口罩，口罩……羊衔秀每天晚上做梦都在念叨口罩！

1月29日（正月初五），中兴公司采购的又一批防疫物资即将转运到成都。得到这个信息，在公司所有业务员都派出去了无人可派的情况下，羊衔秀当即决定自己提前去成都等候，无论如何都要保证这批物资顺利到达三台。

而这几天因为连续熬夜，她的双眼红肿得像桃子一样。但她还是坚持赶去成都蹲守了两天一夜，于第三天深夜把全部物资顺利护送到公司仓库。

当她拖着疲惫不堪的身躯、红肿着双眼回到家，轻手轻脚打开房门时，发现一直等候她的丈夫歪在沙发上睡着了……

第二天上班时，儿子赶到门口来送她，羞涩地塞给她一张折叠起来的纸。她想打开看，儿子赶紧阻止，不好意思地说："妈妈你到单位了再看吧！"

走出小区，羊衍秀就忍不住打开了。儿子画的一幅画，很粗糙，也简单，但她还是看懂了：画面上那个女人，两只眼睛画得特别大，红红的，旁边画了三个感叹号。她的泪水哗一下就流下来了，骑上车走了几步，又赶紧下来推着走。因为泪水，看不清路……

千里走单骑

春节，俗称过年，是中国，也是全世界最负盛名的节日，没有之一。

最热闹：人不分老幼，地不分南北，举国欢庆，全球（华人）同乐。

最繁华：大街小巷，村口路头，所有能够聚集人的地方，都聚满了喜气洋洋的人。他们无数次重复着同一句话："新年快乐！恭喜发财！"

最有仪式感：除尘、祭灶、祭祖、团圆饭、写春联、贴门神、贴窗花、压岁钱（红包）、守岁、看春晚、放鞭炮、拜年、吃饺子、舞狮子、耍龙灯、看社戏、看贺岁电影。

最长时间："长工短工，二十三满工。"从头一年的农历腊月二十三开始，一直闹腾到第二年的农历正月十五。其中以除夕和正月初一为高潮。

最大经济体量：不管身在何处，只要一到过年，大家都要千里迢迢往家里赶。车站、码头、机场，无不人满为患。浩浩荡荡的人群，年前往家赶，年后再返回。一个月内，几十亿人次客流量（2017 年，全国春运旅客发送量 29.78 亿人次；2018 年，春运客流量 29.8 亿人次；2019 年，春运客流量 29.9 亿人次……一个春节的客流量就超过了全世界人口总数三分之一还多）。由此形成了让全世界瞠目结舌、叹为观止的"春运潮"。再加上春节期间集中消费，"春节经济"更是一个让人咂舌的庞大数据。

在中国，春节回家团聚已经形成不可抗拒的潮流、主流。然而，2020 年这个春节，却火了一个词：逆行。

因为疫情，医生、护士、战士、医药工作者、志愿者……很多人反其道而行之，离开团聚的家和亲人，奔赴抗疫第一线。

这些人被称为“最美逆行者”。

下面要说的这个逆行者，名叫魏婉娇。她的事迹颇具“千里走单骑，过五关斩六将”的传奇色彩。

魏婉娇是中兴药业公司采购部业务员，也是个年轻漂亮的川妹子。

2020 年 1 月 31 日（正月初七）下午，魏婉娇经过多方努力，终于在浙江绍兴联系到了 10 万只口罩。因为需要口罩的单位特别多，四川也有多家采购员闻讯准备于当天赶过去。所以，需要他们在当天下午 6 点半之前把货款打过去。而且还要派人在第二天早上 9 点以前赶到仓库验货，否则即使打了款也无法保证货源。

10 万只口罩，这可是这段时间以来中兴公司采购到的最大量。得知这个喜讯，公司上下都非常兴奋，又非常紧张。相关部门立刻紧急运转起来。

总经理刘占兴亲自负责调配资金（10 万只口罩，需要支付 100 多万元人民币）；黄学明趁下班前赶到县防疫指挥部开具介绍信；魏婉娇则一边网上订购机票，一边联系去成都的出租车。

等一切手续办好，都快 7 点了。来不及吃饭、来不及给家人打招呼，魏婉娇就匆忙上了去成都的野的。

前来送行的刘占兴、黄学明，一再叮嘱她，在保证自身安全的前提下，一定要保证把 10 万只口罩安全押运回来。

“放心吧，我一定安全把货提回来！”魏婉娇一边回答领导，一边匆匆上车，还没关好车门就催促司机赶快出发。她订的是晚上 9 点半到杭州的飞机票，生怕赶不上。

上了车，才赶紧给家里人打电话，说晚上不回家吃饭，要去浙江出差。家里人一听就急了，浙江也是疫情重灾区啊！魏婉娇好说歹说安抚好家人刚放下电话，没想到拉她的出租车司机也忍不住了：“小美女，据我所知，除了湖北，湖南、河南、浙江、广东等地也都是重灾区，很危险的。你，一个人去那里？不怕吗？”

当他听说魏婉娇是去那里为三台人民采购口罩时，立刻情不自禁地竖起大拇指夸赞说：“你这可真是明知山有虎，偏向虎山行啊！佩服佩服！”

听司机师傅这么一说，魏婉娇自己心里也平添了几分豪迈、悲壮的气概。她默默在心里祈祷，希望自己此行顺利，能够把那 10 万只口罩安全押运回来。

让魏婉娇始料不及的是，还没出川，挫折就接二连三地出现。

尽管司机师傅知道魏婉娇着急赶飞机，把车速提高到了允许范围内的极限，但因为受疫情影响，沿途增设了许多监测站，不时得停下来接受体温检测、登记、填表。走走停停，耽误了不少时间。

当心急如焚的魏婉娇好不容易赶到双流机场时，离飞机起飞只有十几分钟时间了。等她以百米冲刺的速度，满头大汗、气喘吁吁地出现在登机口时，登机口已经关闭了。

魏婉娇急得眼泪唰就下来了。这可怎么办啊？她找到机场工作人员说清她此行的重要性，希望能够通融一下。可不管她怎么求情，都无济于事。在她的苦苦哀求下，一位地勤负责人答应帮她查询一下离杭州机场最近的其他机场航班。

魏婉娇一边跟着机场工作人员查询其他航班的信息，一边赶紧把这个意外情况向公司通报。刘占兴在得知这个情况后，立即同意了魏婉娇转乘其他航班的请求："不就是多花几千块钱机票嘛！不要紧，一切以防疫物资为重！"

领导的宽慰和全力支持，让急火攻心的魏婉娇像吃了定心丸，感觉心理压力减轻了不少。尽管她越来越清晰地预感到此行艰难，但心里还是增添了些底气。

经过一番紧急查询，最快出发又离杭州机场最近的，就只有成都到江苏常州的航班。常州距离此行目的地浙江绍兴有400公里左右。让人担心的是，航班到达常州是第二天凌晨2点半。平常，机场有宾馆可以住宿，这不是问题。可在这非常时期，有可能入住不了。这种情况下，这个时间点对于一个弱女子来说，就有一定的风险性。机场工作人员也比较担心这一点，所以迟疑地问她："你坐这个航班，还是等天亮以后的？"

着急上火的魏婉娇，都恨不得自己长一双翅膀马上飞过去了，哪里还管得了那么多。只要有飞机可以马上走，前面哪怕是刀山火海她也得往前冲啊！她连声说："就这班，就这班！"赶紧购买机票，生怕赶不上这个航班。

当魏婉娇乘坐的飞机带着巨大的轰鸣声腾空而起，冲上黑漆漆的云霄时，急出一身汗的她终于长舒了一口气。然而一想到前途未卜，一颗心又揪得紧紧的了。

2月1日（正月初八）凌晨2点31分，魏婉娇乘坐的航班顺利到达常州机场。离天亮只有几个小时，此地距离浙江绍兴还有几百公里路程。她不敢耽搁，想赶快搭乘出租车赶过去。

可因为疫情影响，很多出租车都停运了。平时排长队的出租车现在却像稀有动物一样难觅踪影。偶尔看见一辆，都是已经搭载了乘客的。

同机的其他乘客很快就各散五方，走没影了。偌大的机场空荡荡的，被寒意和恐惧紧紧裹袭的魏婉娇越来越急。如果被困在这里耽误了大事，那后果简直不敢设想啊！

走出候机大厅寻找一圈没有看到车，又赶紧退回候机厅，刚待几分钟，又焦急地走出大厅去巡视一番。

魏婉娇在候机大厅进进出出、探头探脑的样子，引起了机场保安的注意。一名保安走过来，问明了情况后告诉她，现在这个情况下，是很难打车的。他劝魏婉娇干脆在候机大厅待到天亮，再想办法。

魏婉娇一听，都快哭了。她告诉保安大叔，自己必须在天亮赶到绍兴，不然就会耽误大事！

看魏婉娇着急上火、楚楚可怜的样子，热心的保安大叔也不禁动了恻隐之心。他马上掏出电话，挨个给他那些开出租车的朋友打电话，寻找解决的办法。

要知道，这正是睡觉香甜的时候。好多电话不是关机，就是半天没人接。好不容易打通一个，人家一听让出车，而且是跑跨省长途，就直接拒绝了："现在什么时候啊，到处都在疫情管控，谁敢跑啊？不要命了！"

因为开着免提，对方的回复魏婉娇也听得清清楚楚。她刚被保安的热心相助提起了一点希望的心，又一点一点慢慢往下沉。她把双掌合十竖在胸前，嘴里不停地默默祈祷。

连续打了好几个电话都没联系到出租车的保安已经有点灰心了，都想放弃了。但他看到魏婉娇双手合十祷告的样子，知道对方确实着急。于心不忍的他只好硬着头皮继续翻找电话号码，继续不厌其烦地打。

眼看就要彻底绝望的时候，终于有一个司机被保安好说歹说给说得碍不过情面，坚决的态度变得有些犹豫了。一直在旁边提心吊胆听着的魏婉娇听到这里，激动得心都快跳出来了。要是那个司机在面前，她都恨不得上去直接给人下跪了。

"车费 3000 元，一分不少！"那司机可能还是不想冒这个险，就故意报了个高出平时几倍的价，想吓退客人。

听到这么高的报价，保安也有些吃惊，他把询问的眼神转向魏婉娇。这个时候的魏婉娇听到司机的报价，就像溺水之人抓到了救命稻草，简直是喜出望外了，哪里还敢讨价还价哟！

"要得要得！请他快点来！"她一边忙不迭地点头答应，一边还激动不已地挥舞着双拳庆幸。

20 多分钟左右，一辆出租车终于疾驰而来。魏婉娇匆匆告别热心肠的保安大叔，赶紧上了出租车，向着黑黝黝的远方奔去。此时，已经是凌晨 3 点 15 分了。

搭上车，魏婉娇一直悬着的心终于放下了。但是另一个问题又悄悄袭上心来。

黑更半夜，周围渺无人迹的情况下，她一个单身女孩，搭乘一辆陌生人的车……虽然司机是机场保安给联系的，可俗话说得好，不怕一万，就怕万一啊！魏婉娇作为一个业务员，经常在外面跑，各种陷阱、各种危险的传闻也听了不少。异地他乡、夜深人静，这种环境想想就可怕啊！想到这里，魏婉娇情不自禁打了个寒噤。

灵机一动，她掏出电话打了一个“无人接”的电话:“喂，佳姐，我都坐上出租车了。可能明天早上 8 点左右，就可以到你那里了哈。你放心嘛，莫得问题，是机场保安大叔帮我叫的车……好嘛好嘛，我给你拍个照嘛！”打完“电话”，她真的从后座对着前面的司机拍了个照，还一边煞有介事地对司机说:“师傅莫多心哈！我姐姐不放心我半夜三更坐车，非要我给她拍个照……”师傅听她说得合情合理，也就默许了。

为了不让自己睡觉，已经十分犯困的魏婉娇就不停地和司机聊天。好多次，说着说着眼睛就快闭上了，她赶紧掐自己的腿，无论如何不让自己睡着。时间一点一点过去，漆黑的夜空，什么也看不见。因为疫情，平时喧嚣的夜，也变得安静极了。只听得车辆前行的呼呼风声和车轮的沙沙声。公路上往来的车辆也极少，好半天都看不见一辆过往的车。世界仿佛进入了一个洪荒时代，广漠旷野、荒无人烟、了无生趣。偏偏，那些恐怖电影里的镜头，又不时浮现在脑海里，让魏婉娇不寒而栗。有那么一刻，她都想哭了。要不是有一个必须完成任务的坚定信念在激励着她，可能早就瘫软了。

2 月 1 日（正月初八）早上快 7 点的时候，奔驰了一夜的出租车终于在晨曦中到达了浙江省境内的绍兴市。这时，又一个问题摆在了魏婉娇面前：出租车是江苏的，现在到了浙江地界，如果要下高速把自己送到市里面去，势必会遇到测体温、填表等一系列麻烦，会耽误不少时间；可如果司机要图方便，就把自己下到高速路口，她又可能一时半会儿打不到车。

路途上，从两个人的聊天中，出租车司机知道魏婉娇这么昼夜兼程赶路，是因为要替公司采购防疫口罩。一个年轻女孩，在这么危险的时期，冒着生命危险来出公差，多么不容易啊！经过短暂沟通，司机还是决定，宁愿耽误自己的返程时间，也要直接把魏婉娇送到目的地。

当魏婉娇钻出出租车，落脚在绍兴市上虞区一家物流仓库门外时，她感到自己就像是去西天取经的唐三藏，历经了九九八十一难，整个人都快虚脱了。要是在自己家里，真想立刻倒在床上，睡他个三天三夜。

2月2日（正月初九）晚上11点多，憔悴不堪、蓬头垢面的魏婉娇押运着10万只口罩，顺利回到了公司。

匆匆回到家后，她倒头就睡。对叫她吃饭的老公直嚷嚷："不要叫我，我要好好睡一觉！"听说妻子已经两天没吃饭了，丈夫也急了，就端来饭一点一点喂她。她先还勉强动一下嘴巴，吃了几口，就睡着了。喂到嘴巴里的饭就那么含着，一动不动。怜惜不已的丈夫只好给她掏出来，擦干净嘴，盖好被子。然而，第二天早上还不到6点，她就醒了，慌忙着要起床。丈夫诧异地问她："你不是说要好好睡一觉吗？咋这么早就起来了呢？"魏婉娇苦笑笑，说："现在非常时期，公司里那么多事情，我哪里睡得着嘛？"

事后，总经理刘占兴回忆起这件事，颇多感慨：魏婉娇虽然是一个人去的，可整个公司的人都在牵挂她，为她捏一把汗。因为浙江是疫情重灾区，她只身前往，既怕她一个人势单力薄，拉不到货，又怕她万一被感染……各种担心，各种焦虑，外人是无法体会的。

"要仅仅是为了公司利益，我宁愿不赚这个钱，也绝不会冒这么大的风险！"

后　记

2020年2月13日早上8：59，笔者无意中在魏婉娇的微信朋友圈里发现了这样一段文字：好不容易回趟家，却连娃儿和妈的面都不敢见，又匆匆地走了！早上看见忙碌的医护人员，才知道，我们没有像他们那样走在最前线，他们却比我们更回不了家。配图是黎明前晨曦中灯火通明的绵阳市第三人民医院大楼……

在这次"抢购"口罩大战中，中兴药业公司深刻意识到，建设一个口罩生产厂是多么重要多么迫切的事情——所以，公司购销部的全体人员在初步完成口罩、消毒液、体温计、抗病毒药品的采购任务后，还来不及喘口气，就又投入紧张的口罩生产厂筹备工作中。为了完成对羊衍秀的采访，约了几次都没有能够如愿。笔者退而求其次，预约电话采访或者微信语音采访，结果也是几次被工作打断，有始无终。最后，愧疚不已的羊衍秀还是让她老公代替她，才让笔者完成了采访。

采访结束后的第二天，她老公又意犹未尽地给笔者发来这样一段话："其实采购这个工作（对）身体上的压力还是其次，在疫情采购期间，本身物资特别缺货，极度供不应求，采购人员既想尽快尽量多地采到现货，又怕货款被骗，给公司带来损失，而且一笔货款动则几万、十几万甚至几百万，这种风险和采购压力（，）还有人们对医药人的各种不理解的多重心理压力才是真正考验。

“(19)89年的她，就（最）近半年额头上都白了好多头发，尤其最近这个把月，我看着都非常心疼。好多次劝她别那么拼命，可又拿她没办法。也有好多次，她和我说想再要个宝贝，到时候就可以好好休息一下了，我听着心里五味杂陈。我觉得就是有这样一群人，一群敢拼命的医药人，疫情一定会过去！”

这段文字非常朴实，并且还夹杂着错别字以及标点符号的漏误，但却一下子湿润了笔者的眼睛。

正月初七上午，刘占兴与黄学明一起视察了解放街药店的工作后，途经步行街。细心的黄学明数了一下，他们在步行街一共遇到29个人，其中有28个人戴了口罩。他把这个细节告诉刘占兴。“真的吗？我都没注意哩。”刘占兴赶紧回头去看，直到确认了，才转回头来，疲惫不堪的脸上绽放出灿烂的笑容，继续前行时脚下也格外有力了。就像厨师看到客人把自己做出来的菜肴吃得干干净净，心里美滋滋的一样。刘占兴的心里也充满了自豪感和成就感。

中兴公司总经理刘占兴在接受采访时说：“我们公司虽然是一家民营企业，但在这次抗击疫情的战斗中，我们却是以三台县150万人民的生命安全为第一位，我们没有趁机赚哪怕一分的昧心钱！”

他告诉笔者，有几次公司采购回来的口罩，在成都转运时被其他地区的业务员打探到了，他们动员各种关系前来说情，希望把口罩加价卖给他们。如果这样做，中兴公司至少可以多赚几百万。因为他们拉回三台的口罩，全部是平价销售。其他地方一只口罩卖到二三十元，甚至有卖到68元一只的。他们公司全部是15元一只。“我们维护的是良心，是道德。我们认为，这也是一个公司要做大做强的底线！”

是的，平日里不起眼的薄薄的口罩，在大灾大难面前却成了最好的试金石。中兴公司用良心为一方百姓守护的不仅仅是生命线，还有道德线……

疫情还在继续，故事还在继续，加之疫情期间采访不便等诸多因素，难免蜻蜓点水、挂一漏万，有遗珠之憾，祈望读者诸君鉴谅！

原载《剑南文学》2020年第2期

两个普通人的“专列”

◆李木一

李木一，四川平武人，文学学士，中国民主建国会会员。作品散见于《西部》《椰城》《剑南文学》等刊物。著有短篇小说集《尘埃里开不出纯净的花》，长篇历史传奇小说《大明龙州土司》获绵阳市文联2020年度沙汀文学艺术基金项目扶持。2021年6月加入四川省作家协会、参加巴金文学院举办的四川省中青年作家高级研修班学习并结业。

2020年1月22日，腊月二十八，再过两天就是大年三十了。对于远在他乡的游子而言，故乡是春节不变的、唯一的目的地。无论赶多远的路，坐多久的车，只要能在大年三十晚上赶回故乡，与家人围坐在一起吃上一顿温馨热闹的年夜饭，哪怕再苦再累，哪怕第二天就得返程，都是值得的。毕竟，世界上最美的风景，都不及回家的路。

对于春雨和莹莹这对小夫妻来说，也不例外。早上8∶00，接到刚下夜班的妻子莹莹后，春雨径直驾车向汉口火车站快速驶去。临近大年三十，火车站的人不算特别多。9∶30，他们顺利登上了开往重庆潼南的动车，前往莹莹的娘家过春节。

或许是值夜班疲惫，莹莹戴着口罩，偏着脑袋靠在春雨的肩膀上睡着了。同样戴着口罩的春雨脱下自己的外套，小心翼翼地给妻子披上。透过列车明净的车窗，武汉这座城市的背影在春雨的眼里一点一点倒退，直至消融。一幕幕记忆翻江倒海，万千思绪涌上春雨心头。

而立之年的春雨是四川平武人。八年前，从哈尔滨工业大学毕业后，春雨来到武汉工作，现为中建三局总承包公司基础设施分公司常青地铁上盖项目总工程师。八年的光景里，春雨对武汉从陌生到熟悉，也完成了自己人生的重大转变。从孤身一人到娶妻生子，他选择了在武汉这座美丽的城市落户生根。

春雨的妻子莹莹是重庆潼南人。2011年，莹莹考入武汉大学HOPE护理学院。大学毕业后，她留在了武汉工作，现为湖北省妇幼保健院急诊科护士。求学、工作、定居、结婚、生子，十年江城岁月把莹莹的人生轨迹与武汉紧紧捆绑在了一起。

武汉，见证了这个川西北小伙和这个渝西北姑娘的成长和爱情，自然而然也就成了他们两人共同的第二故乡。人们对故乡都是有着深厚感情的，春雨和莹莹对武汉也是如此。

春雨蓦然想起曾与妻子一起看过的电影《流浪地球》里的一段话："最初，没有人在意这场灾难。这不过是一场大火，一次旱灾，一次地震，一个物种的灭绝，一座城市的沦陷，直到这场灾难和每个人息息相关。"

谁也没想到电影里的这句话竟照进了现实，一语成谶。

接近八个小时的车程，戴着口罩的春雨愈加感到喘不过气，这是他人生第一次把口罩整整戴了一天。身旁的莹莹尽管也有不适感，但作为一名医护人员她早已习惯。从武汉发现不明原因肺炎开始，发热病人不断增多，莹莹全天戴着口罩超负荷工作，已然是这段时间的常态。

列车在17：30准点到达潼南火车站。出站后，春雨一眼就看见了寒风中等候的一老一少，是莹莹的弟爷和爷弟，他们专程开车来火车站接夫妻俩回家。受疫情影响，一路上车辆和行人都少得可怜，街面上丝毫没有过春节的气氛，取而代之的是冷冷清清的疏离感。

亲人们还是一样热情，但春雨明显感觉到周围邻居看他们的眼神变了。虽然还是有微笑的寒暄，但这份礼貌之外隐约多了一丝隔阂。

迎接他们回家的饭菜，还是一如既往的满满一桌子，却少了几分往年的热闹。春雨和莹莹没有把儿子豆豆带回来。早在2019年12月28日，平时照看豆豆的保姆因要回老家吃喜酒，便让两岁七个月的豆豆提前结束了早教课程，带着豆豆回到了平武老家。没有可爱活泼的豆豆在身边闹腾着，这个难得团圆的夜晚显得有些冷清。

莹莹是医护人员，常年不能按照正常节假日休假。这次的排班算是运气好，加上除夕能休息四天，初一又得返程返岗。尽管儿子不在身边，但能够与丈夫一起回娘家陪父母过春节，莹莹已经很知足了。

就在春雨和莹莹到家后的第一个晚上，凌晨2点，武汉发布封城公告。1月23日上午10时起，武汉机场、火车站等离汉通道关闭。而据中国铁路武汉局发布的数据显示，武汉"封城"的前一天，近三十万人次通过铁路离开这座城市。

疫情发展得比许多人最初预料的要严重得多。

接下来的两天，电视、微信、微博、QQ 等媒体平台全被新型冠状病毒疫情占领。由于春雨和莹莹是武汉返乡人员，1 月 23 日上午，有社区工作人员来到家里对他们进行登记、量体温、看喉咙，各种检查一应俱全。好在二人没有发烧迹象，只是被要求禁止出门，必须居家自行隔离。此前定好的探亲访友计划被迫全部搁浅，春雨和莹莹只能整天待在家里，哪儿也去不了，买菜等需要外出的事宜全部由莹莹的父母承担。

武汉前方疫情愈加严重，“武汉”这两个字，仿佛一夜之间成了瘟疫和恐怖的代言词。对于春雨和莹莹这两个从武汉回来的“不速之客”，周围的父老乡亲开始视若瘟神，避而远之，甚至对莹莹的父母也抱着排斥的态度。有些人甚至私下议论着，为了大家的安全，应该把莹莹一家人都送去强制隔离。

1 月 24 日晚，吃过丰盛的年夜饭，莹莹陪着父母完完整整地看完了整台春晚，这是这么多年来前所未有的。春晚里临时增加了关于抗击疫情的诗歌朗诵，这也是春晚有史以来绝无仅有的。春雨打开手机，与远在平武的父母、儿子视频通话。以前拜年讲得最多的是“春节快乐”，现在讲得最多的是“注意防护”。新型冠状病毒的肆虐，让这个年注定是沉重而压抑的。唯有除夕夜璀璨绚烂的烟花，使得这个特别的春节恢复了一点点可怜的节日气氛，让人还能记起是在过年。

烟花过后，春雨和莹莹不约而同地失眠了，如同这是地球上最漫长的一个夜晚。

1 月 25 日，正月初一。一家人一起吃早饭时，莹莹深吸一口气，告诉父母：“爸爸、妈妈，我们准备今天回武汉了。”莹莹的父亲愣住了，筷子悬在半空，半晌都忘了放下。莹莹的母亲也颇感意外。

“我已经申请加入我们省妇院抗疫医护坚守队了，春雨也申请加入他们中建三局修建火神山医院的项目部了。”莹莹轻描淡写地说，仿佛在讲一件稀松平常的事。

父亲的眉头像是加了一把锁，可担忧还是锁不住地往外冒：“武汉的情况，你们也是清楚的……”

“武汉都封城了，还回得去吗？”母亲试着以武汉封城为理由，留住女儿女婿回去的脚步。

春雨与莹莹早已料到父母会不舍和担忧，但他们已经决定一定要回到武汉，以最快的速度回到武汉，回到那个需要他们的第二故乡。

莹莹给父母碗里添了些汤圆，试图安抚他们的情绪：“爸爸、妈妈，我知道你们舍不得我们，也担心我们。昨天晚上我和春雨已经商量好了，武汉现在需要我们，我们宁愿做视死如归的英雄，也不愿做躲避在外的逃兵！应该还回得去武汉吧，动车票我们都买好了，今天下午 3 点的……”

“你们……”母亲欲言又止，声音哽咽了。

春雨咬了咬嘴唇，像是宣誓般对岳父岳母说道：“爸爸、妈妈，请你们放心，我一定会好好保护莹莹的！我们一定会平安归来的，一定！”

“你们既然已经考虑清楚了，那就回去吧。”父亲的声音里溢出浓浓的离愁别绪，“天下兴亡，匹夫有责。回去也好，你们在武汉生活了这么多年了，给武汉出一份力，也是你们对武汉的回报。”

母亲拭了拭眼角的泪滴，主动提出：“你们既然已经铁定要回去，那我去给你们收拾行李。”

收拾行李的时候，父亲和母亲不停念叨着“到了武汉一定要做好防护措施”“每天都要跟我们老两口视频电话报平安”“多带点吃的万一武汉不好买”……以前莹莹总觉得父母的唠叨很烦，可这一次她不再厌烦，甚至听得心里一阵酸楚。这是她生平第一次真心希望父母再多念叨几句，她害怕以后再也没有机会听了。

快到中午的时候，镇里卫生院的医生按例先是给莹莹的父亲打了电话，接着又到家里给他们一家人全都做了常规检查。当被告知春雨和莹莹今天下午即将返程的消息时，医生似乎松了一口气。但与此同时，不安的眼神又投向了莹莹的父母。

莹莹的母亲和弟弟去潼南火车站送他们。到了车站，才知道很多趟前往武汉的火车已经停发了。母亲担心女儿女婿进不了站，直到确定他们顺利安检、进了站才肯走。母亲离去的时候，潼南火车站这个小小的过路站，广播里不断回荡着浓浓的乡音。母亲的身影越来越小，越来越远，像极了朱自清笔下《背影》里那个父亲的背影。

在潼南火车站候车的间隙，春雨翻看手机上的车次信息与经停站时，猛然发现他们即将乘坐的这趟 D634 列车居然只到荆州！可昨天晚上他们在网上订票的时候，上面明明白白写的是到汉口啊！

封城，让武汉这座城市里的人彻底出不来，外面的人也进不去了。

春雨瞬间感到脑袋里“嗡”了一声，头皮一阵发麻。

莹莹也担忧起来，忍不住挽紧了春雨的胳膊：“春雨，我们回不去了吗？”

“别担心，我再去问一问。”春雨稳了稳思路，决定先到车站服务台询问下工作人员再做打算。

然而，年轻的车站服务台工作人员似乎第一次遇到这种情况，不太清楚该怎么处理。

就在一筹莫展之际，广播里开始响起开始检票的声音。

面对这种状况，无助的春雨和莹莹快速商量了一下，他们一致决定先进了站台再说。

检完票，春雨和莹莹一路小跑到了站台。列车靠近站台时一声长长的鸣笛声，像极了他们此时忐忑慌乱的心跳。列车将在潼南火车站停靠两分钟。在车门打开的那一刻，春雨立刻冲向乘务员询问列车运行情况，得到的明确回答是“本车不到武汉，终点站为荆州火车站”。

两分钟，有时很短，有时却很长。时间随手表上秒针的转动一秒一秒地流逝着。春雨的大脑像陀螺一样飞速运转着。此时有两个选择摆在他们面前：一是立刻上车，再想其他办法到武汉；二是放弃回武汉，向领导说明情况。

离 D634 列车发动只剩下最后十几秒了。春雨还在纠结徘徊，莹莹却径直跳上了火车：“先上车再说！”春雨紧随其后，跟着跳上了车。

此时他们脑海里并没有什么豪情壮志，只是有一个声音一直在重复着：一定要想方设法尽快回到武汉。

列车缓缓开动了，向着武汉方向提速进发。春雨找到了上车时询问过的那位乘务员，抱着最后一丝希望，把他们夫妻俩的情况和想法全都如实告诉了她。

乘务员有些为难，思忖了一下提议道：“上面发了通知说 D634 不到武汉。你们可以去找列车长说明一下，她在餐车，餐车就在 5 号车厢。”

如同黑暗中那一线渺茫微弱的光，有了一点点希望就不能够绝望。春雨和莹莹立刻找出所有能够证明他们工作身份的证件，直接向餐车走去。

“您好，请问您是列车长吗？我和我老婆需要到武汉去，因为——”

还没等春雨说完，列车长微笑着打断了他的话：“先生，不好意思，我们这趟 D634 列车不到武汉，最远只能抵达荆州。现在武汉封城了，进了湖北省就只下不上了。”

春雨心中忽地一凉，赶紧解释：“列车长，是这样的，我老婆在湖北省妇幼保健院上班，这次是主动申请支援武汉抗疫一线的。我在中建三局上班，这次主动申请参与火神山医院建设。我们现在急需回武汉，请您帮个忙，看是否能把我们带到汉口站下，谢谢！”说罢，掏出他和莹莹的身份证，翻出手机上各种证明文件，一一给列车长看。

列车长眉头紧锁，把证件核对了一遍后，对春雨和莹莹说道：“你们的情况确实特殊，但是我也做不了主啊，我马上向上级汇报。你们先回座位等消息，一会儿有消息了，我叫人来通知你们。”

等待，只能等待。心事重重的春雨和莹莹谁也没有说话，像是被口罩封住了嘴巴，沉默在他们之间横亘着。

随着广播里传来播音员清脆甜美的声音，D634列车已抵达重庆北站。再经过涪陵北、丰都、石柱三个站，就进入湖北境内了。

此时依然没有任何消息传来，莹莹已经做了最坏的打算。春雨不想就此放弃，又独自跑去餐车找列车长。

“列车长，您好，请问下我和我老婆的——”

“我已经向上级汇报了，你就回去坐着等消息，有消息我自然会派人来叫你！”急性子的列车长，再一次打断了春雨的话。

再次面对这种情形，春雨不知道是不是他的再次询问已经让列车长感到不耐烦，顿时心凉了半截。

春雨正要继续追问，可还没等他说出口，列车长又补充了一句：“你把心放肚子里！”说罢，抱着一沓乘务手册走了。

春雨愣住了，他反复琢磨着列车长这句话，心想自己是听错了还是没听明白。

莹莹虽然也没弄懂列车长的话究竟是什么意思，但她还是紧紧握住春雨的手，给他宽心，也让自己安心：“春雨，放心吧，都说善良的人运气不会太差。”

春雨重重地点了点头，握紧了莹莹的手。

车窗外的天幕渐渐黯淡了下来，D634列车驶入利川，正式进入湖北境内。

春雨赫然发现，此时车厢里除了他和莹莹之外，只有零星几个乘客了。虽然距离荆州还有三个小时，列车保洁员已经开始打扫卫生了。每隔十五分钟，就有乘警来巡查车厢。今天是大年初一，不管有没有乘客，他们仍然在自己普通且平凡的岗位上坚守着。看到这一幕，春雨和莹莹心中一定要回武汉的信念愈加坚定，哪怕回去武汉的一路上崎岖艰险，犹如千里走单骑。

还有九分钟列车即将抵达荆州火车站。此时整节车厢只剩下春雨和莹莹两人，寂静如野。

列车长带着全部乘务员、乘警、保洁员向春雨和莹莹走来，脸上挂着让人捉摸不透的微笑。

春雨和莹莹不约而同加快了心跳。他们知道，这是列车长来劝说他们不要再抱有去武汉的幻想，到了荆州站就得下车了，列车上的所有人都必须在荆州下车了。

列车长和工作人员们一起围坐在春雨、莹莹身边，似乎是要给他们一点可怜的安慰。

列车长脸上带着微笑，对春雨和莹莹说道："武汉疫情那么严重，别人都巴不得快点出来，你们还要着急忙慌地往里去，肯定是有重要的事情需要你们。就冲这个，我敬佩你们！"

"谢谢列车长。但是我们还是得在荆州下车，是吗？"春雨有种不好的预感，列车长这是在先礼后兵。

"列车长请示上级后，上级再层层请示，成都铁路局和武汉铁路局协商后，最终同意 D634 在汉口火车站停靠。"旁边的一位乘务员忍不住对春雨和莹莹开起了玩笑，"等于说是给你俩专门开了趟荆州到汉口的'专列'，一般只有国家领导人才有专列待遇呢！"

"真的吗？"春雨激动得瞳仁放光，莹莹的眼睛里不自觉泛起一层氤氲。

"当然是真的啦。"列车长肯定地点点头。

一股浓浓的暖意涌上春雨和莹莹的心头，两人连声道谢："谢谢！谢谢列车长！太感谢大家了，真是给你们添麻烦了！"

"没事，这些都是我们铁路人应该做的。"列车长莞尔一笑，眼眸流转着和煦的微光，"其实局里也不容易，顶着巨大压力才破例做出这个决定，很多手续还得事后来补。正因为你们是主动冲到武汉抗疫一线的医护人员和建设者，你们的壮举感动了我们，我们有责任和义务尽最大努力给你们创造回武汉的条件。"

就这样，大家你一句我一句地闲聊了起来。虽然每个人都戴着口罩，看不全面容，也都是第一次说话，但在这个特殊的时间点，彼此之间却没有陌生感和隔阂感。如同一家人那般，大家在大年初一坐在一起热热闹闹地各诉家长里短，话语和眉眼传递着真情，一切都是那样温馨、自然。

在闲话家常中，春雨和莹莹这才知道列车长叫黄丹，是四川绵竹人。在这趟逆行"专列"上为数不多的工作人员当中，有四川人，有重庆人，有贵州人，有湖北人……但不管是哪里人，大家都知道他们有一个共同的名字——中国人。

21∶09，D634 列车准时抵达荆州火车站，稀稀拉拉走下去几名最后的乘客。三分钟后，整列火车彻底成了春雨和莹莹逆行的"专列"。

21∶26，D634 列车徐徐驶入汉口火车站。向窗外望去，映入春雨眼帘的是那个再也熟悉不过的站台，只是没有了往日的人山人海与沸腾喧嚣。这不应该是武汉的模样。就在这一瞬间，春雨的视线模糊了。

向列车长再次致谢后，春雨夫妇与列车长在站台道别。此时此刻，空荡荡的站台上，那哽在喉头的千言万语，只汇成一句简单的"一切平安"。

汉口火车站内，还是那熟悉的自动扶梯，地下走廊却空无一人，有的只是浓浓的消毒水味道和昏暗破碎的灯光。

一直等到抵达武汉家中，春雨和莹莹这才鼓起勇气，在电话里告知了春雨父母他们现在的情况。令他们没有想到的是，春雨的父母并没有责备他们，而是一直在支持和鼓励他们。

春雨的父亲在四川省平武县红十字会工作，母亲则是平武县人民医院的一名科室主任。这些日子，他们也都在各自的岗位上为抗击疫情奔走忙碌着。

电话那头，春雨的父亲激动地说："苟利国家生死以，岂因祸福避趋之。国有难，召必回，战必胜。你们都是好样的，爸爸妈妈为你们骄傲！"

电话这头，春雨却有些愧疚："爸爸、妈妈，对不起！之所以没提前跟你们通个气，就是怕你们不同意我们回武汉……"

"我们怎么会怪你们呢？我们都知道，你们是怕我们担心。"电话里母亲的声音渐渐沉重起来，"我虽然为人父母，但我自己也是一名医护人员。我知道在这个非常时期，武汉有多需要你们。这段时间，我每天都带领着一班跟你们年纪差不多的医生、护士忙防疫工作，他们也都是有父有母的孩子。既然他们的父母都能舍得让他们踏上抗疫战场，我又有什么资格不同意呢？"

原以为母亲坚强如钢，直到后来春雨才听一个亲戚在电话里说起，在得知他和莹莹逆行武汉后，母亲偷偷大哭了一场。

1 月 28 日，春雨正式参加了火神山医院的筹建工作，莹莹于 1 月 31 日正式投入了医护防疫工作。

接下来的故事，和千千万万奋战在抗疫一线的医护工作者、建设者、军人、志愿者一样，春雨和莹莹的故事并没有就此完结，他们至今仍然战斗在武汉抗疫前线。

人们说春雨和莹莹是英雄，他们却说，他们只是平凡的普通人，尽普通人应尽之责，为普通人应有之为，仅此而已。

究竟什么样的人能被称为英雄？我想，这一趟两个普通人的"专列"给了我们一种答案：英雄就是普通人的躯壳，里面装着的是这个社会的良心。

原载《西部》2020 年 3 月刊

满腔炽热谱华章

——记第七届“四川关爱明天十佳五老”获得者陈思哲

◆蒋晓东

蒋晓东，四川省作家协会会员、中国民间文艺家协会会员。1984年以来，在《人民日报》《文艺报》《中国书画报》《四川党的建设》《四川日报》《晚霞报》《重庆晚报》《四川文学》《青年作家》《滇池》《广州文艺》《萌芽》《海燕》《当代作家》《海外文摘》《散文选刊》等刊物发表小说、散文、报告文学、文学评论若干，著有历史连环画《文宗欧阳修》（文字撰稿），以及民俗专著《游仙民俗》。

陈思哲1936年7月出生于四川达县（今四川达州）木头乡，六十五岁从西南科技大学（绵阳）退休后，积极参与社会活动，现为西南科技大学法学院关工委常务副主任、校关工委理想信念宣讲组组长、四川省关心下一代宣讲组成员。陈思哲今年八十三岁了，仍然为学校和学生的事情忙得不亦乐乎。有好友说：“陈教授啊，你已经功成名就了，你现在这么大年纪了，退休了就应该享享清福，你还在忙个啥子哟！”陈思哲说：“我虽然年纪大了，但我腰不弯、背不驼，何况我是共产党员，在我的生命中，我的人生没有退休之说。”

一心向学

陈思哲出生不久，父亲因病去世，母亲在战乱中也失去了踪影，陈思哲与他的大妈生活在达县木头乡。1937年卢沟桥事变后，日本侵略者变本加厉，更加无所顾忌地在中国横行。日本鬼子的飞机轰炸重庆，飞机有时经过达县直接飞去重庆，有时在达县上空盘旋，恐吓老百姓。陈思哲与乡亲们不得不躲飞机。躲飞机又叫“跑飞机”，看见飞机来了，就开始跑，跑到低洼的地方躲起来，或者向飞机飞行的反方向跑。陈思哲说："飞机飞得很低，我能够看见日本空军那副嚣张的样子！"达县木头乡，原本物产丰富，山清水秀，陈思哲常常到河里玩水。日本鬼子这一闹腾，让活泼、清丽的村庄蒙上了恐怖的阴影。陈思哲对日本鬼子无比愤恨。

陈思哲一心向学。在烽烟四起的日子里，陈思哲在达县木头乡完成了小学学业，而且年年成绩排名全班第一。至于在天空盘旋的日本鬼子的飞机，"我们不再去理睬它了"，陈思哲说。上初中前，陈思哲因家里经济困难，休学一年，在家乡与乡亲们一起劳动，种麦子玉米、种瓜果蔬菜、种叶子烟，见什么活儿干什么活儿。

1950 年 8 月，木头乡政府派工作人员告诉陈思哲，说："你学习那么好，一定要学下去，至于学费，你可以享受人民助学，不用你出钱。"陈思哲复学了，在达县一中读上了初中。陈思哲知道他没有为中华人民共和国的成立做过什么事情，但是他知道，现在努力学习，将来建设社会主义，就是对祖国的最好报答。陈思哲十分珍惜来之不易的读书时光。这些时光，都是革命者流汗流血和牺牲换来的。1952 年，陈思哲正在读初二，他主动要求去达县专区宣汉县石铁乡参加土改，与大人们干一样重的活儿，陈思哲认为劳动同样是学习。陈思哲积极劳动，并在劳动中获得快乐。后来，为了补上参加土改用去的大半年学习时间，陈思哲早起晚睡，顺利完成了初中学业。1953 年，陈思哲升入达县高中。1956 年，陈思哲考上了西南政法学院（现西南政法大学）法律系，并于 1960 年完成了学业，毕业后在西南政法大学做助教。1978 年，陈思哲被调到西南工学院（现西南科技大学，位于绵阳）任教，担任副院长，直到退休。

陈思哲从初中到大学毕业，思想上、经济上，均得到了政府的关爱，陈思哲至今无比感动。他真正体会到"没有共产党，就没有我陈思哲的今天！"

陈思哲积极向上。1956 年，二十岁的陈思哲在西南政法学院上大学时，向党组织递交了入党申请书，到 1984 年 4 月，用了二十八年时间，陈思哲光荣地加入了中国共产党，成为党的一员。在这二十八年中，有人劝陈思哲加入其他党派，他婉言拒绝了，他说："我相信共产党，我信仰共产主义！"

陈思哲一直热心帮助学生。陈思哲有一个宣讲专题，名为《志存高远，做一个有益于社会的人》，他在宣讲专题中写道："我入党虽然用了二十八年时间，那是党组织对我的考验，我必须服从组织，勇敢接受党的考验。"陈思哲还写道，"我要做新中国的革命者、建设者，我没有什么大的本事，但是我要把我学习到的知识告诉同学们，我要帮助同学们认真学习，帮助同学们做个对社会和人民有用的人。"陈思哲说，"青年人是祖国的未来，我要尽心尽力让他们的青春散发出新时代的光芒！”陈思哲的这些话，听起来像是大话，但是陈思哲按照这些话实实在在去做了，这些话就是一种精神！

“我一定要找到她”

陈思哲 2012 年正式加入西南科技大学关工委后，学校成立了“法学院关工委理想信念宣讲组”，以分专题、分年级的形式，对大学生进行理想信念教育。陈思哲利用自身资源帮助高年级学生联系就业事宜或者提供就业方向，被称为西南科技大学法学院关工委的“热心老人”。从同学们建立的“向八十岁小伙子学习”群，可以看出同学们对陈思哲的敬佩和敬爱。这是后话。

陈思哲认为要做好关爱工作，首先要“真正打心底里爱这些孩子，如果你爱不起来，关工委的工作，你就做不好”。这些年来，西南科技大学的法学院一直有着“老少结对子”的活动，即让老教师和年轻的学生结对，前者对后者在思想生活和学习上予以关爱和帮扶。

与陈思哲结对子的同学有很多，其中有个叫李宁宁的河南籍女学生，她是 2019 届法学专业学生。李宁宁同学个子不高，身体单薄，但是她学习刻苦，不断上进。陈思哲常常与她微信沟通，电话沟通，以及面对面交流。2016 年冬，正当快要进入寒假时，李宁宁突然“失踪”了，原来，李宁宁坐上了回河南老家的列车，决定休学了。

陈思哲着急万分，这到底是怎么回事啊！

“我一定要找到她！”陈思哲咬紧牙关说。

陈思哲终于明白了李宁宁休学的原因。没有办法呀，李宁宁的父亲突发脑梗，家庭支柱垮塌了。李宁宁的姐姐急得不行，但是姐姐在浙江一所大学读硕士研究生，怎么能够离开学校？李宁宁安抚姐姐继续读书，家里的事情，她李宁宁顶着。上高中的弟弟也主动退学打工，被李宁宁骂了一顿。

陈思哲有点心酸了。李宁宁甘愿为家里付出，好样的！可是李宁宁怎么撑得起一个家？李宁宁是优秀学生，陈思哲怎么可以让李宁宁放弃她的学业？

“这件事情我管定了！我一定要把李宁宁喊到学校里来！”陈思哲说。

在法学院书记的支持下，陈思哲号召大家捐款，“成都校友会”“北京校友会”“西科大法学院校友会”积极响应，很快收到善款六万多元。李宁宁父亲的疾病得到了良好治疗。现在，李宁宁的父母都搬到绵阳来住了。

有一天，李宁宁对陈思哲说："爷爷，我妈妈想在您家帮忙做家务，不要一分钱。"陈思哲婉拒了，对李宁宁说："你家里还那么困难，你母亲的年纪也大了，谢谢你母亲的好意。"

2019年4月，陈思哲右脚拇趾外翻，做了脚趾融合手术，迄今一年零两个月，未完全康复。陈思哲的家在绵阳烟草公司内，住四楼，跃层式。这天，李宁宁与同学们到陈思哲家讨论学术问题，要上"跃层式"，李宁宁看见陈思哲走路不方便，要背陈思哲上去，陈思哲笑了说："我一米七三，一百四十多斤，你背得起吗？"李宁宁说："我爸爸比您重呢，我爸爸治病时，都是我背的呢！"

多么朴实的孩子啊。这样的孩子要是不读书，荒废学业，简直可惜了。陈思哲庆幸他挽救的不仅仅是一个家庭，他庆幸祖国的未来又多了一位可用人才。2019年，李宁宁通过了西南科技大学法学院硕士研究生考试，通过了法律职业资格考试。李宁宁的姐姐完成硕士研究生学业已经参加工作，李宁宁的弟弟高中毕业后考上了河南省一所职业技术学院。

2019年，李宁宁还写了一篇文章，叫《我眼中的陈爷爷》，在《关爱明天》杂志发表。李宁宁在文章中写道："我和爷爷相识于学校的'忘年交'活动。爷爷总是喜欢说'你们这些娃娃啊'，话语中深情满满。爷爷有着'爷爷'的年龄，却没有'爷爷'的清闲。2016年冬，因为我父亲突发脑梗，我选择了休学。爷爷很是着急，在了解了我的情况之后，爷爷对我说他来想办法帮我。爷爷为了我的事情东奔西走，跟学校几个部门反映情况，最后爷爷发动学院与学校的校友会为我们家捐款。是爷爷的努力与无私拯救了我们家。我眼中的陈爷爷'真而诚''温而厉'，我从未见过爷爷疾言厉色地责备他人，也从未见过爷爷大发雷霆或者盛气凌人。生活中，爷爷总是很关心我们的身体，天气转凉的时候我们准能接到爷爷让我们注意添加衣物的微信电话。学业上，爷爷对我们严格要求，每次与爷爷见面，爷爷都会详细询问我们的学习情况，爷爷常对我们说：爷爷最高兴的是听到你们考取了研究生，通过了法考的消息。我们这些'娃娃'中没有一个人怕爷爷，却也没有一个人不敬爱爷爷。爷爷的'真而诚''温而厉'，是我们每一个人学习的榜样。"

向八十岁小伙子学习

陈思哲十分重视与学生结对子，不仅与法学院的学生结对子，与学校其他学院的学生同样结对子。眼见结对子的学生越来越多，为了减轻陈思哲的身体负担，同时为了让更多的学生听到陈思哲的讲座，2016 年，法学院一位新疆籍学生建了一个“向八十岁小伙子学习”微信群，群主由她自己担任。她把陈思哲拉进了群里，陈思哲一看，全部是学校法学院的学生，哪里有什么八十岁的小伙子哟。学生们开始“起哄”了：“爷爷，您就是八十岁的小伙子呀！”

陈思哲很喜欢这个微信群。陈思哲兴致勃勃说：“这个微信群里，成员包括我和二十多个曾与他们结对帮扶的学生。”这个微信群非常活跃，学生的思想有什么迷惑的地方，陈思哲耐心讲解，直到把学生的思想弄通为止。陈思哲还就学习方法、就业去向、自主创业等事宜，给孩子们提供建议或意见。

一辈子都在同高等教育打交道的陈思哲，一直以来都和孩子们保持着长期而密切的联系。陈思哲还在西南政法大学做辅导员时，就和学生“同吃同住同劳动，非常亲密”，这样的经历使他来到西南科技大学后，同样和学生“走得很近”。陈思哲颇为得意：“我学校的学生，甚至一些年轻教师，一开始是叫我职务，后来叫我陈爷爷，再后来都直接叫我爷爷了！”

“向八十岁小伙子学习”群，开始只有法学院的学生和老师，后来，西南科技大学其他学院的学生和老师也加入了进来。现在，有些老师退休了，也不愿意退群；有些学生完成了学业，同样不愿意退群。群主走上了工作岗位，不再当群主了，但是同样不退群。那么，这个微信群的魅力到底在什么地方呢？

陈思哲是一个敢讲真话的人。

学校有学生向党组织递交了入党申请书，但是第一次没有通过，就放弃了。这让陈思哲百思不得其解。他说：“想当年，难道我们共产党人有一次失误，就不前进了吗？失误并不可怕，可怕的是失误了就退缩了。有些同学才递交了一次入党申请书，就放弃了，你的信仰难道就这样容易被摧毁吗？”

陈思哲坦诚说：“我 1956 年就开始向党组织递交入党申请书，一次不合格再来第二次，第二次不合格再来第三次……我的信仰永远没有改变，只有共产党能够救中国，只有共产党能够发展中国。我写了十多份申请书，每写一次，我都会找出我的不足。找出了我的不足，我就找到了改正缺点错误的方法和方向。二十八年后的 1984 年，我终于成为中国共产党的一员！”

同学们惊讶了！陈思哲入党用了二十八年时间，怎么能够叫同学们不惊讶呢？同学们惊讶的同时，对陈思哲更加敬佩了。

陈思哲说：“没有入党，要奋斗；入党了，更加要奋斗！入党不是最终目的，入党是为了更好地实现你的人生价值！”

陈思哲说：“《大学》里面讲到了修身。什么是修身？修身，其实是一个不断改错的过程。”

陈思哲还说：“我们要学会寻找‘自己’。‘自己’不单单是这个百多斤重的身体，更是‘人性本善’。寻找‘自己’，就是寻找人性本善。人性本善与生俱来，只是自己的心灵抵抗不住物欲的诱惑，在追求外在事物的时候，不知不觉中将自己的人性本善莫名其妙抛弃了。没有谁对不起自己，是自己把自己事物化了。寻找自己，毫无疑问就是修身。而修身，是一个不断改错的过程。因为，不属于自己的那些尘埃，总会在自己不小心的时候，悄悄地、不间断地跳出来，依附在自己的心灵之上。找到了自己的错误后又应该怎么办呢？改正错误。改正错误无疑是很难的。但是不怕，错误冒出来一个，马上改正一个，随着时间的推移，相信自己的错误会越来越少，直到消失。有了做人的标准，就不会害怕错误，错误不会因为害怕就躲藏起来，用人性本善去面对错误，自己的心灵将不再飘浮，所谓错误，也只不过是锻炼自己的心智罢了。人的一生会遇到各种各样的困惑或者困难，用人性本善去观照，一切迎刃而解。不要用标准去衡量他人，也就是不因为他人的不是，而放弃自己的人性本善。不管别人做得好不好，只管自己做得对不对。我们要相信一个道理：不好的东西肯定会传播，好的东西同样会传播，只要我们齐心协力，好的东西一定盖过不好的东西，好的东西就会解放不好的东西。放平自己的心态，把握住人性本善，用自己的言行去影响身边的一切。人生，一个不断改错的过程。如果每个人都做好了自己，把修身这一关做到了极致，我们的国家会更加繁荣昌盛。我相信，国富民强，天下太平，这是我的梦，你的梦，我们大家的梦。”

有人说陈思哲在显摆自己。陈思哲直言道：“好的东西不显摆，难道去显摆不好的东西吗？”

别字情深

这里说的“别”字，指的是错别字。二十年前，陈思哲还没有退休，有一次上课，陈思哲在课堂上滔滔不绝地讲，但是下面的同学总没有以前那么认真听。下课后，团支部书记和班长，一个左边，一个右边，在陈思哲身旁走。陈思哲问他们有什么事情，他们说没有什么事情。陈思哲继续走，他们又跟了上来。陈思哲再问：“你们到底有什么事情？”他们你推我说，我推你说，推来推去，始终不说。陈思哲感到了问题的严重性，说：

“你们大胆说吧，老师不会怪你们的。”

团支部书记和班长终于你一言我一语，战战兢兢把事情说了。陈思哲听了，脸色变得通红，但是俄顷，哈哈大笑起来。陈思哲说：“你们说得好，这才是我的好学生，我非常感谢你们！”

原来，陈思哲在课堂上读错了一个字。“瞠（chēng）目结舌”，陈思哲读成了“tāng目结舌”，而且读了好几遍。

陈思哲之所以脸红，是因为四川人认字认半边，误导了学生；陈思哲之所以哈哈大笑，是因为以后再也不会出现这样的问题了，他非常感谢他的学生。

陈思哲说：“你们两个，赶紧去教室，把这个问题给其他同学们说一下，要让每个同学都知道。我马上要上课了，下课休息后，我再到班上给同学们道歉！”

陈思哲一点也不怪给他指出问题的学生。陈思哲认为，一个教师害怕同学提意见，就不是好教师；一个教师不敢承认自己的错误，最好就不要当教师。人无完人，错了就改，不是什么羞人的事情。

陈思哲常常把这件事情讲给同学们听。一是告诉同学们做事情一定要认真，认真了才不会出差错；二是告诉同学们，有错误不可怕，改了就是好学生。

同学们听了这件事情，又感动又羞愧，一位学生说：“爷爷是教授，爷爷是法学专家，爷爷这么大年纪了，都不怕坦诚自己的错误，愿意改正错误，我们有什么理由不敞开自己的心扉、端正自己的思想呢？”这样一来，与陈思哲结对子的学生更加多了，他们都想从陈思哲身上学到做人的道理和方法。学生明白了，只有把握住了做人的原则，学习才会轻松起来，学习才会有更大的价值，将来也才能够正确地为社会、为人民、为国家奉献力量。

陈思哲不怕现丑，就像他喜欢“显摆”好的东西那样，心里坦坦荡荡，自然而然。这也是陈思哲赢得同学们尊敬的一个原因。陈思哲从事高等教学数十年，一直都是这样做的。

2017年秋，团支部书记和班长回学校参加毕业二十年校友活动，陈思哲见到他们，一口叫出了他们的名字，还说：“你呀，是团支部书记；你呢，是班长呢！”陈思哲再次感谢他们所提的意见。

两位学生感到惊诧，说：“老师，事情都过去二十多年了，您还记得啊。你不会是记我们的仇吧？”

陈思哲哈哈一笑，说：“我就是要记你们的仇，这仇啊，让我很受用呢！”

陈思哲无比激动，两位学生同样无比激动。两位学生硬是要陪陈思哲喝三杯酒。“三杯就三杯！”陈思哲痛快答应了。这是陈思哲第一回连着喝了三杯酒。陈思哲酒量不大，但是没有一点醉意。

西南科技大学旁边，有一条江，叫涪江。涪江是绵阳的母亲河。江水滔滔，溅起欢快洁白的浪花。陈思哲对两位学生说：“欢迎你们常回家看看！”

一帮到底

陈思哲说：“‘关爱工作’直接关系到青年一代的成长成才，直接关系到国家千秋大业，我愿在有生之年，不遗余力，为国家的关爱事业尽一份绵薄之力。”

陈思哲说，很多时候是把学生当成自己的孩子或孙子对待。陈思哲家里有一个小孙女，他说：“我很爱我的小孙女。但我一直说，我既要带好我的小孙女，也要带好我学校里的那些大孙子、大孙女。”

2011 年 4 月，云南籍学生胡庭佳眼见马上就要毕业了，却在一次体育运动中受伤，导致视网膜脱落。在绵阳某医院做修复手术时，又因发生事故，导致右眼失明。胡庭佳情绪低落，唉声叹气：“完了，完了。我这一辈子完了。我怎么办呀！我的父母怎么办啊！”

陈思哲知道情况后，立即主动介入，帮助学生维权。陈思哲对胡庭佳说：“庭佳，你不会完，你没有完。你要对自己说，我会战胜一切，我是不会被打垮的！你未来的路还有很长，你一定要鼓起生活的勇气！孩子啊，你要听陈爷爷的，相信我，你一定会有出息的！”

陈思哲彻夜查阅病历资料，商确诉讼请求，查找法律依据，派人与医方协商，到医院看望学生，与医院进行谈判。经过多轮协商，医院同意支付胡庭佳十万元赔偿金，使问题终于得到解决。

医疗问题虽然解决了，但是胡庭佳心里的阴影始终没有散去。是的，有一只眼睛看不见东西了，这对于一个年轻人来说，是多么大的打击啊！在陈思哲的帮助和鼓励下，胡庭佳鼓起了生活的勇气，然而，现实生活却让胡庭佳鼓起的勇气很快蔫了下去。

2011 年 7 月，胡庭佳虽然毕业，却因眼疾而找不到工作。陈思哲很着急。这时，又有人劝陈思哲，说：“毕了业的学生，没有你什么相干，你老陈就不要再管了嘛！”陈思哲不喜欢听这样的话，说：“一个人做事情，要有头有尾，善始善终。”陈思哲主动向学校领导反映情况，与学生工作处联系，最后争取到了让胡庭佳去宜宾市长宁县当西部志愿者的名额。陈思哲的意思很明白，让胡庭佳去当志愿者，以胡庭佳兢兢业业的工作态度，希望以后有单位能够看上他，能够给他一份工作。胡庭佳很感谢陈思哲，当志愿者尽心尽力。但是一年后合同期满，胡庭佳依然就业无望。

路在哪里？胡庭佳陷入茫然之中。胡庭佳几乎要叫了起来："世界如此大，难道就没有我胡庭佳的立足之地？"

胡庭佳是法学专业（本科）毕业生，陈思哲鼓励说："庭佳啊，你不要泄气，这不是你的风格。条条大路通罗马，总有一条路适合你。放心，让我好好想想！"

陈思哲建议胡庭佳自主创业，陈思哲说："庭佳啊，你学习的是法学专业，你要发挥你的特长，从法律咨询服务工作做起。听我的话，好吗？"一句话说明白，就是要胡庭佳学习打官司。这是一个好办法，打官司，只要打赢了，就是对的，不需要看他人的眼色；打官司，诉求方同样不会因为胡庭佳的眼睛问题而不请他。

但是，经过磨难后的胡庭佳，这几年对自己的法学业务能力根本无心思钻研。胡庭佳在律师执业初始阶段，对接到的案件十分茫然，不知如何下手。遇到这种情况，胡庭佳就给陈思哲打电话。陈思哲是法学专家，对胡庭佳提出的问题，从立案案由、确定诉求、寻找律师依据到如何书写代理意见（辩护词），再到如何执行法院判决等，都一一进行解答和辅导。一个案件从受理到结案，少则四五次电话讨论，有时一个案件通电话八九次，累计时间达五六个小时。

胡庭佳看到了希望，常常对陈思哲说："爷爷，您真好！"

现在胡庭佳已能独立办理各类刑民案件，从 2013 年胡庭佳正式取得执业资格，到现在共办理二百二十余件案件，2019 年办案收入达二十一万余元。胡庭佳还把自己的收益用来帮助云南宣威的贫困学生。陈思哲听了后十分高兴。

胡庭佳离校九年了，陈思哲一直与他保持着联系。胡庭佳说："在我最困难的时候，是爷爷一次次帮助了我，没有爷爷的关心、鼓励、支持，就没有我胡庭佳的今天！"

陈思哲说："庭佳啊，你不畏艰难，努力奋斗，你现在不仅实现了自主创业，而且回报社会，你要坚持下去！祝福你！"

人生没有退休之说

2017 年以来，西南科技大学法学院关工委为了让同学们树立正确的理想和信仰，开展了“思至点灯，哲语明路”系列活动。“理想与信念”“明灯照前程”“哲语悟人生”“思哲助我行”“老少结对子”……每年数次大型讲座和专题会、帮扶会，引导学生努力学习，积极向上，树立正确的人生观和价值观，从而实现教书育人的效果，不少学生成了陈思哲的“忘年交”。

2020 年 1 月底以来，新冠肺炎疫情蔓延全球，学生的学习以及就业成了学校面临的大问题。在疫情期间，陈思哲跛着一只脚，数次去学校，与学院关工委领导及工作人员研究学生疫期学习以及毕业生就业等问题，并制订了毕业学生就业指导全覆盖，利用微信、电话等平台与学生保持密切沟通。

“老陈啊，我说你真的是吃饱了撑的，你跛起一只脚跑上跑下，这些事情有你啥子相干嘛！退休了，该休息就好好休息嘛！”有人说。

陈思哲又说起了老话：“我虽然年纪大了，但我腰不弯、背不驼，何况我是共产党员，在我的生命中，我的人生没有退休之说。”

陈思哲就是这样一个犟拐拐！

陈思哲这些年和学生的亲密接触，总结出三点体会。

其一，年轻人朝气蓬勃。陈思哲在与他们接触的过程中，大大消减了自己身为年迈人的暮气，变得年轻起来。“在我们学校有人评价我，说我是八十多岁年龄，四五十岁的心脏，甚至还有说我是三十岁的心脏的。”陈思哲说，“老年人很多时候会有一种‘等待’的思想，说得不好听点，就是等待着‘那一天’。而我的生活充满朝气。”

其二，“孩子们让我逐渐时尚起来。”陈思哲说。青年学生掌握和运用新的科学技术知识的能力较强，陈思哲通过他们，学到了许多“新知识”：短信、微信、电脑办公和电脑游戏。“我还能自己捣鼓个什么 PPT 呢。”陈思哲得意地说，“而且呀，这些孩子教我的时候，比我自己的子女都要耐心和细心得多。”

最重要的是，通过对学生的付出，陈思哲看到了孩子们的成长和进步。“这给了我极大的安慰。孩子们这种回报的力量很大，因为这让我变得充实，也让我觉得，即使上了年纪，只要找对了渠道，依然能继续实现自己的社会价值。”这是其三。

“我老了，退休了，其他爱好都没有，唯一的爱好就是和学生们聊天。”陈思哲真心喜欢这些孩子。正如他在《退休教师也能为青年学生的健康成长做贡献》的发言稿中写的那样：“要做好关工委工作，首先要有对学生深沉的爱，这是做好关工委工作的思想基础和前提条件。”

2019 年 11 月 15 日，由四川省关工委、省委老干部局、省文明办、共青团四川省委、四川日报报业集团、四川广播电视台、四川党建期刊集团联合主办的第七届“四川关爱明天十佳五老”评选活动，在四川广播电视台演播大厅隆重举行，陈思哲被授予“四川关爱明天十佳五老”光荣称号。

陈思哲说：“能够评上四川十佳五老，这是党和政府对我做关爱工作的肯定，更是对我的鼓励，我要在关爱下一代的工作上，不遗余力，让我的人生更加有价值！”

2020 年 6 月 12 日上午，陈思哲给毕业学生刘峰国打电话。

陈思哲问：“峰国，你的事业还不错吧？”

刘峰国说：“爷爷，您总是记得我这个‘调皮’学生啊！”

陈思哲说：“你的‘调皮’让人深思啊！”

原来，刘峰国经常不在自己的专业听课，而是串到另外的专业去听课，被视为调皮学生。陈思哲不这样看。刘峰国并没有逃课，又没有瞎起哄，而且在另外的教室听自己喜欢的课，怎么能够算是调皮学生呢？刘峰国不喜欢原来的专业，到自己喜欢的专业去听课，这说明教学协调上出现了问题。假如一位学生学习了不喜欢的专业，心里会堵得慌。所以不能够把串到其他专业去听课的学生视为调皮学生。这关系到学生的就业问题。而学生的就业，又关系到学生为社会做多大贡献的问题。

就是这个串课的刘峰国，后来转到了自己喜欢的专业学习，现在是成都一家公司的大老板，承担一些大型研究与生产经营项目。陈思哲由衷为他高兴！

陈思哲说：“在新时代的阳光下，我们要大踏步向前走去。在前进的道路上，我们会遇到这样那样的问题和困难。我们不要害怕问题和困难，我们要用心去解决问题，我们要用心去解决困难，我们要一直往前走去！”

陈思哲时刻用他的满腔热情，谱写着永不谢幕的大爱华章！

选自《大爱华章——关爱明天十佳五老报告文学集》第七卷，
四川人民出版社，2020 年 12 月

脱贫攻坚中的那份感动

◆柳　影

柳影，本名刘英，三台中学高中英语老师。先后在《意林》《博爱》《班主任》《南方》《婚姻与家庭》《知音》《老年报》《心理与健康》《哲理》《甘肃教育》《剑南文学》《华西都市报》《绵阳日报》《毕节日报》等几十家报刊发表作品。

一

我第一次走进张小华的家时，虽然是两年前的冬天，但当时的情景，至今依然能非常清晰地呈现在我的脑海里。触目惊心，又难以置信。

张小华跟村里的其他村民一样，都修了楼房，但张小华的家,完全可以用“一贫如洗”来形容,家里没有一件值钱的家具。2008 年地震之后，国家对危房和土坯房进行改造补贴，于是，张小华的三间泥巴墙房子，终于换成了一个四合院。

张小华本打算，用国家的补贴款和自己存的八万块，把房子修好之后，可以适当装修一下。尤其想在自己的卧室里安装一台电视机，躺在床上看电视。这竟然是张小华觉得的这辈子最美好、最奢侈的事。

还没等张小华凑够装修费，她就被查出乳腺癌。张小华本打算放弃治疗，她不想拖累这个家，尤其是两个年幼的儿子。直到有一天，大儿子告诉张小华，他准备退学出去打工给她筹钱治病。张小华极力反对，她虽然只有初中文化水平，是一个地地道道的农妇，但她深知，对于家庭穷困的孩子，唯有读书才可以改变命运。

如果非得在读书和母亲两者中做出选择，张小华的大儿子说，他一定会选择母亲，因为在他眼里，纵使有一天考上了大学，纵使有一天飞黄腾达，可是母亲都没有了，所有这一切还有什么意义。

于是，就在那天，张小华与大儿子悄悄约定，她积极治疗，他努力读书。

张小华去华西医院做了乳腺切除手术，然后到绵阳做了八次化疗，之后张小华决定回家调养，一是病情得到了控制，再有就是，她不想借太多的钱。

但纵使如此，张小华的病依然用光了家里的积蓄，还欠了许多债。这让她的两个儿子的学费都没着落，更不要说给家里添置家具。

所以，当我走进张小华家时，发现用“家徒四壁”来形容都毫不为过。自然，客厅是没有沙发的，于是，她赶紧给我搬来一个小凳子，然后，她用衣袖把凳子擦了又擦。

那个时候，正好是打稻谷时，张小华家里没收割机，而且她的家在半山腰，没有推车一类的运输工具，全靠人工挑或者扛回家。

我刚坐下，就看到张小华的大儿子扛着一袋东西回来，满头大汗。张小华本想接过儿子肩上的袋子，可她尝试了一下，才发现自己生病后，竟然虚弱得连一袋东西都接不住。她有些歉意，有些失落，甚至有些愧疚。但同时，大儿子故意退了两步，不让张小华接，他让她不要太累。于是她给儿子拿来一个帕子，让他擦汗，还端来一杯水。

简单擦了几下汗后，他快步又跑了出去，说弟弟在后面，需要他的帮助，父亲也渴了许久了。我看着他跑远的背影，还有那晒得黝黑的后背。

我突然被张小华一家的勤劳、质朴，还有彼此间的关爱深深感动。就在那一刻，我是发自内心地如此迫切地想帮助张小华一家。

二

我回到城里，第一步，就是解决张小华小儿子李强的学费问题，因为李强读的高中正好是我所任职的学校。于是我找到他的班主任，详细谈了李强家里的现状，希望在政策允许的范围内，优先考虑一下他的学费减免和助学金的相关事宜。

而就是在与李强班主任的谈话中，我无意间了解到，李强的成绩非常好，而且他非常刻苦，只是身体有些差。于是，我联系到之前资助过贫困学生的爱心人士，在详细介绍了李强的情况后，对方非常爽快地答应每月资助他生活费，直到他高中毕业。

在落实张小华大儿子李畅的学费和生活费时，我想找找以前的大学同学或者之前教过的学生，看能否给李畅找一份勤工俭学的活儿。

相比李强的学费，李畅的勤工俭学要难许多。因为我虽然找到开公司的大学同学，可他的公司与李畅的学校相距太远，坐公交来回五个小时左右，乘地铁则要换几条线。

于是，我试着让李畅在学校找一份兼职工作，如果实在找不到，就努力学习，因为大学成绩优秀，也会拿到许多奖学金。最后，通过学校工会，李畅在图书馆找到了一份勤工俭学的工作，虽然几乎是义务劳动，但李畅非常高兴，说这样可以有更多的时间在图书馆里看书。

张小华的老公李田贵有糖尿病，但只要控制好血糖，一般和正常人差不多。所以，在农闲时，我就介绍他到我朋友的装修工地打零工。李田贵非常勤快，做事又利索，每天可以挣二百块钱左右。

对张小华本身的帮扶，尤为重要也更加困难。因为张小华除了身体上的疾病，她内心的想法应该是非常复杂的。有时她会敏感、会绝望、会迷茫，甚至会有轻生的想法。

我曾经学过心理学，所以非常清楚地知道，心理变化对一个人的行为起着至关重要的作用。于是，我决定首先从张小华的心理辅导开始。而心理辅导，又不能太直白，更不可能像在学校的心理辅导中心那样，安安静静地两个人侧面而坐，聊上许久。

想了很久，我决定从张小华擅长的方面着手。这样，她容易获得成功的喜悦和找到自己的存在感。

后来，我慢慢发现，张小华非常擅长做吃的，尤其是面食。我想，是否可以让她在家发挥她的专长，并且可以挣钱。当然，她的身体不可能允许她去看店。一次偶然的机会，我看到“今日头条”的一则新闻，一位身体残疾的网友，靠直播做手工，收获了不少粉丝，每个月还有一千多块的收入。

于是，我教张小华如何申请账号，如何开直播做饭菜。每每这个时候，我会悄悄告诉我的好友和亲戚，点进她的直播间，给她涨人气。

当然，这些也只是业余爱好。更多的时间，是让张小华如何利用国家的扶贫政策，把自家的四亩地和家后面的一片荒山打理好，实现快速脱贫致富。

考察了许久，结合实际，最后，我建议张小华在后山种上藤椒，因为藤椒不像果树那样需要投入许多时间和精力。同时，还让她买了许多土鸡放养在后山，这样鸡不但可以吃虫子，鸡粪还可以肥土。

但万万没想到，两个月后出现了一场鸡瘟，七十二只鸡一周内全部死光。张小华原本打算，卖了鸡，一家人可以好好过一个春节，尤其是想给两个儿子买新衣服过年，可是，一切都成了泡影。

春节前的一周，我到商场特意买了一件比我身材瘦许多的大衣，因为张小华身高和我差不多，但比我瘦。然后剪掉了衣服上的标签，又去超市买了汤圆、肉和一些零食。我故意用老公单位的袋子装着这些东西，去了张小华家。

我拿出那件衣服给张小华，轻描淡写地说，买了一件衣服，穿着太小，扔了可惜。而对于那袋东西，说是老公单位春节发的福利。

张小华试穿了衣服，异常合身。她用感激的眼神看着我，但我分明还在她的眼里，看到了泪花。

三

转眼到了2020年，这是不平凡的一年。由于疫情，2月8日开始封城。外面的进不来，里面的出不去。这对每年都会回一趟老家的我来说异常不易。尤其是两个年幼的孩子，整天被迫关在家里。

虽然老公是医生，可以出门，适时从超市买日常用品。可是，这样突变的生活方式让我觉得不安，不知道何时才是尽头。

这个时候，张小华给我打来电话，说给我带一些蔬菜和后山养的黑鸡，被我拒绝了。因为她家到城里至少有十公里的路，当时客车早已经停运。还有就是，给她钱，她多半不会收，而这是我非常不愿意的。

可是，第二天一大早，我就接到张小华的电话。她说村里封村了，为了不被人发现，她昨晚骑车给我送东西，可是却进不了城，就把带的鸡肉和菜放在城边的一个废弃房子里，让我去拿一下，并告诉了我具体的位置。

当老公找到那些东西时，鸡肉已经被野猫吃得所剩无几。不过还好，新鲜的蔬菜还能吃。

张小华打电话问我，鸡肉味道如何。我只能撒谎说，鸡肉味道不错，尤其是红烧。这时，张小华告诉我，乌鸡最好清炖，并告诉我如何清炖才味鲜，才更有营养。

我随便提了一句，既然懂这么多，何不直播如何清炖乌鸡。想不到，就是我这随便一提。张小华在她读传媒大学的儿子的帮助下，把直播弄得风生水起。增粉无数不说，还有许多人给她打赏，甚至直接在网上下单，买她的乌鸡。疫情期间，她靠直播小赚了一把。这让她高兴坏了，说这是她人生第一次不用下田种地挣的第一笔钱，她终于给卧室买了一台电视机。

为了表示感谢，张小华又想给我送东西。这次我没拒绝，而是以邻居想买乌鸡的方式给了钱。想不到这次，张小华炖了一整只鸡给我。她说，她是替小儿子感谢我，因为她小儿子那时正好读高三，却迟迟没法开学，他英语基础不是很好，我几乎每天都会视频给他讲英语。

疫情期间，发生了一个小插曲。一次跟张小华视频的时候，我发现张小华眉毛和额头前面的头发有被烤焦的痕迹。她说电视里说病毒怕高温，所以自己烤火，想烤死病毒。她笑笑说，不知道病毒烤死没，倒是把自己烤成这样。

在医院派老公去各个村教大家疫情防护的时候，他特意给张小华带了一些口罩和消毒用品。同时，还教他们一家一些预防的常识，甚至给张小华老公送了一个血糖仪，让他自己随时监测血糖。

上个月，张小华一家终于迎来了这些年新的转机。读大四的儿子，由于刻苦学习，被学校保送研究生。而她复查时，医生告诉她，她的癌细胞得到控制了。后山养的乌鸡和藤椒已经被预售一空。由于她老公做事踏实，一工地老板高薪聘用他，还对他说，可以一直做到他不想做为止。

小儿子的英语进步很大，再也不担心英语拖其他科的后腿。他的班主任预测按照他现在的成绩，可以考个重点大学。他说，他争取考一个全免师范生，可以节约很多钱不说，以后找工作也容易许多。

前几天，张小华一家四口特意到我家告诉我这些喜讯。她说特别感谢我，是我改变了她们一家四口的生活。

我摇摇头说，如果非要感谢，首先，要感谢国家的好政策，让许多贫困的家庭能很快脱贫致富。再次，要感谢他们自己，是他们一家的勤劳踏实，才能这样快速过上幸福生活。

非要说感谢，我还得感谢他们一家。是他们一家的真诚与善良，让我看到了人性的美。让我感受到，原来人与人之间，还可以那样纯粹不带任何杂念进行关心。

脱贫致富，不仅仅体现在物质与金钱上，而是内心深处的触动与净化，从而让精神变得富有，内心变得充实，思想变得向上，行动变得积极，品德变得高尚。唯有如此，才能算得上真正意义上的脱贫致富。

原载《博爱》杂志 2021 年第 7 期

戏里戏外

——记送戏下乡

◆陈　亮

陈亮，绵阳市三台县人民检察院第三检察部干警，2018年6月至2021年6月担任绵阳市三台县八洞镇天宫堂村驻村工作队员，开展扶贫工作。2021年6月至今任四川省检察系统2021—2023帮扶凉山州工作队队员。曾获《中国诗词大会》第三季节目表现出色证书，四川省委、省政府表彰『2019年全国脱贫攻坚先进个人』称号。

2019年5月20日，是我到三台县八洞镇天宫堂村参与扶贫的第一个网络情人节。在村里，这一天和5月的任何一天都没有区别，这个时间，秧苗培植了近二十天，已经长到足够栽种了，如果阳光充足，还适合晒晒麦子，村民有足够多的事情要做。即便没有种地，他们也不会让自己闲下来——新麦的麦秆正好用来编草帽。要是手上活儿够快，一整天的时间够编一个半，算下来有十多块的额外收入，这些钱够买一块猪肉，或者够赶一趟县城支付单边的乡村巴士费用。

早上，郑书记在村广播里通知，下午县文化馆将会组织人员到村上开展“文艺下乡”活动,有演出。通知的时候已经7点，大部分村民早就下地了。不过乡村同样是信息传播最为迅速的地方之一，只要有一个人听明白广播的内容，那么不出三十分钟，整个村的村民都会知道。这时节，新麦已经收割完毕，麦茬东倒西歪地横在地里，预备栽秧苗的田里蓄满了水，在高天的光照下，粼粼闪动，像是嵌在地上的水晶石。麻雀呈一条单线，毛滚滚地排在电线上，叽叽喳喳闹个不休，大约是谴责秧田里灌水——它们没法到收割完毕的田地里觅食了。

村里聘请的公益岗位人员在打扫卫生时，王书记和我一起去贫困户的家中。早先入户时，他屋前的卫生有些糟糕，秸秆堆得满地都是，还有些废弃的建筑材料搁在那里。上次他保证，一定会在麦子收完后进行打扫整理。我们到的时候，他屋门紧闭，头天的大雨打得秸秆贴在地面，看起来更糟糕了，他没有打扫。

王书记问邻居:“他人呢？”在村里，熟识后问人问题是不需要指名道姓的，用“他”或“她”就能说得明白。

“上街了。”这个邻居姓萧，前不久刚生了孩子，旧的婴儿车里，两个月大的小男孩眼睛如黑豆，晶光光地打量着来访者，他妈妈用单脚勾着婴儿车不断前后摇摆。

“长得好，是个胖娃儿。”王书记说道。

“哪里嘛。”他的母亲谦逊。中国人大都是“满招损”理念的拥趸者，村人未必知道这句话，但理解其中的意思。更多的情绪其实包含在嘴角边克制的笑容里，一种又自豪又幸福的笑，浅浅的。

“王书记，留在这里吃午饭嘛。”她邀请道，事实上才 8 点钟。村民们大都热情好客，每天在村里行走，我和王书记差不多要收到几十次吃饭邀请。在四川乡村，哪怕一分钱不带，也不会饿死，这儿太多好客的人了，吃顿饭在他们眼里完全不是问题，就连贫困户也会这样，不吝吃什么，尽其所有罢了。

“不了，还有事情，下午村上演节目，来看。”

在这家人的屋前，新的水利项目正在实施，黑色的田土被翻起来，白色的“U”形槽材料堆在黑土上。旁边新修的房屋门窗紧闭——这又是一家全家在外的打工户。不过他们选择了在老家新建一栋房子，这几年来，越来越多的打工者开始回来建房。

旁边七村已经开始唱起来，远远的锣鼓声从山洼里回回荡荡地传来。在七村演完，下午戏班子就要过来。一共三出戏，灯戏《背娃看戏》、胡琴《三娘教子》和现代川剧小品《常回家看看》。灯戏是重庆和四川地区极富特色的传统民间小戏，规模不大，一般只有两人表演。《三娘教子》是传统戏剧，京剧、川剧和黄梅戏里都有这一出，唱词极好，从名字也能看出这出戏的主题，不过这次演出由于时间关系，不唱全本，只唱“教子”一节。《常回家看看》是现代川剧小品，它有戏曲和小品的双重元素，除了开头几句唱词，剩下的基本上都是小品词，以川剧的腔调说出来，讲的是在改革开放的大背景下，儿子、媳妇在外打工，父亲大寿时做了一桌子菜，看见家里冷清清的，想见见儿子，于是想出了装病一招，骗在外的儿子、媳妇回家看看。

下午 1 点钟，陆续就有村民过来了。演出的车停在村委会的门外，设备已经搬进来。先来的人坐在凳子上，一边聊天一边编草帽，麦秸秆在他们的手上飞快地发生着变化，横竖相交，缠缠扭扭。

很快凳子上挤满了人，后来的就站在后面。演出还没开始，音响设备放着广场舞歌曲，孩子随着音乐在人堆里钻进钻出，刚学会走路的就在爷爷奶奶的腿脚间，吃着手指，不住地挣扎着想要出去。看节目的多是六七十岁的老人，要么是带着孙子，要么是刚从田里过来，裤管卷起，带泥的小腿棱角分明。

演出开始前，我蹲在地上和几个妇女片闲天，我说自己曾经在成都宽窄巷子听过一回川剧，但是听不懂，甚至连很多唱词都听不明白，不过很喜欢这种腔调。

“你是外省的嘛。”其中一个妇女说道。我知道她是六社的，但叫不上名字，正如她们也记不下我的名字却记得我是外省的一样，在村里，记不下名字就记不下，不是什么没法言说的糟糕事情，这些大度的村民也并不会介意。

“不过我现在已经会说一点了。”我回答。

“你说的还不像，语气是对的，可发音怪怪的，就像电视里外国人学的。”她说着，手里的活儿丝毫没有慢下来。

旁边几个人正在听我们闲聊，这时其中一个转过身来说道：“宽窄巷子我晓得，去年我孙女还去过拍了几张相片。”

“成都嘛，大城市，有哪个不晓得。”

“以前还有城墙，对了，你看过城墙吗？”

“没有。”我回答道。

她们开始就城墙这个话题三三两两地说起来。

我问：“你们是听惯戏的，听得懂说的啥吗？”

“哪个听那些嘛，看戏嘛。”最开始和我聊天的说道，语气漫不经心，仿佛这是个不用回答的问题。我承认她说的对，看戏看戏，词意里已经说得非常明白了，倒是我有些缘木求鱼。

主持人上台了，唱了开场歌曲，声音浑浊。一曲后她用方言讲了个笑话，逗得下面的村民哄笑连连。旁边表演的人员已经齐备，锣音两响，旦角上场了，在灰色的旧地毯上，踏了几个步子。我上一次看灯戏还是两年前，曲名《滚灯》，四川方言里的软、娇、糯与隐藏其中的辣劲体现得淋漓尽致，旦角一掐腰、一蹙眉，四川姑娘身上的火辣，恰到好处地表现出来。她们敢爱敢恨，爽爽快快。后台休息的演员招手示意，我过去，饮水机上没水了。到村主任家接了半桶扛过来，《背娃看戏》已经到了尾声，锣是锣，声也是那个声，可我已经看不懂了，有些遗憾。

第二个节目是《三娘教子》。我第一次看这出戏是大二时，有一回我去临洮，在城隍庙看过秦腔的《三娘教子》，当时更加吸引我的是台下的观众，他们三个一堆，五位一簇，围成一个个小圈自顾自地打牌，台上的热闹与台下的热闹恍如隔世，两个人间。

王春娥唱“急忙忙进机房织布纺线，人勤俭无难事不怕熬煎”。在她前方，同一平面上，地毯分割了台上台下。台上明代孀妇王春娥慈爱亡夫前妻之子倚哥，每日在机房织布，励其课读。台下的村民们每日劳作，田间寻一份生活，几千年里，中国人，尤其是中国农民，对土地存一份敬意，这些朴实勇敢的人，不轻易抛荒，尽所能多种一分地，既是对土地的敬意，也是对生活的敬意，正是这份敬意区别了我们和其他人。可以受穷受苦，但不会被打倒，对生活永远充满希望。

倚哥上台了，他因学中同窗称自己无娘，因此背师偷出学馆，要回家问问王春娥这事情的根源。在村委会办公室的屋檐下，一名老太太抱着孙子，孩子吃着手指，茫然地看着眼前的一切。春未绿，鬓先丝，人间别久不成悲。他的父母，也许在广东，也许在上海，或者在成都；也许是纺织厂，也许是制鞋厂，或者是电子厂。他的奶奶，在家里守着屋子，护着他。家庭的希望在这里分割，又相互牵绊，村里留下的是最大的一份期望，这大概就是乡村振兴背后的人文因素。

王春娥让倚哥背书："吾日三省吾身：为人谋而不忠乎？与朋友交而不信乎？传不习乎？”在川剧的唱腔下，音短而重，犹如中国人敬重信义、爱惜声名、尊重知识的映衬。

天阴了下来，今年有点过于多雨，麦子还没晒干到足以进仓入库的程度。一群麻雀从屋顶飞下来，停在院墙上，自顾自地整理羽毛。村民目光灼灼，正襟危坐，台下人比台上人更多一份真。倚哥背不出来，王春娥请出家法，这一段对话没有锣鼓声、二胡声相伴，反倒更容易听清。王春娥唱“常言道一寸光阴一寸金，寸金难买寸光阴。失却寸金犹小可，失却光阴无处寻……”二十四节气里，几乎全部都是对时间的尊重，农谚“春争日，夏争时”，可见一毫难差错，错了一季的庄稼就难有收获。很多次我们下乡，清晨6点钟的田边地角，已经横满当日扯下的杂草，王书记说“农村工作也一样，宜早不宜迟”。

老生薛保走了上来，唱得中气十足，几乎压过了二胡声，这迎来村民一阵叫好，他们或蹲或站或坐，棱角分明的脸上，看不出喜怒哀乐，面团团的，真正懂戏的是他们，至少在这里，他们要比我更加会欣赏。

《常回家看看》音乐响起的时候，村民们开始跟着一起哼唱，先是三三两两，慢慢地几乎所有人的嘴唇都在翕动，透蓝高天反射出柔和的光，落在他们的脸上，神圣得像个使徒。远处，杨树的叶子发出沙沙声，一辆拖拉机满载着红砖从村委会前招摇而过，锣声、鼓音混在一起。他们嘴角挂着笑容，克制着、欢喜着，浅浅的。

原载 2020 年 4 月 3 日“人民网——四川频道”

逐梦彝乡（节选）

——索玛花开的地方

◆胡正荣　阿克鸠射

胡正荣，四川省作家协会会员，文学创作二级。发表长篇小说《剑南传奇》《幸福的索玛花》及中短篇小说若干。出版长篇小说《静静的安昌河》《都市牧歌》《马嘶渡坝》（合著）、《大羌故事》（合著）；报告文学《信仰与追求》《化作春泥更护花》入选《大爱华章》。其中，《幸福的索玛花》和《索玛花幸福来》分获四川省作协重点作品扶持项目。

阿克鸠射，男，彝族，四川昭觉人。中国作家协会会员，凉山州作家协会副主席。著有长篇小说《雾中情缘》，散文集《翻阅生活的注脚》《温暖的火塘》，报告文学《悬崖村》，长诗《雪之语》等。作品获「2019四川好书」、四川省第十五届精神文明建设「五个一工程」优秀作品奖、2019年度「中国好书」等奖项。

故事梗概

作品以富阳市富城区南平乡一名乡干部胡明军主动申请前往凉山妮姆昭觉县日哈洛莫乡挂职任党委副书记，负责精准扶贫工作为线索，全景再现了富城区精准帮扶的全过程。通过上下各方面的努力，妮姆昭觉终于走上了脱贫之路。

胡明军是一名退伍军人，经历了2008年汶川大地震，与教师金玲相知、相爱，共同抚养孤儿张杰，使之成为社会有用之才，并主动前往日哈洛莫乡支教。胡明军到任后，深入彝族同胞家中走访，了解村民的贫困情况，从而寻找扶贫的项目，并采取有效措施，不断增强村民立足自身实现脱贫的决心和信心。积极开展扶志教育，帮助贫困群众摆脱思想贫困、树立主体意识；组织贫困家庭劳动力开展实用技术和劳动技能培训，增强脱贫致富本领；以典型示范，用榜样力量激发贫困群众脱贫信心和斗志，提高贫困群众脱贫能力。

胡明军积极争取富城区和南平乡的支持，建立妮姆昭觉县无公害养殖示范项目，安装太阳能路灯，引进蔬菜大棚、中药材种植，创办扶贫车间，创立“道德银行”和“美德超市”，落实彝族同胞易地搬迁入驻工作。通过各方面的努力，日哈洛莫乡终于走上了脱贫之路。索玛花开，彝族同胞迎来了幸福生活。作品充分展示了民族情、父子情、兄弟情，以情动人。

作品用宏阔的叙事结构、真实的矛盾冲突、复杂的情感交织，真实再现了彝乡村民丰富而又敏感的内心世界。在扶贫叙事中，融入了独特的彝族文化元素，别样的人文地理景观和关切温暖的基调贯穿作品始终，生动呈现了彝族传统文化的摇曳多姿。所呈现的不仅仅是一幅美妙的乡村画卷，更是一部集先进性与人民性、现实性与艺术性、思想性与审美性完整统一的作品。

一、儿子来信

暮春傍晚，天边最后一抹晚霞消失了，春寒料峭，阵阵寒意。一轮浑圆明月，渐渐显出冷艳的光辉，月影婆娑。华灯点亮了富阳城，整座城市立刻灯火辉煌。

吃过晚饭，胡明军搀着妻子金玲缓步向小区大门口走去。小区昏暗的灯光照在他古铜色的面颊上，显得更加黝黑。他中等个儿，一张瘦削而棱角分明的国字脸，随着时光的流失，鱼尾纹、抬头纹悄悄爬上了眼角和额头。一对浓黑的剑眉下长着一双大眼，流露出坚毅、纯朴;坚硬的胡须刮得很干净，留下密匝的胡楂。他扶持着妻子，眼睛直视前方。

金玲仍保持着十年前与胡明军相识时的样子，长长的秀发披在肩上，乌黑发亮；细弯的眉毛像一轮弯月；一对又大又黑的眼珠，妩媚动人，闪耀着迷人的光芒，让人陶醉；一张瓜子脸白里透红，宛若刚刚熟透的苹果，鲜艳夺目；鼻梁高高地直立在脸部中央；鲜红的小嘴，既像一颗红樱桃，晶莹剔透，又像一枚红宝石闪烁耀眼的光芒。轻盈、苗条的身段匀称、协调，充满高雅迷人的气质。唯一的变化是她右腿行动不方便。

两人走到小区门口，保安叫住他们，递给胡明军一封快件。胡明军接过，扫了一眼，兴奋地告诉妻子，是杰儿的快件。

金玲脸上露出自豪的笑容，催促丈夫赶紧拆开。胡明军撕开快件，抽出信纸递给妻子。金玲展开信纸，站在门口，借助灯光看起来。胡明军伸过头去，看着内容。

“亲爱的爸爸、妈妈，你们好！这样称呼你们，一定吃惊吧，我已经看到你们吃惊的模样了。这是我第一次改口叫你们爸爸妈妈。虽然第一次，却是发自内心最真挚的……”胡明军和金玲睁大的眼睛湿润了，十多年时间，仅仅是一个称谓的变化，却包含着深深的人间真情。

张杰是南平乡张金村人，十岁那年，父亲因车祸去世，母亲改嫁远走，只留下他和奶奶相依为命。后来，奶奶过世了，他被当时乡政府下派到张金村担任党支部书记的郑荣收养。遗憾的是，一年后，郑荣为营救村民被洪水淹没，献出了生命，他的妻子甘萍继续无怨无悔地抚育张杰和自己的女儿。胡明军转业安置到南平乡工作，与甘萍相识后，被她无私的奉献精神打动，深深地爱上了她，希望和她共同养育两个孩子。在胡明军的不懈努力下，他终于赢得了甘萍的芳心，正当他们准备走进婚姻殿堂时，甘萍却被病魔夺去了生命。胡明军义无反顾地承担起扶养两个孩子的责任。

金玲当时在张金村小学任教，认识胡明军后，心中默默爱着他。2008 年汶川特大地震发生后，金玲为救学生，被掩埋在废墟下，营救出来后失去了右腿。伤愈后，胡明军迎娶了她。母亲、婆婆、丈夫、儿女六个不同姓氏的人共同组成了家庭。后来，郑荣的女儿被她的爷爷接走了。张杰在胡明军和金玲的精心抚养下，高中毕业后以优异成绩被浙江一所重点大学录取。

胡明军和金玲相互对视一眼，满眼欣慰，觉得所有的付出没有白费，两双眼睛继续盯在了信纸上。

“告诉你们一个好消息，我通过了学校研究生支教团选拔，今年 9 月，我将去妮姆昭觉县支教，完成我的公益梦想。”读着儿子的来信，两人仿佛看见儿子兴高采烈甚至有些得意的模样，从遥远的杭州飘到了眼前。

金玲抬眼困惑地问胡明军，妮姆昭觉县在哪儿？胡明军笑着回答：大凉山，我们富城区及南平乡目前精准扶贫的地方。我上次去时，给你说过的那儿。

金玲“哦”了一声，点点头，自言自语道，那地名不好记，上次说后，就忘了。那么艰苦的地方，儿子受得了？

“爸妈，你们肯定不知道妮姆昭觉县在哪儿吧？她在大凉山最深处，那里平均海拔两千多米，一年只有三个月气温较高，其余九个月都是冬天。那里早上吃土豆，中午吃洋芋，晚上吃马铃薯……”儿子淡定地描述着，满满自信的样子。

金玲心痛地对胡明军说，那么艰苦，给儿子打个电话，还是别去了吧。胡明军没有吱声。

“爸妈，你们不要担心，正因为艰苦，我才要去，在那里才能锻炼自己。因此，我只是告知你们二老，不是和你们商量的哦。我已经做出的决定，不会更改。”儿子坚定的态度，连一点儿商量的余地都没有。金玲无奈地叹了一口气，把信看完，递给胡明军。

胡明军接过，又快速浏览了一遍，然后，将信塞进信封，扶着金玲，劝慰着她。走出小区，来到涪江河堤上。河风徐来，伴着丝丝寒意，堤上发绿的柳枝随风摇曳，扫过脸颊痒痒的。胡明军替金玲理了理脖上的围巾，轻轻拂过她的秀发。

此刻，河道两岸安装在楼盘、建筑物外墙上的发光源亮起来了，临江楼宇仿佛变成一幅巨大的电子屏幕，一朵朵娇艳的鲜花在建筑物上慢慢绽放，一片片绿叶飘零而下，随后画面转换成连绵起伏的山峦丘陵或广阔无垠的大海河流。配合优美的背景音乐，一幅幅美丽画卷在眼前展开。五光十色的霓虹灯不断地变换着不同的色彩组合，呈现出“东风夜放花千树”的璀璨夜景，富阳市变成了一座不夜城，在灯光下演绎着她的美艳绝伦，似乎要与天上的星星媲美。霓虹灯将三江打扮得花枝招展，光影倒影在江面，城在水中，水在城里。从涪江二桥一直到桃花岛，绵延十余公里。始建于唐朝的越王楼，矗立于涪江东岸，宛如远古与当今美丽的相约，在人们的记忆中缓缓流淌。连黝黑的富乐山、南山都像被浸染过一般，变幻着不同的色彩。皓月当空，明月像艘小船，行驶在天海之上。群星璀璨,美不胜收的天海让人流连忘返。星星眨巴着眼睛为路人指引方向,银树的光芒，给大地撒下一层柔和的光辉，照亮了宁静的富阳夜。

胡明军盯住江面，将妻子搂进怀里，感慨道，真美！筋肉明显的脖颈中央，凸起的喉结随着他那粗犷的声音上下蹿动。

金玲将头靠在丈夫的肩上，心里暖暖的，感到很幸福。大地震让她失去了右腿，却得到了胡明军这个人，他成了她的腿。

胡明军明白，虽然妻子后来安装了义肢，从轮椅上站了起来，但是毕竟是条假腿，各方面都不便。他将妻子整个儿身体搂着，倚靠在胸前，带着自豪说，我们的杰儿长大了，有自己的主见，该展翅飞翔了。

唉，那么苦的地方，他如何受得了？是不是让他再考虑考虑。金玲不放心喃喃说道。

胡明军拍拍金玲的胸口，安慰说，杰儿从小没少吃苦，那些苦难不到他。再说，他决定的事，无法阻挡，我们就全力支持吧。

金玲还想说什么，被胡明军阻止了。他说，玲儿，别说了，等会儿回家，给杰儿打电话，告诉杰儿全家支持他。

金玲点点头，河风吹起她的长发，秀美飘逸。江堤上留下二人俊美的剪影。

第二天，胡明军来到乡政府大院，停好车，佩戴上党徽，缓步走向旗台。这是多年来形成的习惯，到单位第一件事是佩戴党徽，见到五星红旗，会情不自禁地走过去。看到飘扬的旗帜，立刻精神倍增。走到旗台前，他停下脚步，敬了一个标准的军礼，眼前不由闪现和战友们在边防哨所前升国旗的情景。一座小木房就是他和战友们的营房，背后是祖国巍峨雄伟的高山，一年四季冰雪覆盖，前面不远处就是国界，在这里升国旗有着非同一般的意义，它是祖国的象征，因此他们自豪、骄傲，因为他们是代表祖国、代表人民在升国旗，国旗成了他们心中永远割不断的情愫。升国旗时，他和战友们一起唱国歌，不，那根本就不是在唱，而是发自心灵深处最真挚的吼，这吼声响彻祖国的山川大地，回荡在漫长的边境线上，他们想让所有的人都听到这吼声，尤其是要让对面国家的人听到来自中国神圣的声音，中国土地上的一草一木神圣不可侵犯。

胡明军的眼眶湿润了，自从转业回到地方后，再也没有升国旗、吼国歌的经历了。他能做到的只有每天面对国旗行军礼，这成了他生活中不可或缺的重要内容。国旗是神圣的，是他心目中永恒的至尊。然而，由于风吹雨打，日晒雨淋，乡政府院里的国旗颜色已经变淡，记忆中好像从退伍到这儿工作，都不知道这面国旗是否更换过，但肯定从来没有举行过升旗仪式，悬挂国旗只是表明这是政府机关。他多么希望举行升旗仪式，升国旗，唱国歌，那是多么令人慷慨激昂的时刻啊。好一会儿，他才慢慢放下手，向办公大楼走去。

胡明军走进大厅，看见华子军站在机关干部形象公示栏前观看，便热情向他打招呼。

华子军回过头，见是胡明军，两步跨过来，握住胡明军的手，脸上挂着笑容，揶揄说：书记，这么早上班来了呀，不愧为纪委副书记，以身作则的典型哦！说完，自个儿笑起来。

胡明军睖了华子军一眼，带着讥讽的语调说，子军大书记，你不是在日哈洛莫乡觉呷村精准扶贫吗？啥时候回来的？这么早跑到乡上，视察我们的工作嗦。走，先督查我们纪委工作吧。胡明军笑着，拉住华子军的手就往楼梯口走。

华子军跟上胡明军的步子，边走边解释自己昨天晚上回来的，今天到乡上，向领导们汇报扶贫工作进展情况。

两人走上三楼，胡明军松开华子军的手，打开办公室门，让华子军在沙发上坐下，搬来椅子坐他在对面，开玩笑说，子军，今天到纪委就老老实实交代吧，在觉呷村扶贫一年时间，喝了多少民脂？吃了多少民膏？一五一十地说出来，我党的政策，坦白从宽，抗拒从严，或许还可以给你宽大处理。胡明军边说边坏坏地笑起来。

华子军翻了一阵白眼，耸耸肩，双手一摊，做出一副死猪不怕开水烫的模样，摇晃脑袋。带着教训的口吻说，书记大人，吃喝的民脂民膏无法统计，做的“坏”事情罄竹难书，你怎么不来查呀？作为纪委副书记失职，严重失职！

好你个华子军，还反咬一口，倒打一耙嗦。胡明军指着华子军，直起腰，认真说，子军，跟你开玩笑的，上次查过账，分文不差。快说说这段时间，你扶贫的丰功伟绩吧。

华子军双手抱手肘，纪委书记说话不严谨啊，明显有挖苦、嘲笑之嫌哈。不过，我就给我们书记汇报汇报吧。华子军三言两语把这段时间工作情况说了，又说富城区过段时间要抽调一批干部前往妮姆昭觉县扶贫。抽的都是你们这些有编有制的人哦。好啦，慢慢忙，我该去找书记他们汇报了。华子军起身往外走。

胡明军跟着站起来，问华子军啥时间回觉呷村，晚上可以坐一坐，喝盘小酒。

华子军回头一笑，开玩笑说，纪委的饭不好吃，吃了估计脱不了身。

胡明军嚷嚷道，我私人请你这扶贫大英雄，可不可以嘛？

好！华子军点头答应，走出了办公室。

胡明军瞪了华子军背影一眼，回到办公桌前，在电脑上查看一名违纪党员纪律处分资料。

不一会儿，胡明军的手机响起来。他从裤兜里掏出手机接听，询问有何事。办公室小曾告诉他，根据区委组织部文件要求，区上将选派部分干部前往妮姆昭觉县开展扶贫工作，乡上领导安排她通知符合条件的干部考虑一下，这两天到办公室报名。

胡明军说一声好，挂了电话，心里却升起一股说不清道不明的味。自己四十来岁，青春壮年，精力旺盛，正是干事业的最佳年龄段，到妮姆昭觉扶贫一线去，说不定还真能干出一番事业，为自己的人生添上浓墨重彩。再说扶贫工作是整个国家、整个民族的大事，能为民族大业尽点微力是无上荣光的事情。杰儿都能申请去，我为什么不可以呢？到时，父子俩齐上阵，还可以相互照顾。打虎亲兄弟，上阵父子兵，岂不留下一段佳话？只是不知道乡上领导是如何考虑的，是否同意自己前往，毕竟机关工作一个萝卜一个坑，纪检监察更是一项重要工作。还有妻子金玲平常工作、生活很不方便，每逢阴雨天腿都会疼痛。母亲和岳母年纪大了，需要照顾。唉，胡明军叹了气，内心充满矛盾。处理资料时他有些心不在焉，一段文字出现了不少错误。算了，出去走走，分散一下心思，平静平静心态。想到这儿，胡明军站起身，走出办公室，下楼来到大院里。一抬头他又看到了旗杆上飘扬的五星红旗，在阳光的照耀下，更加光彩夺目，鲜艳美丽。胡明军心中有了主张。

胡明军的手机又响起来，他掏出来，一看是儿子张杰打过来的，接起电话询问有什么事情。儿子说，他们支教的时间提前了，估计很快就要过去。

胡明军给张杰说了很多鼓励的话，然后告诉他，富城区也将组织一批干部去援彝扶贫，自己想去，但是担心领导不同意，更担心金玲妈妈不支持。

张杰嘿嘿笑着说，老爸你是一名响当当的退伍军人呀，想去，就别婆婆妈妈。没有争取，怎么知道领导不同意？要不，我帮你给妈妈求求情，放你一条生路？快来吧，追随儿子的足迹，我们父子在妮姆昭觉县见，不见不散哦。

胡明军挂了电话，心境开阔，意志坚定，面对国旗敬一个标准军礼，转身朝办公楼走去。

二、戍边岁月

天边渐渐泛起光亮，从涪江水面上升起的雾气遮住天际，涪江沿岸远处的山顶上，出现了一些粉红色耀眼的云片，渐渐那些云片连接成一块块五彩斑斓的云彩，印在江面，跃动着橘红的波光。慢慢地，太阳从富乐山顶上升起，散发出缕缕轻柔的光芒，江面雾气散去，空气中荡漾着湿漉漉的泥土味。

涪江在富阳城区接纳了安昌河，这是涪江水系中最大的一条支流。它的上游龙门山区常常下雨，奔腾而来的洪水在南山脚下，与涪江汇合，形成宽阔江面。涪江水清澈见底，与安昌河形成了一江两色壮丽的景观。

胡明军穿着运动服从家里出来，边走边活动，跨步跃上涪江河堤，跑起来。多年来，他已形成了这样的习惯，无论春夏秋冬，每天早上 6 点钟准时起床，顺着河堤跑步锻炼，7 点回家洗漱、吃早饭、上班。

河风徐徐吹拂，带着丝丝凉意，江岸垂柳随风摇曳。河堤上，人多起来。打太极、练舞蹈、吊嗓子的，人们忙碌着自己的爱好。还有一些老人在广场里挥动鞭子，“噼叭噼叭”抽打着陀螺，回味童年的乐趣，满是皱纹的脸上露出幸福的童真。

胡明军停止奔跑，慢步行走。汗水湿透了他的短发，顺着脸颊流淌，浸湿了衣衫。他麻利地脱掉上衣，光着上身。看上去他的身体就像一尊经过精心雕琢、打磨过的塑像，健壮、强劲。黝黑的肤色，上身呈倒三角形，胸肌、二头肌、三头肌块块突鼓，坚硬而富有弹性；扁平的腹肌呈现出八块坚硬的肌肉；宽阔的背肌像锻造出来的钢坯；脖颈肌肉清晰明显，喉结高高突起。虽已年过四旬，却无月岁遗留的痕迹。

一股凉风吹来，胡明军感觉别样轻松、爽快。望着清澈的江水，脑子里回想起了当年守边戍军的日子。每到夏季，下了哨，和战友们跳进河里，尽情畅游。累了，四仰八叉地躺在河岸，全身心融入大地母亲的怀抱，尽情享受母亲的抚爱，那爱是无私的、博大的，是世间最真最纯的。阳光照在身上，身上的水珠反射着，耀动着五色光芒，特别惬意。

胡明军停下脚步，双手摁在河堤石护栏上，眼睛盯住安昌河对岸的南山，满眼翠绿，栋栋楼宇隐藏在葱绿的山峦里。他眼前出现了茫茫的雪域高原，冰天雪地，荒无人烟，甚至连有生命的飞禽走兽都难以看见。他努力从记忆深处搜寻雪域从军路上的点点滴滴。思念如影随形，心绪如鼓似潮。那些宛如点点星光的往事，守望着他的高原岁月。

雪域高原——他的第二故乡，见证了他平实、艰辛而又充满激情的军旅跋涉。当年，从家乡富阳市远赴西藏边关，时逢高原最寒冷的季节。雪域大地摒弃了春与夏的矫饰、伪装，袒露着野性粗犷的原始面目，更显得寂静、空旷、寒苦。冰冷僵硬的青藏高原，舒展开无比壮美的情怀，带给人阵阵莫名的激动与不安。直面荒芜旷野，感受它雄浑浩瀚的气魄，博大苍茫的高原在刹那间改变了他，而他却要用一生一世去体验它给予的惊喜与感动。十多年军旅岁月中，他没有任何豪言壮语，也没有动人心魄的经历，只有平凡的职业、单调的生活，孤寂的日夜塑造着他的人格，考验着他的意志和毅力。工作训练，走不完、量不尽的国土边界，这一量就是整整十年。再后来回到圣地拉萨，这就构成他戍边生活的全部。平日里，细细品味战友们艰辛而又满怀希冀的生活，侧耳倾听戍边军人苦涩而又甜蜜的诉说，又是人生中最大的乐趣和在枯燥生活中的美好享受。

离开高原的日子，他的梦总在雪海深处的边关哨卡回旋，雪落的声音不停地在梦中回荡。他知道，一朵飘落的雪花便是一个动人的戍边军人的故事。片片飘雪组成一首首优美的旋律。记忆深处，那段难忘的时光不断激荡着他的心胸。那时，在珠峰脚下的边防线上，同战友们巡边守界，时常为边民群众的热情所感动，让他们寂寞的戍边生活充满亲人般的温暖。多少个风雪交加的寒夜，簇拥着熊熊炉火，喝着藏族老阿妈刚打好的酥油茶，心存万分感激，巡逻途中的疲劳也一扫而光。主人翩翩起舞，优美的祝酒歌唱得战友们酒不醉人人自醉，纷纷醉倒在浓浓的藏汉情谊、军民鱼水深情之中。语言不通，无法与主人交谈，只能相互致以微笑。战友们知道，对于一个能歌善舞、纯朴善良的民族来说，歌声与微笑就是倾心交流的最好语言。他还清晰地记得那静谧的边关之夜：依稀的犬吠、香浓的酥油茶、温暖的炉火、热情的藏族同胞……

面对边防军人的崇高，他无法承认自己不是一个地道的俗人。行进于雪域边关路，他也曾为婚姻家庭和成败得失而苦闷，为生命在高原上变得脆弱而懊恼。那年，他突然病倒在一个风雪山口上的巡逻线上。苏醒时，他躺在战友的怀里，新年的钟声正在高原大地上回响。雪域的生命之舟轻悠悠的，对戍边军人的生命历程来说，生与死的悲欢离合都极为平常。在他十年的雪域戍边岁月中，数名战友离他远逝，悲壮地成为雪域边关上的一抔黄土，长眠在深情的泥土里，守卫着祖国的西南大门，永远护卫着祖国母亲的每一寸土地。他历经雪域高原的严峻考验，边防军人的肌体与精神呈现出强烈的对比：身体可以消逝，精神永不言败。对戍边军人的精神历程来说，雪域边关，也许是一条通往至高至美、通往生命之巅的重要途径。走出了雪域高原，但高原却走不出他的心，正如它绝无仅有的海拔高度一样，永远雄踞于他的情感之巅。

时光荏苒，岁月如梭，转业离开部队来到南平乡十四年，离 2008 年那场特大地震正好过去整整十年，十年浮华一世转瞬间，不知不觉中很多人或事早已物是人非，有些随着时光越走越远渐渐淡去，有些刻在记忆里不肯消退。正如那场大地震的阴影已经烙印在人们心灵深处一样，尽管只用了三年时间，一座新县城在北川拔地而起。但当试图忘记的时候，却感觉伤痛越来越深，但随着岁月的流逝，一定会在不经意间渐渐淡去或慢慢消逝。

时间差不多了，胡明军抹了两把脸，将衣衫搭在肩上，疾步朝家里走去。

丈夫出门锻炼后，金玲也跟着起床，尽管义肢不方便，仍坚持每天做早饭，催促儿子胡浩然起床。浩然今年五岁，是金玲与胡明军生育的，当年他们抚养张杰和郑小燕时，本打算今后不再生养。郑小燕被接走后，两人的母亲联合所有的亲戚朋友，要求他们必须生育一个孩子。两人迫于无奈只好接受这个任务。两位母亲年龄接近七十岁，身体还不错，每天结伴去铁牛广场跳广场舞。回来时，两人顺路去市场上采买蔬菜，吃过早饭后，开始准备一家人的午餐。

岳父被那场地震夺去了生命，胡明军主动承担起赡养岳母的责任，对岳母比对自己母亲还好。金玲看在眼里记在心上，对婆婆比对母亲更好。

胡明军回到家里，儿子还赖在床上不肯起来，嘴里一个劲儿与金玲谈起床的条件。胡明军走进儿子房间，双手抱肘，阴沉着脸，眼睛瞪着他，威严地说，浩然，时间不早了，我和你妈走了，你自己去上学，迟到进不了教室，自己负责啊。男子汉，得有个男子汉的样。熊大都常说熊要有熊样，你可别连熊大都不如哦。

胡浩然瞅了父亲一眼，老老实实下床，找衣服自己穿上。

吃早饭时，金玲问胡明军，是不是真的想好了，打算去大凉山待两年时间？

胡明军没有开口，笑呵呵地点了点头。他感谢妻子对他这个决定的支持，昨天晚上给她说时，她答应了，还说当年大地震，若不是全国人民的鼎力支持和无私奉献，就没有今天灾后重建的新家园。人要学会知恩、感恩。两位母亲开始不同意，她主动做她们的工作，直到她们点头同意为止。

吃过早饭，胡明军将妻儿送到学校。赶到乡政府，还未到上班时间，院子里静悄悄的。他佩戴好党徽，面对国旗，敬一个标准的军礼。然后，上楼，走进办公室。坐下，脑子里又仔细将援彝扶贫工作认真思考了一番，定下决心。上班后，他径直去办公室找到经办人员报了名。等待组织召唤，随时整装待发。

不一会儿，胡明军的电话响起来，他掏出手机。扫了一眼，号码是纪委书记王凯的。

王凯叫他去一趟。胡明军答应着，疾步走出去。来到办公室门口，门半掩着。他停步，朝里面瞅了一眼，见王凯伏在桌上写东西，“当当”敲了两下。

进来！王凯叫了一声。

胡明军走进去，在王凯对面的沙发上坐下，挺胸并腿，双手放在大腿上，等他说事情。

王凯放下手中的笔，抬起头，眨巴两下小眼睛，笑着，狡黠地问胡明军，是不是已经报名，想去凉山扶贫？

是啊！书记，有什么不妥吗？胡明军故作一副吃惊模样问。眼睛盯住他的脸。胡明军的年龄比王凯大好几岁，他没以年龄自居，服从是军人的天职，他从没有忘记。因而各方面尊重王凯，尽全力做好工作。

王凯嘿嘿一笑，说那是很正常的事情，作为管组织的书记，支持，全力支持。不过……他停顿下来，收敛起笑容，一副严肃相。

王凯知道胡明军明白他的意思，不外乎就是目前纪检工作谁接替的问题，因而笑嘻嘻看着他没有开口，等他自己说出来。

王凯等了半天，始终不见胡明军说话，翻了一阵白眼，接着说，明军，你走了，纪检这块工作怎么办？目前从严管党员要求这么高，“八项规定”“四风”问题抓得又这么紧，乡上人手紧张，一个钉子一个眼儿，况且适合干这项工作的人太少。你要走，得先把这些问题考虑好再说。

胡明军站起来，双手插进裤兜，满不在乎地说，书记莫搞错了哈，组织人事是你的工作职责，哪轮得上我考虑嘛。我反正决定了。估计没有人主动报名吧，我去有优势，比大凉山更艰苦的青藏高原我待了十年，我的家人全力支持，无后顾之忧。养子张杰将去支教，我们父子可以相互照顾，难得有这完美的条件。我能主动替你为工作分忧，你应该感到高兴才对。

王凯没想到胡明军的态度如此坚定，挥挥手，瞪眼说，你走吧，回去再考虑考虑，想清楚啊。胡明军嘿嘿一笑，走了。

吃过午饭，办公室主任胡志找到胡明军，把情况问了一遍，又劝他再考虑周全一些，莫图一时高兴而冲动。

胡明军笑着问胡志，目前有多少人主动报名愿意去凉山。

胡志支支吾吾没有直接回答，只是说领导有通盘考虑，由于工作的原因，你不是考虑的对象。

胡明军淡淡一笑，郑重其事地说，自己一定要去的想法不会改变。

胡志无奈地摇了摇头，告诉胡明军，一小时后，到书记办公室，书记和乡长找你谈话。然后，叹了一口气，黯然一笑，说了一句，好自为之吧。自个儿走了。

胡明军准时来到书记办公室，向他们打过招呼，找个位置坐下，等候他们对自己谈话。

谈话的内容围绕胡明军去大凉山参与扶贫展开，他们对利弊得失分析得很透彻，党委政府对工作的整体考量阐述得也很到位。一句话让胡明军好好掂量，不要盲目冲动，意气用事。

领导们轮流给胡明军说了半天，他就一根筋，油盐不进，自己决定了的事情从不轻易更改。因而无论如何给他讲，他仍抱定要去的态度。

谁拿胡明军也没有办法，只好让他回去等待通知，但是必须先把手上的工作做好。

胡明军拍着胸口向他们保证后，带着胜利者的微笑离去。

节选自《逐梦彝乡——索玛花开的地方》，四川民族出版社，2020 年 10 月

太阳照亮大凉山（节选）

◆谢成刚

谢成刚，男，绵阳市安州区政府干部。在企业、乡镇、机关等单位工作过。著有长篇小说《太阳照亮大凉山》。

故事梗概

《太阳照亮大凉山》以凉山州脱贫攻坚为背景，描写援彝干部组成的工作队奔波在大凉山的村村寨寨，与当地党员干部和群众一道与贫困做斗争。

男主人公秦爱民是绵阳市某县单位的机关党委书记，也是年过五十有着近三十年党龄的老党员。上级要在他的单位选派两名干部，到我国的深度贫困地区凉山彝区开展脱贫攻坚工作。大家都对彝区十分陌生，那里条件十分艰苦，而且远在千里之外，经过多方动员，最后还差一个人。秦爱民想，自己作为一名老党员和基层领导干部，应该率先垂范，便不顾家人的反对，毅然决然地报了名。

木扎瓦扎村地处凉山彝区的腹心地带。秦爱民和全省其他地方选派的工作队员来到这里，面对恶劣的自然环境和极度贫困的老百姓，他们没有退缩。

村委会黑板报上鼓励吸毒的“打油诗”事件是秦爱民碰到的第一件事情。面对狡猾凶残的毒贩，他与村主任阿惹没有被吓倒，积极配合公安机关，最后成功将其击毙。

生养六到八个小孩是彝区的普遍现象，村民石扎、衣里两口子想要多生孩子，当乡卫生院检查出他老婆怀孕后，他便在卫生院闹事。当卫生院和阿惹都束手无策时，秦爱民凭着丰富的基层工作经验，巧妙地化解了这场风波。

当地卫生环境差，为了改变这种落后的面貌，以秦爱民为首的工作队和以阿惹为首的村委会，从党员、干部的带头作用入手，在全村村民中开展“洁美家庭”活动。活动中，他们遇到的最大阻力是支部书记子铁和个别村民，尤其是懒汉马海日古。

子铁书记已经六十多岁，思想保守，不思进取，甚至抱着一些陋习当传统。但是为了工作中少些阻力，秦爱民和队员高清德帮着他家把清洁卫生搞了，让子铁书记没有在全村人面前丢面子。

村民马海日古两口子整日里在墙角晒太阳，家里都成了垃圾场。秦爱民和工作队员，阿惹和村干部手把手教他们，甚至面对讥讽、谩骂，他们都能够忍辱负重。马海日古最后被感化，还成了义务监督员。

产业发展是脱贫致富的关键。秦爱民带领工作队，从当地的优势资源入手，办圆根加工厂、创办电商，由于食品卫生的问题，圆根加工厂遭遇挫折，但电商却十分成功。在创办电商的前期市场考察中，秦爱民因为担心老百姓的核桃销售不出去，到了成都在考察完市场后“过家门而不入”又返回凉山。在途中，秦爱民因为车祸而受伤。为了让电商可持续发展，他还引进了成都的一家企业投资。

女主人公阿惹是木扎瓦扎村走出去的一名彝族大学生，为了改变家乡贫穷落后的面貌，毕业后，她放弃了大城市的高薪和舒适生活，回到家乡担任村主任。最后成长为村党支部书记。

阿惹虽然是村主任，但由于年轻，缺乏工作经验。好在她有工作激情，在工作中，她把秦爱民当兄长、当老师。

村里失学儿童较多，子者是其中之一。他是一名失学孤儿，父母因患艾滋病双亡。为了不让他失学，阿惹多次苦口婆心地给子者的爷爷奶奶做工作，最后在工作队的帮助下，子者上了学。由于子铁书记受落后思想的影响，也不让女儿呷呷和儿子拉莫读书。在工作队的帮助下，孩子们成功走进了课堂。

阿惹原本有一个男朋友，但因为男朋友受落后思想的影响，与她分了手。在与工作队员刘新龙的相处中，她找到了爱情。她的哥哥木加，也是落后婚姻观的受害者，最后不得不远走他乡。

由于党和国家政策的大力支持，木扎瓦扎村在工作队和各级干部的共同努力下，安全住房修起了，宽阔的公路修到了家门口，电商、金银花等产业也发展起来。木扎瓦扎村不仅摘掉了贫困村帽子，还被打造成了花园式村庄。

乡党委书记海来，村支书子铁，县政府牛副县长，乡人大李主席，工作队员刘新龙、高清德、郑志等等，都是活跃在脱贫攻坚战线上一个个鲜活的人物。

小说中，工作队员之间、工作队与当地干部之间因为工作方法、思想观念的不同，发生了许许多多让人啼笑皆非而又令人深思的冲突。

小说既展示了新时代党员干部的风采，也大量描写了彝区神秘的文化传统和凉山这块美丽地方的风景。

在我国西南广袤的崇山峻岭中，世世代代聚居着一个古老而神秘的民族。他们有自己的语言、文字和太阳历法。唱着“我家的门前有条河，她的名字叫金沙江。我家的屋后有座山，她的名字叫大凉山”。他们以荞麦、土豆、玉米为主食。查尔瓦是他们独特的服饰。红、黑、黄是他们的主色调。他们崇尚太阳与火。他们认为，人死之后，火会照耀和引领他们的灵魂回到祖先来时的地方。传说他们与三星堆文化渊源极深……但他们又是一个长期被外面的世界遗忘的民族。贫穷与落后像两把枷锁桎梏着他们。他们自称为诺苏，就是彝族。

为了落实习近平总书记“全面建成小康社会，一个民族都不能少”的指示，让他们与全国人民同步进入小康社会，2018 年 6 月，四川省委从全省各地市州县、各行各业抽调了 5700 名精干人员，加上前期已经战斗在凉山的全国、全省各地的对口援建人员，组成了一支浩浩荡荡的援彝队伍，充实到凉山州 11 个深度贫困县，他们根植于彝乡的村村寨寨，与当地干部、群众一道，拉开了一幅在彝区轰轰烈烈脱贫攻坚的壮阔画卷。

谨以此书献给奋战在脱贫攻坚战线上新时代最可爱的英雄们！

——题记

1

送走最后一个谈话者，秦爱民折身回到局长李刚的办公室，看见他脸上的愁容比自己堆积得还厚，秦爱民也无可奈何地又从桌子上的烟盒里抽出两支烟，一人一支。整个下午抽了很多烟，房间内就像刚点燃了一把新柴，雾气狼烟，但两个人还是心事重重地又把香烟点上。

经过一段时间的沉默，还是李刚打破了沉闷：“怎么办？县委要求今天晚上十二点之前必须报人选名单。”李刚语调低沉，满含焦虑与担忧。

作为分管组织人事的党委副书记，秦爱民当然知道这件事情的重要性。从中央到省、市、县，脱贫攻坚是头等大事，任何人都不敢有丝毫马虎。按照上级的要求，县林业局必须派两名干部到凉山州帮助搞脱贫攻坚。从接到上级通知到人员出发只有不到一周时间！经过紧急动员，截至今天上午，全局上下只有一个人主动请缨。

还差一个人！

早上一上班，局党组又召开了紧急会议，根据上级提出的条件，又确定了三个候选对象。

午饭一过，秦爱民和局长李刚就找候选人谈话。主动报名的那个人根本没费什么口舌就定了。但是，下面的三个人就太困难了。挨个儿谈，不仅把这三个候选人弄得忐忑不安，也让经历了许多风浪的两个领导就像在考场的考生一样紧张。因为大家都知道，这次到凉山去，不是一天两天，也不是一周两周，而是两年；不是在州上，也不是在县上，连乡上都不是，而是吃住都要在村上，叫驻村工作队员。在两眼一抹黑的彝区，语言不通，风俗和生活习惯迥异，驻村，谁都无法预料将来会是怎样一种境况！

谁都怕！

两个人充分发挥做思想政治工作的特长，对候选人讲了一大通理由后，那三人一个说自己子女太小，妻子还在哺乳期，一人在家，根本无法照顾；一个当着他们的面给父母打电话征求意见，父母听后坚决反对，说，我们就你这么一个独子，你走了，万一有个闪失，谁来照顾我们？这不是想让我们绝后吗？一个新婚不久的给妻子打电话，妻子听完后二话没说，只撂下一句“等我们明天先把离婚证办了你再去，反正还没小孩”，然后就是一阵“嘟嘟”的忙音。

送走最后一个人后，除了自己的和局长的办公室，走廊上的门都关了，深而长的走廊寂静得出奇。秦爱民看了下时间，快七点了。虽然是夏天，但外面的天色已渐次暗淡下来。

是啊，大家的理由都很充分！都难！

秦爱民瞥了一眼窗外，宽阔的街道两旁的路灯已经亮了，发出微弱的光亮。稀稀拉拉的人们吃完饭后在悠闲地散步。

看着坐在对面的李刚无精打采的哀叹模样，秦爱民自顾自地又点上一支烟，点得很果断，抽得很狼性。在快要抽完时，他把烟蒂往烟灰缸里使劲一按，道：“我去！”

“啥？”李刚根本不相信自己的耳朵，抬眼紧盯着秦爱民，嘴唇张得大大的，都有些合不拢了。

秦爱民又稳定了下自己的情绪，吐出一个长长的烟柱，神色坚决地再次重复道：“我去！”他知道，这不是儿戏！

“不行！”李刚回过神来，连连摇头，手不由自主地抽出烟盒里的最后一支烟，犹豫了一下，并没有点燃，而是凝视着秦爱民，道：“老秦，秦书记，你都五十了，怎么可能让你去呢？……我们还是继续做做其他人的思想工作……你走了，局里的这一摊子事情谁又来做？……我不同意，组织上也不会同意的。”磕磕绊绊说完后，李刚有些讨好地将手上仅有的一支烟递给秦爱民。

秦爱民没有伸手，沉默着摇摇头。

“你说你再年轻个十岁、五岁，哪怕三岁都可以……”

还没等李刚说完，秦爱民一把将桌子上的表格抓起，猛地站起，斩钉截铁地第三次重复道：“我去！”然后转身就往外走。

看着秦爱民如此决绝，李刚立马追出门，大声提醒道：“秦书记，你可要考虑好呀，这一去就是两年啊。而且上面对援彝的干部没有任何承诺。”声音伴随着秦爱民“咚咚”下楼梯的脚步声，在偌大的办公楼里显得异常空旷。

望着秦爱民渐渐消失的背影，李刚心里有种说不出的滋味，但一种崇敬之情油然而生。

2

“你疯啦！”到组织部交完报名表格，在夜色中回到家里，当秦爱民将自己报名到凉山州援彝的事情告诉妻子时，正在悠闲地看着电视的妻子陡然转过脸，吃惊而愤怒地盯着他。

秦爱民低头吃着妻子准备好的饭菜，一言不发。

妻子很贤良，每当秦爱民回家晚了，她都会把可口的饭菜准备好，端上桌。这是多年来的习惯。尤其是儿子读大学后，屋里冷清多了，她原来火爆的脾气也改了许多。但今晚听到秦爱民要去援彝，忍不住又发火了。

“是他们逼着你去的？”妻子转过身来，缓和了语气，关心地追问道，目光里带着温柔。

秦爱民摇摇头。

“县委给你封官许愿了？要给你们发很多钱？”看着秦爱民这样的态度，妻子的语调又升高了些，明显带着些许的讥讽，一屁股又坐回原位。

秦爱民没有回答，还是低头吃饭。

其实他根本没吃出菜的味道，只是机械地吃着。他也知道，这么大的事情不与妻子商量就擅作主张，是自己理亏。毕竟这是个家啊！

但是这能说吗？说了，结局不言而喻。

“给你封官许愿也不准去！官又当不到一辈子。要那么多钱干什么？”妻子先是用近乎命令的口吻说，继而又哀求道，“爱民，你都五十的人了，不是年轻小伙子。我们过点安安稳稳的日子好不好？不要去瞎折腾了。”

是啊，已经年过五十的人了，按照老话说，五十而知天命。当官，自己在基层工作几十年了，从企业到乡镇，到县级部门，兜兜转转当了个科级干部，已经很满足，组织上没亏待自己。钱，自己平淡的几十年，只求踏踏实实干事，哪里还求大富大贵，平平安安才是人生的真本。

但一股别样滋味还是涌上秦爱民的心头，是啊，儿子在外地读书，自己走后，就只剩下妻子一人在家，几十年相伴，彼此还从来没有分开过这么长时间。最多也就出差三五天。而这一走就是两年。两年，对于妻子来说是多么漫长，每天形单影只地出去，归家后面对的是更加冷清的屋子，而且自己又在大家都很陌生的遥远的凉山……但是秦爱民知道，此时他不能说什么，否则自己会动摇，甚至崩溃。只有用沉默来告诉妻子自己的决定！

夜很漫长，也很深沉。妻子反复在床上翻身，让秦爱民也毫无睡意。他轻轻起身，来到书房。他没有开灯，而是站在窗前，推开玻璃窗，点燃一支烟，望着外面空荡荡的街道。白天还是晴天，不知道什么时候下起了零星小雨。橘黄色的街灯将沥沥细雨映照得一丝丝清晰可见。街道湿漉漉的。

秦爱民吐出一股烟雾。四周的电梯公寓里没有任何灯光。他在回想今天自己报名援彝的举动给妻子带来的冲击。按道理说，自己应该征求她的意见，但他没有，而是先斩后奏。她生气了，失望了，这是应该的。但如果真那样，自己根本就迈不出这一步。

他没有后悔。看着事情那么紧急，每一个人都有不同的困难，与他们相比，自己的困难小得多，不过就是条件艰苦点，离家远点，而这些都是可以克服的，与过去的困难相比，这又算得了什么。

单位里的“一摊子事情”，有那么多人，他们一定能够干好。但是彝区的脱贫攻坚，或许更需要自己。

……

原定于7月2日出发，但还没等回过神来，秦爱民又接到县委组织部通知，提前四天，6月28日出发！太急了！组织部说，省委要求在6月底前全省所有的援彝干部必须到岗，给“七一”建党献礼。秦爱民也理解，要在2020年实现“一个都不能少”的脱贫目标，没有打一场艰苦战役的决心是不可能的。脱贫攻坚就是一场没有硝烟的战争。而2021年又是建党100周年，一个国家和民族的复兴急不得，更慢不得。只是原本想在走之前的这几天多陪陪妻子的想法又无法实现了。

亲爱的妻子，我欠你的！等脱贫攻坚结束后，我再好好地回来陪你！那时，我们有的是时间！

6月28日，天刚麻麻亮，秦爱民就静悄悄地起床，提起妻子这两天早已收拾好的行李箱出门。妻子根本没有起床。他知道，告别会使人更加伤心。他也知道，妻子是醒着的。但他欣慰的是，妻子用行动在默默地支持自己。这已经足够了！

穿过两条路灯刚刚熄灭的整洁的街道，穿过四周绿树成荫、花香四溢的城市小公园，穿过气势恢宏的一片单位办公楼区。这一路的景色早已融入他的生命里。过去熟视无睹，但今天在他的眼中，却变得那么亲切可爱，那么熟悉而又陌生。他深深地贪恋地呼吸着这甜甜的空气。

夏天的早晨亮得早，天边的晨曦染得云彩微红。

县政府旗杆处，一辆小面包车已经等候在那里了，全县七名援彝干部也陆陆续续拉着拉杆箱风尘仆仆地赶到。

县委组织部江部长微笑着招呼他们一一上车。在临行前对大家说：“我今天代表县上四大班子给你们壮行！你们可是全县选出来的精兵强将，代表我们县的啊，请大家在那边一定要踏踏实实地干好工作，干出我县干部的风采，帮助我们彝区早日摆脱贫困。有什么困难及时告诉组织，我们一定尽全力解决！”

这一席话，让大家的心里充满了温暖。

没有热闹的场面，没有拥挤的送行的人群，县政府坝子前甚至还显得有些冷清，但秦爱民深深地感到，同行的几位内心都充满了豪情。

随着面包车渐渐驰离县城向绵阳城区进发，车上原本还热热闹闹的，但一直坐在一角的年龄最小的朱森突然哽咽道：“我好想哭！”让车里的气氛陡然凝重起来，大家都纷纷沉默了。朱森是县农业局的干部，上个月孩子刚刚出生。

坐在前排的秦爱民不愿让这种情绪蔓延，便豪迈地一拍前排的座椅，转身笑道：“嗨，不就是两年吗，就是一个春天加一个春天。”

与朱森同排的刘光明是一个乡的党委副书记，三十五六岁，他轻轻拍了下朱森的肩，笑着高声提议道：“我们来唱一首歌，今天高高兴兴去，等结束时我们欢欢喜喜回来。”

在一致赞同声中，最后大家一起高声唱起了《我和我的祖国》。

“我和我的祖国，一刻也不能分割，无论我走到哪里，都留下一首赞歌……”

红彤彤的太阳从东方天际升了上来，穿过车窗，洒在他们的脸上、身上，融进了他们的歌声和笑容里。

在绵阳又会合了全市其他几个县、区的援彝干部后，大家登上了三辆大巴，浩浩荡荡地开往凉山……

绵阳——成都——乐山——雅安。穿过平原就是高山。一进入雅安境内，山越来越高，山势越来越陡峭。隧道也越来越多，越来越长，一洞连着一洞，好像永远也穿不到尽头。

过了汉源后，已经昏睡的人们被一个小伙子的惊呼声唤醒。

“快看，这条高速路好壮观哟！”

大家纷纷睁开眼睛，重新打起精神，领略着这条我国最美丽壮观的“雅西高速公路”景色。如在云端，也如在翠绿的森林中。

带队的是个中年男子，姓陈。两年前他就到彝区搞对口帮扶了，这次他把这批驻村队员带进去后就要撤回绵阳——这是他最后一次执行任务。当大家知道他已经在凉山搞了两年脱贫攻坚，目光中都充满了钦佩。

他介绍道：“这一路美景可多了。大家以后可以尽情地饱览大凉山的壮美山河。”

这时车里的一个人呻吟着问道：“离凉山还有好远？哎哟，屁股都坐痛了。”有几个人也附和道。

“快了，快了。”陈领队微笑着安慰大家。

几年前秦爱民曾经走过这条道，他知道现在其实最多只走了一半的路程。

当到达西昌时，已是华灯初放。人们在疲惫中住进了宾馆。第二天一早又继续前行，往大凉山腹地，彝区核心地带，东五县进发！

驰出西昌城，大巴车沿着弯弯曲曲的唯一的一条公路往上爬行，陡峭且绵延不绝的群山如庞然大物般横亘在人们眼前。在惊叹大自然雄壮的同时，也增添了更多的敬畏。山下是高大的乔木，山顶覆盖的是低矮的灌木。到了山顶，原本还是艳阳高照的天气骤然间冷了起来。天空阴沉沉的。道路两边的一些堡坎上要么绘着一些少男俊女穿着五颜六色的彝族服饰载歌载舞的图画，要么是脱贫攻坚的宣传标语。

一股浓浓的彝族气息和脱贫攻坚的氛围扑面而来。

几经盘旋，汽车终于爬上了山顶，因为盘旋路太多，海拔不断升高，个别人出现了晕车现象。车窗外也飘起了淅淅沥沥的小雨。

车子来到了一个场镇。满街都是披着查尔瓦的人们。秦爱民目光转向窗外，在霏霏细雨中，猛然看见一个身材魁梧、面色黝黑、高鼻深眼，戴着一顶大大的帽子的老人，一根长长的辫子从帽子里拖了出来，他披着中长的蓝色查尔瓦，嘴上叼着一根烟杆，在人群中尤其显眼。这幅画面深深地刻在秦爱民脑海中，在以后的日子中一直都没有忘记过。

汽车在高山顶上蜿蜒行进了一个小时左右，在一个下坡的地方，突然有人激动地惊呼："大家快看，火普村。习大大来过的地方！"

一幅巨大的宣传画映入眼帘，总书记披着彝族人特有的白色查尔瓦接见老百姓。他伟岸的身躯，脸上的笑容是那么和蔼可亲。秦爱民望着巨幅画，一直到看不见为止，他在心里默想，在这两年中，一定要到这里来看看！对于彝区的脱贫攻坚任务，这可是圣地！

40

已经到了中午，三个人在街上的馆子里各要一份炒饭吃了就回村委会了。在路上，秦爱民对阿惹说："阿惹，我建议你要多发挥村妇联的作用。曲木走了，要是实在不行，你就把妇联工作担起来。而且这次活动发挥妇女的作用十分重要。"

阿惹若有所思地点点头。是啊，曲木格作已经出去打工了，村妇联的工作也没有人来打理。这次全村搞"洁美家庭"，大量的工作还要依靠每家每户的女人。

但是哪里去找合适的人啊。

秦爱民继续道："一个篱笆三个桩，一个好汉三个帮。一个人的力量是有限的。你是村主任，一定要发挥大家的作用。"

刘新龙也在一旁分析道："我也感觉村上的工作就你一个人在忙，如果没有人帮你是很难的。现在有我们工作队，两三年后我们撤走了，那你怎么办？"

阿惹看了眼刘新龙。她很是佩服他能从成都到凉山这样艰苦的地方来，他有技术。但仅仅是这些。现在这一席话从他的口中说出来让她有些吃惊。她感觉他并不是表面看起来嘻嘻哈哈的样子，还有成熟的一面，包括上次办圆根加工厂的事情，他有自己的主见。

回村走的是小路。爬到半山坡大家坐下来歇息。山脚下是小河。河边是通往街上，也是通往美姑、雷波、金阳的省道。看着来来往往繁忙的车流，秦爱民感到这里其实是一片充满希望的土地。

阿惹坐在那沉默着，捡起一条树枝漫无目的地在地上乱画。

看着一脸愁容的阿惹，秦爱民心想，毕竟是年轻人，要成熟还需要历练，更需要有人指点和扶持。在这个过程中，情绪的波动很正常，证明这个人有激情，只是需要引导好。是一棵好苗子。

“阿惹，我们做任何事情都需要考虑方方面面，不能够一味地由着自己的性子。”

阿惹抬起头，看着秦爱民，十分委屈地说道：“秦队长，说实话，我不怕做工作，再累都无所谓。我也清楚我们这里为什么贫穷落后。为了改变这里的面貌，我做什么都可以。但是，工作确实太难了。唉！这样下去我真不想干了，出去打工倒轻松得多。没有那么多的思想负担。”

秦爱民呵呵笑道：“阿惹，我很欣赏和佩服你，为了建设好家乡放弃了外面的工作。但是你想过没有，改变这里的面貌如果是一件很轻松的事情，既不需要你的付出，更不需要我们工作队来了。要做成一件事情不可能是一帆风顺的。就说我们这里为什么这么贫穷落后？难道仅仅是经济上的原因吗？不，最重要的是观念。”

秦爱民说到这儿，指了指自己的脑袋，继续道：“彝族人是一步跨千年。其实他们在适应现代社会时也有很多的痛苦与艰难。只是这样的痛苦是不自觉的，但又体现在他们生活的方方面面。也包括各级干部的工作方法。”

阿惹认真地听着，不时地点着头。

“你是从这里走出去的，因为读了书，吸收了许多新的思想、知识，所以能够看见这里的一些落后的东西。现在返回来，不就是想改变它吗？做事情要有耐心，要学会从一件一件的小事做起。哦，还有子铁书记，你在工作中要多尊重他，不仅仅因为他是支部书记，还因为他的年龄和你的父亲差不多。”

阿惹眉头紧蹙道：“我很担心这次的活动他会在全村老百姓面前出洋相。到那时该怎么办？”

“为什么？”刘新龙感到很奇怪，赶紧问道。

秦爱民也想到了这一层。子铁书记家的环境卫生很差。今天他虽然最后没有明里反对在全村做这件事，但后面工作开展的效果如何，他的带头效应很重要。

“这个我来想办法。”秦爱民慎重地说道。

节选自《太阳照亮大凉山》，北京日报出版社，2021 年 5 月

天作之合（节选）

◆董新芳

董新芳，笔名豫凡。四川省作家协会会员。发表短篇小说《关键的一票》《文凭》《帽子的罪过》《别再叫我郑经理》《远山孤魂》等。出版长篇小说《私生子》《同根》《缭家》《酒痴》《酒圣》《天作之合》。其中《酒圣》获《今古传奇》2014年度全国优秀小说奖，《私生子》《同根》获绵阳市优秀文学奖。长篇小说《白羊镇》参加『海峡两岸新媒体原创文学大赛』进入百强，由中国出版集团数字传媒有限公司出版电子书。

故事梗概

单之林生于御营坝，与白羽灵青梅竹马，两人正准备结婚，白羽灵被老地主抢走。单之林刺杀老地主未成，为逃避老地主的追杀而逃跑，慌乱中误入败退的国民党部队，后加入解放军并参加抗美援朝。单之林转业后，与白羽灵结婚，生下女儿单红英。单红英长得漂亮，追她的人多，赵大年用卑鄙的手段将其得到，婚后生一子。赵大年犯罪，两人离婚。儿子在江边玩耍，不慎落水，被艾贵生救起。单之林一家去感谢艾贵生，艾贵生才见到他苦寻多年的单红英。原来，多年前艾贵生回上海探亲，在火车上遇到单红英而一见倾心。为表达爱意，悄悄在单红英的报纸上写下了一段情话，并留下了通信地址。这事被坐在不远处的单红英的暗恋者赵大年看到，赵大年趁下车之机，从单红英的水桶包里抽出报纸，撕下那段话，塞进饭店一位女服务员的口袋里。女服务员给艾贵生写了一封信，两人约定在绵阳火车站见面。因为“对不上号”，艾贵生被警察当成接头的特务弄进派出所。为了寻找单红英，艾贵生从成都调入绵阳，因不知她姓名，苦寻多年未果。单红英突然站到艾贵生面前，艾贵生向单红英讲述了当年的“纸条”和寻找她的经历，并不知情的单红英异常感动，两人结婚，生下女儿艾小莉。艾小莉大学毕业在旅游公司当导游，上班途中捡到一个钱包，丢失钱包的是西安美术学院一个对科学家充满崇高敬意而专程到中国科技城绵阳为科学家画像的学生范一平。范一平深深地爱上了艾小莉，艾小莉并不知情。艾小莉为摆脱富二代的追求而换了手机号，范一平失去了联系艾小莉的方式。为寻找艾小莉，范一平画了一张艾小莉的画像摆在他们第一次见面的地方——人民公园纪念碑下，并天天守在那里。后来还将艾小莉的画像印在汗衫上，哪里人多往哪里挤……终于找到了艾小莉。但两人的恋爱遭到了艾小莉母亲的强烈反对，因为单红英喜欢追求女儿的富二代。在艾小莉的抗争下，才与范一平确定了恋爱关系。两人并没有急于走进婚姻殿堂，而将婚期定在范一平完成《绵阳古今人物画册》一书，艾小莉完成《绵阳故事新编》一书那天。两本书稿完成，姥爷姥姥、父亲母亲建议两本书合二为一，将《绵阳古今人物画册》中的人物画像配上《绵阳故事新编》中的故事传说，书名改为《绵阳古今名人故事》。书稿修改完成，范一平和艾小莉走进了民政局……

一、难解之谜

那年，艾贵生回上海探亲，在火车上遇到一位姑娘，那位姑娘是在德阳上车的。姑娘坐在他对面，他看了一眼，不觉心动。火车开了，他想和姑娘说话，可是姑娘没有看他，从水桶包里抽出一张报纸认真地看了起来。姑娘看报，他看姑娘。当然了，他不能一直这么看，他怕人家说他居心不良。火车进了黄许镇，姑娘放下报纸，他的目光落在了姑娘的脸上。姑娘被看得不好意思，于是又拿起了报纸。就是她，他要找的就是这样的姑娘。可是他如何把他的爱慕之情传递给姑娘呢？他在寻找着与姑娘说话的机会，可是机会太难找了，因为姑娘一直用报纸遮着她俏丽的脸庞。不能错过，错过了以后也许就再也见不到她了。火车跑得越快，他的心里越紧张，因为他不知道姑娘在哪里下车，也许就是前面那个车站……找不到与姑娘说话的机会，他心里火烧似的着急。他站了起来，意在引起姑娘的注意，可是不知姑娘是太专注还是有意躲他，别说抬头了，连目光也未离开报纸。他无奈地又坐下了，两只手不停地搓着。正在他着急的时候，火车突然急刹，姑娘扑到了他身上。姑娘不好意思，脸“唰”地红了，红得像熟透的番茄，歉意地对他笑了笑，他不失时机地回了姑娘一个笑。

“你到哪儿？”他问。

“绵阳。”姑娘回答。

绵阳，再过一会儿就到了，姑娘一下车，他就无法找到她了，他焦急得六神无主。姑娘又拿起了报纸，把脸遮得严严的，大概是为了掩饰刚才那尴尬的一幕。

“同志，能把报纸借给我看一下吗？”他鼓起勇气说。

姑娘点点头，把报纸递给了他。他接过，起身朝车厢一头走去。他走进厕所，掏出笔，飞快地在报角上写下一段话，回到座位后把报纸还给了姑娘。这时，火车已到绵阳站，姑娘卷起报纸，插进了水桶包里，匆匆朝车厢门口走去。他的目光追随着姑娘的身影，希望姑娘回头看他一眼，可是姑娘没有。

回家之后，他天天盼望着那位不知姓名的姑娘的来信。一个星期之后，信来了，他激动得两手颤抖，急忙拆开，一行行秀丽的字迹争先恐后地跳入他的眼帘：

艾贵生同志：

你好！你写给我的字条我看了，我是怀着激动的心情看的，而且看了好几遍。我躺在床上，手里捏着字条，像捏着你温暖而有力的大手，感觉到了你的力量，感受到了你的真情。我的心跳得很厉害，好像要蹦出来了一样。我把字条放在胸口上，让它听我的心跳，让它感受我的心情。我睡不着，坐起来又看……遇到你，是我的幸运，你是上天送给我的最最珍贵的礼物。从现在起，你就是我生命中最重要的人！对了，我还没告诉你呢，我叫陈秀蓉，在绵阳涪城饭店工作，二十四岁，也是单身……我有很多很多的话要对你说，可是我文化水平有限，写不出来，只有等到见面时再跟你说了。记住，你哪天回来，一定要在绵阳下车，到时我去火车站接你，别忘了提前给我来电报，告诉我你几月几日坐哪趟火车……

陈秀蓉

×年×月×日深夜

天意啊，天意！她也是单身！看完信，艾贵生高兴得差点跳起来，他决定提前回川，早点见到他日思夜想的姑娘，于是他给陈秀蓉发了一封电报，不但告诉了他到绵阳的时间、车次，还告诉了他乘坐的车厢。之后，他跑到南京路百货商场，认真地挑选着送给陈秀蓉的礼物。他在商场里转了几圈，也看了商场里很多姑娘身上的衣服，他觉得陈秀蓉穿粉红色好看，于是买了一件粉红色的确良衬衣，一条深蓝色的卡其裤子，一条杭州产的丝巾和一双棕色皮鞋……

火车离开上海，艾贵生的心已飞到了绵阳，他在想象着与陈秀蓉见面时的激动情景……火车飞奔，大地上房屋、树木、庄稼以及奋力奔跑的汽车……一切的一切都被迅速甩到后面，尽管这样，他还是觉得火车跑得太慢。经过几十个小时的煎熬，火车终于要到绵阳了，他激动异常，早早地提着行李包站在了车厢门口，他要第一个下车，第一时间拉住在车厢门口等候他的姑娘。轰隆轰隆，火车飞过涪江，长鸣一声，累了似的放慢了速度，噗噗地喘着大气缓慢地弛进了车站。他第一个走出车厢，可是没看陈秀蓉，于是将目光投向远处，在人群中搜寻，他相信，不管人再多，只要陈秀蓉在那里，他一眼就能认出来，因为陈秀蓉有着明显的与众不同的地方——漂亮！车站的人太多了，下车的，上车的，人来人往。说话声、脚步声混合在一起，形成了一种杂乱的声响。他找啊找，找了很久也没找到他急于见到的姑娘。他着急了，快步向出站口走去，他想她也许没买到站台票而在站外等他。可是，铁栅栏外也没有陈秀蓉的身影。他不能出站，站内是他们约好的地方，他深知找人不如等人，他怕俩人互相寻找而在哪里错过，所以他一直站在出站口没动。喇叭响起来了，催促没有出站的旅客快点出站。站台上的人越来越少，几乎没有几个人了。丁零零……铃声响过，工作人员手举绿旗，眼望前方，轻轻舞动，火车叫了一声，缓慢地向前移动。喇叭里响起了欢送列车的乐曲——《大海航行靠舵手》。火车加速了，飞也似的奔跑起来，瞬间不见了踪影。

“出站了！出站了！”一个身着铁路制服的男人手持喇叭边走边喊，送客的人随之出站。

站台内只剩两个旅客了，他和一个女人。俩人你望着我，我望着你……拿喇叭的人走了过去，说：“同志，出站了。”

他说：“我在等人，等人来接我。”

拿喇叭人以为他没买票，说：“我看看你的车票。”

他掏出车票，递给那人，那人说：“到站外去等，下趟火车马上进站了。”

他说：“我马上出去。”他嘴上答应，脚却没动。

拿喇叭的人走到女的面前，嘴上重复着那句他已说了无数遍的话：“同志，出站了。你的票呢？”

姑娘把票交给那人，那人一看是站台票，说：“你是来接人的？”

姑娘点点头。

“接哪里来的客人？”

“上海。”那人心里咯噔了一下，看了一眼墙上的标语：“千万不要忘记阶级斗争！”“提高警惕，严防敌特！”他说：“你们两个到这边来，这边有凳子。”

两个人一前一后跟着那人走进站台值班室，那人出去了，不大一会儿又来了，身后跟着一个公安。

“走，你俩跟我走。”公安说。

他莫名其妙，她也莫名其妙，俩人不解地望着公安。

他说：“去哪儿？”

公安说：“派出所。”

他说：“为啥？”

公安说：“到派出所你就知道了。”

他站起身，跟着公安去了，他一点也不心虚，因为他不是坏人。

“走，还有你。”公安对姑娘说。

她也不怕，跟着公安去了。

派出所里，公安一个一个询问了俩人的情况，并查看了艾贵生的工作证。陈秀蓉说了她的工作单位，还拿出了艾贵生发给她的电报。公安看了，一脸懵相，接着笑了，指着艾贵生说：“他就是你要接的人。”

艾贵生一听，也蒙了，心里暗暗嘀咕：“不对，不对，不是她……”

公安见艾贵生愣怔，说：“难道你不认识她？”

艾贵生摇摇头。

公安说：“你看看，这电报是不是你发的？”

艾贵生点点头。

“这就对了，走吧！”公安说。

原来，车站工作人员把俩人当成了接头的特务，公安也觉得奇怪，所以把俩人带到了派出所。

走出派出所，艾贵生对陈秀蓉说了声对不起，匆匆地走了。陈秀蓉望着艾贵生的背影，自言自语道：这到底是咋回事？

艾贵生走了，陈秀蓉还站在原地，她回头看了一眼，见派出所的墙上贴着一张通缉令，被通缉人没有照片只有姓名，那个被通缉的人叫陈秀蓉……倒霉！怪不得公安听说她叫陈秀蓉时拉开抽屉往里面看了一眼，公安看啥她不知道，她想肯定与这张通缉令有关。陈秀蓉回到饭店，不知啥时候饭店门口也贴了一张通缉令，被通缉的人也是陈秀蓉，她仔细一看，那个陈秀蓉是农村人，跟她年龄一般大，因为不满包办婚姻而给丈夫的饭里下了毒……

“陈秀蓉！”饭店里有人喊她。

吃饭的，过路的，听到她的名字都吃惊地望着她，她想撕下那张通缉令，可是她不敢……

二、铁牛街的传说

为了寻找火车上遇到的那位姑娘，艾贵生不知到绵阳来了多少次，大街小巷跑遍了也没找到。那天，天气特别热，他走得口干舌燥，两腿发软，他想找个地方歇歇，于是来到一个茶园里。茶园不大，里面摆满了小方桌、马扎子，因为刚吃过午饭，人还在睡午觉，所以茶客不多。他找了个没人的桌子，一屁股坐在了马扎子上，要了一碗茶。茶碗是带盖的,为了使茶凉得快些,他不停地用碗盖刮着浮在水面的茶叶。邻桌坐着四个人，艾贵生看了一眼，他们年龄差不多，都是五十来岁，他们边喝茶边说话。

“老单，今天该你讲故事了。”一个人说。

“好。那我说说铁牛街的故事吧。”老单说。

老单叫单之林，住在铁牛街，所以他爱讲铁牛街的故事。铁牛街不大，街面由大小不一的石块铺成,路面高低不平,大雨之后,低凹处常有积水,像浓缩的湖泊,一个挨一个,多日不干。街两边，大多是木柱泥墙的青瓦房，陈旧得像远古时期的建筑。中华人民共和国成立，私有制被消灭，铁牛街的房子和其他地方的房子一样成了公产房。单之林从部队转业，分配到工业局工作，住房安排在铁牛街，房子虽然不怎么样，但单之林还是很满意,他乐意住在这里,因为他的战友唐大树也住在这条街,他们挨得近,可以常见面。单之林的老婆白羽灵也喜欢铁牛街，她觉得房子再差也比他们御营坝的房子好，更重要的是御营坝是他们的伤心地……

“别看铁牛街不咋样，它可是涪城最古老的街道之一。”老单说，“我说一个故事你们就知道了。铁牛街为啥叫铁牛街，旁边的庙为啥叫禹王庙（后来改成了泗王庙）。铁牛街和禹王庙的名字是来自同一个动人的传说。说这条街是这座城最古老的街，是因为这条街住人最早。为什么呢？因为它紧挨着涪江。涪江是一条古老的河流，发源于松潘与平武之间的岷山主峰——雪宝顶。雪宝顶四季都有雪，所以涪江的水不但清澈，而且冰凉。水到这里，虽然没有原来那么凉了，但依然清澈。涪江之水滋润着两岸的土地、两岸的庄稼，养育着两岸的人们。涪江不但给人们提供了生活所需的水源，而且为人们提供了丰富的食物——鱼虾、螃蟹等。同时，涪江也是人们远行和运输货物的水道，大大小小的船只通过涪江将人们以及人们所需要的货物运送到要到达的地方。也许是这些原因，涪城的先人们选择了在江边居住。时间久了，在江边居住的人多了，就形成了一条没有名字的街道，它的名字诞生于一场洪水之后。那年，涪江发了一次大水，居住在江边的人家全遭了，家被冲毁，家畜家禽和生活用品被洪水洗劫一空……重建家园后，人们变得小心了，每到雨季，派人到江边值守，发现江水上涨，立即敲锣，人们听到锣声，迅速跑到洪水淹不到的地方。有一家姓铁的人家，家里只有爷孙俩，小孩的父母是上次发大水时被冲走的。为了防止孙子遭遇不测，爷爷把孙子的名字改为铁牛，因为铁牛沉，洪水不易冲走。一天，轮到他们家值守，爷爷生病了，睡在床上起不来，铁牛说爷爷，我去值守。爷爷说孙儿，你太小了，看不来水，万一水来了，连你自己也保不住，还是我去。爷爷说着从床上往起爬，可是怎么爬也爬不起来。铁牛说爷爷我看得来，我是铁牛，再大的水也冲不走我。铁牛说着往外跑，爷爷拦不住，大声喊道孙儿，小心，一定要小心！到了江边，铁牛两眼一直盯着竖在岸边测水位的木棍，一刻也不懈怠。天黑了，铁牛困了，身子一歪，睡着了。他做了个梦，梦见江水涨了，涨得很大，眼看就要淹到房子了，他赶忙拿锣，可是锣不见了，他找啊找，找了很久才找到，掂起一敲，没有声音。他使劲敲，连着敲了几十下，锣还是不响。他急了，大声喊叫，可是他的喉咙不知被啥堵住了，发不出一点声音。水越涨越大，他急得大哭。这时，一个骑着黑牛的白胡子老人走到了他身边，说孩子你哭啥？他说河水涨了，我没法通知大家，急哭了。老人说孩子，不要怕，我这头牛可以退水。铁牛不信，以为老人逗他，心想我都快急死了，你还逗我。可是他没有说，两只眼睛疑惑地望着老人。老人看出来了，从牛背上下来，在牛屁股上拍了一掌，说，去！黑牛点了一下头，甩了一下尾，迈着稳健的步子，噗嗒噗嗒，朝汹涌的江水走去。黑牛还未走近，洪水就开始后退，黑牛继续往前走，洪水就一个劲地往后退。铁牛看呆了，他不明白洪水为啥怕黑牛，心想这头黑牛要是他的就好了，他就可以保护这里的人不被水淹了。他想向老爷爷要黑牛，可是他不敢，他怕老爷爷说他贪心，而且老爷爷肯定也不会给他，因为黑牛是老爷爷的坐骑，给他了，老爷爷就没得骑的了。老爷爷这么大年纪了，不知道他还要走多远的路，没有牛，老爷爷咋走？他不能要，就是老爷爷给他，他也不能要。他想大牛是要生小牛的，等老爷爷的大牛生了小牛，他向老爷爷要头小牛，慢慢养着，等小牛长大了，他像老爷爷一样骑着大牛沿着涪江边巡查，哪里涨水了，就叫大牛往哪里走。他说老爷爷，等你的大牛生了小牛，把小牛送给我，我把它养大，让它来吓这水。老爷爷说恐怕你等不到那一天。他说为啥，老爷爷说这牛一千年才生一头小牛，你活不到那个时候。铁牛很失望，说老爷爷……老爷爷说孩子，别说了，我知道你想说啥，你想要这头大牛。他点点头，说老爷爷，为了我们这里的人不遭水淹，我给你跪下了。铁牛说着往下跪，老爷爷说不用跪，孩子，我把牛送给你，只是我这腿……铁牛看了一眼老爷爷的腿，老爷爷一条腿是瘸的，他说老爷爷你的腿咋啦。老爷爷说我治理黄河时被石头砸了,刚回家养了几天,现在又要去黄河了。他说老爷爷,你家在哪里?老爷爷说在大山里。他说大山啥地方。老爷爷说禹穴沟。他问离这里远不远。老爷爷说远，这里到我家要走三天的路。他说你走了三天才走到这里？老爷爷点点头。他问老爷爷这里到黄河要走几天。老爷爷说要走一个多月。他一听，不忍心要老爷爷的牛了，老爷爷没有牛,这么远的路他咋走？他说老爷爷,我不要牛。老爷爷说为啥。他说我要了你的牛，这么远的路你咋走？老爷爷说没事，有法。他说老爷爷你有啥法，老爷爷说你给我当拐棍，有了拐棍我就可以拄着走了。他说好，我给你当拐棍。老爷爷说你可要想好，你变成拐棍你的命就没了。他说我不要命，只要这里的人能过上安稳日子，叫我变成啥都行。老爷爷说那好，牛留到这里，你回去跟你爹娘说一声。他说我没有爹娘。老爷爷说你爹娘呢？他说我爹娘被大水冲走了。老爷爷沉默了一会儿，说你家里还有啥人？他说我有爷爷。老爷爷说那你去跟你爷爷说一声，明天天黑后你到西山去，我在那里等你。他说好。老人把缰绳递给铁牛，铁牛去接，牛'哞'地叫了一声，把铁牛惊醒了。铁牛揉揉眼，往江边一看，朦胧的月光下，江边卧着一头黑牛，他走到黑牛身边，伸手一摸，冰凉冰凉。他跑回家，把他的梦和江边有一头铁牛的事告诉了爷爷，爷爷一听，病一下子好了，说孙儿，走，爷爷跟你一起去看看。爷爷见了铁牛，用手摸了又摸，从牛头摸到牛尾，一连摸了好几遍，边摸边说，好了，好了，这下好了，我们再也不怕发大水了。说着扑通跪下，对着铁牛磕了三个头，说铁牛啊铁牛，你是上天赐给我们的救星，老天爷，谢谢你，我们一定记住你的大恩大德，今后每年的这一天，我们都要到这里给你烧香，给你磕头，给你上供，让我们的子子孙孙永远记住你的大恩大德！孙儿，走，叫全街的人都来看看！老人拉着孙子，依依不舍地离开了大铁牛，边走边回头看，生怕大铁牛跑了。老人把消息告诉了街坊，一传十，十传百，霎时传遍了全街。人们不约而同，一窝蜂地朝江边跑去，围在大铁牛身边，眼睛望着大铁牛，议论着这件不可思议的奇事。说啥的都有，但没有一个人不认为这是上天的恩赐，于是有人提议设香案祭拜，大家一致响应。不大一会儿，有人拿来了香蜡，有人拿来了纸钱，有人拿来猪肉，有人拿来了刚杀的鸡鸭……铁牛前跪了一大片人。太阳快落山了，老人的孙子铁牛走了，人们一直把他送到西山脚下。铁牛说爷爷奶奶、叔叔孃孃、姐姐哥哥，你们都回去吧，我爷爷就拜托大家照顾了。大家都安慰铁牛，叫他放心，铁牛这才朝山上走去，人们看着铁牛走进一片古老的森林，大家还舍不得离去，眼睛一直望着那片森林。‘你们看！你们看！’突然有一个人大声说，‘那里冒出了两股白烟！’大家的眼睛齐刷刷地往森林上方看，只见森林里有两股白色烟雾徐徐升起，人们正在惊讶的时候，烟雾已升至半空中，烟雾中走出两个人，一老一少，大家一眼就认出了那个少年，他是刚才走进森林里的铁牛。铁牛向大家招了下手，跟着老人向北方走去。铁牛走后，再也没有回来。铁牛的爷爷一直被大家供养着。人们为了纪念铁牛这孩子，也为了纪念从天而降的铁牛，将这条街取名铁牛街。自从有了铁牛，铁牛街没有被水淹过，每次发大水，水到铁牛跟前就不往上涨了，人们再也没有遭受过洪水的威胁。铁牛街有一个读书人，说咱们光把街道取名铁牛街还不行，还有一件事得办，不然久了铁牛恐怕会失去灵性。大家问为啥，读书人说骑牛的老人家在禹穴沟，肯定是大禹。大禹路过这里，听铁牛说咱这里常遭水淹，故将坐骑留给咱们镇水，所以咱得给大禹修座庙，叫后人不要忘记大禹。大家听了，都说有理，大禹有恩于我们，我们不能不报恩。于是，人们纷纷捐银捐物，在铁牛街修了一座庙，叫大禹庙。庙修起不久，铁牛的爷爷梦见了孙子铁牛，铁牛成了大禹治水的帮手。大禹庙香火旺盛，四季不断，到此祭拜的人越来越多，庙小而容纳不下，为了满足人们祭拜的需要，清康熙年间，人们集资扩建了大禹庙，并将扩建后的大禹庙改为泗王庙，至于为什么改，就不知道了。这虽然是传说，但紧挨铁牛街的涪江边确实有一尊铁牛，不过那尊铁牛不是禹王爷留在这里的坐骑，而是清康熙年间根据传说由老百姓自愿捐款铸造的（传说中的铁牛没有人见过），目的是为了镇水。每年雨季到来之前，晚上，老百姓都会在江边焚香烧纸，祈求铁牛发神威，镇河妖。可是，他们的虔诚没有感动铁牛，洪水照样漫堤，房屋照样被淹。1949 年 12 月，绵阳解放，人民政府成立，政府组织人们修筑了河堤，铁牛街才没遭水淹过……”

单之林说到这里，另一个人说：“老单，说说你梦见涪翁的事，这事我还没听过。”

“单之林，快回来，老唐找你。”单之林的老婆在外面喊。

“好了，我回去了，你们慢慢喝。”单之林说着站起身。

“老单，把你的报纸留下，我看看。”一个人说。

单之林把报纸递给那人，那人接过，说：“你咋把报纸撕了一块？”

“这是旧报纸，我女儿拿回来时就是这样。”

艾贵生瞟了一眼那张报纸，看了一眼姓单的人……

三、一夜三梦

单之林梦见涪翁的事，很多人都知道。相传，涪翁生于西汉，是位神医，没有人知道他的名字，因为常在涪江边钓鱼，人们称他为涪翁。单之林女儿两岁那年，他老婆得了病，那病有点怪，身上不红不肿，就是疼。单之林到处求医，治了多年，啥办法都用了，仍不见减轻。白羽灵失去了信心，坚持不再治疗，无论单之林咋劝，她啥药都不吃，在单之林万般无奈时，一天夜里他连着做了三个梦，第一个梦梦见涪翁，涪翁给他送了一个处方，处方上写着：稻谷、黄米、高粱、麦子、大豆各五粒，药引子：鱼肚布。煎熬，分三次服用。药是五谷，单之林懂，但药引子他不懂，问涪翁鱼肚布是啥，涪翁说鱼肚布是鱼肚子里的布。他问在哪里买得到，涪翁说哪里都买不到，必须自己到涪江里去钓。并告诉了他钓鱼的地点，还说肚子里有布的鱼只有一条，而且它在子时才出来。单之林还想问，涪翁拍了他一下，说去吧，快去钓鱼！

单之林醒了，他怕忘了那个梦，躺着不敢动。他老婆说你刚才在说啥？他说我没说啥。他老婆说你说了，说鱼肚布……他说那是我在做梦，说的梦话。他老婆问他做的啥梦，他把梦见涪翁的事跟老婆说了。他老婆说五谷能治病？他说能治。涪翁说吃五谷生百病，病是吃五谷得的，五谷就能治吃五谷得的病。他老婆说鱼肚布是啥？他说鱼肚布是鱼肚子里的布。他老婆说日有所思，夜有所梦，梦里的事不可信……

不一会儿，单之林睡着了，他又做了一个梦，他到江边去找肚子里有布的鱼，在江边遇到了一个胡子花白、手提竹篮的老人，他问老人姓啥，老人说他姓程，叫程高，是涪翁的徒弟。他说程大夫，你篮子里装的啥？程大夫说药。他说你拿去卖？程大夫说不，是我师父叫我送给一个需要的人。程大夫问他在江边看啥。他说他看这里有没有肚子里有布的鱼。程大夫说有。他说你咋知道？程大夫说这里的鱼吃了我师父的遗体，在肚子里形成了布，但肚里有布的鱼只有一条。他说鱼咋能吃到你师父的遗体？程大夫说我师父去世后是从这里丢进江里的。他一听，吃了一惊，说你师父的遗体为啥要丢到江里？程大夫说这是我师父生前交代的，师父说他死后不用埋，把他的遗体丢进江里，而且特意交代把他从他钓鱼的地方丢下去，师父说他吃了一辈子涪江的鱼，鱼的血肉变成了他的血肉，他死了把他的血肉交给鱼的后代，也算是他对鱼们的报答。他说你师父的心太善良了。程大夫说其实我也不忍心，我哭着说师父，别的事弟子都依你，但这件事弟子无法依从。师父一听不高兴了，瞪着眼，噘着嘴，盯着我，说你不依我，以后就不要在人前说你是我的徒弟。我无法，含着泪点了点头。师父笑了，笑着笑着闭上了眼睛。我怕把师父的身子弄疼，买了一领新席，在席子上铺了个新被子，哭着把师父的遗体卷了，夜深人静时扛到江边，系上绳子，轻轻地放进了水里。师父的遗体入水后，汹涌的江水立即平静了，听不到一点水声，好像江水在为师父默哀。师父去世的第二天，老百姓们知道了，他们不约而同地来到这个地方，把馍馍、米饭、面条，水果和肉一股脑儿地抛进江里，他们怕鱼咬师父的遗体……他正与程大夫说话，这时，江里起了一个漩涡，一条大鱼从漩涡中跳出，跳了好几尺高。他说程大夫，你看！你看！鱼！鱼！程大夫说我看见了，黑头红尾圆肚子，肚里有一块布。他一听，异常激动，望着江水，希望江水再起一个漩涡，那条鱼再跳出来一次，让他也看看，看能不能看到鱼肚子里的布，可是他望了，别说漩涡，江里连个浪子也没起。他问程大夫篮子里的药能治啥病。程大夫说浑身疼。他说我老婆得的就是这个病，身上不红不肿，就是疼。程大夫说我知道了，你叫单之林。他说对，对，我叫单之林。程大夫，你咋知道我名字？程大夫说是我师父告诉我的，师父说你们夫妻恩爱，你为了给你妻子治病，吃了很多苦。师父说恩爱的夫妻应该长寿，所以师父给你妻子配了这副药，叫我给你送来。程大夫把竹篮交给他，他伸手去揭盖在竹篮上的树叶，程大夫挡住了，说你别在这里看，回家后再看。这药不能见天，见天了药气就跑了。药没了气，也就不能治病了。记住，药引子是鱼肚布。程大夫话音刚落，人已不见了，他四处寻找也没找到，于是大喊程大夫，程大夫……

他老婆被惊醒了，说你在喊哪个？他支支吾吾地说，梦，梦，我又做了个梦……他老婆说你又梦见了啥。他说涪翁的徒弟程高。他老婆说他跟你说啥了？他说他给送药了。他老婆说啥药？他说五谷。他老婆说快睡吧，天快亮了。不大一会儿，单之林再次睡着……

他到江边去钓鱼，连着钓了二十九天，天天空手而回。第三十天那天，晚上下起了大雨，他老婆说下雨了，别去了，他没听，披着雨衣，戴着草帽，比往日早半小时出门，到那里刚进子时。没多大一会儿，雨停了。他和往天一样，蹲在江边，手握渔竿，两眼注视着水面。约莫过了半个时辰，雨停了，月亮从云层里钻出，把淡淡的银光洒在江面上。突然，钓竿动了一下，他知道鱼儿上钩了，急忙站起，用力拉竿，一条大鱼出现在水面上，挣扎着向他游来。鱼儿越近挣扎得越凶，打得水面啪啪直响。他怕鱼儿脱钩，于是丢下鱼竿，手挽鱼线，探着身子伸手抓鱼，结果身子失衡，落入水中。他拼命地挣扎……迷迷糊糊中，不知啥东西漂到了他身下，托起他不断下沉的身子，他露出水面，吐出一股浊水，吸了一口新鲜空气，心里没那么难了，他感到身上麻酥酥地疼……哦，你醒了。他耳边传来了一个细微的声音，他想睁眼，可是眼皮太重，无论如何也睁不开。他微微动了一下身子，算作回答。说话的人继续说，你的命真大，要不是那条鱼，也许你已经被冲到大海里去了。听到鱼，他一下子来了精神，睁开双眼，看到了一位老人，长头发，黑胡须……他说鱼在哪里？老人说已经游走了。他说我钓的那条鱼呢？老人说你钓的那条鱼我给你养在了盆子里，我知道你为了得到一块鱼肚布，一天不落地连着钓了三十天。为了抓到那条鱼，你掉进了江里，尽管江水威胁到了你的生命，你仍然紧紧地把鱼线挽在手里，手勒出了血，你都没松。他想看看手，抬了抬，没有抬起。老人说别看了，我已经给你敷了药，伤口很快就会好的。对了，我告诉你一个好消息，你钓的那条鱼，肚子里有一块布。他问老人是哪个。老人说他叫郭玉，程高是他的师父，涪翁是他的师公，他是奉师父之命到这里救他的。他说你师父现在在哪儿？郭大夫说我师父巡游去了。他说这是哪里？郭大夫说桃花岛。这时忽然有人大声喊：郭大夫，郭大夫，我妈病了，快来救救我妈！郭玉呼地站起，边跑边说我就来！我就来！没跑多远，脚被什么东西绊住了，身子一扑掉进了江里……

单之林一惊，醒了，原来他又做了一个梦。

节选自《天作之合》，中国文史出版社，2021 年 3 月

深秋的上弦月（节选）

◆孟文治

孟文治，曾做过民办教师、乡公安员、乡文化专干，后下海经商。现为四川省民间文艺家协会会员，江油市民间文艺家协会副主席，江油市作家协会副主席。参加《江油县文化志》的编写工作，主编《江油市林业志》《江油市国土志》《江油市青莲镇志》。2017年开始，先后在《青年文学家》等杂志发表多篇短篇小说。2021年1月，作品《深秋的上弦月》被喜马拉雅改编成有声作品。

故事梗概

《深秋的上弦月》讲述的是个20世纪80年代发生在四川省江油县的故事。主人公蜡言恭（人们习惯称他为老蜡）曾经是一名获得过几个全国体育比赛奖项的运动健将，体校毕业后被分配到位于江油县北部山区的锅子坝铅锌矿子弟学校任体育教师。

故事从老蜡在江油火车站购票前去锅子坝报到徐徐展开，从此也开启了老蜡人生中极短暂的辉煌以及辉煌过后的无奈，最后不得不乘火车离开这已经十分熟悉而且还有很多亲人、朋友的锅子坝。

老蜡不仅是体育健将，人也长得仪表堂堂，文采出众又擅长书法。同时，他又是一个极其低调和善于思考的人，他从不炫耀自己，他的很多长处都是在有意无意间被领导和同事所发现。因此，老蜡来到锅子坝子弟学校上班不久便深得同事们的敬佩和领导的重视。在第四届绵阳地区厂矿、企事业单位冬季职工运动会上，老蜡更是脱颖而出，除拿了三个个人项目冠军以外，他担任队长的铅锌矿篮球队也因为老蜡精湛的球艺而获得冠军。随后，老蜡就由一个普通的体育老师被破格提拔为矿工会副主席，还是被领导看好的接班人。这距老蜡来铅锌矿工作还不到两年的时间。

那个时代，在一般人看来，工会主席都不过是一个闲职，就更不要说工会副主席了。但老蜡却凭着他超凡的洞察力和雷厉风行的工作作风，将铅锌矿的工会工作搞得风生水起。一次由老蜡创意,在全矿开展的“爱鸟、护鸟,热爱大自然”以及“树立尊老爱幼的社会主义新风尚”的教育活动搞得风生水起，同时还带动了矿团委以及矿子弟校等部门的工作，铅锌矿也因为工会工作出色而闻名全国。

工作如此，在生活中老蜡也一样收获满满，不管是在矿内还是在矿外，几乎所有见到老蜡的女孩子都会被他的人格魅力所吸引，进而产生仰慕之感。先是铅锌矿子弟陈若兰，接着是锅子坝供销社职工方俞和铅锌矿团委的张筱……

然而老蜡在处理感情问题的时候却不像工作中那样干练、果断，因此而演绎出了一幕幕离奇、曲折甚至不那么被人们所接受的爱情故事，其间还因为和陈若兰的情感纠葛而间接导致了子弟学校老师向阳的自杀。但老蜡的确是一个善于思考的人,几次痛定思痛后，终于在几个自己都很喜欢的女孩子中选择了温柔贤淑的方俞为妻。

老蜡还是一个极孝顺的人。退休后一直居住在射洪老家的父亲蜡元朗成了他唯一的牵挂。有了自己温馨的小家后，老蜡第一时间就把父亲和继母接来同住以尽孝,蜡元朗在这里度过了他一生中最后的时光。

在老蜡事业蒸蒸日上，一片欢呼声的同时，一些人对老蜡也产生了嫉妒之心，只是老蜡并没有察觉到而已。

矿党委书记兰品桂因为铅锌矿工会工作出色而被提拔为省轻化工业厅党组副书记、常务副厅长。兰书记走后，先前一张张和善亲切的面孔都好像有了些许的改变，老蜡还没来得及想清楚该如何去应对时，就陷入了一种极其尴尬的境地；加之一直都很支持老蜡工作的矿工会主席杜大海也退休了，老蜡感觉到了一种前所未有的压力。工作自然没有先前那样顺心，接着就是之前兰书记批准老蜡借住的房子被收回。不仅如此，老蜡还因为房子的事而被新上任的矿党委书记陆浩天批评。在不到一个月的时间里，这接二连三的麻烦事终于让老蜡憋不住了，在和新任工会主席邓如海一场大闹后，老蜡毅然辞去了铅锌矿的工作。

虽然老蜡辞去工作时是那样的决绝，冷静下来后还是感觉有些冲动，但根本就没有回旋的余地，老蜡只好求助于已经是江油县分管教育的副县长、原铅锌矿子弟学校副校长陈大文。然而陈大文却因为老蜡导致女儿陈若兰精神分裂而拒老蜡于千里之外。老蜡毫不犹豫地去了成都，不料兰品桂去中央党校学习了，老蜡顿时觉得自己陷入了绝境。雪上加霜，在老蜡拖着疲惫的身子回到锅子坝，还没有来得及向亲人述说时，才知道父亲已处于弥留之际。

这接踵而来的打击并没有将老蜡打倒，在处理好一系列事情后，他告别亲人，如同来这里一样，踏上了列车。只是连他自己都不知道这趟列车要开往何方。

20 世纪 80 年代是一个发生巨大变革的时代，就如同喜马拉雅电台在《深秋的上弦月》简介中所述的那样：这是一个刚刚走出校园的年轻人，在物欲横流的时代，面对纷繁复杂的人际环境和理不清的爱情纠葛，艰难而曲折地走向成熟的故事。因此，那个时代的年轻人所经历的既有社会日新月异的变化，也有思想上的剧烈碰撞。正因为这样，很多年轻人都有一种勤奋好学、积极向上的冲劲。我也是那个时代的一员。书中主人公老蜡也和我一样，经历了改革开放最初的那些年。但老蜡并不是我所生活的那个时代的某一个人，而是我们那个时代许多年轻人的缩影。

每个人都有自己的故事，但每个人的故事却不尽相同。

——题记

老蜡在锅子坝的故事是这样开始的。两床被子裹着衣物和其他一些生活用品，用一张塑料布包起来，再用一根细的棕绳捆住扛在肩上，这便是他去新单位报到上班的全部行李了。

上车时已无空座，本想往前面的车厢挤一挤，但火车已经开动，便只好在车厢的接头处将行李放下并顺势坐在上面。

因为是慢车，一路上走走停停，旅客也上上下下。他靠在座位上，眼睛睁得大大的，但眼前的一切却好像并没有经过大脑。他没有再和谁说话，也没有去看任何人，只凭自己的思绪无限地放飞，这样一坐就是好几个小时。

“楠竹园车站到了，楠竹园车站到了！”之前吼过老蜡的那个女乘务员右手甩动着一把钥匙，用并不怎么标准，还带些浓厚陕西腔的普通话喊道。尽管老蜡并没有睡着，但他还是像从梦中惊醒一样，一愣，这才回到了现实。

老蜡是中长跑运动员，曾拿过几个国家级比赛的奖，而且因此还读了师范学院体育系并有了今天的工作。于是发挥自己的特长，扛起行李朝着人流方向飞奔而去。

车子的后面较空，而且最后面的车窗是打开的，老蜡没多加思考，便迅速将行李从后窗上塞了进去，再跑到前面往车上挤。并没有花太大的力气便挤上了车，但已经没有座位，而且行李也被先上车的人扔到了过道上。

就在她转身之际，老蜡才注意到，女售票员很漂亮，那淡淡的柳眉下一双睫毛好长好长的水汪汪的大眼睛，眼珠黑白分明，虽然是成年人了，却还是像儿童的眼珠一样，好干净。微笑时，一口洁白整齐的牙，在红红的又好像有许多细纹的嘴唇的映衬下，仿佛有些闪光，给人一种极其清纯而且美到极致的感觉。对话的时候，老蜡分明看到她那白白嫩嫩的脸蛋上迅速地泛起了一股红晕，而且慌乱地避开自己的眼神。

突然间老蜡感到心里一空，一种说不出的从来都没有过的感觉一下子涌上了心头，火车上的那种凄楚和孤独感顿时荡然无存。

虽然只能看见女售票员的后肩及长发，但老蜡的视线却一直都停留在这一点上。

经过近一个小时的颠簸，车停了下来。老蜡全然感觉不到下火车时的那种匆忙，他甚至觉得时间过得太快，要是再坐几个小时该有多好。本来就站在车的最后，加之故意放慢了脚步，他竟成了最后一个下车的人。司机也下车了，只有那漂亮的女售票员还站在座位旁，像是在等待着什么。

老蜡这才注意到，汽车已将他带到一个比在火车上看见的更大的山里。此时的他，已置身在一个一眼望不到山顶的山间盆地里。

虽然是在大山里，但空气却并不怎么清新，天空好像被一层淡淡的雾笼罩着。周围的房子和树叶上都覆盖着一层薄薄的粉尘，使得这些树叶的绿都显得不那么纯粹了，还给人一种不太卫生的感觉。虽然才 4 点多一点，却并没见有很多的人，那些同车来的人，在老蜡从车上走下这极短的时间里，全都消失在了那些高高低低的房子里，甚至让老蜡觉得自己是一个人乘车来到这里的。这时，火车上的那种凄楚和孤独感重新向老蜡袭来，他甚至还有一点想哭。

老蜡开始恨自己的腿了，这一双曾经给他带来过很多荣誉并令他引以为骄傲的腿，还是第一次被老蜡责备，而被责备的理由和之前骄傲的理由是一样的——跑得太快。

回到宿舍，老蜡见房间只有不到十平方米大，一张床、一张课桌、一把木头椅子，便是他现在的全部家当了。尽管这样，据劳资科的同志讲，这还是矿里对新分来的大、中专生的特别优待，其他刚分来的工人都住大宿舍。

一个周末，距发工资还有三天，但老蜡他们几个年轻人几乎把所有的钱都用光了。到单位时间亦不长，加之平常与其他的同事除工作以外，私下里几乎没有什么接触，自然就不好开口借钱。最后他们决定由家在江油县城的王凯趁周末回去拿一点钱来维持几天。于是大家凑了一块钱给王凯做路费，剩下的钱就只够所有的人吃一顿泡菜午饭了。晚饭时，除了到其他地方去蹭饭的几个人，余下的几个人真是一分钱都没有了。

实在是太饿了，也没有回去梳洗，几个年轻人便拿着篮球随向阳往家属区走去。

上了二楼，向阳便停下敲门。“来咯！”随着一阵银铃般的回答声门开了。老蜡简直惊呆了，来开门的竟是他朝思暮想，并一度为之癫狂的那位漂亮的女售票员。

坐下后，老蜡也没有多说什么，看了看残棋，和陈大文谦让了几回后便开始破解，只几招就让陈大文无法动弹了。然后交换位置，结果还是一样。

老蜡第二天上班遇见的第一个人就是向阳。老蜡好像有些怕他，而且想躲开。怕什么呢，做梦又不是真的，他一再这样告诫自己并迎上去准备打招呼。没想到向阳却先开口了，他说:“老蜡，我昨天晚上还梦见你了。”

老蜡一愣，问道:“哦，梦见我，梦见我什么呢？”老蜡分明地感觉到在和向阳说话的时候，自己的脸已经红到了耳根，于是没有等向阳再说什么，便慌忙地走掉了。

刚闪开又碰到了陈大文，但感觉却和碰到向阳完全不同，而且还有那么一丝丝的亲切感。还没有等老蜡开口，陈大文便热情地说:“蜡老师，我知道，你并没有看什么棋谱，而是给我面子，对不对？”

老蜡说:“哪里，是你让我的。”陈大文拍了拍老蜡的肩膀，说:“昨晚你们走后，我和老婆、女儿讲起这件事，她们都夸你呢，说你不仅棋下得好，人品更好，而且还很聪明。”

向阳比老蜡早两年分到学校，而且年龄也要大好几岁，还当过几年知青，恢复高考以后考取了南充师范学院中文系，毕业以后便分到了这里。向阳性格内向，平常一般不和其他的同事一起玩，和所有同事都只保持着工作上的关系。据说课余休息的时候，他总是先去未来岳父家做事，然后就回到宿舍读书，生活过得极为简单。

暑假终于到了，老蜡迫切地想马上就坐上矿里的班车，但他的目的在于打听若兰的情况，当然要避开其他的同事，于是他借故将归期推迟。

为了能和若兰的母亲坐在一起，早上 5 点半还不到，老蜡就已经等在客车旁了，而且还是第一个。

突然，老蜡发现远处出现了一个似乎与众不同的身影，随着那优雅的步伐变得越来越清晰了，竟是若兰。

老蜡也没有去领会，只管往前面跑去，然后迅速地闪在路边的小树林里等待若兰。

约莫十分钟的样子，若兰来了。老蜡看着那迈着轻盈而略显妖娆步伐渐近的若兰，心里简直美极了。

离开小路，进到了右边的林子里。坡度很大，至少不低于三十度吧，也没有在外面看到的那么茂密，要不是有些许的阳光从树缝透射出来，还以为天空突然阴暗下来了呢。

若兰想："老蜡此时应该在岔路口以远的路边等，肯定会像早上下车后一样躲在树林里，在我接近时才突然跑出来，吓吓我。"

一直快到岔路口时，若兰才放慢了脚步，并开始用眼光到处搜索，随时准备接受老蜡突然从林子里窜出给她带来的惊吓。但她哪里知道，此时的老蜡正躺在那棵大树下的石头上“和周公聊天”呢。

老蜡躺在石头上睡着了，他做了很多梦，但醒来后一个也记不清。看看表，才12点半，想到终于没有错过时间，他很高兴，于是站起来，远远地看见晴晴家的院子里有好几桌人正在开饭，便长长地舒了一口气，准备看见若兰出来以后再下去给她一个惊喜。

不知不觉已经快2点半了，老蜡想："莫非若兰不打算回去了。"

老蜡还是沿着公路步行到了锅子坝，这也是他第二次从楠竹园步行到锅子坝，但这次的心情和上次却完全不一样。

没有多久便到了锅子坝街上。虽然整个镇子上只有一家旅馆，但生意并不好，只有老蜡一个旅客。

旅馆里只有一个服务员，二十来岁，个子小小的，白白的脸蛋上有一块是红红的，像是人为涂上去的，人们称之为"高原红"。在锅子坝，这样的"高原红"，几乎在每一个土生土长的小孩和姑娘的脸上都会有的。她很漂亮，大大的眼睛总是水汪汪的，像是会说话一样。

这是老蜡第二次来锅子坝，而且两次都是因为若兰。虽然刚才他并没有对方俞做过什么，但在内心里却总是觉得有些对不起若兰，就好像做了什么大逆不道的事一样。

老蜡确实有些困了，躺在床上没有多久便睡着了，不知道睡了多久，传来了敲门声，同时方俞喊道："蜡老师，吃饭了。"老蜡迅速起来打开门，见方俞端着一碗饭站在门口。接过饭，忙说了声："谢谢！"

还不到6点老蜡就醒了，他想矿里的班车也应该发车了，于是忙从床上爬起来，当想到方俞已经联系好了便车，便又睡下。但再也睡不着，眼睛睁得大大地望着天花板，若兰和方俞的笑脸不时在脑海里交替出现，老蜡不得不在这极短的时间内对若兰和方俞做出一个评估，然后决定下一步的行动。

老蜡还是第一次坐汽车去江油，感觉和坐火车完全是两回事，随着汽车在山路上以极慢的速度颠簸，老蜡的心情变得越来越紧张。

还好，老蜡到七十九队时刚好赶上即将发往遂宁的客车，回到家已经快晚上 8 点了，因为是夏天，所以天还没有完全黑下来。老蜡远远地看见爸爸坐在院子里摇着扇子和几个人聊天，他松了一口气。

不知道睡了多久，蒙眬中老蜡被外面的说话声吵醒，见窗外已经大亮，一看表都快 8 点了。仔细听，一个人的声音很大，而父亲的声音总是压得低低的。老蜡听出来了，原来是来要账的。

老蜡这才看见，父亲站在那儿仰望着天空，紧咬着牙关，两只握紧拳头的手还不停地颤抖着。

不知不觉，父子俩就到了街上，蜡元朗说要去看朋友，老蜡便直接来到了同学许丙林的小卖部。

这一天蜡元朗过得很开心，还让老蜡买了两斤新鲜肉和一些蔬菜带回家。在回去的路上，他说："言恭啊，我左思右想，你回去后还是给吴桂英拿十块钱，这样会好些。"

虽然若兰没有见到老蜡，很失望。但当班车启动的那一刻，她的心里又泛出了新的希望。她知道，不管怎么样，明天老蜡肯定会在锅子坝等她的。

12 日下午，老蜡从县城回到家里，老远望见院子里有一个穿着一件很破的旧军服，拴着围裙的老头坐在一个高板凳上划篾条。走近一看，原来是爸爸。见他那脏兮兮的样子，老蜡想："这哪像个退休干部哦，甚至连一般的乡下老农都不如。"

他这才注意到，爸爸的手已经不是以往的那一双总是洗得很干净，看起来一直都很细的手，而是一双长满了老茧，还有好多处血痕的，看起来很脏的手了。

或许是又要告别亲人而去的眷恋，又或者是与这些至亲好友相聚的开心，老蜡平生第一次喝醉了酒，醉后好伤心好伤心地大哭了一场。老蜡隐隐感觉到，父亲一直都坐在床沿拉着自己的手，直到自己睡着后才离去。

老蜡到达江油县城已经快 3 点了，但他并没有想到要去看若兰，而是找了一家很便宜的旅馆住下，因为只有明天才有去锅子坝的火车。一个暑假的折腾，虽然很节约，但老蜡所剩下的钱还是不多了，而且还要坚持近二十天才能领到工资。放下行李后，虽然他并没有想到要去买什么书，但他还是习惯性地去到了每次来江油都必逛的新华书店。一本《书法正传——图绘宝鉴》吸引了他，看看价格，再算算兜里的钱，一咬牙买下。又看到一本影印本的邓散木著的《篆刻学》，更是爱不释手，再咬咬牙又买下了。

其实老蜡已经猜到了这封信是谁写的，但他好像并不是很期盼一样，不过回到寝室，他还是迫不及待地拆开信，原来还真是若兰，里面还有一张若兰的照片，照片背面写着：“送言泰，以为信物。”

开学了，老蜡第一个见到的同事竟然是向阳。他已经瘦得不成样子，本来就比较白的脸上连一点血色都没有，而且还显得有些蜡黄，就像是在土里面埋过的一样。也正是因为瘦的缘故吧，他的眼睛好像变大了，眼球与眼眶也不在一个平面上，好像比眼眶还要稍突出那么一点点，背也显得有些驼了。唯一没有变的应该是他的神态，好像比先前还要精神很多。

当看到老蜡的信件时，他的心跳突然加快了，特别是看到那一封寄自江油县农业局的信时，向阳甚至敢断定里面一定能找到若兰对自己冷淡的原因。但他好像不敢去碰那封信，只直直地盯着它，就像是在研究一个定时炸弹一样。经过十多分钟的反复思考后，向阳决定要做一件这一辈子都没有做过的，最不道德的，甚至是违法的事。

其实到现在老蜡都还不知道，能够被分配到铅锌矿子弟校，完全是因为他在体育方面的特长。铅锌矿党委书记兰品桂是部队转业干部，曾是解放军某旅的政委，也是一个体育迷，特别喜欢篮球。转业到铅锌矿上任后第一件事就是想在矿里组织一个高水平的篮球队，于是委托在省教育厅工作的老战友帮忙挑选，所以老蜡被分配到了这里。

老蜡很想在这次运动会上一显身手，果然不负众望，他好像并没有费多大的劲就拿下了 100 米、400 米以及 800 米的冠军，而且篮球队也顺利地进入了决赛。

打开门一看，竟是若兰。时间就好像一下子停下来了一般，两人呆呆地站在各自的位置对视着，没有任何言语，也没有任何的举动，老蜡甚至连开门的手都还抓在门把上并没有收回。此时，可能除了两个人心脏急促的跳动声以外再没有任何的声响。

学校的操场上已经灯火通明，还布置了一个很讲究的主席台。除了迎接运动员的矿领导外，操场上还聚集了很多人，有矿里的员工及家属，还有很多附近的老百姓。

欢迎会并不长，只进行了不到二十分钟。按照矿里事先拟定的奖励办法，老蜡现场就获得了 690 元的奖金。每一个单项冠军奖 200 元，篮球冠军每一位队员奖 50 元，另每一位参赛队员平均 40 元的奖金。给人们的感觉，就好像这个欢迎会是专为老蜡一个人所开的一样，一下子他便成了全矿的风云人物。

此时他很激动，甚至连一句话都说不出来，只是举着酒杯，在兰品桂刚刚说完以后，一口就干掉了一大杯，然后才大声说道："谢谢兰书记，谢谢各位领导，谢谢大家！我一定会更加努力地工作，不辜负各位对我的厚爱！"

这个晚宴上他完全地放开了，不知道干了多少杯，直到喝得大醉才被队友们背回寝室。

向阳比老蜡略早一点来到班车停放处，他还特地打扮了一番，一件高领的灰色毛衣，外套一件部队的黄军袄。老蜡的穿着比起向阳来要稍逊色些。一条较厚而且很旧的蓝色运动裤，一双白色的回力鞋，一件一样很旧的深蓝色绒衣，外罩一件看起来已经穿了很久的洗得发白了的蓝色毛毛领短大衣，但给人的感觉却很精神而且洋气。

老蜡打了一个寒战，猛眨了几下眼睛后才见眼前的锅子坝就像是被一层土灰色的布包裹着，看起来朦朦胧胧的，竟没有一点光亮，使人更觉寒冷了。

堂屋的右边有一个火塘，火塘里已经烧了好大一堆火，火塘的一方紧靠着墙壁，其余的三方都搭有凳子，方俞请他们在火塘旁坐下来。老蜡见方俞手上拿着一本线装书，问道："方俞，你在看什么书呢？"方俞说："《石头记》。"老蜡惊奇，问道："《石头记》，你哪来的这本书呢？"向阳听说是《石头记》，一下子就跳起来了，同时抢过方俞手上的书，迫不及待地翻看起来。

老蜡有些迫不及待地问道："两箱？那么多！放在哪儿？我们快去看看。"方俞说："就在家里放着，我准备花五年的时间读完这两箱书，到时候我是不是也很有学问了呢？"方俞边说边起身带着他们去到了自己的卧室。那些线装书已被整齐地放在墙壁的简易书架上。方俞指着书架，说："这是我爸爸给我做的简易书架，怎么样？还可以吧！"向阳随手翻了几本后十分羡慕地说："方俞姑娘真是好运气啊，一生能得到这么多的好书，足矣、足矣！"

节选自《深秋的上弦月》，中国华侨出版社，2020 年 9 月

姥姥的故事（节选）

◆晓　晓

晓晓，个体经商户，文学爱好者。1975年9月生于四川省绵阳市，毕业于西南科技大学工商管理学院。2003年创立绵阳美信成化妆品商贸公司。

故事梗概

本书是用第一人称的手法，通过听姥姥讲故事和作者自身时间线索两条线，引入“我姥姥”从1925年童年记事开始到1945年抗战胜利的故事。

我姥姥生长在陕西省三原县的一个书香门第，原本幸福美满的家庭却因战火乱世导致她五岁丧母，姐姐也摔坏了头，智力降低，父亲为报国从军，但看不惯国民党军队贪腐，不能苟同对待革命人士采取的反革命杀戮，从而“君子不党”，最终回到三原的学校担任老师。

我姥姥九岁的时候遭遇特大旱灾，秦川大地饿殍遍野，家里为做善事搭棚施粥耗尽家中积蓄。为超度亡灵，不满十岁的姥姥每日抄写《往生咒》放在死人身上，因此闹了笑话，也壮了胆。大灾之后就是大疫，家里封门禁足，姥姥利用这个时间阅读了大量的书籍，也损坏了视力。瘟疫过后，姥姥的父亲续弦迎娶党家小姐。党姨对我姥姥两姐妹视如己出，支持姥姥出去读书求学，姥姥如愿进了西安女子师范学校。

在西安女子师范学校，我姥姥遇到了“黑寡妇”李越男。直到“七七事变”，日寇入侵北平如当头棒喝敲醒了我姥姥，她终于觉醒，放下手中的书投身革命洪流。太原沦陷后，我姥姥考入了山西民族革命大学，在学校里强健体魄、充实头脑，更进一步认知了中国共产党，最后光荣地加入了党组织。

“民大”毕业后，应党组织的要求，我姥姥留在了抗战前沿山西，被分派到山西省新军政治部民运处工作。在这里，又遇到她生命中非常重要的导师——纪毓秀。纪毓秀教会她辨时局、慧眼识人，但这样一位良师益友，姐姐一样的纪毓秀却英年早逝。纪毓秀去世后，组织上把我姥姥调到临县牺盟会中心区，正好躲过了阎锡山剿共的“晋西事变”。

1940年，因为雁北妇女干部被日寇毒杀，我姥姥主动请缨到雁北最艰苦的地区开展工作。

到达雁北后，我姥姥帮根据地锄奸、建设基层政权、保障八路军对敌占区作战的后勤工作、征粮测产，很快与李尚、欧阳东方搭档成为铁三角，收获了友谊，也在不经意间收获到爱情。我姥姥组织训练民兵干部，在抗战形势最恶劣的时候参加非武装工作队，走村串户凝聚人心、提振信心，带去党的指示；就近开展妇女工作，巩固、发展基层政权，为抗战实实在在做贡献。

在雁北，基层党员干部和广大的革命群众为抗战做出了不可磨灭的贡献，他们抛头颅、洒热血、献青春、献儿女，只为中华抗战胜利无私奉献。本书描写了与姥姥一起战斗的多位无名英雄的事迹，称得上是一幅抗日英雄群像图。书中的许多内容都是由曾经真实发生在山西雁北、陕西等地的真实事件改编而成的。

其中，云龙老人和春桃在日寇的眼皮子底下粘贴抗战标语，宣传百团大战的胜利鼓舞士气；春桃假扮乞丐进出敌人据点，用馊西瓜运出银圆支援抗战；张全化名赵德胜策反北周庄伪军，盗取武器库和粮食物资仓库；小羊倌区长只用了一发子弹便缴获了一队鸦片；纺织英雄张秋月筹办村合作社；东方化装为富家子弟获取军事情报，在婚宴上敲山震虎威慑汉奸伪军，破坏大同煤矿的运输，惩治伪军、日寇据点外的散兵游勇；李尚临危受命维持与地下工作者的联系；玉凤不畏日寇，积极协助召开积极分子会议……

在雁北，老百姓把军政干部视为自家人，为军政干部放哨站岗，提供吃住，杨干姐为我姥姥制作“土豆袜子”、缝制“腰子”，为保护我姥姥一行人，多次惨遭日寇伪军殴打；龙杏花为掩护病重的姥姥而被日寇射杀。

在这样艰苦的地方，没有吃的，能吃上一顿豆腐比过年还开心，三十多岁的壮汉可以认刚二十的小姑娘为“娘”；也没有穿的，一件腰子、一身棉衣或者羊皮袄子从夏天穿到冬天，甚至穿几代人，大家都虱子满身，在冬天只能开展扪虱子大赛，把衣裤放在户外利用夜晚低温冻死虱子；没有枪，只有自己想办法制造土枪，或者从敌人手里抢，或者用智慧和诚意找和尚“借枪”。

抗战形势非常艰巨，日寇多次焚烧黑龙池村，血洗孟山村、大庙镇，白家辛庄惨案一共牺牲了干部战士一百二十多名，日寇、伪军杀害仇恩、张全、虎子、悲苦禅师等革命战士，杜小娟宁死不屈大义凛然。

当然，对于汉奸和叛徒也必须严惩不贷！小羊倌区长等人设计消灭汉奸伪军队长秃尾巴狼，三次暗杀叛变的原组织部部长李易山，田庄设伏击毙叛徒原县委书记耿平，东方搞疲劳战术炸瞎叛徒原县委委员姜华……这些故事都大快人心。

本书近二十万字，分为七十二个小章节。作者希望人们记住那段不该被忘却的峥嵘岁月。

童 年

我出生在 1921 年 4 月，陕西省三原县人，是老吴家第二个女儿。吴家祖上也算是大户人家，经营着纺织厂、药铺，有“吴半城”之称，但由于清末吴家倾其所有支持同盟会，家里钱财所剩无几。爷爷去世后，父亲一介书生更不善经营，家道中落，甚至到生活窘迫的时候，父亲把祖上传下的家具拿去当了换银子维持生计，唯有众多书籍父亲是舍不得的。我小时候就立志要看完家里所有的书。在那个年代，女子无才便是德，小女孩不多大就要缠足，所幸的是，我的家比较开明，所以我和姐姐都没有缠足，而且都是四岁就开始读书识字。我的姐姐极为聪颖、懂事体贴，对我更是呵护备至，她不光是我的姐姐，更是我的玩伴，我们一起跳绳、抓阄，一起读书、写字，还一起嘻哈打闹，幼年时光有她的陪伴乐趣很多。我们家的生活一点都不宽裕，为了多点收入，女师毕业的母亲，在一个小学教书，父亲是中学的语文老师兼地理老师，只领着微薄的薪水。后来他当了中学校长后，薪水涨了些，才让我们的生活稍微有点宽裕。

吴家在我父亲这辈已经三代单传了，奶奶一心想让我母亲能生出一个可以传续香火的，可在生了两个丫头后，我母亲的肚子就再也没有动静。父亲安慰奶奶：“二丫头含冰古灵精怪的，权当个小子养着吧。”奶奶知道他是打趣，也不嗔怪，但续香火这事在我奶奶心里一直都没有放下。

我听说，奶奶一共生养了三女一儿。我那三个姑姑个个生得俊俏，爷爷当年专门请了私塾老师到家里来教授读书写字，姑姑们长大后又都送到西安读过洋学堂，到了待嫁之时，老吴家的门槛都快被踏破了。大姑嫁给了西安的名门望族，可惜的是，三年不到就病死夫家。二姑嫁了个地广房多的地主老财，两年后难产而亡。三姑思想最新潮，那时候我爷爷和同盟会的几位成员私交非常好，于右任等人是家里的座上客。三姑爱上了同盟会的一个小伙子，这个小伙子去日本求学，三姑死活要跟着去，奶奶没有拦住，一年多后他俩从日本一回国，小伙子就被清政府抓进监狱，听说同盟会好几次营救不遂，小伙子被折磨至死，三姑从此郁郁寡欢，不到半年魂魄就随他去了。没几年，痛失三位爱女的爷爷也因病去世，家里就剩最小的儿子，也就是我父亲和奶奶相依为命。我奶奶经历了这么多生离死别，她就是想拥有一个人丁兴旺、和睦热闹的大家庭，最后这个念想在她有生之年始终没有能实现。

我的童年是在无忧无虑中度过的，这是我最单纯快乐的时光。每天上午，奶奶会给我和姐姐授课，教授古诗词、历史故事，母亲也会拿学堂的语文课本来教我们，七岁前我就读完了八本语文课本，能背诵好几百首唐诗宋词。姐姐更是厉害，不光会背诵大量的古诗词和经典文章，还能吟诗作对，是我们当地有名的小才女。我最爱的是听奶奶讲历史故事，印象最深刻的有咱们三原本地人唐朝名将李靖，她讲李靖如何足智多谋，如何南平萧铣、北灭突厥，为唐朝立下赫赫战功，讲得那是绘声绘色，一连可以讲好几天。她还讲苏武牧羊，苏武困在匈奴十九年，却持节不屈，《苏武牧羊》这首曲子就是奶奶教会我们唱的，我常常和姐姐跳皮筋的时候用这首曲子来伴跳。

记得就是这跳皮筋，有一次我和姐姐在巷口和其他几个女孩比赛，我们分组轮着跳，看谁能挑战最高的难度，我身材最矮小，但我也不愿意服输，仗着自己还算灵活，硬是要挑战更高的位置，结果不知怎地身体失去平衡，跌倒了，膝盖在巷口的土路上擦掉一大块皮，鲜血马上就渗了出来，那几个女孩吓得都叫出了声。姐姐要马上扶我回家，我才不干呢，硬绷着非要跳完这轮，那几个女孩后来都不敢和我再比拼下去。我带着胜利的喜悦一跛一跛地回到家，得意扬扬地向奶奶表功，换来的是一顿劈头盖脸的数落。奶奶还给我起了一个“倔驴”的外号。从此以后，但凡是我干了什么犯倔的事，家里人就会说：看看，“倔驴”的倔脾气上来了。

1926 年

这样无忧无虑的时光没有持续多久就戛然而止了。

1926 年春末，我已经满五岁了。刘镇华的“镇嵩军”抵达西安灞桥，西安危在旦夕。驻守西安的李虎臣只有区区五千兵力，这时杨虎城率部回师三原，准备策应西安。父亲当时已任三原中学的校长，他率领全校师生出城去迎接杨虎城，三原的老百姓见了，也自发跟随，一路上高喊“誓死保卫三原”“誓死保卫西安”“靖国军万岁”等口号。父亲和其他几个老师一起成立“护城队”，众多老师、同学自愿报名参加，护城队留校待命，其余没有参加护城队的教职员工及同学们回家，学校即刻停课。从那天开始，学校护城队自愿承担起街头宣传、动员组织民众、救护伤员、转运物资、维护治安等辅助工作。父亲忙得基本不沾家。这时候，停课在家的母亲发现自己怀孕了。

到了 6 月初，城外小麦成熟了。刘镇华为了断绝城里的粮食，放火烧毁了西安郊区十万多亩就要收获的麦子，一时间，白天浓烟蔽日，入夜火光冲天，几天几夜没有停止。西安断粮了，三原也断粮了。家里缩减了每顿饭的米粮，节约下的口粮被藏在秘密的地方以备不时之需。父亲忙于组织民众，成天回不了家，更是三餐无保。奶奶常让我和姐姐拎着壶去找他，好让他多少也能吃上一口，壶里盛的也不过是一些野菜清粥。我们在城里走街串巷寻找父亲，经常午饭还没有送到就已是傍晚时分了。我也饿，还要在街上走就更饿，小小的我在这样的乱世已经变得挺懂事的，知道父亲辛苦，即便再饿，我也不会觊觎那壶只属于父亲的清粥。

三原围城进入白热化，两军开始炮火攻击，奶奶不再让我们出门，运动量少了，饥饿感减轻了些。关起门，家里是温馨的小天地。但是守城部队的机关枪就架在我家堂屋后面的城墙上，子弹壳叮叮当当滚落到天井里到处都是。姐姐胆小，吓得躲在屋里不敢出来，我开始也怕，后来渐渐不怕了，没事还能凭声音来判断枪声远近，分辨子弹弹道的高低。

随着枪炮声一天猛似一天，声声巨响打破了所有的温馨，也击碎了我童年美好的梦。

枪声停了，姐姐小心翼翼走出门，正跨下台阶，突然不远处传来一声炮响，震耳欲聋，姐姐心里一慌，脚下一滑，摔了下去，后脑勺正好撞在台阶的石棱上，顿时，血像泉水一样汩汩地流了出来，我吓得不轻，赶紧跑到姐姐身边，一边摇晃她的身体，一边不停地叫她的名字。母亲、奶奶都赶了过来，奶奶跑到外面去找医生，母亲异常冷静地让我去拿布来包扎姐姐的伤口，这时我发现不知怎地我的手上沾上了许多的血，看着自己满手是血，我哭得更厉害了，当时心里真是怕呀，怕这鲜血，更怕姐姐离开我，脑子里蹦出很多奇奇怪怪的东西：神话里的妖魔鬼怪，故事中凶狠的匈奴人、突厥人……“死”这个字第一次真正地跳进了我幼小的心灵，虽然听了那么多英雄的故事，他们舍生取义、杀身成仁，他们置生死于不顾，可是当我第一次这么真实地面对鲜血，面对有可能的失去，我内心真的不能接受。我开始撼哭，一声比一声大，也许是寄希望这哭声能打动死神，让他放过我的姐姐。这是我这辈子最大声的哭了吧，我居然哭得眼冒金星，嗓子哭哑了，人也哭累了，倒在磕坏我姐姐的台阶旁睡着了。

等我一觉醒来，已是掌灯时分，姐姐被挪到母亲的大床上，母亲挺着大肚子坐在床边疲惫不堪，我听见奶奶正在门口和大夫作别。三天后，姐姐终于苏醒了，她可以望着我笑了。我在母亲那儿学了许多医护知识，如何包扎伤口、护理病人，如何消毒，我成了一名合格的小护士，照顾着我的姐姐。姐姐头上的伤，在我和母亲的精心护理下，一天天好了，我却沮丧地发现姐姐像变了一个人似的，她的眼睛总是有点呆呆的，话也少了，还经常喃喃地想说点什么，却又说不出口，这种时候她往往只是对着人一笑。家务活她一样地干，还是那么爱我，只是不再爱和我玩游戏了。她还是爱坐在窗边老位置看书，但再也不想给我讲故事了。彻底变了，她以前的聪明伶俐荡然无存。奶奶四方求医问药，却始终没有任何起色。

丁香树

我经常在梦里回到三原的老宅里，推开那扇漆着黑漆的大门，走过前院中间整石掏空、厚重感十足的鱼缸，往左绕过前后院之间的花墙进入后院，进来就可以看见那株紧靠着花墙的丁香树。它在我的梦境里，时而嫩芽新发，纤细的枝叶在风中摇曳；时而绿叶成荫、花团锦簇、浓香袭人；时而遭遇霜风寒雪，冷得筛落了满身的树叶，只留枯枝与寒风抗衡。每次梦到这里就会醒来，再继续想梦里的场景里是否有看到家里的人，却每次都想不起来，只留感叹与唏嘘。这些年，这个梦感觉更真切了，我能感觉到推门时摸到门上油漆的感觉，平整又光滑，能感觉走过鱼缸时，缸里红色小鱼游上来吐泡泡发出噗噗的声音，甚至还能感觉到在丁香树旁沐浴着阳光的暖，但是，我始终是梦不到我的母亲……

她可能离开我的时间太久了，让我怎么也梦不到她，甚至她的样貌在我心里也是模糊的。家里没有她的小照，只是听父亲和奶奶说我长得最像母亲，尤其是我的小鼻子、小嘴巴，可我真的像母亲吗？我无从知道。

还是在1926年，那年姐姐摔倒后三四个月吧，三原守城战役正酣，母亲难产，奶奶到处找不到产婆，好不容易找到了，时间却晚了。血崩！母亲和她肚子里即将出世的弟弟都殁了。我哭了，同时我也不相信这是真的，可是，看到守城的父亲踉踉跄跄奔回到家，瘫倒在母亲的棺材前失声痛哭，才明白童年丧母已是我的宿命。见父亲痛失挚爱万分难过，我不敢前去叨扰，免得惹他烦，只能收敛着自己的眼泪，不敢由着自己的性子哭。父亲不在家的时候，我也学父亲一样在母亲的棺材旁坐着，期盼着有一天母亲能从这里面坐起来、走出来。但这终只是我不切实际的期盼，母亲再也没有苏醒过来。再后来，我曾带着怨恨地想，都怪奶奶想要续香火的，害母亲难产而亡。

终于，挨到10月，三原在孙良诚率领的援陕军的支援下解围了。于右任为总司令的陕西国民二、三军临时总司令部在三原成立，向刘镇华的“镇嵩军”发起了进攻。又过了半个月，西安也解围了，西安全城老百姓扶老携幼，在大街上跪着迎接于大将军进西安。

五天后，于右任出现在我家的堂屋。他来看望他的老嫂子——我奶奶，也来看看那个在三原守城中组织护城队的“领导”。父亲唤我和姐姐叩头问安，于右任老先生问我的大名，我规规矩矩地作个揖，报上母亲给起的学名：吴含冰。这个名字奶奶曾经很不认可，说什么雪啊冰的寒气太重，女孩子就该起珮、瑗这些的才又好看、又好听，加上我们姐妹正好是含字辈，寓意更好。父亲是太懂母亲的想法，后来曾经给我们说起这事，说母亲想让我们两姐妹有傲世的骨气，如雪如冰一般晶莹剔透，不被尘世污染，更不同流合污，我当时心里暗想，此生必不辜负母亲的心意。那天，父亲向于右任申请从军报国被批准。临行前，父亲特意在后院靠近花墙处栽了那株丁香。

丁香到我家来，长势很好，没几年，树干也强壮了，树叶也长成了球冠形，每到初夏，丁香就绽放出一朵又一朵玲珑的花，最初花骨朵带点绿，后来变成白色，等完全开放的时候又变成浅浅的紫。赏着仙逸有加的丁香，品读着“青鸟不传云外信，丁香空结雨中愁”这样的诗句，年幼的我渐渐不只是贪图玩耍，也开始有了自己的“忧愁”。

父亲离开了家，在于右任的推荐安排下，担任了北伐军海军军需官，他工作认真、待人温厚、知识渊博，深得同人好评。他对国民革命充满了信心，他坚信三民主义可以救中国。面对满目疮痍的中国，他觉得自己不会经商，不能用实业报国，就只能献身用实干报国，再加上我母亲离世带给他的内心空寂，他更是全部精力扑在工作上。

正当他对北伐信心满满之际，意外发现军需物资有明显亏空，做事一丝不苟的他自然是要追查一番的，谁知道这一查，层层递进，居然发现军长有问题。参谋长把他猛尅了一顿："不想活了，长官决定的事你也敢查？！再敢胡来，脱衣服走人！"父亲第一次遇到这样的事，但那可是涉及三五十万大洋的军需物资啊。

第二年，也就是 1927 年，爆发了"四一二反革命政变"，国共决裂，蒋介石宣称："宁可错杀三千，不可放过一个。"同室操戈，相煎何急！短短三天，上海共产党和革命群众被杀三百多人，被捕五百多人，失踪的达五千多人。[①] 父亲言语间透露出一些反感和抵触，多次受到政训处长的严厉批评，看在父亲有于右任的关系，没有进一步处理他。父亲自己却主动递了辞呈，心灰意冷地回到三原。

三原县党部答应给他安排一个薪酬较高的党务工作，他回绝了。从军大半年，历经波波折折，他深感官场凶险、尔虞我诈、世态炎凉，对国民革命也灰心失望，他看不到任何美好希望，见到的无非都是些利益争夺罢了，他发誓"君子不党"，准备重返学校这片净地。可是学校校长另有他人担任，学校也只有小小的教员职位给他，父亲于是又当上语文老师，兼教地理和历史，只领着微薄的薪水，不久，我家的经济又一次陷入了低谷。

旱 灾

我已年满六岁，正是探知欲旺盛的时期。家里没有供我和姐姐去读书，仍旧还像以前一样在家里教我俩。父亲为了弥补这几年陪伴的缺失，对我们的教育格外上心。除了国语教《论语》《大学》这些，还讲《左传》《古文观止》，并要求每日的内容在第二天都要能背诵。父亲偶尔也讲《周易》，并不都讲透，其中道理让我们自己慢慢去悟。他还教授象棋和围棋，要求背诵《围棋十诀》《三十六计》《孙子兵法》等。我很喜欢棋类，但相较围棋和象棋，我觉得围棋变化太多，有点思考不过来，象棋就不一样了，职能清晰，功能清楚，更易于掌握，每当我坐在楚河汉界前，总有君临天下、指挥千军万马的那种扬扬得意之感。父亲还给我们讲古代史、近代史，讲纵横联合，讲开元盛世，讲八国联军，讲火烧圆明园，讲洋鬼子，讲欧罗巴，他能随手画出中国地图和世界地图来，我和姐姐对他敬佩不已。他的博学多才，他的悲天悯人，他的爱国情怀都是我们崇拜的。他用各种各样丰富有趣的知识填补了我的"忧愁"，我努力学着像父亲一样思考，想快点长大，

① 参见《中国近现代通史》第七卷《国共合作与国民革命》一文，作者王奇生。

好学到更多更有意思的东西。

父亲教我们学文化，奶奶则负责一家人的日常生活，她是持家的一把好手，一家人省吃俭用，日子过得井井有条。虽然经济上紧巴巴的，但每天每人的形象不可乱，头发要梳得纹丝不乱，即便身上穿的都是缝补过的旧衣服，但绝对要保持干净、整洁。房间里虽没有多余的家什物件，但也都摆放整齐，随时保持窗明几净。奶奶为改善我们的伙食,在院子里开辟了一个迷你小菜园,顺便教我们一些田间地头的知识。我们虽家境清贫，但祖孙三代过得其乐融融，渐渐地，父亲脸上的笑容也多起来了。

就这样又过了两年。

1929 年夏天，于右任老先生再次来家中看望我奶奶，他才得知父亲抛弃优厚的军党待遇，甘心当一个穷教书匠。老吴家家徒四壁，生活清贫至此，让他大为吃惊。正好当时由他特批十万大洋，在筹备成立三原民治中学，于是于老先生任父亲为校长，奶奶为学监。学校一开学，生源踊跃，父亲的收入有了保障，我家再次渡过了难关。

但好日子没两天，我们又遇上了特大旱灾。

那是 1930 年，八百里秦川两季颗粒无收，饿殍遍野。

陕西关中地区以前那是气候宜人、粮食满仓的,自然灾害也比较少。然而这年麦收后，晴天就开始在关中大地一直持续，没有下雨，田里的庄稼干枯了。人们刚开始的时候并不着急，准备等着立秋后一场大雨，等雨下一个透，麦种到地里，旱也只不过就这一茬庄稼，没啥大不了的。可是，这盼啊盼，雨始终是没有下来。人们开始急了，提井水来灌溉，可是井水也变少了，甚至打不上水，让人下去挖，挖下去数米深，也不见半点水星子。终南山上的泉水也断流了，山上莫名地老是燃起山火，野兔都无处藏身。持续的旱灾让关中大地上的粮食像金子一样贵，还买都买不到。连年的混战，政府也拿不出粮来。陆续开始传来饿死人的消息，渐渐人死得越来越多，丧事自然从简，甚至到了最后连入殓都免了，直接拖到乱葬岗。这可便宜了个别躲过人类追杀的野狗，让它们饱了腹。秦川大地足迹所至，十室九空，哀鸿遍地，奄奄垂毙，人间地狱。

奶奶和父亲商量拿出家里好不容易才攒下的一点积蓄和父亲一半的薪水购买粮食，临街搭设粥棚，施舍赈灾。

我也想去，拉着姐姐一起去央求奶奶。奶奶说这是大人的事情，街上太乱，不准出门。姐姐被劝了回去，我的倔脾气上来了，不依不饶拉着奶奶的袖子嚷，奶奶磨不过我，同意我们去粥棚帮忙。我看见离粥棚不远的地方有大小不等的小孩跪了一地，头上插着草标。奶奶告诉我这就是卖人，小孩有卖一元、二元的，如果是妇女，价高一点，二元、三元，这样的价格还不及斗麦的三分之一。

旱情持续，大量难民拥入三原，物价飞涨，我们的粥棚杯水车薪，但却耗尽家里钱财，我们的生活也开始捉襟见肘，寅吃卯粮，赈灾的事不了了之。我们自家的粮食已经极度短缺，家里一天只吃两顿饭，每顿只有一个小馍，我和姐姐每天自动节食，各自省下三分之一的馍偷偷从门缝塞出去，门外面会有不同样的小手来拿这些小小馍。我们想能帮一个也是帮。也有例外，门外一旦有打斗声，我们就不敢再递馍出去了。这样不到半年，我的肝肿大到四指半。我们的微型赈灾活动也不得不停止了。

人死得越来越多，有些人走着走着倒下就死了，大街上躺着的、坐着的，好多一动不动的，不知道是活着还是死了。奶奶让我们每天用黄表纸抄写《往生咒》数十篇，黎明的时候悄悄上街置于饿殍尸体之上，好超度亡灵。有一次我把《往生咒》往一个死人身上一放，还没转身，那个“死人”眼睛睁开了，把我一顿臭骂，吓得我拼命跑回家。从此以后，我都要仔细确认，先在身边轻轻地喊几声，实在没有动静，再放上《往生咒》，这样就安全很多了。当时我还不到十岁吧，一开始心里非常害怕，可是想到那些可怜人的魂魄在外面飘零，心里不安，再加上去的次数多了就不怕了。

党　姨

旱灾持续到第二个年头的 5 月，几场透雨降临，关中大面积恢复播种。但大灾之后，必有大疫。瘟疫就在这个时候开始大规模肆虐，因旱灾饿死的人远不如瘟疫造成的死亡人数多。

奶奶封了院门，让我们禁足。

我和姐姐百无聊赖，好在家里有很多线装书，学习之余，我们偷偷去拿来看，不过，奶奶说有些是“禁书”，小孩子不该看的。姐姐自从前几年摔了后，不够机灵，公然拿书坐在她的老位置看，被奶奶发现了，挨了一顿揍，屁股都打青了。我听说是“禁书”，便更好奇，更想看，于是想了一个办法，把书偷出来，藏在母亲的棺材下面，每天给母亲棺材打扫灰尘、进香、烧我每天抄录的《心经》，趁大人们不注意就把书拿出来偷偷地读。如果有人说我在那儿待的时间长了，我就借口说是陪母亲，这样，奶奶从不多说什么。在死去母亲的“庇佑”下，我如饥似渴地读了好多“杂书”还有所谓的“禁书”，坏处也有，就是这个房间的光线很不好，时间长了，我的眼睛近视了。

瘟疫过后，日子稍微好了那么一点，奶奶心里念念不忘的“续香火”一事又被提上了日程。她八方张罗，但父亲对母亲的感情极深，对续弦这事一点都不积极。有一日，我看见奶奶面带愠色坐在堂屋中间的太师椅上，父亲则规规矩矩垂头立在堂屋中间，一言不发，奶奶厉声说着什么为老吴家负责、为祖宗负责之类的话，气氛很是不对，我少有见奶奶如此，吓得赶紧跑开。不几日晚饭时，奶奶拿出一张照片给父亲看，父亲沉着脸看而不语，我探头看了一眼，上面是位年纪二十二三的姑娘，戴一顶欧式宽边小帽，瓜子脸，相貌清秀，浑身透着青春的活力，一双水汪汪的大眼睛正冲着你笑，煞是好看。这就是我们即将过门的二娘，我们的后妈。

二娘娘家姓党，我和姐姐就叫她党姨。党家家境殷实，家父地位显赫，她也是家里的掌上明珠，曾经在西安上过洋学堂，能写会算，能说会道，据说还坐过好多次飞机，去过上海，是见多识广的新派女性。党姨仰慕父亲，不嫌弃父亲是个鳏夫，甘愿来续弦。她过门以后，对我和姐姐视如己出，我们也喜欢她。她在我们原有学习的课程中加了《九章算术》，由她亲自教授。我虽然还没有到读初中的年纪，但党姨建议父亲让我和姐姐一同去家附近的中学读初中，能去外面的学堂上学，我很是开心。

从来没有在学堂上过学的我，成了学堂老师心里的“刺”。

入学之初，经常有老师到家里来找父亲告状。一次上国语课时，讲《左传》，那个老师的释义明明就不对，我举手指出正确释义后，老师非但没有表扬我，反而气得脸色发青，当晚就到家里来找父亲。父亲要来训斥我，被党姨拦住，说含冰无错，为何要责怪于她？有党姨的庇护，父亲也只得作罢。这样类似的事情还有好几例。但每次考试，我绝不会让老师们扎心，我的成绩一直名列前茅，不到两年就修完了初中三年的课。党姨见我是块读书的料，又建议父亲送我去西安读书。而姐姐，因为那年摔坏头变得木讷迟钝，一直没能治好，初中毕业后再也没有进过学堂。

我一直生长在三原，虽离西安不远，但却从来没有去过西安城，对西安充满了憧憬，什么永定门、书院门，我早就想一睹芳容，我更想出去见见更多的世面，这些小想法没有给任何人说起过，包括姐姐，可党姨简直太了解我的心思啦，我内心充满了对党姨的感激。但是去什么学校读书呢？大家各自有各自的建议，我自己是一点主意也没有。于是，家里召开了家庭会议。

家庭会议这天除了有奶奶、父亲、党姨、姐姐和我，还有远房表叔。表叔经常到家里来串门，陪奶奶聊天，在我心里简直就是一个无所不知、无所不晓的人，外面世界的新奇事大多来源于表叔。前段时间他和奶奶聊到刘志丹，说就在陕北活动，打土豪，护农民，我觉得这就像绿林好汉杀富济贫，表叔说他们和绿林好汉还不一样，他们是共产党。

共产党我是听说过，但是不太明白这些党啊什么的有什么不一样，而且，我家一不是穷人更不是土豪，感觉离自己非常遥远的事情，只当个趣闻听听罢了。

这次关于我上什么学，父亲建议读西安女师，说这个学校是老校，教育质量较高，管理也规范。党姨则推荐上高中，说出来发展比师范宽，还可以去上海、北平的大学。表叔建议读纺织学校，提倡实业救国，老吴家以前就是搞纺织的，有相当的基础，学校请的都是洋老师，传授的是当今最先进的纺织技术。我向来对表叔有些崇拜，认为听表叔的一定没有错，更何况奶奶也倾向于读纺织学校。

拜别奶奶、父亲、党姨和姐姐，我这个“倔驴”第一次离开三原，出现在西安纺织学校的校园里。我满心雀跃，想象着我学好知识再次振兴我们老吴家的纺织事业，憧憬着把纺织工业化，重现爷爷辈的辉煌。我立志好好学习，用实业救国，未来在我的心里是那么地光明，一切皆指日可待的感觉。

那年我才刚满十四岁。

可谁知道，我才入学不到半年，纺织学校因为国民政府经济等原因被停发了经费。学校没钱，老师的教学也难以为继。父亲建议我转学，于是，我和我的室友张无渝等三人一起转校到了西安女子师范学校。

没有想到，西安女师的生活在我的一生中意义非凡！

节选自《姥姥的故事》，三晋出版社，2021 年 6 月

桃花江（节选）

◆阿贝尔

阿贝尔，四川平武人。1987年开始写作，已出版《隐秘的乡村》《老屋》《灵山札记》《隔了河的会见》《飞地》等散文集和长篇小说。代表作《怀念与审判》。

一

台地下的操场上，几个没回家的学生在投篮球。嘭嘭，嘭嘭，听得出，篮球该充气了。透过已开始掉叶子的核桃树的空隙和锅炉房烟囱冒出的煤烟，早树认出了伙在学生中的肖晖——学校肖财神的侄女，在镇上银行做营业员。

看见肖晖，早树干脆端来小板凳坐着看——坐着看角度更好。肖晖留给他的印象仅限于睡前的夏夜（他早先住肖财神隔壁，肖晖住肖财神家），她站在后门外的菜畦边刷牙，一边刷一边看星星。漱口的声音、牙刷在瓷盅捣腾的声音总会吸引他放下手中的书，走到门边去看；偶尔也开了门出去，假装看星星。

东西都收拾好了。一个纸箱（里面是书和磁带，还有把在九寨沟买回的藏刀），一个被盖卷（中间夹着几件换洗的衣服），一台燕舞牌收录机（L1518-6A型，黑颜色的），放在只铺着层稻草的木床上，给人一种随时都会动身的感觉。

早树抿了抿嘴，感觉嘴里还有股酒味。昨晚，几个同事为他饯行，他喝了不少。

“桃花江，多美的一个地方，你这下享福了！”酒桌上，老田一边看早树的调令一边调侃他说，“桃花江是美人窝，美人窝里没有我！”

早树不是本地人，不知道这大山里也有桃花江这么个地方，去仙海开笔会回来第一次听校长提起，便感觉云里雾里的。

“别听他的！一个屙屎不生蛆的地方，有啥子福享？”张老师不肯附和，顶了老田一句。

“呃呃呃，你又晓得了？桃花江都莫福享了，哪里才有福享？”林老师站起来抢话说。

早树不在乎要去哪里，不管是美人窝还是屙屎不生蛆的地方。他只在乎离开眼前这个南边小镇。

从师范出来，早树分到这个小镇一晃三年。一晃是口头禅，随口一说，并没有感觉到，他感觉到的是一个死水潭、一个酱缸，偶尔从长了青苔，甚至是结了粪皮的臭水下面冒几个泡而已，还带着渣滓。他感觉到的时间总是过得很慢，有时简直就是煎熬，各种颜色的渣滓上上下下地沉浮就是新鲜空气。他过的每一天都是重复——开广播、开校会，开校会、开广播……这也体现在他写了两年都没写完的入党申请书上。在学校里，从学校出来，他还有一点信仰，不管是不是被灌输的，他脑壳里的逻辑还保持着教科书上的那三步，但他从未想过要入党。当个老师，不误人子弟，是当时最普遍也是最实际的想法。有一天，校长找到他说：“写一份入党申请书交来！不入党，你这个团委书记只能当副的！”他想了想，副的就副的吧，便没有写申请。假期回老家跟父亲讲了，父亲骂他是傻儿，叫他立马写、当着他的面写，写好他看了奖励他十克沙金，申请书批下来再奖励他十克。那年月，一克沙金能卖五六十元，相当于他一个月的工资。现在想来，他没把申请书写完也是对的，如果写完交了，他入党的动机就不纯洁了。

早树不恨这个南边小镇，不过也不爱。他见过几次肖晖，便写信去试探，别个回信说：“我还小，还要入团。”别个要入团，早树就算了，不想耽搁她。可每次从银行过，同事还要把他往里推，有时也往里拽。被推进去一回，早树就坚决不进去了，脚死蹬地，身子拼命后仰。有一两次，不止一个同事把他往里推，几个同事联手把他往里推，他抵抗不了，扑爬跟头地进去，额头磕在了柜台上。肖晖戴副眼镜儿坐在柜台前不出声，红着脸偷偷笑。

真要追究起来，或许早树对小镇的厌倦就是从肖晖的拒绝开始的。不过，她只是个引子，铺天盖地的厌倦来自他本人日日重复的慢生活，以及盖在慢生活上面的粪皮、从慢生活底下泛起的沉渣，还有粪皮、沉渣和粪水的酱色。没有隐私的慢生活——公共生活，又的的确确是你要过的每一天。透过这样的生活，早树看见的山水、校园、小镇和小镇上的风土人情都是酱色的，看见的镜子里胡楂青青的自己以及自己写在软面抄上的诗歌也都是酱色的……这当中，他尝试过穿喇叭裤、牛仔裤，希望能改变他看见的颜色。

特别是兴跳迪斯科之后，放一种叫《猛士》的翻录带，节奏突然快起来，天摇地动地震颤，歇斯底里地摇摆，明显感觉到慢生活在冰裂、瓦解，他因为每跳一场都出一身臭汗，恍惚间已看见了绿色、黄色和橙色；然而，等汗干了，或者在锅炉房打了带馊味的热水冲了澡赤条条躺在床上，又发现牛仔裤的板型和迪斯科的节奏也不是他想要的。他一头坐起，像条刮光鳞甲的鱼，翕合着瘦成一搭皮的腮帮，不经意瞟了一眼他从诗歌杂志上剪下贴在蚊帐上的北岛，脑壳里不经意冒出三行互不相干的诗句：

世界，我不相信

*** ***

我要到对岸去

*** ***

万岁！我只他妈喊了一声胡子就长出来了

他有时也会想起晓晓。一位学船舶制造的大学生，因为写诗毕业分回老家做了宣传干事。他俩一见如故。这几句北岛的诗便是在他的手抄本上读到的。

那几个人还在投篮球，早树不看了，站起来，端了小板凳进屋去。他决定走，趁老师们都在睡觉。

纸箱有点沉，但还能对付。他把牛仔包和收录机背在背上，把纸箱和被盖卷抱在胸前，下了阶梯。经过十字廊时，他咬着牙没有歇气。十字廊是他以团委的名义组织周末舞会的地方。冬青树又长深了，需要修剪。参加笔会回来，校长从办公室出来把调令递到他手里，也是在十字廊。

招呼站没有车，也没有等车的人。他把东西放在地上，佝偻着身子坐在被盖卷上，望着来车的方向。

张老师从校门出来，早树老远就看见了。

“睡你的觉，谁要你送？”走拢了，早树说。

“我不是来送你的，我是来跟你说句话。”张老师说，“桃花江是个是非之地，去了千万别把巴骨癞惹上了！”

“巴骨癞？啥子巴骨癞？”早树问。

“啥子巴骨癞？就是一种病、一种毒，巴在骨头上刮都刮不脱……”张老师正说着，客车来了。

二

早树当天没有赶拢桃花江。调令上填写的时间是 26 号以前，还有两天。

在县城中转时，他为去不去晓晓那里斗争了很久，最后还是去了。他要给晓晓还两本书，一本《新思潮诗选》(复印本)，一本《凡·高传》。复印本他还没读完，准确地说是没誊抄完，一个叫王小妮的写雪的诗把他陷在了里头。他也想问问晓晓桃花江究竟是个什么样的地方，张老师说的“巴骨癞”是指什么。晓晓是本地人，应该知道。另外，他想把纸箱和收录机放在晓晓那儿，等到桃花江安顿好了再来拿。至于最近遇到的几个哲学问题——萨特的“爱与自由的存在”、叔本华的“无条件的悲观”、尼采的“回到大地的意义上来”，他还不想请教，他想自己去琢磨，等琢磨得有一点眉目了再请教他。但一想到萨特与波伏娃不涉及婚姻的两性关系，以及叔本华“女人是从猴子到人进化当中的一种动物”的论断，他又稳不住了，那是他和晓晓最感兴趣的主题，他恨不得马上见到晓晓，一人喝他半斤，彻夜长谈。

早树提着纸箱和收录机走进梅园(他把被盖卷寄存在了车站)。守门的余师傅认得他，看见他走进铁门也不问他。

快到开午饭的时间了，但还没有开午饭，偌大一个老院子安安静静的，感觉像个空院，但注意去看，透过窗玻璃还是能看见一个个人头——不是很清晰，却很真实，特别是靠窗坐的侧影，讲话或喝水的人正张着嘴，看报的人埋着头，一只手搁在茶盅盖上。偶尔看见一位穿红毛衣或喇叭裤的女性从褪了色的红漆门出来，没走几步一闪又进了另一扇一模一样的红漆门。

早树知道晓晓坐的办公室在进大门左手的拐角处，他记得办公桌玻板下的照片和那句手抄的但丁的格言——“走自己的路，让别人去说吧”，以及油墨的香味。然而，他没有去办公室找晓晓，径直去了后院晓晓的寝室。

梅园真的有梅。一棵老梅树，就长在晓晓寝室的当头，从一堵看不出年代的古墙的墙角伸出，形意颇像一幅国画。

刚结识晓晓的那个寒假，早树在梅园住了几天，晓晓上班，他读书——围着一盆炭火，中午一起吃食堂。他刚来时，梅花还没开，只是含苞欲放，等走的时候，已开得差不多了。靠近晓晓寝室一侧的枝头开得尤其好。晓晓说是因为天天烤火，把梅花烤开了。

早树喜欢梅园的公厕，觉得比他上过的任何一所学校的公厕都要好。干净不说，青砖码的挡墙和隔墙十分规整，看上去很顺眼。最主要是没有一只蛆，地上、便槽都撒了石灰，也闻不到臭味。

早树年轻，刚刚接触北岛和朦胧诗，一点没在意梅园和梅园里的老梅树，也没有在意梅园是个权力机构，和他打照面的都是县里的头头脑脑。晓晓自己也没在意，天天和部长嘻哈，和书记下棋也不打一点让手，老是赢别个。几次在前院碰见部长，他都把早树推上前，在部长面前说早树的诗写得比他好。他这个学船舶制造的大学生，虽说是被贬，专业也不对口，但在部长眼里仍是个人才。

在食堂打了饭，坐下来刨了两口，早树才说他调到桃花江了，下午就赶班车去报到。晓晓听了，抢了早树的碗，带他去了街上上馆子。

在馆子里，两个人从中午一直喝到下午。晓晓不解的是，早树为什么要从南边小镇调到西边靠近雪山的桃花江。早树解释说不是他想调，是文教局要调，可晓晓就是不明白，总认为是早树想调、早树写申请调的。

"我只想换个地方，但没想去桃花江！"早树把脸转向一边说。

"你这是被发配，你晓不晓得？换句话说叫充军！你这样下去，以后就被动了。"晓晓说。再说他待在机关里，见识多一些。

什么时候下的雨两个人都不晓得，看见进来的人拿着伞才知道。

早树后悔没有在喝酒之前问晓晓桃花江的事——桃花江是条什么样的江？是比喻还是真有桃花，或者是过去有桃花现在没了？他尤其想知道"巴骨癞"是咋回事，听起来腻乎乎的，是不是麻风病——一种无法医治的绝症，巴在骨头上，钻到骨髓里，先是脱皮、脱眉毛，接着便是手指关节、脚趾关节一节节地脱落，最后是脱大关节。

无论早树怎么问，晓晓都是摆手，或者端起酒杯，要早树干。早树不干，他一个人干了，把酒杯往桌上一蹾，脑壳耷在桌子上。他这两年，天天跟部长跑，照说桃花江应该去过。

晓晓对桃花江不感兴趣，对早树开的仙海笔会感兴趣。在路上他就问过早树，笔会都安排了哪些活动、见到哪些人。早树说见到了骆胡子和孔开屏，不是那种在会上或会下远远地看一眼，听别个讲几句话或者笑两声，而是在同一张桌子吃饭、同一个房间谈诗。早树为了不让晓晓觉得是在吹牛，拿出合影给晓晓看。

"啊啊，是骆胡子！"晓晓嘟囔着，白净的脸颊泛出红光，"你跑这一趟，值！"

晓晓又问骆胡子是怎样一个人、孔开屏是怎样一个人。早树说什么呢，骆胡子是怎样一个人他也不知道，他只记得是个络腮胡，一个人在房间听哀乐；至于孔开屏，就是个流氓，第一次见女警察就把别个搞下课了。

仙海笔会，早树见到了骆胡子和孔开屏，单独和他们待在一个房间，激动得从宾馆跑出去，不敢相信是真的。他真是太激动了，回宾馆的路上一直摸着胸口浑身颤抖，克制不住那种好像要把他带到外星球的兴奋。在他眼里，骆胡子和孔开屏是仅次于北岛的大诗人。然而，接下来发生的事给了他当头一棒——他崇拜的偶像和女警察见第一面就要了女警察的处女身。

早树记得，先是他和女警察散步、听音乐、吃雪糕。多年以后，他还记得她雪糕糊在嘴上的肉嘟嘟的样子。她叫他"早树哥"。她的外省口音把"树"发成了"熟"，他便成了她的"早熟哥"。随后是他和女警察、骆胡子以及孔开屏四个人在一起。骆胡子放哀乐给她听，她居然没有不适。孔开屏给她喝一种有怪味的酒，她也没有不适。天气闷热，两个偶像光着上身只穿条裤衩，腿间那物顶着裤裆很显眼，她见了依旧没有不适。

最后，孔开屏把女警察带出宾馆，第二天凌晨才回来。女警察头晚还红扑扑的脸蛋一夜之间变得比《新思潮诗选》的复印纸还要苍白。

这次见晓晓，早树没有给他还书。不是忘了，是他太喜欢这两本书了，舍不得还。《新思潮诗选》复印纸的苍白就像他在笔会上认识的女警察失贞后的脸色，而油墨的黛黑宛如她的眼睫毛。背着晓晓，他把书从纸箱里拿出来塞进了牛仔包。一起塞进牛仔包的还有那把藏刀。

当晚，早树在晓晓那儿住了，第二天一早才走。早树走的时候，晓晓还在睡。早树把掉地上的绒毯捡起来给他盖上，他嘴里还说着梦话。早树想叫醒他，问他桃花江的事，现在他酒醒了，可以讲一点，他要是也知道"巴骨癞"就好了，趁早提醒一下，早树就不会有后来的事。然而，早树看见他睡得那么香，没忍心叫他。

开门走之前，早树在墙壁上的本县地图上找到了那个叫桃花江的地方，像一只大熊猫，伸入阿坝的地界很远。他记住了桃花江的几个小地名：米香坝、独木桥、小团圆、小河水。

三

早树认识的第一个桃花江人不是校长，也不是他的同学邓楷，而是照相人。他不晓得邓楷在桃花江。他在学校不爱跟同学处，毕业后也不关心他们的去向，直到报到的第三天在厕所撞见，才晓得邓楷在桃花江。

客车出西门，进入涪江峡谷。早树知道是涪江，他待了三年的南边小镇也在这条江边。越往上游走河道变得越窄小，河谷变得越深，尤其是过了一个叫铁龙堡的地方，公路都是在岩壁上辟出的，头上是古时的栈道。

雨一直下，淅淅沥沥，雨水从车顶的篷布滴淌下来蒙住了窗玻璃，和着车轮溅起的泥浆，看上去像一幅幅印象派的图画。

路况好一点的地方，客车走得快一些，遇到弯道、塌过方的地方和水毁路段，客车慢得像是要停下来。看见拉木头的大卡车，客车便老远停下来，等卡车过。

虽说是雨天，路上仍有等车的人，穿雨衣的，打伞的，也有披蓑衣戴斗笠的。客车一路都在停，经过一些叫不出名字的地方，时不时看见一些人端了碗或蹲或站在门前刨饭，不知吃的是早饭还是午饭，看穿着看表情，无不显得穷苦悲愁。早树不是一个没有同情心的人，但这样的画面一旦进入他的眼帘，仍不失为一道风景。

早树开始还有心情翻一翻书，看了路边人家，看了房门前刨饭的人，特别是看了场镇上泥泞中那些无所事事者空洞的目光，他把书收了起来。他有种想哭的冲动。他不理解他们，不理解这些酱缸中的人，或者说是蛆。他想，大河边的人都这样，不晓得桃花江的人会是什么样子。

他就是这时候认识照相人的。照相人坐他后排,拍了一下他的肩膀,问他到哪儿。“到桃花江。”他沉陷在对桃花江恐惧的想象中,几乎是条件反射地答了一句。后排的人说:“到桃花江还早得很，我也是到桃花江，到了我喊你。”

早树转过身，看了一眼说话的人——瘦条脸，白皮肤，眼角和嘴角有一些小皱纹，胸前挂着个海鸥牌照相机，看不出年龄。

总算认识了一个人，不管是不是桃花江的人，反正和他一样是去桃花江的。早树总算有了个伴儿。

客车在干水磨下客后，照相人便上前坐了早树旁边的空座。早树没跟他说话，他一个人在说。他说这山里的风景好，从江油进山越走越好，过了县城简直就是仙境。他说他从来没见过这么大这么美的山，特别是桃花江的山，不是一座，是几十座，连成一线，天晴的时候，一个个雪峰，感觉伸手就能摸到。

“你不是桃花江的人？”早树问照相人。

“我是啊，我是桃花江的人！”照相人侧脸过来笑笑。

早树有点搞不懂。听口音，他不像是本地人。他没有再问，脑壳里现出一座座他只是在图画上见过的雪山，怎么连成线他是想象不到的。他继续听照相人自言自语。他说他高中毕业第一次进山照相，九路十八弯，魂都吓掉了，不过他一路照进来，一点都不怕了，特别是坐了拉木头的大卡车进林区去拍照，把胆练出来了。他说不是谝嘴，这几年他走村串户，翻过大河两岸的每一座山，蹚过每一条溪，除了少数几个不通公路的公社，其余公社都去过。

撤销公社好几年了，照相人还叫公社。最后，他说到了桃花江。“全县那么多地头，我为啥留在了桃花江？”照相人又侧脸过来看早树。这一次，他没有笑，而是递了个眉眼儿。早树知道，他不是在问他，他是在问自己。“美啊，桃花江不仅名字美，山山水水也美！”他果然自己回答了，“桃花江有座教堂，是清朝的时候外国人修的。”

照相人把桃花江吹得天花乱坠，早树越听越糊涂，这么美个地方，“巴骨癞”是怎么回事？他想问照相人，话到嘴边又咽了下去，他觉得在车上问不合适，车上都是桃花江的人。

在一个叫王家湾的地方，客车过了拱桥，摇摇晃晃开上了一条又窄又烂的泥路。

“快看，那就是桃花江！”车到一个叫两河口的地方，照相人用手肘碰了一下早树说，“是不是也可以说泾渭分明？”

“桃花江？这么快就到桃花江了？”早树问。

“这条河也叫桃花江，是从桃花江流出来的。”照相人说得含含糊糊。

早树看见一条碧溪从一户人家的门口流出，被大河挡住，在几十米长的浅水处形成一条月牙似的玉带，越变越细消失在浑浊的大河中。

桃花江到的时候，太阳从云缝里射出来，十分耀眼，早树一时有些看不清眼前的东西。客车开进一个石墙围出的类似羊圈的站点，乘客像一个个土豆从半开的车门滚出来。

照相人把教堂的尖顶指给早树看的时候，早树已经看见了，一个十字架竖在上面，没有基督，高出了一片瓦屋顶很多。他们从教堂门口经过，没有停留。看得出，教堂早先有两道门，大门后来被拆了，只留下门柱。

桃花江的街还是老街，有一根扁担弯曲的弧度，两边是瓦屋和老门板。街面有铺青石板的，有打三合土的，看得出早先都是青石板铺的，后来有人撬了石板作他用了。

照说，下了车照相人和早树就该分手了，但他们没分，照相人坚持要送早树去学校。早树没谢绝，他想趁机问问“巴骨癞”是咋回事。

两个人来到索桥上，早树叫住照相人，问他“巴骨癞”的事。照相人听了，什么都没说，只是抿着嘴笑，过了好一阵，才淡而无味地说：“什么巴骨癞？是你们当老师的才享受得到的特殊待遇！哥老倌儿，我要恭喜你，你在桃花江待不了几天，屋里就有个洗碗的了！”

早树要照相人把话说明白，照相人说不用说，过几天自己就明白了。照相人告诉早树，他住在供销社的阁楼上，门口挂着“桃红影屋”的牌子，有事没事都可以去找他。

分手的时候，照相人开口问早树借两元钱，只借两元。早树身上没有两元的钱，借给他了一张五元的。

四

到桃花江报到当天，早树就碰上件事。不是他的事，是别人的事。具体地说，是一位初二女生和学校校医的事，事发地在学校医务室。

也许是海拔高了，也许是连续喝酒上火，早树一到桃花江就流鼻血。傍晚在溪边掐了黄蒿揉碎塞在鼻孔止住了，可到了晚上睡觉时又开始流了，再用黄蒿一点不管用，鼻血很快就浸过黄蒿流了出来。他只好爬起来，去找校医。

一个女生喝了农药，躺在医务室的小床上口吐白沫，校医坐在床边正在往女生嘴里灌水。校医没穿白大褂，穿了件人造革的夹克。女生已人事不省，哪里还晓得吞水？早树没看出是个初二女生，以为是附近村子的。

碰上这等事，早树也顾不得流鼻血了，说了句“快喊人送医院”便冲出去喊人了。结果，老师、学生都跑出来，把校医室围了个里三层外三层。那些在寂静的夜晚泛起的喧哗声像潮水一浪一浪，夹杂着窃窃私语，像是鬼在说话。

早树在毫不知情的情况下得罪了郝校医。“要你喊人？就你能干！出一点事就送医院，我这个校医不是就白当了？”事情过去很久了，郝校医除了再次被桃花江的人热议，并无什么损失，然而他每次跟人喝酒都要这么讲。早树一点不知情，好事做成了坏事。看着郝校医和几个男生用一辆板车把喝农药的女生送去乡卫生院，他不顾胸口滴滴答答的鼻血，追着橘红的手电光走了很远一段路。

早树以为第二天满校园传的都是女生喝农药的事，他不需要问就明白是咋回事了；然而，事情不并不像他想的那样，第二天校园里安安静静，没有一个人谈论头晚发生在医务室的事。老师没人谈论，学生也没人谈论。早树觉得很奇怪，觉得不正常，想找个人打听，又不知道找谁。他以为是在做梦，重重地打了自己一巴掌，仍旧觉得头晚的事是真实发生的。他在校园里转悠，去洗碗槽洗了把脸，索性把脑壳伸到水龙头上将一头长发淋湿。

时值中秋，山色已衰，溪水也枯了，坐落在山边的校园显得愈加简明。变阴的光线和弥散着柿子味、拐枣味、柴火味的空气也显得简明。

早树不明白他怎么如此迫切地想知道那个女生为什么喝农药，他更想知道她现在的情况——死了还是救过来了。等学生下了课，他故意走到学生打堆的地方去——女生跳房子、打沙包的地方，男生打板儿、挤油的地方，都没有听见有人谈论。

早树看见有男生坐在锯木场的木架上看书，便走过去想问问那男生。走到木架下又止步了，他想还是不问的好。他踩了一脚的锯末面，锯末面里包着猪粪，蹭也蹭不掉。不远的山坡上，一头母猪带着一群小猪正在觅食。

经过办公室的时候，早树没有进去，他往里瞅了一眼，偌大一个办公室，就两个老师在里面下象棋。教务处还没给他安办公桌，办公室还没有他的位置。

回寝室擦干头发倒在床上，听见有人喊，早树没应，脑壳里还是睡在校医室窄床上的女生，还是穿人造革夹克衫的校医，一堆堆雪花般的白沫泛起，一遍遍把他淹没。他已经感觉到，甚至可以断定，那女生喝农药跟校医有关。要问为什么他也说不清，只是一种直觉。

有人敲窗玻璃，早树爬起来去开门。是教务处的薛主任，通知他去领课表，顺带安办公桌。早树报到时已见过薛主任一面，一个干瘦如柴的眼镜儿，龅牙，和早树毕业于同一所师校，算是学长，他留给早树最深的印象是他的尖屁股和手背上发达的血管。

在教务处，早树想问薛主任头晚的事，还是没问出口。安了办公桌出来走在操场上，早树终于问了。万万没想到，薛主任不但没回答他的问题，反倒训斥了他一通："你问个屎啊？跟你有屎相干？你不问没哪个说你是白痴！"早树的感觉是他踩到了他的尾巴，他突然发飙了。薛主任边走边嚷，早树没再跟去，小声嘀咕道："神经病！"薛主任愣地转过身，吓了早树一跳，以为他听见了骂他，结果他说了句："没死，救过来了，过两天就来办转学！"

没有问出结果，反倒被吼了一顿，早树愈加感觉憋屈。他太年轻太敏感，一点不会想，憋屈什么呢？跟你有关系吗？那女生没死，也算是个不错的结局，难道非要看见警车开进学校，当着学生的面给校医戴上手铐抓走不可？

接下来到了第三天，早树在厕所撞见了邓楷。早树踩着拖尾巴趿哔啵哔啵走进厕所，邓楷正在站在尿槽边撒尿。早树喊了声邓楷，撒尿的人转过头来，果真是邓楷。

"没把你尿筋闪到？"早树问邓楷。邓楷看了一眼早树，像是没认出来。"邓楷，我一点不知道，你在桃花江！"早树拍了一把邓楷的后背说，"你一毕业就分在这儿？"邓楷点点头，就是《卖油翁》里说的"但微颔之"，这下才认出老同学来，不冷不热地问了句："黎早树，你咋跑桃花江来了？"早树说："我调你们学校了，以后就是同事。"

毕业三年，在厕所碰见，两个人居然没有去喝一杯的意思——至少邓楷没有，他出了厕所便借口有课走了。早树感觉他在躲他，还是说了句"晚上喝酒"。

2018 年 1 月 8 日—4 月 13 日，四川平武

原载《花城》杂志 2020 年第 4 期

复活传奇（节选）

◆安昌河

安昌河，男，汉族，四川绵阳安州区人。作品关注死亡与孤独。著有中短篇小说百万余字，长篇小说《亡者书》《鸟人》《鼠人》《我将不朽》《羞耻帖》等。现在绵阳市安州区文化馆从事群众文学辅导和民俗文化研究。

第一章　化妆师

诡异的差事

这天中午，作家安昌河正坐在家中喝茶，突然手机一阵响——有个陌生来电。安昌河犹豫着点了“接听”，手机还没凑到耳朵边儿呢，就听话筒里传来一个男人慌慌张张的声音：“哥，你要救我！”

来电话的人叫余元，安昌河和他不算很熟。八年前，安昌河有个叫《富贵的足球》的剧本投拍，余元是剧组的化妆师。在安昌河的印象里，这人化妆技术真叫不错，也挺能侃的。

电话里，余元约安昌河见面，说是有急事。安昌河答应赴约，但余元神秘兮兮的，不停更换见面地点，搞得跟地下党接头似的，让安大作家险些失去了耐心。余元说他掌握了一个天大的秘密，而这个秘密正在给他招来杀身之祸。

两人终于碰了面，安昌河见余元一副张皇失措、惊恐不安的表情，也难免紧张：“怎么了，你杀人了？”

“杀人的不是我！”余元警惕地环视了四周，又侧耳听听有无可疑的动静，然后才压低嗓门，凑近安昌河，说，“是胡老板！”

安昌河一愣：“谁？”

"胡老板！"余元提高了点儿声调，怕安昌河不记得似的，提醒道，"投资你电影的那个……"

安昌河轻轻一笑，点了点头，摆手打断了余元的话。这个胡老板，他哪会不记得？当初，因为资金问题，《富贵的足球》迟迟没能开机，是胡老板让事情有了转机。这本来是件挺让人高兴的事，但这胡老板着实让人头疼。这家伙粗暴、自以为是，仗着有俩臭钱，总是摆出一副为所欲为的派头，把安昌河那本子糟蹋得不成样子。

安昌河心里嘀咕：要说他杀人，也不是没可能！

余元说："我找你，是因为这么多年里，只见你有胆量、有底气和他对着来！"

"你好好说，究竟怎么回事？"

余元刚想说，环顾了一下四周，又坚持要再换个安全的地方。他说因为胡老板的人此刻正到处找他，他嫌周围人多眼杂，没办法提心吊胆地来讲那惊天的秘密。得，谁让安大作家实在好奇呢，只能把余元带回了家。

两人回到安昌河家，余元猛灌了几杯凉茶后，开始说事儿了——

自从上次合作后，余元和胡老板也好些年头没联系了，直到一个礼拜前，胡老板突然给他打来电话，说有件私事要找他帮忙，说是余元当年的化妆术，给胡老板留下了深刻的印象。

挂了电话的第二天，私家车将余元接到了一个偏僻的山村，车在一栋豪华的别墅前停下。宅子门口挂着挽幛，院子里哀乐低回，纸扎匠忙忙碌碌……胡老板披麻戴孝，正忙着应酬前来吊丧的亲朋好友，看他那一身重孝，就知道是他家老人去世了。

余元赶紧扮出哀伤的样子，要去灵堂给亡者上香礼拜。他刚到门口，就被人扯进了后院的一间屋子。余元被眼前的情形吓了一跳：屋子正中有一张桌子，桌子上躺着一具尸体，尸体被一张白布蒙着头脸，但看得出来，应该是个男人。

这是谁？人被硬邦邦地置于桌子上，身上没有一床寿被，身下更是连草席也没一张……这冷清寒碜的场景，与外头厚礼重孝的氛围简直是鲜明对比。余元当下就判定，这桌上的尸体，绝对不是胡老板的亲人，倒应该是仇敌。

胡老板进来了，二话不说就往外掏钱，一沓一沓的，摆在桌上。

"这是五万块。"胡老板又摸出一张照片递给余元，指指桌上那具尸体，说，"你把那人给我整成这个样子，完事后还有五万块！"

余元这才知道，胡老板要他来办的这件私事，是给尸体化妆，更准确地说，叫易容。他不禁有些心慌："胡老板，你得跟我讲，这究竟咋回事呀？"

“没‘咋回事’这一说，事儿办完，出大门你就得永远忘了！”胡老板干脆的话语里，透露着一股子狠劲，“能忘吗？不能的话，再加钱，或者我给你想别的办法！”

余元虽然好吹牛，但在剧组混了这么多年，本事还是有点的，他轻轻松松地就可以将一个美貌的少女化妆成丑陋的老妪，也能把瘦子扮成胖子，让中年汉子回到青春少年。不过，这回却是第一次给死人化妆，难免头皮发麻，脊背生凉气。事已至此，余元只能打开工具箱，硬着头皮，僵手僵脚地工作起来。渐渐地，他有点习惯了这个环境，胆子也大了点儿，手也灵活了，自然，心思也多了起来。

瞧着照片上这位老人的容貌，和灵堂里躺着的那人一模一样，像极了胡老板，不消说，就是胡老板的亲爹吧！怪了，他明明躺着个爹在灵堂，为啥背地里又要将这具尸体化妆成爹呀？这演的哪出啊？最要命的是，这个即将被掩盖真实面目的死者，到底是谁？

余元不禁打了个寒战，他既害怕又好奇，想立马撒腿远离这破事，又忍不住想继续探个究竟。他检查了死者全身，没有发现刀口或是枪伤，又仔细看了脖子，没有勒痕。难不成他是害病死的？瞧着死者的面容，顶多也就七十来岁光景。皮肤光洁，肌肉饱满，指甲修剪齐整，手上没有一点茧皮……余元通过这些，初步可以判定这原来是一个健康的人，应该还是一个有教养的体面人，而且，不大可能是正常死亡！

说到这儿，余元拽过安昌河的右手，捏着他的中指，摸了摸第一个指关节，那里因为长时间握笔，被笔杆磨出了茧子。

“跟你一样，他也是个写字的！”余元神秘兮兮地说，“跟你说，胡老板找我给尸体化妆的事，我也摸了个八九不离十了，他是要让那个倒霉蛋代替自己的老爷子进火葬场……”

“为啥？”安昌河略一思忖，“难不成他要安排老爷子土葬？”

“对！”余元说，“自《殡葬管理条例》发布以来，我们爱城这地方一直严格执行。胡老板在社会上有头有脸的，就算有那念头，也不会明目张胆地去干出格的事，但背地里使些手段还是会的，毕竟他有钱，不是吗？”

“不惜杀人？就为了让他父亲完身安葬？”安昌河觉得这推断太不可思议了。

“官做得越大，越是恋栈！人越是有钱，越是愚昧！”余元为自己得出这样的结论很是自得，“况且，事实可是摆在那里呢！”

余元说，他做完化妆工作已是第二天傍晚了。胡老板过来仔细瞧了，很满意，为此又额外赏了他两万块钱，只是再次叮嘱他，出门就把这事给忘了。在道别的时候，胡老板突然伸手拍拍余元的脑袋，阴恻恻地说：“你这颗脑袋瓜子，大概也就值十二万吧？”

说到这儿，余元变得有点激动，说回到家中，他就噩梦不断，眼前老是出现那具在自己手底下逐渐变了容貌的尸体，他还梦见胡老板重金雇的杀手，用各种方法来追杀他。他刚逃脱一轮，又来了新的一轮……他无处可逃，但又不甘心坐以待毙。

安昌河听着，微微皱起了眉头。他看着余元，觉得他有些紧张过头了，似乎并没有讲出实话。胡老板是不是个信守承诺的人，还真不敢说，但这人不大可能在余元离开后，就派人追杀他，如果有此必要，为什么还要让他走出院子呢？一定是余元先搞出了什么动作。

惹祸的贼心

在安昌河的逼问下，余元只得说了实话。他说他刚刚离婚，因为错在己身，所以他差不多是净身滚蛋。刚刚拿到的十二万，还没焐热，当夜就被债主索去了。所以，他心一横，决定利用眼下这个好不容易撞上的秘密，发上一笔横财！

安昌河问："你勒索胡老板了？"

余元叹了一口气，说他给胡老板打了个电话，说手上有个项目，希望获得胡老板一百万的免费资助。胡老板问他是个什么项目，余元说，是部电影，名字叫《尸体们的奇异生活》，说的是人死了，但是尸体会说话，暗藏的秘密最终会暴露……胡老板还没听他讲完，就感叹道："这个电影很有意思，我免费资助你三百万吧！你是过来拿钱呢，还是我叫人把钱送过来？"余元说："你就把钱打到我银行卡上吧！"胡老板爽快地说："好啊，你等着啊！"

挂了电话不过三个小时，余元下楼去买烟的路上，一辆黑色小车冲他飞驰而来，如果不是他事先警醒，早成了车下亡魂。看着那辆车绝尘而去，余元惊恐万状，他知道这已经不再是钱不钱的事了，而是死不死、怎么死的事了。他知道自己办了件蠢事，但后悔已经来不及了。他给胡老板打电话，胡老板说："我正在给你准备钱呢，你着什么急呀！"说完，胡老板就挂了电话，余元再拨过去，对方已经不接了。

这事，安昌河越听越不对劲，开始有些着急了，他问余元："你为什么不报警？"

"报警，对我是有百害而无一利！"余元说，胡老板在本地经营了几十年，谁搞得清楚他的头顶上有多少保护伞？况且他自己在这桩事情里头扮演的也不是什么好角色，助纣为虐、敲诈勒索……搞不好会吃上官司的。最要命的，那收取的十二万肯定也会被捏着喉咙吐出来。

安昌河盯着余元问："那你找我干啥？"

余元说他也是有一番考量的。首先，安昌河是个有影响的人，胡老板忌惮他，绝对不敢伤害他；其次，安昌河有背景，妻子一家都是警察，老丈人还是本地公安局局长。更重要的一点，余元透露说，胡老板其实对安昌河挺敬重的，曾经不止一次地说："除了安昌河，这世间敢跟我讲狠话的人还没出生呢！"

余元觍着脸，求安昌河出面跟胡老板再"沟通"一下，希望他能慷慨一点，多少资助一些。

安昌河瞪着余元，说："你小子想什么呢？你跟我讲了这些，再让我跟胡老板去讲钱，想把我也拽进你这个烂泥淖？"

余元赶紧摆手，转而又问："那你能不能借我两万块钱？我想远远地躲一阵子！"

嗨，这小子！安昌河突然意识到，这家伙刚才讲了那么多，没准儿全是骗人的，恐怕就是图钱！不过，他刚才讲得声情并茂，哪怕当写作素材来听，也挺带劲。这事如果是真的，后面恐怕还有的挖呢！于是，安昌河说："两万够呛，一万吧。"余元表现得倒是爽利，说："好，一万就一万！"

拿了钱，余元并没有着急离开，他神神秘秘地跟安昌河讲："哥，一会儿我叫个快递，给你送个东西。这东西放我这里不保险，你可一定藏好，因为所有的秘密，估计都在里头！"

送走余元，安昌河越想越觉得这事划不来，为了这么个乱七八糟的故事，竟然付出了一万块的代价。这时，妻子来电话，要他到老丈人家里吃饭。老丈人今天告别近四十年的警察生活，正式退休。

家宴上，安昌河听着那几位警察亲戚聊着各种案子，他装着漫不经心的样子，问了句："最近可有人报失踪案？"妻兄说："失踪案倒是有几起。"安昌河问："可有老人，七十岁左右的？"妻嫂说："有。"安昌河问："是男的吗？"妻嫂说："是女的。"

一串问答后，妻兄首先表示奇怪："哎，你咋打听这些呢？"

安昌河只能说最近要写个东西，想了解一下这方面的情况。他本以为就此遮掩过去了，不料回家的路上，妻子却问他是不是有事情瞒着她。安昌河笑了："我能有啥事瞒着你？"

"哎，说真的，你是不是有啥隐瞒着我？"妻子的表情很严肃。

安昌河心想：我能咋说呢？我说今天有个爱吹牛的家伙，来跟我吹了个关于尸体和富翁的故事，然后顺理成章地从我手里拿走了一万块钱？那还不把她笑死？再说，她可是本地刑警大队重案组的"神探"呢！

安昌河笑着对妻子说："真没啥事，别瞎想啊！"

到家的时候，门卫递给安昌河一个快递包裹，是个小小的盒子，轻飘飘的。安昌河没在意，一路拿回了书房，但是拆开的时候，掉出来的东西却把他吓了一大跳——那是一截手指，绝非道具！

安昌河发了好一阵呆，先是拿笔把那截手指拨了拨，发现它来自右手，是中指。然后他壮着胆子，用纸巾捏着指头，拿到台灯下细瞧，看见第一个指节上，有轻微的凸起，那凸起部分明显是茧子。他忍不住摸摸自己的手，基本确认这手指的归属了……明亮的台灯下，那指腹上的纹路格外清晰，一圈一圈，仿佛只要解开它们，一个惊天的秘密就昭然若揭！

安昌河犹豫到凌晨，还是决定不要把这事告诉妻子。他想了想，这截断指应该是余元从那具无名尸体上偷偷切下来的，他想拿它当胡老板的把柄也好，或是想留着以后当破案线索也罢，至少现在还没想惊动警察。现在，这么个关键的东西，落到自己手里，该怎么处置，安昌河一时也拿不定主意，于是他将那截中指包好，再裹上一层塑料布，装进一个精巧的茶叶罐子，悄悄放进冰箱冷冻室的角落里。

第二天早上，安昌河起晚了一些，没想到一贯忙得脚不沾地的妻子竟然破天荒地做好了早餐。吃饭的时候，妻子两眼不离地看着安昌河，最后忍不住问道："你真没啥事儿？"

安昌河笑道："我能有啥事瞒住你的火眼金睛呢？"

"那就好。"妻子话这么说，但却是一副忧心忡忡的样子。

第二章 胡老板

救赎的故事

没过多久，安昌河就接到了胡老板的电话。他倒也不意外，胡老板这样的人物，得到点风声，还不简单？电话里，尽管胡老板的声音听起来很镇静，但安昌河还是感觉出了他的慌乱。

一番寒暄过后，胡老板开门见山："余元可是找过你？"

"是的，"安昌河说，"他来跟我谈个电影，说你愿意投资，请我帮他写一写本子。"安昌河感觉到胡老板听得很认真，心想，也没有犹豫的必要，顺口就告诉了他电影的名字——《尸体们的奇异生活》。

"好啊，我很想知道这部电影的故事，如果真是精彩的话，我很愿意投资它！"

胡老板迫不及待地要跟安昌河见面好好谈谈。安昌河就约他在奥斯卡影城的咖啡厅见，那里人多，就算他胡老板胆子比天大，也不敢轻举妄动。

准备出门时，安昌河想起什么，于是折转身，走进厨房，拉开冰箱，却发现冰箱有被整理过的痕迹。他的心头隐约有种不祥之感。他翻遍了冷冻室，也没找到那个精巧的茶叶罐。

茶叶罐真不见了！哪里去了？安昌河给妻子打去电话。

妻子问："怎么大喘气的，出什么事了？"

"你整理冰箱了？"

"是啊，怎么啦？"

"你看见了个小茶叶罐吗？搁冷冻室的……"

"茶叶罐？有啊，我扔了。"

"扔啦？"安昌河几乎是惊呼起来。

妻子说："是啊，扔了。"

在前往奥斯卡影城的路上，安昌河越想越觉得哭笑不得。妻子这位平常忙得很少过问柴米油盐酱醋茶的"警界神探"，今天一大早起来，却破天荒地给他做了早餐，还顺手整理了冰箱。妻子说，她刚打开那个茶叶罐就闻到了一股子怪味儿，当时赶着上班就没细看，和那些过期的酸奶、霉烂的蔬菜一起扔到外头的垃圾箱了。

妻子问："里头有什么重要的东西？"

安昌河只能说没有。

"听你的声音，好像我丢了你什么珍贵的东西呢！"

没等妻子挂了电话，安昌河就夺门而出，直奔垃圾箱，那里面已经空空荡荡。

前往奥斯卡影城的路上，安昌河有些回不过神，心头就如同那个垃圾箱，空空荡荡。站在咖啡厅门口，他稳稳神，做了好几遍深呼吸，才往里走。

胡老板老远就站起了身子，看看安昌河，又往他身后张望，然后问："余元呢？"

安昌河说："他忙着呢。"

"那个关于尸体的本子，是个什么故事？"胡老板显得很憔悴，面色青灰，眼窝深陷，眼球布满血丝，声音沙哑。安昌河觉得，如果不是那一身名牌和手腕上的大劳力士硬撑着，今天的胡老板看上去和落魄的商人没啥区别。

安昌河说："余元跟我讲了一点他的想法，我还没答应帮他写呢！既然你有投资意向，肯定是被他的故事和人物有所打动的，何不谈谈你的看法呢？"说着，他看着胡老板，胡老板也看着他，两人就那么微笑着对视着，就像一对相持不下的赌徒，在比试谁更能沉住气，等着对方亮出底牌。

“事已至此，咱们就不绕弯子了。”胡老板叹口气，神情哀伤，“我不管余元都跟你讲了啥，但事情绝非他说的那样。他添油加醋，危言耸听，其实就是想讹我！”

“那么……究竟是怎么回事呢？”安昌河摆好了认真倾听的架势。

事情似乎很简单，而且都在情理之中。一个关于救赎的故事，乍一听，还挺感人的。

20世纪五六十年代的时候，胡老板的父亲是秦村德高望重的老前辈。这一年，村里来了个年轻人，据说曾经是个大学生，被赶出了校园，原因很简单，就是他的父亲投敌叛国了，他自然受到了牵连。就因为这层关系，这个年轻人走到哪里，就挨批挨斗到哪里，简直过街老鼠一般，因为人人都见不得他，所以就落下了个“烂红薯”的绰号。

到了秦村，情况一下子就不一样了。胡老板的父亲说：“古言道，公是公，婆是婆。父亲犯过，哪里有儿子受罪的道理？”秦村人也都觉得这话在理，所以不再拿他说事。被如此善待，烂红薯自然感恩戴德，除了勤奋劳动，还总想着怎么报答胡老板的父亲和秦村的百姓。

因为连年歉收，秦村人日子过得非常艰苦，一年中有大半年，米缸子都是空的，好多人家吃了上顿没下顿。烂红薯找到胡老板的父亲，说了自己的想法。他说，靠国家救济粮是不顶事的，靠群众自力更生也不现实，饿得锄头都拿不动，讲什么精神都是白讲。只有靠一样东西，然后通过两年时间，来彻底改变这种状况。

胡老板的父亲问什么东西，烂红薯说，红薯。胡老板的父亲说：“红薯？我们种的有呀！”

烂红薯说：“种的面积不够，品种也不行。”

见胡老板的父亲一脸茫然的样子，烂红薯就给他讲起了红薯的历史——在明朝之前，中国人口一直增长不明显。自从明朝万年历间，从菲律宾引进红薯之后，中国人依靠这种“生食如葛，熟食如蜜”的东西，实现了人口的大增长。所以烂红薯觉得，秦村应该尽可能地在旱地上都种上红薯，而且必须换上新的品种。目前秦村栽种的品种，也不知道有几百年的历史了，完全老化了，所以要重新培育和改良。

“培育新品种？”胡老板的父亲问，“谁懂这个？”

烂红薯说：“我懂，我大学时就是学这个的。”后来，他拿着胡老板父亲开的介绍信，不知道跑了哪些地方，都以为他失去监管，再也不会回来了，他却突然回到了秦村，背了一口袋红薯新品种。

烂红薯首先搞了一片试验田，结果大获丰收，一蔸五六根，大的两三斤，小的也有七八两。第二年进行大面积推广，整个秦村到处都栽种了他培育的新品种。看着长势喜人的藤蔓，家家户户都忙着挖红薯窖，但很快就发觉不对劲了，因为红薯的厢垄不见鼓胀，都 8 月了，刨开一看，只见麻绳般的根系，不见拳头大的茎块。这下，烂红薯也慌了神，失魂落魄地在红薯地里兜了一阵圈子，然后趁着夜黑，竟然屁股一拍，跑了。

荒唐的心愿

烂红薯这一跑，可把胡老板的父亲害惨了。第二年开春，秦村出现了饿死人的现象，还有不少人家背井离乡，开始了逃荒。事情闹到上头，调查组就来了……胡老板的父亲就算有一百张嘴，也说不清楚了。大家对胡老板的父亲怨言纷纷，嚷着要他赔偿损失，还有的吵上门去破口大骂，甚至对他拳脚相加。一直受人敬重的老爷子哪受得了这般刺激？他大病一场，险些丢了性命。

病愈后，胡老板的父亲整个人都变了样子，整天神神道道、战战兢兢，天上响个雷，都会被吓得摔个屁股墩，日子过得苦不堪言。后来胡老板做上了生意，情况才稍有改善，可看起来不愁吃不愁喝，出入都是宝马奔驰的，老父亲的精神状态却依然很糟糕。他特别怕死，对过去充满怨恨，认为自己起好心没好报，是烂红薯祸害了他，让他这么多年都像一条落水狗一样活着。

不久前，胡老板的父亲因为病入膏肓，行将就木。也就在这时候，一个老者突然出现在秦村，跟人打听胡老板的父亲。他一见胡老板的父亲，就深深地一鞠躬，连声说着“对不起”。时隔这么多年，胡老板的父亲还是一眼就认出了他，颤抖着胳膊指着他，老泪纵横，扯着哭腔说：“就是你把我害成这个样子的啊！”

这位老者，就是当年的那个烂红薯。这么多年，他跑哪里去了？他跑国外去了。这么多年了，孑然一身，一直在做红薯研究。当他终于完成了皇皇百万言的《红薯史》后，觉得此身还有最后一个心愿未了，那就是回到祖国，向胡老板的父亲致歉。

等老爷子平静下来，烂红薯来到他跟前，刚要道歉，没想到老爷子似乎又脑子犯糊涂了，他冲着烂红薯大喊大叫起来：“快把他撵走，他是火葬场的人，不要把我送去烧了！我还会活过来的啊……”

见到昔日的恩人神经兮兮、惊恐万状的样子，烂红薯问胡老板究竟怎么回事。胡老板本不愿搭理他，但架不住烂红薯一再追问，就说，他父亲不止一次说过，自己不想被烧成灰，他想以完身安葬。因为曾经有个阴阳师告诉他，他日后死了，只要完身安葬于胡家祖坟东南角的一棵古槐下，便还会活过来。因为胡家祖坟那片地是整个秦村最好的风水宝地，四周茂林修竹，最能藏风聚气，那棵千年不坏的古槐就是佐证。老爷子起初并不相信这话，但那阴阳师越说越神乎，说他命中有一劫，要替人背锅，蒙受冤屈，再得三年阳寿，是老天作为对他曾经遭受苦难的回报。这话一下子说得老爷子老泪直流，从此对自己能复活一事是坚信不疑了。

不过，等提到当地关于殉葬法规的事时，胡老板就一脸愁苦了。烂红薯听了，沉默良久，轻叹一声，说："好吧，就让我来帮他实现这最后的心愿吧，也算我的赎罪。"说完，他就走了。

此后，每隔一两天，烂红薯就会过来探望胡老板的父亲。他告诉胡老板，已经找到了实现老爷子心愿的方法，只是老爷子一时清醒，一时糊涂，一会儿有出气，一会儿没进气……搞得烂红薯的神情也越来越怪异，阴晴不定的样子。

胡老板嫌他烦，要撵他走。烂红薯说："你先听了我的想法，再决定是不是撵我走吧。"他的想法可把胡老板吓了一大跳——烂红薯说他原本是想买具尸体，用来替老爷子进火葬场，但他现在改主意了。他这觉得这样的买卖太缺德，无异于杀人。更何况准备卖尸体给他的那人，是他的老交道，和胡老板的父亲一样，也曾经对他有恩。所以，"舍身喂虎，割肉喂鹰"，他一直在读佛经，现在终于明白这句话的意思了。想了一晚上，他决定用自己的身体来完成这个交易。

胡老板惊得大吼："你疯了吧？"

烂红薯苦笑一下，神情很快恢复了淡定。他说自己这一生坎坎坷坷，这些年来，心里也一直饱受折磨，如果不是想要完成那本《红薯史》，早自杀八百回了。他在这世间已无任何亲人，死后更不知该归葬何处。现在书已完稿，他也算是夙愿已了。所以，他决定死去，替胡老板的父亲进焚尸炉，到时候请胡老板将他的一把骨灰当成肥料撒在秦村的土地上，也算是对这片曾经厚待他的土地一点报答。

胡老板听得张大了嘴巴，半天回不过神，正张皇不知所措时，父亲那头又说人快不行了。胡老板匆匆打发烂红薯走，烂红薯倒也没再坚持刚才自己那个提议，只说他想留宿一晚，也算陪陪老爷子。胡老板懒得再跟他掰扯，便由他去了。

第二天中午，胡老板的父亲驾鹤西去，临终之际，老爷子还在念叨："不要进高烟囱，要完身安葬，等待重生……"胡老板叹了口气，这才发现，说好要陪陪老爷子的烂红薯怎么没见人呢。到了客房，推门一看，胡老板倒吸一口凉气，只见烂红薯竟直挺挺地死在了床上。

“前头半截的事情就是这样，”胡老板说，“之后，我都遂了他们的心愿。我把烂红薯化妆成我父亲的样子，送到火葬场。然后把我父亲殓进大柏木棺材，葬在祖坟地那棵古槐下。我刚撒掉烂红薯的骨灰，余元就打电话来了，跟我谈起了他的电影项目。我说这个项目很有意思，愿意资助他。当我热起来的时候，他却突然凉了下来，人影都见不着了……”

安昌河忍不住问：“那个叫烂红薯的老人，他就没留下只言片语，就那么干脆地、毫无征兆地死在了你家？”

“这就是我越想越生气的地方！”胡老板叹着气，“但这人也是个怪人，不管当年从秦村逃跑，还是从国外回来，不是都一声不响的吗？”

胡老板说了一大圈故事，安昌河听着，有时皱皱眉，有时撇撇嘴，最后，他还是明确地告诉胡老板：“你讲的这些，我还是不相信……”

“这件事情对于我来说，不重要啦！”胡老板牙疼似的吸着冷风，痛彻心扉一般，说，“我之所以急着要找到余元，是因为他可能偷走了我的老爹！”

复活的尸体

胡老板又开始对安昌河细说那后半截的事了——解决了父亲不进焚尸炉的大麻烦，还有个小麻烦，就是怎么处理父亲死后重生的问题。常识告诉胡老板，死后重生根本就是不可能的事，但父亲生前一次次地提这事，临终前又一再叮嘱，一万个不放心的样子，所以，胡老板不敢怠慢。

其实这也不是个难事，停尸一阵子嘛，他要真活过来，一声咳嗽大家也都知道了，但是依照父亲的说法，他是必须葬进棺墓里，仿佛真是要经过与世隔绝、阴阳分离的这个环节，才有可能重生的，就像果子掉落地里，必须要先腐烂掉外头的果肉，果核才能破开，长出苗子。可是，都埋进泥巴地里去了，又怎么知道他活过来呢？因为老爷子自己也讲不清楚是在哪一天活过来，是埋葬后第三天呢，还是第五天？总不能每天都扒拉开坟头看看有出气没有，是不是恢复了心跳……父亲生前说过，“葬”就是“藏”，之所以要把先祖的尸体在风水宝地“藏起来”，因为那已经不是非凡之物，而是“宝器”，是“法物”，可以聚敛天地灵气，福泽后代子孙。所以，隔三岔五扒拉坟头棺材，古古怪怪的不说，不是很容易就把那聚敛的灵气泄了吗？

咋办呢？这事儿……

胡老板突然想到了高科技。他让人赶紧从城里买了一款最新的智能健康手环，这玩意儿能测血压、心电、血糖……关键是超长待机，能定位，而且信号极强。胡老板亲手将手环戴在父亲手腕上，再和自己手机上的 App 关联上，这才松了一口气。是啊，有了这个东西，躺在棺墓里的父亲有轻微的变化，他睡在床上就可以知道。

连日来的劳累，随着父亲的入土，胡老板顿时如释重负一般，挨着床就酣然入梦。

这天早上，胡老板瞌睡正香呢，被余元一个电话给惊醒了。听他含沙射影地说要搞什么关于尸体的电影，立马摸清了他的企图，胡老板气得暴跳如雷，喝令手下必须、赶紧、不惜一切代价把余元找到……就在忙得焦头烂额的时候，胡老板发现他手机上的那个 App 有了动静——

动静可不小！收缩压 100，舒张压 70，心率 80……再仔细一看 GPS 定位，竟然在行进中，而且前方就是土镇！胡老板猛然意识到了这意味着什么，激动得灵魂都出窍了。手下人见胡老板脸色大变，以为发生了什么大事，赶紧过来。一听，哟，真是大事呀！胡老板的父亲真的复活了、重生了，而且爬出了墓穴，正在前往土镇的路上！

就在几个人一惊一乍间，动静又没了。胡老板晃了晃手机，以为信号不好，可再看，是满格呢！

“咋回事？”胡老板一拍脑袋，“走，去坟墓看看！”

一群人赶紧往房屋后面的棺山跑去。自古以来，秦村死了人，都安葬于此，所以此地也是很多人家的祖坟地。后来搞“学大寨”，棺山的坟头被扒拉一多半，开垦成梯田，栽种红薯、玉米。因为植被破坏，土脚不牢，几场洪水就把辛辛苦苦开垦的土地冲了个精光。20 世纪 70 年代末，这里就成了一片荒山。陆续又栽种树木，树木成林，固稳了土脚，死的人又重新埋上山，这里又恢复成了棺山的样子。

胡家祖坟就在棺山边的一片台地上，尽管胡老板他们已有心理准备，但是眼前的情形还是让他们感到触目惊心：坟头被扒掉了，棺材板儿被掀翻了，陪葬物品被扔了一地。自然，他们没有看见老爷子。他是啥时候复活的？是刚才 App 有动静那会儿吗？如果是的话，也太快了点吧，人一下子蹿出坟墓，一眨眼就跑到土镇那头去了？

“老板，”一个手下犹豫了好一会儿，看着胡老板，说，“我觉得有点儿不对劲。”

胡老板看着眼前这一片狼藉，还没回过来神。

“我记得陪葬品里头不是有很多茅台、五粮液和中华吗？咋一样都不见呢？”那个手下嗫嚅道，“老爷子就算吃了、抽了，那么多，可得花一阵时间呢！而且，也不见一个空酒瓶和烟屁股呀？”

听到这里，安昌河觉得这事真是又荒诞又好笑。胡老板叹口气，说：“其实我也觉着不对劲了，就算我父亲复活重生，他也不是一个人，现场肯定有人搭手帮忙，因为在那些被扒拉开的新土上，可是有不少脚印呀！”

安昌河肯定地说：“我可不相信鬼神，也不相信什么死后重生，你父亲一定是被盗尸了！”

没想到胡老板立马接道：“我认为是余元干的！”

安昌河想了想，觉得余元没有这个胆量，盗尸者，肯定另有其人，是他胡老板的新仇旧恨也不一定，做生意这么多年，明抢暗夺、尔虞我诈的事情，他肯定没少做，有人报复也不稀奇。

“究竟是怎么回事、什么来头，很快就会有结果的。”胡老板之所以信心满满，是因为他的那个 App 上时不时地就会有动静出现，这就意味着，如果不是他父亲复活后在使用那款智能健康手环，那么使用者就肯定是偷盗他父亲尸体的家伙。

正说着话，胡老板电话响了。挂了电话，他很紧张，说话的声音都在哆嗦。

“你有时间吗？”胡老板深呼吸一口气，看着安昌河说，“找着了，还在土镇呢！”

原载《故事会》2021 年第 5 期

马孔多的雨季

◆言　子

言子，生于四川宜宾，籍贯云南永善。以文学虚度人生。发表诗歌、小说、散文、随笔近两百万字。获『五一』文学艺术奖、巴蜀文艺奖、中华宝石文学奖、滇池文学奖、《黄河文学》双年奖、梁斌小说奖优秀短篇小说奖、重庆市第十七届期刊好作品一等奖。作品收入二十多种选集、年选集，其中，《滋养我们生命和灵魂的》和《飞鸣禅院》先后入选高考语文试卷。

《百年孤独》里的雨季，那是世界上最漫长的雨季，落在拉丁美洲一个叫马孔多的小镇上，空翠记得那场雨下了四年零一个月。为了查看自己是否记错，空翠下床，摁亮台灯，去书柜的第三排找出了马尔克斯的《百年孤独》，回到床上翻了一阵，找到了她要看的文字："雨，下了四年十一个月零两天。有时，它仿佛停息了，居民们就像久病初愈那样满脸笑容，穿上整齐的衣服，准备庆祝晴天的来临；但在这样的间歇之后，雨却更猛，大家很快也就习惯了。隆隆的雷声响彻了天空，狂烈的北风向马孔多袭来，掀开了屋顶，刮到了墙垣，连根拔起了种植园最后剩下的几棵香蕉树。"空翠合上书，雨声里沉思，橘红色灯光落在她右脸上，像半边毛月亮。看来任何时候都不要太相信自己的记忆，空翠想，马孔多的雨季比记忆中还要漫长，四年十一个月零两天，不是四年零一个月。马孔多的雨落到蜀地，就像马孔多早已延伸到地球的每个角落。以前读到这里，空翠总以为是作家的夸张和虚构，现在明白确实有那么漫长的雨季，她正在经历这样的雨季，马尔克斯并没有夸张和虚构，如同马孔多实实在在存在于地球的一角，如今，地球上大大小小的城镇，都是马尔克斯笔下的马孔多。空翠再次下床，将书放进书柜，回到床上，关掉床头灯听淅淅沥沥的雨声。空翠并不讨厌雨季，任何季节的雨，她都喜欢，尤其喜欢雨声，听着雨声入眠，空翠认为是人生的一大享受。在空翠的耳朵里，再暴烈的雨声都是寂静的，如同再狂暴的风，再明亮的月光，在她眼里，都是寂静的。这个雨季超出蜀人的经验，过于漫长，虽说比不上马孔多的雨季，也是空翠生命里从未经历过的。从来没有经历过如此漫长的雨季啊！整个夏季，日日夜夜都是大大小小长长短短的雨，看着晴了，阳光灿烂，雨突然又来了，一场接着一场，一天接着一天，伴着狂风和雷电，看不见有结束的征兆，树荫下的人行道，水淋淋的，从未干过。好在现代建筑结实，风掀不开屋顶，刮不倒墙壁，空翠可以安安心心静听屋外的雨声时而如细语，时而如古琴，时而如溪流，时而如江河。雨声变换着节奏，日日夜夜在屋外弹拨、流淌。这个夜晚的雨声，先是滴滴答答，而后淅淅沥沥，后来哗哗啦啦，空翠躺在床上听着，感觉自己是枕着一条奔流不息的江河入眠的。河水泛滥成灾，乡村被洪水淹没，道路被雨水摧毁，蜀地被漫长的雨季笼罩，空翠的身体连同她家的几盆花花草草，起了一层青苔。绿苔幽幽。

听着如流的雨声，空翠想，能走出雨季就好了！可以走出雨季的！空翠在雨声里想象着自己如何走出雨季，渐渐入眠。

空翠站在一座松坡上，回头望了望，走出雨季并不难，很容易的！空翠的背后雨丝连绵，雨声淅沥，这边的天空与那边的天空也不同，这边晴朗，那边灰暗，脚下的河流，一半浑浊，一半清亮，浑浊的是从马孔多上头流下来的，清亮的是从桃花源流下来的。空翠沿着来自马孔多的河流逆水而行，走了七天七夜，在两河交汇处过河，将雨季甩在了河那边。没想到这么快就走出了雨季，原以为至少要走三个月，这个雨季太漫长了，漫延到蜀地的每一寸土地，空翠走过的村庄、城镇，大多露出被雨水吞没过的痕迹，湿漉漉的泥沙，乱糟糟的野草，东倒西歪的平房。好在空翠准备充足，穿了双防水高帮登山鞋，一路踩踏，不怕泥沙和雨水，身上的冲锋衣和速干裤，多漫长的雨季，都不怕，背包里的干粮和水，足够她走出雨季。当然，雨不是二十四小时下过没完，也有间歇的时候，时而大雨滂沱，时而云开日出。云开日出，空翠以为雨季已经过去，过不了多久，天色晦暗，乌云密布，雨又滴滴答答下起来，越下越大，夹杂着狂风和雷电。最奇特的是夜晚，天空明亮，星星闪烁，新月笑盈盈，以为明天是个好天气，可是，天不亮，雨又下起来了，有时一下几天。天有不测风云，空翠想这句古老的话永远没错，七天七夜的行程，空翠在“不测云风”下走着，在马孔多的雨季走着，一路向上。

如今的马孔多，早已不是空翠第一眼看见的那个小镇。

二十年前，空翠走进马孔多时还年轻，她带着孩子来避暑，孩子小学毕业，难得整个暑假无作业。马孔多的山区气候适合夏天旅居，她和孩子住进小镇的一家旅店，处暑才离开。小镇坐落一块开阔平地上，四面环山。小镇上的人家过着寂静、简朴的日子。小镇外的农户，春播秋收。身处小镇，可观田园风光，可望山野景色。小镇不大，几十户人家，出门是平畴的田野，走过田野是青山。山里的气候比山外的慢几拍，一路过来，空翠看见公路两边的田野开始泛黄，马孔多山脚的田野还是青幽幽的。空翠像是回到了故乡，故乡在丘陵地带，从她出生到她离开，故乡年年都有这样的田野，也有这样的小镇。她离开那年，故乡没有公路没有汽车，马孔多也和故乡一样，这两年才有了公路有了长途汽车，上午一班，下午一班。有了公路，香蕉公司进入马孔多，不是种植香蕉，是造别墅。马孔多现在是座繁华之城，街道四通八达，灯火通明，车流喧嚷，幢幢别墅，从平地排列山腰，别墅里住的，大街上穿行的，都是发了财的外地人，原住民去了异乡谋生，留下老弱病残和小孩。空翠怀念记忆中的马孔多，对于马孔多的变化，她并不吃惊，这个年代，所有的城镇都是马孔多，没有城没有镇的乡村山野，香蕉公司也将那些寂静之地变成了马孔多。马孔多由一个山区小镇变成外地人的居住地，变成别墅如林的城市，太快了，快得令人不敢相信。空翠站在马孔多的十字路口，看不见宽阔的田野，看不见苍郁的大山，楼房屋宇从平地一层层升上山坡，空翠看见的全是气派的楼房。一路过来，河谷的田野都变成了街道楼房，望不见一块田野。空翠感叹，以前这条河谷可是粮仓啊，旱涝保收的粮仓！以前这个季节从这条河谷走过，平展展的田野上净是稻田，沟渠纵横，稻田上坐落的房舍，绿荫环绕。空翠感叹时光不会倒流，世界变化得太快，上百里的河谷，上百里的粮仓，转眼间都成了香蕉公司开发、驻扎的马孔多！空翠站在黄昏的十字路口，想辨认曾经住过的旅店的方位，她还记得那家旅店的名字：田野旅店。马孔多唯一的一家旅店。旅店临街，街对面一排青瓦平房，平房后面是田野，田野尽头是青山，青山上面是云彩。空翠记得，“田野旅店”背后有条汩汩流淌的小河，沿河逆行，也许可以找到那家旅店。空翠离开十字路口，打听怎么去河岸，朝着老者所指方向而去。河岸清静，不闻流水声。河床变宽了，河水多了，流不动。空翠离开河岸，穿过一条小巷，来到大街上，路灯一盏一盏亮起，照亮马孔多的夜幕。这条大街宾馆酒店不少，没有一家叫田野旅店、田野宾馆、田野酒店的。空翠沿街回转，一家一家问，没有一家是田野旅店的前身，没有谁认识开田野旅店的人，他们的回答相同：“哦，不知道，我们不是本地人，我们这里没有你要找的田野旅店。”空翠放弃寻找，那家人也许早就不开旅店了，也许去了外地，也许把店子租给外乡人了，也许搬进了某个小区。空翠一路走一路想，再次听见滴滴答答的雨声。她走进了马孔多的雨季。这一路，她经历了无数场大大小小断断续续的夏雨，马孔多城外，她还淋了一场暴雨，走进马孔多，天晴、雨歇。当她站在马孔多的十字路口，看见天空飘浮着几丝卷云，望见楼房上空出现几道晚霞，明天，或许是个晴天！空翠想着，不敢下结论，阴晴不定的日子没完没了，即便天空晴朗，夕阳辉煌，谁也不敢保证明天是个晴天。看似晴朗的天空，又下起了雨。空翠走进一家宾馆，雨声淅沥。门外，雨如帘，街如河。空翠上楼进房间，梳洗后，躺在床上听密集的雨声。

马孔多的雨季漫长，四年十一个月零两天。空翠走进马孔多的雨季，遇见了老眼昏花的乌苏娜，遇见了回家躲雨的奥雷连诺第二和他的妻子菲兰达，遇见了奥雷连诺第二的情人佩特娜·柯特，这个建立了马孔多的古老家族，自从香蕉公司侵入马孔多后，便与马孔多一起凋零、衰败。空翠在马孔多的雨季，与马孔多古老家族的男男女女交谈，他们个个不但听得懂空翠的汉语，还个个都会说汉话。空翠听见乌苏娜沧桑的声音，你来马孔多做啥？这里已经不是从前的马孔多了！我厌烦了雨季，正在走出雨季，今晚路过你的马孔多，明早就离开。你迷路了吧？马孔多的雨季是世界上最长的雨季，已经下了四年了，你看，我身上都长苔了！空翠细细打量苍老、瘦弱的乌苏娜，发现她浑身上下绿油油的，布衣布鞋上一层鲜活的青苔。空翠再次打量房角的奥雷连诺第二以及他的妻子和情人，个个跟乌苏娜一样，身上长满青苔，绿油油的。我想走出雨季，没想到走进了马孔多，遇上了马孔多的雨季，我只是路过，歇一夜，明早就走。你来晚了，你要是早来二三十年，会看见马孔多的黄金时代，那时的马孔多……乌苏娜话未完，身着绿衣，从一张破旧的木椅上起身，离开了黑洞洞的房间。

雨声如流。空翠听着雨声，在朦胧的晨光里想心事。想了一阵，回味昨夜遭遇的一切。乌苏娜居然还活着，活了一百年，在马孔多，没有谁活过乌苏娜，她最后的日子，在马孔多的雨季，在幽暗的房间，活成了一个满身青苔的绿人。空翠想，雨一直这样下下去，人人都会披一身苔衣，变成绿人的。空翠想起逝于1979年的外婆，她和乌苏娜有许多相似之处，但她没有乌苏娜长寿，这是她的幸运，在那块偏僻之地，小脚外婆没有看到香蕉公司侵入那块乡村，没有看到她的两个孙子分家后把一座板壁瓦房变为废墟，她活在农耕时代，死于农耕时代。乌苏娜没有外婆幸运，她经历了马孔多的盛衰，看见香蕉公司如何践踏、掠夺马孔多，看见了马孔多的累累伤痕。乌苏娜愤恨，哀叹，无能为力。香蕉公司随着时代的发展，工业的发达，越来越壮大，无孔不入，他们不再种植香蕉，也不再贩卖香蕉，他们的事业越做越大，每一笔生意都离不开土地，他们用机械开道，开拓一座座城镇，一块块乡村，一座座高山，一条条江河，外婆如果活到乌苏娜的年龄，看见自己生活的地方天翻地覆，该做何感想？外婆有幸还是不幸？她死于香蕉公司侵入的前夕。种植水稻的水田，成为香蕉公司的花圃，拥有土地的人，成为香蕉公司的打工仔，他们为香蕉公司打理花草，再把花草送进城市。香蕉公司把成百上千块水田变成花圃后，那块种植水稻的土地，不再有田埂，不再有水田。空翠想起奥雷连诺的祖先开创马孔多的日子，故乡的一块块水田旱地，不是自然形成的，是祖先开创的，香蕉公司侵入，把坡坡弯弯绵延青山与江岸之间的田地，变成了花圃、工地、厂房、街区……空翠突然有些忧伤，想起故乡已经消失的清亮亮的水田，想起层层绿浪，空翠有些忧伤。空翠年轻时常常忧伤，而今，她这样的年龄，忧伤是稀罕之物。现代人忙忙碌碌，随时随地都有消遣的电子工具，很难滋生忧伤，空翠好久没有忧伤了，马孔多的早晨，听着窗外的雨声，想起消失的故乡，空翠的内心突然生出忧伤。

空翠犹豫着是否在马孔多住上两三夜，与乌苏娜的子孙们多交流交流，雨停了再走。她无法预知马孔多的天气，说不定也要下个四年十一个月零两天的，她不可能待这么久，待四年十一月零两天，她也会像乌苏娜一样苍老，成为一个老眼昏花木偶似的绿人。再说，她隐士般的日子已经过了近三十年，行走及抵达之地大多是流水之上的偏僻之地，习惯了与自然草木花鸟交流，与人交谈，对她而言，越来越难。雨声不再密集，淅淅沥沥小了许多，空翠不再犹豫，决定离开马孔多。天色不再朦胧，她收拾完行李，下楼结账，去街边吃了碗米粉，去店子补充了几包干粮、几瓶水，离开了马孔多。雨声淅沥，时而稠密，时而稀疏。空翠出城，逆河而行，走了七天七夜，来到一清一浊的河流交汇处，等待过河。

河水汹涌，大桥被洪水冲毁，垮塌的桥身残留河水。也许没法过河了！空翠等待着，期望好运降临，有人可以渡她过河。期待中，空翠看见雨雾朦胧的洪波上出现一只扁舟。空翠望着波涛里起伏的扁舟，一个穿蓝色布衣的白发老者，划着桨向岸而来。老者的出现让空翠惊喜，运气真的不错！老者靠岸，似乎知道空翠今天要过河。空翠摇摇晃晃上了小船，老者划着桨调转船头，小船载着空翠在波涛上颠簸。雨声淅沥，行到清流处，空翠听见浊流那边风雨摇荡，这边天空蔚蓝，流水平静。小船不再颠簸，慢慢悠悠驶向河岸。空翠想，老者是某机构临时派来的，大桥冲毁，老者在雨季被临时派来渡人。老者说他不是某机构安排的，是自愿的，这座桥自建起，来往的人不多，一月两月难见一个人，桥毁，更无人在此过河。空翠奇怪，既然无人过河，为何在此造桥？老者说，奇怪的事多着呢，某机构的决定，想造就造，想拆就拆，谁也管不着。船靠岸，空翠要付过河费，老者不收。老者说，我和我的小船等了三十年，才等到今天，等到你在雨季坐船过河。空翠谢过老者，转身迎清流而去，背后飘来老者的声音，嘿，你呀，一直走，一直走，河流尽头，就是桃花源。

空翠想，老者年纪大了，说梦话吧，哪里还有桃花源？

转过几道河湾，太阳偏西，流水哗啦，金光灿烂。天色渐渐暗淡，苍茫山峰上的晚霞即将消逝。空翠疾步，想在天黑前找到一户人家。夜幕笼罩河谷，空翠望见前方流水宽阔，星星点点灯光闪烁。空翠放慢脚步，听着流水，不急不慢朝灯火走去。

走进河谷的一片水泥楼房，空翠转着看着，遇见一老妪朝南而去。空翠问有无客栈？老妪说，我这一辈子，从来没有人问过这种话，外地人来了，从不过夜，哪来的客栈！那我，可以在你家借宿一夜吗？老妪站下来打量空翠，从头至尾看了一遍，对空翠说，跟我走吧。空翠跟着老妪穿过参差不齐的楼房，在一座四四方方的两层楼前停下。屋里的老头听到敲门声，开门，随即对老妪说，出去了一个下午，黑尽了才回来，落实没有？老头没看见夜色里的空翠。老妪说，老头子，来了一个借宿的，远天远地的，天都黑尽了，家里房子宽，都空着，我就答应了。老头探出脑袋，看见了老妪身后的空翠，说，进来吧。空翠想，这老妪走路颤颤巍巍的，出门落实啥事？想问个明白，话到嘴边打消了念头，告诉自己不要多嘴。老头老妪进灶房，空翠留在厅房，听见老两口一路小声嘀咕。可能在议论老妪出门落实的事，空翠想。坐了一阵，老头老妪端着煮苞谷和稀饭、咸菜出来。老妪说，没啥吃的，将就吃点吧。空翠没推辞，走了一天，新鲜苞谷、稀饭、咸菜正合她的胃口。她闻到了苞谷的清香。饭罢，老妪带空翠上楼，打开一扇房门，对空翠说，这间屋子的床铺都是现成的，将就住一夜吧。老妪下楼，空翠站在白生生的日光灯下，刺鼻的霉味直钻心肺，地上床上凳子上窗台上盖着白蒙蒙的灰尘。空翠将窗子打开，夜风微微吹入，她简单打理了下床上的灰尘，钻进被窝。夜风幽幽，从开启的窗户微微吹入。早上，空翠被鸟声叫醒，她假寐了一会儿，走近窗口，望见不远处的河岸葱郁，一座黑苍苍的风雨桥在晨雾里忽隐忽现。空翠本来打算天亮就离开，现在，她决定留下来享受一下这里的风景。老妪在灶房煮饭，她进去打了声招呼，穿过层层楼房向河岸走去。山腰晨雾缭绕，空翠逆流走了一阵，抵达风雨桥，她不急着上桥，在一棵苍老的枫杨下站了一会儿，又去一丛翠竹下发了会儿呆，回到风雨桥，看无尽的流水。一路走来，这是空翠遇见的第一座木质桥梁，完好无损，桥身瓦脊在时光里生出温润的气息。桥头的石碑告诉空翠，这座风雨桥看尽了三个朝代的风雨沧桑。空翠俯视流水，感叹自己不是站在一座桥上，而是站在时间之上。一只翠鸟从流水之上飞来，停留石桥墩上，空翠看着，想它是从时间之上飞越而来的；一只蜗牛爬行栏杆上，空翠看着，不知它从哪里来到哪里去，想它必定是从时间深处爬行过来的。我是一只飞鸟，还是一只蜗牛？空翠问自己，时间有尽头吗？时间的尽头在哪里？这座风雨桥，这只翠鸟，这只蜗牛，还有我，是不是停歇在时间的尽头？哦，还有这座村庄，村庄里留守的人，是不是停歇在时间的尽头？晨雾消散，河谷清幽，空翠回到借宿的楼房，老妪在桌上留了早饭，空翠吃完，与老妪说了一会儿话，又出门转悠，她喜欢这里的清幽。空翠转悠回来，老妪吃过午饭正要出门。老妪说，老头打牌去了，我出门办事去，饭在桌子上，我可能回来得晚，给你留把钥匙？空翠接过钥匙，想老妪可能出门接着落实昨日未落实的事。吃完饭，空翠上楼休息了一阵，又出去转悠。这条山谷里的村子，大多关门闭户，难见年轻人和小孩，空翠想老妪的儿女，可能也去异地安家落户了，留下她和老头守着空空荡荡的水泥楼房。村子里的楼房都是村子里的人打工挣钱回来翻修的，房子修好，大多过年回来住几日便离去，有的房子连留守的人都没有，一家子老老少少去了城市，留下一座空楼。空翠穿过楼房，再次站在风雨桥上，一个脸如核桃壳的老妪静坐桥头。她来看风景，还是来打发时光的？看面容，有九十岁了吧？空翠走近老妪，老妪漠然地看着她。空翠同她说话，老妪一言不发，一脸漠然。年纪大了，听力不好？空翠再次问她高龄，为啥不要人陪着，老妪一脸漠然看着她，一言不发。空翠想，这把年纪了，家里人咋不陪着？空翠过桥，回头看了看，老妪黑漆漆的背脊缩成一团。她左拐，沿着山脚的黄泥小路前行，没想到拐过山弯是青翠的竹林，一条山溪穿行竹林，流水潺潺。空翠在翠竹掩映的泥路上慢慢走着，惊喜这边的风景，不过桥，不转过山弯，她将与这片风景无缘。逆着清亮的流水，风景越来越清幽，山谷里的翠竹遮天蔽日，竿竿翠竹将空翠映照为一个幽人，她想起贾宝玉吟潇湘馆的诗：

> 秀玉初成实，堪宜待凤凰。
> 竿竿青欲滴，个个绿生凉。
> 迸砌防阶水，穿帘碍鼎香。
> 莫摇清碎影，好梦昼初长。

“竿竿青欲滴，个个绿生凉”，真是对竹子最贴切的写照。转而又想，这条山谷有没有名字？管它有没有，我给它命个名吧，就叫“王维谷”。空翠沿着自己命名的王维谷，走走停停，至竹林尽头，回返，过风雨桥，那个一脸漠然的老妪还坐在桥头。空翠想，她不是看风景，是来打发时光的！

时间尚早，空翠围着村子转了一圈，夕阳落山，空翠回到借宿处，看见老头正开门进屋。她跟随进屋，问了声：“牌打完了呀？”老头不吭声，过了一会儿才答：“嘿，混时间，一天一天的总得找事混下去。”老头不再搭理空翠，进灶房煮饭。空翠坐了一会儿，进去帮忙，老头说："年纪大了，吃不了多少，一日三餐也简单，中午剩下的热热。"中午是豇豆焖饭，一碗白水青南瓜汤。空翠站在一边看老头在灶台边忙碌，像是自言自语："天快黑了，老姐出门还不回来？"老头没吭声。空翠小声问："老姐出门办啥事？今天应该没问题吧？"老头往锅里倒南瓜汤："难说，要看村长答不答应。"空翠从老头的嘴里得知，老妪是去落实他俩的墓地，他们看上的那块地是公用地，需村长点头。剩饭热好，老妪回来。老头问她落实没有？没有，村长说要村委会讨论决定。吃饭时，空翠说："转了一天，看见一些楼房空着，屋子里的人都进城了？你俩老咋不跟着儿女进城？"空翠说完，看见老头老妪的脸色暗淡下来，赶紧说："对不起，对不起，我不该乱问。"过了一阵，老妪的脸色和缓了一些，说："没啥，这么多年，伤疤早就干透了，死亡没啥了不起的，是人都要面对，早晚而已。我们现在无儿无女，我们曾经有两个儿子，二十几岁去城市打工，葬送了性命，一个在重庆游泳淹死，一个在陕西修路被石头压死，都是年纪轻轻的啊，都是活蹦乱跳的啊，都是没说婆娘的啊。是人都要死的，哥俩比我们先走一步罢了，没啥没啥，吃饭吃饭。"空翠看着老妪，再看看默然的老头，不敢再说一句话，默默刨饭。

老妪喝着碗里的南瓜汤，对老头说："明天下午，我还去找村长，看他落不落实！"

空翠吃完饭去了楼上的房间，下来，她把住宿和饭钱给老妪。老妪不收，说："我们又不是开旅馆的，收啥子钱，不说住一夜两夜，住上一月两月，我们也不会收钱的。"空翠把钱放桌上，老妪拿起钱塞进她手里，说："我们不缺吃的穿的，要钱有啥用，再多的钱，对我们都没用！"空翠无奈，回到楼上。

空翠整夜都在梦里游荡，认识不认识的人出现在梦境，逝去的亲人，一个被妻子砍死的小学同学，他们来来去去，谈笑风生，与活着时没什么不同，也不见老。走出梦境，空翠睁开眼睛，看见地上有几缕阳光，本想早早起床，睡过头了，想着夜晚的梦，忽东忽西，忽南忽北，一夜不得安宁。让空翠不解的是，那个早亡于刀下的小恶霸小流氓，从进校那天起，她受尽他的打骂和欺辱，与他无任何交往，看见都要躲开，死了，却常常进入她的梦境。这个让空翠年少时担惊受怕、胆怯恐惧的小地痞，这些年不再骚扰空翠，昨夜又在梦里出现，不像读书时对空翠破口大骂，拳打脚踢，而是一脸笑意，友好谦让。空翠整理着床铺，想一切事情都是有因果的，一个仗着自己是街上娃，天天在班上欺负乡下女同学的小恶霸，成年后娶个乡下老婆，年纪轻轻，被老婆砍死在床上。一个从小横行霸道的人，死于女人的刀下！

门开着，四方桌上留着早饭，空翠知道老两口在附近干活。昨夜听他们说要摘海椒，一早就去摘海椒了吧。空翠吃罢给她留下的早饭，将昨夜未给出去的钱放在桌上，背上行囊，轻轻关上房门，穿过座座楼房，开始又一天的远足。逆水经过风雨桥，空翠看见昨日那个不言不语的老妪坐在桥头上，一脸漠然，一脸沉寂。老妪望着空翠，空翠望着老妪，桥下流水飞逝，水声潺潺。

她在打发时光呢！

山谷越来越狭窄，流水越来越曲折，高远的天空，如海洋般清澈。空翠记不得拐过了多少河湾，转过了多少峡谷，群山绵延，耸立云天，不见尽头。逆着流水，空翠的行路，日日都在增加高度，越走越寂静。不管怎样寂静，山谷里都有一户两户人家，不愁要露宿荒野，他们对一个从未见过的外来人，很友好，视作远道而来的客人。昨夜借宿的那户人家，将煮好的腊肉、香肠、土豆塞进她背包，说是前边的山谷无住家户，多带些吃的无妨。空翠在山高路窄的河谷走到太阳落山，未看见一户人家，未遇见一个人。莫非今夜要露宿野外？空翠内心的惆怅和茫然，如清流上徐徐飘起的暮霭。她望望前方，弯弯曲曲的山路向着高处延伸，余晖落在即将闭合的山峰上，灿烂如金。过了一线天，也许是另一块天地！空翠加紧攀爬，手脚并用，汗如雨下，想尽快抵达一线天。余晖转瞬即逝，一线天上的两峰渐渐暗淡，与山谷一样幽暗。我必须在天黑前走出一线天！空翠手脚并用，离一线天越来越近。

正如空翠期望的，一线天外是另一块天地，山谷开阔，河流开阔。柳暗花明又一村啊！空翠站立夜幕下感叹，望见前方夜雾弥漫。空翠疾步，沿着宽阔的河岸走进夜雾，重重迷雾里，她先是听见人语声，再是望见若隐若现的灯火。我走进了桃花源？渡我过河的老者没说梦话？空翠这才明白不可小看那个破衣烂衫的老者，也许是个隐居江湖的高人！空翠走出浓雾，向着朦胧灯火走去。人语声渐渐消失，空翠站在灯火幽微的河口，清流潺潺，河岸散落的房舍，星火闪烁。借着微火，空翠望见河岸上的村子苍松挺拔，野菊开放。空翠嗅着野菊的香气，走近村口的一棵松树，遇见一个清瘦的男人在菊丛中独酌。好面熟啊！空翠搜寻记忆，想不起这个似曾相识的男人，何时何地见过！空翠想问他借宿的事，看他沉醉花丛，不忍心打扰。松下男人自斟自酌，一脸寂寞，一脸安详。空翠想，他正沉醉在时光的黑夜呃，没看见有人呢！转而又想，好熟悉啊，哪里见过？空翠走着想着，听见背后传来声音：你不用找了，今晚，就住我家吧，自先秦以来，你是第一个进入我们桃花源的。空翠的记忆被身后的声音打开，忽然想起，这个似曾相识的男人，是她仰慕已久的陶渊明。

原载《广州文艺》2020年第2期

大　拿（节选）

◆羌人六

羌人六，1987年5月生，四川平武人。中国作家协会会员，巴金文学院签约作家。曾获《人民文学》『紫金·人民文学之星』散文佳作奖、四川少数民族文学创作优秀作品奖、滇池文学奖等。著有诗集《太阳神鸟》《羊图腾》，散文集《食鼠之家》《绿皮火车》，中短篇小说集《伊拉克的石头》《1997，南瓜消失在风里》。

1

绵州东南有个盐亭县，因旧时多盐井，盐卤出产丰富而得名。据说，首创种桑养蚕之法、抽丝编绢之术的远古人物嫘祖，亦出自此地。前些年，为带动地方经济和旅游事业的发展，政府便以“嫘祖故里”作为名片，四处宣传。

盐亭地广人稀，境内遍处丘陵，时代日新月异，许多村镇却存留着旧时的风俗习惯、器物，这些尘埃累累又仿佛历久弥新的事物混淆在日常中间，静静垂挂在丘陵的一角，垂挂在丘陵人的生活一角，等着被人拾起，又像是在等着被人遗忘，令人惊艳，也令人唏嘘。

有人自外地回盐亭，又把吃饭用的筷子呼作“筷子”，是要被乡亲父老笑话“忘本”的。本地人历来把“筷子”叫“箸子”，不叫“筷子”，有人找来资料查探究竟，方知这“箸子”的叫法，始于商朝。走在路边，随随便便钻进一个不起眼的村落，总会见些古老碑刻、动物石像、石敢当、牌坊、磨盘之类散落在路旁草中，躲躲闪闪，若隐若现，叫人幻觉滋生，误以为自己不是进了村庄，而是回到古代。又见跟前有烫着卷红头发、涂着口红、丰乳肥臀的时髦村妇打着手机翩然而过，心头就不免生出几分感慨。

自车水马龙的盐亭县城出城向东，顺着羊肠一样盘绕在丘陵之上的水泥公路车行半小时，来到一个叫柏梓的乡镇。此镇算是盐亭的一员大镇。镇上建筑以参差不齐的楼房为主，街道仿佛用力捏过一般，特别狭窄，倘若有人在街对面放屁，街道这边的人也能听到，若是熟人朋友，便会问肚里是否吃多了红薯之类，以此玩笑。车辆在街上过路，会车必须要有一家停下来让行，否则极容易亲密接触，造成交通瘫痪，沿街堵出一条看不见头尾来的火车长龙。赶场的日子，来自十里八村的摩托车、三轮车、农用车、自行车等随意停放在各式店铺门前的街边，人流如织。

近年来，丘陵的庄稼地再养不活丘陵上的庄稼人，又流行外出挣钱，许多柏梓人便选择出门打工维持生计。平日，街上赶集的人多是些老人、妇女、孩子，一个血气方刚或者正值盛年的男子在大街上闲转、游梭，又没有特别的事情要办，往往是要自惭形秽，被人耻笑的。当然，在柏梓人的字典里，肯定没有类似于"废物""窝囊"之类的字眼，"看那不成器的样子！"人们背地里只会这样说，但在本地人看来，说某某不成器，虽然谈不上侮辱，却也是一种实实在在的唾弃。

柏梓镇在整个川西北算个普通角色，但柏梓人自己总结出两样值得跟外人显摆的"名片"。一张名片是镇上去往陶家沟村路边上的两棵参天古柏，古柏明明是两棵，却不分你我缠绕一体，宛如一对风雨同舟的恩爱夫妻，在整个丘陵地带，几乎再难找到这样灵性的柏树，镇上的人就格外稀罕，视作神物，逢年过节便带了香蜡、纸钱来朝拜，许多即将步入婚礼殿堂的男女，也在结婚当天特地前来，为自己的姻缘许愿祈福。

第二张名片，就非陶家沟水库的鱼莫属。陶家沟水库位于陶家沟村，本是由数座丘陵环绕形成的凹地，20世纪80年代政府为解决镇上居民生活用水问题，便因地制宜，截断溪流，建了这样一座水库。水库隐匿在丘陵之间，绵延数里，烟波浩瀚。水库位置较偏，水质好，各种鱼类像是吸饱了水的灵气，受那水的滋润熏陶，味道格外鲜美。夏日里，许多钓鱼人慕名而来，想试试身手，却碰了一鼻子灰，败兴而归：水库禁渔，谁也不让钓。水库周边好几个路口的树梢都挂着"水库禁渔，否则，罚款两千元人民币！"的红色警示牌。禁渔，其实不过是托词，真相是，水库里的鱼已经由专人承包，并且请了专人看守，每年只在合适的季节捕捞。说不让钓，也不是真的，水库是长在陶家沟的，自然归陶家沟管，那陶家沟的村民自然有份，陶家沟的人就获得了一张通行证，被默许在水库里钓鱼。这两年非洲猪瘟闹得厉害，肉价飞涨，镇上的人都羡慕陶家沟的人有福气，毕竟，只有陶家沟的人能够享受免费的鱼。但陶家沟村的人不知道外人的羡慕，近水楼台的他们有自己的愤愤不平，水库在陶家沟就是陶家沟人的地盘，不让钓，谁都别想好！

这天上午，适逢柏梓镇老百姓赶场的日子，街道上早就挤满了人，汽车喇叭声此起彼伏，空气里弥漫着浓浓的喜气。快过年了。太阳老早出了门，孤零零挂在天上，红彤彤的像个柿子饼。丘陵还没有热乎起来，腊月的寒风在丘陵上空呜呜作响，吹在脸上，刀子在割一般。赶集的人，捂蛆一样把自己捂得严严实实，生怕风把自己浑身上下吹出一道道裂缝似的。

镇上中街信用社门口的一小块空旷处，忽然风风火火停下一辆三轮车，骑三轮的青年男子身形高大，模样周正，身穿着一件蓝色运动服，一条牛仔裤，牛仔裤上还有个拳头大小的窟窿。和普通乡下人打扮不同，一看，就知道是从外边回来的。此人三十上下，国字脸，高高的个子，眉清目秀的，模样还挺“江湖”——丘陵人对长相标致的人的一种描述。这个有点江湖的男子骑着三轮车忽然停在了信用社门前，立刻引起了周围人的注意，主要是旁边一些面前堆着蒜苗、大白菜、红薯之类的乡下菜农的注意，好像三轮车的到来，挡住了他们的生意似的。按道理，三轮车是不允许在这个地方停靠的，但这辆三轮车居然没长眼睛似的，忽然冒冒失失地停在这里，一下子把周围团转的目光拽了过来，仿佛三轮车里面藏着一块磁铁。

“三轮车不要乱停，这是菜市场，是我们卖菜的地方呀！”

有个卖山药的老头见不惯，便气冲冲地冒了两句。老头这样一吼，许多卖菜的人都把自己跟前的蔬菜往自己身下挪了挪，好像这辆突如其来的三轮车，把他们和他们的蔬菜都挤到了悬崖边上似的。

“我耽搁不了多久的，放心。”

青年男子不卑不亢，极有礼貌，他客客气气地答着话，说话间，右腿一弯，身体往后灵活地拉出一个九十度回旋，从三轮车上跳了下来，一双沾满了泥水的白色平板鞋结结实实踩在地面上。紧接着，他伸出右手，从腰间皮带位置摸出一把雪白的尖刀，叼烟一样含在嘴上，面无表情地走向三轮车后面。那把说长不长说短不短的杀猪刀仿佛掌握着一种可怕的咒语，让周围赶集的人吓了一跳，以为来者不善，正想远远走开，却见青年男子用手掀开了三轮车上那罩着什么东西似的蛇皮口袋，眨眼间，一条足有一米多长的草鱼，便立刻浮现在空气的皮肤上。围观的人们眼睛纷纷亮了起来。

紧绷绷的气氛一下子烟消云散。

好大一条草鱼！人们的眼睛鼓得死死的，望着那条草鱼；草鱼的眼睛也是鼓得死死的，望着雨点一样快速稠密起来的人群，美丽的鳞片如同铠甲，在阳光下十分好看。

三轮车不只载着一条大草鱼，人们也看见，在它那颗巨大的脑袋边缘，还躺着一杆老秤。

青年男子从嘴上取下尖刀，在草鱼身上拍了拍，又刮了一刮，庞然大物似的草鱼就慢慢动了起来，还想重新跳回它的水里去一样，挣扎了几番，黏黏的尾巴将三轮车拍出几声空空的闷响。

"陶家沟水库里的大草鱼，天然绿色食品，只卖十块钱一斤，要买的抓紧！"

男子忽然一声吆喝，脸上，还有些不好意思的样子。

原来是来卖鱼的。

这样的好事历来不多见，猪肉挨边三十块一斤，吃鱼倒是划算，赶集的人一下子围拢过来，里三层，外三层。不一会儿，草鱼就被瓜分得只剩一副干巴巴的骨架，鱼头的方向，暴露出死亡的形状。

男子蹲在地上，数过厚厚一沓块票，骑着三轮车，一阵风似的离去。

男子刚离去不久，菜市场又来了一个骑摩托车的人，有人认出，是陶家沟看守水库的人。此人特别瘦，绰号"干虾"，干虾人明明瘦得像是一截干柴，但人们偏偏不叫他干柴。干虾将摩托车横在街边，就伸出一根木乃伊似的手，抓住一个路人，拉着人家胳膊，急吼吼地问，晓得不晓得刚才在这儿卖鱼的，是哪个乌龟王八蛋？

又问了好几个，都纷纷摇头，说不晓得。

干虾就双手叉腰，伸着脖子，扯着喉咙，站在那里骂娘，骂得很难听，并且，每句话都要带个"妈"字，让人不得不怀疑他的肚子里有各种各样的妈妈要倒出来。顺带，干虾把自己的甲亢病史也骂了出来。人们就绕过骂声，去看他三星堆纵目人一样凸起的两颗灯泡，果然和虾子没什么区别。

见干虾骂累了，有人提醒：只准陶家沟的人钓水库里的鱼，肯定是陶家沟的人嘛！

干虾气终于收住骂声，往地上吐了一口浓痰，说，我肏！

干虾不晓得的是，卖鱼的那个人是陶家沟的大拿，他的小学同班同学。两人不仅是同学关系，还是铁哥们儿。读书那会儿，用干虾尚未因癌症死去的爹娘的话来说就是，两个人简直好得不得了，好得简直恨不得穿一条裤子，那些早已化作齑粉的光辉岁月，干虾和大拿在彼此心目中，都是影子一样的存在，一起上下学，一起逃课，一起打架，一起偷偷在教室的黑板上用粉笔画语文老师的裸体，一起躲在玉米林深处抽从家里偷来的大人的雪竹烟，以此显示和探寻各自在人生走向成熟的惊人表现。这样一种好得恨不得穿一条裤子的美丽关系实际上只维持到五年级下学期的某一堂课后，干虾因为跟班上同学打赌，竟胆大包天站上讲桌，将裤子一脱到底，这一史无前例的流氓举动被班上吓哭了的女生们以见证人的方式举报给了班主任和学校方面。最终，干虾也因为脱裤子的关系，被学校开除，卷铺盖走人了。

被学校开除以后，干虾就跟着父母出门打工远走他乡，大拿则继续泡在学校里混日子，直到初中毕业，自己也成了打工浪潮的一员。阴差阳错的是，这些年，干虾和大拿两人就仿佛两朵茫茫人海里的浪花，再未碰过面。

2

穿灰色棉衣、满头银丝的陶梦招坐在轮椅上，望着院外把丘陵涂抹得辉煌绚烂的美丽阳光，这些据说跋涉了无比漫长距离才抵达这颗古老星球的旅客，如同尚未学会走路的婴孩一样在丘陵的皮肤上爬来爬去，闹着，欢腾着，把树啊草啊房子啊篱笆啊的影子，一会儿拉长，一会儿缩短。

自出意外，原本红光满面的陶梦招，就像只被铁钉扎破的皮球，快速干瘪下来，人瘦了一圈，整天没精打采，病恹恹的，似一张薄薄的人形纸片，给人一种弱不禁风的感觉，仿佛，只要随随便便来一股子风，嘟着嘴巴冲他轻轻地一吹，就能把他老人家和寄身在老人家身体上的全部苍老、病痛，吹得魂飞魄散，飘出很远。

年有四季之分，人终有一老，生病了不去医院不行，人老了不服老也不行。只是，如此寡淡遭罪的晚年，难免有些凄凉，陶梦招心有不甘，还有些愤愤不平，却无可奈何，束手无策。

此刻，陶梦招一副木木呆呆的憨厚模样，定海神针附体一般，一动不动地坐着，孤零零地坐着，坐在他的轮椅上，仿佛，散布在生命周围的空气和时间已然凝固，同时，也把这具苍老而又无用的躯壳，牢牢实实冻结在它们透明的岩层之中。直到新的时间踢开了旧的时间，直到缄默在空气的皮肤上滑行了很久很久，陶梦招才会忽然想起点什么来似的，小心翼翼、下意识地动弹一下，眨眨枯黄的眼睛，抿抿干裂的嘴唇，扭扭僵硬的脖子，似乎在刻意地证明着自己，还好好地活着，还留着一口气。然后，很快，这些徒劳无功的举动就被硬邦邦的空气打回原形，沉默像是一顶大锅盖，再次将他整个儿罩住。大多时候，他都这样静坐着，像一株安静的人形植物，耷拉着一颗小如核桃的脑袋，如果不凑近去看，真摸不准他是在睡觉，还是关闭呼吸，已经死去。人活到这把年纪，不容易。

四十九天前，陶梦招的日子比现在好过一点。毕竟，那时拄着拐杖还勉强能走几步，在院子里转转，眼下完全不行了，两条腿完全失去了它们应有的功能，再也撑不起任何重量。出事那天，院子里也是晒着苞谷，苞谷是秋天才从地里收回来的，刚用搅搅机去了骨骨，准备晒干了装进蛇皮口袋喂猪的。这两年非洲猪瘟闹得厉害，肉价暴涨。养猪是条发财路子。邻居大拿，自然想到这个路子，一鼓作气买了八头猪崽关在圈里。好几次，大拿在陶梦招和他儿媳葵花面前请他们匀给他些苞谷，他跟他们苦口婆心地说苞谷种在地里才会下儿子你们把苞谷装在蛇皮口袋里苞谷不会下儿子卖成钱可以存进银行钱吃利息你们为什么不好好地想一想？陶家沟离镇上有点距离，大拿表面粗糙却是可以非常擅于精打细算和节约，他考虑的是，这来来回回的，光是汽油钱，就让人心疼。儿媳妇葵花本来是要答应的，但公公陶梦招不答应，他死也不想答应，虽说是多年邻居，但陶梦招心底一直有点瞧不上这个侄儿辈的邻居。陶梦招跟大拿说，管它们下不下儿子是我们自家的事用不着你这个外人掺和你买苞谷养猪是你大拿自己的事跟我们有屁的关系！话说得有些狠，大拿气得满脸通红，尴尬不已，再不提这事。那天，就是为了保护这些无论如何都舍不得卖的苞谷，拄着拐杖在院子里转悠的陶梦招，急着驱赶偷吃苞谷的鸡群，竟将陪伴了自己十多年，充当那第三条腿角色的拐杖，一下子朝那伙飞行功能早已退化的禽鸟扔了过去。陶梦招后来回忆，拐杖飞出去的那一瞬间，自己就像一名标枪运动员，使完了浑身力气，来不及看拐杖有没有起到杀鸡儆猴的作用，便两脚一软，摔倒在地。

陶梦招的命，是大拿帮着捡回来的。那天也是凑巧，陶梦招的儿媳和孙子都不在家，大拿从地里割草回来，见他四仰八叉躺在地上，一动不动，便赶紧跑过去，将气息奄奄的陶梦招送到医院。陶梦招原本就是高血压，天天吃药，这一摔就摔成了脑溢血，穿白褂子的医生说，再晚一点，只能准备后事了。

陶梦招出院回来也有好些天。住院那些日子，陶梦招最担心的事情就是自己再也不能活着回到他的陶家沟，回到自己家。这些天，后脑勺、脊背和屁股不时隐隐作痛，对于大多时间都置身由苍老和病痛联手制造的麻木状态的陶梦招而言，这些微不足道的疼痛却是必要的，这些疼痛，在精神的天空里不时亮出几厘米断裂，与其说是一种灾难，不如说是一种良药，或者恩赐。人死了，就不痛了。人死了，就不麻烦了。“要死尿朝天！”年轻时，陶梦招大言不惭，喜欢拿这句川西北民间的泼皮话戏谑死亡，在人前显摆自己的胆识气魄，自己给自己脸上贴金。老了就不一样了，老了的陶梦招特别忌讳与死亡有关的任何字眼和话题。过完春节，陶梦招七十五。除开年轻时在江油长钢当工人离开过几年，陶梦招几乎再未离开过这个名叫陶家沟的地方。现在老了，陶梦招才明白一个十分朴素的道理，人其实和庄稼没什么区别，人其实也和庄稼一样，来一茬，走一茬，又一茬。

今天天气不错，阳光普照，远远近近起起伏伏的丘陵，持续多日浸泡在雾里就像是断了好几截似的丘陵，全都清清楚楚地伸展而来，凑到眼皮子底下。冬天里，真是难得遇到这样的好天气。空气中飘散着腥甜的泥土气息，还有一股子久违的年味。那些从陶家沟远走他乡打工的人，也快回来过年了。陶家沟的人很多都在广东东莞打工，那边家具厂多，陶家沟的人祖上据说是木匠，无论男女，几乎都会点这方面的手艺，算是发挥特长。陶梦招的独子陶世远也在东莞，但陶世远不会干木匠活，在一家家具厂当保安。平日，家里就陶梦招、儿媳葵花和孙女陶云霞三个人。陶云霞长得像葵花，村里人见了云霞的模样，都说，这娃儿把她娘的壳壳都剥上啦。小姑娘在镇上小学读二年级，人长得乖巧，脑袋聪明，成绩却差得一塌糊涂，又是男娃性格，调皮得很，经常气得葵花咬牙切齿，舍不得打，就只好威胁：云霞，你要是再不听话，我就把你装进妈妈肚子里，重新生个弟弟！云霞开始很怕，后来不怕了。

儿媳背着背篓下地扯牛草去了，孙女在堂屋看动画片，横来顺去不见个人影，家里空空的了，陶梦招的心也是空空的。虽说耳朵有点背，眼睛却好使，推开层层空气，穿过晒着玉米的水泥院子，望着院子前面那片绿油油的麦地。麦子是秋后种上的，几个月时间，那些种子便撕破土壤，在天地间探出大半截身子，生机勃勃了。麦地足有三个足球场那么大，不光是在这个名叫陶家沟的村子，就是在整个丘陵地带，这样地势平缓的好地，也难得一见。

陶梦招木木地望着这块麦地，回忆着逝去的年月，想当年，自己也是这陶家沟的一号风光人物……

20 世纪 70 年代末 80 年代初，大概是国企、工厂享受计划经济红利的鼎盛时期，那个年代，最有力量的是工人阶级，最著名的工人是铁人王进喜，陶梦招就是在那样一种背景下，幸运地脱掉过农皮，离开陶家沟，在江油长钢厂当了几年工人。曾经的工人身份是农民陶梦招这辈子最体面的回忆，就像一场梦，很快就醒了的梦。陶梦招没干几年，被工厂以放假的名义辞退，后来又说买断工龄，只是，陶梦招活到现在也没要到那笔钱。下岗了的陶梦招始终不愿相信自己永远失去了他的工人身份，至今，他都觉得自己是一名长钢厂的工人，而不是陶家沟的农民。就像那些登顶过珠穆朗玛峰的登山家对别的山兴趣不大一样，重新回到陶家沟以后，陶梦招就没再拿自己当过农民，也打心眼看不起农民，他不再跟着家人下地干活，侍弄庄稼，像为了证明自己似的，他开始为了那笔钱积极奔走，成了上访户，从村上找到镇上，从镇上找到县上，从县上找到市里，从市里找到省城，要不是北京太遥远，要不是因为没钱，他可能会找得更远，有时候，他感觉自己就像一颗被乒乓球拍子打来打去的乒乓球。

当然，这些年，陶梦招一直没有拿到属于他的半毛钱。而他，因为游手好闲，不务正业，渐渐地，成了陶家沟一个笑话般的存在，化石般夹在岁月的岩层里，村里人背后只要说到陶梦招，都会恨铁不成钢似的加上一句，老不成器！陶梦招有一肚子的委屈和心里话，他知道，家里和村里人未必理解自己。村里每每来了陌生的体面人，陶梦招就主动跟人家攀关系套近乎，比如，你是干啥工作的？你在县里有关系吗？你在市里有关系吗？你在省里有关系吗？问这些，就是为了请人帮忙。总之，不管别人有无反应，他最后都永远会用一种略带烦恼的口吻，告诉别人，国家还欠了我一大笔钱呐！要是在街上打牌输了，欠了别人钱，陶梦招就会说，国家还欠了我一大笔钱呐，等我要到了就还！陶梦招爱好不多，喜欢在镇上的赌馆里扯长叶子，“长叶子”，就是长牌。走得动那会儿，只要是赶场的日子，无论刮风下雨，他都要去走路上街，有时兜里没钱，就坐在旁边给人家抱膀子，过干瘾。陶梦招打牌几乎从未赢过，一些也去街上打牌的村里人回来跟葵花说，你公公真是老不成器啊，年纪一大把，还进赌馆跟人家扯长叶子，人家镇上几个老大爷每次都串通赢他钱，就是不串通，他拿在手里的牌也让人家看完了，不输才怪！

一阵风唰唰地吹过麦地，麦子便纷纷晃动起来。

“麦子啊，你们说，国家欠我的钱会不会还？”

陶梦招心里偷偷这么问了一句。

麦子没有回答，也没有说话，只是顺着风翻卷出一排排麦浪，消失在尽头。而衔接尽头的，则是起起伏伏的丘陵的轮廓。

3

大拿踩了狗屎运。本来，早上，他是想着到水库里钓几条鱼，改善改善生活，给自己补补身子的。没想第一竿子下去，竟然钓上来那么大条草鱼，人都差点被拉下水去，变成一条人鱼！幸好，用的是网上买回来的特级钓鱼线，鱼竿也结实。他一个人站在水库边拉了一个多小时，这条倒霉的家伙才筋疲力尽，放弃挣扎。这样大一条鱼摆在眼前，看着就是一个负担。大拿琢磨，家里就自己一个人，吃是吃不完的，就是把自己胀死，也吃不完的。喂圈里的猪呢，又感觉划不来，索性骑着三轮车弄到镇上卖了。竟然卖了好几百块钱！

卖了鱼的大拿本来想花钱在街上买几条小点的梭边鱼回家的，但他忽然发现，自己已经没了吃鱼的兴趣。大拿想不起为什么，只觉得，吃鱼的兴趣就像那副干巴巴的鱼形骨架，只是一个念头，而不是那种想到了骨子里的欲望了。

大拿平日一个人在家，老是稀饭、面条什么的，也能凑合，也能勉强，不是不可以这样，但总不能老是这样，这样的话，既对不起自己日渐消瘦的身体，更对不住那条鱼。捡来的娃儿当球踢，又这么想着，大拿就骑着三轮车停在了上街一家超市门口，那家超市下面就是回村必经之路，能望见柏梓镇那棵神树。开超市的是熟人，老板特别会做生意，将“顾客就是上帝”这句老掉牙的精髓阐释得淋漓尽致，为人也大气，平日里总是连卖带送，卖的是商品，送出的却是人情，钱也赚了，人情世故也有了，附近村子里的人几乎都成了这家超市的老顾客。超市生意就格外火爆。大拿在外边打了不少年工，也是见过世面的，每次在这家超市门口，都感慨万千，还是家乡好，哪像城里，不要说一毛钱少不了，就是一分钱也不行，印象最深的是，有回去一家超市买东西，一根塑料口袋也要跟你算钱，那根塑料口袋其实并不贵，也就五分钱。都什么年代了，怎么还有五分钱，大拿就跟营业员说，五毛钱五块钱都好办，五分钱我实在掏不出来，能不能少？营业员黑着脸摇摇头，说，五分钱也是钱。大拿不知道这是人家的原则问题，还跟营业员开玩笑，你们这么大的超市五分钱也瞧得上。营业员一下子火了，说你这个土包子怎么这样，不要小瞧了五分钱，你算算要是每个中国人都让我们少收五分钱，那该是多少？！

大拿心想着既然好不容易上街一趟，不买点什么东西回真是说不过去。他就觉得不应该那么着急，他完全可以在超市门口好好地想一想，想好了，买点东西，再回去。大拿觉得自己完全不用着急，就掏出手机给还在广东打工的媳妇梅子打起电话。

梅子，是我。大拿嘿嘿笑着说。

神经病，这会儿打什么电话？不知道我在睡觉吗，不知道我晚上要上班吗？好不容易休息一下！电话那头，梅子喋喋不休地抱怨。

你晚上上夜班不能给你电话，白天要睡觉休息不让我打电话，那你说，我该啥时候给你打电话？大拿心里琢磨，口上却说：“亲爱的，我今天走大运啦，在水库钓了一条好大的草鱼，我等下把照片发给你看看，你要是看了，就知道那是多大一条草鱼，简直就像个鱼精！”

梅子说，我这会儿瞌睡都没睡醒，你就是钓了条美人鱼，我也没意见！然而，说完这些，电话那头的梅子觉得自己过火了，她叹了口气，闭上眼睛，脑袋里迅速浮现出一副大拿死死抓住鱼竿，跟水里的大鱼搏斗的激烈场面。这，真有点类似于海明威写的那部经典小说《老人与海》。高中时代，梅子是班上的语文课代表，喜欢文学，还在校刊上发表过几篇豆腐块文章，是班上凤毛麟角的才女。只是，梅子觉得这一切似乎都太遥远了，就像此刻，电话里这个兴高采烈的男人而滋生距离的导火索，绝对不只是空间造成的，梅子百分之百确信。

大拿说，又在那儿瞎说，我说真的，不骗你，那么大的草鱼，我是老虎吃天无处下嘴，刚骑三轮车到镇上卖了，你猜卖了多少？好几百块钱！

按照以往，梅子听到钱准会迫不及待地要大拿立马“交公”的，但今天，梅子有些怪怪的，梅子说的是：嗯，我不跟你说了，仙人板板，我要睡觉，挂了……

大拿捧着手机，像捧着一条活蹦乱跳的鱼，以为信号不好，换了好几种姿势，喂，喂，梅子……话没说完，梅子真就挂了电话。

时间一滴一滴地往前走着，快晌午了，大拿走进超市，买了火锅料、肥牛、虾仁、丸子之类的东西，准备回家撮一顿火锅。冬天这么冷，吃火锅是个不错的选择。

天气不错，日子不错。腊月天，柏梓镇上结婚的人多，烟花爆炸声不绝于耳。小时候大拿不懂这些，但已经很会思考问题，他问长辈们，为什么人喜欢在冬天结婚？长辈们就问他，你夜里一个人睡觉冷不冷。大拿说，冷。大拿说完冷，就反应过来了。长辈们就告诉他，这就对了，一个人睡觉冷，两个人睡觉就不冷啦！骑着三轮车刚刚离开超市准备回陶家沟的大拿，刚骑到那个只有两三米宽的乡村路口，就被堵上了，接亲的车队停了一路。一对新人在那棵神树下祭拜，大拿只好将三轮车熄火，停在路边。一个支客师模样的人笑呵呵地走了过来，给大拿散了两支烟，说，耽搁一下，马上就撤。大拿接过烟，点上一支，淡淡地说，没事。大拿不着急，远远地望着穿着婚纱的新娘，心里一动一动的，那新娘真是漂亮，尤其是脸盘子，简直嫩得能弹出水，简直就像画里走出来的一样，又想起前年自己结婚的时候，梅子也是这么漂亮。只是，才两年多时间，生活就把那种幸福的滋味冲淡了。大拿眼望着远处的丘陵，吐出一串烟圈。

接亲的车队很快过去了，大拿随手将烟头扔向路边。这一扔，却扔在了正骑摩托车经过的干虾身上。

干虾正在气头上，人也没看，就脾气大大地吼道，大爷，眼睛没吃油吗，看到点嘛，我身上又没得烟灰缸！

大拿被眼前这个骑着摩托车的瘦猴似的家伙说得哭笑不得，就没搭腔。

干虾却捏下刹车，回头瞟了一眼。就是这一眼，让他觉得眼前人有点似曾相识。

干虾跟大拿说，喂，我看你好像一个人。

大拿说，我本来就是人，你才好像一个人！

干虾说，我不是那个意思。我是说，我好像认识你。

大拿也拿眼看了看干虾，说，我看你也有点面熟。

干虾问，你陶家沟的？

大拿说，我陶家沟的。

干虾说，我也陶家沟的。

这么说着。两个人像同时掉进神秘洞穴了似的，都忽然激动起来。

干虾喊了起来，我肏，你是大拿？

大拿也叫了起来，哎呀，你是干虾？

干虾说，是嘞！

大拿从三轮车上跳下来，走到摩托车面前，说，呀，你狗日真是干虾，兄弟，我是大拿，咱们兄弟恐怕二十年没见了！

说完，大拿冲干虾胸口狠狠打了一拳，这一拳，如同从分离这些年浓缩出来的千言万语。又从裤兜里摸出一盒黄鹤楼，一人点了一支。掏烟的时候，刚刚卖鱼的那沓子钞票不小心落在了地上，大拿弯腰捡起。钱掉在干干净净的水泥路上。从地上捡起，大拿还很认真地拍了几下，好像钱上面有很多灰尘似的。

干虾说，屎事没干的，身上带那么多钱炫富啊？

大拿本想把踩了狗屎运的事原封不动跟干虾说一说，但他听到肚里忽然传出几声蛙叫，就过滤了这个想法，他说，干虾，我刚好在超市买了煮火锅的东西，咱们兄弟今天好好叙叙旧，走，上我那儿喝酒！

干虾说，还是去我那儿，我们兄弟哪里存在，我就住在水库边上，家里鱼也有肉也有酒也有，方便。说完，又自言自语似的说，刚才在街上骂人骂得老子口干舌燥，走，去我家头慢慢聊！

大拿愣了一下，说，我以为你骑着摩托车到镇上办事，你骂人干啥，哪个得罪你啦？

干虾说，你不晓得，我现在帮人看水库呢，今上午听人说，有个傻瓜在水库里钓鱼弄到街上卖。陶家沟的人可以随便钓鱼弄回家里吃，但卖钱绝对不行。我听到消息立马骑车上街，结果说人家卖完鱼就走啦，跑得了和尚跑不了庙，等我回去打听下到底是哪个傻瓜，老子绝对让他把吃下去的，原原本本给老子吐出来！

大拿问，那你骂舒服了吗？

干虾说，舒服个屁，我气得都要爆炸啦，还没哪个傻瓜在我眼皮子底下干这种事，大拿，你问这个干啥？

大拿一五一十地回答，干虾，这真是冤家路窄啊，其实，我就是你要找的那个傻瓜。

干虾反应过来，嘴里吐出一个白烟圈，哈哈大笑起来，说，我哪晓得是你，不就是几条鱼嘛，算尿！

说完，干虾就伸出一根手指，去戳面前这道悠悠上升的烟圈，烟圈似一个美丽的环，松松软软套在他的袖口，顺着胳膊继续爬，个儿越来越大，然后眨眼消失了。

大拿觉得这个动作挺搞笑。

原载《广州文艺》2020 年第 11 期

雨水丰沛的季节（节选）

◆马青虹

马青虹，1993年生，四川平武人，巴金文学院签约作家，著有诗集《身体里的豹子》。作品见《诗刊》《民族文学》《上海文学》等刊物，并入选多种选本。

1

搬离了樱花或春天的寄存地之后，我失眠的症状明显有所好转。但是近来，我的胃越来越小气，不是小肚鸡肠的小，而是它喜欢用它的坏脾气磨到我没脾气。记忆力也大不如从前，每天晚上都被花哨的梦境缠绕，有诗意也有惊惧。我先后梦见一个人（可以确定那不是我）的一生和他的枯萎过程（枯萎的是我，但周遭的一切都郁郁葱葱，唯独我的胡须和头发像夜里的孤独一样疯狂生长，直到一点点的雪花在头顶呈现），我以第一人称的方式经历了他的爱情、衰老和死亡。

昨夜，我梦见在雪山，灰烬中一座新房屋的重建，一个真实的梦境，地点大概在我工作地的山区里面（实际上不存在这个地方），在房屋落成的那一刻，新的雪不断涌来，一切都重新构建。我总是做各种奇怪的梦，梦见过自己诵读一首身临其境的诗歌的愉悦；梦见过独自一人在河边一棵大树下修行（练武或修仙），突然间的开悟让我整个人悬浮起来，但一个神秘的声音从我的内部发出，我便在树下坐着等一个人直到死亡来临；我还梦见过同青年时的聂鲁达（就是写《二十首情诗和一支绝望的歌》那个来自南美的浪子诗人）一起喝酒，我告诉这个刚刚开始被世界文坛关注的青年说他会得诺奖。你也从我的讲述中看到了我的混乱，所以我必须得强迫自己放弃这份工作回到老家去。我在信笺的背面附上了我老家的地址，回信记得寄到出生地。

这是宁青从单位离职回老家前寄给朋友的最后一封信。中午，宁青从糨糊一般的睡眠中彻底清醒过来，窗外的谈笑声彻底占据了他的听觉。那些跟他的生活隔着十万八千里的事情此刻如在一台幻灯机上闪映，先前将宁青的思维搅动得浓稠黏密的那根擀面杖早已消失得无影无踪，而宁青甚至不记得梦中任何一个细节。

洗漱完后，宁青穿过小区里经常打球的广场和菜贩子日复一日的叫卖声走到市场门前三十米外的垃圾池将昨夜的外卖盒子扔掉。昨日的炎热被时有阵风的多云天气所取代，公园中的水草茂盛，完全遮住了湖岸边漂浮的泡沫。泡沫发黄，显得有些脏，像往事之上堆集着时间的灰尘，这些灰尘也连同工作中的琐碎将宁青这个原本应显明透的泡沫覆盖至疑似变质。

尚未抵达邮局前，宁青先后看到了贴梗海棠、格桑以及一条长满青荇的城中河。河水自西北向东南将这个小城劈成两半，最后在朝着平原的方向汇入了樱花河。

“麻烦给我一个信封。”宁青从邮局的女性工作人员手中接过信封，为避免出错，宁青还是将填好的地址反复确认了好几次，随后用左手将信放进了邮筒。信封滑过他受过伤的无名指时，宁青不免多看了几眼那个递给他信封的工作人员。不是因为世俗意义上的男人的天性或动物性，而是人都有的一种天性——美好的事物总是看不够的，而这种美好不只是眼前这个女性的容貌，更是宁青有关于这个他工作了数年，困顿了数年的他乡的最后的、最清晰的印象。

2

半个小时的公交车，宁青在登上车这个过程的极短时间内凭直觉在视线内选择了一个靠左紧挨窗户的位置。宁青把帆布背包放在腿上，背包是读大学时在盆地东北部一座城市用兼职发传单的工资在批发市场淘来的，至今为止除了拉链有时不太好拉外没出现任何问题，就像他的身体，除了那个他至今没有查出明显依据的问题外，各项指数都无比正常一样。窗户的玻璃像一块大号眼镜镜片，宁青从初中开始近视并配上了一副廉价塑料黑框眼镜，只要他戴上眼镜他便同这个世界拉开了一个维度的距离，或者用他自己的话说是“自己隔离在了另一个空间”。宁青正好可以看见这个他本应该熟悉却总是迷失其内的城市的不一样的面孔，说风景也说不上，只是和其他城市一样的混凝土建筑物和穿着时尚的人群以及马路上永远的主角——铁盒子。像不像骨灰盒？宁青此刻想以这样的疑问跟朋友打招呼。

昨日临别，同一个身体里满是酒精、牢骚和故事的朋友喝到凌晨三点，他们谈论生活是如何将他们的灵魂磨成现在这副消瘦模样，谈论在山里永远新鲜的旧事，谈论身边的人、城市的河流也谈论性，一直到现在都还晕乎乎的。宁青只带着一个红色行李箱和一个帆布包，装了少许随身衣物，其余的早前已经邮寄回老家了。箱子的棱角已经磨得发光，原本的颜色早已变淡甚至看起来有些像一个退休老干部，一对拉环空荡荡地晃着，始终找不到可以固定自己的密码锁。箱子是多年前姑父从南境带回来的，上大学时这个行旅箱就陪着宁青来往于两座城市，具体来说是两个村落。学校在郊区一个小镇旁，宿舍外的桥头边有一家烧烤摊，他不止一次在夜里听见酒瓶被搬空倒地的声音，却始终没能如愿听到它被扶起。

买好车票，过了安检，宁青把行李箱扔进车里也把自己扔进车里。“窗外，天空，脑海，无穷，绿色原野……”窦唯年轻的嗓音将从一只耳机里传来，另一只早在先前出门时被扯坏了。宁青的天灵盖打开，闭上眼睛屏蔽掉车厢里嘈杂的生活，接收着来自无限的远处传来的神秘信号。

当大巴车行驶到宁青熟悉的垭口隧道时，车子一个转身便上了坡。隧道在施工整修路面，宁青不得不随之走上只在老辈们口中听过的老路，多出近一个小时的车程。

这或许就是生活的惊喜吧。

或许。

路过一片古梅林时宁青的自我安慰得到了一个神秘声音的回应。宁青看着这些不善于人前搔首弄姿的梅树及其周边的灌木杂草，一丝带甜而幽秘气味从半开着的玻璃车窗抵达宁青。

3

生活无时不在消遣我们，永远不要试图违背从你出生就紧紧附着在你体内的孤独与流浪的天性。且不说你是否能如大树一般扎根深土。即便你挥动洋铲或尖锄把半截身子埋进土堆，用巨型花岗岩做最坚固的基石，用家庭，用房子、车子、老婆孩子作为你进港停泊的锚。也指不定哪天就会遇到暴雨、海啸把你推向河流与深海，再不行还有大陆漂移、行星旋转、黑洞爆炸，随便一个都能让你想要固守一隅的念头心底发毛。

既然无法反抗，还不如享受，那就流浪、漂泊，顺着蜿蜒的山势，顺着海浪的去势，顺着行星的轨迹，顺着命运的走向。不能说命运的河流，说“流”没意思，这样的形容就如同一个站街女，再好看也是被人和金钱以及命运玩弄的，一来是见得太多就成了庸俗，二是所有的“流”都有目的地，所有人的最终归宿都是死亡，所有命运都指向墓地，你自己就是一块行走的墓碑，也是目的地。但如若一直纠结于这个毫无趣味可言的哲学问题，生活会一下子变得味同嚼蜡。

朋友，哦，不，兄弟，我讲这些并不是阻止你辞职归乡，更没有任何责备你没有抓住爱情的意思。我只是对你近段时间生活的一个客观（非常客观）的归纳和建议——大概是这样吧。当然，我也相信你的选择对你的病症有莫大的好处，我试图想象过你老家的板栗树和芭蕉林，很惬意的存在。但我也坚持认为我现在的生活对我一样美好。

宁青穿着拖鞋端着一杯茶走到门口坐在长凳上读朋友的回信。青石板的洗衣台上摆放着上午做完活后换下来的脏衣服。刚泡的炒青在手机里播放的音乐的起伏中浮沉，心思在炒青的浮沉中飘离朋友语词和逻辑都不算通顺的信件，飘离青石板和车辆路过后飘起的尘土，退回到路过梅林的那个下午。

宁青投向闪瞬而过的风景的目光被车窗上倒映的如睡眠般的长而黑的头发所截断，除了头发什么也没有，宁青被这瀑长发截断的不只是目光，它如同一行分页符，将宁青的这一天分为了之前和之后。

宁青前座的女孩（只是他的猜测，也可能是一个痴迷于自己的长发经常做着各种护理的中年妇女，甚至是一个一心追求艺术的文艺青年，是男是女也不好说，但在此刻他默认这是一个长相甜美，哦，不，长相清纯的花季少女，只有这样才能同那个披着白色外衣的肩膀刚好搭配）也如他一样望着窗外（这时一棵大树的影子把车窗里的人影显现得更加清晰了，的确是一个女孩，而不是男人，也不是中年妇女）。

4

她是路人还是同乡人呢？静龙县虽地处盆地边缘的深山，但人口也有那么多，宁青当然不可能单从模糊的样貌便辨认出，况且人的脸上从来不标识他的出生地，如果能有这样的设定对大多数人来说自然再好不过了。人们便能一眼在人群中认出自己的同乡人，这对于那些在异乡的漂泊者来说是莫大的好消息，他们可以很顺利地找到老乡，找到共同话题，谈一谈老家的变化，老家的美食，然后得到对方的照应。在人群中看见心仪之人后，可以在最短的时间里找到话题，如果对方也不排斥的话，会极大减少从认识到恋爱的中间环节，节省下大量时间一起做更有意义或者更加无趣的事情，最不济也可以互通有无，为对方补上一节地理知识课。

她在看什么？宁青看到远处的一株梅树，并不确定是否是这株相比其他梅树来说显得更加直挺的梅树勾起了她的某些美好或者不美好的记忆。宁青想到这里的时候就突然想起张枣在《镜中》一诗中写道：

只要想起一生中后悔的事
梅花便落了下来
比如看她游泳到河的另一岸
比如登上一株松木梯子
危险的事固然美丽
不如看她骑马归来
面颊温暖
羞涩。低下头，回答着皇帝
一面镜子永远等候她
让她坐到镜中常坐的地方
望着窗外，只要想起一生中后悔的事
梅花便落满了南山

她是否读到过这首诗呢？而对于此刻的宁青来说危险的事情便是她在自己眼中变成了一道越来越耐人寻味的风景。她与刚才上车的城市又保持着多远的距离？一系列的疑问和臆想让宁青的脑神经开始疯狂运转，平时的他更愿意让脑袋处于休眠状态，思考那些费神的事情对宁青来说实在是费神，比如说领导口中的主动工作或者令朋友以及周遭所有人悲喜不由自主的爱情。宁青不喜欢那种一切都脱离控制的不安，而朋友却似乎乐此不疲。

脑神经的运转直到宁青回到桃花江都尚未刹住车，以至他连前座的那个少女在梅林的尽头下车了都没有注意到，甚至连在静龙县城换车的途中都浑浑噩噩的。宁青的高中时代是在车站对面的静龙中学度过的。

上学时的宁青并不是一个讨喜的学生。抽烟，直到老师的头顶冒烟；翻墙上网，直到墙被翻垮；打架，因为他的血不安分，想从身体里跑出来。学校最初在半山上，这就大大抑制了他能够经常翻墙上网的可能。因为从学校到网吧得首先翻过两道刀口一般锋锐的铁皮墙，然后穿过半片山的农田，由桥过河再南下五百米，才能实现，所以直到学校搬到现在的位置，那两道铁皮墙都还立在那里。

那种叛逆的生活状态一直到宁青突然收到朋友来信的那天。宁青趴在座位上睡觉，班主任把他叫到办公室，他习惯性地主动站到办公室门口罚站，老师却没有如他预想的那般告知他要站多久，什么时候请家长，反而从桌子上拿过一个黄色信封递给他。读完那封信以后宁青仿佛从此换了一个人，除了偶尔站在楼道上一言不发地看着远处的山脉便是埋头在课桌上解题，黑色的外套，永远戴着一对耳机。

5

回到老家桃花江的这段时间过得格外缓慢，吃过晚饭太阳还在山头挂着，一阵风迅速地把一朵乌云送到宁青的头顶，也顺便把太阳从山头上吹落。宁青捧着一本封面褪色略有些小麻点的书坐在床头，淅沥淅沥的雨水顺着房檐流下，雨打芭蕉的滴答声混在雨声中从窗户旁钻进宁青的房间，有些微弱但能确切地听见。

芭蕉是上午从半山老家移栽过来的，山名青岭，处桃花江的中游。山脚是桃花江的一条支流，从矿山顺着山脉的缝隙汇入桃花江再流向盆地中央的大平原。从老房子门前下到河边是一大片竹林，往上至山顶则依次是青冈林、松树林、灌木，也配得上这个“青”字了，四季都能看见绿植。山顶连着别的山，绵延成盆地西北的最低屏障，往山的西北便是涉藏地区，这是后来宁青上初中才弄清楚的事。仔细一想也不奇怪，儿时桃花江一带的居民都有包头帕、穿裹脚布的习惯，这已经十分接近少数民族的生活特征。

宁青一只手撑着床沿坐起来，随后走到书桌前一边回想一边向朋友讲述：

> 影，没想到这么快就收到了你的回信，我已经回到桃花江一段时间了。今天上午，就在读到你的来信之前，我把青岭老房子屋后的芭蕉移栽了一些回来。就在我卧室外的窗户旁，刚种好的第一个夜晚就有雨。此刻我也正在听着最奇妙的音乐告知你这些事情，我回想起儿时穿着蓑衣戴着斗笠站在芭蕉林里听雨的那种感觉，我想这应该与你所追求的那种感觉相差不远，自在的天性在这样的夜晚释放得淋漓尽致。

近日山里有些冷了，每到夜晚我不得不重新在火塘里升起火来。你或许不知道，抑或我曾在某些不刻意的字里行间里透露过我怕冷这个事实。而火恰好解决了这个问题，它不像空调那样高贵，火是穷人的孩子，是一种童贞。回到桃花江最大的变化是我闲下来后总爱走神，时常坐在火塘边一不留神就将满水壶的水烧干，为此我甚至烧坏过一个水壶。这也许不是一件坏事，我只能这样安慰自己。

最近我偶尔会想起那天下午在梅林碰见的那个女孩，我之前已经告诉过你这件事了。但我不赞同你说这只是我的臆想，虽然我没有办法证明这件事情的真实性和重要性，但是我拒绝你的观点。对了，你近来似乎很少提及你的状况，不能知晓你的近况让我作为朋友感到有些遗憾，有一种没有尽到朋友，哦，不，是兄弟的义务的感觉。但是希望你能在来信中简要一些，我似乎不太喜欢你以前讲述的你的那些一夜情，你应该把你最真切的感情呈现给我，朋友。

6

什么时候回来的？

已经回来好几天啦。

宁青走在桃花江边的大公路上已经是第四次回答这样的问题了，其中细微的差别是宁青同第二个问他这个问题的人多寒暄了几句。之所以说大公路，是因为宁青的家在通往矿山的那条相对狭小的公路旁。

老板儿，买东西。宁青站在大小公路交叉口的小卖部门前吆喝道。和宁青记忆中相比，这个小店门前的长条木凳换成了一组陈旧的二手劣质沙发。从两层小楼前延伸出来的遮阳棚下，沙发分成两组，一组背靠墙壁面对着公路，另一组则正好相反，两组沙发之间摆放着一张小方桌。桌子上不断有扑克牌或正或反地摆放并不停增加着，顺着扑克牌的轨迹逆溯回去，四个老年人或者可以说是老头儿分坐在桌子的四方，在四人的周边围坐的人比打牌的人多。在桃花江，现在的桃花江，平日里几乎也只剩下这个年纪的老人和尚在读小学初中的小孩，有劳动力的年轻人都到了更远的地方打工挣钱，偶有留在村里的年轻人几乎都分散在棋牌室里。

老板儿，买东西。没见到老板出现，宁青走到货摊前又一次喊道。

来啦来啦。小卖部老板六十多岁的声音从客厅里传来，紧接着是一阵急促单纯不慌乱的脚步。

哟，你什么时候回来的啊？

前两天就回来啦。有没有墨水？宁青的目光投向左边有些陈旧的货架，自己也开始搜寻了起来。

有，要什么颜色的。

碳素墨水，稍微好点的。

碳素墨水好像没有了，现在学生都用蓝黑墨水，所以也就没有进货，都是比较便宜的。

也行吧。宁青皱了一下眉头后又瞬间释然，是啊，这也不是在青石城，也不是在县城，有就不错了。老板则从货架上拿出一瓶墨水，吹了吹上面的灰，又拿出一条毛巾擦拭上面累积的灰尘。

姑爷，你也在这打牌呢？宁青付完钱拿着墨水对着坐在背靠公路的老人打招呼。在桃花江一带称呼的姑爷并不是指女婿，而是爷爷辈的亲戚，是对奶奶的姊妹的丈夫的称呼。算起来宁青的姑爷们还真是多，宁青和他们当中大部分都接触不多，好在都可以只称呼一句“姑爷”了事，这就省去了他的很多尴尬。比如他有可能把大姑爷错叫成二姑爷，把幺姑爷错叫成三姑爷。

青娃，你回来啦，买东西呢？哪天来我家玩哈。姑爷整理着手中的纸牌分神看着宁青回应道。

好的好的。对了，老板，再给我两刀草纸、一瓶墨汁。宁青有些不好意思先前没有一次说完要买的东西。

要得，要准备去上坟吗？老板一点也没有因为宁青的重复要求而感到不悦。

嗯。宁青回想起爷爷去世的那个下午。塘里的柴火烧得很旺，与家里来的邻居的调笑声成正比，他们的热闹总让他想起从上午便不停吵闹着的蝉。

当夜，树影稀稀拉拉地洒在路上，像一张张簸箕，在月光下翻晒着心思，一只黑鸟幽灵般掠过头顶，落在远处的树上唱着歌，嗓音尴尬粗糙。

7

宁青照着自己记忆中的样子将买来的草纸折叠、裁剪。用崭新的百元钞票对齐纸边，然后重重地按下，直到依次将所有的符纸和散钱全部印完。从抽屉里拿出一支毛笔，毛笔用封口胶带缠绕过，笔杆上有明显的断痕，断裂处有半截伸进水中的折射弯曲幅度，是被邻居小孩折断的。没有找到墨盘，宁青只好从厨房拿来一个蘸碟。笔法是宁青小时候爷爷教他的，宁青一边写着耳畔一边响起爷爷的口诀“点如桃，捺如刀……”。

吃饭了。母亲的声音从厨房里传来。

今天炒肉了呀？宁青从气味中闻出了蒜苗炒腊肉的味道，这种味道对他太熟悉也太特别，桃花江一带的特色便是每家每户都会在年关上将养了一年的肥猪杀掉，然后挂在火塘里熏着以免腐坏。而柴火常年的熏烤使得这些肉有了一种特殊的香味，配上自家种的蒜苗更有一番味道。虽说食材和调味品都一样，但是在每一个家里这道菜都有着不同的香味，母亲炒菜的节奏和声响宁青自然是烂熟于心。

你就这么在家待着吗？母亲在饭桌上问道。

嗯，目前是这么打算的。宁青又从盘子里挑了一块五花肉，带着两截蒜苗叶子。

不准备重新找个工作挣钱吗？母亲再次问道。

过段时间再说吧。宁青依旧埋头吃着饭。

你一个大学生每天在家坐吃山空说出去不嫌丢人啊？父亲的语气有些急。

儿子，你是不是哪里不舒服？明天去检查啊。母亲提议道。

对，去检查。父亲附议。

我没有病。宁青抬起头认真看着父亲的络腮胡，有些失望地再次声明，这不是他们第一次谈论这个话题了。

宁青加快速度将碗里的饭吃完就从后门沿着自家屋后菜园的小路往河边溜走了。从后门出来，经过厕所边一座坍塌得不成样子的木质建筑，一条水渠连着这栋建筑和旁边的小河，青岭在小河上游不远，顺着小河往下不到两公里便是桃花江。

这栋木质建筑是一个水动磨坊，除了记忆，再难寻到能证明它是磨坊的证据。磨坊旁边堆满了生活垃圾，磨坊的大石磨早就被某年夏天的大水冲到了桃花江里，甚至可能已经冲出了峡谷沉没在丘陵或者平原的细沙之中。房顶的石板凌乱而破碎地积压在残断的木堆上。

磨坊旁边的河畔有一个小的水塘，水塘旁边是一块巨石，平整而光洁，清澈的河水对面是一小片竹林。宁青读高中之前的每个暑假几乎有三分之一的时间都是在这里度过的，他同他的玩伴们搬来石头，扯来杂草将此处围成一个更深一些的水塘，然后将衣服裤子全部脱在巨石上，光溜溜地在河里泡上小半天。泡冷了就像刚被捞起的石巴子一样躺着、坐着或者趴在被太阳晒得发烫的石头上。被他们围过的水塘当然不止此处，为了寻找更深的更大的水塘，他们沿着河水往上一直找到矿山脚下。更大一些的时候便转移到桃花江里，那里不用堵便有很多两三米深的堰塘。

8

但是此刻更让宁青印象深刻的是尚未发育之前和村里小女孩们没有性别之分地都在同一个水塘里嬉戏。宁青在桃花江一带的童年除了下河就是上山，下河无非捉鱼和洗澡（他们称在河里游泳为洗澡），上山无非是扯猪草、采药材和野果。宁青记不清是哪一天是哪一个人突然在这一群小孩子中间提出了性的概念，他们不称之为性，只知道是一种禁忌的事情，能够让女孩子脸红，让男孩子们感到兴奋又难以启齿的事情。

或许每个人都有这样一个朋友，他总在你身边，当你用具体的事情、时间和逻辑来试图想起他的模样、他的名字时，却又不确定他到底是谁，或者你根本无法感觉不到他的存在。在你还不知道什么是性，连性的特征都尚未显现之时告知你这个世界居然还有这样一件隐秘、肮脏却又让人流连的神圣存在。

宁青完全可以确定，他曾同周围那些男孩女孩在磨坊、河边以及某某家的草楼上游戏一般模仿大人演练过。宁青没有见过大人做爱，但是他们中肯定有人目睹过整个过程，否则他们会连姿势也搞不清楚，对生殖器如何同另一种生殖器进行接触都无所适从。但是在桃花江，宁青儿时经历过的农业文明末期农村的封闭环境下，他们发生了性，却连性是什么，意味着什么都不清楚。但如今，宁青懂得了性是什么，却依旧无法界定清楚它到底意味着什么。

他曾在信中同朋友影严肃地讨论过这个话题，意外之中的是朋友对于存在那个充满不确定性的朋友的存在也深有同感。但是朋友给出的答案是“一早我认为性是责任，你同一个女生发生了性关系，你就得对她负责，你得对她悉心照料，并生出一种不友好的控制欲，希望她的一切都按照你所谓的好的方式进行。但是现在的我更多地认为性只是人的一种本性，人是高级动物，但是高级动物也是动物，性便是动物性。用人的话讲是性，对于动物来说只是交配，只是现在大多数的‘交配’不再繁殖。”

宁青实在不清楚他为什么和影能成为无话不谈的挚友，他们的观念相差甚远，不管是对生活的态度还是实际的生活环境。影似乎从来不用为生活而发愁，而宁青在辞职之前几乎一直为了生计而奔波，上大学时为了学费和生活费只要一有空闲时间都会用来兼职挣钱。宁青信奉守恒，信奉稳定；而影则喜欢漂泊和流浪，他的流浪在宁青看来有时候甚至只是浪荡。从认识影开始，影似乎便从来不怎么相信爱情，而宁青却始终坚信会有爱情出现，比如梅林那个女孩的出现。

原载《滇池》2020 年第 3 期

风　口（节选）

◆吴春华

吴春华，女，70后。四川省作家协会会员。祖籍四川遂宁，现供职于绵阳日报社。在《芳草》《剑南文学》《南方文学》《四川文学》等刊物发表散文随笔、纪实文字、中短篇小说若干。2017年出版随笔集《不是爱情的约会》，2021年出版中篇小说集《风知道》。

1

第一次见到李斌，是在波霸女友平儿安排的小区游泳时，李斌身材高大魁伟却近乎姣好，皮肤是完全的小麦色，眼睛不大不小，鼻梁跟身姿一样挺拔。关键的是，声音好像播音员般浑厚，气沉丹田。标准的帅哥。就在我的眼球被他的胸肌和丛生的腿毛震撼到不能转动时，一个小女孩盯着他看了许久后，终于挪着步子过来，眨巴着眼睛，惊叹地说：叔叔身材好好啊！引得我们忍俊不禁。看来对于帅哥的认识，无论男女老幼，都是有一条硬标准，那就是身材好。随行认识的，还有同样年龄的两名男子，一个男中音，姓张；一个健身爱好者，姓汪。都是医生，温和可亲，身材也还不错，不过高度不在线，自然也就显得普通。他们都是平儿的朋友，喜欢旅行。李斌的健身习惯极好，却并不喜欢休闲服，反而常年白衬衣花领带深色西装，貌似《疑犯追踪》里面那位“帅得销魂夺魄”的西装男约翰；据说，他还每周雷打不动地买十注彩票。

平儿个矮，身材跟名字相反，身体的每个部分都汹涌澎湃。圆脸阔鼻，大眼厚唇，丰乳肥臀。需要重点说的是她的眼睛，不但大，而且眼里总是一汪深潭，星光闪耀，多情烂漫。总之，尤物。她的名气很大，还没认识她之前的十年，她名字几乎人尽皆知。后来，总认为我需要帮助的朋友介绍认识了她，采访过的几个人也对她津津乐道，不免让我对她有了很多猜测。一个带话题的女人。一个有故事的女人。按照我的认知，男人们对她是毫无抵抗力的——他们总会在意手感，丰乳的手感与手掌迎风伸出疾驰的汽车那手感绝对不一样。认识李斌后，我自然总会揣测他们的关系。

时间是个客观的证人，会证明很多事。初识期间几次热闹的饭局，我便听到了有趣的故事。说是平儿跟着李斌等驴友们一起到香格里拉，路上为节省费用，都住最便宜的通铺——一群人摆萝卜般一溜子睡着那种——平儿跟他不用刻意就有肌肤接触，奇怪的是，李斌竟然平静得像旁边睡着男人。平儿是多年的传媒公司头牌营销员，怎么也想不通，这个男人怎么就那么不解风情。她毫不隐讳地说起那些日子，仍是愤愤不平：你说他到底是个什么人？她当着李斌仨的面问我，我有点不敢相信，坏笑着看看一脸正经的李斌，又看看微笑着的两位医生，犹豫地回答：怎么说？你可能遇到真的柳下惠了？

后来，三位男士都成了我的朋友。君子之交淡如水那种。偶尔冬日晒太阳，夏日游泳，过年过节小聚。平儿已经离开这座四线城市，裙带去了一线。李斌仨倒是四川的另类，抽烟不来，喝酒有度，麻将没瘾，属于很安静的类型。媒体行业是个名利场，喧嚣久了，我也喜欢安静。李斌一直平静地面对我的质疑，不过也忍不住回过两三次：你以为男人都好那一口吗？难道不好那一口？我百思不得其解。换个性别，我也会啊！存在即合理，尊重一切存在，是我基本的生活态度。当然，我也会反思，是不是自己太浅薄，把男人想得浅薄了？或者，记者最大的问题是自以为是，自以为是的结果就是凡事想当然。李斌用了不只一年时间，让我确定他和平儿确实没有一点点暧昧。当然，他们都没有。所以大家都是朋友。朋友才做得了那么久。

我的老家在川中遂宁，靠近重庆。每到夏天，蒸笼一般的天气让人都受不得憋，尤其不能憋话。有话就说有屁就放，直肠子。喜辣好酒、热情豪爽，说话声音快而响亮。如今生活在川西北绵阳，天气凉快不少，人的性情相差也很大。绵阳人性情跟绵羊一样，平和温吞，客观清淡。正常人交谈声音50分贝，那么遂宁人应该是60分贝甚至75分贝——走在大街上也不会被车流声和讨价还价声音淹没的声音。而绵阳人大多数人说话在45分贝，我适应后深受影响，还非把这视为绵阳的文明程度高出遂宁一头的特征。有一次，一个遂宁哥们儿来报社看我，坐在办公室聊天。他的声音和小木楼的木板共振着，余音袅袅。我心生惶恐，又不好意思明说，只得微笑：哥啊，要是你是我们报社老总，开会都不用到会议室了。聪明如他，一语道破：哎呀，你就说我声音大嘛！有个记者同事是遂宁老乡，说话像放鞭炮，点燃就响成一长串。给土生土长的绵阳老总汇报就像水库泄洪，老总总是一听她开口，便伸出手掌挡住：莫说了莫说了，你说话我听着累。

李斌他们平常总是几个人在一起活动。我总是把他们当成一个团体——性情相近：态度不温不火，说话不紧不慢，交流的声音基本控制在40分贝之内。这样的朋友于我，是互补。我总是会很认真地听他们说话，否则一不小心，有些字眼就飘到空中飞走了。

没有热情自然就没有激情，声波是个衡量标准。没有激情的人自然也没有分享欲望，所以跟遂宁人动辄掏心掏肺不一样，我们在一起，几乎不提及各自的感情问题。所以有时候我想，我真不了解他们。

事实证明，我又在想当然。没过多久的2007年年底，我就为李斌的行为惊叹了。作为办公室一族，年收入早过10万的李斌，开着公家配车的李斌，竟然辞职了！国企中干，这要奋斗多少年才有的待遇，他竟然不要！为什么？难道只因为我们都泡在股市的那段时间里，权证让他疯狂？

啊，权证！涉足过股市的资深人士总归是熟悉的。2007年的权证疯狂程度堪比一般人不敢触及的期货，我们经历的每个瞬间都是沸腾的。我们坐立不安，我们激情澎湃。开盘时间我们都像在坐过山车，哐哐哐，轰轰轰。钱这个东西，一旦变成了权证，就从静止状态，急速发射进入360度旋转的轨道，变成了领着我们在黑暗中飞驰星空的迪士尼“加州尖叫”，炫目之后是惊恐的黑、刺激的虚无。

有人说，股市玩的就是心跳。依我看，那是他们没有找到心跳的感觉。当年5月30日之后的周六，李斌在QQ上告知我，他买了招行权证，8毛一股，全资买进15万股。周一，这玩意儿居然像坐上了天梯，呼啦一声就上去了，从早上的开盘8毛一鼓作气涨到4.9元！看得我们头皮发麻，眼珠都不敢动一下。心跳的声音突突突突地像奋力赶路的拖拉机，喘着粗气冒着烟。权证这玩意儿，刺激，超级刺激！李斌难得激动，手指发抖，卖与不卖间，念头千千万啊！突然——时间短暂得像闪电——高昂的线条开始往下滑。他终于下定决心，马上卖。4.2元！刚敲进去，不行，卖不出去了，所有的价格停留都在眨眼之间。再撤单，再一个价，还是不行！高昂的数据线像是中了枪，巨人般倾倒。买卖之快，近乎疯狂。最后，他终于以3.2元一股卖掉所持权证。

0.8元到3.2元，4倍！两天时间！这是什么节奏？印刷钞票？抢劫银行？不，是毫无违法犯罪风险的赌博而已。而这两天的股市开盘时间里，股票哪里能企及这样的惊心动魄？

两三个电话，我感觉到他的声音高了10分贝，速度也快了一倍。看来激情这个东西，一直都在他心里，只是我没有察觉而已。当然，即便是这么刺激的事情，他的声音也像坠了块石头，沉沉地向上，并不像普通人那样，声音可以冲入云霄。

见识了李斌的“一夜暴富”，我坐不住了。试想，我有多么自由！除了必要的会议新闻，天天心无旁骛地“专业坐家”。炒股，还怕不能抓住机会？无知者无畏，这话绝对不假。朋友的话我听不进去，每天一早就坐下，眼睛就看不断变化的价位。开始小试牛刀，买点武钢权证，居然小赚。之后几乎着了魔，专买招行权证。谁知招行权证却再没有像那次的癫狂。某日我一分钟之内买卖，贴进上千。不久用全部资金买进时价 3.5 元一股的 8000 股招行权证，谁知之后却一天一个价，我 2.4 元一股卖掉一些，再等一天卖，已又是大跌了的 1.4 元……人家买的权证大不了上上下下、起起落落，而我买的权证只会下下下下、落落落落。像个只会生病的疯婆子，往下跳得我乱了阵脚，直到全部投资亏掉七成。

人比人气死人。我的暴富之心死了，再也没有活过来，剩下一点点钱，买了股票，像是躺在那里挺尸。可经济本来就很宽裕的中产李斌活了，还决定活得更舒坦，更刺激。面对无数双不解的眼睛，他淡定地把车开回办公室，手里提着日常提着的一个小包出来，再也没有回去。他先去成都，然后去广州，一下子消失了两三年时间。过年回来有时能一起吃顿饭，有时候连电话都没有一个，网上也没音信。中国经济高速发展的时期，我们深信，他不再叫“下海”，他是“触网触电”。

我和两位医生过着循规蹈矩的生活。还是一年见一两次，散散淡淡，喝喝茶，晒晒太阳，有一搭没一搭地说说话。

2

不到三年，李斌还是回来了。

这样的朋友挺好，说远不远，说近不近，来去自如，毫无牵绊。他回来之后的 2010 年，我已经在跑金融口，俗称金融记者。说起来惭愧得很，我金融知识匮乏得惊人，连家里的钱都是不管的。可当记者的，有什么办法呢？主任分给你什么口子，你就得跑什么口子。甚至其他人比如李斌，可能也是这样，生活需要他干什么他就干什么，不过是靠自己的感觉决定。对于李斌来说，中产生活不是他的诉求，他的诉求更高更强，生活如果一眼看到死，有啥意思？没劲嘛！生活就是折腾，就是不断地感受刺激，生活更是不断地追求。要不然，活着好无趣。

依我的想当然，李斌在某些方面应该是个无趣的人。但他到底什么地方无趣，我却总是说不上来。

有追求的李斌，在我眼里还是端端正正的一个人，挺拔身材没有改变，眼里的正派没有改变，说话温和平缓也没有改变。所以当他一声感慨地说自己体验了很多精彩之后，我还是感觉他没有经历什么——因为他的语气永远平和，语速不急不缓。对于一个有激情的人来说，精彩意味着什么？意味着手舞足蹈，意味着唾沫横飞，起码，应该是有丰富的表情吧？他没有，从来都没有。连感慨出“精彩”这个词，都是轻轻的、平淡的、不引人注意的，让人感觉他的精彩是被压制的、毫无特色的、瞬间不存在的。

一个被固有形态定格的人，很容易被视为无趣。尤其在我这样长年不穿正装的人眼里，端正是定格、西装革履是定格、标准的健身时间是定格、连固定买彩票的钱和时间都是定格。一个定格的人，就像一幅格子线条的画，缺乏趣味。

有几次，李斌跟一个姓叶的职业理财顾问做活动，邀请我去参加。每一次都有大群市民冲着“理财专家”去，可我总不会认真听，也记不到他们推荐的产品是什么。感觉每个人的卡上都有几十万甚至上百万的钱在跳跃，它们等着主人寻找一个洼地，等着膨胀，等着增值，等着它们成长为擎天柱。你不理财财不理你，是他们宣传活动的主题。是啊，大家都是有钱人之后，会有更多的紧张和焦虑，银行的利率早就比不得 20 世纪 90 年代动辄可以超过 10% 的收益。钱存银行会贬值，这是妇孺皆知的真理。现实比真理更可怕：某金融机构的资深人士告诉我，人民币贬值速度是每年 16.7%。

穷人们总以为有钱人什么都不愁，实际上他们错了。就像学渣永远都不能理解学霸的焦虑一样，他们常常无比愁苦地担心自己某一道题失分了，不能冲击第一。反而是学渣，即便有 10 分的进步，都高兴得很。当穷人们为了几百元进账开心的时候，有钱人可能因为没有多挣几十万而万分揪心呢！

叶专家祖籍绵阳，工作单位在深圳，常年在四川做“理财推广”。我的财经稿子并不多，偶尔写个大众理财的，就请她出面说几句。当然，都是符合规范的。我是遵守记者本分的人，也深知在报社，从编辑到总编，都有一双火眼金睛，能透过任何企业或个人名字，抓到记者假公济私的小心思。我懒得动这样的小心思，就像连稿子我都不愿意多投其他媒体一样，忠实地守着自己的责任田。当然，能做到这点，也是因为那些年都市报的地位相当火爆，我跑的口子单位都是“金山银山”——本报老总总是这么说——他们的广告投放，总有几家毫无悬念地会通过我到报社，广告公司自然不会亏待我。我哪里用得着在意李斌那些民间小会？去过几次，我就烦了。

金融系统的白领看得太多，我对李斌他们的看法自带偏见。相对金融“正规军”，他是加入了金融"游击队"，总是游走在政策的边缘，做着有利可图的投资。网络发达，带给人们理财太多的可能性。银行，这个传统的老大哥，已经被腰缠万贯的人们所嫌弃。金融监管出现越来越多的空白地带。

有一次，我急匆匆地去参加全市担保公司会议，竟然在会议签到处见到了西装革履的李斌。我大惊：你在这里干什么？

我在朋友的一家担保公司当副总！他平常的微笑里带着一点自得。我一时无语。坐在会议室最后一桌后，才回味他的话，这么说，他又换工作了？贷款难贷款贵的问题被政府多次提及，担保公司如雨后春笋般冒出来。他们都冲着银行和企业之间的巨大裂缝而去，建起一座座桥梁——过桥贷款。可是，贷款真的因此不难了吗？银监局一位副局长到会，毫不客气地讲话说，担保公司的泛滥必将给企业贷款增加负担，贷款更贵！他的话在会场上显得那么刺耳，就像如潮的掌声中响起一声尖锐的口哨。我很诧异，在无数次的会议中，这恐怕是极为难得的不和谐声音，还是来自监管部门高管。可口哨再尖锐再不和谐，它也就是一个口哨，响了一声，人们当没听见——选择性耳聋。后来现实证明，担保公司的寿命短得像一场高烧。

那次会议之后，我跟李斌简单交流了一下，他说他的经济压力很大，每年要自己交社保医保，买商业保险；儿子在读寄宿制学校，开销比人家养两三个还多；儿子还会读大学，大学期间必须每年出国见世面；大学毕业还可能在大城市工作，买房是必需的……"根本还不敢说出国读研的事。500万，我的目标完成就退休。"他捏着领带尾巴说。

我回到家，对先生吴为讲了见到李斌的事，感慨万分地说：看看人家，多有追求！500万！ 500万！天哪，我只想要50万！

他真以为自己文武双全呢？什么事情都能干。吴为几十年一个单位待着，不能理解李斌这样的职场选择。见我白了他一眼，他又说：如果工作是个人，李斌是不是墙头草？本来心怀不满的我哈哈大笑，夸他的比喻很有创意——木讷的吴为这些年的表达能力越来越好了，常常口吐莲花，让我惊讶之余开心一会儿。

不久，李斌来电，希望我能介绍些银行业务部门的熟人给他，好开展银保合作。我毫不犹豫地拒绝了，不是我不想帮忙，还真的是帮不上。记者接触的，不过是办公室主任或者宣传部部长，或者这两个部门的联络员。银行业务部门，真的是没有机会接触。拐了弯的关系，就像打斯诺克，技术要求高，欠人情不说，命中率还不高。当然，或许跟我本人不喝酒不打牌有关系，跟我没有钱请客吃饭有关系，跟我喜欢万事不求人的心理有关系。

我能一口拒绝他还有一个原因，他是个从来不愿意主动买单的男人。没有吃请的我，拒绝得理所当然。李斌是明白事理的。虽然柔和地责怪我不懂利用资源，也没有生气。

3

2014年底的一天，编辑叫我去写一个新型网络理财的稿子。我教师转行后都在媒体圈打转，偶尔也会在文化圈吃吃喝喝，身边没有什么人接触这个名字洋气得很的网络借贷——P2P。我想起了李斌。他的电话从来没变，一打就通。我们约起坐到了家门口的茶楼——我总是这样，把采访对象约到离自己最近的地方，把茶楼、咖啡屋当成工作场所。

哎哟，我都不知道你还在搞这个！一见面，我就大呼小叫。你那个担保公司啥情况？

有啥子嘛！哪样挣钱就搞哪样！担保公司是别人的，早就垮掉了。

这个P2P呢？好久搞的？哪个介绍你搞的？

担保公司之前就搞起了，还是你们媒体介绍的。

啊？！

是啊，你都当记者这么多年了，不晓得新闻里面有很多可以发现的商机？！

我瞬间有些尴尬，他这个人总是这样，对我从来不给一点面子。我确实会接触很多前沿事物，但现在这社会变化太快了。说到挣钱，基本上是一两年火一项投资，风口跟风水一样轮流转。作为打字员一般的穷人，我一直是时代潮流的旁观者，何时站上过浪尖！再说都市报记者的压力，岂是他能理解的？每个月完成报社的写稿任务就会让你旋转成陀螺，哪有时间钻研发财的事情？

李斌并不理会我的尴尬，从2011年的一个晚上，他突然看到央视关于监管部门对人人贷风险提示的报道开始说起——两三年间，自己赚了几十万，又亏掉几十万——各种原因出事的P2P平台、其中各色人等，在李斌眼里，简直就像是一部波澜壮阔的现实大片。

看着他对成都、重庆甚至绵阳本地的P2P都如数家珍，我真是惊讶。一个“60后”，敢这么参与网络理财，我真的很佩服。细想起来也正常，自我认识他起，他就经常组织网友聚会。AA制。我对这类聚会是最没有兴趣的，不要钱的饭局我都不愿意参加，何况要自掏腰包去见陌生人。

那你去报案没有呢？

怎么没有？经常去！还经常被要求协查，每次我都要花一个多小时给经警普及P2P

知识。

求监管，成了这个行业奇怪的需求，传统的监管部门尚无能力介入。我叹息一声：为啥这些人有钱不去投资实业？实业才是最好的投资啊，稳定、不冒进，有市场。

所以呢，你还是个金融记者，这都不懂。有句老话，人找钱难，钱找钱易。有钱的人，当然选择钱找钱。资本市场机会多，见效快，一夜造个百万富翁很正常。

结果呢？我无言以对，撇了撇嘴，问道。

李斌脸上浅笑：还好我收手及时。现在，我开始投资自己的公司做线下理财！

我晕，你这汤头也换得太快了！

哎呀，你当啥子记者嘛！要与时俱进，要做站在风口的猪！你晓不晓得？！

我朝他翻了一个白眼：当然晓得！然后又笑起来，你这么帅，当猪不合适。

对了，你离 500 万的目标还有多远？我忍不住问他。

还早。儿子上大学，开销大。他还说要在重庆工作，买房是肯定的。

重庆的房价控制得最好呢！

是。不过，这段时间也在涨了。估计等到他大学毕业找到工作也涨得差不多了。

为啥不现在买？

那怎么行呢？得根据他工作的地点买啊！要不然通勤好麻烦。

哦，也是。那你还得加油挣钱。

那是。他端正地坐在对面，口气还是淡淡的。

对了，你不是喜欢买彩票吗？如何？

中过两次 1000 元。

回家对先生吴为说起与李斌的谈话，强调李斌要站在风口之后，吴为就幽默地称他为“李斌那猪”了。较真的吴为还拿起笔在一张纸上，专门给我算了一笔账：李斌两口子每年缴纳的社保和医保费用不会超过 1.5 万元，儿子念寄宿制学校和上大学、旅行的费用一起，每年不会超过 5 万元，加上他自己的日常开支费用，在绵阳这个四线城市，月均开销不会超过 1 万。1 万，也不是一般的家庭能够有的收入，很高了。当然哦，你要每年只到欧洲去旅行，每样东西都要世界名牌，还要去重庆给儿买房子，要养老无忧——确实需要 500 万。但是谁规定你当父母的，一定要给子女那么多呢？给那么多，他们又奋斗啥呢？这不都是自找的吗？吴为板着脸说，我们肯定不能这么定目标，也不能这么对子女。我瞥他一眼，心想，那是你我都不行啊！没本事挣那么多钱，自然就降低目标，把自己的生活过清楚就好了。

4

把李斌的故事写出来，报纸上登了一个整版。把链接传给他，他好像没看到——无趣的人就是这样。他从来不会在朋友圈发动态，也不聊天。我们还是像从前那样，没有什么联系。倒是因为身体原因，我跟医生朋友来往比较多。有时候不舒服了一个电话过去，他们说一下用药，自己去药店买了就是。

后来才知道，李斌的线下投资理财咨询公司实际上是三个人合伙开的，合伙人是某银行退职职工马丽和她曾经的同事。马丽四十好几，虽然皮肤有些松弛，但大大的眼睛深凹，头发染成赭色，嘴唇也厚得性感，身材玲珑有致，颇有洋味。李斌和俩医生，都亲切地叫她“玛丽妹妹”，可见关系不错。马丽跟我只是点头之交。他们租了银行楼上的一套房子作为公司办公地点——聪明的理财公司老总们都以这样的方式拉近跟银行的关系，甚至希望人们误以为他们是银行的一个部门——然后开始在这个“朝阳产业”里“捡钱”。

贷款难贷款贵和看病难看病贵一样，永远都是中国的社会难题。投资理财咨询公司蓬勃兴起，大量找不到去处的民间资金开始通过投资理财咨询公司放到企业。马丽们，作为曾经的银行业工作人员，像是溺水者抓到了稻草，找到了用武之地。李斌开始日理万机，用各种社会关系寻找投资人和企业，做可行性报告、居间服务合同，忙得不亦乐乎。

最简单的例子，一家县上的房产企业找到他们筹款 1800 万元，1% 的居间费用，每个月 18 万元的收入，合理合法，何不快哉？！三个老板很快做得风生水起。李斌每天都有接待不完的客人，他们有的需要钱，有的钱太多，他就在中间搭桥，然后坐收渔利。

不到一年，李斌跟“玛丽妹妹”闹掰了。原因很简单，就是那笔 1800 万元的业务，李斌非得要收回。马丽们就想不通了，这不是非得要将嘴里的肥肉吐出去么？李斌还是那不温不火的口气，陈述了自己的理由：一是借款已经到期并延期两次；二是老板还借了别人很多钱，已经有人在催款；三是老板不断拖延还款日期，说明了他的支付能力出现了一定的问题。可马丽们不这么看：项目是房地产，卖了就有钱，怎么可能有问题？延期不正好给我们赚钱的机会吗？

公司投资者形成对立意见，谁也说服不了谁。最后，李斌提出最干脆利落的解决办法，分家。这 1800 万元的业务转给了马丽们的新公司，自己做其他业务。

事实证明了李斌的英明，短短三个月的时间，这笔 1800 万元的借款就再也没能给上利息，本金自然没法还上。公安机关介入了这家房产公司的非法集资案，“玛丽妹妹”们也取保候审，随时准备着坐牢。

你不要以为在银行干过的人就聪明，他们当中有些人，蠢得很！李斌对我说这话的时候，我们坐在茶楼，他带上一份卤牛肉、一份卤鸡脚，我叫了两杯茶。我们都不打算吃晚饭，主要说话，边吃边说。

每个人都贪婪，我说。那你其他业务呢？

公司现在停了，凡是理财咨询的公司，基本上都停了。我现在每天做的事情就是收账。李斌言语间有了明显的沉重感，标准的国字脸上，挂着标准的愁容。我突然发现，他眉心有条竖立的线，深深的，像斧头把左右眉眼劈开，挺直的鼻梁两侧有了明显的法令纹，脸上的皮肤略显松弛。

我们是不是都老了？一晃，认识就已经十年了。

行业的情况，我都是知道的。这几十家投资理财咨询公司像一场短暂的鸿门盛宴，早已杯盘狼藉，一地鸡毛。客户们掀翻了公司，都找不到债主——跑路的老板占了大半，还有小半被抓了起来。能做到还在继续收账的，恐怕没有两三个。曾经有个总是用三根手指与人握手的老乡，买了一层楼做理财的，都人去楼空。他临出事之前找过我，看上去一脸寒冬，满目萧瑟，也不知道回到遂宁等到的是什么结局。最后一次握手，他依然是冰冷的三根手指像蜻蜓点水一般掠过我的指端。

李斌在金融市场摸爬滚打这么多年，还是有成绩的。起码，法律意义上说，他还是安全的。

原载《剑南文学》2021 年第 1 期

北乐巷（节选）

◆刘玉明

刘玉明，生于1979年，四川三台人。四川作家协会会员。著有长篇小说《风雨大清河》《莫西西的王冠》，短篇小说集《铸剑》。在《延河》《青春》《雪莲》《四川文学》《剑南文学》《黄河文学》等刊物发表小说近百万字。

1

北乐巷的春天比城里来得早些。

春节刚过，荒芜了一个冬天的土地上便冒出来星星点点的绿；那些覆盖着白色塑料薄膜的垄堆上，嫩黄色的禾苗伸着懒腰，等待埋下种子的人来为它们挪窝——这一点不需要发愁，农场的工人会在恰当的时候为它们找一个很好的去处，转青、茁壮、开花、结实，最后又回到温暖而又干燥的仓库。

我、卫民和吴友道在农场的田埂上游荡，商量着去城中的某一个小巷子里看录像。仿佛在一夜之间，城中偏僻的巷子里便冒出了许多大大小小的录像厅和歌厅。那些混杂着脂粉味儿、尿骚味和霉味儿的黑屋子，让人既恨又爱。吴友道的爸不只一次感叹说，这世道变坏了，北乐巷变得越来越不像样了。城里的风和着歌声爬过楼房横过田野吹送过来，把人的心搅得稀烂。虽然没能成为农场的正式职工，但种了一辈子地的老吴对世事还是有自己独到的见解。

在北乐巷这爿地儿，最大的企业就是农场，除了大片肥沃的土地，半条街的房子都是农场的。据说在城里很吃得开的黄老三在农场的领导面前，都要弯半个腰。黄老三租了农场的两个门面开饭店，农场的头头脑脑们都是饭店的座上宾。卫民的宏伟理想就是成为黄老三那样的人物，他不只一次对我和吴友道说，混成黄老三那样才算是个角色。瞧瞧人家老黄，要吃有吃，要喝有喝。吴友道对他的话不屑一顾，说卫民羡慕的是人家黄老三身边随时都有女人。那些女人有些是在城里歌厅讨生活的，有些是来城里打短工的——长得粗笨，沦落到黄老三的饭店里当了服务员。“基本上都是老黄的菜。”吴友道说，“老黄牙口好，不管老嫩都吃得下去。”

吴友道的话明显泛着酸，但卫民却听进去了，还套用刚学来的广告语应和吴友道：“牙好，胃口就好，身体倍儿棒，吃吗吗香！”黄老三成了他的榜样，就差把人家的名字贴在墙上供奉起来膜拜了。

吴友道个子不高，但长得敦实。母亲说，那是劳动的结果。和劳动人民的子弟比起来，北乐巷多半孩子都自惭形秽——我们也要参加劳动，但都不是真正意义上的劳动，顶多在老师的带领下去地里扯扯草，分辨一下韭菜和小麦的异同——至少没有多少机会和土地直接打交道。吴友道是本地住户，家里有四亩多土地。他父母是老实巴交的农民，脑瓜子却灵活，农场里种植的是小麦、玉米和水稻，他家的土地上全种着蔬菜：黄瓜、茄子、白菜和苦瓜，且都种养得水灵，逗人喜爱。四亩多地上的出产，养活了一家人，还修了座两进两出的小四合院，日子过得相当滋润。

我和吴友道同校不同班，虽说都住在北乐巷，接触的机会却不多，彼此不太熟悉。一次卫民带我去猪鬃厂看录像，遇着了吴友道。卫民给我介绍吴友道，说小吴祖上不得了，出了些大人物，算是书香世家出身，如今败落了，但家有良田数亩，是一方人物。我听了这话肃然起敬。我妈是教书的，爸是白糖厂熬糖的技师，也算得上是半个书香之家，但和吴友道比起来就差远了，他家有良田数亩呢，尽管数目不多，在这个城市的边缘，也是可观的。

看录像的钱是吴友道出的。卫民悄声说，小吴家里卖菜，零钱多的是，不缺这几个。还缠着吴友道去供销社大楼买冰棒和雪糕。我选了一个绿色的冰棒，抿一口，一股子香料味儿从鼻子里冒出来。卫民嗤了一声，说一看就没品位，上色的东西都是有毒的，还敢吃？！

我舍不得把“有毒”的冰棒扔掉，有啥不敢吃的呢？！一开春，母亲便提着篮子去地边掐野菜。那些叫不出名字的野菜在开水里焯一下，撒上几粒盐，浇上酱油，依然保持着嫩绿的颜色，顺着咽喉滑进我们的肚子里，抵得住小半日饥饿。

惊蛰前后，青黄不接。糖厂那些住在北乐巷的妇女大都会去掐野菜。有的吆吆喝喝，仿佛去做一件惊天动地的大事；有的则羞羞答答，偷偷摸摸，似乎要去干一件羞于启齿的事情。母亲是介于这两种人之间的——她总是一个人提着篮子安静地走过街面。

四五百米长的街道上，挤满了铺面，卖衣服鞋帽的、烙饼的、理发的、打铁的、补鞋的、卖肉的，应有尽有。用母亲的话说，麻雀虽小五脏俱全。且都是熟人，大家对母亲即将要去做的事似乎心照不宣，大都点点头，算是打招呼。只有理发的剃头老刘大着嗓门和母亲说话。

“又去掐野菜？”给人洗头呢，老刘一边挠着理发人的头，一边问。

“掐青。”

“啧啧，文化人说话就是不一样。”老刘感叹说。洗头的人抬起头要和母亲打招呼，被老刘一把摁在水盆里。

老刘说他最佩服的就是文化人，其实他就佩服我母亲。母亲去洗头的时候，他的嘴巴子就不会闲着，从天上说到地下，从地上说到海里，母亲没说过一句话。他还老夸，陈老师不得了，天文地理无所不晓，不愧是文化人。母亲给他拿钱，他不要，说哪能收陈老师的钱，能给陈老师洗头那是荣幸，还热烈欢迎陈老师改天又来洗头。父亲说，老刘是想打母亲的主意。父亲是糖厂里的中级技师，自觉比普通工人高出好大一截，自然也就比北乐巷的其他男人——除了农场的头头们——有优势，用他的话说至少甩老刘好几条街。父亲的骄傲是有道理的。在北乐巷，除了农场的职工，就是糖厂的工人自我感觉特别良好。糖厂距离北乐巷有两公里远，工人大部分住在厂子里，只有少部分人住在城里。父亲既不是大部分里的人，也不属于小部分的范畴，在北乐巷继承了父母的一套老房子，娶妻生子，还时不时从厂子里倒腾点白糖出来卖几个钱，日子也算过得囫囵。

“北乐巷有几条街？！”母亲白了他一眼。其实心里美滋滋的。

老刘给人的印象就是这样：热情得有些不讲道理。以至于后来一说起北乐巷，母亲就感叹，老刘这个人，哎，可惜了哦。据说老刘是吃了药老鼠的炒黄豆，死得极惨。母亲说老刘那么乐观的人也会想不开，真是匪夷所思。出殡那天，母亲哭得眼泪哗哗，让人产生怀疑——这女人是老刘家的亲戚?

我挤在人群里看热闹，瞥见卫民从老刘遗像前的案桌上抓了一块饼。他还想拿一个苹果走，被刘晓霞一个巴掌把手拍了回去。

“刘晓霞一张饼子脸，一看就不是老刘的种，倒像是烙饼老张的种。”卫民说。刘晓霞是老刘的女儿。我不喜欢刘晓霞，她一说话就满嘴跑火车，像极了老刘。

2

老刘是五年前来的北乐巷。

春节刚过完，年节的余味儿还残留在空中。碎青石块铺就的街面上，鞭炮的碎纸被雨水洇湿了，踩下去就一片红印儿，潮潮地向四面散开，等脚一提起来，那些红色的雨水又倏忽向纸片聚拢——仿佛那些纸片是善于吸水的泡沫——只留下一抹红的印痕在地面。

我和卫民像狗一样在街面上逡巡，寻找那些还没有被炸裂的鞭炮。那些囫囵个的炮仗里包藏着黑色的或是黄色的火药。我们把哑火没被炸裂的鞭炮收集起来，用小刀剖开，将火药倒腾出来存放在玻璃瓶里。卫民说等收集了一整瓶的时候，干什么都行，可以找一个废旧的水瓶胆做成土炸弹，去涪江河里炸鱼；还可以找一个瓦罐做成地雷，在地雷上挂上一两片腊肉去凤凰山上炸狗炸狐狸。山上还有狐狸吗？我问。他瞟了我一眼，望了望蓊郁的山林，舔了舔嘴唇说，那就炸兔子。

母亲说兔子是食草动物，不沾荤腥。用腊肉怎么能引得兔子上钩呢？卫民说的都是废话，我懒得和他理论。我收集火药只为了我的洋火枪。那支用自行车链条做成的洋火枪躺在我床下的柜子里，它已经快半年没有出来活动筋骨了，尽管我时常偷偷用油擦拭它，让它保持暗沉的金属颜色，但没有火药喂它，它的颜色看起来晦暗没有光泽。有时，我在睡梦里都能听见它发出的吱吱的叫声——它在抱怨我，也许是在哀叹自己的命运。没有饮血的宝刀就是一块废铁，没有品尝火药滋味的洋火枪只是根掏火棍。我要为它储备充足的“食粮”，让它一次吃个饱。我甚至想象端着装满弹药的洋火枪，行走在凤凰山苍翠的林海中，树干上聒噪的绿蝉和鬼头鬼脑爬行在草丛间的野兔野鸡是我的目标。扣动扳机，在巨大的轰鸣声中，绿蝉发出惊恐的尖叫撒下点点尿液蹿向空中，野鸡野兔撇下一地粪球钻向荆棘。我学着录像里的英雄人物，吹了吹枪管里冒出的缕缕青烟，对着洋火枪说，老伙计，你可是立了大功了。

街面上没有炸裂的炮仗少之又少，我俩有些失望。卫民说，肯定被那些小崽子捡走了。没准儿吴友道还偷偷藏了些，我说。我用脚踩着地上的碎纸屑，看那些红色的水渍在碎石路面上铺散爬动，青石上瞬间生出了血管。血管舒张，紧缩，再慢慢消淡。“要是有人过生日或者开张就好了。”卫民嘀咕了一声。

“要不我们去黄老三的饭店门口看看？”我小心翼翼地说。卫民从黄老三的饭店门口过的时候，闻见里面飘出的酒味儿，是酱香型的，他耸了耸鼻子说，这他妈的什么酒，跟泡了老鼠药一个味儿。坐在门口的黄老三抽了他一耳光，小兔崽子，这是茅台酒，你以为是你家的老鼠药？！卫民恨上了黄老三。我这话一出口，卫民的腮帮子就往耳朵上移动，他啐了一口，说："龟孙子才去那儿。"

这时，鞭炮炸响了，像机关枪连发，在连发的声音中还蹿出砰砰的巨响。卫民眼睛一亮："二踢脚！"我们的脑袋管不住脚了，"嗷嗷"叫着向鞭炮声处跑去。

老刘的理发店开张。烙饼张举着挂着鞭炮的竹竿，脸笑得稀烂，好像不是老刘家的理发店开张，是他自家的饼子店开张了一样。鞭炮声响，火光乱闪。十几个街坊站在街沿上，看鞭炮一节节缩短，老刘手里拿着烟盒，给每一个前来看热闹的人发烟，还说话，听不清说了些啥，表情却很丰富。我看见一个穿着件粉红色褂子的女人站在店里，低着头，一只手不停地扇动，生怕鞭炮的烟雾钻进了鼻孔。卫民说那是剃头老刘的女人。"这女人穿得好花哨。"卫民说。

我没有觉得粉红色"花哨"，烟雾升腾，无法看清楚女人的面容，却觉得她像极了一株花，娇颤颤的。让我想起夏天的时候，母亲让我去观察美人蕉，晨雾里，红色的花瓣从毛笔尖样的花苞里钻出来，无比娇弱，似乎一口气就会把它们吹落在地。

鞭炮足足响了好几分钟，烙饼张刚把竹竿靠在墙上，我们便冲进了烟雾里，那些还带着温度的哑炮是我们哄抢的对象。卫民一边咳嗽，一边在碎纸屑里扒拉，他运气好得冒泡，找到五颗还没有炸开的"二踢脚"，而我只找到三颗哑炮，他得意扬扬地向我展示战果，我有些丧气。硝烟团在一起向空中飞去，好像有一只手紧紧拉扯着它们。我知道它们最后会慢慢散开，消失得无影无踪。

基本上没几个人关心老刘打哪里来——街面上做生意的人多了去，都忙着呢，谁有闲心关心人家从什么地方来的，那都是派出所的事情。但所有人都觉得老刘精明，赶在惊蛰前把摊子铺开。惊蛰后几天便是中和节，也就是农历的二月二龙抬头，生意定是好得不得了。

在北乐巷，有剃老头的习惯，"正月里不剃头，剃头死舅舅"，得赶在年前剃；年前剃头理发价格高，一些人没舍得，就等二月二龙抬头理发修面，人这一年都神清气爽，也有"二月二剃龙头，一年都有精神头"的说法。老刘的理发店开得正是时候。母亲带我去店里理发，店里干干净净。墙上挂着块大玻璃，玻璃上边张贴着两幅满是脑袋的图画；柏木板子做成的柜台上，剃刀、剪子、梳子等物件放得齐齐整整，还有两个铝壳的吹风机，据说一个可以吹热风，一个则只能吹出冷风来。老刘似乎认识我母亲，招呼陈老师坐，还倒了一杯热水。

“这儿子真是帅气，长得像您，将来好福气。”老刘把我按在椅子里，冲我母亲说。母亲经常在课堂上表扬别人家的孩子，很难听见别人表扬自己家的孩子，见老刘这么说，心里自然很高兴。她说：“还小着呢，哪能看得到那么长远的。”

“儿子随妈，福气顶呱呱。”老刘把围裙给我系上，指着墙上的图画说，“少爷，你选一个，我们比着上面的发型来。”

“小孩子家，剪短就行了。”母亲说，“别看起来邋遢。”

“图画上的可都是现在最流行的发型，你随便选一个，我保证从这里走出去都拉风得很。”老刘指了指一颗尖下巴的脑袋说，“这个，明星都喜欢这发型。”

我还没来得及说话，我母亲就立马接过话头：“不行，头发梢都遮住眼睛了，还拉风？”她端着杯子仔细端详了一会儿，指着颗中年脑袋说，“这个不错，短发，精神！”

老刘竖着大拇指夸我母亲：“陈老师有眼光，这发型把精气神都衬出来了。”我都快哭了，老刘的大手不让我抬起头来反驳，剪子嚓嚓喳喳地在我头上游走，一簇簇头发从上面掉下来。老刘还夸，这孩子头发多好，乌黑发亮，营养是跟上了的。

老刘和我母亲有一搭没一搭说话，惹得母亲直乐。“怎么没看见妹子？”母亲突然说。老刘说，开张来了一趟，又回老家带孩子去了。他说，孩子还小，全赖阿梅带；家里还有一老爹爹，瘫痪多年了，只能躺床上，屎呀尿呀的，离了阿梅恐怕早不在人世了。“我们家阿梅不容易，真不容易。”老刘感叹说。感叹一句，眉毛就跳一下。

我在店里待了半个多小时，老刘说他老婆阿梅就有二十多分钟：阿梅和老刘一个村的，从小一起长大，青梅竹马两小无猜；阿梅是村里最漂亮的女人，好多人家托人说媒，想让阿梅做媳妇做老婆；阿梅出去打了几年工，回来人胖了脸儿晒黑了；阿梅没有答应其他人家的说媒，嫁给了比自己矮半个头的老刘了……

老刘很知足。他从我母亲手里接过两元钱，说：“下次阿梅来，请陈老师过来喝茶，也给她上上课。”

母亲笑着摇手说哪敢啊，指不定她还是我老师呢。这话说得模棱两可，老刘却高兴得连连作揖。老刘很爱阿梅。回家的路上，母亲叹了一口气说。

我才不管老刘和阿梅呢，瞧瞧老刘给我剪的什么头发，整个一山药蛋，还不让卫民和吴友道他们笑话死？！我抱怨母亲不该把我拉到老刘的理发店来。

“人家老刘和阿梅多不容易，就当是照顾他生意。”母亲把我拉到面前瞅了瞅，说，“看看，剪了短发多精神，老刘这手艺还真不错。”

3

我捏着小半瓶火药去找卫民。卫民的父母正蹲在一堆死老鼠前抽疖子。卫民的父亲老卫是卖老鼠药的，唱得一口好词，走街串巷，张口就来：“吃你豆，吃你麦，还吃你的红薯干儿，光吃心儿，不吃边儿，剩下都是眼镜圈儿。”“少吸烟少喝茶，老鼠少在屋里爬。少喝茶少吸烟，老鼠少在屋里钻。”“老鼠吃了我的药，八个老鼠死九个，大老鼠吃了蹦三蹦，小老鼠吃了跑不脱，母老鼠吃了哭儿女，公老鼠吃了嚎老婆，哎哟哎哟哎哟哟……”人家听他唱得好，便买他的老鼠药。死老鼠不能乱丢，怕药死了猫狗又药死了那些贪嘴的人，全让老卫给回收转来。老卫家里堆着一大堆死老鼠，屋子里常年飘荡着一股腐败的气息。

不出去卖药的时候，老卫就坐在门口，抽老鼠尾巴上的疖子，也让老婆帮忙。撕开老鼠尾巴上的薄皮，顺着骨节一拉，一段带着白色肉膜样的疖子就出来了。老卫把疖子用橡皮筋系起来，挂在门框上晾晒。那些白色肉膜样的疖子发出怪异的香味，吸引了巷子里的狗蹲在铺面门口流哈喇子。

卫民说，那些抽出来的疖子价值很高，据说是造某种药的，那些药可以美容养颜可以让人起死回生，一般人买不到的。到底造什么药，他也搞不清楚，反正很神奇。吴友道撇了撇嘴：“那不是你爸挣了很多钱？”

“那当然，我爸说了等几年就在城里面买房子，你说他挣没挣钱？”

吴友道说：“那你也不从家里弄些钱请我们看录像吃麻辣烫。”卫民吧嗒了一下嘴，不吭声了。“傻 × 才在城里买房子呢。”吴友道悄悄对我说，“我们这地方迟早要被开发，迟早会变成城市，有地才是王道，哪怕只有一间茅草房，也能变出一堆钱来。”他这番话让我佩服得五体投地，我忙向他打听何时开发到北乐巷来，他望了望天空，慢悠悠地说：“等，等待是最好的策略。”

我发现吴友道的额头上有了皱纹，细细的，向眼角延伸。

看见我，老卫停下手里的活计，点了一支烟说：“马博你来啦，吴友道早过来了。好得很，你们三个一起学习，有啥疑难也好交流。”

我是来约卫民去山上试验火药的，没想到他还约了吴友道，我心里有些不舒服，但我不能表露出来，那样显得我小气。我支吾了几声，绕开死老鼠堆，钻进卫民的屋子里。窗帘拉上了，屋子里一片漆黑。我看见卫民和吴友道撅着屁股在地上倒腾。“干什么呢？”

我说。俩人从地上蹦起来，瞅瞅见是我，拍着胸口说："吓死我们了。"

卫民和吴友道正在研制土炸弹。所谓的土炸弹是在一个废旧的水瓶胆里面装上玻璃碎片填上泥土再把火药放在干燥的布片里塞进去最后接上导火线四面封紧实就成了。"刚搞到一半，你就来了。"卫民说，"我还以为是我爸呢，差点没吓出心脏病。"

我把他父亲的话说了一遍，他忙把东西塞到床底下，拉开窗帘说："那我们就商量一下火药试验的事情。"他给我和吴友道各拿了一个作业本，让我们坐下，造成做作业的假象。

屋子顿时明亮起来。卫民见吴友道打量我，也抬起头来看我的脑袋，我说："有啥好看的？"卫民瞅瞅我脑袋，说："咋整成个山药蛋了。"然后和吴友道哈哈大笑起来。

我说这都是剃头老刘的错，他那手艺再好的头都剃废啰。"这是老实话。"卫民抹了抹眼泪说，"瞧他那模样儿，小身板大脑袋，就说话声音大，一说话还挤眉弄眼的，哪能剃出好头来？"

"话不能这样说，高手都在民间。"吴友道说，"我瞧他老婆倒是个人物。"

这小子，什么不关心，倒关心起别人的老婆了。卫民说，友道，你具备了一个色鬼应该具备的潜质。

"操蛋。"吴友道说，"那女人我见过，腰是腰，屁股是屁股，那身材在我们北乐巷就没一个女人赶得上。"

"她有秦雯那么好看？"我有些不服气。

"你眼里只有秦雯，秦雯小丫头片子一个，哪能和人家比？"卫民说，"那天我也看见了，老刘的女人窄条脸大眼睛，眼珠子一转，撩人呢，一看就不是个省油的灯。"

"她叫阿梅。"我说，"我听老刘说的。"

卫民和吴友道的情绪很高，缠着我讲阿梅，我只好转述老刘的话，他俩边听便赞叹。我有些恼火，不是来商量搞火药试验的吗，咋讨论到老刘和阿梅的事情上去了？卫民说："老刘是外地来的人，我们了解一下，也算是弄清楚情况，这半天也算没有白搞。"

没多久，剃头老刘和阿梅的故事便在北乐巷传了开来。我敢保证这不是我传出去的，也不是卫民和吴友道传出去的，我们没这个闲情，火药试验如火如荼，土炸弹、摔炮、洋火枪子弹、土地雷快被我们研制出来了，胜利离我们不过半步之遥。

关于剃头老刘和阿梅的爱情故事是老刘自己讲出来的。每一个到理发店的人都听过老刘讲述他和阿梅的事情，每一次讲述都大同小异，有时言简意赅，有时声情并茂，最后都是"我们家阿梅不容易"作结。但时间久了，大家都不愿意听老刘讲了，开始自己进行演绎，出现了多个版本。烙饼张说，老刘和阿梅两小无猜，是表兄妹来着，从小关系好。烙饼张的铺子挨着理发店，老刘开张的时候请烙饼张帮过忙，放过鞭炮，还多次为他免费理过发。烙饼张的话基本可信。屠户老秦说剃头老刘白捡了个爹当，他说阿梅出去打了几年工，回来半年不到就给老刘生了个女儿，这不是白捡了个爹做？！

我母亲听了直摇头，这些人啊，啥话都敢往外吐，不是伤人的心吗？她警告我不要乱说老刘家的坏话，否则棍棒伺候。

4

老刘来北乐巷的第三个年头，阿梅带着孩子来了。听母亲说，老刘的父亲去世后家里便没其他人了，老刘不想阿梅继续在乡下受苦，把她和孩子接到北乐巷来。北乐巷离城近，可以给女人找个工作，孩子上学也方便，互相有个照顾，用老刘的话说叫“三全其美”。

那天，母亲让我去买酱油。远远看见理发店前围着一堆人，甚是热闹。我拎着瓶子就过去了，卫民也在，他说：“那个阿梅来了。”

街坊们太热心，让阿梅有些手脚无措，她站在屋角里不知道干什么才好。老刘很兴奋，他叫阿梅给邻居们倒水，阿梅转身去拿水壶找杯子，众人嚷嚷阿梅不要倒水都不渴；老刘掏出烟让阿梅散，众人接了，说老刘你好福气，找到这么贤惠的婆娘。老刘只呵呵地笑。

围观了一阵，众人才散开去。阿梅拿起笤帚打扫屋子，我看见屋角里坐着一个小姑娘，脸圆圆的，鼻头有些小，仿佛贴在嘴巴上。老刘说那是他女儿刘晓霞，让我们随时找她玩儿去。

“刘晓霞一点儿也不像老刘，也不像他老婆。”卫民伏在我耳边，低声说，“倒是长得和老张烙的饼一个样。”

我不理会卫民，母亲还等着酱油下锅呢。

阿梅到北乐巷后，理发店的生意出奇地好，人们没事儿就去坐坐，顺便修个面刮刮胡子剪个头发。老刘成天都乐呵呵的。阿梅给老刘打打下手，烧烧水，帮人洗头。她不善言辞，人却热情，倒水让座，说话细声细气，让人觉得舒服。自从阿梅来了后，铁匠赵大眼老爱往理发店跑。赵大眼的眼睛一点儿也不大，看人看物老是眯缝着眼，给人一种瞌睡没有睡醒的感觉。卫民说老赵的眼睛是让煤烟给熏成那样的。但他一看见阿梅，眼珠就在眼皮里滴溜溜地转，我怀疑没有眼皮拦着他的眼珠定会滚出来。赵大眼说阿梅的身材简直是做模特的料。“可惜了，可惜了。”他感叹道，“那么好的妹娃跟了个三寸丁，鲜花插狗屎上了。”

在北乐巷，赵大眼的铁匠铺是我们最爱去的地方。烟熏火燎，铺子的墙面地面黑得发亮。墙角堆着废铁边角料，屋子正中砌了一座打铁的炉子，看不出颜色的烟囱把屋顶捅开了一个洞。房梁上悬着两排竿子，上面挂着些钢条、铁链、铝盆、铝瓢，风一吹就叮叮当当地响。我们在这里可以找到滚珠、废弃的钢条、自行车链子、滑轮，还有打铁时飞溅出来的小铁珠儿。我做洋火枪的自行车链条和钢条就是赵大眼给我的。卫民对砧子下面的小铁珠感兴趣，他说要是把这些小铁珠装进土炸弹里，威力至少提高一倍。这几年我们三人做了好几个土炸弹，但效果都极为不佳，不但没炸到鱼，也没有炸到兔子。卫民说攻城莫畏坚，只要努力肯定能成功。

除了找东西，我们还看赵大眼打铁，火光四溅，赵大眼一明一暗，孔武有力。赵大眼见多识广，知道北乐巷甚至城里面一些隐秘的事，那些事经过他的嘴变得生动，变得鲜活，大伙儿都愿意听，也爱听。最让人佩服的是，赵大眼还能将看着的一些东西顺口说出诗来，他的诗粗鄙顺溜，大多会关涉女人的某些部位，让人浮想联翩，面浅的还会脸红。他还出谜语让我们猜，我们总猜不出来，他就嘿嘿笑，笑里完全不怀好意。有一次，他给我出了一个谜面：一头有毛一头光，两戳两戳冒白浆。说是打一动作，我抠破了脑袋也没能想出来，问母亲，母亲脸红了一下，给了我一个爆栗。这谜面肯定不是啥好玩意儿，我有些生气，捂着脑袋找他说理去，他嘿嘿笑了几声说出谜底，原来是刷牙。

赵大眼认为阿梅和老刘不般配，他不说一朵鲜花插在牛粪上，说鲜花插狗屎上，从心底里看不起老刘。从理发店回来，赵大眼不爱说荤笑话了，打完铁就坐在火炉旁发呆，看火舌舔锅底。一只跟了他十多年的铁皮水壶被火舔了个洞，一直烧着的炉火被浇灭了。吴友道说赵大眼算是废了，再也打不出好铁器来了。

阿梅去了黄老三的饭店当服务员。据说是农场的姚福林介绍的。姚福林是农场的办公室主任。还有四个多月就过年了，姚福林到理发店来了一趟，他本没有要理发的想法，他是来收租金的。老刘的门面是农场的，姚福林管着这一块儿。以前是到年底催收一次，姚福林要升职了，他想把租金提前收起来，农场里已经传出他要升副场长的消息来，早点把手里的工作做完，能给场里的头头们留个好印象。

姚福林走进理发店，老刘忙着打招呼，一边用新毛巾抹椅子请姚主任坐，一边招呼阿梅给姚主任倒茶。姚主任不会在老刘的理发店理发，他要去的理发店在城里，有皮沙发有小妹按摩。半躺在皮沙发上，让小妹十个手指头从前额按摩到后脑勺又从后脑勺按摩到前额，舒服到直哼哼，理发的师傅才披挂上阵。用卫民的话说，那不是理发是享受。

姚福林叉着腰四处打量，说老刘，房租你得先准备准备，哟，这是你屋头人？他从阿梅手里接过水杯，开水差点洒在手背上。老刘哈着腰，说姚主任坐，姚主任喝茶。姚福林盯着阿梅走进里间才说，老刘，今年房租得提前交。老刘苦着脸，给父亲办后事借了一大笔钱还没还清呢，哪有闲钱交房租。

姚福林把茶杯放在柜台上，摸了摸大背头说，都说你老刘手艺好，也给我开开光。老刘受宠若惊，说那是姚主任看得起咱，不敢说手艺好，包您老满意。姚福林要剪头发是临时决定的，老刘家里的事他多少耳闻，也听说过老刘的老婆贤惠，却从没有见过人，如今见着了，心里突然生出异样来。

姚福林让阿梅给他洗头发，和老刘聊家常，让老刘心里热烘烘的，姚主任太亲民了，太理解咱小户人家的辛酸了。姚福林背着手说，你家里这个情况啊，太艰难了；那个啥，阿梅就帮你打下手哪行啊，得去找份工作挣钱呀。老刘开始倒苦水，说自己认识的人少，也莫得啥关系，哪去给阿梅找工作啊。姚福林一拍大腿，妹子的工作包在我身上了。

阿梅去了黄老三的饭店。先是做服务员，等熟悉环境和业务了就能做领班。老刘逢人便说姚主任的好，说姚主任亲民没有官架子。也说阿梅，我们阿梅要做领班的。领班是个什么玩意儿？烙饼张偏着脑袋问。他对姚福林甚至对农场的头头脑脑都看不顺眼。吴友道的父亲说，领班就是服务员的头儿。老吴随时进城卖菜，也给城里的饭店送菜，认识好些领班。烙饼张吐了口唾沫说，那不还是个端盘子洗碗的服务员。

原载《剑南文学》2020 年第 1 期

没人会再爱他的浪荡汉（节选）

◆羊　亭

羊亭，1986年生，四川三台人。中国作家协会会员，四川省作家协会会员。在《青年文学》《山花》《文学界》《山东文学》《青年作家》等刊物发表小说百万余字。出版有长篇小说《青春祭》《蓝山》。曾获首届青春文学大赛长篇小说金奖、第四十届青年文学奖、第二十三届梁斌小说奖等奖项。有作品入选年度选本并被翻译为英文。

“像所有跟我好过的女人一样，这婆娘起初也爱我爱得死去活来。不但愿意和我分享她所拥有的一切，她居然还告诉我，她整个人甚至她的生命都属于我。一开始我就明白，她是死心塌地想和我一起过安生日子的人。按说我不该那么绝情、那么混蛋，作为一个顶天立地的男子汉，我得对她负责。其实我也想对她好，但一想到要过那种平平淡淡、庸庸碌碌的小日子，我就不甘心。何况我已经这样浪荡了多年，习惯了独来独往，平生最怕的就是哪个女人和我当真。我不愿有所牵挂，更讨厌别人牵挂我。”

那个叫许逸的男人一边说话一边抖动着腿。因为过于瘦削，裤管一荡一荡的。他不停地吸烟，地上很快落了一层细密的烟灰。他夹烟的左手食指缠着白布，上面沾了些油污，也不自觉地微微抖动着。

新千年的大年初一，正午刚过，我们烟村一群无所事事的人又聚在村口的小卖部前。几张方桌早被男人们围得满满当当，他们玩扑克、搓麻将、打长牌，有的甚至直接投骰子定输赢。

牌桌上最能见一个人的品性，这是有根据的——烟村的长辈要考验哪个后生小伙，只消组一场牌局。抓牌的动作、出牌的快慢都有讲究，你得不愠不火，节奏得当。如果眉眼间有些细微变化，说话不小心失了分寸，就会落一个心浮气躁的坏名声。那些平时还算老成持重的人，连着几把烂牌，表面上虽淡定从容，但指尖已经开始轻叩桌面，渐渐地眼神透出焦灼，眼见着百元大钞变成了零钱，好不容易时来运转，清一色都快做成了，打错一张，居然点炮三家，于是再也坐不住了，或掀牌，或推桌子扔板凳，或骂娘，不一而足。

这种人当中，最典型的要数许逸。头天晚上，大家都希望待在家里看春晚，就许逸到处邀约人。他在村子里来回转了几圈，不多不少凑了六人，于是他们玩起了炸金花。当时我正巧去小卖部买醋，腊月最后的夜晚冷风飕飕，他们的桌子摆在阶沿边，许逸却把袖子挽得老高，手臂青筋鼓鼓，出牌的动作豪放洒脱，脸上是满满的亢奋。春晚都结束了，直至四面远远近近的鞭炮声消失，他们一等人才打着呼哨回家，他的手气应该不错。

手气不错的人，本应该见好就收，因为老天不会永远站在你这边，但许逸仿佛不懂得这简单的道理。除了睡觉，他吃饭也懒得离开牌桌，中午就在那儿泡一桶方便面打发自己。上午他赢了不少，但自从吃过那桶方便面，他便开始走下坡路。我和李小刀吃过午饭到小卖部时，他已经从麻将桌换到了长牌桌，而且烟不离手，眼睛发红。我们不懂麻将，更不会长牌，只看得懂骰子的大小，也只对它简单粗暴决定胜负感兴趣。在这一天，大人们尽兴玩牌，我们一群半大孩子除了在一旁静静观战，也可以学他们一样下注，但不是在牌桌上。

我和李小刀看了一圈，多少有点眉目，我们都盯上了许逸。我出了五毛，买他这把输。李小刀也扔下五毛，对我摇了摇头。

他说：“都输五六把了，也该轮到他翻盘了。”

我说：“我看他的好运气已经到头了。”

“那也未必。”

“我们走着瞧。”

其实我心里也没底，很担心那五毛钱打了水漂，不过许逸越发不安而躁动的情绪给了我信心。他每出一张牌都摔得噼啪作响，有时指关节磕在桌面上，他也全然不知。他越是焦躁，我就越感到心平气和。结果那一把我赢了李小刀五毛。

接下来我们又押了另外几个人，李小刀连着输掉三块。

他说：“真是邪门了。”

我说：“好运气都到我这来了。”

“话不要说得太早。”

李小刀把仅剩的七块压岁钱全扔出来，他认准了许逸，要玩连押。我跟了七块，买许逸输。我觉得李小刀和许逸一样，并不太适合赌博，但他们却如此痴望，总存有一点侥幸心理。许逸一边出牌一边抱怨自己的位置不好，他想坐对面的东方，但那边的人一直在赢钱，哪肯让位，后来他坐到了南边，最后又挪到了北边。可是这一切都无济于事，他仍然只出不进。让我轻而易举就把李小刀的钱都装进了自己的口袋。

李小刀不肯罢休。他还想再押两局，但他已经没钱了，于是我借了他五块。

“别再押许逸了，”我劝李小刀，“他今天没机会了。”

李小刀说：“我还偏不信了！敢不敢玩把大的？一局定输赢。”

他搓了搓手，两眼放光。接受了几日赌徒们的熏陶，他简直也显示出了和他们一致的豪气与执迷。

许逸离开长牌桌，我们跟在他身后。他到每张桌前都浮皮潦草地扫两眼，却迟迟不肯下手，最后他在投骰子那桌停了下来。我感到一阵窃喜。他终究还是按捺不住了。选择玩骰子纯粹就为了赌博，已完全不在乎过程，甚至有点孤注一掷的意味。我于心不忍地看了看李小刀，出了六块。心想万一他赢了呢？那样一来，他不但很快能把我借他的钱还上，多少还可以余下一点，也算新年博个好彩头。

就在许逸准备押注时，他的女人突然跑来了。谁也不晓得这是他的第几个女人，许逸常年在外打工，只春节才回来一趟，但每次回来，总会带不一样的女人。小年那天黄昏，许逸风尘仆仆地回家，我们见过这女人一次，长什么样看不太分明，之后几日女人一直待在家中足不出户。她突然出现在我们跟前，让我们都惊讶不小。因为她不但长相出众，而且穿着也与我们烟村的女人完全不同，大冷的冬天，她居然穿着超短裙，肉色丝袜外面还有一层黑网。她一声不响地挨着许逸，轻轻拉了拉许逸的衣袖，许逸没理她。

牌桌上有人起哄：“许逸，你婆娘喊你回家了。”

“什么婆娘不婆娘的，”许逸说，“我们还在耍朋友。”

别人说：“那还不是早晚的事。”

“八字没有一撇，再说了，我岂是那种在一棵树上吊死的男人？”

“竟然当着人家说这样的话，你不怕她跑了？”

许逸道：“你放心，她跑不了。她一个外省人，连我们在说什么都不晓得。”

“外省的？天远地远地跟你跑来？难怪你这么骄傲。我们烟村人还没哪个娶过外省婆娘。该你谝。”

许逸得意地摇摆着头，手停在半空，久久未决。

女人又拉扯了一下他的衣袖，轻声对他说：“回去吧。”

许逸没有撒谎。她果真是个外省人，她说的是普通话。

许逸推开女人的手，押了小。

我听着摇骰子的响声，心脏直怦怦乱跳。许逸和一群赌徒伸长脖颈，把耳朵凑得很近，仿佛要听出骰子的点数。

显然是一场徒劳，结果开了五五六大。

转眼之间，那六块钱就又回到了我的腰包，李小刀还欠下了债。

许逸接着押了几把大，却都开了小。这让他懊恼不已。

女人还在拉他的衣袖，不停地说："回去吧，别再赌了。"

他仍不理女人，迅疾地看了看执骰子的人："停下干吗？继续啊。"

我往他们那边靠近了些，发现他的眼里布满了血丝。

女人喋喋不休："回去了，许逸，回去了，不要赌了……"

他突然推搡了女人一把，用普通话道："你还有完没完？没看我正在兴头上？"

许逸又玩了两把，身上的钱就全输光了。他开始向身边的人借钱。这倒不是难事，刚刚赢了钱的都大方阔绰。新年就有钱借给别人，这一年还不富得流油？

但也有人劝他："可以了许逸，还是听你婆娘的早点回去吧。"

"笑话，大男人家能让个女的牵着鼻子走？"

"家有娇妻不顾，你还真把这里当成自己的家了？"

许逸不领别人的好意，大声招呼道："继续继续，接着来。"

连李小刀也不看好他了，小声对我说："许逸今天不适合在赌桌上，他的运气太差了。"

许逸一直只出不进，到后来就没人愿意再借钱给他了。

他说："怎么？怕我还不起？笑话！我在外打工一个月，就可以在这里耍他个三天三夜。"

"不是不相信你，"邻桌的人说，"只是照你这个玩法，一整年的收成都要付之东流了。"

"不还是不相信我。"

他女人攥着他的胳膊，刚想说什么但还没说出口，突然吃到他一记响亮的耳光。他咆哮起来："给你脸了是不是？你见哪个女人家跑这里来，还他妈叨叨个没完没了？"

女人捂着脸，立时挂了两行长长的眼泪，脂粉下露出星星点点的蝇子屎。

"许逸，这就是你不对了，怎么还动手了？"

许逸说："女人嘛，就得多管教管教。不然她找不到自己的位置，真以为能顶半边天。"

女人指着许逸："许逸，你真是狗改不了吃屎！"说完她扭头就走了，留许逸在那儿不知道该向谁撒气。

“许逸，你还不快跟回去哄哄。”

“就是，回家了服个软，天大的事情也就过去了。”

许逸撇了撇嘴：“我会向一个婆娘家服软？还哄她？你们会干这么窝囊的事？”

后来许逸好歹借了点钱，他的手气也没那么臭了，但输赢并不太大，他没能得到翻盘的机会。

约莫过了半个钟头，他女人提着一只箱子来到小卖部前。我们都吃了一惊，要不是她喊许逸的名字，我们差点认不出她来了。她擦掉了脸上的粉底，超短裙换成了牛仔裤，真是人靠衣装马靠鞍，这样相貌平平的女人在我们烟村简直一抓一大把。

她对许逸说：“许逸，你接着赌，尽兴地赌吧。”

许逸扭过头：“你上哪儿去？”

“离开你，离开这个鬼地方。我们已经结束了。”

许逸耸了耸肩，拿出一支烟点燃，并没任何表示。女人迟疑了一会儿，拉着箱子头也不回地走了。

旁人拍着许逸的肩膀道：“还不快去追！”

许逸吐出一个烟圈，满不在乎地说：“干脆你去追好了，追到了算你的。”

“这个许逸！”

“要不了一刻钟她就会转来，你信不信？”

“你敢不敢打赌？”

“敢赌，怎么不敢。”

对赌徒们而言，还真是什么都可以赌，什么都值得一赌。几个人纷纷扔下十元的票子，多数人赌女人不会回来，只两三人跟着许逸押了会回来。他们跷起二郎腿，一边抽烟一边静静地等待着。

一支烟吸完，有人开始看表。许逸说：“急什么急？十分钟还没到呢。”

但第二支烟吸完之后，许逸自己倒有点坐不住了。他站起身来伸了个懒腰，朝路口处瞟了瞟。那里空空如也，半个人影都没有。

有人亮出了手表：“不好意思许逸，你又输了。”

许逸按着桌上的钱：“等等，再等等。”

“是你自己说的一刻钟，现在时间到了。她没有回来，所以我们赢了。”

“再等一分钟，我保准她转来。”

“愿赌服输，你不能坏了牌桌上的规矩。”

“去他妈的规矩！”许逸暴跳如雷，“我又不是输不起这点钱，我只是让你再等一分钟。一刻钟你都等了多等一分钟怎么了？”

那人提起一把椅子想要干架，许逸也一副嚣张跋扈的样，好在两人双双被拉住了。过了许久，也不见女人回来。打牌的人三三两两地离开，有收获的兴高采烈，底气十足连说话都声音洪亮，运气不好的则有点灰溜溜的颓丧情绪，剩下的大多是些上了年纪的老头在打长牌。许逸不但输光了钱，而且情场失意，人生惨淡，他耷拉着头，想抽烟烟盒却是空的。他到小卖部赊了包廉价的天下秀，深深地吸了一口，自言自语道：“这回真走了？走了好，走了好……”

一个纳鞋底的老太说：“许逸，你也老大不小了，难得有个和你看得对眼的女子，你这样好伤人家的心。”

“伤心好嘛，伤了心才能死心。”

“你这是什么话？别个大老远跟你来，不好好在一起过个年，倒把别个打跑了。你先前就该听人劝，撵上她说两句好话啥事都没有，世上没哪个女人是铁石心肠。”

许逸长叹一声：“像所有跟我好过的女人一样，这婆娘起初也爱我爱得死去活来。不但愿意和我分享她所拥有的一切，她居然还告诉我，她整个人甚至她的生命都属于我。一开始我就明白，她是死心塌地想和我一起过安生日子的人。按说我不该那么绝情、那么混蛋，作为一个顶天立地的男子汉，我得对她负责。其实我也想对她好，但一想到要过那种平平淡淡、庸庸碌碌的小日子，我就不甘心。何况我已经这样浪荡了多年，习惯了独来独往，平生最怕的就是哪个女人和我当真。我不愿有所牵挂，更讨厌别人牵挂我。”

许逸说，这女人姓蹇，叫个蹇黎明。她出身不太好，初中没读完就出去打工了。先是在亲戚介绍的宾馆当清洁工，后来又在几家小饭馆洗碗刷盘子。满十八岁之后，她和几个早年熟识的姐妹进了理发店，本想从洗头妹干起，然后做学徒，拿剪子潇洒飞舞，等攒够了钱回家自己开店。其中两个姐妹早就已经当老板了，但她跑遍了沿海的几个大城市，却仍然还是个洗头妹。她说她太传统太刻板了，除了给人洗头，只知道坐那里发呆。不像别的姐妹开通又灵活，跟一个大腹便便的男人出去小半天，就能挣她两三个月的工资。好心的姐妹开导她：黎明，你有什么好藏着掖着的？裙子穿短一点，衣领拉低一点，说话时嘴巴甜，手上动作柔和，一样有人肯往你兜里塞钱。

李小刀突然插话道：“挣钱这么简单？”

许逸吃吃地笑着，却不言语。

牌桌上一个老汉说："小瓜娃子听话听一半，人家都说了，不藏着掖着才能挣钱。"

李小刀说："不一样简单。"

许逸道："你太小了，等你长大就明白了，普天之下，数挣钱是最不容易的事。"

许逸说，他第一次见到蹇黎明，是带当时的女朋友去理发。他和女友当时在一家塑胶厂打工，厂里有不花钱的集体宿舍，但他们却在外面租了一间小屋，整天成双入对，过着夫妻般的生活。出了厂房，回出租屋的路边，不多远有一个农贸市场。两人常一起去那里买点小菜，许逸也一个人去买过香烟或啤酒。蹇黎明他们理发店就在市场的尽头。其实那里还有其他几家理发店和足浴店，但看门脸都不及蹇黎明他们那家干净亮堂。有一次，他和女友下晚班，经过那里时一家足浴店还亮着粉红色的灯光，几个花枝招展的女子坐在门口抽烟，许逸不免好奇地多看了两眼，突然冷不丁地被女友拧了一把耳朵。女友说，看什么看，挂羊头卖狗肉，你胆敢进这些地方我要你好看。没过多久就是年底了，女友想在春节回家前做个头发。他们买完菜，便进了那家理发店。女友要做的发型看起来很复杂很麻烦，许逸已经坐了半个钟头，理发师还在一缕一缕地给她染发。他等得有些百无聊赖，虽然头发并不太长，但他也打算理个发来消磨时间。理发师让他先洗洗再剪，于是一个女孩子开始给他洗头。

女孩问他，是用好点的洗发水还是一般的。

他平时都在像贫民窟一样的出租屋那边理发。理发师是个上了年纪的老头，手法非常老到，平均五分钟理一个头，但从来不给顾客洗头。许逸都是理完发回出租屋自己洗。他说，就用一般的好了。

女孩站在他的身后，可能个子不高，有时胸口几乎贴到了他的后背。她下手很重，指甲划过许逸的头皮，发出轻快的嚓嚓声响。

她问许逸："会不会太重了？"

许逸说："不会，我这人比较吃劲儿。"

洗完头她正给许逸擦着头发，许逸有点不习惯，想自己擦，伸出双手没抓到毛巾，却捏住了她的手腕。也许是经年同水和洗发液打交道的缘故，她的手很滑嫩，很柔软。女友的手就很粗糙，许逸心想，那感觉同左手摸右手毫无二致。许逸不好意思地接过毛巾，擦干头发，装作不经意地瞟了她一眼。没有足浴店的女人漂亮，但和自己的女友相比倒多了几分姿色。

那之后，许逸每回理发都去那儿。次数多了，他和女孩便渐渐熟络起来，知道了世上还有姓蹇的人。他甚至隔三岔五地跑去洗头，他的头发也越理越短。

那里的理发师说："老兄，要再理的话就只能剃光头了。"

他说："那就洗洗算了。"

蹇黎明说："大款啊你？到底理发还是洗头？"

"你说呢？"许逸歪着脑袋，"理成个光蛋还洗个什么头？"

话虽这么说，蹇黎明却非常殷勤地往他头上浇水。许逸发现她给自己洗头时手上的动作一次比一次轻了，有时头本来不痒，被她这样挠一会儿反而痒得很。

许逸说："使点劲，你没吃饭啊？"

蹇黎明说："是人头又不是猪头。你要我使多大劲？"

许逸说："你这充其量也就三分的力。"

"那你要几分？"

"当然要十分。"

理发店的人都笑了起来，他们对蹇黎明起哄道："他要你十分用力。"

许逸不在乎他们开这样的玩笑，蹇黎明好像也不在乎，这让他感觉和蹇黎明一下就变得亲近起来了。

他去理发店去得那么勤，以前的"杀马特"造型突然换成了干净利索的板寸，女友不免心生怀疑。于是在某个下午尾随着他，不远不近地在市场熙熙攘攘的人流中观察他的一举一动。当她见许逸和洗头妹打情骂俏的就差点要爆发，但她忍住了，后来，许逸的手居然很不老实地在洗头妹腰间游移起来，她顿时醋意难平，上前就想泼妇骂街，许逸却没给她这个机会。

和蹇黎明动手动脚被女友当场碰见，许逸不觉得难为情，更不感到丝毫尴尬。他不检讨自己，反倒理直气壮地问女友："你来干什么？"

"我不能来啦？"女友气呼呼地说，"这家店专为你开的？"

一个店员打趣道："能来能来，有头发的都能来。"

许逸仍然冷冰冰的："你要理发吗？"

女友说："你不也没理？"

"我是来洗头的。"

"洗哪个头？"

当时理发店的生意冷清，店员们无所事事，站一旁着看他们笑。

许逸说："你这娘们儿存心找事是吧？"

"你的头什么时候变得这么金贵了？"女友说，"你吵吵什么？我知道我坏了你的好事。”

“少给我说些阴阳怪气的话。”

“我说什么话你心里明白。”

一直被晾在一边的蹇黎明出于好意，她对许逸的女友说：“姐，你们是不是有什么误会？”

“谁是你姐？”女友向蹇黎明针锋相对，“有没有误会关你什么事？你算什么货色？”

“这头不洗了还不行吗？不洗了不洗了。”

许逸连推带拽地将女友往外撵，女友却站着不动，执意给他难堪。她胖墩墩的丰硕体格，有时许逸还真拿她没有办法。拉扯之间女友朝他脑门上挠了一把，一种灼热感直往头皮里钻，这一下就激怒了他，他狠狠地扇了女友一巴掌，夺门便径直走掉。

他和女友大干了一架，女友搬进了厂里的集体宿舍。他在塑胶厂又上了一个月班，然后带着蹇黎明去了另一座城市。哪个城市都不缺理发店，哪个理发店都需要洗头的，蹇黎明干的还是她的老本行。许逸跑了几家工厂，做的时间都不长。后来他去了工地卖苦力，比在工厂挣得多一些。许逸在城郊租了一间小屋，女主人变成了蹇黎明。

每到雨天或材料供应不上的时候，他便和工友们玩扑克牌。起初他们玩得都不大，权当是打发时间。包工头和他们玩了一次之后，一下就把档次提高了。许逸心浮气躁的，总是输得多赢得少。

起初，蹇黎明对他玩牌消磨时间没太在意，直到有一天他伸手向蹇黎明要钱。

蹇黎明说：“你的钱呢？”

“花光了，”许逸说，“我那点钱能干什么。”

“你挣的可比我多。”

许逸支吾半天，他撒谎说一个工友不慎从脚手架上跌落摔断了腰，躺在医院奄奄一息，等着钱做手术，他和另外几个工友实在看不下去，于是搭了把手。

蹇黎明说：“你把自己所有的钱都借出去了？”

许逸说：“我能怎么办？那可是活生生一条命。我们曾经天天一起上脚手架、一起吃饭、一起洗澡，说情同手足也不为过。要是摔断腰的人是我，我相信他也会倾其所有地帮助我。”

有那么一瞬间，蹇黎明都被感动得热泪盈眶了。她居然没有任何怀疑，一边觉得自己独具慧眼找了个好男人，一边将自己辛劳的所得心甘情愿交给许逸。

打牌的时间多，上工地的时间就少了。许逸总玩牌，却不见牌技长进，他上工地一天比一天少，自然一天比一天入不敷出。他编造了各种谎言——工友受伤、亲人生病、钱被偷了……个个都老套拙劣，蹇黎明却信以为真。但许逸输钱的节奏快过了编织谎言，他实在不知道还要怎么编下去，于是他很晚才回城郊的小屋。就算那天无事可做，工友们陆续都睡了，他一个人把烟抽完，最后又在小桌子下面找烟头抽，直至深夜才晃晃悠悠地回去。

其实就算没钱，牌瘾大的也自有他们的一套玩法。弹脑门儿、扇耳刮子、罚喝凉水……这些许逸和工友们统统都玩过，然而这仅仅局限于一群穷光蛋。但凡有个人腰包充盈，他们玩的就还是实在的，毕竟牌桌上少了票子，其惊险与刺激的程度也将大大削弱。两手空空的希望把别人的钱赢到自己手里，要是输了，大不了欠账。一晚上下来，钱倒是没变多也没减少，不过输了的就得写欠条，白纸上写字画押。赢了的收下欠条，像真金白银一样宝贵地收藏，输了的好像也不太当回事，一张字条远不如哗哗往外数钞票令人揪心，况且下次手气转佳，不但能将欠账冲抵一空，说不定还能让对方写一张条子。

许逸已经写过两张数额不大的欠条，时间虽不太久，但赢钱的工友已经催促他几回了。欠债还钱，这是天经地义的事，但许逸不急着还钱。一来他根本没钱，蹇黎明的钱又不是白来的，他也不能一直骗下去；就算有钱，你又不是家里揭不开锅等着买米，多欠几天又有何妨。

原载《满族文学》2020 年第 3 期

最后六小时（节选）

◆王　佳

王佳，女，1985年生，四川北川人。副编审，法学博士研究生。2011年加入中国作家协会，鲁迅文学院中青年作家培训班结业。曾出版《大宋朝的妙人们》系列。在《人民日报》《延河》《特区文学》《海燕》等报刊发表小说、散文多篇。曾在南京《东方卫报》主持专栏。

一、往事

农历腊月初八放了一天假，前517基地保卫处处长，现任后勤处长的严金生没有叫车，步行陪着老婆去山下集市，他们要给出生不久的女儿买一双虎头棉鞋。

临近过年，小镇上熙熙攘攘，一条弯弯曲曲的小街被挤得水泄不通，严金生和老婆好不容易挤到鞋摊前，正准备开始挑拣的时候，身后传来汽车的喇叭声，一声接一声不间断，听起来十分刺耳。

即使不在保卫处，严金生的耳朵那天赋的本领也没有衰退，不回头也听得出来，肯定是科研部的车，他甚至可以从发动机的声音判断出是谁在开车，年轻的战士性子急躁，一看老百姓堵着路，就会不停按喇叭。

“不要着急，慢点走，看一下民间的集市也蛮不错的！好久都没有出来走动了……”

这是一个温和的南方口音，说起普通话似乎有点费劲，声音不大，但足以穿过密密麻麻的声音丛林，像是一条灵活的蜈蚣，七手八脚蜿蜒着钻进严金生的耳朵。

严金生当下浑身一颤，把身边的老婆吓了一跳，他抓着手里的棉鞋踌躇再三，缓缓转身回头。身后的车窗已经缓缓摇上，只有房屋的倒影留在锃亮的玻璃上。

这一晚严金生没有睡好。事实上，这一年多来，失眠都像是一个透明的鬼魂，时时刻刻趴在他的背上。可是今天的情况也太邪门了，完全不符合常规。那个人，怎么会在车里？都一年多了，按常规应该早送回去了啊。严金生辗转反侧，满脑子都是列车驰过铁轨接缝那有规律的声音，单调、阴冷甚至于稍带恐惧……

第二天刚一上班，老领导，也就是部长打电话来，叫他过去一趟。严金生火速披上衣服，红着眼睛就冲出了后勤小院。他隐约感觉到，部长找自己和昨天车里的那个人有关系。

部长一反往常的冷峻威严，笑容可掬地让他坐下，并且很罕见地给他扔过来一盒烟，问道，胳膊伤势已经恢复了吧，新岗位是不是能够适应？

严金生有点不知所措，瞪着小眼睛愣了一会儿，才开口问道，部长这么高兴，是不是有啥喜事呢？

部长再次摸了摸几乎秃顶的脑门。他一直试图用仅存的头发把头顶盖住，结果欲盖弥彰，看起来似乎更加稀疏。他高兴、气愤或者沉思时，就下意识摆弄这里。

“你的东西！”部长扔过来一个牛皮纸袋子，上面印着鲜红的方框——“绝密”。

小心撕开，抽出一张厚实的纸来：

立功证书

严金生同志，在“一号工程”实施过程中表现突出，做出了重要贡献，特记二等功一次。

中国人民解放军总 ×× 部

“一号工程”这四个字好像一针清醒剂，迅速激活了严金生因长期缺乏睡眠而麻木的大脑皮层，他口吃起来：“部长，这个……我一直愧对组织，我没有资格……”

部长摆了摆手，制止他继续说下去，吐出一口悠长的烟，意味深长地说，不要问我，我什么都不知道，就连这个证书，也就是给你看看而已。你不能带走，一会儿还得锁进我的保险柜，不要跟任何人提起，也不许告诉家属。

严金生重重点头表示明白，虽然他心里依然糊涂，甚至比昨晚更加迷糊了，但是不能问。他一言不发，把部长的烟揣进兜里，敬个礼转身出去。

三百多天以来，严金生第一次陷入了真正的思考，他觉得自己有必要将整件事情回顾一遍，然后再拿出一个合情合理的结论，一件事情弄不明白，就好像喉咙里卡着鱼刺。

这天晚上失眠一如既往，不过，严金生忍不住笑醒了好几次。他大概明白了，这一切是怎么回事，但谁都不敢告诉，独自守着秘密，就像守着一件家传的宝贝，没事的时候，拿出来把玩片刻。

严金生把整个事件的细节一遍遍地回顾整理。他琢磨好久之后，不由感叹——那件事，简直就是一件美妙的艺术品，双方的行为都堪称微妙，简直是巅峰级别的战斗。一生中有机会参加如此任务，大概也是自己的幸运，那是自己职业生涯中最完美的一笔。

毕竟，过去一年多了，为了保证事情的真实性，严金生决定分两步，先把事情从头到尾回顾一遍，然后再去深入探测其中隐藏的秘密。他像是一个贪婪的盗墓贼，永远不知道自己这一次会探到什么样的宝贝……

二、密电

那是 1956 年 10 月，火车行驶在茫茫戈壁。

哐当……哐当……

严金生斜卧着身子，将薄薄的被子往上拉了拉，一道隐隐的寒气从脚下蔓延上来。照时间估计，进入甘肃境内了。他咂了咂嘴，有一只猫在心里轻轻挠着——烟瘾开始发作了。

想起去年，陪首长去苏联，还不是整整一星期没有合眼也没有抽烟？人呐，就是这样，日子一舒服，各种毛病也就来了。

他在黎明前的微光中环视了周围，小周就在自己对面的上铺，轻微的鼾声表示她睡得很舒服，她下铺是厨子熊国宝，这家伙睡相极其难看，脚丫子臭气熏天。

想到这里，严金生蹑手蹑脚下床，站起来仔细查看了自己的上铺，那个人还在熟睡，确实在！

他重又坐下，面对的是熊国宝的臭脚。陈三省教授——就是上铺那个人，因为吃不惯西北的伙食，所以带上这个胖厨子随行。

凑到窗边看看腕上的梅花表，再有六个小时就到了，从天津到甘肃，这一路疑神疑鬼，总算有惊无险，严金生感觉自己的心脏，仿佛一直被一只大手捏着，都不敢使劲跳动。

总算要到了！

这时严金生好像受到什么刺激，忽然神经质地晃了晃脑袋，右手迅速按到腰间的手枪上。多年的工作经验和前辈血淋淋的教训表明，在你最放松的时候，百分之九十要出事情。所以他养成了习惯，放松的念头一冒出来，立刻要用肢体动作强行驱赶。这个方法来自小日本。据说，那人用的方法是抽自己耳光。

不过，这一路舟车兼程，对方有太多的机会下手啊，不应该选择这最后的六小时在茫茫戈壁动手吧，但愿是四姐的情报有误。

那三个人睡得依然香甜，严金生又将列车的布局结构回忆一遍，设想了对方可能如何下手，自己怎么应对，确保万无一失。

四姐的电报又一次浮现在脑海里：年成不好，掌柜说把陈谷子都清了。

这意味着，对方隐藏最深的那个暗桩已经启动，目的就是要阻止陈三省教授到基地去解算方程。临走前，部长绷着脸指指点点："严金生你记着，陈三省的安全就是国家的安全，要是他被对方掳走了或者暗杀了，你也不用回来了，自己拔枪自裁！"

"别嬉皮笑脸的，我可不是开玩笑。一号工程卡在这里，没有计算机，基地一帮人已经用算盘验算了一个多月，数据都对，就是得不到方程通解。人要让对方抢跑了，天就塌了！"部长最后这句话几乎是声色俱厉。

严金生再一次感觉到寒气彻骨。这个暗桩是男是女是老是少，谁都不知道，防不胜防啊……

又过了十五分钟，卧铺走道里开始有人声，列车员窸窸窣窣打扫卫生，洗漱女人的脚步，孩子被叫醒后的哭声，陆续从门缝挤了进来。

厨子熊国宝翻了个身子，"呼"一下坐起，脸上油光满面，可能是汗水，他表情扭曲着回头张望，眼珠子似乎要从胖脸上迸射出来，大口喘着粗气。看到严金生正凝视着自己，熊国宝略微不好意思地挠了挠脑袋，严金生没有说话，熊国宝捂着肚子下床找鞋。他要上厕所。

严金生只好做个手势，告诉他忍耐一下，又指了指上铺，意思是陈三省没有醒，再等等。熊国宝则咧着嘴脸不住摇头，表示忍不住，严金生没办法，从行李袋里掏出一个洋瓷碗递过去。

看熊国宝一副不情愿的样子，严金生强调一样指了指碗，熊国宝无奈，接过去蹲在包厢门口，沙沙的声音响起，一股隔夜的骚味徐徐弥漫开来。头顶清脆的女声响起来："你干啥呢，又这样！臭死人了。"

小周醒了。熊国宝的声音立马停住，看来是活活憋了回去。

"让他自己去不就得了，还真把他当个国宝，不就一厨子么？"小周捏着鼻子下床，一边含含糊糊抱怨严金生。严金生只能笑笑，习惯性地去摸烟，想到陈三省还没有起来，他闻不惯烟味，只好忍住。

熊国宝已经系好了裤子，手端洋瓷碗站着，有些不知所措，小声说："老严，非不让我去，要在这里解决，我实在是……”

严金生挥手示意他不要说了，小周则一边嘟囔一边走出去。

小周把湿毛巾和早饭拿回来的时候，陈三省已经醒了，大家随便吃了一点，严金生小声对陈三省说：“五个小时，再五个小时就到了，辛苦！”

陈三省非常绅士地颔首一笑，整了整西装、领带，留过洋的人确实不一样，即便在火车上头发也是一丝不乱，皮鞋擦得一尘不染。

严金生又凑过去小声说了句话，陈三省摇了摇头表示不用，微笑着说大概是甘肃干旱吧，体内的水分都跑了，所以一整天都不需要去厕所。

严金生坐了一会儿，就双手叉腰，站到门口，想听听外面的动静。

在单调的哐当声里，有一个高跟鞋的声音由远及近，从左边过来了，严金生不由屏住呼吸辨认，绝不是列车员单调拖沓的步子。这一路上，五个列车员的步速和力度特征，已经牢牢刻在他的脑海里。耳朵里的这脚步声快而不乱，有一种内在的轻柔的节奏，证明走路的人体态轻盈，心情不错，而且是个年轻女子。

脚步声嗒嗒走近，然后，又嗒嗒嗒往右边去了……

严金生松口气，又是虚惊一场，看看表，这一刻钟似乎显得特别漫长。

精神放松下来，又忍不住回想起刚才的脚步，那是怎样的一个女子呢，为什么有似曾相识的感觉？不过他很快又打消了这个念头。不错，自己在听力上确实具有惊人的天赋，但是任何两个形体相近的人，都可能走出一样的步子。

虽然脑子里这么想，他还是忍不住拉开软卧包厢的门，探头去看。

不远处的窗边，一个穿着藏青色风衣的女子正举着相机往窗外取景。可能是眼睛的余光注意到了严金生，她别过脑袋看了一眼，定睛端详片刻，忽然大步走过来，相机就倒提在手上一晃一晃的。

严金生吓了一跳，急忙伸手去腰上摸枪，不料那女人却叫出了声：“金生？”这一声令严金生浑身汗毛直竖，一是因为自己的真名突然被人叫出来，二是因为这个声音他太熟悉了，本来以为早已忘记，这么多年之后重新出现，却好像就在前几天的样子。

每个人的声线都是非常独特的，这个女人，是南栖云。

严金生只好出去，两人站在门口略微尴尬，隔着数十年光阴，忽然不知道从何说起。南栖云这才慢慢收了徕卡相机，幽幽地低头说，好多年了，你倒是没怎么变化。她又指着车厢的交接处说：“去那边抽支烟聊聊？”

“调虎离山？”这个想法在严金生头脑里一闪，他掩饰地咳嗽一声，推开包厢的门说，不如进去聊吧，外面太吵。这句话刚一出口，他就后悔了，“引狼入室”这个想法又浮现出来，但是来不及改口，南栖云已经进去了。

她很有礼貌地向陈三省、小周以及昏昏欲睡的熊国宝打了招呼，问：“是你同事？”严金生摇头说，不认识，路上偶然碰到的。

等她坐定，严金生试探地问，你这是干什么去。南栖云举着相机说：“去西边，拍一些佛像，做论文要用的。你呢？后来听说你当兵了，现在还在部队上？”

严金生摇摇头说，早就回地方了，革命工作不分地点，在地方上一样可以为人民服务。

他这句话说得很自然很认真，但是南栖云竟然忍不住开口一笑，这让严金生顿觉不快，好像自己的革命热情受到了嘲笑。

南栖云倒不在意他的反应。她本来健谈，坐下来开始滔滔不绝，讲起自己这些年在德国的事情，讲到得意处，从风衣兜里掏出香烟，递给严金生一根，严金生烟瘾也犯了，但是他忍住了，摸出自己的卷烟晃了晃。

南栖云打着火机就要点上，上面的陈三省忽然剧烈咳嗽起来，严金生急忙说：“上铺的同志肺部有点毛病，闻不得烟味，我一直都没敢抽。”

看着南栖云收起香烟，严金生这才感到背上汗涔涔一片。前辈执行任务时，都不止一次遇到过迷烟，这东西慢慢散开，不到五分钟，周围的人全都趴下没有知觉。这是抽烟人的死穴啊。

这时小周插了一句话，问南栖云：“你是不是到嘉峪关去？”南栖云也不抬头，淡淡说不是。小周就感觉索然无味，翻身躺下不再说话。

两人又扯了一会儿，因为身边有三个虎视眈眈的观众，南栖云起身告辞，说了自己的车厢号，正巧就在隔壁。她抿嘴笑道：“人生何处不相逢？”

严金生出去送人，刚好乘务员过来打扫卫生。这个乘务员他认识，侧身让她过去，把南栖云送出几步远，心里虽然略感失落。他不敢离车厢太远，现在正是最敏感的时候，丝毫的大意都会带来灭顶之灾。

列车员打扫完一走，小周就开始趴在上铺好奇地问：“严处长，这么一个洋小姐，你俩怎么会是老相识？”

听她絮絮叨叨说个没完，严金生皱了皱眉头，小声说：“出门在外少说点话。以前，我是放牛娃，她是地主家的小姐，留过洋的，谁知道现在是什么来头。”

一个小时过去了，距离目的地又近了不少。

严金生还在想，怎么会这么巧？千里偶遇，而且还是隔壁！

正愣神的工夫，笃笃的敲门声响起来，大家互相对视一眼。按照惯例，小周去开门，严金生手握枪柄堵在陈三省前面，熊国宝还猫在床上。

又是南栖云，她伸手递过来几块黑乎乎的东西："尝尝看，正宗的挪威巧克力，不知道吃不吃得惯。"完了还略带开玩笑补充说，"看我对你多好，从小，好东西都给你留着。"

严金生接过巧克力，憨厚地笑笑。

南栖云这次没有停留，转身就走了。

看着手里黑乎乎的玩意儿，严金生探询地看看陈三省，意思很明显，是问他在国外吃过这东西没有。陈三省还是儒雅地笑笑，说味道挺不错的，这东西补充热量。

小周笑着说："不如就让我来试试？反正这几个人里我最不重要，负责你们的后勤和文字工作，如果我中毒了，或者英勇牺牲，你就给政治部……"她忽然住嘴了，因为严金生的脸色变得很难看。

出门在外，绝对不允许吃任何不可信任者的东西，这已经上升到条令高度，而且是一条铁律。

严金生面无表情，把黑乎乎的挪威巧克力扔到桌下的垃圾桶里，那上面的金色锡纸闪闪发光，一看就是名贵的上等货，心里又是一阵失落，倒不是觉得东西可惜，关键是它来自南栖云，一种隐约不明的东西在内心荡漾着。

熊国宝木着脸，目不转睛看严金生做完这一系列动作，忍不住舔了舔嘴唇。

几个人呆呆看着窗外的苍茫黄沙，熊国宝又捂着肚子站起来。严金生没办法，示意陈三省一起去。这一路上为了保证这两人的安全，上厕所必然是三人同行，不敢让谁落单。

好在厕所不远，而且此时人不多，前后五分钟不到，迅速解决后回到车厢，严金生整个脑袋嗡一下彻底空了！

小周趴在地上一动不动，手里握着被咬掉了一小块的巧克力，嘴角渗出了丝丝鲜血。严金生又惊又怒，这孩子就是管不住嘴，警惕性太差了！

试了试脉搏，还算平稳。即便中毒也不会很深，严金生最不愿意看到，也一直试图逃避的局面终于出现——南栖云果然有问题！

现在怎么办？自己去追杀南栖云，这两个人又没人保护，但不主动出击的话，简直就是坐以待毙，还有小周这样一个稀里糊涂的伤员拖累着。

严金生将小周拖到床上趴下。这样可以压迫心脏，减缓毒药的渗透。

陈三省到底是留过洋的科学家，见过世面，看到眼前的情形并不是特别惊慌，熊国宝已经有点语无伦次，手足无措。严金生正要让他住嘴，又是一阵敲门声响起！

三个人顿时陷入沉默，一起盯着缓缓推开的木门……

首先映入眼帘的是一个圆形的镜头，严金生猛然将眼前的陈三省扯到身后，然后探手发力，将这东西重重砸到地上。

女人的尖叫声顿时响起。严金生顺势上前一步，拉住对方细细的手腕微微一抖，来人就落到了床边。是披头散发惊恐万分的南栖云。她瘫坐地上双手护胸，哆嗦着问道："怎么了金生，你发什么疯呢？"

严金生蹲在地上，掏出手枪阴森森地问："我还要问你干什么呢？是来替我们收尸的吧！你们有多少人？人员是怎么布置的？坦白交代，戴罪立功！"

南栖云睁大眼睛说："什么戴罪立功？我有什么罪，你有什么权利这样对我，就算我有罪，也必须等我的律师和你会面！"她低头沉默一会儿又说，"我知道了，你肯定还在部队，职业病发作，把我当作坏人了！"

"那为什么，我们这个人吃了你的巧克力，就这样子了？"严金生指着小周质问她。

南栖云已经恢复了她的从容淡定，双肩一耸双手一摊表示不解，辩解说，我的巧克力绝对没有问题，不信拿来给我吃一口。严金生一筹莫展，暴躁地挠了挠头，硬邦邦丢下一句："现在开始，你不许离开这里半步，不要以为以前认识，我就不敢杀你！"

南栖云倔强地将脑袋歪到一边，气鼓鼓的样子，伸出双手说："要不要把我捆上？我青梅竹马的朋友！"

严金生哧的一声从床单撕下一条，三下五除二将她双手双脚捆结实了，勒得很重，南栖云的眼泪噗噗落下。严金生都装作没看到。

南栖云垂头抽泣了一会儿，干着嗓子说："喂，给我一支烟抽！"

严金生说，可以，但是只能抽我们的。他从床铺上挂着的衣服兜里，掏出基地小工厂的卷烟，点上了塞到她嘴里。这烟跟老百姓自己卷的旱烟差不多，非常冲，南栖云的眼泪又一次落了下来，叼着纸烟咳嗽不停。

严金生背过身，脑子乱成一片，不知道从哪里开始下手。现在是八点半，还有三个半小时就要到了，越往后无疑越危险，最好是撬开南栖云的嘴巴。

忽然背后传来陈三省惊慌失措的叫喊："喂，喂，你怎么了？"

南栖云脑袋低垂，点燃的卷烟跌落腿上，已经将她的裤子烧了好几个洞，甚至有了皮肉焦灼的气味，她的鼻腔里鲜血往外不停涌冒，眼睛闭得严严实实，再探脉搏，已经停止了！

严金生这才感到了前所未用的恐慌，烟是自己给她点的，所以不存在畏罪自杀的可能。也就是说，有人是想要向他下手，却假他之手，害死了南栖云。

如果说南栖云没有嫌疑，那么毫无疑问，巧克力和烟是被同一个人做了手脚，但是这件衣服一直挂在床头，会是谁可以如此来去无踪，好像隐形人？

他在脑海里快速过电影——送南栖云走时，擦肩而过的乘务员！

只有她接触过这里，当目光触及桌上的水杯，又想起另一种可能，小周也未必是吃巧克力中毒，或许是——喝水！

这时他的心脏剧烈地疼痛起来，脑袋开始嗡嗡作响，各种念头此起彼伏，像是报废电台，不断发出紊乱的噪声波。

我亲手害死了年少时候的朋友！

小周怎么中毒的？

对方什么时候瞄上了南栖云？

怎么向组织交代？

……

毕竟是受过专业训练，片刻疼痛之后，严金生就强迫自己恢复了理智，当前最要紧，是找到那个嫌疑乘务员，才有机会为南栖云和小周报仇，也才能更好地保护陈三省同志。

陈三省似乎看出了严金生的心思。他沉着声音缓缓说，我们不如暂时就守在这里，也不要找什么嫌疑犯了。他比出三根手指，加重语气说，三个多小时，忍耐一下。

严金生抿着嘴唇想想，这样虽然窝囊，但风险可能最小，点头表示同意。

于是三个人齐心协力，把南栖云拖到熊国宝的床铺上盖好了，南栖云胸前都是逐渐发黑的鲜血。她的眼睛并没有完全闭上，却仿佛斜眼盯着严金生。

严金生心乱如麻，把手枪保险打开，面色铁青对那两人说："重申一下出发前的纪律，我们任何人，不能活着落入敌手，就是说，任何人被抓了，其他人都有权击毙他。熊国宝，你也不例外！"

说完他掏出两支钢笔递给陈三省和熊国宝，这是仿制日军间谍的笔式手枪，三弹连发，有效射程十五米。

"用它杀死我，或者留着自杀！"严金生咬牙挤出这一句。

这句话一出，逼仄的车厢内气氛忽然沉重，铁轨声更加真切，怦怦如同心跳。

严金生站在门口，双耳像是高灵敏度的探测雷达，不断扫描和搜索着过道里任何可疑的声响，和自己的记忆资料对比，排除了一个又一个可能。

原载《今古传奇》2021 年第 7 期

李尔昭艺园

◆张成元

张成元，四川省作家协会会员。在《安徽文学》《青海湖》《故事会》《星火》《参花》《散文选刊》《佛山文艺》《草地》《剑南文学》等刊物发表小说、散文若干篇。出版长篇小说《青春荡漾花落去》，散文集《生活乐悠悠》，中短篇小说集《师兄师弟》，科普读物《37℃战争：漫游传染病世界》。作品入选《当代四川散文大观》《中国散文大系》等多种选本。作品多次获奖。

李尔昭是一位木匠，擅长做乡下农具，风车、水车、犁头、耙子，总之，全是那个年代农村集体社需用的农具。而且，只有李木匠做的这些农具，好使，深受十里八乡社员们喜爱。

包产到户，没有了集体社干活这一说法，加之农业机械化的普及，李木匠的这门手艺不吃香了，没人请他了。他就在自己的家里做农具，风车、水车、犁头、耙子，小巧玲珑，大不过巴掌，总之，能揣在衣兜里，或者，拿在手里把玩的那种。

在一旁忙活儿的妻子说："你一天净干些没正经的事，做这玩意儿能当饭吃吗？"

李木匠不吭声，继续打磨这些玩意儿，消磨时光。

有一天，李木匠带上这些玩意儿走进金贵饭店，把这些玩意儿放在餐桌上，几个客人前来围观，一个说："这玩意儿还挺精致呢。"另一个说："嗨，谁这么有才？"又一个说："谁，李木匠呗。""这玩意儿卖不？"李木匠说："不卖。"贵老板大步走来，说："卖。"抓起一个风车，问客人，"你出啥价？"

贵老板就是李金贵，是一位乡村厨师，当年生产队安排他专门侍候李木匠的厨师，如今是金贵饭店的老板，乡里人都叫他贵老板，也有叫他金老板的。

一番讨价还价之后，大家争相购买。李木匠的兜里有钱了，兴致大发，回家后天天在家里做这玩意儿，逢年过节，挑着这些玩意儿去城里逛街，走着卖，不承想，喜欢这玩意儿的孩子们还不少。

后来有一天，李木匠挑着这些玩意儿来金贵饭店吃饭，饭后说："弟，这些玩意儿就放你这儿吧，帮忙给卖了，抵消些酒钱。"

李金贵一声"好嘞"，就把这些手工物件挂在饭店里，为饭店增辉添景了不少，再加之店里新近增添了几样特色菜，生意更兴隆，来往的客人也愈发多了。

一天，来了一位外乡人，一走进饭店就被店里挂着的手工物件给吸引住了。"老板，这玩意儿卖吗？""卖。""还有吗？""你买多少？""有多少，买多少。"贵老板一惊，看着外乡人。外乡人说："有多少，买多少。现钱，现货。""这方坐，老板。"贵老板一声吆喝，"打酒，上菜，"高声唱道，"红烧猪蹄，清蒸大肚——"招呼外乡人坐下来，贵老板立刻派人去通知李木匠。

李木匠即刻赶到。

这位外乡人姓钱，是一位港商，他一次性买走了李木匠家里的全部现货，并且与李木匠签订了十年的供货协议。

李木匠与港商的交易一下子在乡里传开，沉寂一时的李木匠又成了乡里响当当的人物。

有了销路，李木匠的眼睛闪闪发亮，他的创业计划早已孕育在胸，现在一切都顺水推舟，朝着他预想的方向发展。

李木匠在小镇街上租赁了几间民房，建工厂，招募工人，李金贵为其担保，在信用社贷款二十万元，购买现代化设备。工厂很快就开工了，剪彩那天，热闹非凡。

工厂开工后，工人加班加点，很快，风车、水车、犁头、耙子，堆积了一屋子，眼看着约定的提货时间已经过了，钱老板迟迟不来提货。电话打过去，传来的声音却是：你拨打的电话是空号，请核对后再拨。反复拨打，都这一句。

李木匠核对合同上对方留的电话号码，用手指头指着数字一个一个细心拨，传来的声音仍然是：你拨打的电话是空号……李木匠着急了，眉头皱得像个"川"字。

李金贵说："哥，再等等吧。"

三个月过去，仍无音信。

李金贵说："哥，我看你得赶一趟香港，会会这位钱老板。"

李木匠却愁云满面。李金贵心里清楚，此时的李木匠，已身无分文，负债累累。李金贵说："哥，赴港的花费，我给你备，你只管去安排吧。"

李木匠把工人都暂且打发回家，锁了工厂的门，很快就启程去了香港。

到了香港，费尽周折找到了钱老板的门面房，李木匠兴奋万分，满脸堆笑，走过去说：“请问你们老板在吗？”

从里面走出来一位胖子，问：“你有何事？”“是这样的……”李木匠说明来意。胖子说：“我们这里没有钱老板。我姓张，是这里的老板。”李木匠脸上的笑容一下子僵住了。

李木匠拿出与钱老板签订的协议给张老板看。张老板看了眼协议说：“这个房子我最近才租的，之前这里是干吗的，我一概不知。你都看见了，我们是经营灯具的。”

李木匠反复核对，与钱老板签的就是这间门面房的地址，没有其他信息。李木匠仍不死心，央求张老板告诉他，钱老板如今迁往何处。张老板不耐烦了，连推带搡：“走走走。”就这样把李木匠推出店外。

李木匠蔫蔫地走了，后来又在附近多方打探，也未能打探到半点有关钱老板的信息。

李木匠紧锁眉头，不知道钱老板唱的是哪一出戏。说是骗局吧，未提走他一分钱的货物，前期的货物全是现款现货。难道是想让他的货物堆积如山，再杀价购买？或者……李木匠越想越后怕，当今的骗局五花八门，他一时间也理不出头绪来。

李木匠怏怏地回到小镇，一句话都不想说，时不时有工人前来找他讨要工资，李金贵都为其解难。

这时候，房东也跑来催收房租，说是不交的话就让他腾房。李木匠心有不甘，辛辛苦苦创业建立起来的工厂，怎能就此关门呢？于是，他厚着脸皮去找李金贵，李金贵替李木匠支付了房租。接着，收水电费的来了，信用社的信贷员也来催收贷款。

李木匠债务缠身，妻子帮着想办法，挑着那些风车、水车、犁头、耙子，去城里走着卖，在过一个路口时，被一辆摩托车撞飞，骑车的小子跑了，幸好村子里的老赵途经那里，见状赶紧叫车把李木匠的妻子送去医院。

李木匠赶到医院时，眼睛里全是泪水，没几天，整个人都脱了形，消瘦得不像样。李金贵赶来替李木匠缴纳了医药费用后，来到病房看望嫂子，又安慰李木匠。

李木匠不说话，呆呆地坐在凳子上，满脸悔恨，悔恨当初不该有这样的创业计划。李金贵看出了李木匠的心思，搬来凳子坐在李木匠的跟前，说：“哥，你千万要保重身体啊，这个时候不要把自己的身体弄垮了哟。坚持吧，哥，我相信上天不会这样对咱的。”

李木匠说：“哥这辈子欠你太多。”话出口，就哽咽了。

李金贵说：“哥，你别再说这样的话，弟的这条命都是你给的。”

十多年前的一天晚上，天降大雨，李金贵突发疾病，脸青面黑，人蜷缩成一团，双手死死地压住自己的上腹部，疼得在床上翻滚。妻子急得在一旁哭。哐当一声，风把门吹开，正在门外避雨的李木匠看见屋里的情形，大喝一声："赶紧送医院啊！"李金贵的妻子说："家里没钱。"李木匠说："都这个时候了，说啥钱哟，走！"李木匠背起李金贵一头扎进雨里，往小镇医院跑去。跑进医院，李金贵被立即送进手术室，后来医生走出来说："再晚来一步，蛔虫钻进心脏就没救了。"李金贵得的是蛔虫钻进胆囊的重疾，幸好来得及时，否则就没命了。

李木匠替李金贵缴纳了医药费用，从那以后，李金贵与李木匠称兄道弟，无论谁有了难，都相互帮衬，共渡难关。

如今，李木匠遇到骗子的事在小镇传开，为免遭食客视物谈论，李金贵把挂在饭店里的那些手工物件都取了下来，放进柜子里。为资助李木匠，金贵饭店的家底几近掏空，只好缩减规模，饭店改卖馄饨。昔日的辉煌一下子成了过眼云烟，饭店里没有了吆喝声、划拳声，灯火也不再辉煌。

一天，来了一位客人，背双肩包，样子比较精明。在餐桌前落座后，客人把双肩包放凳子上，拿起餐桌上的菜单点菜："来一份红烧猪蹄。""先生，没有红烧猪蹄。""那来一份清蒸大肚吧。""先生，没有清蒸大肚。"客人把手里的菜单往桌上一丢，看着贵老板，不高兴地说："这样没有，那样也没有，那有什么？""面条。"贵老板说。

客人站起来，背起双肩包就要走，贵老板给客人鞠躬，说："先生，实在是抱歉，我们给你煮碗面条吧。"贵老板不想让走进店里来的客人空着肚子走出去。

来者见贵老板态度真诚，说："那好吧。"就又坐了下来，贵老板把金贵饭店的窘况告知了客人，从柜子里取那些手工物件。客人猛地站起来，兴奋地叫道："找到了，找到了，终于找到了。"

客人的举动吓了贵老板一大跳，他看着客人，不明就里。客人冷静下来，说他是钱老板的弟弟，他哥哥与几家外商签订了农业用具供货协议——他哥哥在一年前因意外去世了，断了供货。当初与李木匠签订协议是哥哥一手操办，因为是商业秘密，在哪里进货，家人一概不知。哥哥意外去世后，弟弟便独自在全国各地寻找，今天终于找到了。

贵老板一听，喜出望外，立即派人去通知李木匠。

李木匠很快赶来，三个人在小镇的一家餐馆里共进了午餐，随后贵老板和李木匠领着钱老板的弟弟参观了李木匠的工厂和库房。钱老板的弟弟很快与几家外商取得了联系，这真是：山重水复疑无路，柳暗花明又一村。一盘死棋，又给走活了。

李木匠把贷款还清后，出资把金贵饭店装修一新，把这些风车、水车、犁头、耙子又摆在店里，还在墙壁上镶嵌一些古色古香的画。金贵饭店的生意又蒸蒸日上了。

佳话风传，传到县里，赵副县长带领一行人前来小镇考察了李木匠的工厂和金贵饭店，又来到小镇旧街。小镇的这条旧街清清冷冷，几间清朝时期的民房破败不堪，瓦楞上，墙面上，长满青苔，街道石板路上也长满杂草。

“我看这很不错嘛，打造一下，建成古镇，这就是商机。”赵副县长的手一挥，随行记者咔嚓咔嚓拍照。

古镇建设很快就动工了。李木匠突发奇想，在古镇建了一座艺园博物馆，取名叫“李尔昭艺园”，里面的物件全以实物尺寸为准，囊括所有农具之精华，什么风车、犁头、耙子……但凡那个年代的农业用具，都将它们一一再现。

如今，李尔昭艺园成了当地小学生教育园基地。“锄禾日当午，汗滴禾下土。谁知盘中餐，粒粒皆辛苦。”园内时常响起阵阵稚嫩的童声。

原载《传奇·传记文学选刊》2021 年第 7 期

小小说二题

◆梁柱生

梁柱生，四川省作家协会会员，江油市融媒体中心记者。发表诗歌、散文、小说等文学作品三百多万字，新闻作品五百多万字。出版有《容州夜话》《岁月如歌》等个人专著。小说《三轮车夫》获四川省首届通俗文学奖，小说《宣笔世家》获2019—2020年度中国好故事奖。2019年5月到四川省凉山彝族自治州布拖县对口帮扶，现为驻村干部。

宣笔世家

一

蒙家是安徽的宣笔制作世家，从秦代传到蒙毫已经历八十七代。作为文房四宝之一，宣笔被列为第三批国家级非物质文化遗产，年逾花甲的蒙毫则是该项目的代表性传承人，可蒙毫却高兴不起来。

开会回来,他来到堂屋,虔诚地给“祖师蒙恬之神位”上香,拜了几拜，口里说:“老祖宗，帮我说服那个不孝儿吧，你一手发明的宣笔，不能到了我这儿就断了啊！”

蒙恬是秦国名将，公元前223年率军伐楚，行至泾县一带，发现此地兔肥毛长，质地绝佳，就以竹管为笔杆，以兔身上的紫毫为笔头，做了一支毛笔给秦始皇写战报，感觉非常好用，比刻竹简省事多了，此后就一直带在身上。灭楚后班师回朝，秦始皇说:“爱卿之字向来一般，如何近期变好了？”蒙恬说主要是有了好笔，说着把毛笔呈给秦始皇看。秦始皇写了几个字，果然十分好用，就问此笔叫何名？蒙恬说尚未命名，是在安徽宣城做的。秦始皇说:“那就叫宣笔，此笔朕就收下啦！”

由于这个缘故，宣城的制笔业很快兴起，蒙恬也被制笔户视为祖师爷。

从蒙恬到蒙毫，制笔绝技已炉火纯青。一支宣笔的诞生要经过一百多道工序，有的工序只能意会不能言传，完全凭手感和经验。可蒙毫唯一的儿子蒙宣却不愿继承祖业，蒙毫能不闹心吗？

蒙毫正对着神位絮絮叨叨，蒙宣从外面回来了："老爸，恭喜你成为宣笔制作技艺代表性传承人！"蒙毫转过身："可我传承给谁？""传给妹妹呀，她感兴趣。"蒙宣说着翻看父亲刚领回来的传承人证书。

蒙毫说制笔绝技从来传子不传女，传婿不传媳。蒙宣说都什么年代了你还这观点，就凭这，毛笔就该完蛋！这话说到了蒙毫的痛处，他一下子暴怒起来："毛笔永远不会完蛋！"蒙宣冷笑："随着电脑的普及，现在到处都是无纸办公，谁还用笔？别说毛笔，钢笔我都有好几年没摸过了！"

这话不无事实。钢笔的出现，对毛笔是一大打击；圆珠笔的出现，对毛笔又是一大打击；电脑的出现，对毛笔更是致命的打击——那玩意儿不但能打字，还能绘画和书法，字体还十分齐全，街上很多店招就是从电脑输出打印的。

"可电脑能画国画，能写各种风格的书法吗？"蒙毫反驳。蒙宣说："毛笔也就剩下这么点儿功能，不然的话，你的笔庄只有破产。"

蒙毫笔庄开了二十多年，生意越来越不行。虽说出售的宣笔质量上乘，可消费群体日益狭窄，基本只剩下画家和书法爱好者，生意越来越难做。想当初，在笔庄开张时蒙毫立下宏愿，要用赚来的钱在村口修一座宣笔博物馆，现在看来只能是梦呓。

"老爸，我还是那句话，制笔不如制刷。制刷简单，消费人群广，刷鞋刷墙刷油漆不可能用电脑，绝对比制笔来钱。"接着蒙宣说明来意，他想开一家刷厂，希望父亲赞助一半启动资金。

这简直就是与虎谋皮！蒙毫怒道："不去制笔去制刷，蒙家的脸面都让你给刷尽了！"蒙宣说："制刷怎么啦，哪样赚钱干哪样！"蒙毫暴跳如雷："你敢制刷，你就不是蒙家的子孙，我就不认你这个儿子！"跟父亲一样倔强的蒙宣说："这刷子我制定了！瞧，我这脑袋就是一个活动的板刷广告！"

当老子的这才发现，儿子剪了个板寸头，根根头发直立，像在朝他示威。

二

两个月后，刷厂还是在废弃的村小如期开张，蒙宣到信用社贷了款。只要有订户，他什么刷子都做：鞋刷牙刷板刷棺材刷厕所刷烤羊肉串刷……生意越做越兴隆！

蒙毫也倔，果真不认蒙宣这个儿子，蒙宣登门，不见，他当然也不会到儿子的刷厂去。后来蒙毫也想通了，把制笔绝技悉心传授给女儿，总比将来带进棺材好。可他不去理儿子，儿子却来招惹他，跟他争夺制笔的重要原料——猪鬃。

宣笔制作向来以选料严格、精工细作著称，有“千万毛中选一毫”之说。制作上乘的宣笔必须用秋天捕获的长年在山涧专吃野竹叶的成年雄兔之毛，而且只能选其脊背上一小撮黑色的极富弹性的双箭毛。这可以说是少之又少，取之不易。只有这样的兔毛制出来的毛笔才能达到尖、齐、圆、锐的要求，也才能被书画大家视为掌上明珠，称为珍宝。

而要让每支宣笔都做到这一点是很难的，也是不可能的，所以蒙毫在实践中，不断摸索出代用品：山兔毛、山羊毛、黄狼尾、石獾毛、猪鬃。

猪鬃是宣笔的配料，多了不行，没有它也不行，因为毛笔太软，需要添加猪鬃来增加弹性。但猪鬃有油脂，不沾墨，直接添加到毛笔中，会影响毛笔的使用。如何解决这个问题，蒙毫想掉一大把头发才豁然开朗，那就是高温蒸煮一昼夜，这样不但能除去油脂，还能增加猪鬃的硬度，使制作出来的毛笔既易着力，又便掌握，刚柔并济，深受欢迎。

可猪鬃也是制刷的主要原料。因刷厂离村口近，需求量大，供货商图方便，都把猪鬃卖给蒙宣。蒙毫想提高收购价格，可那样笔庄岂不亏得更惨？只好忍气吞声从刷厂匀，当然他不出面，而叫女儿去“进货”。

这也罢了，后来儿子以保护野生动物为名，呼吁人们不要再猎杀石獾，这不是要断笔庄的财源吗，石獾笔可是笔庄的主打产品。

石獾笔的笔头用石獾针毛制成，具有粗壮挺拔、刚强有力、尖锐细长等优点，针毛表面粗糙，含墨量大，吐墨均匀，能显示出多种效果，是画家画松、梅、山水等的常用画笔。这么多年，笔庄就主要靠石獾笔支撑着。

蒙宣这么一倡导，就没人给蒙毫提供石獾毛了。最后一小撮石獾毛用完后，女儿建议用狗獾毛代替，并说市面上已经出现用狗獾毛做笔头的“石獾笔”，说着拿出一支这种笔给父亲看。蒙毫一瞧，狗獾毛粗壮，不抱拢，易散锋，无法使用。这种笔冒充石獾笔，石獾笔迟早要完蛋。

“唉，看来蒙宣这小子为打败我，是想尽了一切办法！这釜底抽薪之计实在是阴险！”蒙毫叹过后，困兽犹斗，决定研发出一种不用野生动物毛，又跟石獾笔功能相近的毛笔。

然而，代用毛还真不好找，蒙毫把家畜家禽的毛挨个儿试了一遍，都不行。心里烦郁，就叫老伴到村街去买些小烧回来，他要喝两杯解解闷。

没想老伴这一去，笔庄竟时来运转！

三

没多久，老伴回来了，说小烧已卖完，只有卤牛耳。牛耳就牛耳，蒙毫已等得不耐烦，也不切，抓过整只卤牛耳就啃，啃一口牛耳，抿一口酒，叹一声。可啃了几下后，他停住了。

“咋啦？”老伴凑过来问，却见丈夫正用指甲拈牛耳上的毛。牛耳听道深处有一小撮毛，她买时竟没看到。“太不像话，我现在就去找卖卤肉的理论！”老伴正要往外走，蒙毫却伸出油手将她拉住：“你可帮了我的大忙，这只牛耳赏你了！”说着把卤牛耳塞给老伴，拿上那撮拔下来的牛耳毛跑到湿活车间去了。

原来，蒙毫天天想石獾毛的代用毛，已想得走火入魔。凭着多年的经验，他一眼就看出，牛耳里的毫毛跟石獾毛有几分相像，完全可以用来制笔。他把牛耳毫毛放到弱碱性水里浸泡，去掉油脂，之后把毛头理齐，从长到短一根根挑选排列，拈捏，弯曲，拉扯，又用放大镜仔细观察，更加证实了他的想法。

第二天，蒙毫到镇上的屠宰场买回一麻袋牛耳，逐一把毛拔下。去脂后将毛均匀卷起来，形成笔柱，外盖一层薄薄的劈毛，不能有缺口，晒干后用松香扎起来，笔头就做好了。把笔头装入笔杆中，用胶焊接牢固，一支牛耳毫宣笔就诞生了。

这时，那位长期在蒙毫笔庄定做“古法胎毫”“梦笔生花”“莲蓬斗笔”等珍贵宣笔的画坛泰斗上门来取笔，蒙毫趁机把刚做好的牛耳毫笔拿出来让他试用。泰斗欣然命笔，挥毫泼墨，大呼过瘾，并当即把这支笔买下！

蒙毫深受鼓舞，批量生产，受到广大画家和书法爱好者的欢迎！蒙毫乘胜追击，研发出牛耳毫笔系列共二十多个品种，不但填补了宣笔的空白，还拓宽了市场。

喜欢书画的人都知道，不同的字体要用不同的笔，写楷书要用兼毫，写草书要用羊毫，写篆书要用兼毫……而牛耳毫笔系列能囊括所有的字体，受到青睐也就不难理解。

因牛耳毫笔原料充足，而且比石獾毛便宜得多，加上国家弘扬优秀民族文化，提倡国学，学习国画和毛笔书法的人越来越多，牛耳毫笔的销量越来越大，笔庄的生意越来越兴隆，很快赶超了刷厂。蒙毫以胜利者的姿态步入刷厂，却见儿子正在办公室里啃卤牛耳，就忍不住揶揄道：“怎么样，有文化跟没文化就是不一样，制笔的生意超过了制刷！”

“是呀老爸，你赢了，坐下来喝两口吧。”蒙宣拿过一只纸杯，给父亲倒了半杯酒。蒙毫也不客气，吃喝起来。一会儿，蒙宣拿出几张纸交给父亲，蒙毫一看，竟是来自韩国、日本和东南亚几个国家的订单，指名道姓要买他的牛耳毫笔系列产品！

“他们咋个晓得我在产生这个？”蒙毫不解地问。牛耳毫笔虽然好卖，但市场还没开拓到省外，外国人怎么知道？

“嘿嘿，互联网时代，老外对笔庄产品的了解或许比咱们邻居了解得还多，这就是电脑的魅力！”蒙宣说着把他建的宣笔网站点开，上面有笔庄的产品及工艺流程图片，下面附着详细的文字说明，“在世界任何一个角落，只要他有电脑，就能看到咱们的产品。”

蒙毫看了一会儿，疑惑道：“可牛耳毫笔研发出来后，你并没来过笔庄啊。”蒙宣说：“我敢来吗？我一来你就把我往外轰。”蒙毫脸一红：“我是说这些图片你是怎么拍出来的，难道也是电脑？”

“是呀，我在笔庄安了摄像头，笔庄的一举一动我都了如指掌。”见父亲发愣，蒙宣就不再开玩笑，“这个‘摄像头’，就是妹妹呀。这些照片都是她拍的，然后传给我。”

原来，妹妹一心想学制笔，可父亲顽固，传子不传女，偏偏蒙宣性格粗犷，坐不住，叫他学制笔无异于叫张飞绣花衣。为了让父亲把制笔绝技传给妹妹，蒙宣干脆开起刷厂，一是断掉父亲的念想，二是挣钱资助笔厂，并修一家宣笔博物馆，实现父亲的夙愿。

随着石獾的减少，石獾毛越来越难找到，宣笔要发展下去，必须迅速找到新的代用品。一个偶然的机会，蒙宣发现牛耳耳道里的毛很适合制笔。可父子关系已闹僵，父亲根本就不见他。叫母亲或妹妹转述吧，自以为是的父亲不一定听得进去，父亲只相信自己的第一感觉。于是蒙宣就跟卖卤肉的师傅串通，卤了几只没拔毛的牛耳，之后让母亲来“买”。果然被父亲相中，研发出牛耳毫系列宣笔，笔庄的生意也很快好转……

几年后，笔庄和刷厂各出一半资金，在村口修了个宣笔博物馆。博物馆顶尖，远看像一只笔头，更像一只牛耳。

原载《民间文学》2020年第2期

婚礼上的牌位

这天，红石村爆出一条社会新闻：一对夫妇举行结婚九十周年庆典！这不，把电视台的记者都吸引过来了！

在一个偏僻的农家院落，两位披红着绿的老寿星坐在堂屋前的藤椅上，一边晒太阳，一边笑迎宾客，他们的嘴里都没了牙齿：戴世发老人一百零七岁，戴顶帽子，脸上布满老年斑，胡子、眉毛全白了；吴爱梧老人一百零六岁，包块头巾，脸上满是皱纹，一笑，就像一朵绽放的菊花。

记者打开摄像机投入工作。“别尽拍，我晕镜头。”戴世发老人笑吟吟地说。旁边的人笑了起来，记者也笑了，没想老寿星不但耳聪目明，还这么幽默。

“老寿星，您还记得是哪年出生的吗？”记者问。

戴世发老人说：“咋不记得？我是光绪二十八年生的，爱梧比我小一岁。”

这时，一个虎头虎脑的小男孩跑过来，他是这对老寿星的第六代孙子。“太爷爷，今天来了多少客人？”小男孩扑闪着眼睛问。戴世发老人怜爱地抚着小孩的脑袋说：“来了两个：一个男客，一个女客。”众人听后，又是一阵笑声。

据了解，戴世发老人早年当兵，后来跟吴爱梧认识，就结合到了一起，两人育有十个子女，目前六世同堂，整个家族已达一百三十人，长孙都已七十岁！

“时间过得真快呀，”老人感慨，“认识爱梧时我还是一个小兵，一眨眼，就成‘无齿之徒’了！”大家又笑。

老人把婚庆主持人叫过来问：“待会儿我们能不能补拜天地？当时因为穷，把这忽略了，为此，爱梧抱怨了九十年。”主持人正愁没内容发挥，就一口答应：“行！”老人八十九岁的大儿子提出异议：“可拜父母咋个拜？”主持人说：“拜牌位就是了。”

大儿子就到堂屋去把祖父母的牌位拿来，摆在院子中间的方桌上。戴世发老人说：“还有一块。”大儿子说：“不一样吗？”老寿星说：“不一样！”

大儿子只好把另一块牌位也拿来，众人一看，只见上面写着“戴胜排长之神位”。有人嘀咕：“戴胜？不是一种鸟吗？又叫呼哱哱。”大儿子怒道：“那是我爷爷！”

“不是你爷爷。”戴世发老人叹了口气，说开了——

九十年前的1919年，那阵叫民国八年，我十七岁，在旧桂系陆荣廷的军队中当兵，驻扎梧州。一次巡逻，忽觉脚脖子一阵剧痛，我惨叫一声就昏了过去。待我醒来时，已躺在竹床上。排长戴胜说：“家门你可醒了，睡了三天三夜！还以为你不领军饷了呢。”

原来，梧州三江汇合，地势低洼，毒蛇很多，我在西江边值勤时不小心踩到毒蛇，被咬了一口，幸被一船家女所救，才捡回一条小命。

这船家女不是别人，就是吴爱梧，那时她十六岁。因长年生活在水边，学会了一些蛇伤急救知识。

我一惨叫，她就知道我被毒蛇咬了，几下把船划靠岸，跑到我身边，把系裤子的“三分带”一解，勒住我的左大腿，以防毒液扩散，之后从我脚脖子的伤口处猛吸毒血，吸一口，吐一口。吸完毒血后，就到旁边找些草药，用嘴巴嚼烂，敷到我的伤口上。

爱梧后来告诉我，从伤口判断，这是五步蛇咬的。五步蛇是当地一种蝮蛇，长一米八，剧毒，被咬后如果不及时施救，走上五步必死，故名。我听后，对爱梧充满感激。想想我们这些当兵的平时常以各种名目勒索水上人家，就感到脸上阵阵发烫。

为表示谢意，我一能下床，就去买盒梧州特产龟苓膏，一瘸一瘸来到江边，看到吴家的木船泊岸就走过去，却没看到爱梧。吴父告诉我，几天前爱梧救人时中了蛇毒，现在还在德国人开的医院里住院。

她怎么会中毒呢？我来到医院一问，才知爱梧替我吸毒血时，恰好牙龈出血，蛇毒就通过牙龈破损处渗到了她的血液里！所幸中毒不是很深，半个月后，爱梧康复出院。

我把这事跟戴胜排长一说，后者也很感动，他下令："以后不得再扰民！违者打一百军棍！梧州到处都是番鬼佬（英国人），够乱的了。"

梧州是仅次于广州的华南第二大内河港，清光绪二十三年，中英签订条约，梧州辟为通商口岸。不久，英国在梧州设立"契约华工"接收站，采取欺骗手段，把大量精壮华工从梧州转运出国。从那时起，当地人跟英国人的冲突就没有停止过。

我被毒蛇咬伤后，有很长一段时间左脚都不灵便，戴胜排长就叫我到炊事班干活。

我除了帮伙夫择菜洗菜外，还常到江边买鱼。一来二往，跟爱梧越来越熟。吴父也很喜欢我。有次吴父酒后说："阿发呀，哪天你不当兵了，就到我这儿来当阿郎仔（女婿）吧。"我和爱梧听后闹了个大红脸。

"我阿爸就喜欢开玩笑，"爱梧送我出来时说，"你腿脚不灵便，以后我把鱼送到你们伙房去吧。"

这天，阳光明媚，我走出伙房，看到爱梧正挑着两只箩筐从江边走来。她送鱼来了。这种箩筐用牛粪和松脂敷过，不会漏水，船家都用它装活鱼。我微笑着朝她走去。

爱梧路过一片竹林时，突然从里面窜出几个英国水兵，一人手里还牵着一条高大的狼狗。水兵一见爱梧，就上前拉扯，爱梧的担子落地，银色的鱼儿在四处流淌的水中一板一板。爱梧手持扁担自卫，撕扯她衣服的水兵很是吃了几闷棍。

"排长，前面有几个番鬼佬欺负爱梧！"我高喊，同时从背上摘下步枪，奔了过去。正在营房前训练的弟兄们闻讯，纷纷抄起家伙，跟在我后面跑了过来。

那个牵狗的水兵见爱梧反抗，就把手一松，狼狗呼地扑了过去，一口咬住爱梧的扁担，头猛一偏，就把扁担夺了过来。它把扁担一吐，又扑过去，两只前爪搭到爱梧的双肩上，一扒拉，爱梧的上衣就被撕了下来！水兵们淫秽地哈哈大笑。

狼狗越发得意，一下子把爱梧扑倒，张开血盆大口就去咬她的喉咙！说时迟，那时快，我停步举枪，砰！正在发威的狼狗一下子瘫软到爱梧的身上。爱梧爬起来，哭着向我跑来。我脱下军装外套让她穿上。

这时，弟兄们跑过来了，把英国水兵团团围住。他们五个人，我们十三个人，力量悬殊，英军没有反抗。

“为啥欺负人？”戴胜排长怒吼。大概因为听不懂，番鬼佬没有回答。只是那个牵狗的水兵用怪腔怪调的汉语说：“鹅、糠、噎（我抗议）！”

“抗议个屁，吃糠去吧你！”戴胜排长骂道，“你们打翻了我们的鱼，欺负了我们的人，我们打死了你们的狗，两清！”

因语言不通，双方僵持一会儿后，英国水兵走了，那条死狗他们没有拖走。

死狗的身子有扁担一般长。戴胜排长蹲下察看，子弹正中狗头。“好枪法，阿发。”他站起来说，“既然他们不要，咱们就拖回去改善生活！家门，你们桂林的狗肉扬名天下，好好露一手！”

我是桂林人，在狗肉的香味中长大。当晚，我为大伙儿做了顿红烧狗肉，奇香扑鼻。为了给爱梧压惊，戴胜排长把她也叫来吃：“这狗欺负你，你就把它吃掉，这事算就过去了！”爱梧开心地笑了。

戴胜排长继续说：“吃了狗肉后，你就是家门的狗肉（桂林俚语：朋友）了。”一个士兵说：“他们早就是狗肉了，现在都成未婚夫妻啦！”“哦？算我孤陋寡闻，罚酒一碗！”戴胜排长说完灌了碗木薯酒。

第二天早上，我们还没起床，营房一下子被包围起来。连长黑着脸进来：“一排，全体禁闭！”

“怎么回事？”戴胜排长问。

连长恨恨地说：“你们尽给我惹事！想吃狗肉不能跟我说一声，犯得着去打番鬼佬的狗？”

“那狗咬人……”

“咬人就该打？那是英国女王送给英国驻梧州领事署的世界名犬！打狗看主人，你们把女王的狗打死了，番鬼佬肯依？现在英国政府向咱们提出了抗议，广西督军谭浩明亲自过问这件事！”

我感到了事态的严重。我们一排十三个人被关进了黑屋子。

黑暗中，戴胜排长压低声音说：“弟兄们，咱们统一口径：那狗是我打死的。”

我说：“不，是我打死的，我来承认。”

戴胜排长说：“你就别跟我争了，我大小是个官，大不了认个错，撤职，你们就不一样了，无职可撤。另外，我了无牵挂，你呢，爱梧还在等着你。”

我惊问："嫂子呢？上个月你不是说她快生了吗？"

戴胜排长叹了口气："难产，母子俩都走了。"

我们都惊呆了。我了解戴胜排长的身世，他结婚时拖了一屁股债，他父亲为了还债，到梧州挣钱，结果误上番鬼佬的贼船，成为"契约华工"，漂泊海外。家里只有母亲和妻子，现在妻子一走，只剩下母亲一人。

"你们如果有机会出去，就帮我照顾一下母亲，戴某感激不尽！"黑暗中，戴胜排长说。

事态的发展出乎我们的意料。广西督军谭浩明亲自到英国驻梧州领事署赔礼道歉，登报认错，但英方态度异常强硬，提出"必须把打狗者枪决，给狗偿命，把所有肇事者永远监禁，否则梧州将成为一片瓦砾"，见谭浩明犹豫，英军就开来七艘兵舰，在江面上一字排开，对准桂军营房一阵猛轰。谭浩明下令不得还击。

戴胜排长见状，恳求连长："答应他们吧，我死不足惜！"

英方提出由他们处决戴胜排长，但中方不依，最后，死刑由桂军执行，英方派人监督。

行刑那天，连长给戴胜排长倒上一碗桂林三花酒，悲愤地说："弱国的人命抵不上强国的一条狗命，兄弟，想开些！你母亲我会派人照顾！"

枪决戴胜排长后，英舰才撤走。我们十二个"肇事者"被关进土牢，由两名会汉语的英军士兵看守。

傍晚，连长提来一桶很稀的粥，英军用枪杆在桶里搅了搅，见没异样，才提进来让我们喝。喝完没多久，我们都有了尿意。就由几个人在前面站着遮挡，后面那个人把尿慢慢撒到后墙上，轮流上阵。这样，土墙被浇得越来越湿，越来越软。到了后半夜，我们见那两个英军在打盹，就往湿漉漉的墙上一蹬，竟蹬穿了！我们把洞口弄大，一个个爬了出去。

我跑到江边，叩响吴家木船的舱门。爱梧见是我，又惊又喜。我把情况一说，吴父就把他穿的衣服拿过来让我换上，之后我跟爱梧连夜出逃，一路打问，终于来到戴胜排长的老家，也就是这个院子，那时他母亲已饿得奄奄一息……

戴世发老人把故事讲完，早已老泪纵横，在场的宾客唏嘘不已。

12 点，婚庆开始。

"一拜天地！"两位老寿星对天地拜了拜。

"二拜高堂！"两位老人对父母的牌位拜了拜。

"三拜舍己为人的戴胜排长！"两位老寿星扑通一声在戴胜排长的牌位前跪下。

所有的宾客也跟着跪了下来……

原载《传奇·传记文学选刊》2021 年第 2 期

小小说二题

◆味　辛

味辛，本名张斌，三台县刘营镇人。有小小说散见于《小小说选刊》《百花园》《湖南文学》《短篇小说》《剑南文学》《华西都市报》《四川农村日报》等报刊。

突　聋

一天早上，我从梦中醒来，突然感觉左耳什么都听不见了，赶紧去医院检查。经过好一阵折腾后，医生说，你这是患了突聋。我问医生，什么是突聋？医生说，突聋就是突发性耳聋，是指突然发生的感音神经性听力损失。

我听得云里雾里的，又问，为什么会突聋呢？医生说，发病原因还不明确，但依你的情况来看，应该跟你喝酒有很大关系。我不明白，既然原因不明确，为啥硬要跟喝酒扯在一起呢？医生哈哈一笑说，过度饮酒会导致听神经突然受损而失聪，你是酒坛高手嘛，这个道理应该懂的。

我左耳突聋的消息几天就传得人人皆知了。在我住院治疗期间，亲朋好友纷纷来医院看望或打电话慰问。大家一致认为，我是被酒喝出来的突聋，所以都免不了一句话：以后要少喝酒啊。老婆的反应更是强烈，她说，这回安逸了，耳朵都喝聋了，你咋不再多喝点嘛，把两只耳朵都喝聋算了。老婆又说，你再这样喝下去，把命喝没了，你让这一家老小咋个办哟！老婆说着说着就声泪俱下了。

我开始深刻反省自己。这么多年，我确实喝了不少酒。在单位上，凡有公务接待，我总能把领导喝得眉开眼笑。亲戚朋友聚餐，凡有我在，总要喝趴几个才会散场。我在酒桌上充当了无数次高手，很多人都夸我酒量大，而且喝酒特别耿直。现在看来，我那么认真地喝酒简直就是错误。

我很纳闷，这些人在我当初认真喝酒的时候，为什么不强烈地反对我呢？

我的左耳得到及时医治，基本恢复了听力。但是，自从我左耳突聋后，我感觉自己越来越孤单了，以前经常有的饭局没有了，甚至一个朋友每年必做的生日聚会也没有邀请我。我理解，大家不通知我参加这些饭局，主要是考虑到我的突聋治疗刚有了效果，依我的习惯，饭局上不喝酒心里一定会很难受，但喝了酒又怕我的耳朵伤不起。于是，我也就只好自己知趣了。

这样在寂寞无聊中度过些好日子，我实在忍不住了，决定去找张大娃解个馋。我和张大娃是发小，又是邻居，我们关系好得胜似亲兄弟。从学会喝酒起，我们就经常同台共饮，大到红白喜事，小到打发无聊的休闲时光，我俩都要在一起碰几杯。

曾经有人开玩笑，说我和张大娃一起碰坏的酒杯都有一箩筐了。张大娃在很多方面都比我优秀，但让我自以为傲的是，在酒桌上，我一直没输过张大娃，他对我的酒量也是佩服得五体投地。

刚一产生和张大娃喝酒的念头，我就鬼使神差地往张大娃家走，还特意抱上一坛珍藏的好酒。走到张大娃家后，我听见张大娃屋里有几个人在嘻哈哈说着什么。我止住脚步，仔细听，原来张大娃正在口若悬河地发表演说。

那娃儿，这下遭了吧？他以前不是酒坛高手吗？每次喝个酒，就数他闹得凶，硬要把人喝趴下才甘心，现在把耳朵都喝聋了，我赌他以后在酒桌上不敢再猖狂！

我顿觉血往头顶涌，脑袋嗡嗡响，简直不敢相信自己的耳朵。我做梦也没想到，和我一起碰坏了一箩筐酒杯的张大娃，居然在我左耳突聋的时候背后这样说我。

其实，医生说得很清楚，突聋的发病原因还不明确，除了过度饮酒，其他情况，比如精神和心理因素也可能导致突聋。此时此刻，我好想破门而入，向他们大声解释，喝酒并不是导致我左耳突聋的绝对原因。但我已经无语了。我沮丧地低下头，放下怀抱的酒坛，不得不在内心深处承认：我这个酒坛高手，这回终于输给张大娃了。

回到家里，我在床上躺了三天三夜。在这三天里，怨恨充满了我的内心，我恨落井下石的张大娃，我恨那些在酒桌上为我推波助澜的人。我在怨恨中一次又一次的产生一醉方休的念头，但为了我的耳朵，我还是忍了。

我就这样在怨恨中煎熬着，左耳突聋复发了。我问医生，我不是把酒戒得干干净净的了吗，怎么会又复发了呢？医生说，我给你讲得很清楚啊，除了过度饮酒，其他情况，比如精神和心理因素也可能导致突聋。

我哑口无言了。

回想这些天的经历，我想，这回我是被自己给打败了啊。

原载《华西都市报·宽窄巷副刊》2021 年 5 月 27 日

把我表妹许给你

我到柿子湾帮扶贫困户蒋维美，村支书说："这块骨头不好啃啊。"

蒋维美的父母早亡，靠社会的周济长大成人，一个人住着几间危旧土坯房，种着几亩包产地，日子过得很寒酸，却越来越排斥外人的帮助。村上把他纳为贫困户后，可以享受几万元的建房补助，他都不同意改建旧房子。由于蒋维美的住房不安全，脱贫不达标，害得柿子湾至今不能整村脱贫。

第一次去蒋维美家里，我被眼前的景象惊呆了。那是一座破旧的土坯房，墙壁到处是裂缝，后墙已经倾斜，用了十多根木棒撑着。房门是关着的，但没有上锁。陪同我来的村支书推开门，蒋维美还躺在床上，睡眼惺忪。桌上摆着一个空酒杯和一堆花生壳，空气中混杂着刺鼻的酒味和霉臭味。村支书咬牙切齿地吼道："你个狗日的，就晓得喝尿，喝醉了就在床上挺尸！"我阻止了村支书的责骂，查看了蒋维美另外几间房屋，每间屋都是又脏又乱，在堂屋的正堂上，高挂着两幅一男一女老人的相片，却擦拭得一尘不染，村支书说，那是他父母的遗像。

再到蒋维美家，我买了卤肉和酒。我对他说："我们喝一杯吧。"他的脸上露出了喜悦的神色，转身就要去拿酒杯和碗筷。我说："不忙，我们先把屋里的卫生搞一搞，我喜欢在干净的屋里喝酒。"蒋维美迟疑了一下，还是去找了一把扫帚出来，在地上胡乱划了几下。我拿过扫帚，重新又扫了一遍，然后说："这样看起来是不是舒适多了？"蒋维美点头一笑。

我们开始喝酒。几杯下肚，蒋维美的话就出来了。他从小在别人的怜悯中过日子，总觉得低人一等，所以长大后就把自己封闭起来，再也不愿意受人恩惠。我说："要想别人看重你，首先要自己看重自己。"将维美双眼直直地望着我，说："我都这样子了，还怎么看重自己呵！"我端起酒，和他一碰杯，说："你先从改变家里的环境卫生做起，每天保持我给你打扫的这个样子，再把你的头发理一理，衣服穿干净。"

第三次到蒋维美家里，他果然理了发，屋里也打扫了，只是没有我打扫得干净彻底。我心里暗喜，就思量着动员他改建住房。

我注意到挂在堂屋里的蒋维美父母的遗像，还是前次看见的那样干净，明显是精心擦拭过的。于是，我就跟蒋维美摆谈他的父母。蒋维美说，他的父母在世的时候吃过很多苦，一直把他像心肝一样地呵护。蒋维美说着眼圈就红了，说："我真没用啊，没有给爹妈争到一口气。"

我说："你要给爹妈争气，就要振作起来，想办法把房子改建了，娶一个媳妇，传宗接代，把日子过好，你爹妈的脸上就有光了。"

蒋维美说："要改建房子也不难，我自己有一点积蓄，还有国家的补助，可是，要娶妻生子，哪有那么容易啊。"

我神秘一笑，说："这事就交给我，只要你把房子改建了，我把我表妹许给你。"

蒋维美疑惑地看着我，说："你是骗我的吧。"

我掏出手机，点开一张照片，说："先给你看看照片，等房子建好了，我保证把这事说成。"

蒋维美接过手机，看着上面的照片，脸上浮现一片红云。

我心里"咔嚓"一声，我知道，蒋维美的心锁打开了。

蒋维美开始动手建新房了。

当新房子完工入住，蒋维美来找我要表妹。

我哈哈一笑，说："你现在新房落成，面貌大变，哪里还愁没有女人喜欢哟，以后哪个嫁给你，哪个就是我的表妹啰。"

原载《华西都市报·宽窄巷副刊》2020年9月5日

焰点儿的梦想

◆汤　飞

汤飞，喜欢用文字说话，兴至偶涂鸦，短篇可散见。唯执迷不悟，越走越远。

焰点儿是一只萤火虫幼虫，正准备大吃一顿，为即将到来的化蛹期储备营养。它的身体由十余环节组成，背部呈黑褐色，三对足，活似一列微型火车。吃什么呢?

焰点儿在草地里徐行。突然，它嗅到一股熟悉的气味——那是蜗牛腹足分泌的黏液，标示出爬过的痕迹。焰点儿大喜，立即沿“路”追踪暂时不属于但终将属于自己的美餐。

估计蜗牛是乌龟的徒弟，速度很慢，又不懂得隐藏行踪，没多远便被焰点儿追上。它心中惊恐，爬得稍微快了些，可快得非常有限。那列小火车已经与它追尾，车头顺势冲上蜗壳。蜗牛尽力舒展身体，头部扯出两厘米长，深恨祖辈未能进化出类似于壁虎“断尾求生”的高超技能，以供此时“弃屋逃命”。

眨眼间，整列火车都爬到蜗壳上，蜗牛晃动躯壳，欲甩掉穷追不舍的掠食者。焰点儿的足紧紧扣住，尾部牢牢吸附着，哪肯放弃送到嘴边的食物，它亮出了利器——大颚，瞄准触角猛扎下去，蜗牛挣扎得更厉害。你以为要硬拼?焰点儿才没那么傻，它趁机将麻醉液注入蜗牛体内，瓦解“美食”的顽抗力。

痛苦的蜗牛使出最后一招：吐出大量黏液，变作一堆泡沫笼罩身子。可惜算不得撒手锏，焰点儿毫不畏惧，接着攻击另一只触角，并忍受它剧烈的抽搐，貌似骑士驯化野马。

蜗牛慢慢失去知觉，停止动弹。焰点儿歇了口气，将消化液涂抹于蜗牛头身，如同向威化饼干泼水，将蜗牛肉分解为肉糜，便于吸食。

吃饱以后，焰点儿用尾足清洁全身，慢悠悠地返回密林深处的家。

焰点儿将迎接一生中的第三种形态：蛹。这是蜕变成长、展翅飞翔的关键阶段，它会在安全地带待上一段时间。

有天夜里，两只萤火虫路过焰点儿住处外，驻足歇息。焰点儿羡慕地盯着它们，心想："用不了多久，我也会和你们一样，携带光明飞赴自己想去的地方，驱散黑暗，哪怕仅有指甲盖那么大一块儿。"

一只萤火虫道："我听说，萤火晶亮、品质优秀且意志坚定的萤火虫，能飞抵夜空，化作银河里的星星，从短暂的生命轮回里解脱出来，绽放永恒的光芒。而那些贪恋人间烟火的星星，滑落到地面，变成了萤火虫的起源。"

"怎么，你想成为天边的星星吗？"另一只的语气带着轻蔑，"瞧你那瘦弱的体格，微弱的光芒，也配有如此远大的理想？真不知天高地厚！"

"理想嘛，想想不行吗？"被嘲笑的萤火虫并不生气，"老哥，你急着赶去哪儿？"

"山那边是萤火虫的天堂，附近的伙伴都会聚集于此，尽情飞舞，结交朋友。景象不比星空逊色，何必舍近求远。还能吸引人类前来观赏、拍照，赞不绝口，誉为'萤火胜景'。"大个子萤火虫自傲地说，"缺少了我，那还能叫胜景吗？"

过了一阵，它俩相继离开。焰点儿自言自语："和同族做伴，穿梭于林间草上，多么自在呀。不是太阳，也不是月亮，难道我的乐趣就少了几分？不过，飞上天空，用全部生命完成一次比蜕蛹更精彩的升华，也特别好。"它心里美滋滋的。

数日后的夜间，焰点儿到了蜕壳的时候，它先探出头，长长的触角不停颤动，接收大自然的灵气，六条腿同时用力，一点一点挣脱薄壳的束缚。停留片刻，张开翅膀在林叶间蹿飞，兴奋地叫道："我会飞啦！"忽觉不妥，万一惊醒天敌蜘蛛，或撞上蛛网，可真就乐极生悲了。

有了翅膀，便有了自由；有了自由，却也有了烦恼：是该去远方出席萤火盛宴，抑或去游览夜空的星海？没想出个结果，它决定先飞出这片熟悉的树林再说。

焰点儿途经山下一户农家院，见两个小孩在那儿玩耍，于是停到梨树干上，瞧得出神。然而，"尾灯"出卖了它的踪迹，小调皮蹑手蹑脚地靠近，弓着手掌，以迅雷不及掩耳之势罩住它，喜道："又捉住一只！等我抓满一口袋，即可验证'囊萤夜读'的故事是真是假。"

焰点儿眼前的黑暗是有边的，一听口袋，觉得比蛛网更可怕。如何逃出手掌心？它急中生智，张嘴模仿树蛙的叫声，把自己都吓了一跳。但凡世间生物，身陷绝境，总能激发出不一样的能量。

深感意外的还有孩子，他微微掀开手掌，侧头一观究竟，萤火虫怎能发出蛙叫，莫非是自己眼花了？焰点儿敏捷地钻出囚笼，腾飞至半空，它玩性大发，又学了两声蛙叫，看那捕手满脸错愕，后退两步，方才飞远。

焰点儿路过田埂时，听见草丛中有轻微的呻吟声，好奇地落下，费了一番劲，终于发现声音的来源是一只蚂蚁。它问："这么晚了，你干吗不回家？"

"我遭遇对手的袭击，断掉一条腿，爬了半天才到这儿，精疲力竭，正好停下来想想到底该不该回家。"

"怎么不该？"焰点儿说，"你整日奔忙，寻觅食物、保护巢穴，受伤了就会被拒之门外吗？"

"为族群付出，是我必须承担的责任，而且具备相应的能力。"蚂蚁叹道，"可眼下，我的腿断了，非但无所贡献，还会沦为累赘。我不想做没用的废物。"

"总不能一受伤，蚁后便将你从前立下的功劳一笔勾销吧。"

"一名曾经的勇士，现在只能居住在伤兵营里，除了吃喝，什么事都干不了。我心里的苦楚，比受伤的剧痛更难以忍受。"

焰点儿默然。它深知生物存活的艰辛，自然法则的残酷，有些伤残是致命的，但更见不得蚂蚁的自暴自弃，开解道："即使你丧失了一条腿，无法像从前那般冲锋陷阵，依然能做很多事，为家族的兴旺奉献一己之力。比如拓宽蚁巢、短距离搬运食物等。你在伤兵营中若真只顾吃喝，那才是白白浪费光阴和精力哩。"

蚂蚁的精神振作了两分："是吗？"

"你不仅要充分认识到自身的价值，更要帮助伤兵营的其他伙伴摆脱伤痛的阴影，积小成大，同样能赢得蚁后的重视与认可。那不也是一种生活吗？"

"那种生活……我从没想过。"蚂蚁疑虑犹存。

"今后，你有大把的时光展望，而且有同样多的时间去经营它。"焰点儿鼓励道。

小蚂蚁心中豁然开朗："谢谢你。"说完，忍着伤痛前行。

"照你的走法，什么时候能到家？我送你吧。"焰点儿不打算征得同意，用四只脚稳稳抱起它，扇动双翅，飞离田埂。

"我还是头一回离地面这样高。"蚂蚁惊道，"要是大白天，赏赏景儿，该多好。"

"我的时间很宝贵，没空陪你耗到天亮，快辨认方向。"

“你飞得太高了，我瞧着眼生得很，何况光线极不好。”

“麻烦！”焰点儿降低高度，又尽量弯腰，把萤光凑到它面前。

焰点儿带蚂蚁寻找回家的路，落到某处，后者仔细辨认，摇了摇头，再度起飞，这般几落几起。有一次尤为危急：焰点儿按照它指示的地点降落，谁知从洞中冲出一队体色与小蚂蚁迥异的大头蚁，气势汹汹。亏得有萤火虫助阵，它来不及后退，直直飞腾。虽然最终有惊无险，竟也心有余悸。

在黑夜里，换个角度搜寻家门，难免出错。或许蚂蚁使用的是排除法——排除掉不可能的选项，剩下的多半就是目的地。守卫的哨兵认出受伤的蚂蚁，上前搀扶，它们明白，在下次执行任务的过程中，伤亡的恐怕便是自己。对于它们而言，幸福是千姿百态的，可不幸则极其相似。

蚂蚁回转身，说：“萤火虫大哥，我会在伤兵营里重整士气、好好过活，用另一种方式继续服务于大家庭。”

焰点儿在它头顶盘旋两圈，放心远去了。

飞临一条小河上，焰点儿低头一看，河水倒映出身上的灯光。小小的一点，在流动的微波间翻腾，拒绝随波逐流。它心道：“会不会有小鱼将萤点当作饵食，一厢情愿地从这一边追到另一边？想不到我也有粉丝啰。”

它也是一场盛会的粉丝。经过山谷，焰点儿开始爬坡，一路上遇到许多同行的萤火虫。它们同为萤火胜景的粉丝——先闻其名，心生向往，千里迢迢赶来，继而参与其间，变为美景的一部分。越聚越多，它的名声更响亮，被风送向四面八方，传入更多的萤火虫及人的耳朵。不只地球有吸引力，壮丽的景致也有。

前面越来越明亮。看啊，不同种类的萤火虫，视树梢、草丛为天然的练舞场，随心施展天赋，生活的烦恼压根儿没有生存余地。哪怕某只萤火虫在途中经受过诸多苦难，一旦融入，悲伤必定如遮不住明月的阴云，迅速消散，心底瞬间亮堂。它们是散落各处的独立个体，到了这儿，则是一个集体。在山林间自娱自乐，不为取悦世人而存在，完全不用理会挑剔的眼光。反倒是萤火爱好者小心翼翼地隐藏行迹，不敢高声语，生怕惊着这些天生的舞者，难遇的景观扑腾翅膀飞走了，云深不知处。

焰点儿驻足于一条长叶子上，暗暗震惊：“恍然间，真有点分不清这是萤光带，还是璀璨星河，自己是微不足道的一点流萤，还是银河中的一颗明星。感觉真奇妙。”

一只黑翅萤落到它身旁，说：“在我们的生命中，只有一次参与萤火胜景的机会，为什么不去跳舞，结交朋友？如果只是为了发呆，哪需要大费周章跑这么远？”

“我正为这番景色而心潮澎湃，愈发觉着自己渺小了。”焰点儿介绍道，“我是山窗萤，叫焰点儿。”

“别妄自菲薄。假如没有渺小的你我，哪来的萤火雨？”黑翅萤跃上它的后背，“把惊叹留给人类吧，咱俩舞一曲。”说着用脚抓住为景物所迷的焰点儿，振翅飞到空中再松开。

焰点儿好像忘了自己还会飞翔，急速跌落，黑翅萤见状，一边俯冲一边叫它的名字：“你想摔死吗，傻子！”这才回过神，展开双翅高升，黑翅萤掉头与之并驾齐驱。两个初相识的小伙伴，以清风、虫鸣为伴奏，时而面对面、手挽手翻越树尖，时而头尾相接，围着别的萤火虫转圈，时而一个抱住另一个，玩发射火箭的游戏。

玩闹一会儿，黑翅萤忽然从焰点儿的身边消失不见。它远眺，找了一圈，音讯全无。此地的萤火虫数不胜数，单是黑翅萤一种，数量也极多，况且对方不愿只交一位朋友，大概已与新朋友起舞追光了吧。想一想，焰点儿怅然若失。

它没有主动邀请谁共舞，询问“你叫什么名字”“从哪儿来”之类的问题，反正来过、看过，足够了。趴在树叶上旁观几眼，决心从胜景中抽身，它还想飞上天空变身为闪烁的星星呢。

这萤火虫的海洋，汇集四方之萤，来者如溪、江、河归于海，不时翻腾起“浪潮”，蔚为壮观。谁会想从中脱离，独自面对生活的艰难困苦？

焰点儿是少数中的一员。它飞至光景的中央，逐渐提升高度，俯视身下的萤火虫星星，犹如在挽留，望望头顶的星光，仿佛在召唤。不同的选择有不同的活法，情不自禁大叫：“做星星？我看行！”

越飞越高，距高空越近，那颗星星宛似变胖了点。焰点儿说：“距离果然能产生美。”眼睛蓦然一黑，原来它一头扎进云团，且身不由己地被推着走，有如掉入泥潭。万幸的是，泥潭不会飘散，而云团会，它又飞高了些，从没想过自己能超越云端。

风不礼貌地呼啸，卷着它翻了几个跟头，差点撕碎翅膀薄膜。它只得收拢平移了一段，从风中掉落，赶紧张翅稳住身子，重新飞升。

焰点儿渐渐感到寒冷，呼吸困难，它将全身劲力灌注到翅根，用力扇动，以缩短自己与星群的距离。

没多久，它的“燃料”——力气耗尽，翅膀收束，从所能到达的最高点下坠。风声不断吼叫，嘲笑它不自量力，将性命断送于高空。

坠落的焰点儿砸到什么东西，全身一震，昏了过去。许久，它才缓缓苏醒。

“小东西，你为何从天而降？”有说话的声音。

它爬起身，定睛一看，自己居然落在了夜游鸟的背上。“我想飞上天空，做一颗星星。”

夜游鸟放声大笑：“就凭你，小不点？大话连篇。”

“我为之奋斗的志向，怎么成了你眼中的大话？”焰点儿不解。

“超出自身能力范围之外的愿望，都是可笑的痴心妄想。”夜游鸟说，“碰上我，是你的运气；碰上刚刚吃饱的我，更是你的福气。往后别干蠢事了，安心做一只萤火虫吧。纵然做不了星辰，心中也可以拥有一片属于自己的星空。”

它不需要回答，抖落萤火虫，加快了速度。焰点儿不会摔死，它打开翅膀，徐徐下降，自我安慰道：“银河里的星星太多太多，又不缺我一个。我总算实现了一半心愿：在半空做一颗星星，尽管没那么高、那么耀眼。其实，这段追逐星星之梦的路程，才是值得骄傲的生命轨迹。憧憬过、拼搏过，今生无悔啦。”

原载《青少年文学》2021 年第 1 期

我母亲和她的学习型社会

◆陈竖琴

陈竖琴，四川省戏剧家协会会员，四川省作家协会会员，四川省散文学会会员。有戏剧、诗歌、散文、小说、文史研究类作品约八十余万字问世，签约出版散文集三部，各类作品发表于《文艺红旗》《剑南文学》《四川文学》《剧作》《四川日报》等报刊。其中，由其文字撰稿的电视文艺专题《涪水流韵话三国》在央视播放，并获四川省精神文明建设『五个一工程』奖，戏本《招贤榜》获首届四川文学奖三等奖，大型历史剧《卫青拒封》在四川进行川剧展演，韵文《绵阳赋》获载《光明日报》、入选《涅槃之城：绵阳的前世今生》和《北川双城赋》，散文集《大地众生》于2011年出版。

一

一家四代十余口，以我母亲辈分最高、学历最低——她最幼的重孙已上初中，而老人家仅在洋人办的慈善学校里受过七年半工半读教育。然而，母亲又是全家上下公认的“学术权威”。这种公认绝非《红楼梦》中众儿孙哄老祖宗开心那样假模假样的奉承，而是儿孙三代在她一手营造的家庭文化氛围中长大成人，不得不服。

在我们家，母亲的教育方式最有特色：从不长篇大论或生硬说教，而是一串串韵味十足、格言警句式的顺口溜，易懂易记，颇见功效。譬如教立身处世，她会说“为人莫做亏心事，半夜敲门心不惊”；要儿孙勤俭节约，便讲“常将有时思无时，莫到无时想有时”；叮嘱我们慎言多思，说“蚊虫嘴尖招扇打”，“是非只为多开口，烦恼皆因强出头”。“文化大革命”时，我们住在乡下。邻里凡有急难困顿，母亲总是慷慨相助，说“救人一命，胜造七级浮屠”，还告诫我们“施恩莫望报，望报不施恩”。至于观今鉴古，上至蔡东藩式的国史掌故，下至传奇野史、豆棚闲话，大都了然于胸，每每信手拈来，意趣俱佳，让儿孙们颇有“从游”之乐。偶尔还有“夫子之道”：记得那时的夏夜，院子里总有人讲鬼故事，绘声绘色、活灵活现，吓得我们小孩子偎在大人身边一步不敢挪动，而一帮大孩子则鄙视我们的怯懦，十分肯定地宣称：世界上根本没有鬼！我拿这事请教母亲孰是孰非，她笑笑，居然说：都对。子曰：鬼神之为德，信之则有不信则无。“子曰”是谁？德是什么？听得我一头雾水。唯其不明白，所以至今记忆犹新。

母亲偶尔也有被晚辈们“逮住”言行不一的时候，但老人家总能用她那满肚皮的学问化解“危机”，将自己立于不败之地。

记忆最深是我“讨打”的那件事：我大概也就十岁。那时的父母奉行“不打不骂不成人，黄荆条下出好人”的信条——黄荆条是一种叫黄荆树的枝条，柔韧光滑不易折断，是乡下家长们惩罚孩子的常用工具，左邻右舍概莫能外。那次我自认错误犯得并不大，可母亲却“上纲上线”，声称非痛锤不可。但我们家当时就我一个女孩子，挨打的机会不多，并未备有“出好人”的专用器械。于是便被喝令跪在扫帚上，等着她四处寻找黄荆条。正在这时，忽听隔壁邻居家那个懦弱而蠢笨的小媳妇传出一声惨叫，母亲像听到火警一般，立即扔下我冲出了家门。母亲在邻里颇有威信，当然成功地制止了一场家庭暴力。得胜归来的母亲回到家兴冲冲地跟我聊天：

古语说“君子动口不动手，有理不在言高声”，一家人的事儿怎么能动手打人呢？不管咋说，家暴就不对嘛！

正说到兴头上，一低头发现我还跪在地上，嘴巴噘得老高，这才记起自个儿还有一场未遂的家暴。于是让我站起来听她“说古”。母亲说，这故事是她小时候从茶馆里听来的：从前有个当娘的溺爱儿子，任其所为从不管教，终于有一天儿子犯下死罪被押上刑场。娘亲万分悲痛，备下好酒好菜给儿子送最后一餐饭。儿子说：娘啊，我吃不下饭，只想再吮娘一口奶。娘从未逆过儿子意愿，便解开了衣襟。冷不防被儿子一口咬下奶头，痛得死去活来的母亲掴了儿子一耳光，骂他忤逆。儿说，娘这一巴掌打迟了，你若早日打我，儿怎会有今天？

讲完故事，母亲睁大眼睛严肃地望着我，这回轮到我痛哭流涕，自觉自愿跪回了扫帚。

至于母亲以区区七年半工半读的学历居然考取民国时期国立小学教师资格，那就更让儿孙佩服不已。须知，在我辈心目中，20 世纪三四十年代的小学教师可都是以电影《早春二月》里的留洋青年肖涧秋为蓝本的！当然，这也侧面反映出两个问题：第一，民国时期国民教育水平低，连受七年半工半读教育的毕业生都能胜任校长，哪比得咱们今天，大学专科毕业生还不一定能当上小学教师。第二，外国人办的慈善学校也不净是糊弄贫民，也给人一点真东西的。

母亲的家庭实在说不上家学渊源，老人家甚至没能在私塾或正式的学校里接受过传统文化教育。可是那些滋养她一生并泽及后代的学问和见识从何而来？这个问题我一直存疑。直到不久前社会上突然风行起一个词儿：学习型社会，这才恍然有所悟：其实，在传统中国社会历史进程中，一直存在着一个了不起的文化传播体系。这个体系不仅包含了官学、私塾，馆阁书斋，同时还以更为简易而有效的传播方式覆盖着整个广阔的社会底层。

换言之，我天资聪明的母亲恰巧生活在一个市井文化十分发达的时代。

二

母亲出生于成都平原西北边沿一座小县城。在冷兵器时代，那里是关中通往四川成都的最后一处要隘。传说公元263年，魏将邓艾出其不意从陇、蜀交界的摩天岭上裹毡而下，由阴平古道拿下蜀国最重要的关隘——江油关，继而直扑成都，蜀国君臣大震。那时，蜀汉王朝的“定海神针”诸葛亮已仙逝多年，诸葛亮之子诸葛瞻奉命由成都率兵数万与邓艾决战于此。眼看大势已去寡不敌众，诸葛瞻命令随他征战的儿子将他父子的双脚埋于关前泥土之中，以示绝不后退，父子双双战死，蜀都大门洞开。后来虽说刘备的傻儿子乐呵呵降了司马氏，国人亦有“胜者王侯败者贼”之说，但小城百姓却认定诸葛父子是大英雄，筑“诸葛祠”以祀之，代代犹然。

一次陪母亲聊天历数家乡历史名人，母亲说，告诉你一副对联，凡上了书的名人都有了。

母亲习惯将载入史册的人或事叫作“上了书”。

那对联是：忠臣孝子纲常第，大将真儒父母邦。

又逐一解说：除大将诸葛父子外，还有“二十四孝图”中那位年龄最小的东汉孝子姜安安、人品德行和政绩都比朱熹高出一头的另一位南宋大儒张栻、为变法维新而掉了脑袋的“戊戌六君子”之一杨锐……短短十四字，这座古城上下两千年最杰出的文武官民、忠孝礼义全都有了！

见我惊叹，母亲说这有啥稀奇，我当小娃娃便背得它，对联就写在县政府门前——人们叫“衙门口”的地儿。字写得极漂亮，谁路过都会抬头看看，更有老者驻足欣赏，见有人围拢便摇头晃脑地吟诵讲解，将其间的故事娓娓道于路人。叫“说古”。母亲说，那时“说古”的地方很多，茶馆、酒店、戏院、观堂庙宇，甚至沿街乞讨的叫花子站在大街上也能唱上几段莲花落，前三皇后五帝，极有意趣。平民百姓没机会上学，可以忙里偷闲去坐坐茶馆听听戏文，小媳妇老太太去庙里听几段“圣谕”，人情世故、诸般事理便多从这里学来了。旧时的戏剧素称“高台教化”，演古道今自不必说，茶馆里也热闹非凡：讲评书、摆“围鼓”、打金钱板……上至圣贤高论三纲五常历史故事，下至市井杂说人间万象都被“寓教于乐”，融于其间。而母亲最早听“说古”的地方主要是茶馆，进茶馆也不用买票，一群小孩子躲在熙熙攘攘的茶客堆里，可以白听不付钱。这种地方大户人家的小姐自然不会去——毕竟是引车卖浆者扎堆的地儿，但穷家小户却没多少禁忌。我母亲四岁丧父，全靠裹着一双小足的外祖母替人洗补衣服供养两个女儿，温饱尚不可求，哪有时间照管孩子？于是母亲便和街坊小伙伴们一道钻茶馆，并立马被那些精彩的说唱艺术吸引得如痴如醉。

成年后的母亲最大的喜好是听戏。那时戏剧的魅力似乎有些类似时下男人们对足球、小孩子对电玩的感觉，具全民性特色。比较奢侈的是买票进戏园子，至于更多的平民则不拘一格，无论社戏、庙戏、草台班子的“坝坝戏”，都是撩得人们欢天喜地的文化大餐。我的母亲则迷得更厉害，听她讲，有一回为了去城里看外地来的学生剧团上演“文明戏”《夜半歌声》，不惜往返六十里山路赶了去。夜间看完戏一路抽抽搭搭为剧中男女主角儿落泪，走回自己教书的学校天已大亮，一群学生正站在校门口等老师上课！

正是靠这些市井文化，使我母亲后来爱上了书本，因为识字后的她发现原来所有的“说古”其实都在书里。

对于我母亲而言，历史就是一肚皮的故事：从周幽王烽火戏诸侯到梁红玉击鼓战金山。虽然与历史的真实相去甚远，却俏生生地鲜活得可爱。与之相反的是我的女儿的情形：女儿上高中一年级，寒窗苦读的她期末回家扛回足足两尺高一摞课本、教辅资料、各色试卷和一脸的沮丧，说是今儿考历史砸了——最后一道论述题没答上：

“我整整背了四十道论述题，居然把这题给漏掉了！”女儿痛心疾首。

我问倘若全背下得有多少？

就五十多道。女儿说。

这让我记起了法国人大仲马的那句话：“什么是历史？历史就是钉子，用来挂我的小说。”

问题显然出在我女儿的历史书里少了几颗钉子。

三

母亲儿时读书的地方全称叫“贫民女子教养所”，是由几位来小城修教堂、办医院的法国传教士办的慈善机构。

其实如果留心19世纪初叶四川教育和医疗发展状况，你会发现一个事实：这块土地上几乎一半以上州县城里第一座西医院、第一所完中都与法国人有关。当然，与医院和学校同时在城里矗起的，还有一座式样稀奇古怪的教堂。在鸦片战争以前，让上帝先行走进中国是西人的既定方针。他们的计划很绅士也很完美：让学校和医院彰显上帝的仁慈，让世界的东方也能沐浴天主的光芒。计划不错，至今我们还能从北方不少村庄里听到唱诗班庄严的歌声。但是这个法子在四川却不大灵光。教会医院医活人无数，学校育人无数，偏偏天主教的传播效果不尽如人意，这里的老百姓似乎更倾心于观世音菩萨和玉皇大帝。

明明一糖衣炮弹，吃了人家糖衣，却把炮弹放一边。四川人太狡黠！

母亲所进的教养所专收城市贫困女童。在为她们解决基本温饱的同时，教其粗识文字和一两项谋生本领，譬如缝纫、刺绣之类。先于母亲两个月送进去教养所的我姨妈因此学会裁剪制衣，后来成了一名颇受欢迎的裁缝。母亲的家庭确属贫困，尽管如此，送女儿去洋人办的学堂外祖母却极不情愿。因为在她和街坊的眼里，洋人太多古怪：黄头发蓝眼睛原本就奇了，要命的是还有传言，说洋教士们披的黑袍子下面其实藏有一条没能脱掉的尾巴！那时，母亲家住城南火神庙旁，离洋人办的医院不远，早晚可见教士们外出散步。洋人喜欢孩子，每每见到便停下来问好逗乐。这时，胆大的男孩子便会按大人们的唆使从后面掀起黑袍，然后哄笑着跑开。虽然从来没有人见到过尾巴，但是街坊却总疑心那条尾巴的存在。这自然会让外祖母十分忐忑。

先是在家里断炊的情况下，外祖母硬着心肠将大姨妈送往教养所。填饱了肚皮的姨妈顿然改观，变得红红白白，身量也蹿高了一截。老人家这才放心地将我母亲也送去，直到她十五岁出嫁。

“贫民女子教养所”虽然是洋人兴办，却并不讲天主基督，其中缘由母亲并不清楚。据我揣测，这所学校应该不仅只是洋人出资，似乎还有社会各界的支助，属于“社会力量办学”。学校除了技能课之外，便是学文化，按国立初等教育要求开设课程。教师都是本城名流宿儒，包括县长在内。授课亦无报酬，算是善举。唯其是善举，这些名士便各逞才情，大都不依教材，也不讲什么章法，这边才教“人、口、手、田”，那边便讲《桃花源记》《大学》《中庸》，全然信马由缰。在我看，这种教学方式全无科学性可言，不会有多少效果。然而母亲却完全不同意我的看法，反而对她的老师们无比崇敬。她说我们的先生可有学问了，哪里是那些私塾先生比得上的。别看当时听着懵懂，这就好比酿酒，只要下了酒曲，时间一到自成佳酿！

事实证明，母亲的说法并非全无道理。“贫民女子教养所”里的学习成果直到六十年以后还能寻到痕迹：一次老人家与孙女儿闲聊，八岁小孙女考外婆，中国地图像什么？

像一只漂亮的大公鸡！嘻嘻，外婆你不知道吧？

小孙女得意地指着课本。谁知母亲却说不像什么大公鸡，那是一片残破的秋海棠叶呢！她老人家的说法当然遭到小孙女的嘲笑，却令我大吃一惊——虽然知道 20 世纪在沙俄老毛子的勒索下中国足有 156 万平方千米的国土被分离出去，然而对分离前的地图形象却很少有人知道——像一片饱满的秋海棠叶。

母亲说那是教养所的先生教给她们的。

那天，上国文课的先生面向学生，反手在黑板上勾勾画画，画出一叶美丽的秋海棠，告诉大家说这是昨天以前的中国地图，接着又在叶子上画一条线，说这是今天的中国地图。先生说，同学们记住：一个悲剧在今天的中国发生了。因为国家的贫弱、政府的腐败无能，中国这片美丽的秋海棠被虫子吃残了。

说这话时，先生的眼睛里闪着泪光。当时我们一群小丫头根本不知道啥叫悲剧，也不明白地图怎么就让虫子给啃了。但是先生反手画的那片海棠叶子和他的泪光却永远刻在了我们的记忆里。

母亲幽幽地回忆着，仿佛画海棠叶子的先生还站在对面。

四

我母亲终生感戴“女子贫民教养所”和她的“秋海棠叶”先生们，认为她的人生主要得益于七年半工半读。对此，我不敢苟同。首先，这不可能。七年半工半读怎么可能培养出一名国立小学教员？况且后来还升任校长——当然学校不算太大，教职员工总计三人，包括校长。因为据母亲自己所述，教养所的女孩子每晨六点起床，晚间十点熄灯。早晚和下午用于做工，真正读书习文的时间只占三分之一。七年的三分之一，能将一个蒙童教化到何种程度？倘若母亲在其间真有所得，那也该归功于她早慧的资质。其次，母亲那套了不起的人生哲学中虽有“子曰诗云”，但更多的却是注重实证与经验。被她奉为圭臬的一句话叫“眼见为实，耳听为虚”，这样的认知方式显然带有明显的市井文化特征。

关于这一点，最能说明问题的是我母亲的鬼神观。母亲平生固执地不信鬼神。她的不信并非是接受过马克思主义唯物论教育，原因很简单：母亲说“没有看见，所以不信”。她所说的“没有看见”，其实源自一次有趣的经历。

那年我母亲九岁，被我外祖母牵上回娘舅家省亲。娘舅家在龙门山脉深处民风古朴的山谷里。家中大舅患一种古怪的病：双腿不红不肿却疼痛难忍，针石无效。以今天的医学常识判断，似乎属于骨髓炎一类。山中缺医少药，颇尚巫术，遂有巫医上门，唤作“神婆”。求她去阴曹地府查询，看看究竟发生了什么事。

去地府远路迢迢，神婆本人并不亲身前往，但得负责用法术护送一名童男或童女去那里完成此项任务，叫“放阴”。母亲她们到家那天正好赶上“放阴”，新奇不已的她自告奋勇充当使者。于是，先喝下经神婆祝咒过的一碗山泉水，再按要求闭目仰卧、两臂平伸，继而被燃灯、置米于头顶、手、足处。神婆开始念咒烧纸，每念一段便唤母亲的名字，问她是否睡着和看到了什么情景。兴奋的母亲当然睡不着，捣鼓半天越问越清醒。神婆无奈，说这女娃阳气忒重，放不了。抬眼瞥见灶台后正帮忙烧火的邻家女童，说试试她。如法炮制，居然成了。烧火女孩在神婆的指导下逛了阴曹不少地方，并得到了大舅腿痛的缘由：是大舅前世犯了事，今生被阎王爷拘住，绑了双腿泡在冰池里受苦。神婆又烧下许多纸钱，让她向阴曹执法人员送礼，哀求良久，对方终于答应帮忙。现场亲友正待展颜，却见神婆表情十分严肃，一边烧纸一边紧张地向女童发指令：赶紧原路返回，千万别驻足，别同野鬼搭讪，别回头看，否则便回不来了！一时之间，满屋鬼气森森，直到撤去灯盏、水米，唤醒女童，大家这才放心地长舒了一口气，向翻身坐起两眼茫然的女童投去感激的目光。唯我母亲窃笑。因为她已经窥知了神婆的全部秘密：不过是让懵懂的烧火女童愚蠢地重复她的叙述而已。

多年后聊到这件事时母亲还得意地大笑，说后来她当了教书先生才知道那个法子叫“心理催眠术”。

母亲说，类似的经历她还有过一次，那是在一所村小执教期间。

那时政府穷，又想普及教育，便把人家和尚、道士的地儿给占了办学。她的学校设在叫“三官庙”的道观里，前殿办学，后殿泥塑、木雕一应齐全，由一名癞头道士照应香火。每逢朔望,那癞头道士便会去道观围墙外点灯烧纸捣鼓半夜。母亲好奇,问所以然。回答说是为孤魂野鬼指路，引他们投胎去。

你怎么知道有孤魂野鬼?

观外常有鬼哭，先生居然没听见?

母亲说那下回鬼哭记得让我也听听，道士应了。

夜半，道士来到前殿天井高喊：先生快听，鬼叫啰！母亲凝神聆听，唯风声隐隐。道士说：先生得用牙咬住床头木枋便可听见。母亲如法，依然风声。道士急了：那你赶快将发辫打散，再晚些鬼便去远了!

母亲大笑:先生，我原本就是短发呀!

选自散文集《大地众生》，四川文艺出版社，2011 年 1 月

德格笔记

◆陈　霁

陈霁，四川射洪人，中国作家协会会员。当过教师，曾任职于县、区、市级部门和媒体。2000年后开始文学写作，作品发表于《人民文学》《青年文学》《北京文学》《上海文学》《花城》《天涯》《散文》《人民日报》《文艺报》等报刊；部分作品被《中华文学选刊》《散文（海外版）》《作家文摘》《散文选刊》等选载。著有《诗意行走》《城外就是故乡》《白马叙事》《白马部落》《雀儿山高度》等文学著作。曾获四川文学奖、《人民文学》征文一等奖、二等奖和百花文学奖等多种奖项。

土红的小城

去年3月下旬，坐邮车前往从甘孜到德格采访平民英雄、邮车司机其美多吉，正赶上一场春雪。

冰雪覆盖了康巴高原。旋风骤起，积雪被卷起，粉碎，和空中的鹅毛大雪搅和，昏天黑地，就像格萨尔王出征魔国，厮杀正酣。雪线险象环生，十个脚趾都抓紧了，紧张、兴奋。我感觉已是战神，入戏很深，随格萨尔杀进敌阵，摧枯拉朽，所向披靡。

下午，终于抵达德格。川藏公路直接连接上狭窄的街道。雪已停，蓝天如洗。但街道，或者说是道路两边的高楼，都躲在厚重的阴影里。耐心地往前，走近小城核心地带，空间一下子变得开阔，一个古老而真实的德格终于现身——就像翻过了一页乏味的扉页，终于读到了精彩的正文。

色曲河和欧曲河在谷底流淌，不时在街边探头探脑。街道散漫，沿着地势随意地攀爬，带着小城缓缓上升。著名的德格印经院和稍远的更庆寺居高临下，金顶在夕阳里发出耀眼的光芒。庞宏的寺庙，游走的喇嘛，拥挤的民居，甚至许多公立机构的院墙，大片沉着的土红刷在小城身上，成为基调。那一刻，让我想到高粱染红的秋天。

许多人在夕阳下行走。他们眼睛澄澈，眼神温和，气定神闲，边走边捻动念珠。目的地似乎都是印经院。印经院是城里最强大的存在，此刻它更是磁吸中心——围绕印经院转圈，是当地人日常生活中的必修课。这是别样的转经，别样的散步，是灵与肉二合一的锻炼。

那座两楼一底的建筑算不了什么。把它放在藏族聚居区的寺庙群中，它充其量是中等规模。但它是博物馆、图书馆、研究中心，也是出版社和印刷厂。作为中国最大的藏文印经院和世界上唯一的雕版手工印刷中心，它收藏有二十九万块经版、画版，以及占整个藏族聚居区百分之七十的藏文古籍和数量可观的珍本、孤本和绝本。它是藏文化的大百科全书，是紧追拉萨和日喀则的文化圣地。

在藏族聚居区，几乎所有的僧侣都渴望摩挲“德格版”的经书。

有藏族朋友说，假如此生与布达拉宫和大昭寺无缘，那么就去德格印经院吧。虽然没有菩萨，但是有卷帙浩繁的佛经经典，哪怕是轻轻触摸一下，也可了却一生心愿。

我的朋友其美多吉曾经在印经院打工，他的工作是从抱经版开始的。

初进库房，刹那间，他被架子上的雕版排山倒海般的气势震撼了。

这里是拒绝明火的，包括电灯。甚至，整个印经院都没有电源。唯一能照明的，就是太阳和月亮。外面，现代化正在狂飙突进，但这里从来都是我行我素，时间几乎没有流动，一切与古代无异。多吉第一次进去是早晨，微光照耀，只显现出库房朦胧的局部。一排一排的雕版，密密匝匝，挤靠在晦暗之中。整齐的木架一直延伸，远去，渐次消失，似乎没有尽头。他知道，库房里装的其实都是文字，它们都带着古人的气息，隐伏在黑暗中。淹没在文字的海洋里，几十万块雕版的巨量文字汇聚成海啸般的力量，似乎要将他席卷。只读过初一的多吉，那一刻，才真正体会到什么叫学识渊博、浩如烟海、知识就是力量。

多吉和扎西朗加、扎西彭措在一个工作小组。他们青春勃发，工作得无忧无虑。朗加在倾斜的印版上涂墨，彭措左手先铺纸，待右手执一滚筒一推而过，再揭起已印上文字的纸，一张书页便告完成。二人一俯一仰，配合默契，形成快速而有节奏的律动。整个过程一气呵成，像运转自如的机器一样令人眼花缭乱。

四十年过去，朗加依然还在印经院。和许多印经院造纸、雕刻和印刷的工人一样，他把日常工作当成修行，或者说修行已经成为他的日常工作。他内心明亮，生活被阳光穿透，从不认为自己的工作卑微。相反，他觉得以虔诚之心工作，即使单调，机械重复，也可以抵达无人可以抵达的境界。

源远流长的传统文化，在当今，也孕育出了非同凡响的德格人。除了歌星亚东、降央卓玛以及我的朋友其美多吉，我相信，山坡上那些密匝匝的房子里，一定有名医、高僧、歌手和身怀绝技的艺人出入其间。

神授艺人

城南，一个叫司根龙的街区，密密匝匝的土红色藏房镶嵌在陡坡上。沿着折叠的石级上去，我找到了说唱艺人阿尼的家。

接过哈达，坐定，端着酥油茶聊天，我和阿尼一见如故。兴致上来，阿尼将自己全副武装——头戴红色的说唱帽，手摇缀着绿松石的马鞭，身披国家级非物质文化遗产传承人的红色绶带，开始了说唱。他唱的是格萨尔出征时其爱妃珠姆给丈夫的颂词。他唱得如痴如醉，非常享受。我不懂藏语，但是我完全可以感觉到唱词锦绣似的华丽，曲调行云流水一般的优美。

阿尼说，他和其他说唱艺人一样，本事也来自神授。

故事发生在阿尼十五岁那年。当时，他身体都还没有长开，一字不识，在科洛洞草原上放牧。那是春天，一个阳光灿烂的中午。他们三个牧童，牧放着四五百只牦牛，一千余只羊、几十匹马。洼地开阔，绿草如茵，密密地开着黄色的迎春花和蓝色的“美纳西”。小溪潺潺，带着零碎的浮冰，蛇一样游走。三个小伙伴就着溪水吃了糌粑，牛犊子一样疯了一阵，困了，在草地上倒头就睡。这时，有七个人骑马而来。为首的人银盔银甲，佩银剑，挂银弓，骑白马，气质高贵，形象俊美。阿尼不认识这个人，但没来由地相信，这个人就是格萨尔，不由自主就跪了下去。

“我是拉珠·麦钦维嘎（天神之子，普度众生的光明使者），从今以后，你务必要做好两件事：一是保护好你的身体和嗓子；二要将我的故事一直传唱下去。”

格萨尔悄然隐退，阿尼也从梦中醒来。人还在恍惚之中，他已经明白，今生今世，自己必须扛着那个古老的故事游走四方了。

那段时间，格萨尔不断来到他梦中，把一个又一个故事像往牛皮口袋里装洋芋一样塞进他肚子。梦的情节前后连贯，引人入胜，让他有说唱的冲动。他不断地梦，不断地悟，尝试着说唱。梦一次，就长进一次，直至可以口若悬河，视场合说唱《格萨尔王》的不同版本的任一章节。

据说，说唱艺人身上都有神秘的记号，秘不示人。阿尼当然也有。也许是看到我对藏文化有浓厚的兴趣和足够的尊重，他破例为我袒露左臂，让我看了内侧那个点状的“阿”字——那是藏文的第三十个也是最后一个字母。

阿尼除了曾经在四川人民广播电台藏语频道说唱，还应邀去过国内包括台湾在内的十几个省份，以及海外的英国、日本。他已经将自己说唱的《格萨尔王传》的最权威版本用藏文记录下来，并且选取最精华的部分，亲自用红桦木雕刻了三百多页，存于德格印经院。

七十多岁的阿尼，已经实现了从文盲到一个真正文化人的嬗变。

歌手与司机

亚东家住德格中学旁边。校门口有一水井，除了学校师生，周边的老百姓包括亚东家也在用。初一学生其美多吉偶尔也来打水，在井边碰见过亚东。

一天晚上，学生宿舍刚熄灯，孩子们在床上还没有把自己身子放平，突然窗户惊天动地一声巨响，一块石头破窗而入，落到了多吉的床头，再“咚”的一声掉在地上。

多吉下意识起身，被子上一块玻璃“哗啦”一声掉落地上。他下意识转头，看窗外，一个年纪和体形都跟自己差不多的孩子，正在往印经院方向狂奔。

他心里咯噔了一下，觉得那个身影有几分熟悉。多日以后，多吉在井边又遇见了亚东。他突然觉得，那天晚上扔石头的，完全可能是他——因为他家就住在学校背后，印经院旁边。并且，他还成天东游西荡，拿着弹弓到处打鸟。

多吉正要质问，突然一个打水洗衣的女老师惊讶地问：“你们是兄弟？”

多吉和亚东，互相打量，摇摇头，一脸迷惑。

“我看你们啊，不但像两兄弟，而且像一对双胞胎！”

那天，他们互相知道了对方的名字。多吉也终于忍住了，没有质问他砸窗子的事——他不愿意坐实是这个和自己长得差不多的人干的。

这以后，他们相互打量的眼神柔和起来。放暑假的前夕，他们还在一起玩了扇烟盒纸的游戏。很快，他们发现了彼此还有两个共同爱好——他们都是汽车迷和连环画迷。

没过多久，其美多吉也失学了。在乡下干农活的多吉与在德格街头晃荡的亚东，他们之间的联系反而紧密起来，其纽带就是连环画。

多吉总是在进城办事时去亚东家。他们交换连环画，也交换烟盒纸。如果时间允许，他们也互相讲故事。他们当时脑海中拥有的故事，无非是《格萨尔王传》的某个片段。他们的故事,几乎和当时所有的藏族孩子一样,都是来自父亲的讲述。只是,《格萨尔王传》版本甚多，又卷帙浩繁，每一个父亲给孩子讲的都很不一样。

他们都对城市怀有梦想。德格太小，梦想太大，但是北京又太远，成都是他们还不知道的存在，于是“大城市”康定，就是他们梦想的唯一栖息地。

他们还玩一种类似打擂的游戏。他们将《三国演义》《水浒传》等连环画上的英雄好汉剪下来，互相出牌 PK，武艺高强的吃掉弱的一方。不过，这里争议太多，梁山一百零八个好汉，他们之间的地位已有定论，但是，活在不同的时空的关羽和林冲，岳飞和张飞,谁的武功更高？他们无法达成共识。这是“学术”问题,也有个人偏好的问题。各执己见，争论得面红耳赤，无奈，只有去找一个大家都信服的人来裁判。

他们在一起也唱歌。他们唱《怀念战友》《花儿为什么这样红》和《骏马奔驰保边疆》，也唱《乡恋》《边疆的泉水清又纯》和《我们的生活充满阳光》。他们刚刚过了变声期，两个人似乎都突然发现，自己的嗓子原来如此之好，难度越大的歌曲唱起来越是过瘾，一下子都有了歌唱的欲望。

从此，他们在一起时，唱歌有意无意就成为重要内容。后来，他们各自参加工作，都买了二手卡车，跑起了货运，凑在一起时他们更要唱歌了。卡拉 OK 厅、酒吧，都是他们聚会的场所。他们从来不放过“耍坝子”的机会。夏天的草原上，他们用大碗喝小香槟、甜酒，也喝本地的青稞酒，通宵达旦地歌唱。

又一次耍坝子，又一次喝酒唱歌，两个人都喝高了，他们终于说起了当年的砸玻璃事件。事情真还是亚东干的。原因让人哭笑不得:他在街上晃了一天,回家晚了,路上害怕,就朝学校扔了一个石头，既给自己壮胆，也借此逃跑——因为他生怕有人追来，就不得不一口气跑回家。

也许不完全如此。一个刚刚进入青春期的失学少年，自己家门口就是学校，他却没有读书的资格。委屈、嫉妒加上叛逆，朝学校扔出一个愤怒的石头，好像也不怎么奇怪。

亚东人生的转折点，是那次拉木头去康定。

他胆子很大。那辆车本来是县物资局的，在单位院子里不知道停了多少年，差不多已经成为一堆废铁。他找去物资局，花两千元买下了这辆破车。换了些配件，自己一阵鼓捣，就准备开车出门了。车子打不着火，只好从坡上往下推。咣当咣当推了好长一段，车子居然发动起来。于是,亚东就用这车拉了一车木头,去了他一直向往的“大城市”康定。他准备以这车木头掘回自己的第一桶金。

亚东生来就不是一个安分的人。他十六岁当兵，两年后退伍。他先在县体委，后调文化馆。对单位一本正经地坐班、读报学习，他极不适应。于是，他弹吉他，学架子鼓，办培训班，不停地折腾。

业余的木材贩子亚东，是带着吉他、打酥油茶的浆桶和装糌粑的口袋去“大城市”康定的——这三件套将是他后来车上的标配。

作为文化馆的干部，亚东在康定有朋友，也有饭局。那天的饭局就在州歌舞团的朋友家里。爱音乐的人，酒一喝，歌兴就上来了。喉咙痒痒地想唱歌的亚东，弹起吉他，随心所欲，即兴唱了两首酒精浓度很高的藏族民歌。

唱者无意，听者有心。亚东的歌声飘进了隔壁一个人耳里。他就是甘孜州歌舞团团长罗布。在州里,罗布从来没有听到过这么特别的弹唱,也从来没有听到过这么好的嗓子。他忍不住推开门，要见识一下唱歌的人。亚东是一个很放得开的人。面对罗布，他放开嗓子，一气唱了好几首歌，包括刚刚上映的日本电影《人证》的插曲《草帽歌》。亚东的音乐天赋的确很高，模仿能力极强，不过是看了一场电影，他居然就可以唱插曲了。

罗布为自己的发现兴奋不已，当即邀请亚东参与第二天全州“四级干部大会”专场演出。

盛情难却，亚东只好暂且放下要卖的木头，仓促上台。除了罗布，谁也没有想到，亚东竟然成为那场演出的最大亮点。在如雷的掌声里，他一连唱了五首歌，《朝圣的路》《皮卡克》《流浪者之歌》等。全场最火爆的还是《草帽歌》，因为电影刚刚上映，人们的新鲜劲儿还在。最让各级干部惊叹的是，他居然唱的还是英文！

其实，小学三年级“毕业”的亚东，他唱的是什么英文啊。即使他模仿能力超强，但英语是轻易可以模仿的吗？他给罗布唱的时候，他是乘着酒兴，胡乱咿里哇啦一番。现在，站在聚光灯下，主持人已经报幕了，他没有退路，只好用对付罗布的办法来对付台下大大小小的官员和基层干部。亚东舞台上的“英语”反正谁也不懂，但他嗓子浑厚、明亮，音域非常宽广，既有高亢粗犷的激情演绎，也有纯净磁亮的音色如泣如诉。加上飚“英语”，他第一次走上正式的表演舞台，引起的轰动前所未有。

很快，亚东调去州文化馆了，亚东去成都做生意去了，亚东出专辑了，亚东在省内外走红了。

亚东名气越来越大，其美多吉与他的联系虽然越来越少，但是二人友谊依旧。每当他回到德格，他们都尽可能见面。酒吧、餐馆、歌舞厅，朋友们依然聚在一起唱歌、喝酒，分享亚东的成功。

一天，又一次在德格重逢。

“兄弟，你的音乐天赋不比我差。”亚东真诚地说，“走吧，我们一起干。”

“我还没有朝这方面想过呢，”多吉犹犹豫豫地说，“让我好好想想。”

最终，其美多吉没有跟亚东走。

他是老大，下面还有七个弟弟妹妹，他不能离开德格，不能拿弟弟妹妹的未来做赌本。并且，他这时已经有了车，他很享受开车。

去年5月21日，下午。成都岷山饭店二楼茶坊，我和亚东、其美多吉在这里终于见面了。

其美多吉和亚东一前一后到来。他们已经有好些时候没有见面了，都有些激动，上来就是一个结结实实的拥抱。

都说他们很相像。现在，他们同时出现在我们面前时，让我看清楚了，他们真的像得似乎是一对双胞胎——

都是一米八几的大个，都是络腮胡子，都是轮廓分明的五官。只有细看才会发现，亚东脸型只是略宽而已。

他们的差别主要在衣着。多吉黑衬衣，深色休闲裤，随意而淡定；而亚东，红色T恤，牛仔裤，背一个沉甸甸的双肩包，像是刚归来，也像是即将出发，一副行色匆匆的样子，完全看不出他是要坐下来喝茶。

当然，他们最大的不同还在职业身份。

亚东早就是著名歌手，人称高原歌王，他唱的《向往神鹰》《卓玛》家喻户晓，圈粉无数。

多吉至今还是邮车司机，几十年如一日，始终在雪线邮路、在雀儿山的冰天雪地往返。

坐下来，谈点什么呢？

亚东说，你不够哥们儿，后来看见铺天盖地的媒体宣传，我才知道你曾经受了那么重的伤害。你为什么不告诉我呀？

多吉说，为什么要告诉啊？满脸伤疤，瘸着腿，快成废人了，多狼狈多没面子啊。

亚东说，我们家电视机的灰都积了厚厚一层，为了看关于你的报道才第一次打开电视，看得我们两口子都热泪盈眶，我为你骄傲啊多吉。

多吉说，我永远是你的粉丝，告诉你吧，你所有的歌我都可以唱。

亚东说，以你的天赋，如果当年听我的，我们一起在歌坛打拼，你早就是名气很大的明星啦。

多吉说，开车有开车的快乐。我们当年，梦想不就是开车吗?

亚东说，是啊，那时做梦都在开车。现在，只有你还在坚持。

多吉沉默了。是的，当年他的确还有另外的选项，另外的可能，另外一种人生，另外一种活法。

但是,假如时光倒流,再做一次选择,你的选项是什么呢？多吉不止一次对自己发问。

他想，十有八九，大约还会选择邮车。

原载《散文》2020 年第 3 期

印象傅雷

——读《傅雷家书》札记

◆王晓阳

王晓阳，文学学士，高级记者，四川省作家协会会员。毕业于西南师范大学（现西南大学）汉语言文学系，现任绵阳日报社总编辑、四川省报纸副刊研究会副会长、绵阳市社科联副主席、绵阳师范学院客座教授。曾获中华全国新闻工作者协会颁发的荣誉证书、证章。先后发表各类作品两千六百多篇，作品入选多种文学及新闻选本。出版文学及学术专著《如是我文》《论语读记》等多部。

喜欢傅雷没有理由，读一本他的译著就够了。

我第一次接触傅雷是在1980年刚进入大学的时候。一天，偶然在图书馆借得一本法国作家巴尔扎克的小说《幻灭》，人民文学出版社出版，封面设计为绿色网状，就是后来称之为经典版本的“网格本”，译者署名就是“傅雷”。读后深为译笔的典雅、流畅、严谨所折服。后来，我又找到了傅雷所翻译的《高老头》《约翰·克利斯朵夫》等小说来阅读，没有想到外文翻译成中文可以译得这么好。翻译界常讲“信、达、雅”，傅雷译文应该就是一个标杆。

随后几年，我节衣缩食，省下钱来，把当时出版的傅译几本巴尔扎克名著全部买了。工作以后，虽然搬家多次，丢书无数，但傅雷的几本译作一直视为必藏书，至今放在书架显眼位置。

再读傅雷已是《傅雷家书》出版并渐渐大热的时候了。在这二百多封主要是傅雷写给儿子傅聪的书信中，有对艺术和音乐的探讨，有对东西方文化的分析，有对社会和国家的热切关望，有对人生的体悟和对人类前途的思考。当然，更多的还是傅雷对儿子的关怀与期待、亲情与挚爱。

前几年儿子海外求学，作为父亲，我不免关切期待，时时都想对他说些什么，但常常感到不得要领。突然想到，与儿子交流，谁又有傅雷说得好呢？于是再读《傅雷家书》，并将一些精彩篇章分享给儿子，以此互勉。此时的我，年齿已长，又为人父，对《傅雷家书》自然多了些感悟，随手记下家书的要点和自己的阅读心得，稍加整理，形成此篇读书札记。

一、父亲傅雷

在《傅雷家书》中，傅雷首先或者说最重要的角色是父亲。整个《傅雷家书》除偶尔间杂有傅雷夫人朱梅馥写给儿子的信，绝大多数是父亲傅雷写给儿子傅聪的家信。傅雷自己在信中也反复强调父亲这个角色，在 1965 年 6 月 14 日的信中，他写道："美中不足的是 5 月 4 日、6 月 5 日早上两次电话中你没有叫我，大概你太紧张，当然不是争规矩，而是少听见一声'爸爸'好像大有损失。"

通读《傅雷家书》，处处充溢着一个父亲对儿子的大爱，这在第一封信中就展露无遗。1954 年 1 月，傅聪赴波兰参加第五届肖邦国际钢琴比赛并在波兰留学。朝夕相处二十年，一旦离别，傅雷夫妇想念儿子之情难以抑制。1 月 19 日晚，傅雷给傅聪写信："我从来没爱你像现在这样爱得深切，而正在这爱得最深切的关头，偏偏来了离别！"多情自古伤离别，此情又岂止在男女间，父子、母子之间何尝不是如此。傅雷的夫人对儿子更是想念，在 1 月 30 日晚的信中，傅雷写道："你走后第二天，妈妈哭了，眼睛肿了两天：这叫作悲喜交集的眼泪。"1954 年 7 月 4 日傅雷在信中写道："我们没一天不想念你，没一天不祝福你，在精神上拥抱你！"

见不到儿子的面，父子、母子之间只有通过书信见字如面，所以，傅雷夫妇特别希望收到儿子的信，越多越好。在 1954 年 7 月 4 日的信中，傅雷写道："在外好好利用时间，不但要利用时间来工作，还要利用时间来休息、写信。别忘了杜甫那句诗：'家书抵万金'！"有一次，邮局把一封傅聪写回来的信弄丢了，傅雷夫妇十分焦急，远超热恋的情人间收不到书信的切盼和痛苦！在 1955 年 4 月 21 日夜的信中，傅雷写道："邮局把你比赛后的长信遗失，真是害人不浅。我们心神不安半个多月，都是邮局害的。"

傅雷在 1956 年 10 月 3 日的信中把父母与儿子之间的通信称为"谈话"，他说："谈了一个多月的话，好像只跟你谈了一个开场白。我跟你是永远谈不完的，正如一个人对自己的独白是终生不会完的。"

可贵的是，当傅聪与弥拉结婚后，傅雷坚持用中英文分别给儿子儿媳写信，而且把这个事情看得很重，目的是促成这对文化背景不同的年轻夫妇互相了解，和谐相处。如果了解傅雷是在学术工作繁忙、身体多病不能久坐的情况下坚持写这些信的，就更能理解傅雷夫妇对儿子的大爱。在 1961 年 6 月 27 日的信中，傅雷写道："最亲爱的弥拉：要是我写一封长长的中文信给聪，而不给你写几行英文信，我就会感到不安。写信给你们两个，不仅是我的责任，也是一种抑制不住的感情，想表达我对你的亲情与挚爱。"

值得一提的是，傅雷夫妇对儿子的大爱没有丝毫私心，不求任何回报。傅雷夫人 1961 年 4 月 20 日在给傅聪的信中写道："中国旧社会对儿女有特别的看法，说什么养子防老等等；甚至有些父母还嫌儿子媳妇不孝顺，这样不称心，那样不满意，以致引起家庭纠纷。正是相反，我们是走的另一极端：只知道抚育儿女，教育儿女，尽量满足儿女的希望是我们的责任和快慰，从来不想到要儿女报答。"

傅雷对儿子的父爱绝不是溺爱，他对儿子要求很严。傅雷在 1955 年 12 月 11 日信中出现少有的批评之语："来信提到这种事，老是含混得很。去夏你出国后，我为另一件事写信给你，要你检讨，你以心绪恶劣推掉了。其实这种作风，这种逃避现实的心理是懦夫的行为，绝不是新中国的青年所应有的。"六十多年过去了，我们读起来仍然能感受到当时傅雷的严厉！

不少男人是马大哈，在生活中往往忽视细节，对妻子如此，对父母如此，对子女也是如此。但《傅雷家书》中的傅雷却是一个注重细节、对儿子关心无微不至的父亲。在 1954 年 6 月 21 日的信中，傅雷写道："另有一件事要嘱咐你：搔头的习惯务必革除，到国外去实在不雅，为了帮你解决这一点，我要你妈妈去买了一瓶头发水给你。饭桌上切忌伸懒腰。出门勿忘戴太阳镜。又揩拭眼镜最好用清水洗过，在脸布上吸干水迹，再用旧的干净手帕揩干，但必须留心，眼镜架的脚极易折断！"你看傅雷多么细心！

在 1954 年 10 月 22 日的信中，傅雷的观察细致入微，令人吃惊和感动："大照片中有一张笑的，露出牙齿，中间偏左有一个牙短了一些，不知何道理？难道摔过跤撞折了一些吗？望来信告之，免我惦念。"此种观察一般只有母亲才能做到，没有想到作为一个成天做学问、搞翻译的大忙人、大学者，傅雷却能做到。真是一个好父亲！此种细节非心细父亲不能道，非从小熟悉疼爱儿子的父亲不能道！

傅雷与儿子之间亦父亦师，而且是慈父良师。在 1955 年 5 月 8 日—9 日的信中，傅雷专门谈到父子通信的作用和意义。我没想到傅雷写信还有这么多目的，原以为只是关心他生活学习工作情况，真是大大超出常人。他写道："我自问：长篇累牍地给你写信，不是空唠叨，不是莫名其妙的 gossip（说长道短），而是有好几种作用的。第一，我的确把你当作一个讨论艺术，讨论音乐的对手；第二，极想激出你一些青年人的感想，让我做父亲的得些新鲜养料，同时也可以间接传布给别的青年；第三，借通信训练你的——不但是文笔，而尤其是你的思想；第四，我想时时刻刻，随处给你做个警钟，做面‘忠实的镜子’，不论在做人方面，在生活细节方面，在艺术修养方面，在演奏姿态方面。”此信还谈到了写信不只是训练文笔，还训练思想、理智、才智。

作为一个过来人，傅雷夫妇还在信中教儿子如何与妻子相处。傅雷夫人在 1961 年 1 月 5 日的信中写道：“千万别自作聪明，与弥拉闹别扭；我完全相信她的能力（你别低估了她）和善良的心地，倘若她有时在实际问题上坚持，那一定是为了使你的生活过得美满，为你们两人的前途打算。”傅雷也在 1961 年 9 月 14 日的信中写道：“你工作那么紧张，不知还有时间和弥拉谈天吗？我无论如何忙，要是一天之内不与你妈谈上一刻钟十分钟，就像漏了什么功课似的。”夫妇二人现身说法，这是真正的举案齐眉、伉俪情深！

傅雷还是一个敢于认错，胸怀宽广的父亲。在 1954 年 1 月 18 日信中，傅雷写道：“老想到五三年正月的事，我良心上的责备简直消释不了。孩子，我虐待了你，我永远对不起你，我永远补赎不了这种罪过！这些念头整整一天没离开过我的头脑，只是不敢向妈妈说。人生做错了一件事，良心就永久不得安宁！真的，巴尔扎克说得好：有些罪过只能补赎，不能洗刷！”傅雷爱子心切，感情至深。

在 1962 年 3 月 14 日给次子傅敏的信中，傅雷也在反省自己：“……我们过了半世，仍旧做人不够全面，缺点累累，如何能责人太苛呢？”

一般的父亲，可能也有傅雷那样的大爱，也有傅雷那样的火暴，也有打骂孩子的脾气，但很少有认错的意识和勇气。这就是不一样的傅雷，不一样的父亲。

二、学者傅雷

说傅雷是一个学者，恐怕没有异议。他的卓越学识不仅表现在一部部学术专著上，也表现在一封封饱含深情的家书之中。读《傅雷家书》，他对儿子的挚爱让人感动，他渊博高深的学问让人如遇良师，如饮醇醪。

学问在傅雷心里位置很重。在 1954 年 3 月 24 日的信中，他写道：“我一生任何时期，闹恋爱最热烈的时候，也没有忘却对学问的忠诚。学问第一，艺术第一，真理第一，爱情第二，这是我至此为止没有变过的原则。”

傅雷首先是以翻译家进入公众视野的，巴尔扎克小说是傅雷一生翻译的主要着力处，也是他对法国文学、对中国翻译界的最大贡献，在书信中他也谈得最多。在 1961 年 6 月 26 日的信中，他说："几个月来做翻译巴尔扎克《幻灭》三部曲的准备工作，七百五十余页原文，共有一千一百余生字。发个狠每天温三百至四百生字，大有好处。……天资不足，只能用苦功补足。我虽到了这年纪，身体挺坏，这种苦功还是愿意下的。"天才如傅雷，仍然自称"天资不足"，下苦功弥补，而许多人没有什么天资，却不肯下功夫。孔子称自己不是"生而知之"，是"学而知之"。傅雷的学问也来自于苦学。

傅雷在 1963 年 3 月 17 日的信中再次说起他的翻译工作："我的工作愈来愈吃力。初译稿每天译千字上下，第二次修改，一天也只能改三千余字，几等重译。而改来改去还是不满意。改稿誊清后还得改一次。"我们都知道傅雷的译文是经典，难以超越，特别是对巴尔扎克小说的译读，迄今难出其右。但不知他背后花的功夫如此之大，每译一书，不打磨成精品绝不罢休。不似现代有些译者，为了稿费，匆匆译出，漏洞百出，错误百出，更谈不上"信、达、雅"了。

除了翻译之外，作为学者，傅雷的精湛学识还体现在文学、美术和音乐上，这些内容在《傅雷家书》中俯拾皆是。

我们先看傅雷的文学修养。只需读他在 1954 年 7 月 27 日信中谈李白和杜甫就可见一斑。他写道："你说到李、杜的分别，的确如此。写实正如其他的宗派一样，有长处也有短处。短处就是雕琢太甚，缺少天然和灵动的韵致。但杜也有极浑成的诗，例如'风急天高猿啸哀，渚清沙白鸟飞回。无边落木萧萧下，不尽长江滚滚来。……'那首，胸襟意境都与李白相仿佛。……杜甫有许多田园诗，虽然受渊明影响，但比较之下，似乎也'隔'（王国维语）了一层。回过来说：写实可学，浪漫底克不可学；故杜可学，李不可学；国人谈诗的尊杜的多于尊李的，也是这个缘故。"李白、杜甫是唐诗的双子星座，历代研究者众，但傅雷能抓住他们各自的特点，以简洁明白之话道出，更显出他的功底。此封信还从苏轼、辛弃疾两位宋词巨擘谈到五代及宋代其他词人。

傅雷对笔记小说《世说新语》和王国维的文学批评名著《人间词话》似乎情有独钟。在 1954 年 12 月 27 日的信中，他写道："《世说新语》大可一读。日本人几百年来都把它当作枕中秘宝，我常常缅怀两晋六朝的文采风流，认为是中国文化的一个高峰。《人间词话》，青年们读的懂的太少了；肚里要不是先有上百首诗，几十首词，读此书也就无用。……我个人认为中国有史以来，《人间词话》是最好的文学批评。开发性灵，此书等于一把金钥匙。"

我们再看傅雷的美术修养。谈美术是傅雷的拿手好戏，他有《世界美术名作二十讲》

等专著名世。他在 1954 年 10 月 22 日的信中谈绘画艺术论述很多，不乏真知灼见。在这信中傅雷评价他的学生吴尚宗参加华东美展的油画《洛神》:“面部既没有庄严沉静的表情（《观音》），也没有出尘绝俗的世外之态（《洛神》），而色彩又是既不强烈鲜明，也不深沉含蓄。……自己没有强烈的感情，如何教看的人被你的作品引起强烈的感情？自己胸中的境界倘若不美，人家看了你作品怎么会觉得美？”傅雷在这里道出了一个艺术真谛：先有思想，然后用艺术手段去呈现。欲感动别人，先感动自己。

对西方绘画颇有心得的傅雷并不崇洋媚外，他在 1961 年 1 月 23 日的信中对我国敦煌艺术推崇备至：“我认为敦煌壁画代表了地道的中国绘画精粹，除了部分显然受印度佛教艺术影响的之外，那些描绘日常生活片段的画，确实不同凡响：创作别出心裁，观察精细入微，手法大胆脱俗，而这些画都是由一代又一代不知名的画家绘成的（全部壁画的年代跨越五个世纪）。这些画家，比起大多数名留青史的文人画家来，其创作力与生命力，要强得多。真正的艺术是历久弥新的，因为这种艺术对每一时代的人都有感染力，而那些所谓的现代画家却大多数是些骗子狂徒、只会向附庸风雅的愚人榨取钱财而已。”傅雷的意思是，不知名的画家，没有约束，没有形成固守模式，更能展现个性与才能。

傅雷的文学、美术功底之深自不待言，他的音乐功底更是一般学者所不能及。他在 1954 年 7 月 28 日的信中从音乐的角度谈《长恨歌》与《琵琶行》，这是一个大艺术家、大学者、大智者才能抵达的境界。他写道：“白居易对音节与情绪的关系悟得很深。凡是转到伤感的地方，必定改用仄声韵。《琵琶行》中‘大弦嘈嘈’‘小弦切切’一段，好比 staccato（断音），像琵琶的声音急切；而‘此时无声胜有声’的几句，等于一个长的 pause（休止）。‘银瓶……水浆迸’两句，又是突然的 attack（明确起音），声势雄壮。至于《长恨歌》，那气息的超脱，写情的不落凡俗，处处不脱帝皇的 nobleness（雍容气派），更是千古奇笔。看的时候可以有几种不同的方法：一是分出段落看叙事的起伏转折；二是看情绪的忽悲忽喜，忽而沉潜，忽而飘逸；三是体会全诗音节与韵的变化。”白居易是一个精通音律的大诗人，《琵琶行》堪称文学与音乐的融合杰作，傅雷能从音乐的角度说出如此专业准确的见解，真是白居易的异代知音。

对欧洲音乐大师，傅雷谈得最多的是莫扎特和贝多芬。他推崇莫扎特的纯洁，在 1955 年 3 月 27 日的信中，傅雷写道：“我特别体会到，莫扎特的那种温柔妩媚，所以与浪漫派的温柔妩媚不同，就是在于他像天使一样的纯洁，毫无世俗的感伤或是靡靡的 sweetness（甜腻）。”

傅雷对贝多芬的理解尤为深刻。在 1961 年 2 月 7 日的信中，他从欧洲文艺复兴讲到贝多芬乐曲的主题："他的两个主题，一个往往代表意志，代表力，或者说代表一种自我扩张的个人主义（绝对不是自私自利的庸俗的个人主义或侵犯别人的自我扩张，想你不致误会）；另外一个往往代表犷野的暴力，或者说是命运，或者说是神，都无不可。虽则贝多芬本人决不同意把命运与神混为一谈，但客观分析起来，两者实在是一个东西。斗争的结果总是意志得胜，人得胜。但胜利并不持久，所以每写一个曲子就得重新挣扎一次，斗争一次。"傅雷从乐曲中悟出贝多芬的双重性、人性的双重性，感受到贝多芬生命中的挣扎、内心的斗争，最后皈依、觉悟、解脱，不得不放弃，达到精神上的和平宁静。

作为学者，傅雷真正称得上是学贯中西。在 1961 年 2 月 6 日的信中，他天马行空，从音乐艺术谈到世界各地大自然优美风光，谈到中西文化的比较。他写道："比起近代的西方人来，我们中华民族更接近古代的希腊人，因此更自然，更健康。我们的哲学、文学即使是悲观的部分也不是基督教式的一味投降，或者用现代语说，一味的'失败主义'；而是人类一般对生老病死，春花秋月的慨叹，如古乐府及我们全部诗词中提到人生如朝露一类的作品：或者是愤激与反抗的表现，如老子的《道德经》。"

古今中外，文学艺术，傅雷往往信手拈来，在书信中娓娓道出，在交谈中汩汩流泻。其辞也通俗，其理也深刻，其识也高远。这就是《傅雷家书》独有的价值。

三、哲人傅雷

《傅雷家书》除了处处洋溢着父亲的大爱，还充盈着人生感悟，闪烁着哲理光芒。许多寻常话语，从他笔下道出，竟是一条条生活格言。捧读这些家信，我们仿佛是在聆听一个哲人、一个思想家讲话。因此，说傅雷是一个哲人，一点也不为过。

当然，《傅雷家书》不是哲学专著，傅雷也不是一个空头哲学家，他生活在现实中，也生活在繁忙和烦恼中，他书信中的哲理都来自对生活的关注思考，来自对生活的概括提炼。

傅雷要求儿子戒骄戒满。1954 年 3 月 24 日，他写信给傅聪："少年得志，更要想到'盛名之下，其实难副'，更要战战兢兢，不负国人对你的期望。你对政府的感激，只有用行动来表现才算是真正的感激！"1955 年 3 月 20 日，因为傅聪的成功，傅雷对"付出与成功""成功与骄傲"的理解更深了一层。他在信中说："多少迂回的路，多少痛苦，多少失意，多少挫折，换来你今日的成功！可见为了获得更大的成功，只有加倍努力，同时也得期待别的迂回，别的挫折。……人生本是没穷尽没终点的马拉松赛跑，你的路程还长得很呢：这不过是一个光辉的开场。……而是要趁你成功的时候特别让你提高警惕，绝对不让自满和骄傲的情绪抬头。”临事而惧、临盛而忧，本就是中国儒家的传统。一生服膺儒学的曾国藩在家书中也经常流露惧盛戒满的意思,他的书斋干脆就命名为“求阙斋”，意谓不求事事完美，以盈满为戒。

傅雷强调，人不要被感情击倒。他在 1954 年 10 月 2 日信中说道：“我以前在信中和你提过感情的 ruin（创伤，覆灭），就是要你把这些事当作心灵的灰烬看，看的时候当然不免感触万端，但不要刻骨铭心地伤害自己，而要像对着古战场一般的存着凭吊的心怀。”“心灵灰烬”“凭吊心怀”，当年读到这些字句时，深感震惊，而今再读，心灵又一次被一种大慈大悲、大智大慧所击中。此语确非痛彻理解人生者不能道。

傅雷认为处理好夫妇关系非常重要。在 1961 年 2 月 5 日信中，傅雷提出夫妇之间要相互促进、相互磨砺。他说：“我经常与妈妈谈天说地，对人生、政治、艺术、各种问题发表各种感想，往往使我不知不觉中把自己的思想整理出一个小小的头绪来。单就这一点来说，你妈妈对我确是大有帮助，虽然不是出于她主动。——可见终身伴侣的相互帮助有许多完全是不知不觉的。”傅雷夫妇不仅是琴瑟和谐、互相照顾的生活伴侣，而且是相互切磋、互相启发的学术同道、艺术知音。

傅雷特别看重真诚真心。在 1955 年 1 月 26 日信中，他提出“赤子之心”：“赤子之心这句话，我也一直记住的。赤子便是不知道孤独的。赤子孤独了，会创造一个世界，创造许多心灵的朋友！永远保持赤子之心，到老也不会落伍，永远能够与普天下的赤子之心相接相契相抱！”赤子最真实，赤子最真情，赤子最难得。“赤子孤独了，会创造一个世界”，这句话后来成为傅雷的墓碑文。无独有偶，沈从文去世后，其妻妹张充和为他撰写了一副联语，也提到“赤子”二字：“不折不从，亦慈亦让；星斗其文，赤子其人。”傅雷与沈从文，年龄相差八岁，各自都登临到学术和创作之巅，除了天赋与勤奋，两人都有一颗百折不改的赤子之心。

在这封信中傅雷还提到“矛盾”，与毛泽东的矛盾学说暗合，不知他读过《矛盾论》没有。他写道：“你说常在矛盾与快乐之中，但我相信艺术家没有矛盾不会进步，不会演变，不会深入。有矛盾正是生机蓬勃的明证。眼前你感到的还不过是技巧与理想的矛盾，将来你还有反复不已更大的矛盾呢：形式与内容的枘凿，自己内心的许许多多不可预料的矛盾，都在前途等着你。别担心，解决一个矛盾，便是前进一步！矛盾是解决不完的，所以艺术没有止境，没有 perfect（完美，十全十美）的一天，人生也没有 perfect（完美，十全十美）的一天！唯其如此，才需要我们夜以继日，终生的追求、苦练；要不然大家做了羲皇上人，垂手而天下治，做人也太腻了！”这些差不多句句都是人生隽语，妙语连珠。尤其是后面的几句话展现了一种大无畏的精神，一种迎接矛盾、拥抱矛盾的胸怀，使我想起高尔基在《海燕》中“让暴风雨来得更猛烈些吧！”的名言。

我们再看傅雷 1961 年 8 月 19 日的信，极富哲理，有人生无常、虚无幻灭之感，但又无大悲大绝望，只是一种无奈。有些魏晋气质，难怪傅雷喜欢《世说新语》。他说：“近几年来常常想到人在大千世界、星云世界中多么微不足道，因此更感到人自命为万物之灵实在狂妄可笑。但一切外界的事物仍不断对我发生强烈的作用，引起强烈的反应和波动，忧时忧国不能自已；另一时期又觉得转眼之间即可撒手而去，一切于我何有哉！这一类矛盾的心情几乎经常控制了我：主观上并无出世之意，事实上常常浮起虚无幻灭之感。个人对一切感觉都敏锐、强烈，而常常又自笑愚妄。不知这是现代中国知识分子的共同苦闷，还是我特殊的气质使然。即使想到你，有些安慰，却也立刻会想到随时有离开你们的可能，你的将来，你的发展，我永远看不见的了，你十年二十年后的情形，对于我将永远是个谜，正如世界上的一切，人生的一切，到我脱离尘世之时都将成为一个谜——一个人消灭了，茫茫宇宙照样进行，个人算得什么呢！”傅雷把渺小的个人置于无边无际、无始无终的宇宙之中，这不是哲人是什么！

如果读了 1966 年 4 月 13 日的信，你会更觉得傅雷是一个哲人了。他写道：“一闲下来更是上下古今的乱想，甚至置身于地球以外：不是陀思妥耶夫斯基式的胡思乱想，而是在无垠的时间与空间中凭一些历史知识发生许多幻想，许多感慨。……其实这类幻想中间，也掺杂不少人类的原始苦闷，对生老病死以及生命的目的等等的感触与怀疑。……主要是我们的时间观念，或者说 timesense（时间观念）和 spacesense（空间观念）比别人强，人生一世不过如白驹过隙的话，在我们的确是极真切的感觉，所以把生命看得格外渺小，把有知觉的几十年看作电光一闪似的快而不足道，一切非现实的幻想都是从此来的，你说是不是？”读了这一段，可以帮助我们理解后来傅雷夫妇何以会从容赴死。

对孤独，傅雷有着深刻的感受和理解。他在 1964 年 4 月 24 日信中说：“无奈人总是思想太多，不免常受空虚感的侵袭。”知道多了，思考多了，就空虚了，就孤独了。在 1965 年 9 月 12 日写给弥拉的信中，傅雷从卓别林谈到孤独，他说：“我跟这位伟大的艺术家，在许多方面都气质相投，他甚至在飞黄腾达、声誉隆盛之后，还感到孤独，我的生活比他平凡得多，也恬静得多（而且也没有得到真正的成功）我也非常孤独，不慕世俗虚荣，包括虚名在内。”孤独于人总是挥之不去，事业和生活的成功者也许更孤独。

不是说一般人就不孤独，而是那些还在为生活奔波的人，那些还未成功、还在奋斗的人，也许没有时间、没有精力去感受孤独。

当天晚上，傅雷继续看卓别林的《自传》，又给儿子写信："有意思极了，也凄凉极了。我一边读一边感慨万端。主要他是非常孤独的人，我也非常孤独：这个共同点使我对他感到特别亲切。我越来越觉得自己 detached from everything（对一切都疏离脱节），拼命工作其实只是由于机械式的习惯，生理心理的需要（不工作一颗心无处安放），而不是真有什么 conviction（信念）。""不工作一颗心无处安放"，读到此段，深感惊心，人是多么悲哀，身无所托，心无所放，灵魂无依。

哲人总是孤独的，傅雷是哲人，傅雷也是孤独的。我突然想到，傅雷这二百多封家书，既是爱的产物，也是孤独的产物。傅雷的孤独不仅是因为处于学问之渊、思考之极、思想之巅，更是因为常常处于"独清独醒"之境、独行独往之道。

四、君子傅雷

傅雷不仅是一个慈爱父亲、博雅学者、睿智哲人，还有一种高尚的人格魅力感染着我，这种人格就是中国传统文化推崇的"君子"。傅雷在对儿子傅聪的教育培养中把人格修养看得很重，《傅雷家书》中讲到如何做人的内容很多，处处可见"君子"人格的影子。

毫无疑问，傅聪属于比较有天分的那类人，而且很早就确立了专攻音乐的目标，但傅雷并不是一个艺术至上者，他一直教育儿子要把做人放在第一位，把追求真理、道德、正义放在第一位。他在1960年12月31日的信中强调："先为人，次为艺术家，再为音乐家，终为钢琴家。"在1960年8月29日的信中，他说："你是以艺术为生命的人，也是把真理、正义、人格等等看作高于一切的人，也是以工作为乐的人；我用不着唠叨，想你早已把这些信念表白过，而且竭力灌输给对方的了。"

在1962年3月8日给傅敏的信中，傅雷再次强调这些观点："我一生从来不曾有过'恋爱至上'的看法。'真理至上''道德至上''正义至上'这种种都应当作为立身的原则。恋爱不论在如何狂热的高潮阶段也不能侵犯这些原则。朋友也好，妻子也好，爱人也好，一遇到重大关头，与真理、道德、正义等等有关的问题，决不让步。"

孔子说"君子讷于言敏于行"，傅雷也强调行动。在1954年3月29日信中，他写道："自己责备自己而没有行动表现，我是最不赞成的。这是做人的基本作风，不仅对某人某事而已，我以前常和你说的，只有事实才能证明你的心意，只有行动才能表明你的心迹。"

在这封信中傅雷教傅聪做人要有“事实表现”:“一切做人的道理，你心里无不明白，吃亏的是没有事实表现;希望你从今以后,一辈子记住这一点。大小事都要对人家有交代！”

做人的一个基本准则就是不能忘恩负义，傅雷夫妇在书信中反复强调这一点。在1954年8月11日的信中，傅雷写道:“李是团体的负责人，你每隔一个月或一个半月都应该写信，信末还应该附一笔:‘请你向周团长致敬’。这是你的责任，切不能马虎。……切不可二三月不写信给李凌——你不能忘了团体对你的好意与帮助，要表示你不忘记，除了不时写信没有第二个办法。你记住一句话：青年人最容易给人一个‘忘恩负义’的印象。”

对于别人的恩情，不能只是理所当然享受，而应想方设法回报。在1961年6月26日的信中，傅雷写道:“而我对帮助过我的亲友，终身铭记在心，有机会就想报答他们于万一。”1957年9月17日，傅雷夫人给傅聪的信中写道：“马先生马太太都好，关于你的事也谈了许多，觉得他们两人对你的爱护，比你自己的父母还强，他们把你当作自己的儿女，什么也不计较，你一定要拿行动要报答他们。”

有理不在言高，得理也要饶人。在1956年4月29日的信中，傅雷写道:“你有这么坚强的斗争性，我很高兴。……坚持真理的时候必须注意讲话的方式、态度、语气、声调。要做到越有理由，态度越缓和，声音越柔和。坚持真理原是一件艰巨的斗争，也是教育工作；需要好的方法、方式、手段，还有是耐性。万万不能动火，令人误会。这些修养很不容易，我自己也还离得远呢。但你可趁早努力学习！”这实在是为人处世的金玉良言！

英国作家毛姆在小说《人性的枷锁》中称，人人都在名利的枷锁之中。如何看待名利？在1956年7月29日的信中，傅雷希望儿子看轻身外之名:“希望你能目光远大，胸襟开朗,我给你受的教育,从小就注意这些地方。身外之名,只是为社会上一般人所追求,惊叹,对个人本身的渺小与伟大都没有相干。孔子说的‘富贵于我如浮云’,现代的‘名’也属于精神上‘富贵’之列。”

“君子喻于义”，淡泊名利也是傅雷的家风。他在1961年7月7日给傅聪妻子弥拉的信中说：“像我的母亲一样，我一直不断地给聪灌输淡于名利权势，不慕一切虚荣的思想。”

《论语》有言，“吾日三省吾身”，强调君子应当时时反省自己。傅雷在1956年10月10日的信中既反省自己,也要求儿子反省:“希望你静下来把这次回来的经过细想一想,可以得出许多有益的结论。尤其是我急躁的脾气，应当作为一面镜子，随时使你警惕。”

在 1956 年 10 月 11 日下午信中，傅雷再次与儿子一起反省："说到骄傲，我细细分析之下，觉得你对人不够圆通固然是一个原因，人家见了你有自卑感也是一个原因；而你有时说话太直更是一个主要原因……这些毛病，我自己也常犯，但愿与你共勉之！"

一个人行为做事应当首先想到别人、对得起他人。傅雷在 1956 年 10 月 3 日的信中写道："尽管人生那么无情，我们本人还是应当把自己尽量改好，少给人一些痛苦，多给人一些快乐。说来说去，我仍抱着'宁天下人负我，毋我负天下人'的心愿。我相信你也是这样的。"傅雷与曹操的"宁教我负天下人，休叫天下人负我"的为人原则正好相反，倘人人都能如此，则社会就会太平，人人就会安宁。可惜的是，现在践行曹操信条的人还不少。

一个人不能只想到自己方便，应该还要想到让别人方便。在 1955 年 10 月底的信中，傅雷写道："上封信中，我要你注意：住在华沙必须问明房东的睡眠时间，切勿深夜练琴的事，望随时记住。"傅雷特别注意这些生活细节，所以反复叮咛。而直到现在，我们很多人都不能做到一点。要么在公众场合高声喧哗，旁若无人；要么把电视、音乐声开得很响很大，视邻居为无人；要么在广场跳舞跳到很晚，不管是否惊扰邻近居民。

修养既是一个理论概念，更是一个实践概念，必须从生活的细节做起。在 1954 年 8 月 16 日给傅聪的信中，傅雷教儿子注意教养，注重礼貌，注重细节，注重起码的礼仪规范。他写道："你素来有两个习惯：一是到别人家里，进了屋子，脱了大衣，却留着丝围巾；二是常常把手插在上衣口袋里，或是裤袋里。这两件都不合西洋的礼貌。围巾必须和大衣一同脱在衣帽间，不穿大衣时，也要除去围巾，手插在上衣袋里比插在裤袋里更无礼貌，切忌切忌！何况还要使衣服走样，你所来往的圈子特别是有教育的圈子，一举一动务须特别留意。对客气的人，或是师长，或是老年人，说话时手要垂直，人要立直。你这种规矩成了习惯，一辈子都有好处。"

还是在这封信中，他说："在饭桌上，两手不拿刀叉时，也要平放在桌面上，不能放在桌下，搁在自己腿上或膝盖上。你只要留心别的有教养的青年就可知道。刀叉尤其不要掉在盘下，叮叮当当的！"

"君子怀德"，对万事万物都有一个颗悲悯之心。在 1957 年 3 月 18 日的信中，傅雷写道："我祝福你，我爱你，希望你强，更强，永远做一个强者，有一颗慈悲的心的强者！"我以为，"慈悲的心"这几个字太关键、太重要了！真正的强者不是战胜一切人，不是对他人的残忍、打压、掠夺，而是遇事坚强，敢于面对困难、克服战胜困难。对他人、对社会、对弱小始终怀着一颗同情之心、怜悯之心、慈悲之心，始终救助他人，帮助弱者。

这才是真正的强者、真正的君子。

傅雷的“慈悲之心”还表现在对动物的爱怜之上。在1957年2月24日的信中，傅雷深深为没有照顾好一只猫而自责：“上海这个冬天特别冷，阴历新年又下了大雪，几天不融。我们的猫冻死了，因为没有给它预备一个暖和的窠。它平时特别亲近人，死了叫人痛惜，半个月来我时时刻刻都在想起，可怜的小动物，被我们粗心大意，送了命。”

最能展现傅雷君子风格的是收在《傅雷家书》中的最后一封信，这封写于1966年9月2日夜的信不是写给傅聪或傅敏的，是写给他妻兄朱人秀的。严格来说，这是一封遗书，是傅雷留给世间的最后文字。此前，傅雷遭受诬陷、抄家、批斗、殴打等身体和精神的长久折磨，几近崩溃。信中可见他心中的痛苦：“只是含冤不白，无法洗刷的日子比坐牢还要难过。”

此时，于傅雷而言，唯有一死，方可解脱。但他并不是一死了之，而是死之前尽可能把后事料理得清楚明白，不给世人、不给亲属增添麻烦。这一点从他委托朱人秀办理的十三件事上可以证明。他从容细致地安排钱财、物品，把欠账还清，把该付的钱准备好，甚至连火葬费、保姆可能需要的生活补助、姑母首饰的赔偿额都一丝不苟地抄出。信中最后，为朱人秀受他所托之累感到抱歉：“别无他人可托，谅之谅之！”

这是一封有条不紊的别样遗嘱，这是一位仁人君子悲愤而从容的人世告别。古人云“士可杀而不可辱”。于是，不可辱的傅雷走了。

注：本文《傅雷家书》原文引自译林出版社2017年8月出版的《傅雷家书》及江苏文艺出版社2014年5月出版的《傅雷家书全编》。文中外文字母及括号内的内容均为原文所有，引文中省略号为笔者所加，表明前后文字有所省略。

原载《剑南文学》2020年第3期

忧伤的牙齿

◆祭 鸿

祭鸿，中国作家协会会员，四川省作家协会会员，中国自然资源作家协会签约作家。先后在《红岩》《延河》《散文选刊》《星星》《四川文学》《大地文学》《中国艺术报》《世界汉语文学》《椰城》《剑南文学》《辽河》等发表中短篇小说、散文、诗歌作品若干；出版中篇小说集《婚誓》，散文集《落不定的尘埃》。曾获梁斌小说奖一等奖、『文昌杯』华语诗歌大赛二等奖、《剑南文学》年度优秀作品小说一等奖、《剑南文学》年度最佳散文奖、绵阳市优秀文艺作品奖。微电影《闻香识途》获2017中国国际女性微电影年展提名奖。

中秋节前两天，我正在山上贫困户家中访问。姐夫打电话来说，员外死了。我被一口凉水呛了下喉咙，前些日子不是说病情已经好转了吗，怎么突然就死了。姐夫闷闷地说，人要死，牛都拉不住。那天晚上，我梦见故乡有了一条河。那条河很安静，但每天都悄悄从村里带走一条命，有时是一头猪一只羊，有时是一株草一棵树，有时是一个人。

员外的家和我的老家在同一个院子。那是一座很有名的旧寺庙，土改时被分给了贫下中农，形成了全村最大的院子——现在已经只剩两间还在那风雨飘摇。划成分时，员外的祖父因为有两亩水田三亩半旱地被划成了富农，他的父亲李木匠就成了富农子女。为了能在村里抬得起头，只好到员外的贫农母亲家上了门。所以，员外和他弟弟身上既有富农的血脉，又有贫农的遗传。

四十多年前的夏天，我经常和父母姐妹一起加夜班，任务是抹苞谷。从生产队里分到的玉米棒子堆了半间屋，黄灿灿的，让父母心里踏实也焦急。几天抹不完，干了就更不好抹了。晚饭过后，院里的乡亲都背上自家的玉米聚在院坝里，坐下来便喊：“员外，开场啰！”员外端着一筐自家的玉米，慢腾腾地从自家的屋檐下走到大家给他在中间留出的空地上。王二狗问：“昨天说到哪里了？”许三叔说：“秦琼卖马。”周表叔说：“对，秦琼卖马，今天接到说。”员外干咳几声，大家便安静下来。员外将一棵玉米棒子当惊堂木，在筐沿上一敲，开始所有说书人的开场白：“话说……”我童年的夏夜，因为员外说书而充满期盼。《隋唐演义》《杨家将》《梁山伯与祝英台》《白蛇传》，一个个都被他讲得引人入胜。在员外那些忠臣孝子、才子佳人的故事中，时光不知不觉流过。员外之名也因《梁山伯与祝英台》中祝员外而得。

员外的父亲其实是一个地道的手艺人，他不仅会算命看风水，还会打家具编篾席，而且是犁田的好把式。员外上初中的时候，他的父亲李木匠在驾牛犁田时，因嫌牛走得太慢而猛抽水牛鞭子，一边抽一边骂。正当他准备抽第四鞭子时，一生温驯的老水牛突然发了脾气，猛地转身、低头、甩脖子，将尖尖的水牛角刺穿了木匠的胸腔。乡亲们用滑竿抬着他往乡上送，深红的血浸透棉絮滴在山路上如一片片花瓣。还没抬过黄连树垭口，李木匠就咽了气，被乡亲们直接抬上山入了土。给父亲烧完头七，员外又背起书包出门，刚走到屋檐下就被母亲叫住，你们是富农子女，队里不会将你们抚养到十八岁。你弟弟还没长大，今后就只有靠你挣工分了。员外说，我老汉才是富农子女，我是贫农子女，我要读书。母亲说，命里只有三颗米，走遍天下不满升。你只有种田的命，就不要和命争了。没过两月，员外的母亲就改嫁给了二十多里外一个贫农篾匠。员外和他的弟弟站在屋檐下，木然地看着母亲走出院子上了官道，背影在黄连树垭口消失。员外转身进屋煮晚饭，弟弟在门口吹起了口哨。房子显得很空，整个晚上谁都没说一句话。员外在门槛上坐到上半夜，将书包扔到了墙角。

第二天，员外就站到出工的社员当中。队长让员外站到妇女一边，员外脸上挂不住，想与队长争吵。队长说，你一个半大娃娃就想挣主要劳力的工分，还是再吃几年红苕干饭再说吧。看你那风都吹得倒的样子，大粪桶你挑得起吗？员外脸上发红，憋了半天，终于扛起锄头跟一群女人一起上了坡。干活的时候，员外开口就是薛平贵王宝钏，闭口就是梁山好汉。妇女们说，你大粪桶都挑不起，读那么多书有啥子用哇，说不定连媳妇都找不到。还不如多吃点红苕稀饭，今后才能挣主要劳力的十二分。员外说，你们懂什么！妇女们说，我们啥都不懂，就是锄草比你快。

员外天生瘦弱，而他的弟弟却身强力壮。一个爱讲道理一个爱用拳头说话。同在一口锅里吃饭的兄弟俩经常为琐事争吵，没吵上几句就变成打架。某一次，为了早上谁煮早饭、煮干饭还是稀饭，兄弟俩又吵了起来。弟弟说，你信不信老子给你两下！员外说，君子动口不动手。弟弟吼，你再跟老子嘴硬！员外脸也红了，再说我还是你哥，你凭啥子给我充老子。员外还没说完，脸上就挨了弟弟一巴掌。那一巴掌让他耳朵里如钻进了一窝蜂子，左边的一颗挫牙如树苗被人从窝里猛地拔扯，他感到了树根被撕扯的疼痛，嘴里涌起一股甜甜的腥味。作为哥哥，当然要还手，没打着弟弟却又挨了一下。兄弟俩扭在一起，最终被弟弟按在地上。员外知道打不过弟弟，就发挥嘴上的本领，骂弟弟的十八代祖宗。弟弟被骂得火气上升，拳头就不停地在员外身上落下。员外只希望有人来拉架、劝架，可是半天都没见人来。员外只好高声喊，救命啦，打死人啦！呼救声如乡上屠宰场的猪叫。直到院子里的杨表叔走进员外家里好言相劝，兄弟俩才终于找到了下的台阶。后来每次和弟弟争吵，当听到弟弟声音越来越高、出手的征兆越来越明显的时候，员外便会自言自语，好汉不吃眼前亏。一边愤愤不平地唠叨一边转身回屋。

似乎没几年时间，兄弟俩就都长成了大人。在生产队的帮助下，兄弟俩将原来的一间穿斗架子老屋拆了，砍光了柴山上的柏树，盖了四间土墙瓦房，同时盖了两间灶屋、两间猪圈。兄弟俩就此分立门户，各自挣工分过日子。虽然偶尔还会为小事吵架，但打架却越来越少。员外白天和妇女们一起干活，晚上在院子里给大家讲评书。《七侠五义》《水浒传》,引得上湾下湾的人都带着凳子过来听。他一天只讲一节,当大家听得正紧张时，他却说：“欲知后事如何，明晚请早。”

20 世纪 70 年代的一个冬夜，我在被窝里被一阵号叫声惊醒。门开着，院子里照着马灯，员外捂着肚子在地上打滚，一边号叫一边骂人，骂周围的人不是东西，不给他一瓶敌敌畏。灯影下，我父亲说，往县上抬。贫协主席刘烟杆说，他可是富农子女。我父亲说，富农子女也是人，人命关天。刘烟杆含着烟杆退到屋檐下，我父亲指挥生产队里的基干民兵将员外往竹竿制成的单架上绑。员外的号叫声让我感到害怕，赶忙将头缩回被子里。父亲和几个基干民兵轮流着抬滑竿，马灯照得路两边的树木如传说中的饿鬼摇晃。员外号叫声不断，如正被野鬼撕咬。一群人走了六十多里夜路，终于在区镇赶到了去县城的头班车。到县医院后才知道是胃溃疡导致胃穿孔。医生说，要是再晚来一小时，病人就没救了。出院以后，员外买了一包大前门，逐户上门感谢那晚抬他的人，还向被他骂的人鞠躬道歉。最后弓着腰走到我家，向我父亲道谢，给了我两颗水果糖。

刚过惯了白天被妇女嘲笑、晚上被乡亲们恭维的日子，土地就分到户了。员外分到五分坡地、两分水田。员外找到父亲的徒弟张木匠打了一双中号粪桶，那粪桶是柏木箍的，还上了桐油。刚开始挑粪的时候，员外走路的姿势像一只鸭子，粪水经常会从粪桶里浪出来洒到他脚上，挑到地里时桶里的粪水只剩了一半。员外挑着粪走在上坡的路上会中途歇两次气，坐在扁担上抽一支纸烟。员外从不抽叶子烟，卖了粮食也要抽八分钱一包的经济。吐出的烟雾在员外的脸前缭绕，让他看起来犹如一个沉思者。员外不懂农事，只好悄悄跟着邻居学种庄稼，看邻居翻地他就跟着翻地，邻居下种他就跟着下种。到了秋天，邻居一亩地收五百斤他一亩只有三百斤。邻居笑他说，人哄地皮，地就哄肚皮，你这样咋行。员外干笑两声，够吃就行了，够吃就行了。

看着员外三十多岁了还没媒人上门，嫁到外村的母亲只好找人给他介绍了一个外村寡妇。员外觉得找一个寡妇会坏了自己的名声，一副心不甘情不愿的样子。他母亲说，你看你要劳力没劳力，要手艺没手艺，要钱没钱，能找个寡妇都不错了。员外在床上辗转了一个晚上，早上醒来表面上还是扭扭捏捏，暗地里却打扫了阶沿。员外换了一件黄色夹克，从街上称回半斤水果糖，乱糟糟的头发也剪成了偏分。脸上不动声色，眼里却是藏不住的火星。可是，寡妇刚走过黄连树垭口就听地里薅玉米的谢二嫂说，员外是被割了肚子（胃）的残疾人，地头的事做不了床上事也做不了。寡妇还没走进院子就把媒婆晾在一边，自个掉转了头。员外一个人在屋里关了两天，第三天出门后绝不准他人再提此事，似乎那是他人生的一个污点。员外没有去找谢二嫂算账，但从此再不让母亲给他介绍女人，也再不给大家讲评书了。

黄昏时，员外常常坐在屋檐下，看从队长那里借的报纸。一边看一边想自己也是读书人，别人能写自己说不定也能写。他在墙角找出了自己的书包，翻出两个有横格的作业本，学着报纸上的腔调，写了一篇《××提前完成储备粮收购任务》，写好后又一字一句修改，然后悄悄寄给了县广播站，没想到几天后居然在高音喇叭里听到了自己的名字。虽然作业本三页的报道被广播员删得只剩下三句，但他还是兴奋得半夜都没睡着。跟着又写了第二篇《××乡棉花全面丰收》，这次他没寄广播站，而是寄给了县上的内刊报纸，然后每隔几天就去队长家里借报纸看，半个月过去了，没有一点音讯。一个月了，还是没在报纸上看到自己的名字。员外气得将报纸揉成一团扔到墙角，没过半月他又写了一篇《××乡农民积极缴纳提留款》。他不再用作业本，专门到代销店买了小学生的作文本，一个格子一个字抄了四页。换了干净的深蓝色干部服，拍掉帽子上的灰尘，一大早就去乡政府等书记。他双手递上自己的稿子，脸上挂着卑谦的笑，这是我写的一篇报道，请书记大人指正。书记用怀疑的眼光扫了他一眼，伸手接过稿子，随手翻了翻又看了他一眼，指了指旁边的椅子说，坐吧。书记看完了他的稿子，给他递过来一支烟，写得不错啊，没想到这偏僻乡村还有秀才。然后对他说你回去再怎么怎么修改、如何如何增加典型事例，写好了拿来我给你盖个公章你再投给县报。半个月后,员外的稿子就在县报上全文登了出来。那以后员外就在乡上挂了号,还被乡上选派到县上参加基层通讯员培训,领回一个通讯员证,成了乡邻口中的“李记者”。

我上高中的时候,员外的弟弟娶了我姐姐,他便成了我家的亲戚。我上大学、分配到外地工作。每次过年回家时,他还是一人。在我的记忆中,员外通常会在我刚到家坐下时,在暮色中像幽魂一样从他低矮屋檐下游出。员外走着女人的步子,头戴鸭舌帽,身穿毛了边的蓝色中山装,脚上黑布鞋,微弓着背,无声无息。夹着一支烟或端着一碗饭站在我家石梯下,口气亲密地向我打招呼。员外给我看他的通讯员证,略带羞涩地拿着他在县报上发表的文章请我“指点”。那些关于本乡镇如何添措施催收提留款、法治教育取得成效、积极做好党报征订工作的通讯,有的如巴掌、有的如火柴盒,在县报市报的某个角落,妖冶地向我招手微笑。我虽然无意指导员外的大作,但夸上几句是必要的。员外脸上便有了喜色,向我介绍县上领导对他的高度评价、乡上领导对他的器重。直到母亲将饭菜端上桌,员外才慢慢起身,用怀孕女人的步态走向门口。我挽留他一起上桌吃饭,员外委婉而坚定地谢绝。只有我的母亲开了口,他才会神情勉强地留下来,在饭桌上继续和我海阔天空地神聊。

员外是我在老家的棋友。他下棋有两大特点。一是凡下棋必带彩,不赌钱,只赌烟。烟无论好坏,多少也无所谓,但必须每局兑现。二是不准悔棋,若要悔棋先认输。闲的时候,员外就会到大队代销店和村里的一群年轻棋迷杀上几盘。在一张小方桌上,员外常常将一个个对手杀得无还手之力。面前的烟渐渐码成一小堆,员外向代销店老板邱老二要一个小纸盒,将那些烟装进盒子里,然后再取出一支递给邱老二作为回报。但若输了烟的人和他要一支,他是绝对不会给的。员外下棋的时候经常是双手抱在胸前,眼睛看着棋盘,待对手走出一步后马上就伸出手走一步,不给对手悔棋的机会,然后收回手专注地抽烟。他不怕对手有多少人指点,不怕围观的人有多吵闹,但不让别人给他当参谋。员外在烟雾缭绕中的神情与在山路上挑粪时判若两人,完全一副世外高人模样。有一年冬天,石桥湾的王三娃在和员外下棋时发生了争执。王三娃拿起一枚卒子又放下去走车,员外说拿了卒子就必须走卒子,悔棋先认输。王三娃说我还没落子就不算悔棋。员外说,摸子走子。王三娃说,你是赢得起输不起。员外说,输赢是走出来的,你才是输不起的人。王三娃抬手便掀翻了棋盘,你他妈个残废人算老几!员外站起身,你这种没棋德的人就不配下棋。王三娃一巴掌就落在员外脸上,在“啪”的一声脆响后,员外那颗被弟弟打得摇摇欲坠的牙齿带着血从嘴里滚出来。员外想将那土黄的牙齿捡起，牙齿却直接滚进路边的污水坑里。员外捂着嘴离开了代销店，回家后没吃晚饭也没和任何人说。可没过几天，他被打掉牙齿的事还是传到了弟弟耳朵里。暴躁的弟弟先是骂他没出息，挨了打不敢还手不说，回来都不敢开一声腔。然后就要去找王三娃算账。员外不言，只跟在弟弟身后如跟在家长后的孩子。出了院子，过了上水田，员外小声说，打人是没教养的表现。弟弟不理他继续往前走。过了下水田，员外又说，我的牙齿已经掉了，你就是把王三娃的牙齿也打掉一颗，我的牙齿也不会长出来。弟弟停下脚步，那你说咋办？员外说，要不，算了吧。弟弟抬起手又放下，你丢得起牙齿我丢不起面子，未必我们李家当真没人了！员外说，要不，就让王三娃赔我一颗牙齿算了。看着弟弟不解其意，员外补充说，就是让他赔钱给我安一颗假牙。弟弟说，这样也行，如果他敢不赔，我就打掉他两颗。

刚安上假牙时，员外经常会用手隔着脸按一按，看看牙齿是否松动了。走路时闭着嘴，生怕那牙齿掉出来。他再也不去代销店下棋了。只有在我回家过年的时候，他才会从家中翻出一副扑满灰尘的木制象棋与我下几局。依然是赌烟，员外说，我的烟比你的便宜，就两支抵你一支吧。员外棋路稔熟，棋风却十分保守，一开局就摆出副准备挨打全面防守的架势。有时本来还有赢棋的希望，他却主动求和。我问他，现在还经常下棋吗？员外叹息一声，现在哪还有人下棋哦，都打麻将去了。

员外的包产地中有一块坡地，边界与上湾的谢老头家的地相连。谢老头三个女儿都嫁到了外省，听说都是被人贩子买走的，唯一的儿子也去外地上了门。老汉长年一个人拄着锄头站在地里一边咳嗽一边抽叶子烟，抽完后就举着锄头刨地。他坚持不懈地将员外地里的泥土往自己地里刨，从而将边界向员外这边侵蚀。员外实在看不下去，也扛着锄头站到自己地边，老汉挖他这边一锄，他就往回挖一锄。谢老头骂，你一个孤人、残废人，要那么宽的土地有啥用！员外感觉受到了侮辱，你都黄土埋到脖子了，你侵我的地，还有脸骂我。老汉被员外激得暴怒，老脸涨得通红，对着员外举起锄头又放下，狗日的孤人，你死了老子还不得死。老子死了还有人送葬，你死了就断子绝孙了！员外没想到谢老头会骂出这样恶毒的话，他觉得自己脸上比挨了王三娃巴掌还痛，谢老头这是专门拿刀捅他的短处。他将锄头拄在土里，秀才湾谁不知道你这老不要脸的，连儿女都卖完了，要那么多钱带到棺材里哇。谢老头在土里跳起来，你老汉死得早妈嫁了二嫁，也是这几年让你翻了身，要是再来个运动，老子还要斗你这个地主子女。谢老头一边说一边向员外扑来。员外本能地边抵挡边后退，他听到自己的腮帮上一声闷响，王三娃出钱安的那颗牙齿又松动了。员外急忙转身离开，我不跟你这没文化的人打架，我找队长来评理。

员外离开坡地时，谢老头的声音还从身后传来，随便你告到哪里去，你这个地主子女都翻不了身。

员外找到队长，谢老头把边界往我地里挖，还把我的牙齿打松了，队长你要给我主持公道。员外说完张开嘴让队长看，你得让他赔我牙齿。队长没看他的牙齿，却说你怎么去惹那个老头，全湾的人都不敢惹他你却要去惹。员外拉着队长一起来到坡上，谢老头还在地里挖土，只是没有挖边界了。员外将两家原来的界线位置指给队长看，谢老头却说边界在靠员外这边。员外说谢老头把他牙齿打松了，谢老头却说员外把他腰杆打了。两人没争上几句，谢老头又开骂。队长半天都把谢老头招呼不住。员外便对队长说，你也看到了，他这么霸道，总不是我不讲理吧。队长好不容易才将谢老头劝住，周围已经围了一圈人。没有人愿意去惹谢老头，却都来劝员外，你是读书人，你看他都八九十岁了，还能挖几年，你何必跟他争这点边边角角。许二娃说，员外你又不是种地的行家，就是跟他争赢了又咋样，现在这土地还值啥子钱，你没看沟里那么多好田都荒着。还不如跟我们一起出去打工，一个月就能挣你在地里刨一年的收入，有了钱，还愁没饭吃吗？你现在不挣点钱，今后老了咋办？员外说，我这么大岁数了，能做啥子哇。许二娃说，去了总有你能做的嘛，难道谁还会和钱过不去。

六十六岁的员外便跟着许二娃去了外地一个小水泥厂打工。许二娃每天扛水泥上车，一天能挣一百多两百块。员外没技术，体力也不好，但他读过初中，被老板安排在仓库当保管员。负责对每天上车的水泥点数记账，一个月也能挣两千多元，实现了许二娃说的一个月挣一年收入的目标。过年回家在我家烤火的时候，员外的精神却不怎么好，隔一会儿就干咳几声。我问他在外面感觉怎么样？员外说，没啥意思，还是在家自在些。我问他年后还去不去，员外说不去了。我说趁着身体还好再挣点钱多好，为什么不去了，是不是工钱不好领。员外一边抽烟一边咳出淡淡的烟雾，钱倒是拿得到，就是灰尘太大了，受不了。

正月初三，员外像往常一样提着纸钱、香烛、鞭炮与刀头肉，去给父亲上坟。今年挣了钱，他特意买了一瓶酒，十二块的丰谷二曲。他想好了，等祭过父亲就把酒给弟弟喝。父亲的坟在青龙山顶下的一块凹地，平时很少有人走到那里。员外刚走过黄连树垭口，就感觉胸腔里有一把勺子在搅动，他赶忙用手捂住嘴，站在路边猛咳了一阵，胸腔里的勺子似乎停了下来。员外在路边一块石头上坐下，掏出烟来点上。他感到钻进喉咙里的烟变成了春天的幼蚕，专心地啃着他的肺叶。他似乎听到自己的肺叶被啃咬的嗞嗞声。员外扔掉烟头继续往前走，走到李家湾，那把勺子又在胸腔里搅。员外又蹲着抽了一支烟，额上冒出细汗，员外站起身，腰杆却怎么也伸不直。弓着又往前走了两步，胸腔里如有火在熏烤，眼前慢慢发黑如夜晚提前来临。员外感到今天是走不到父亲坟上了，便咬着牙往回走。在往回走的路上，啃肺叶的幼蚕变成了小蚕从胸腔往嗓子爬，被谢老头打松的假牙在牙床上摇摆。员外想咳嗽，又怕牙齿掉出来，直到憋得满脸是汗，才捂着嘴猛咳一阵。员外没有回家，提着装祭品的布口袋直接去了村上的卫生室，按着胸口说买一瓶止咳药。小黄医生说，看你的脸色不是小病，还是打个摩的到乡卫生院看看吧。员外说,算了,买点止咳药吃了就好了。就着小黄医生递过来的止咳糖浆吃了两片止咳药，员外感觉好了许多，站起身掏了半天口袋却没有掏出一毛钱，只好对小黄说，明天给你拿钱过来。

看着承包地里的杂草比庄稼长势旺盛，员外口袋里装着止咳药就扛着锄头下了地。邻居说现在大家都用除草剂了，员外你还用锄头除草啊。员外笑两声，反正没事情，闲着也是闲着。靠着止咳药维持了大半年，到了下半年，员外已经挑不起中号的粪桶，只能提着尿素肥坐在地边等天上下雨。过了七月半，员外想去坡地上看看玉米能不能收了，空着手走了一半，就感到腿给不上劲，只好转回家对弟弟说，今年能不能帮我把坡上的玉米收回来。

过年时，母亲与姐姐都来了城里。我问母亲，员外现在怎么样？母亲说，活不到几天了。我问什么病，母亲说晓得啥病哦。姐姐说，反正就是咳嗽、腰伸不直、吃不下饭。乡上的医生说是痨病，县上的医生说是癌症，搞不清楚他到底是啥子病。我问住医院了吗？姐说住在乡卫生院。大年三十中午，村长给姐姐打来电话，说是员外倒在公路边无人管。姐姐忙着给留在家里照顾员外的姐夫打电话。姐夫正在杨二娃家喝酒，愤愤地说，让他在医院待着，他偏要走回来，活该！

过了正月，员外的病情竟有所好转。脸色好了许多，腿上也感觉有力气了些。虽然办了住院手续，但他每天输完液就走路回家。煮晚饭时把第二天的早饭和中午饭也一起煮上，第二天用保温桶提到医院。如果输完液时间还早，他回到家就会提着半口袋尿素去给油菜施肥。早上走路去医院时，走过自己包产地边，看到地里的麦苗被杂草欺得又黄又矮，员外就蹲下来扯草。一蹲下来就忘了时间也忘了咳嗽，到了中午才进病房。医生说，你再不按时来，今后就不让你回去了。

医生开了检验单，让他去县里复查。姐夫说好第二天陪他去，可他一大早就悄悄坐早班车去了县医院。医生说，检查结果要下午五点才会出来。员外知道，过了下午三点就没有回乡上的班车，如果在县城住旅馆就得好几十块。想到钱，员外就感到又有一大堆蚕子在啃他的内脏。他没等检查报告出来，甚至连中午饭都没吃，就又搭车回乡里。在从乡场镇往家里走时，打摩的的冬狗娃让他上车，说不收他的钱，员外摇摇头。开面包车的夏白娃将车停在他跟前，他还是摇头。员外弓着背，双手捂着肚子，头微微抬起，不时捂着嘴咳上几声，一个人在水泥村道上走走停停。黑黑的脸上扑满灰尘。不停的有路过的熟人问他怎么不坐摩的，员外嘴张合着却没发出声音。想咳嗽的时候就在路边蹲一会儿，用膝盖顶着自己的胸口。鸭舌帽被北风刮到路边麦地里。员外努力想将帽子拾起，帽子没捡到，人却倒在地上无法站起。员外倒在路边张大嘴呼喊，声音却小得只有他自己能听见，直到路过的邹老汉将他从地上拉起。

在乡上教书的黄老师说，员外可能得的是尘肺病，是一种职业病。黄老师也是一个象棋爱好者，曾经多次和员外下过棋。看到员外走一步咳两声的样子，问了他在外打工的情况，然后说，你要去找厂里赔偿，让老板拿钱给你治病。员外说，我打工老板给了工钱的，再去找老板人家也不得理我。黄老师说，工钱是工钱，职业病就该老板掏钱治，这是国家法律规定的。他要不给，你就去法院告他。员外回到家就对弟弟说了。弟弟说，你一个农民，要钱没钱，要关系没关系，拿啥去告。员外不再说话，依然每天去医院输液。几天以后，弟弟到病房来说，我陪你去找下老板，看他怎么说。

兄弟两坐班车到了城里，又坐公交车到了厂门口。门卫问他们找谁，员外说找老板。门卫又问你们找老板什么事。员外说，我以前在这里上班的，找老板有点事。门卫反复打量两人半晌，才说老板不在。员外说，我们回去吧。弟弟却来了火气，闷着头就要往里闯。门卫起身将他拦住。弟弟推了门卫一把说，我哥以前好端端的，在你们这才上半年班就病成了这样，我是来找他赔钱的。你不让我们进去就把老板叫出来。门卫看了看弟弟，那你们在这等着，我去叫厂长出来。兄弟俩在门口等了两支烟的工夫，出来一个看起来斯文、戴眼镜的中年人，身后却跟着三个身材高大头发直立的年轻人。中年人问，你们找我什么事？员外心里发麻忍不住又咳了两声，我以前在这里上班，回去就病了，医生说是职业病，该厂里出钱医。中年人问，你跟我们签的劳动合同呢？员外说没有签合同，中年人说没有签合同你凭什么说在我们这上过班。员外说我以前在这当仓库保管员，好多人都认得到我。中年人说，就算全厂的人都认得到你有什么用，我们只认劳动合同。再说，我们的员工上班都戴了口罩，谁让你自己不戴口罩的。员外听了不停地咳嗽，捂着嘴半天说不出一句话。弟弟说，你们这是欺负农村人，你们不给钱我们就不走。三个年轻人冲上来就要对弟弟动手，弟弟却从怀里掏出一把尖刀，刀尖对着三个年轻人说，来吧，我可是街上杀猪的。中年人将三个年轻人吆喝到一边，然后从身上摸出几张钱，我看你确实病得可怜，这一千块钱就算我给你扶贫了，拿回去买点营养品吃。今天我刚谈成了一笔大生意，心情好，下次我就没这么好的脾气了。员外接过钱，忙着去拉还闷着头的弟弟，我们回去吧。

在回家的班车上，员外时断时续的咳嗽声引得同车人投来厌恶的目光。弟弟抱怨，你喊我跟你一路去，去了又要当缩头乌龟，今后我才不想管你这些事了。员外说，你看人家有钱有势，我怕没要到钱不打紧，万一再把你打伤了怎么办。弟弟说，当初你要去城里打工，我就说城里坏人多，城里不是我们乡下人待的地方，让你别去你不听。员外说，今后再也不去了。弟弟说，现在知道了，晚了。

员外说，我要去告水泥厂老板。牛表叔说，八字衙门朝南开，有理无钱莫进来。员外弓着背找到黄老师，黄老师说，你要告老板就得去法庭交诉状。员外找到镇法庭，张法官说，民事诉讼实行属地管辖，你要告就必须去被告所在地法院告。员外走回医院，坐在病床边掏出烟来，还没点上就被护士发现，烟与打火机都扔进垃圾桶里。员外想要不要再去找黄老师出出主意，胸腔里的小蚕又开始咬他的肺叶。

某个上午输完液体以后，员外感到腿上又有了点力气，他没在医院吃早上带来的稀饭，他想回家下一碗面条。自从牙齿松动以后，他就只能吃稀饭和面条。在往家走的半路上，他忘记了面条，拐上小路去了自己的柴山。三个新鲜的柏树桩如三个碗口大的疤刺激着他的神经，太缺德了！他弓着背找到村民队长说，有人偷砍了我柴山上的树。队长问砍了多少，员外说砍了三根，海碗那么大三根。队长说，这年头，偷了三根树还来找我，你可真的死脑筋！员外说，你是干部，怎么能这样说话。队长说，我又没你有文化，只会这样说话。你看你都只剩小半条命了，还争那些干啥。员外说，本来就是我的，是我的树被别人偷了，不是别人的树被我偷了。队长不耐烦了，别给我说了，快回医院去吧。

员外没有回医院，他一路走一路歇气找到了正在村委会斗地主的村长，我山上的树被人偷了，请村长帮我主持公道。村长放下手中的牌，你看你都病成这样子了，还管得了山上的树。你弟弟不是已经把你的棺材做好了吗，你又不能带两副棺材入土，还要那些树有啥用！员外感到村长侮辱了他的人格，可他已经没有力气与村长争吵，张开嘴却只能发出咳嗽声。他转身离开村委会，到了街上他没有回医院，而是走进了乡政府。一楼办公室的人问，老大爷你找谁？员外声音微弱如得了伤寒病，我找乡长。工作人员说乡长在县上开会，你明天再来吧。员外感到自己的双腿再也无法承受身体的重量，在乡政府门口的长椅上坐了两支烟的工夫，员外走回了医院。他又想起面条，打算回家去，可腿太不争气了。第二天早上医生来给他挂液体时，他已经又坐到了乡政府门口的长椅上。他感觉肚子有点饿，才记起昨天早饭后就没吃过饭。他正准备抽一支烟抵抗一下饥饿，乡长来了。员外记得乡长以前看过他写的全乡发展蚕桑产业的报道，不知道是否还记得他。员外将掏出的烟递向乡长，乡长没接他的烟，冷着脸问有什么事情。员外努力挣出肚子里最后一丝气，我要告村长，他侮辱我的人格。乡长没有听完员外的陈述就打断了他，我现在正事都忙得焦头烂额，马上上面又要来检查，你就不要拿这些事情来烦我了。你树子被偷了到林业去报案，他们专门管这个。员外急了，可是村长他……乡长不耐烦地摆摆手，一边往外走一边说，好了好了，就这样吧，我要开会了。

牙床猛地发出一股钻心的疼痛，那股痛迅速传遍半边脸浸入耳根，员外望着乡长远去的身影如望着太阳下山，身上感到冷得发颤。别人偷了我的树，村长却说我一个人想用两口棺材，哪有人死了能睡两口棺材的，那不是要把我分尸吗？难道只有阎王殿才是讲理的地方！员外走回医院，年轻护士见了他就骂，你还想不想活了，医生说了你不能再出去，你偏要出去。你这么大年纪了，怎么一点不懂道理！员外感到脸上滚烫，胸口如被巨石压住。护士说完就将针头武断地扎进他手上的血管，你要再跑，就找人把你绑在床上。员外躺在床上，三根惨白的树桩在眼前晃动，牙齿在嘴里挣扎，勺子在胸腔里搅动。

中秋节前两天晚上，病房里的其他病人都回家去了，四张床的病房只剩下他一个病人。紫河里飘来的臭鸡蛋气味从窗口钻进。姐夫坐在床边，员外蹲在两张病床间的地上，兄弟俩闷着头抽烟。员外不喜欢躺在病床上，即使输液时也一定要在墙边蹲着。一支烟抽完，员外对弟弟说，我昨晚梦到妈了。走廊上亮着节能灯。姐夫叫员外睡到床上去，员外蹲着没动。姐夫说今后你不能再每天往回走了，员外咳两声作为回应。姐夫说我回去了，员外还是蹲着。后半夜医生查房，发现员外已将自己挂在天花板下的水管上。过去看时，他眼睛睁着，张着的嘴里早已没气，身体挂得笔直。一根蛇一样的旧电缆竟然治好了他的驼背和所有疾病。值班医生后来说，夜里房间里没有发出任何声音，所以谁也不知道他是什么时候断的最后一口气。

村长说，按规定要弄去火化。姐夫没理村长，叫一辆面包车将员外直接从医院拉上了山上。棺材是两个月前弟弟找木匠给他打的，坟地是他自家名下的自留柴山。没有刻碑做墓，只垒了一个鼻梁形的土堆。姐夫说，他没有后人也没有钱，能躺在一口柏木棺材里入土，已经不错了，还立啥子碑。员外上山的时候，谢老头站在自家的核桃树下抽烟，张木匠正在唤两只母鸡进圈。月亮饱满如棋盘上的老帅，几个老太婆坐在屋檐下讨论员外为什么要上吊。刘三婆说，肯定是被鬼拉到索子上的，不然他站都站不抻怎么把自己吊上去的。马五婆说现在医院那个地方以前就是官山，孤魂野鬼成堆。牛二婶却说肯定是被医生吊死的，听说他天天骂医生，医生不把他弄死才怪。

在姐姐姐夫清理员外屋子时，我去看了他的灶屋。面积不足四平方米，灶是非常矮小的两孔灶，但另一孔早已封闭，灶上只能放一口小铝锅。以前姐姐说员外在家都吃稀饭面条，原来除了牙齿的原因，也根本不具备炒菜的条件。没有任何一件电器，灶台上放着一盏古董般的煤油灯。没有烟囱，土墙被熏成黑黄色。墙上挂着一个几十年前才有的竹编碗架。灶台上半袋盐，半瓶酱油，上面都扑满了灰尘。墙角还挤了一口很小的瓦水缸。土墙房子没有窗户，采光只靠两匹屋顶上的亮瓦。我问姐夫，员外家里怎么没安电灯？姐夫说，以前村上统一安电线的时候，他舍不得掏一百元钱，宁愿照煤灯油灯。后来村长说村上出钱把电线给他接进屋里，他又嫌每个月电费贵了，还是不干。

灶屋后门也是房子的后门，门外是一个露天的茅坑。后门非常矮，墙面到处是瓦上漏雨侵蚀的痕迹，收藏着员外几十年的日子。几块石条砌成的石梯长满青苔，通向一条杂草丛生的小路，小路通向两三百米外的露天水井。站在员外昏暗的屋檐下，我想象员外从后门挑水进来，每一次都得略低下头弯一下腰的样子，感到了时光倒退的亲切。在姐姐和外甥外甥女清理出来成堆的旧衣服、药瓶、破损的盗版书中，只有一沓发黄的稿纸放得整齐，全是各种手写的新闻稿。有的是乡政府的便笺，有的是小学生的作业本，但写得都很工整。我想起员外在地上号叫着打滚和坐在屋檐下看报的样子。我问姐，员外这灶应该用了四十年了吧。姐说，至少四十多年。四十年间，员外独自一人在这低矮的屋檐下吃饭、睡觉、看盗版书、写新闻稿。当然还可能一边想女人一边打飞机。近半个世纪如一日，或许不止，应该是一生如一日。我想，如果当初真的有人给了他一瓶农药，这屋子和现在又有什么两样。

现在，我回老家的时间越来越少，每次都会站在我家的屋檐下望一望员外以前住的地方，心里若有所失。员外如小山包上生长的柏树与茅草，如破败的老屋和被杂草淹没的小路，成了我对故乡记忆的一部分。有人说过，要奋斗就会有牺牲，死人的事是经常发生。但我的故乡没有人奋斗——即使有也最多只能算挣扎罢了，却不停地有死人的消息从传来。老队长余长富、退伍特种兵童文锡、挖煤的赵驼背，年龄比我还小的秋林娃、胡二娃……一个个死得悄无声息。每听到某个故乡人死去，我的心就如被针扎了一下。故乡如一个大气球，正被一点点地放气，越来越远，越来越小。我问姐夫，员外活了多少岁。姐夫说六十七。我说七十都没活到。姐夫说，我老汉才活了四十多，他能活这么大岁数，够了。

选自《落不定的尘埃》，四川民族出版社，2020 年 6 月

张家李园

◆张怀理

张怀理，四川省作家协会会员。在《散文》《散文选刊》《散文百家》《四川文学》《中华文学》《啄木鸟》等报刊发表散文作品近百万字。出版散文集四部，有多篇作品获奖。

马桑树

祠堂里的祖先们仪态各异，或蹲或坐，或躺或立，有如张家李园周遭的山峦，安静经年。他们在很久以前，就从坟地里钻出，抖落一身尘埃，拈着胡须，迈着方步，走进张家祠堂。这是一群沉默的人，自从来到这里，从未说过一句话。连方爷给我说，一个人说话是有定数的，一辈子只能说那么多，说多了老天不答应。

这些先人生前说过的话，都被堆放在祠堂的东南角，并且码得很整齐，但是，除了连方爷，我们谁都看不见。连方爷小时候读过私塾，是张家李园唯一识字的人。夜深人静，连方爷就去读这些话。这些话本来也在棺材里，祖先们从坟墓里爬起来，定睛一看，所有的东西都腐烂了，只有他们生前说过的话，还保留着原来的模样，于是就把它们拎过来了。这些话湿漉漉的，有的还附着烟叶的味道，祖先们明白，这是他们走进祠堂时，唯一可以随身携带的行李。

连方爷读祖先的话语，不需要点灯，不需要睁眼。他只要静静地吸一口气，这些话就排着队来了。连方爷说，祖先的话对于我们这些后人，就是一种空气，看不见摸不着，但是无处不在。你只要呼吸，就是在和他们对话。

那天夜里，连方爷因为白天砍柴累了，入睡得很早。半夜里，他的蚊帐突然被撩开，原来是发祖爷生前说过的一句话，依了秩序，来到他的面前。连方爷调整好自己的呼吸，开始阅读。他听见发祖爷说，我们张家李园的人，不仅要记住地里的李树，还不要忘记山上的马桑。发祖爷又说，李树是结果的，马桑是开花的，它们是两口子。连方爷很惊讶，发祖爷活满一个甲子之前，嘴里的牙齿就掉光了，说话老是漏风，很难听得清楚。但今夜他老人家的话，却是字正腔圆，掷地有声。

发祖爷死的时候，连方爷正值壮年。这位被他叫作发爸的人，中华人民共和国成立前因为怕被抓壮丁，自己用锥子扎瞎了一只眼睛，因此，他生前能够看见的，只有半个世界。但是，发祖爷的半个世界里，几乎全是李树。发祖爷就曾用漏风的嘴巴告诉连方爷，张家李园的李树，是他祖先从遥远的地方带来的。湖广填四川那阵，发祖爷的祖先们一路丢盔弃甲日夜兼程，来到张家湾，除了几把老骨头，就只有一些李树苗了。对发祖爷的絮叨，村子里大多数人不相信，只有连方爷深信不疑。连方爷说，你仔细看看，发祖爷就是一棵会走动的李树，就连那不关风的嘴巴，都是当年被虫钻透了，留下的结节。所以，发祖爷死后，连方爷就在他的坟前，也栽种下一棵李树。但是，连方爷不明白，发祖爷那么热爱李树，为何又会钟情马桑？那时发祖爷已作古多年，连方爷没敢多问，只盼望以后的日子能有所体会。

张家李园里除了浩瀚如海的李树，当然就是浩瀚如海的马桑了。如果说李树是舶来品，马桑就是川西北丘陵的乡粹，漫山遍野疯长，却也是命贱的种。据说马桑原来本是参天大树，枝丫可入云端。还据说早年调皮的猴子通过马桑树的攀爬，搅得天河水哗哗啦啦，天神烦腻了，就开始念咒语，云“上天梯，长不高，长过三尺就旁腰”。咒语过后，马桑树果然低矮下来，差点低矮到尘埃里。

也许就是天意，既然马桑树是负责开花的，连方爷这个老光棍，就与马桑树有着剪不断理还乱的纠缠。到如今，马桑树和连方爷互为仇人，甚至到了水火不容、相互厮杀的程度。马桑树原本含水量太重，用来做柴火只有浓烟没有火苗，但连方爷却磨快了镰刀，疯狂砍杀马桑树，并只用马桑树做柴火。连方爷把马桑树填进灶膛，就开始咳嗽，开始流眼泪。而马桑树也不甘示弱，在每一个有风的夜里，就像天神一样开始念咒语：“张连方，心发慌，一辈子，没婆娘！”让人没想到的是，马桑树一语成谶，连方爷果然一生未娶，孤独终老，最终死在张家祠堂。

在我的记忆里，连方爷和马桑树本来是相安无事，甚至很亲昵。我们在长满马桑树的山坡上放牛，连方爷偶尔也来拾牛粪。无聊的时候，我们就会玩一种叫作“打臭”的游戏。

这个游戏有点类似现在的高尔夫。选择一块平地，在远处的平地上掏一个小洞，然后用带有树根疙瘩的马桑棍子，把放好的石头打飞起来，谁的石头先进洞，谁就是赢家。连方爷那时年近知天命，整天之乎者也老气横秋，但和我们玩起来，也像个孩子。我们输了，就帮他拾牛粪，他如果输了，我们就唱："张连方，心发慌，一辈子，没婆娘！"连方爷听了，也不恼怒，只是尴尬地笑笑，将手里的马桑棍反复摩挲。因此，他的马桑棍，比我们的要光滑很多。他的手掌很粗糙，马桑树的皮肤很细腻。

连方爷与马桑树反目成仇，是在二嫂从复兴寺水库里漂浮起来的时候。那天的风真的发疯了，它们排着长队，把对岸的波浪使劲推过来。波浪骂骂咧咧，踉踉跄跄，跑到牛儿梁的脚下，然后被摔得粉碎。随波浪来到岸边的二嫂浑身膨胀，面目狰狞，让我们这些看热闹的孩子看见了，心里不寒而栗。二嫂的死，在张家李园炸开了锅，只有两个人缄默不语。一个是二嫂的公公，一个是连方爷。二嫂的公公烟锅着了火似的，经久不灭，连方爷的眼睛空洞无物，盯着马桑树发呆。

二嫂是我家隔房二哥的女人，嫁到张家李园来的时候，我已开始记事。在我的心目中，二嫂就是从门上的贴画中走下来的。二嫂在她家门上的贴画中，一直长到十八岁，直到媒婆把二哥带进她的家门，她才从画上走下来，穿上大红的衣裳，戴了大红的花朵，走过马桑坡，随着迎亲的队伍，来到张家李园。那年二哥报名参军，要走的时候，临时说了这门亲事。二哥当兵一走就是四年，急忙结婚也算是未雨绸缪。

二哥新婚的夜晚，我们几个调皮的孩子去听墙根儿。先是听见二嫂杀猪般的叫唤，后是听见啪啪的声响。我们几个孩子听见了，吓得面面相觑，不懂这些大人，刚拜了堂成了亲，夫妻之间为何就要打架？后来在一次"打臭"的游戏中，我们几个孩子把这个疑问说给连方爷，连方爷一下子脸红得像关公，说你们这些小兔崽子，懂个屁！说完，连方爷手起棍落，一下子把石头打得飞上了天。

按照张家李园的风俗，二嫂是进不了张家祠堂的。二嫂把自己的白骨留在坟墓里，自个儿爬起来，经过马桑坡回到娘家。她想爬进贴画里，但是贴画已经被秋风所破，她只有随了秋风流浪，去做一个孤魂野鬼，马桑树丛才是她的祠堂。

那晚的月亮格外认真，几乎把它所有的光辉都洒向大地。马桑树被月亮的月光刺痛了眼睛，水汪汪地看着这个夜晚，预感着有大事发生。果然，二嫂的公公从回龙场赶集回来，经过马桑坡，已是夜深人静。突然，一个披着黑发雪着肌肤的身影，由马桑丛中窜出来，飞奔而去。二嫂的公公吓了一跳，嘴里嘀咕一句："有野物！"也未停留，径直下山去。说来也巧，那天夜里，我趁着月色去祠堂找连方爷借算盘，正要跨进门槛，却见连方爷一手提着裤子，一手拿着拴裤腰的绳子，从外面走回来。第二天，有人看见二嫂穿了新衣出门去，以为是回娘家，亦未在意。再后来，二嫂的尸体就从水库里漂浮起来了。

从此，连方爷和马桑树就结下了仇恨。连方爷说，张家李园的马桑树，是这个世界最大的叛徒，是最卑鄙的告密者。对连方爷的愤怒，我却有些不以为然。我虽然是个孩子，但我喜欢二嫂。我始终觉得，二嫂就是一棵马桑树，虽然个子不高，但水分充足。更重要的是，二嫂的乳头，极像马桑树的花朵，都是一个小不点，都是一点红彤彤。二哥当兵走后的第二年，二嫂生下一个孩子，我偶尔去二嫂的院子玩耍，看见她正在奶孩子。二嫂可能觉得我也是个孩子，见了我也不避讳。所以，二嫂死后的很多年，我都不敢窥探马桑树开出的花朵。我怕那个花朵突然萎谢掉了。还有一次，因为家里杀了年猪，母亲炒了一大盆回锅肉，让我给邻近每家都送一点，我来到二嫂家，推开虚掩的门，却发现二嫂病了。二嫂蜷缩在被窝里，身子不停地蠕动，嘴里也有轻声的呻吟，脸上通红，还有细密的汗珠，我问二嫂怎么了，二嫂却慌张起来，连连说感冒了没什么你走吧。连方爷没有见过二嫂的乳头，要是见过了，也许对马桑树就不会有深仇大恨。当时我想。

世事难以预料。许多年后，连方爷最终还是与马桑树尽释前嫌，握手言和。连方爷对马桑树的谅解，大抵是缘于马桑树对一只天鹅的庇护。马桑树天然的母性，最终融化了那颗坚硬的石头。

不知何时，一些不知名的水鸟便从远方飞过来，在碧波荡漾的复兴寺水库里，怡然自得地游弋。每到初冬，这些鸟就携儿带母，前呼后拥，飞过老坟山的垭口，栖息在复兴寺水库的中央。随着时间的推移，飞过来的水鸟越来越多，站在斯公山头放眼一望，水库里黑压压一片，就像七曲大庙赶庙会的人群。那些水鸟时而歌唱，时而舞蹈，给我们这些孩子带来无限的快乐。

后来，水库里竟然栖息了两只白色的大水鸟。白色的大水鸟经常在宁静的水面上翩翩起舞，惊艳极了。这样的时候，连方爷就会骄傲地说：我们张家湾是块风水宝地，这些有灵性的鸟儿千里万里飞过来，是祖上积德换来的。连方爷还说，那些白色的大水鸟，就是天鹅，过去只有在电影里才能见到。

但是，这样的日子不是太长。后来城里的人来了，他们带着火枪，猫在马桑丛中，然后对准没有防备的水鸟，扣动扳机。那些“砰砰”的声音，水鸟们从来没有听见过。待看见自己的老人或小孩突然一头栽倒在波浪里，才知道遇见了恶人，于是整个复兴寺水库哭声四起，啁啁啾啾，十分悲惨。城里的人待风浪把射中水鸟推到岸边，他们便捞上来，提在手中，扬长而去。面对这样的境况，连方爷起初只是诅咒谩骂，后来实在看不惯，竟动起武来。他操起老灶房的擀面杖，时常到水库的周边转悠，遇见偷猎水鸟的人，就怒目圆睁，做出一副和人拼命的样子。再后来，有人开始威胁连方爷，要他走路小心，总有一天会撞见鬼的。连方爷爽朗地回答：我张连方人一个，命一条，有种你就来。我一直很惊讶，连方爷常年都是病病恹恹，干瘦得像一根枯了的李树枝，现在却像一个威武的将军，站在马桑丛中，一脸英武。

一天，我从石牛镇中学放学回家，路过张家祠堂的时候，却见祠堂门口的柱子上，用绳子拴着一只天鹅。我们十分惊奇，便跑过去看个究竟。原来，连方爷在水库边巡逻的时候，在马桑树丛中发现了一只翅膀受伤的天鹅，便捉住带了回来。那只天鹅惊恐地扑棱着翅膀，却无法飞起来。天鹅的叫声很大，凄惨的声音穿透了整个张家李园，令人毛骨悚然。而在远处的水库里，另一只天鹅的叫声更加凄惨，更加悲凉。

我看见，一个城里人正在与连方爷商量，要用五十元买走那只天鹅。在那个每天劳动力只值八分钱的日子里，这真是一笔巨款。也许连方爷可以用这些钱买来几身新的衣服，换来一些柴米油盐，甚至能够买来半扇猪肉。但是连方爷却还是用擀面杖把那个城里人赶跑了。连方爷说，你的钱臭死先人，老子不喜欢。

连方爷从祠堂里捧来香灰，掩在天鹅的伤口处，然后用一块干净的棉布包扎好。后来，连方爷把天鹅抱进祠堂里，并把给自己做的一碗米汤，摆在天鹅面前。

半过月后，那只天鹅竟奇迹般地好起来。更奇怪的是，天鹅见了连方爷不再惊恐，而是唱着悠扬的歌曲，跳着优美的舞蹈，一副温柔娇媚的样子。而水库里的那只天鹅，也不再悲鸣，常常面对张家祠堂，安静地游来游去。

那是一个阳光灿烂的日子。连方爷抱着天鹅来到复兴寺水库旁边，要把天鹅放到大自然中去。只见连方爷张开手臂，把天鹅向空中一抛，那只天鹅就像一抹白色的云烟一样，从连方爷的怀里升起，然后缓缓地降落在水库明净的水面，和等待它的那只天鹅，交颈而拥。突然，天鹅们一声悠扬的欢叫，开始跳起舞来。宁静的水面如一张巨大的碟片，在波纹中旋转，我隐隐听到美妙的音乐，柴可夫斯基的《天鹅湖》，在张家李园缓缓地响起来。

而连方爷，这时却在一棵马桑树前蹲下来，和马桑树一起，抱头痛哭。

豺 狗

我站在斯公山的顶端，遥远地张望，那些横七竖八的山峦，就像平地里堆放的红薯。

地处川西北浅丘地带的张家李园，坐落在几根红薯之间，除了李子树开花的季节，更多的是愁眉不展的模样。

那是最困难的年代，饥饿就像虱子，爬满人们的全身，却怎么也捉不干净。整个张家李园屋顶上升起的炊烟，就像一声声的叹息，沉重而又难以消散。母亲和几个中年妇女，在生产队的食堂煮饭，大铁锅就像一口堰塘，除了汤水还是汤水。米粒大的鱼儿在堰塘里游来游去，偶尔藏在水藻似的菜叶中间，闭门不出。待到日头当顶，嗓门大的女人手呈喇叭状，朝着山弯一声喊："吃饭啦啊——！"就有男女老少从四面八方走来，端了钵碗，伸向锅沿。吃完饭，那些吞下去的几片青菜叶，全部浮现在脸上，绿油油一片。

张家李园周遭的山峦，灌木丛生，杂树稠密，于是衍生了许多野生动物。地上跑的诸如兔子、野鸡，天上飞的诸如老鹰、斑鸠，不时闯入视野。早些时候，这些野生动物倒还与人们相安无事，后来经不住饥饿的侵蚀，最终演绎出了逃亡和追捕的游戏。据说，在这些山峦的密林里，隐藏着一只豺狗，但是谁也没有见过。散布这个消息的是我家隔壁的连松爷，那天他陪着生病的老婆去看病，在回来的时候，看见一条灰色的畜生，从远处的马桑树丛中一闪而过。连松爷年轻的时候去过川北的深山里挖过矿，见过豺狗的样子，所以大家对张家李园来了一只豺狗，深信不疑。

从那时起，张家李园的人们开始恐慌起来。据读过几年私塾的连方爷说，豺狗是一种非常凶猛的动物，虽然个子不大，但是智勇双全，可以和老虎搏斗并且笑到最后。连方爷还说，豺狗虽以团队进攻而著称，但也是不知进退的孤胆英雄。从那时，张家李园的人就有了禁忌，天黑的时候很少有人单独出门，牛圈加了栏杆，猪舍砌了围墙。特别是有孩子调皮的时候，只要大人说一声："再闹把你丢给豺狗。"孩子就会很乖很听话。

那时我还非常小，只有六七岁的样子。但我记得非常清楚，那是个早春季节，阳光很直地射下来，并未剥去我的棉袄。那天，我缩手缩脚地站在自家的院子里，正不知该往哪里去，突然从竹林那边传来一阵呼喊声。我不知发生了什么事，赶紧跑过去看热闹。

我的衣兜里，有一根母亲从大食堂悄悄拿给我的红薯，我每走一步，它都要跳一下。那时我还不明白那是饥饿的年代，只是觉得这根红薯特别珍贵。因此，活跃的红薯让我迈不开童孩应有的步子。

我好不容易跑过去，好奇地挤进人堆，原来是一只大狗掉进了一座空着的红薯窖里。红薯窖口小内宽，似一只埋在地下的坛子。那只大狗在窖子里团团地转着圈，却怎么也上不来。

这是一只实实在在的困兽。

从人们的叫喊声中，我才知道那只困兽，其实就是连松爷早先看见的豺狗。这只豺狗大概是饿极了，昨天夜里从斯公山的林里走出来，本想饱吃一顿，却意外掉进了陷阱。

寒风呼啸，天黑得伸手不见五指。在斯公山的一个山洞里，饥饿的豺狗心里充满了绝望。这已是英雄末路了。秋天的某一个夜晚，身处川北深山老林里的它，再忍受不住饥饿的咀嚼，毅然离开族群，要去外面的世界闯一闯。它昼伏夜出，一路向南，越走地势越开阔，越走山峦越矮小。最后，它在斯公山停留了下来。但是这里已经没有了野兔野鸡，偶尔飞过的老鹰和斑鸠，自己无论如何都够不着。它知道，自己终究会成为一只困兽。但是困兽犹斗，它不能坐以待毙。

我再次睁开眼睛，好奇地看着豺狗。它偶尔抬起头，向上面望一下，虽然龇牙咧嘴，但眼里却充满了恐怖。有人拿来一根竹竿，向窖里捅去，谁知被豺狗一口就咬破了。人们高声喊叫，全然没了平日的萎靡和缄默，倒像是一群站立的豺狗。

突然，只见一个黑影一闪，有人跳进了红薯窖。在场的人瞬间哑了似的，没有丝毫的声音，都睁大眼睛，朝窖中探望。只见窖子里立刻涌起了灰黑色的旋涡，这旋涡时而向左，时而向右，画下一道道圆满的波纹。随即，惨烈的嘶叫声从窖里传出来，悲壮而凄楚，响彻整个张家李园。这时，窖中的人和野兽已经无法分辨，回荡在空中的嘶叫亦无法辨别。我吓得魂不附体，只好用双手捂住眼睛，心也紧紧地蜷缩着。

不知过了多久，一切归于平静。我睁开眼睛，再往窖中看去，只见豺狗躺在窖中，那个跳入窖中的人也瘫坐在地上。他的身上，棉袄几乎被撕成碎片，手臂和腿上流着鲜血。这时我已认出，那跳入窖中与豺狗搏斗，并将其活活掐死的，正是我家隔壁的连松爷。连松爷从红薯窖里爬出来，眼睛血红恐怖。他拖着掐死的豺狗向家里走去，路上延续着血滴。我惊恐地看着连松爷一瘸一拐的背影，看着豺狗伸展在外的长舌，不由裹紧了小棉袄，我感到格外冷。

中午，我带着好奇的心来到连松爷家窥探，正看见他端着一碗热气腾腾的豺狗汤，递给刚生下孩子的他的女人。连松爷的手臂被一根布带吊在腰间，脚步一拐一拐的。他每走动一步，碗里的豺狗汤都要溢出一些。而这时，他的女人早已泣不成声。她接过碗，泪水滴落下来，正好掉在汤里。这时，生产队长在山梁上用铁皮话筒喊话，下午男女老少集体去乡上交公粮。连松爷听见队长的安排，给牛圈里的老牛添了些草料，饿着肚子，开始准备箩筐和扁担。

那天傍晚，我在门前的竹林边玩耍，刚好遇见松爷从家里走出来。他肩上扛着一把锄头，手里拎着用一件旧衣服包裹的东西，朝着老坟山走去。我有一些好奇，便悄悄跟了过去。连松爷来到老坟山，用锄头挖了一个土坑，然后把那只包裹埋了进去，并垒了一座小坟。我突然看见，连松爷放下锄头，对着小坟跪下来，一边絮絮念叨，一边磕了三个响头。

从连松爷的絮叨中，我猛然知道，他埋下的是他掐死的那只豺狗的孩子。原来，深夜里闯进村子又掉进陷阱的那只豺狗，也是一位饿极了的母亲。

这时我发现，我衣兜里的红薯，不知什么时候，已经不在了。

原载《剑南文学》2020 年第 4 期

嫘乡图画

◆江剑鸣

江剑鸣，男，四川平武人，退休教师。四川省作家协会会员，四川省散文学会会员。以乡土散文创作为主，出版有散文集《境界》等三部，小说集《一路风尘》。曾多次获省市级奖励，并有作品入选高中语文读本。

号称炎黄子孙，我却一直无缘瞻仰与其相关的遗址。距离最近的黄帝元妃嫘祖故里盐亭，却是在 2020 年深秋一个秋风微凉浓雾弥漫的日子，才得以走进。

踏上盐亭的土地时，正逢大雾。以一个高山村夫的视觉看这浓雾，就是一张巨大无比的神秘薄纱，遮掩着嫘祖故里神秘的山水、神秘的历史、神秘的人和神秘的故事。也不是严严实实地遮掩，却是那种犹抱琵琶半遮面——像是故意掀开一个神秘的角落，吸引着我的目光，我便在目力所及处朦朦胧胧地感受嫘乡的多姿神韵。在中华龙凤谷，我在心里大喊：梓江，我来了！云溪，我来了！负戴山，我来了！嫘祖故里，我来了！但我只在心里大喊，不能出声，因为我怕惊扰了正在缫丝织锦的嫘祖，搅扰了嫘乡这片宁静的土地。

我想象数千年前，作为美丽少女的嫘祖，带领着村姑罗敷们，挎着竹篮，乘着朦胧的薄雾和薄雾里渐渐露脸的朝阳，行走在村外的桑田，采摘滴着鲜露的桑叶。她们应该是一路歌声，一路欢语，逗得鸟鹊唱和共鸣。她们应该是一路手舞，一路轻蹈，惹得蝴蝶翻飞追随。她们饲养春蚕，饲养秋蚕，在檐下煮茧，缫丝。檐上的燕子翩然飞舞，为她们助兴。她们织出绫罗绸缎，把人们打扮得光鲜华丽。她们传播中华文明，装点美好生活。后来，她们的丝绸远销海外，因此有了丝绸之路，西北一条，海上一条。

我登上嫘乡的山冈上时，浓雾已然散尽，秋阳高照，四围明朗，冈峦披上了一派金黄。嫘乡敞开它最美丽的秋景，呈现给世人。在我这个来自千米高山的村夫眼里，西蜀丘陵的山，都只是一些馒头一般的土包包而已。它们的海拔很低，山脚至山顶，等高不足百米。山冈上遍植松柏。同行的开平先生告诉我，这里几十年前就荣获了植树造林绿化先进县的国家奖励。那些松柏林，墨绿、苍翠，在阳光下显出几分深沉和厚重，是嫘乡图画的远景。

另一些山梁，遍种水果，各类橘子，各类柑柚，各类桃子，还种植了藤椒。漫山遍野，生机盎然。盐亭再无荒山，再无秃岭。满目青绿，是深秋嫘乡的主色调。一群喜鹊从头顶飞过，栖息在远处的枝头，啾啾，喳喳，不知道这些鸣声，是不是有嫘祖时代的古音古韵呢！

几个穿着鲜艳衣服的妇女，正在山坡上给柑橘施肥。她们手举喷枪，喷洒着叶面。水雾在阳光下，立刻形成五彩霓霞。一道彩虹，拱卫在我们头顶，五光十色，却转瞬即逝。这莫不是嫘祖的魂灵在这片历史厚重的土地上为我闪现？我是不是置身于仙境了？再看那满树茂密的柑橘叶，湿漉漉的，青翠欲滴，更显出几分嫩绿。绿叶枝下，挂满了大大小小的柑橘果，有的色泽鹅黄，有的色泽橘黄，还有的略带几分青涩，都在阳光下泛出光亮。空气里弥漫着柑橘浓郁的芳香，由鼻而入，浸至心脾，我感到了前所未有的清爽和惬意。

桃树的叶子，青黄的，绯红的，一片片正飘舞在秋风中，次第陨落。当地村干部介绍说，每年桃花盛开的日子，这些桃林里可以搭建帐篷露营，风华青年们，可以在花丛中嬉戏游玩，谈情说爱，恋爱的成功率很高。于是，我眼前似乎就是一片夭夭桃花的海洋，那些置于其间的帐篷，正是泛游海上的一叶叶扁舟，搁楫停桨，任意在桃花粉色的海洋里荡漾。春风轻抚，春鸟歌唱，像小鸟儿一样的小青年们，或跑或跳，或歌或舞，燃烧着粉色的激情，享受着人生的春天。可是眼前，秋叶凋零，随风飘舞。桃叶离枝，非无留恋，而是对枝头爱恋的另一种形式。它们融入土地，化作来年的养分。而我已经看到，枝头上已然有了白色的绒毛小球——那是在孕育明春桃花的花蕾啊！

每一个山坡下面，都散落着许多灰瓦白墙的房屋，或小楼，或别墅，或四合院，清一色川西北民居风格。远远望去，溪水从田坝中间蜿蜒而去，像一条玉带，拴系着前后左右的田园和村落。偶尔几块池塘镶嵌其中，有的塘里，残荷擎着枯破的雨盖，有的池塘，水清如镜，映照着天光云影。这便是嫘乡图画的中景。

我从山冈走下去，正好经过一条小溪。一头身材硕巨的水牛，正躺卧在溪流积成的水潭里。一对盘状的牛角，角尖相对，似乎快要封圆，成为一个巨大的句号。它突然站了起来，使劲地摇晃着脑袋，是在甩去头上的泥水。它又使劲地甩甩尾巴，似乎在驱赶飞蝇。几只白鹭鸟在它身旁飞过，翅膀几乎贴着牛的背脊。它们停息在它附近的沙脊上，向周围张望，优雅地踱步。这是一幅多么和谐的乡村景象啊！这是嫘乡图画的一处生动的近景。

平坝的田里，一派油绿。里面种着尚未采挖的麦冬，已经凋落了花叶的牡丹和葡萄，以及新栽的油菜。走过油菜田，我们来到了另一个果园。右边是一大片草莓，左边是一大片火龙果，都掀开了大棚上的塑料薄膜，让草莓苗和火龙果享受微微秋风。草莓尚在幼苗时期，几片青色的叶子，护佑着两芽嫩黄的乳叶。它们在沉睡，又似乎在拔节，在秋风中娴静地生长。火龙果已经大面积收摘，只有少量枝头上，还举着尚未完全成熟的果子，如拳头般大，或如饭碗大的。我仿佛已经嗅到了火龙果的香甜，不自觉地舔了舔嘴角的流涎。有些枝上还有鹅黄的花蕾，也有正在开放的淡黄色花朵，形如令箭荷花，只是体积要大数十倍。我把镜头对准花朵，拉近，再拉近。拍摄的照片里，居然发现花朵里面有蜜蜂，正在忘我地吸吮花蕊上的蜜汁呢！这又何尝不是嫘乡图画近景中的特写？

读万卷书不如行万里路，此言不谬。之前我受“橘逾淮为枳”的固定思维影响，以为火龙果这种热带水果，一定只在岭南热带出产。今天在嫘乡，我才长了知识。我有些不相信，便毫不掩饰地请教开平先生，原来，这里的火龙果种植历史，已经有数年。我常年身居深山，坎井之蛙，其孤陋寡闻，可以贻笑大方了！

先前看到的各类柑橘，商场里多，也就不甚稀罕了。草莓不在季节，也罢了。这“逾淮”却不“为枳”仍然为“橘”的火龙果，究竟是什么味道？与岭南热带的，有什么区别？我倒真想尝尝。可我们走马观花，果园主人没有给这个满足奢望的机会，我只好带着遗憾悻悻而去。

除了种植庄稼、种植果树，如今的嫘乡人，也养花、养鱼。花鸟鱼虫，不仅仅是画家、摄影家们的最爱，更是嫘乡的新型产业。

我来到西部水产基地，参观他们养的鳜鱼。一大片水域，数十个鱼池，前后相连，煞是壮观。秋天下午的阳光，洒满鱼池，平静的水面上，泛起万片金鳞银鳞，闪耀着我的双眼。每个池塘中间的充氧泵，喷出一圈雪白的水花，像一朵朵盛开的白莲。给鱼池加水的龙头，喷出雪白的水花，哗啦哗啦注进池塘，仿佛是鱼池的歌声。远处，有工人划着舢板，在清理池塘杂物。近处，有工人端着大盆，在给鱼儿投放饵料。偶尔有鱼儿跃起，平静的水面上立刻开出一朵朵美丽的水花。更多的鱼儿，则聚集在一起用餐，享受刚刚投下的美味。

解说员给我们朗诵唐朝僧人张志和的诗："西塞山前白鹭飞，桃花流水鳜鱼肥。青箬笠，绿蓑衣，斜风细雨不须归。"我虽然身居深山，但这首诗我熟悉。苏子瞻和黄山谷两位老先生，都对张和尚这首诗大加过赞美，他们应该也品尝过这种鱼的美味。

我知道，诗里的这个"鳜"字，考住了许多人。果不然，有个同行的老师说，他之前就把这个字读着"jué"，以为这种鱼就叫 jué 鱼。他说他知道"guì"鱼，应该是桂花的桂字，一种适合清蒸的鱼。当然，这位老师可能是认得这个"鳜"字的，此时，他故意自我调侃，逗乐大家而已。但不可否认，有人认不得这个生僻字。这首诗流传广，但这种鱼，命名为"梓江鳜鱼"，申请了地理标识，是嫘乡的特产——因为海拔、气候、日照、水质等独特原因。

说叫鳜鱼，其实太文雅。嫘乡人把它叫作"母猪壳"，生动形象，很接地气。解说员说，它遇着危险，便拱起脊背，如同母猪护卫幼崽，故名之。说它适合红烧，营养价值高，如今远销境外，供不应求。我原来吃过"母猪壳"，我也知道张和尚写鳜鱼的诗，居然不晓得母猪壳就是鳜鱼，而且是历史上大有名气并且载入经典的鱼。这种鱼我吃过多次，这次才晓得它的独特和价值，算是我此行的收获之一。

看着那些漂亮的房屋，许多都是锁门闭户，偶有妇女在翻晒粮食，院坝里晒着金黄的稻谷或者金黄的玉米。那满院坝的金黄，是黄帝的黄色，是中国龙的颜色。那不是普通的粮食，是土地的精魂，一粒一粒，又铺回土地上，晾在秋阳下。这是我在嫘乡感觉到的最鲜艳耀眼最有重量感的色彩。

走进高渠农场，走进天水园区，走进西部水产，一路从车窗看出去，所到之处，大多是妇女在坡地或田间劳作。中国传统的男耕女织，现在变了。田野里没有见着男耕，女人们也不只于织，而是在田野里劳作。远处村庄里有红旗在飘荡，绿色果林里，穿梭着几袭红衣妇女身影。真的是万绿丛中几点红呢！我问同行的村干部，他说，男人们仍然出去打工，家里大多是妇女小孩和老人，典型的"386199 部队"，甚至可以说，部分村子几乎是新的"母系氏族"了。我想，那不叫打工，那是参与城市建设。嫘乡的男人们走向了更为广阔的天地，在东南西北各种劳动场合，奉献着他们的劳力和汗水。

我询问老百姓的家庭收入情况，村干部告诉我，如今乡村产业结构调整，农民土地流转，到了年终，各家各户都有一笔固定的收入和额外的分红。种养的产品在电子平台销售，经过深加工，做桃子酒，做各种罐头、果酱、各类干杂制品，在家的妇女、老人，还可以到村上的企业里参加一些力所能及的劳动，又有一笔务工收入。在完成脱贫攻坚“两不愁，三保障”的基础上，推动乡村振兴。比如刚才看到的那几个在果园施肥的妇女，她们的家庭都基本小康了。这些话，听得我心里热乎乎的。

如此说来，嫘乡的女人们辛苦。数千年前，男人们手执戈矛，外出征伐，或者在土地上耕种庄稼，而女人们在家种桑养蚕，缫丝织锦。部分家庭，女人们也还可能要既稼且穑，种瓜种豆，蓄禽蓄畜。如今，男人们出走他乡闯荡社会，在家的女人们，不但种桑养蚕，稼瓜穑豆，畜禽畜牧，还要在山坡上种柑橘，种桃子，种藤椒，在田坝种草莓，种麦冬，种葡萄，种火龙果，在水里养鱼养虾，要赡养年迈的父母公婆，还要抚养年幼的孩子。女人们，累啊！

我突然发现，这个“嫘”字，就是说女人们特累呀！或许黄帝元妃当初未必叫这名，就是因为女人们累，才取此名。嫘祖是劳累妇女的始祖也！正是嫘祖和她的姐妹们，创造了盐亭的过去，而今天的盐亭妇女们，已经并正在创造着一个崭新的盐亭。

劳动创造美好生活，劳动实践美丽人生。西蜀丘陵嫘祖故里的女人们，用自己的青春，自己的汗水，乃至她们的全部身心，织就了一匹匹山河壮美的嫘乡品牌的绫罗绸缎，绘就了一幅幅形色声味俱全的西蜀乡村画卷，也创造出了自家衣食住行的美好生活，甚至可以说担当了改变乡村面貌推动乡村产业的生力军。嫘乡的妇女是中国劳动妇女的组成部分。中国广大的劳动妇女代表着中国乡村振兴的希望，她们正在创造着中国的明天和世界的未来。

浓雾散尽。2020 年的秋阳普照。作为一个炎黄子孙，作为一个高山村夫，站在梓江岸边，我情不自禁地画下了黄帝元妃嫘祖故里的这张图画。

原载《剑南文学》2020 年第 6 期

青莲，走近李白

◆岳定海

岳定海，四川盐亭人。中国传媒大学毕业，供职于绵阳市新闻单位。出版个人文学著作二十一部，在几百家国内外文学报刊发表小说、散文、诗歌等作品多篇，执行主编《绵阳散文选》《绵阳大观》等选集。曾获中国通俗文艺奖、四川『五一』文学艺术奖、四川散文奖、盛世南充全国征文大赛优秀奖、绵阳市精神文明建设『五个一工程』奖等六十余个奖项。

我坐在江油青莲陇西院青草掩映的太白楼时，泪水刹那间涌了上来。

这个上午，在初夏略略闷热的季节风里，我独自地毅然地踏上一段小小的旅途，去拜访我心中永远的大师，这个叫李白的唐朝人。李白的祖先是西北那边的人，多半与胡人的血统混合：生命的基因在李白的个体里焕发出光芒，既有边塞搅动风沙的豪放，又具阳关三叠依依的似水柔情。

唐朝的中国实行大开放、大包容政策，国力毫无愧意地进入当时世界的头一排。那阵中国的版图囊括了今天中亚一些地方，自然融入了今吉尔吉斯斯坦这个叫托克马克的商旅城市。李白的父亲李客从甘肃成纪出发，一路颠沛流离地行走与迁徙，到达托克马克时天已黑了下来，余晖洒在他的坎肩上，也照在夫人疲惫的脸上。李客在这个异域传播着文化和做点买卖丝绸的事儿，李白便生在此地。后来我思索，一个天才之花的盛开，不仅仅需要智慧与天赋，而且需要基因的重配与血液的混杂：犹如草原上飞奔的汗血马和高天上展翅的鹰隼，最接近生命的原始形态，最深入天地的命运大门。李客一家在从域外到四川昌明青莲安顿下来时，李白已然五岁。好，今天我就沾着诗仙的文气，一处一处去寻觅，一地一地去凝视……

我先去古镇转一转，来之前有人给我讲青莲重建了古镇，还不错，这自然勾起了我的好奇心。在路人的引导下，我进入一条稍有些偏的街道，街不宽，青石板铺路，两边仿古的老旧建筑与近代的瓦房掺杂一起，形成与今天大相异趣的民俗环境。我孤零零地走着，老街行人稀少，两旁店铺坐着几个理发和卖小商品的生意人。先走去看李白的衣冠冢，两扇朱漆大门上了锁，我问边上店主，他讲是个老头儿在守门，这阵还早，没来。我遗憾地推开一条门缝，看到有几株硬朗的柏树长在院中，后边还有道坝子，好像蔓延草叶与杂树，其他就分不清了。

青莲古镇扩大了面积，我穿过一条小街时，梧桐迎风，街头寥落，走着走着，我发现自己走动在一片陌生的乡土上。在场口牛雪樵功德碑前停立一下，我对这座沧桑的古朴牌坊凝望了一阵。再穿过马路，去寻访蒙上一层神秘色彩的房子——粉竹楼。人们是太崇敬李白了，爱屋及乌，也就喜欢上李白这位美丽的或许是仙女一样下凡的胞妹李月圆了。粉竹楼杳无一人，但见庭院淡淡，粉竹环绕，小路通幽，池水不兴。我观看李月圆生平，说她与女伴在粉楼上吟诗和绣女红后，将梳妆的胭脂水泼在楼下竹丛里，天长日久，这片竹林长成粉红的竹节了。我轻轻地踩梯上楼，楼上空旷，仅安放一张雕花大床，床头扑尘，有张蛛网。我经过床前想，月圆你有个哥哥太幸福了，李白特地为你修筑这座小楼供你慵懒、叹息、娇羞和相思，青春的时间一点一点从窗前从走廊上流逝，多么好。

冒着热风扑面的阳光，我走到了陇西院前，院子不大，石梯却高些。陇西院大殿供奉着与李白有关的享受尊荣的三座塑像，正中是深不可测的分解世上玄奥的道家鼻祖李耳（即老子），右边是汉代飞将军李广，左边是名气不小的李暠。站在殿堂间，我微微一笑，这几位老祖宗我都喜欢：比如李耳的著作《道德经》，被国外推崇为哲学界的《圣经》，在世界上普及率很高，据传素有哲学喜好的德国家庭一户一册。再说李广，一箭射入石头，可见臂力过人。那么，李家这个了不起的大家族中产生了以李耳为首的名人，其间又有如“大鹏一日同风起”之远大抱负的李白脱颖而出，这个李家，太放光辉了。

我们走拢陇西院，它被包围在青山绿水、竹篁繁花里，院左边一条小径通向李月圆墓，墓前寂寂无声，墓上修竹百竿，墓后石刻精湛：记述李月圆与胞兄李白在人世间的几个出彩故事，如兄妹情深、小溪磨针、楼上弹琴、静夜思等。墓外广植青青柏林，稀疏适宜，间发草蔓，一枝又一枝浓浓的花蕊从树后伸出晃动，似李月圆秀美的鹅蛋形脸庞，在夏日某片清风里笑得矜持，又笑得怡人。陇西院右边被今人依靠山体开凿了大片诗碑，碑上神龙破雾一样地翻腾着李白惊世之作《将进酒》，书为狂草，在青岩上宣泄着诗国的风云，张扬着诗人的风采。

我顺着青云梯步步朝上，直向山顶那座象征李白生命高度的太白楼。太阳已经闷热了，阳光从树林与花团里漏下如一朵朵舞蹈着的火焰，我一步步追着凉风走，又躲着光斑而行。在庄重且不失仙影的太白楼前，我肃立片刻，心中默念：诗仙，我又看你来了。说是又看，是我曾经拜访过李白故里多次了。太白楼的一楼大厅正中，雕着用香樟木凿刻的李白“别匡山”图，雕工细腻，生动记叙了青年李白遇见过“野竹分青霭，飞泉挂碧峰”的春天景色，是的，李白这一天从大匡山出发，向戴天山走去访道士，道士没访着，一路上的风光倒迷惑了诗人。我登上三楼，发现硕大的墙壁上用工笔重彩描摹着李白“仗剑去国”前拜访盐亭老师赵蕤的生动情景：草坡生机盎然，李白与赵蕤站在一群翔舞的仙鹤中欣喜地观赏着，尤其李白双手忘情地伸向鸟群中，试着抓几只下来，年轻的心也在空中飞舞。画面上，一片花的国土，一群鹤的故乡和两个被时人誉为“赵蕤术数、李白文章”的蜀中奇人一生未曾中断的友情，在春光里肆意流淌。我在顶楼飞檐下的一道阴影里坐下来，朝不远处的山丘眺望：我知道，青年李白曾在这些山上仗剑行走过，或劈荆丛，或舞剑术，或访道士，或诵诗书……

我盯着那道山脉上的小树林和几座院舍与漫山的青葱生物，泪水又一次滴落：李白诗人，我分明看见了你飘飘若仙的身影，请等一下，我们一路快乐同行。李白步子越走越快，转入成团的云朵里而不再见，我懂了，在李白的故乡，在我心灵的福地，什么都不用说，说了什么都是多余的了。对于巨人，我们保持肃静最好。

原载《格调》2020 年总第 303 期

红星照我去战斗

◆罗瑜权

罗瑜权，四级高级警长，现居绵阳。四川省作家协会会员、中国散文学会会员、中国纪实文学研究会会员，绵阳市散文学会会长。作品收入《全国公安文学精选》《全国消防文学作品选》《四川散文精选》《四川报告文学精选》《四川战疫丛书·文艺卷》《当代四川散文大观》《绵阳50年文学作品选》等三十多种选本。出版长篇纪实文学《铁血英雄》，散文集《不一样的天空》，纪实文学《人与火》《刑警生涯》。曾获首届「王勃杯」全国青年文学大奖赛奖、四川省第二届散文优秀作品奖、四川省首届优秀公安文学奖、四川省首届法治文学奖、《芳草》《四川文学》《剑南文学》杂志征文奖。

我的家乡四川省苍溪县属于川陕革命老区。在苍溪县城东南三公里处的塔山湾嘉陵江畔，有一古渡口，叫“红军渡”，这里是红四方面军长征出发的地方。1980年7月四川省人民政府把红军渡定为省级文物保护单位，2001年红军渡被中宣部命名为全国爱国主义教育示范基地，2004年红军渡风景区被列入全国100个红色旅游经典景区名录。

我出身在苍溪县城的一个工人家庭，生在新中国，长在红旗下，从小就在嘉陵江边听老红军战士讲述那段辉煌的革命战斗历史，接受红色洗礼，接受革命传统教育。

1935年3月28日，红四方面军为了集中主力部队向嘉陵江西岸进发，配合中央工农红军北上，前线指挥部发出“急袭渡江”的命令。这天晚上9时许，红四方面军30军88师263团在苍溪县城南塔子山湾处，将70多只木船投入嘉陵江中，分批破浪前进，直抵对岸，奔袭敌阵，强渡嘉陵江天险。红四方面军十万雄师乘胜前进，一扫千里，连续攻克十多座县城，歼灭敌军12个团，彻底地粉碎了蒋介石的“川陕会剿”。这就是我军军史上有名的“强渡嘉陵江”战役。

在这场战役中，苍溪儿女做出了很大的牺牲和奉献。当时，人口不足28万的一个山区农业小县，就有三万多优秀儿女参加了红军，他们大多是苦难的工农民众，也不乏教师、学生、医生、商人和豪门显贵中的进步青年，其中2.5万多人为中国革命献出了宝贵生命，进行了100多场战役，这里走出了6位中央委员和8位共和国将军，留下了一大批红色革命遗址遗迹。

听父亲讲，我的爷爷和当时幼小的父亲，连夜送红军战士渡江，红军渡江后，把一只渡船送给了爷爷。听母亲讲，她的两个兄弟，我的两个舅舅王芝龙、王芝凤在老家苍溪县鸳溪场参加红军，牺牲在长征的路上，在苍溪县红军纪念馆牺牲烈士名册上留下了他们的名字。

为了缅怀先烈的英雄业绩，多年前家乡建立了红军渡纪念碑。1984年秋，当年曾指挥红军强渡嘉陵江天险的徐向前元帅又亲笔题写“红军渡”三个字。1986年，红军渡纪念碑在红四方面军强渡嘉陵江的主渡口遗址落成。这座雕像坐落在嘉陵江东岸，塔子山下，国道212线公路旁，背拥群山，面向江水，与巍巍白塔相映生辉。碑像高9米、长13.4米，用2.5毫米的厚铜板锻制，底座由102块黑白大理石镶嵌而成。徐向前元帅题写的“红军渡”三个金色大字装在底座两侧，闪闪发光。雕像的正前面是一位红军指挥员，肩飘“披风”，昂首直前，右边是一名红军女战士，左边是一名红军小战士，后面一侧是头扎绷带仍坚持战斗的红军伤员，一侧是一名赤卫队员。五个典型形象组成一条前进线，向对岸冲击。这座群雕像一只离岸飞驶的木船，又像离弦的疾箭，更像是展翅欲飞的雄鹰。它是一首战斗的诗篇，是一首激昂的序曲，是一座用鲜血、用生命凝聚的丰碑。这座丰碑激励革命的后来人，继承先烈的革命传统，牢记革命的宗旨，乘风破浪，勇往直前。

1985年12月，我参加工作，成为一名人民警察。工作5年后，人生又发生了变化。1991年6月，为了工作的需要，公安部批准我转为武警现役军官，到消防部队服役。那个年代，能够成为一名军人，是许多青年人的梦想和向往。

面临第二次择业，家人劝我慎重考虑，有了稳定的职业，离家又近，再不要考虑去别处工作了。年迈的母亲和兄长再三劝我，说到部队要吃苦，尤其是新训期间。当时，我一心一意抱定不怕吃苦和好男儿应到部队大学校去锻炼去熏陶的想法，选择了应征入伍。

那一年，我26岁。

到消防部队后，经过在武警成都指挥学校消防分校教导队的短暂学习，我被分配到武警广元市消防支队服役，后调到武警绵阳市消防支队工作，先后担任支队防火参谋、调度指挥室主任、大队教导员、防火监督工程师，还当过《四川消防报》记者。

1993年11月，我光荣地加入中国共产党。在宣誓的那一刻，我的心情无比激动，感到更多的是光荣感、神圣感和使命感，将崇高理想和信念根植于心底，让自己的成长有了永远的原动力，坚定信念，不忘初心，听党的话，跟党走，在党旗下铸造光辉的人生。

在消防部队，我不会忘记与战友一起参加1998年抗洪大救援和参加宝成铁路液化槽车泄漏大抢险的惊心场面，不会忘记在乐山采访模范消防警官刘文龙，不会忘记在重庆现场报道朝天门综合交易市场“5·27”特大火灾，更不会忘记1997年7月香港回归，我以一名消防警官的名义写的长诗《期盼回归——一个共和国警官的述说》发表在《中国消防》杂志，并获得全省公安消防部队征文奖。

在从事消防监督工作期间，我们见证了一座座高楼的拔地而起，见证了一个个企业的发展壮大，见证了中国经济的快速发展。

在消防部队，我学会了刚毅、勇敢和坚强。我不会忘记百米冲刺时的呐喊，也不会忘记在训练场上摸爬滚打的身影。我不会忘记与战友一起治安巡逻、抗洪抢险、便民服务，也不会忘记与风雨相随，与蓝天为伍，与钢枪为伴。在军营，我们读懂了什么是军人的伟大与平凡，什么是军人的赤诚与执着，什么是军人的潇洒与坦然。

一个从小与军营无缘的男子汉，却在消防部队度过了人生中最难忘的一段时期，由夏到秋，由冬到春，生活节奏快而紧张。在军营，每当听到高亢有力的军歌，我都感到热血沸腾，浑身充满力量，仿佛看到一支雄赳赳气昂昂的队伍，迈着矫健整齐的步伐，走向靶场，走向未来，走向胜利的辉煌。

有人说，当兵后悔一阵子，不当兵后悔一辈子。我很骄傲，我不后悔，我曾是军人，曾有当兵的经历。

2003年9月，从消防部队转业，再次面临职业的选择，我又选择到警队，当了一名人民警察，分配到四川省绵阳市公安局工作至今。

漫步红尘里，回忆从警路。36年，痴心不改，初心依旧。

参加工作36年来，自己在忠诚履职做好本职工作的同时，还在报刊发表数百万字的文章，推出了一大批公安英模人物，出版著作4部，10次荣立个人三等功，6次受到个人嘉奖，多次被评为优秀共产党员和优秀公务员。

这些简单的数字，是时光的印迹，是历史的见证。

多年后，重回故里，再次站在红军渡碑前，凝视着耸入云端的英雄雕像，追溯革命历史，缅怀革命先烈，更加激励斗志，坚定革命信念，牢记党的宗旨，永做人民卫士。在新时代，向着美好继续前行。

原载《啄木鸟》2021年6月建党百年专刊

骨头车成纽扣

◆王　琴

王琴，女，70后，四川绵阳平武人。四川省作家协会会员，中国自然资源作家协会会员。作品发表于《剑南文学》《莽原》《黄河文学》《散文》《牡丹》《鹿鸣》《广西文学》《大地文学》等杂志。

一棵老桑树的树杈处，朱二娃叉开双脚站在上面修枝。他没有穿外套，穿着一件灰色低领毛衣，脖颈处露出一截暗红色秋衣衣领。

冬季的磨刀河是干冷的，我没有戴围巾和手套，河风吹在裸露的皮肤上，让人忍不住搓手跺脚。

我站在路边缩着脖子看朱二娃剪桑枝，小的枝条一只手就可以，遇到稍大一点的，要用双手握住剪刀一起用力。

冬至已过，霜重了，桑田里的油菜苗覆盖了一层霜匍匐在地上，看上去毫无生气。我问朱二娃，身体好点了没有。他手上忙碌着，“扑哧扑哧”的一阵脆响，剪断的桑枝落在树下，落在油菜苗上。他说，本来也没什么大毛病，就是睡不着觉，整夜睡不着，白天精神还好。他好像怕我不相信一样，又接着补充几句，中西医都看过了，连市里的三医院也去了，吃药就能睡，一停药又睡不着了。

我站在路边，朱二娃在桑树上，他的妻子小玉在树下整理桑树枝，她把落在树下的大小枝条规整到一处，找一根长的桑条拦腰一拴就成一捆了，手脚麻利得很。

市里的三医院是精神病专科医院，我以为朱二娃在开他自己的玩笑，哪里有睡不着觉去精神病院的。小玉也怕我不信一样，站直身子看着我说，真的，连三医院都去了，也不管用，急人得很，我们回来的这两个月没有一点收入，每个月还要缴四千多的按揭款。

我知道面对朱二娃的失眠和每个月的按揭款，再好听的安慰都不起作用，但是我还是要说几句安慰的话。我说，身体那么好，没啥大毛病，好好调整一段时间就好了，房子都买了，大笔的钱都花出去了，小宝在成都也落脚了，莫着急。

朱二娃还在仰起头剪桑枝，我没看见他脸上的表情，倒是小玉用了欢快的声音说，那倒是，哪个不是一辈子为儿为女，小宝好过了我们就好过了。

这就是一个平常的冬日周末，我回家看望父母，早上起来站在楼上看到对面的人家屋背上铺了一层白霜，冬至一过就数九了，这个川西北的小山村大多数的房屋又临河而建，河风一吹就愈发冷了。上午九点过，太阳有了一点淡红色的光在云层里若隐若现，没有带来丝毫的温暖。我没事可做就去田坝里走一圈，看到了修剪桑枝的朱二娃夫妻俩，听母亲说，朱二娃回来两个多月了，睡不着觉也不敢上脚手架，只能回来治病。

朱二娃两口子都是辛苦的手艺人，在建筑工地上，一个绑钢筋是大工，一个和水泥当小工，在外打拼了很多年，想的是好好供儿子小宝读书，只要小宝把书读出来了，他们也就能轻松一点了。

我从来没想到过朱二娃真的会在成都买房子。好几年前春节在一起闲聊，那时候，小宝还小，朱二娃在老家刚修了新房，他还和很多外出打工春节回乡的人一样穿着一身崭新的衣裤。我摸了摸他身上穿的皮衣，开玩笑地说，真皮哦，出去这么多年了，肯定挣了不少钱，是不是准备给小宝在城里买套房子。他大声说，啥子？城里买房子，那么贵，你把我宰了，骨头车成纽扣，一起卖了，也挣不到那个钱啊。

和很多父母一样，朱二娃就想着挣钱供儿子读书，一级一级地读，小学，初中，高中，大学，工作，接着是稳定的旱涝保收的工作，不再如他一样做一天才有一天的钱，没事做了闲一天心慌一天。

我曾经笑过朱二娃，懂事晚了，当年如果他像现在这样懂事有这样的想法，说不定就不会在某个城市的建筑工地上站在高高的楼顶上绑钢筋。

我和朱二娃是同学，他的父亲在村里是个杀猪的匠人，杀一头猪收几块钱再吃一顿，日子在村里比起来算是上等人的生活。家里日子一好过，心里很少有努力读书走出去的想法，这一点，是我和朱二娃少年时最本质的区别。

忘记了朱二娃具体是哪一年不再读书的，如果我要回忆，很多细节都停留在初中未毕业的阶段。我记得好几个暑假开学前我们一起去后山砍竹子，扎成扫把当清洁工具带到学校去。后山长满了杂树，也会遇到青色的黑色的有花斑的不一样的蛇，朱二娃走在前面，用手里拿的砍刀开路。有一次，他还捉了一条小青蛇凑近了给我看，我吓得又叫又躲。后山还有一条牛踩出来的大路，我和朱二娃放假时早晨一起放牛，下午又一起去收牛。有时候，牛不见了，满山地找，听到牛铃叮当响了，朱二娃让我待在原地不动，他去赶牛。他扒开树枝杂草，一个人顺着牛铃铛响起来的方向走去。一回忆起这些细节，我的脑海中会有那座山，那条路，那些拴了铃铛的牛，还有那个穿遮了屁股的宽大衣服，袖子挽到手肘以上，有一张笑脸的少年。记忆里就是没有语言，我们交流过吗，关于上学、成绩、未来、理想之类的话题？我一点都不记得了，应该没有吧。

村里人都认为朱二娃应该接他父亲的班，将来也做一个杀猪的匠人，挣钱，吃得也是满嘴冒油，他的将来似乎是令人羡慕和毫不费力的。他不再读书似乎也没有什么可遗憾，就连我的父亲，一个乡村教师，也会在家里面对两个哥哥不认真学习时吼几句，本事没得，还不晓得好好读书，你以为你是朱二娃，以后靠杀猪的手艺就养活得了一家人！

于是，朱二娃究竟什么时候不再上学，没有多少人会在意，我也是在初中快毕业了，听说朱二娃的父亲生病了，才猛然想起朱二娃来，我已经很久没有看见过他了。

朱二娃的父亲得病的地方在肝部，医生说，肥肉吃多了，肝子上长满了油。我家宰猪，请的匠人也是朱二娃的父亲。等到猪宰了，内脏清理了，一头猪分成两半用铁钩挂起来，朱二娃的父亲首先拿尖刀割一挂最好的猪屁股肉，还连着猪尾巴，交给一边等着的母亲，说，火烧大点，这么新鲜的肉，几锅铲就好了。等到猪肉分割完装在箩筐里，朱二娃的父亲坐在桌子上，我就端了一盘又一盘的菜出去，肥肉炒蒜苗、瘦肉炒木耳、泡姜炒猪肝、蒜粒炒猪腰，那香气不晓得要飘出去好远。遇到春节前，一天要宰几头猪，每一户人家都要准备一顿这样好吃的菜。这样的朱二娃父亲很令村里人羡慕，哪个男人能有这样的好日子，待在村里就能挣上钱每天吃上肉呢？

但是，朱二娃的父亲生病了，一旦生病，村里人的话就变了味道，都说，这个病是吃出来的，随便哪个天天吃肉，肝子上也要长满油。我不相信这样的说法，我记得，饭桌上，我们一家人吃的比朱二娃父亲吃的多，一年能敞开肚子吃肉就只有宰猪这一天了。他的筷子就靠在盘檐边，只有在我父亲母亲一再殷勤地劝说下，才拿起筷子挑一点菜放进嘴里。

以上的内容我对朱二娃说过，我周末在回家的路上遇到了朱二娃，他刚从市上的医院回来，提了一口袋的药，中西药都有。他说，他父亲天天逼他出去找医生拿药，只要听到一点消息，说某个地方的某个医院看这种病拿手，他的父亲必定会喊他去，动作慢了就骂，就是死了也要把挣的钱花光。那时候，朱二娃不过十五六岁，我在他的脸上看不到悲喜，我和他在那条黄泥巴路上遇见，记得那时刚下过一场雷阵雨，路有一点滑，我们眼睛都盯着脚下，有一搭没一搭地说话。他说，人家都说这个病是因为吃多了肥肉，他宰了那么多猪，吃的肉确实多。我说，不要信那些，不吃肉还不是一样生病，再说，你爸爸吃肉不得行。

忽然就说到我了。我脚底下一滑赶紧一把抓住路边的树，嘴里骂了一句，这个烂路！朱二娃说，你肯定不会当农民，你以前就说过这话。我很惊讶地问他，我说过这话吗，我怎么不记得呢？他说，你说过的，你说你不喜欢稀泥巴烂路，不喜欢晒太阳，不喜欢放牛，不喜欢鸡屎牛屎。我边听边笑，朱二娃也笑，我们一起笑的时候肯定都忘记了他那个生病的父亲，只有单纯的快乐了，好像又回到了我们一起砍竹子一起放牛的日子。

其实，我并不知道朱二娃少年时是否过得开心，他那一次的笑我记得最清楚，我内心里对他有一种说不清的感情，有点可怜，又不全是可怜，关心是肯定有的，心里想，如果他父亲不在了他怎么办？

能怎么办呢，朱二娃从他父亲去世那一天，不，从他父亲生重病那一天开始就长大了，他成为大人比同龄的我提前了五六年，那一场病改变了一个家庭所有人的命运，朱二娃父亲走后不久，他的母亲就改嫁去了外乡，姐姐招了女婿成立了新家，原来的家就剩下朱二娃一个人，而曾经存下准备修新房娶媳妇的钱也在他父亲一次次的住院和一包包的药中消耗殆尽。

村里人又都在替朱二娃担心，真是造孽，算得上是孤苦伶仃了，哪个给他建新房，哪家的姑娘又会嫁给他？

日子是一天一天地在过，但是日子也不会把所有的事都串联起来，清晰地呈现每一件事情的始末。外出读书外出工作的最初那几年，我和老家是割裂的，每次放假回家都是蜻蜓点水一样待上一两天就又急急忙忙地走了。我和村里的人礼貌而疏离，甚至，有些人的姓名我也喊不准了，很多人在我的生活中隐去了踪迹，我们相互看不见，朱二娃对我来说就是如此，我并不知道他在做什么，也不会主动想起这一个人。过了好些年后，我看见了朱二娃在田坝中间新建的三间瓦房，屋里有了一个年轻的女人和一个骑着三个轮子小车的小男孩，我才知道，我们都成了真正的大人。

朱二娃最终没有像他的父亲一样成为村里的宰猪匠人。老家田地里多桑树，养蚕是村里人每一年最重要的事，一年两季或者三季的蚕茧带来的是不少的收入。桑树还没有嫁接，都是老品种，有着粗砺嶙峋的树干和旁逸斜出乱糟糟的树枝，每一年的冬天，田地里都是给桑树修枝的人，剪刀剪下枝条“扑哧扑哧”的声音在空旷的山谷里清晰又清脆。

朱二娃居然成了村里的养蚕大户，他养的蚕不容易生病，结的蚕茧又白又大，别人养春秋两季，他养春夏秋三季。后来有了另一个女人的加入，借了一些钱重修了新房。

我所记得的农村，每一辈人最受人尊崇的就是修新房，只要一听说哪一家新修了房子，后面议论的人连口水都是羡慕嫉妒的味道。媒人做媒，房子也是第一条说出来颇显家底的硬件，某某家条件好得很，刚盖了新房子，嫁过去享福哦。我们家也修过一次新房，我母亲说，那一年她脱了一层皮。

朱二娃盖新房应该更辛苦，没有人帮衬一点，他可能要脱两层皮。

没有哪一家人修房理屋不贷款，房子修好后，朱二娃带上一家人外出加入了打工的队伍，继续靠养蚕卖茧已经不能发家致富了，要是快要结茧时遇到一场病，蚕全死了，一分钱也没有，那就白忙碌了。村里外出打工的人大致分为两拨，一拨去新疆，一拨去深圳。朱二娃都去过，哪里工价高好拿钱就去哪里，每一年春节遇到短暂的几句话都在说他儿子小宝，他说，必须要把小宝的读书供出来，不能再走他的老路了。

朱二娃是羡慕我的。有一年的春节，我们一家人回村，朱二娃和小玉过来向我打听孩子读书的事，说小宝读初中了，他们想让他留在县城里读书，跟他们一起东晃西晃的书也读不抻展。小玉看着我说，还是你们有稳定工作的人好，看起来都要年轻好多，你看我们朱二娃，你们还是一年的，他看起来就像个老头了。我看了看朱二娃，穿了一身崭新的衣服，脚上的棉鞋也是新的，就是那张脸说不出来地沧桑，抬头纹特别明显，伸出来烤火的双手更是黑而粗糙。在建筑工地讨生活，还是在高楼上绑钢筋，风吹日晒的，不这样还能哪样呢？

我带小宝去了我工作的学校，交给了一个最严格的班主任，我板着脸告诉小宝，我和他的父亲是娃儿朋友，要是他在学校不听话不好好学习，我是要替他父亲管教的。小宝胆怯地看了我一眼，马上又低下头去，嘀咕了一句，晓得，爸爸给我说过。

小宝不是个话多的孩子，周末来家里吃饭，吃得很快，吃完就走。我总是暗暗地拿他和他的父亲做比较，朱二娃在这个年龄是开朗的，话也多，只是再过两年就遇到家庭的变故了。人的年龄一长，见识经历一多，知道很多事不可预知，担心的事就多了，我期待着朱二娃夫妻在外打工平安，小宝能顺利地考入市上的高中。

那几年，朱二娃好像挣了不少钱，每一年回来都会给老家的房子添置一些东西，二楼也盖上了，就连紧挨着房子的猪圈也收拾得宽敞明亮，房屋前后种了观赏树和一些花草。他说，都给小宝留着，以后就不用那么辛苦了。

只是后来，村里吹起了一股风，大家都争先恐后地在县城里买房子，这样一来，成本就比在村里自己修房高多了。在县城里有一套房成了村里人相互之间聊天摆龙门阵最能镇得住场子的谈资，哪怕你在村里修的新房再宽敞再漂亮，只要人家轻轻一句话“我们在县城刚买了一套三室两厅”，就像飘在空中的气球就被戳了一个孔，泄气了。而年轻人的婚嫁，城里有房又成了新的硬性指标。

小宝的成绩越来越好，朱二娃的担心越来越大，他原以为小宝能在家乡有份稳定的工作家里还有现成的房子，生活会过得很好很轻松。小宝初中一毕业果然考上了市里最好的高中，这就意味着只要小宝不中途叛逆得很厉害，回乡甚至回县城都不太可能了。

村里在县城买房的人越来越多，就连那些初中都没读毕业就在外打工的年轻人也在父母的帮助下在县城里有了房子。朱二娃开始慌了，他说，这些年挣的钱都花在村里的房子上了，账是还完了，就是给小宝准备读书的钱，看目前这个现实，还要准备在县城买房啊，那还要脱几层皮哦。

小宝高考考上了成都最好的医学院，我给朱二娃报喜，开玩笑地说，现在可不是在县城准备房子啊，是得在省城，在成都准备房子！朱二娃直呼天，天呐，在成都买房子，把我们两口子宰了，骨头车成纽扣，一起卖了，也没得那个钱啊。

小宝考上大学，按照朱二娃原来定的目标，他该轻松了，但是我每一年都看到他以快于他人的速度老去，四十出头，头发掉得差不多没有了，脑门亮光光的，不笑还好，一笑脸上全是皱纹，他在工地上摔过一次，背也打不直，过年也不换身新衣服，随便得很。

四年前，成都的房子限购，房价噌噌噌地跃进了好几层，从七八千到破万再到一万五再到今年的两万多，细算一下，就是一套小两居室六十多平也要一百多万了。

自从小宝考上大学，朱二娃也有好几年没有回老家过年了，他在帮老板看工地，给的价也高。那些朱二娃没有回来的春节，我从他家门前过，总要多看几年，一楼二楼翠绿带白色小碎花的窗帘一直拉下来，外面看不到里面，猪圈一直没养猪很干净，没人打理的花草树木有些干枯了，有些营养不良一样半活着。村里人也会聊起朱二娃一家人，羡慕的，嫉妒的，都有。我和母亲说起这些，她说，人嘴两张皮，咋个说都是理，管不到。

后来，听说朱二娃准备在成都买房了，他四处筹钱，还打算卖了老家的房子。老家的房子再好，能值几个钱呢，即使卖了恐怕也只能在成都买一个厕所，再说，小宝在成都有了新家，不代表朱二娃两口子就不再回村里了，你见过有好多父母跟随子女一起进城的？这些顾虑是我心里想的，我没有机会对朱二娃说，他并没有向我借一分钱。

去年，朱二娃还是在成都买房了，首付四十多万，余款按揭，幸好，没卖老家的房子。

其实今年冬至后回家，听说朱二娃两口子回来两个月多了，我就松了一口气，回来有房有田有地，就踏实了，吃住都不是问题。

去年年底开始的新冠疫情，一直闹到今年，村里倒是热闹不少，打工的人没有了去处，到处都没有开工，有些出去十天半个月又返回来骂骂咧咧地说，可惜了那些车费。

朱二娃还是替老板看守工地，只是好几个月不开工，每月的房贷还是要按时缴纳，小宝告诉过他，不按时缴纳房贷会影响征信，会影响他未来的工作和生活。

房产证上写的是小宝的名字。

其实朱二娃越到后来越不多话了，很多关于他的信息都是小玉说的。她四处打听偏方，治疗朱二娃的失眠症。这个叽叽喳喳的女人，骂小宝，书读那么多有啥用，买房子还不是刮削家里，等到家里的人有事了，也指望不上。

我忽然想起，小宝不是学医吗，为什么不找他？小玉说，找了，也带到医院去看，医生说是抑郁症，中度的，要疗养，要减压，我们就回来了。我心里明白了，朱二娃应该就是抑郁症，心里的事想多了，压力太大。我说，回来好，农村空气好。小玉又说，空气好又不得当饭吃，待在老家，哪里挣钱去，一个月有那么大一笔钱要打给银行呢。

抑郁症严重了会有轻生念头，这话我没敢对小玉说，怕吓着她，只是告诉她，多开解朱二娃，日子肯定是越来越好，小宝快要毕业了，疫情也好转了很多，工地工厂都在复工复产，会好起来的。

如果有机会，我会和朱二娃闲聊一会儿，告诉他，再难，人一辈子总要做一些事，这些事会让我们经历的每一个日子具有特定的意义，而这些意义的重叠堆积也就让我们的人生不再轻如羽毛。就如那些修房的日子，打工的日子，买房的日子，甚至失眠的日子，对于他个人都是无可替代的存在，不能抽离。所以，再难的事都会过去，而过去了的事又会成为我们回忆时骄傲的资本，包括那一句调侃的戏言“骨头车成纽扣”。

原载《广西文学》2021 年第 3 期

时光深处

◆王晓华

王晓华，女，羌族，教师。绵阳市作家协会会员。2015年开始发表作品，作品散见于《剑南文学》《现代作家文学》《今古传奇》《望月文学》《绵阳日报》《绵阳晚报》等报刊及各大网站。

“吱呀”一声，理发店的四扇实木折叠大门向两边缓缓打开。时光在敞开的大门前飞逝，恍如黑白电影，带我飞向三十年前的武都。

武都的理发店是一间宽大的屋子。屋子进深很长，中间一道墙隔开。墙上开一扇小门。里间左边一张木床，单人的。我仿佛看见张师傅躺在床上，用瘦骨嶙峋的左手笨拙地揩着眼泪。右边屋角一个鸡窝灶，灶上两口黑色大铁锅。灶上方两匹亮瓦，阳光射进来，尘埃乱舞。外间是理发店，右边墙上一张大镜子。我从没见过那么大的几乎和墙一样宽的镜子。镜子前的木柜上摆着发胶、肥皂、火吹风、手动推子等。四把大木椅，深红色，静静地立在木柜前。张师傅站在一把椅子边，对一个十七八岁身材丰满皮肤白净的女孩说话。教女孩洗头；教女孩练手——如何熟练地使用手动推子而不会夹住顾客的头发；教女孩修面，打好肥皂泡沫，剃头刀子如何将胡子刮得干干净净，露出青色光滑的皮肤；教女孩用锋利的剃头刀子洗眼睛：刀子中间凹陷处放一滴清水，左手下按压紧下眼皮，下眼睑翻了出来，刀片轻轻地从眼角刮向眼尾。刮了下眼睑再翻刮上眼睑。来洗眼睛的都是老人，洗一次，眼睛可以明亮一两个月。张师傅是末代国营理发店的理发匠，带了很多徒弟。洗眼睛、洗耳朵、舒筋活络之类的绝学，只有这个体态丰满、皮肤白净的女孩学会了。

这个女孩就是我的大姐。

理发店外面是街道，街是老街，约三米宽。街两边尽是青瓦房，穿斗式，篾编墙壁，涂上黄泥、抹上石灰，全做店铺。店铺里卖衣服的，卖百货的，开馆子的……应有尽有。街道上，背背篼的，挑挑子的，挎篮子的，扛糖葫芦的，甩着两手闲逛的……人来人往，热闹非凡。

我到达理发店时，店左边挨墙的三条长板凳上已经坐满了人。板凳原木的，没上漆，破旧。墙角，一人坐在面盆前，一位师傅正在给他洗头。张师傅和另外两位师傅在木椅边忙碌。张师傅中等个子，身材偏胖，花白的头发，圆脸、圆脑袋，红光满面，浅发，穿着蓝布褂子、黑色长裤。张师傅一边弯腰将通红的炭火放进火吹风的大肚子，一边对大姐说："你妹妹难得来一趟，你们出去逛街，好生耍一会儿。"大姐面露喜色，礼貌地告别师傅，拉着我的手，从街中逛到街北，从街北走到街南。逛完一条街再逛另一条街。武都镇有许多条街。不像我的故乡，一条窄窄长长七弯八拐的老街，三两分钟就走到尽头。武都镇街上偶尔矗立一幢楼房，三四层高，在青瓦房群里略显突兀。目光越过远处街的尽头，窦圌山静静地站在那儿。窦圌山的下半截遍布石头，大大小小，一律黑色，仿佛一群伏在地上的癞蛤蟆。上半截亭台楼阁掩映在绿树丛中。两座峭壁高耸入云。窦圌山我去过一次。第一次到武都看大姐时，张师傅带我们过小桥，走山路去的。目睹了华夏一绝"铁索飞渡"。至今，胆怯地、试探性地移动脚步到悬崖边，那种汗毛竖立，仿佛会一个跟斗栽下山崖的眩晕感还在。"铁索飞渡"更是让心提到了嗓子眼儿，耳边惊叫声不断。张师傅边走边给我们讲窦圌山的山，讲窦圌山的海灯法师和他的一指禅功。

街边饭馆里飘出的香味一个劲儿往鼻孔里钻，肚子饿得咕噜响。大姐当学徒，没钱请我吃饭。我是一个穷学生，没钱请大姐吃饭。我们回到理发店，店里空荡荡的，只有一个顾客在剪头。张师傅说："走，带上你妹妹，我们去吃午饭。"大姐脸微红，没说话，顺从地拉着我，跟在张师傅后面。我看见张师傅眼角一抹慈祥的笑。

走到理发店斜对面一个饭店坐下，张师傅叫了六个菜，有鱼肉，有牛肉，有鸭子，有猪肉，有素菜。仿佛张师傅是徒弟，我和大姐才是他的师傅！这是我平生第一次打馆子，吃得过瘾，直接吃撑了，胀得坐着发憨，不想起身。与之前在小食店吃一碗面，或者一碗抄手是无法相提并论的。饭后，张师傅在饭店隔壁买了两个空心饼子，饼子的肚子里塞得满满当当的，鼓得老高。我想，肯定是干饼子夹凉面。两个饼子从张师傅手里递到大姐手里，又从大姐手里到了我的手里。大姐说："师傅让你回学校再吃，当晚饭。"

回到江油师范，我取出饼子。一口咬下去，饼子咧开大嘴，露出大片的卤牛肉。原来夹的不是凉面啊！一口气吃掉两个干饼子夹卤牛肉。好香的卤牛肉！或许是平生第一次吃卤牛肉，我永远也忘不了它的味道。那年，我正读江油师范一年级。一个月三十多块钱的生活补助，足够我一日三餐。偶有结余，就去学校小卖部，用饭票买点鱼皮花生、瓜子之类的零食。或者把饭票卖给饭量大、饭票不够的本班同学，拿着那些零钱，周末去学校附近的市场逛逛。做梦都没想过下馆子。至于干饼子夹卤牛肉，那是梦里都吃不上的美食。

两年后，大姐回高村乡开了一间小小的理发店。张师傅在路上颠簸一整天，亲自到我的故乡耍了四天，为大姐开张坐镇。大姐的生意一直很火爆，过硬的手艺让她一度霸占了高村乡百分之九十的理发生意。小日子过得甜甜蜜蜜。不幸的是那年寒假，大姐含着眼泪对我说："师傅瘫痪了。"大姐去了一趟武都，照顾了张师傅一周。回家后，大姐说她师傅孤零零地躺在理发店后面那张小床上，好可怜。大姐说张师傅有一个儿子、一个女儿，但是，儿女嫌他脾气古怪，断了联系很多年了。大姐眼里闪动着泪花，她对我说："开学你有空就去看看师傅吧。"

我常想起那间理发店，想起理发店斜对面饭馆里可口的饭菜，想起塞满卤牛肉的干饼子。张师傅瘫痪了，儿女不在身边，谁在照顾他呢？照顾得好吗？姐姐说得对，我应该去看看张师傅。一个周末，我用卖饭票的钱坐车去了武都。推开理发店里那扇小木门，我的眼睛湿了。只见昏暗的屋子里，一张单人小木床靠着墙，床头堆满衣服等杂物，床边一个尿桶，装着半桶水，尿垢斑驳，散发着一股臭味儿。尿桶后面，用木板把床和过道隔开。过道尽头，冰锅冷灶。张师傅躺在床上，安静地躺在床上，与空气为伴。张师傅瘦了一大圈，脸上皮肤松弛，白得没有一点颜色。他看见我，眼睛突然一亮，有了几分生机。我和他摆条。他像个孩子，嘴里咿咿呜呜说着什么，我一个字也没听清楚。我心里涌起一阵悲伤，自我安慰地说："您一定会好起来的！您这么好的人，一定会好起来的！"小屋里短暂的寂静让我更加难受。想走，又觉不妥。我坐在床边说："给您讲个故事吧。"

我忘了故事的名字，只记得是一个童话故事，很长的童话故事。我努力微笑着，静静地坐在床前木凳上，慢慢地讲，想用这个故事博他一笑，让他开心。但是，我失败了。张师傅没有笑，他的眼睛里尽是泪水。为了不让寂静将我们湮没，一个接一个的故事从我嘴里淌了出来，时光被我拉长，空气里凝结的无奈也被我拉得老长。时至下午两点，我站起来，告诉张师傅，我要回学校了，下次再来看他。泪水顺着张师傅的眼角流淌。他挣扎着，用仅可以动的左手抖抖索索地伸到枕头下面，摸了好一阵，摸出一张二十元的纸币。他吃力地示意，让我收下。“不，您现在挣不到钱了。留着自己用吧。本来，应该我给您买点东西，或者拿点钱才对。可是……”说着，我歉意地从他手里抓过钱，压到他的枕头底下。他用那只仅能动的左手，瘦得皮包骨的左手，笨拙地揩着眼泪。泪水像小河，默默地淌过我的脸颊，我喉咙哽咽呼吸困难，快步走出了理发店。

我再也没去看过张师傅。后来，听武都的一个朋友说，国营理发店请了一个老太婆，专门照顾张师傅饮食起居。张师傅瘫痪着，说不出话。老太婆没有在理发店的厨房里给张师傅煮饭，而是回家，一天给张师傅送两次饭。后来，一天给张师傅送一次饭。渐渐地，张师傅身上的票子一张一张地没了。张师傅存了一辈子的存折，也一张一张地没了。一年后，张师傅死在了理发店后面那张小小的木床上。没有一个人为他送终。单位将他火化，遵照遗愿，骨灰撒在窦圌山山脚下清澈的小河里。

三十年后，我开着轿车飞驰在柏油马路上，带着父母去窦圌山游玩。车子路过武都镇的小街，青瓦房的老街已荡然无存，替代它的是幢幢高楼。在那穿梭往来的人流中，我再也看不见那个熟悉的身影，一如当年的火吹风，一如当年的手动推子，一如当年洗眼睛的绝活……全部消失在岁月的角落。窦圌山下癞蛤蟆一样的黑石头被葱茏的树木掩盖，唯见小河清清，一如黑白电影，流向时光深处。

原载《剑南文学》2021 年第 2 期

时光里的一抹惊鸿

◆白衣书生

白衣书生，四川德阳人。中国散文学会会员，中国大众文学学会会员，中国西部散文学会会员，四川省作家协会会员，绵阳市文艺评论家协会会员，《作家报》专栏作家，《渤海风》理事。著有散文集《风过无痕》《彼岸时光》《守望黎明》《骑着骆驼去看你》。作品入藏中国现代文学馆和百家图书馆。

与她的遇见，是件意外的事，尽管热烈。那热烈，人头攒动，杯盏撞响，谁的脸上都流溢着笑意，并且还交相辉映，汇聚成一条奔腾的河流。

我与每一个人，都是这无尽热闹中的一分子，她也是。无论跟多少人亲切地寒暄，打过招呼，都是在分享并且绽放出新的光彩。原本以为，这不期而至的热烈莫过于斯，待一切安静下来，就又回归到原处。那些跻身于热闹的旋涡中的每一个人，均是如此。

可是，有的东西并不需要期待，它就会发生。如同我瞧见一朵花，瞬间就妍放在枝头。那些热烈的浪潮，一波激起一波，一浪推向一浪。我径直去到大街，大街上的热闹显然又是不同的。我望见很多温文尔雅的人，都气质非凡，且彬彬有礼。我跻身于他们中间，任浪潮推着，不知要去向哪里。

她显然要安静得多，那是一份难能可贵的矜持。就像这世间的人，不需要都急着去认识，也不需要急着去搭话，一切都自然而然水到渠成。我自然观察到了这一切，就像发现了这个世间的隐秘。我和别人尽情地说笑，热情地攀谈，谁都像久别重逢的挚友。可眼角的余光中，她都在那儿，且没一丝察觉。

我礼貌地撇开这无尽热闹的本身，另辟蹊径。我知道，或者也不知道，划过苍茫之江的行舟到底要去向哪里。我知道，或者也不知道，那溯源似的路径的尽头，便是无穷的文化与历史。鲜花们都尽情地绽放着，它们也非常热闹，激烈地拥抱着阳光。阳光们也很热情，直在一望无垠的天空里尽情地挥洒，把这世界一下子就给镀上一层薄而淡的金色。

她从时光中走来，从劲放的鲜花中走来，轻叩着一座枯楼。据说那楼有着三千年的梦呓，可是除却这世间的灵物，谁也听不懂，也不会察觉。我从三千年前的梦呓中走来，从人类的智慧与迷茫中走来。长长的甬道里，一划而过的是她的身影。我居然瞥见了，时光里的一抹惊鸿。

她没有骑着梅花鹿，没有头戴花环，也没有赤着脚。她就那么轻盈地缓慢地行走，就像踩在青草上。青草上的那些露珠，全都晶莹着，轻轻一碰，便尽数地掉落。蝴蝶们飞了起来，蜻蜓们飞了起来，竟连那些蜜蜂与蝉，全都飞舞了起来。有人说，“尘埃里开出圣洁的花”，她便是。

我看见了这一切，只是无尽地微笑着，没有去点破。她说，陌生人，你好！他透过幽深的岁月，触碰了一下她的指尖，原来还真是柔软。那些三国里的旧事，再次被人提及，即便野史中某个遭谪贬的王子，也成了话题。他说，花仙子，你好呀，非常高兴遇见你！她便笑，脸庞上泛起红晕，就像饮了一点桃花酒。

我穿越桃花所有的心事，眺见了那一抹的灵气。我看见了她，自然也看见了他。可是我什么都没有说，只管抿嘴而笑，就像拈花一笑的佛陀。达摩到底还是缺席了，这人间的热闹，就连如来也缺席了。我不知道观世音，是不是还安闲地待在南海，在她自己的宅院里，焚香还是洒着净水。反正这世界，温馨而祥和。

那些蓦地冒出来的高岗，抑或丝滑般的湖泊，到底成就了她的欢喜。即便蜗牛与螳螂，也都出来了，与她互致着早安，在那永不消逝的清晨。竹林里冒出炊烟，田野上飞过云雀。她奔跑着，叩响了他的心扉。我看见了这一切，就像一场久违了的清醉。

他说，我们去看大海吧，沙滩上有贝壳，还有海螺，可漂亮了！她说，好吧，我们去，就连鞋都不用穿！大海在远方汹涌，并且澎湃着，映着一潭无边无际的蓝，唯有与近在咫尺的苍穹，才有话说。那些惊涛骇浪里的船家，降帆的降帆，摇橹的摇橹，全都呐喊着，使尽了浑身的解数。他们在和大海嬉戏，越来越接近与苍穹间原本的秘闻。他们都是强健的人，他们都是享有海燕一般至高荣誉的斗士。

她和他都没有看见这些，都只管在恬静的海边，一边踩着松软的沙滩跑，一边欢喜地呼喊着。可是，我瞧见了这一切。那些远远近近的岛屿，什么都不去管，就像一个个无比慵懒的甩手掌柜，亿万年般地沉睡。我没有打扰这一切，只管穿越这人间的所有热闹，荒原的所有贫瘠，在历史的长河中，踽踽而行。

他和她的故事，后来到底怎么样了，谁又知道呢！我只看见一个精灵与另一个精灵的相遇，这天地万物似乎一下子就都变得郁郁葱葱生生不息……

原载《作家报》2021 年 7 月 9 日

柴的故事

◆廖伦涛

廖伦涛，四川省作家协会会员，四川省嫘祖文化促进会文学院副院长，四川省散文学会绵阳分会副秘书长。坚持业余文学创作四十多年，在《人民日报》《经济日报》《中国散文》等几十家报刊发表诗、文六百多篇，有财经专著和诗、文在中央、部、省市有奖征文中获得一、二、三等奖。著有散文随笔集《流年回声》。

在伟大的汉字中，许多字词似乎天生就是带着智慧气息而来的。柴，从“形声”字义上讲，从木，从此，此亦声。“此”本义“就餐”。“木”与“此”联合起来表示“边烧边吃的时候在手头上的束薪”；同“本义”：“大者可析谓之薪，小者合束谓之柴。”按此注解，没有柴，断然就吃不上饭。

人们也常说开门七件事：“柴米油盐酱醋茶”。柴，又位居之首，可见它在人们生活举足轻重的地位了。

20世纪60年代初，家乡就与一个“穷”字分不开。盐亭不大，地处川西北丘陵边缘，曾有谚语：“宽南部，野巴州，盐亭是个窄卡卡。”条件差了，就什么都与“缺”字有关：缺水，缺电，缺工厂，也缺钱，缺粮，缺柴……

作为城镇居民，什么都要用钱买，样样须精打细算。我们家人多，每天有十来个人吃饭，光每顿煮饭的水都要烧一毛边大锅。那时我们还小，什么事也不会做，吃水五分钱一挑；而柴火主要是买茅草，一两分钱一斤，一场（三天）要买上百斤，还要省着烧。当然，也要买些老树蔸，煮饭炒菜火要硬些。

因父母忙于工作，无法照看孩子，领了工资就全交给婆婆打理。婆婆六十来岁，是个“筋骨头”人，很是精神，其能干在一条街上都有名。我家的“一盘坨”的孩子，都是她一手带大的。而每到逢场天，她总是一手一个，牵着孙子去买柴，去的时间也恰好，早了，柴有露水，湿，轧秤，不好烧，多花钱;迟了，又怕好柴被人买走。看着那些农村老人杵着个杵子，战战兢兢，背着小山一样的柴火走街串巷、汗流满面朝我家走，我总跑在前面带路，或递个毛巾让他们擦擦，也看到了挣钱的艰辛。

当然，若逢场天下雨，卖柴人进不了城，婆婆就只能在屋檐下双眉紧皱、一脸愁云。

稍长大，我们就为家里做点事。周末，背个背篼，去买“刨木花”，五厘钱一斤，做引火柴。还到处捡柴、抓树叶，也可少买些柴。

我有一个非常好的表叔，他是王家山一个特纯朴、厚道、诚实、热情像柴火般的农民。他一生命苦堪比黄连，四十来岁死了妻子就未再娶。一个大男人，除了地里的农活，女人的所有针线活也都会。要是我家有什么“大事”，一带个信也准来：上房翻瓦、打扬尘、砌灶、刷墙壁、掏阴沟、搬挪个什么笨重的……有时，除了捎一大背柴来，还把院子四下打扫得干干净净，一大缸水挑得满满的，还用斧头把大树蔸划了码得整整齐齐的，连饭都不吃就悄咪咪走了。

当然，和柴最亲密接触是我当知青时。下乡的黑坪公社是全县最大的高山区。如果说那儿有再多的这不好那不好，但一道水有一道水的脾气，一道山有一道山的鸟音，一朵花有一朵花的舒坦，空气是出奇地清明纯洁，一眼都看得见；人均占地多，活总是怎么都干不完，粮食收了后，除了麦秸蒿秆，加上柴坡，烧柴一般不是啥大问题。然而，柴草还是有“荒年”。特别紧缺时，有些人家干脆早上就煮好一天的饭，中午、晚上热着吃。才下去的两三年，人家还把你当客，没柴就到养猪场去背，后来也就给你划点自留地和柴坡，自食其力了。

柴坡一年一砍。一般在深秋后。快临近过年，农村也稍闲些。“农活还没学会，又要砍柴，真要人的命！”一大早，就背上大背篼、砍刀、篾抓耙，和请来的几个女子一同上山去。

山坡上，百丈悬崖峭壁，似有路无路；不远处，还有一片乱坟坪。过了好一阵，才爬到自己的柴坡。山顶上，云遮雾障，茅草丛生，荆棘竟长，藤蔓缠绕；见有响动，路边的野花从露水中惊醒，树丛中蹿出三两小动物，蝴蝶、狂蜂也在头上乱吼狂舞。

砍柴，既要力气，也是技术活，我是“新媳妇上轿——第一回”。不会用刀，也不会用力，握不紧草、下不去手;那些狗尾草柔柔软软倒好收拾，但那些粗壮坚硬的黄荆条、马桑树，任你再喘大气、刀砍缺，都爱理不理，与你不停地旋转、动荡、对峙。一不小心，不是割破手，就是砍伤脚；不是小渣子飞进眼睛里，就是刺又拽住了裤脚。旁边的女子看着直好笑，便甩动着浑圆有力的胳膊，低头弯腰，挥着雪亮锋利的镰刀，“唰唰”

几下就开个头，我又才接着干，说不清楚是“砍”还是“割”。

天晚了，狂风把树刮歪，人又渴又饿，柴被打成一个个捆子。我背柴下山，双腿直打软，汗流浃背，踉踉跄跄，遇一道沟坎没迈过去，重重一跤，连人带草就在地上打个滚。回家倒在床上，鼻青脸肿，全身疼痛要命。

那时的农村，一束柴，也是一溜喊声、一个家、一茬笑、一道标志。一口老锅，早晨煮太阳，晚上煮月亮。要是谁家几天断炊了，那兴许就要出大事了！

时光旧了，故事老了，村庄远了，一晃几十年过去。可一个时代，总有一个时代的印记。我的婆婆、父亲、表叔一个个先后都走了；住在高高的天上，想必还是你帮我扶、亲如一家！他们在世时的人生也极像再平凡、简单、普通不过的一束柴、一枝薪，来了，奉献了，燃烧了，就轻轻地、永远地离开了。但他们的情和谊、爱和暖，却永驻后人心中，散发出历久弥新的光芒。

原载《四川工人日报》2021 年 1 月 15 日

樱桃红了

◆陈晓兰

陈晓兰，女，四川平武人，现为语文高级教师。四川省『优秀教师』，绵阳市『名中学教师』，四川省作家协会会员。2000年开始文学创作，在省内外报刊发表散文、小说多篇，出版散文集《丫头坪的笑声》《银手镯》《途经你的绽放》。

母亲坟前有一排樱桃树，四棵；坟后也有一排樱桃树，五棵。母亲的坟墓在老屋旁边、樱桃树之间的小块平整的地方，曾经的菜园里。

母亲生活在龙门山脉起伏的群山里，山坡上难得有几块平整的土地。母亲一生辛苦劳作，她选择了樱桃树之间稍微平整的地方，作为自己的安息之地。这里曾留下母亲的足迹，土地上洒满她的汗水。站在这里，小小村落尽收眼底，散乱的庄稼地、茂密的树林、稀疏的房屋坐落其间，飘散着几缕炊烟，恬淡悠然的画卷不着痕迹地展开。偶尔几声鸟鸣衬托着周遭的宁静，母亲静静地去了另一个世界，没有了母亲的地方一片荒凉，空空荡荡。

老屋在半山腰，土改时修建的，四间五柱的泥瓦房。母亲嫁到父亲家，就住在老屋。生儿育女，兴家活人。忙活田地里的农活，拾掇家里的家务事，一年四季，周而复始。房屋旁边是自留地，母亲随季节种上蔬菜，茄子、黄瓜、豇豆、洋芋，那是母亲辛苦劳作的菜园，有母亲侍弄的菜园总是生机勃勃。如今，曾经的菜园早已荒芜。

房屋前后有些果树，樱桃树、梨树、桃树、石榴树、李子树、枣树，在儿童的眼里，俨然是座果园，给贫瘠的童年带来了意想不到的快乐。春天，雪白的梨花、粉红的桃花、火红的石榴花，开得煞是热闹，希望随之膨胀。可在那缺衣少食的年代，连果树都是歉收的，果实少之又少。只有两棵樱桃树是个例外，樱桃树承载着我的喜悦。

“家乡美味入梦多”，樱桃是其中之一。记忆对我忠心耿耿，记忆中的樱桃树，美好温暖，充满童年的光泽。樱桃红了，我和弟弟起床就爬上树，寻找红的樱桃，有时急不可耐地把黄色的樱桃也吃了。放学后又吊到树上去吃，仿佛与树相依为命，吃得津津有味，没有嫌弃过它的酸涩。

距离我家二十多里的地方，兴建了一家工厂，那是20世纪60年代的事情。不记得是哪一年，厂里的工人有钱买樱桃吃了。村子里有人到厂子里去卖樱桃，母亲也跟着去，有了一笔小小的收入。第二年春天，母亲把从樱桃树根部发出的小樱桃树苗挖出来，移栽到菜园的前面地边和后面地边。又一年春天，母亲又移栽几棵樱桃树。樱桃树慢慢长大，然后结果，母亲苦心经营着一片樱桃园。

这个村落邻近“5·12”地震断裂带，受地震波及，山体滑落，墙倒屋倾。母亲和父亲在河边的承包地里修建了新房子，三间七柱砖木结构的房屋。在河坝边的新房子可以看到母亲新坟上的花圈。母亲去世的时候，樱桃花刚凋谢，树上结满小小的青果；核桃树刚发出嫩叶，枝丫嶙峋。樱桃红了，站在河边新房子的地方，却看不到母亲的坟墓了，核桃树繁茂的枝叶阻挡了视线。

自从搬到河边的新房屋后，老屋存在的价值只是存储农具和粮食而已，没有了烟熏火燎，没有了鸡猫猪狗，老房失去了活力，日渐衰朽，残破不堪。但樱桃树依然是例外，少有管理，任由它自生自灭。但它年年依旧，春天花开，夏天结果，它不管世事变迁，人是人非，缀满樱桃，红得耀眼。那个栽种樱桃树的人，却静静地躺在厚厚的黄土里。我在母亲的坟前点燃香蜡，焚烧纸钱，眼泪无声流淌。

曾经的日子里，母亲精心侍弄樱桃树的一幕幕恍如眼前。母亲平生所有都花在了家的日常劳作之中，她的岁月洒在屋子里，洒在庄稼地里，也洒在菜园里、果树上。她给予樱桃树更多的关爱，松土、培土、施肥、浇水、修枝，从不懈怠。因为母亲的精心管理，我家的樱桃又大又红，口感又好。樱桃红了，母亲奔波在卖樱桃的路上。

樱桃树旁，有母亲采摘樱桃的影子。天蒙蒙亮的时候，樱桃还挂着晶莹的露珠。一颗一颗，只见母亲的手在枝叶间飞快地穿梭，她把摘下的樱桃装在瓷盆或桶里，然后把盆或桶装到背篼里。母亲背着新鲜的樱桃，走二十几里的山路，去厂矿、去场镇。那时候没有车可以乘坐，崎岖不平的小路上，母亲走得很快，有时是边走边跑。因为樱桃保质期短，摘下的樱桃，半天的工夫就失去了鲜艳。如果走得快些，到市场上的时间早一点，就可以找到放背篼的好位置，樱桃才可以卖到好价钱。母亲会吆喝叫卖，说我家的樱桃如何甜美。有人眼睛在我家樱桃上停留片刻，母亲马上用手捧着樱桃，毫不吝惜地送给他品尝。母亲会根据具体情况给樱桃定下价格或调整价格，有时候是根据卖樱桃人数的多少，有时候是根据天气的阴晴，有时候是根据卖樱桃的速度快慢。

卖樱桃的日子，母亲没有时间吃早饭，有时她带个馒头，有空的时候吃点充饥。母亲有时候只能吃一顿饭，就是卖完樱桃回家后的晚饭。卖樱桃的日子，正是收割油菜、豌豆、小麦的时候，收完这些，还得种上庄稼，田里栽水稻、地里种玉米，是忙种忙收的时节，母亲还要到田地里帮父亲干农活。家里的猪要喂，要扯猪草；家里的蚕要喂，要摘桑叶。母亲的时间是宝贵的，她必须争分夺秒，很多时候是顾不上吃饭的。樱桃红了的时候，连续几天如此，虽然很辛苦，母亲却很高兴。樱桃换来一笔不小的收入，可以缓解家里捉襟见肘的困境，买日常用品。有时还给我和弟弟添置一双漂亮的塑料凉鞋，为此我和弟弟会自觉地少吃樱桃。

母亲命运坎坷，母亲出生的时候，外爷家殷实富足，不缺吃不缺穿，拥有几十亩田地，还有三间九柱大瓦房。外爷能干，外婆勤俭，挣下一份产业。但是曾外婆重男轻女，我的母亲在她眼里是无足轻重的，生病也不医治，母亲由此左手残疾。土改划分阶级成分，外爷家划为富农，田地充了公。不久，外爷又被人陷害，流放新疆，杳无音信。在没有男人的家里，外婆带着两个女儿，侍奉着遭遇家庭变故而疯癫的曾外婆，还要接受无休止的批斗，我无法想象外婆是以怎样的坚韧度过了那些艰难的日子。母亲的童年，没有父爱，没有安全感。看到的是世态炎凉，人情冷暖。童年的经历，在母亲的心里烙下痛苦的印记，也留下阴影。她表面好强争胜，其实脆弱敏感，这或许是母亲患上抑郁症的原因。

母亲用她的聪明才智，用自己的辛劳，勤俭持家，供我和弟弟读书。星期天返校的时候，母亲慢慢打开包裹得严严实实的手帕，从里面取出一角、两角、五角、一元的零钱，放在我的手上。我仿佛看见母亲在樱桃树上摘樱桃的小心翼翼，仿佛看见她背着背篼在小路上奔跑的急促，仿佛看见她饥肠辘辘地蹲在街边卖樱桃的焦灼。我怎么能够不用心读书呢？

有时看到母亲给我凑学费的窘迫，我也有过辍学的念头，但是只是一闪而过，因为我想读书。母亲洞察我的心思，她说："娃儿，钱的事情，你莫操心。你只管读书，你要有出息，你读到哪里，我们供你到哪里。我们就是砸锅卖铁，上房溜瓦都要让你读书。"母亲是这样说的，也是这样做的。村子里的女孩子都辍学了，母亲不为所动，即使自己辛苦，也要供养我读书。她苦心经营着，不愿让我再走她的路，不愿我活成她的翻版。

我考上了师范学校。母亲特别高兴，她说："娃儿，你赶上了好时代，遇到了改革开放。不然你是没有机会脱农皮的，只有当一辈子泥腿杆的命。以前我娘家是富农，我只读到小学四年级。那时五年级六年级叫'高小'，是靠推荐的，我家成分不好，虽然我的成绩在班上是第一名，可是我没有机会上'高小'啊。"这些遗憾是母亲一辈子的痛。

母亲是善良的，鸡猫猪狗是她的宠物。母亲仁义，爱笑，不吝啬。即使是路过的孩子，母亲也不会怠慢他们，母亲会给他们糖果零食。樱桃红的时候，母亲会让那些家里没有樱桃树的孩子到我家樱桃树上去摘樱桃、吃樱桃。我和弟弟相继参加工作，樱桃红了，母亲依然摘樱桃卖，不再是谋生，而是成了习惯，也许是对艰难岁月的怀念。那些年，樱桃红的时候，母亲邀请我的同事们去吃樱桃，还会做出满桌饭菜招待。

母亲的爱，是春风化雨，无声无息。在我做了母亲、历经人生沧桑之后，从母亲的行动中，读出满满的爱，读出儿女长大后她的不舍。我的儿子喜欢吃樱桃，母亲总是把最红最大的摘给她的孙儿。早晨，母亲摘了带露珠的樱桃，背着装有樱桃和蔬菜的背篼，走将近十里的山路，送到我工作的学校。樱桃红了的那段时间，我的儿子每天都可以吃到新鲜的樱桃，直到树上的樱桃摘完为止，母亲的爱由此可见。母亲无意间听说她孙儿喜欢吃草莓，她就买了草莓苗，种上，成熟了，又摘了送来。我的儿子是吃着放心菜、放心粮、放心肉长大的，是在我母亲的百般疼爱里长大的。我们的大米、蔬菜、猪肉、鸡肉、鸡蛋都是母亲送来的，连木柴都是自家山林的。母亲的爱无处不在，又事无巨细。

樱桃树承载着母亲深深的爱，上面有母亲的疼爱和关怀。如今，樱桃红了，侍弄它的人却不在了。物是人非，悲从中来。树上的鸟雀扑棱棱飞走了，几颗红红的樱桃从枝丫上掉下来，落入树下杂草丛中。树上红红的樱桃，像血一样，刺得眼睛深深地疼痛，一直痛到心里。母亲坟上的花圈只剩下竹架子，沾染着被雨水濡湿的碎纸，白得凄惨惨的，晃得眼泪肆流。

母亲是个温暖的词语，母亲在，我们就是孩子；母亲不在了，我们从此无来路。有人说：父母是阻隔在子女和死神之间的一道墙，父母不在，我们在世之日或不多矣。

原载《剑南文学》2019 年第 4 期

蝴蝶泉边

◆陈 龙

陈龙，四川省作家协会会员，盐亭县作家协会副主席，绵阳肾病医院院长。2014年出版文史随笔散文集《盐亭闲话》。

大理三月好风光，
蝴蝶泉边好梳妆。
蝴蝶飞来采花蜜，
阿妹梳头为哪桩。
……

有这么一首赞美大理的电影主题歌，曾火遍全国，风靡至今。虽不会唱，当歌曲响起，总感觉旋律优美，歌词耳熟能详。电影给我们描绘远方的大理，阳光灿烂的3月，美丽迷人的景致。与勇敢追求爱情与幸福的白族青年，约会在蝴蝶泉边。情歌对唱，自然而热烈。爱情之路，坎坷与甜蜜。

这是由周恩来总理提议，夏衍领头的中华人民共和国成立10周年的压轴文艺献礼！

它是20世纪中国电影的经典之作。在第三世界国家获奖无数，最佳导演、最佳女主角……至今，在古城，只要不下雨，夜夜都会为游客播放。

一部音乐爱情电影《五朵金花》，让大理人人憧憬。

一首歌曲，《蝴蝶泉边》，将蝴蝶泉传唱天涯。

女主角精湛的表演大获成功。永远的杨丽坤！永远的金花！

一个地方，拍出一部红透全国的电影，这是奇殊的荣誉。

一个地方，能有一首闻名天下的歌曲，更是难得的金典。

一个地方，能出一个知名世界的明星，当然地蜚声遐迩！

而大理，把这些要素，60 年前，或更早的年代，早占全乎了。

蝴蝶泉既是大理男女的情感之泉，更是滇西文学的圣地。

蝴蝶在中国哲学里，庄周梦蝶，物我同一。是对人类本源的思考。

蝴蝶美丽而短促的一生，引发对生命短暂的伤感与人生苦闷的哀叹，哀叹之余，我们明白：人生苦短，愁恨绵长，在抑闷中活着，还不如蝶般美丽绽放与精彩的瞬间。蝴蝶一生的四种形态，让我们想到灵魂与死亡。蜕变、嬗变、蝶变、羽化。

丈夫生世会几时，安能蹀躞垂羽翼。蝶蜂随意欢飞，吮花吸露即可生存。让我们向往自由，人不如蝶。飞蛾扑火，锲而不舍。又让我们悟出追求的执着与献身的精神。

南朝萧衍的《春歌》：花坞蝶双飞。柳堤鸟百舌。不见佳人来。徒劳心断绝。中国古典文学里，蝴蝶从此便有了忠贞与爱情的意象。

蝴蝶泉，坐落在点苍十九峰第一峰云弄峰之神摩山脚。

若说苍山是一顶巍然屹立的皇冠，蝴蝶泉就像镶嵌在皇冠上最闪耀的宝石。

自古以来，多少文人学士，到此游览，留下重要诗文，更不说电影与歌曲广为传播。从古城出发顺滇藏公路北走 27 千米，有郭沫若手书“蝴蝶泉”牌坊。从牌坊到蝴蝶泉边，经过高大幽静的竹林。听人潮汹涌，见方形绿潭，泉水清澈如镜，有泉由底冒出，泉边绿荫如盖，一遒劲合欢古树，横卧泉上，这就是蝴蝶树。《蝴蝶泉》是明代旅行家徐霞客的一篇游记散文。记述明朝时期，到波罗村，并观看蝴蝶泉的故事：

南二里，过第二峡之南，有村当大道之右，曰波罗村。其西山麓有蝴蝶泉之异，余闻之已久，至是得土人西指，乃令仆担先趋三塔寺，投何巢阿所栖僧舍，而余独从村南西向望山麓而驰。

半里，有流泉淙淙，溯之又西，半里，抵山麓。有树大合抱，倚崖而耸立，下有泉，东向漱根窍而出，清洌可鉴。稍东，其下又有一小树，仍有一小泉，亦漱根而出。二泉汇为方丈之沼，即所溯之上流也。泉上大树，当四月初即发花如蝴蝶，须翅栩然，与生蝶无异；又有真蝶千万，连须勾足，自树巅倒悬而下，及于泉面，缤纷络绎，五色焕然。游人俱从此月，群而观之，过五月乃已。

蝴蝶泉，有三绝：泉、蝶、树。即蝴蝶泉、蝴蝶舞、蝴蝶树。

相传春夏之交，特别是 4 月 15 日，合欢树花开，状如蝴蝶，散发出一种淡雅的清香，芬芳引来大批蝴蝶聚于泉边，漫潭飞舞。最奇的是万千七彩蝴蝶，交尾相随，倒挂蝴蝶树上，形成无数串，垂及水面，蔚为壮观。

清代诗人沙琛《上关蝴蝶泉》诗赞：迷离蝶树千蝴蝶，衔尾如缨拂翠湉。不到蝶泉谁肯信，幢影幡盖蝶庄严。郭沫若 1961 年秋游大理，站在蝴蝶泉边吟：蝴蝶泉头蝴蝶树，蝴蝶泉飞来万千数。

方今大理，游人如织，若时日有异，在蝴蝶泉边，若只见泉与树，没看到蝴蝶飞舞。不怕，蝴蝶泉边建有恒温蝴蝶馆，看标本，瞧活蝶，蝶类丰富，各色不一，应有尽有，进去一观即可。感慰获益良多。

中国有蝴蝶泉四：云南大理、广西阳朔、河南鲁山、山东枣庄。最出名的当然是大理蝴蝶泉。2006 年歌手黄雅莉发行的专辑《崽崽》里，由音乐人彭青作词作曲的《蝴蝶泉边》，一首充满中国风的歌曲。再次致敬经典，再次迅速流传：

荡漾着清澄流水的泉啊
多么美丽的小小村庄
我看到淡淡飘动的云儿
印在花衣上
我唱着妈妈唱着的歌谣
牡丹儿绣在金匾上
我哼着爸爸哼过的曲调
绿绿的草原上牧牛羊……

大理啊，是如此人杰地灵，祥云瑞气，欲低调实力不许。

蝴蝶泉，亦这般天造地设，花香蝶舞，想不出名都不行！

选自散文集《大理闲章》，世界汉语文学出版社，2021 年 10 月

云上藏寨

◆田明霞

田明霞，笔名周耘、柳潇，四川省散文学会会员。创作小说、散文、诗歌等作品数十万字，发表在《剑南文学》《故事会》《老同志之友》等杂志和《绵阳日报》《四川农村日报》《四川工人日报》等报纸副刊上。与人合著的《大羌故事》获四川省哲学社会科学优秀成果奖一等奖。出版个人文学作品集《羌山情》《爱情荡漾》《笔走山水间》。

落花时节，我从绵阳市平武县城出发，沿着涪江及其支流夺补河畔的九环公路奔向白马山寨。一路上，涪江水潺潺奔腾翻细浪，郁郁青葱的绿树裹满群山。当路旁灰瓦房顶立着的白公鸡次第闪过车窗时，就进入白马藏乡地界。伊瓦岱惹村村部就设在乡政府驻地王坝楚，昔日的川北森工局、原平武县伐木厂、现华能水电厂平武公司也把这里选作驻地。

从村部出发继续驾车前行约一小时，山风扑面，气温陡降。蓝天下，白雪皑皑的茶惹盖雪山近在眼前，前两年建成的通社水泥硬化路绵延山间，仿佛“天路”直通云彩之间。偶遇一两个身着白马民族服饰的村民，或放牧或耕种归来……这就是上壳子寨，它是白马藏族十八寨中最古老、最高的山寨。因海拔高，交通不便、就医就学等问题，加之华能水电站来此开发涪江源头蕴藏的丰富水能，许多村民都在十多年前陆续搬离古老的上壳子山寨，大多数来到了伊瓦岱惹村村部所在的王坝楚居住。

村民格格在上壳子寨门等候我们，他是前两年被认定的国家级“非遗”白马跳曹盖传承人。格格身着素白的白马民族服饰，带着我们一行往寨里走去。“上壳子在藏语中叫作‘垰崾’，意思是很高很高的山，也被称为云端上的古寨。”格格说，上壳子寨背靠桑南日珠神山，最高海拔近3000米。

继续上山，一栋栋古老而原始的木结构民居错落有致地散落在一道道山坡上，典型的白马民居，全都是穿斗结构的木架房，四周用木板或土墙装饰，青石瓦覆盖屋面。白马人在此生存繁衍了上千年，一代代人住的都是这种房子，旧的朽烂了，就推倒修新的，上千年来，房屋样式几乎没有变化。

“上壳子是白马人文化的发源地，现存的老房子最新的都有五六十年的历史，最早的房子可追溯到晚清时期，历经百年风雨安如磐石。”格格边走边说。据考证，上壳子山寨里的土墙杉板房的样式，与先秦氐人的建筑一脉相承，是研究白马藏族历史、文化和风俗习性的活化石。如今这里在风貌打造中，路灯都装饰有白马人所特有的花腰带和白毡帽样式。

走进上壳子山寨中的一座木楼，有烤火做饭的“火塘”房间；有挂着老旧手制粗亚麻布衣服的“民族服饰展厅”；橱柜里存放着一些自制农具和生活用器具饰品的“民族工艺品展厅”；二层有存放粮食的“粮仓”，以及有着地窖井的“蔬菜储藏室”……这个“白马人民俗陈列室”是前两年布置的。

距陈列室不远处，王代坐在自家那座古老木楼高高的门槛外，看上去身子骨还硬朗。“不习惯外面的生活！山下又没有土地，没法种菜！”王大爷曾任过生产队长，他搓着手说，他和老伴在山上种当归等药材作物，两个儿子都已成家，居住在王坝楚街上。他还说：“以前我们白马人世世代代吃苦，吃水都要到山下河边去挑。感谢党的好政策，寨子里现在有电有水，公路也通了！”如今，上壳子寨子里剩下三户人家共六个人，其中就有年近八旬的王代和他的妻子。这六人都是以种菜、种药材、养牛马为生。上壳子寨成立了合作社，发展蜜蜂、野猪等特色农业养殖；还成立乡村旅游合作社。这寨子里特产高山圆白菜，味道很好，在绵阳、成都的超市里很畅销。

相传白马人是古氐人后裔。南北朝时期，氐人建立的后凉国灭，氐人被迫南迁，一部分在甘肃陇南文县一带驻足，一支迁徙至四川平武、九寨沟一带定居，并逐渐融合于汉、羌、藏等民族之中。20 世纪 50 年代，这个头戴圆盘帽、帽檐上插有白鸡毛的少数民族被纳入藏族，称为“白马藏族”。数千年来，白马藏族与世隔绝，至今仍保持着本民族的原始宗教、语言、服饰和文化。

离开上壳子寨下山，一会儿就到了位于夺补河沟口的下壳子寨，这里是伊瓦岱惹村的另外两个村民小组。下壳子寨藏名“驮骆伽寨”，目前仍保留着一座座无人居住的白马人老民居，也是木穿斗结构房屋，置身其内，却看到了优雅而不失古朴的新中式装修。工人在村口的高大晒粮架前锯木头搞装修，透过底楼的玻璃，可以清晰地看到山下全景和涪江支流。前两年，下壳子寨争取到了 300 万元扶贫资金，用于这里的村寨旅游建设。

伊瓦岱惹村罗通坝崕嵋寨位于在建的九绵高速公路旁，生活着 17 户白马人。古寨门口，拱门上高挂着白马人的面具“曹盖”和羊头。沿着曲折的石梯往上走去，寨中的老木楼依山而建，大多有三层。二层为主人起居处，有土墙包围，可在危急时刻抵御外敌入侵；三层则用来堆放粮食或杂物，或作为供祭祀用的“天台”。白马人千百年来靠天吃饭，信奉自然的万物有灵，经常向天地和山神祈福风调雨顺、人畜康健、谷食丰登、生活安定。拥有垰嵲寨、驮骆伽寨、崕嵋寨等几个古老的白马山寨，白马人世世代代在此安家、耕种、放牧。如今，108 户 339 个山寨村民，大多搬迁到了山下河畔或者村部附近的新家，古老的寨子一边保护，一边开发。

过去的伊瓦岱惹村村民收入主要靠种植重楼、天麻、羊肚菌等，如今则大力发展乡村特色文化旅游业，让远方来的游客在赏雪山古寨美景、品野生菜肴佳酿的同时，领略白马人远古独特的民俗风情。

原载《民族》2020 年第 12 期

花园里的歌声

◆陈　友

陈友，本名陈海波，1967年生，四川省散文学会会员。在《铁路建设报》《绵阳日报》《绵阳晚报》《华西都市报》《剑南文学》等报刊发表文章数十篇。其中《路边的顾家店子》获《绵阳日报》『庆祝建国七十周年·我和我的祖国』大型征文一等奖。

我在居住的五楼阳台上，开辟了很小的一方花园，那些花啊草啊都热热闹闹地生活着。

一平方米左右的花园里，挤满了十多个品种的花卉，这里俨然就是它们美丽的家。美中不足的是，阳台存在着很大的缺陷，那就是不得自然充足的阳光、雨露、和风、空间等。

就拿那盆紫色的三角梅来说吧。我见过生长在真实泥土中的三角梅，它们的根、枝粗壮，一般都能有拳头粗；它们的枝叶发达，可以达到几十平方米的面积；它们的攀附能力也强，不论是墙还是柱，都是开枝散叶的地方。远远望过去，绽放的三角梅花宛如一片片冉冉升腾的云霞，非常壮观。可是，我的阳台限制了三角梅的初心，它本来可以壮志凌云，却不得不因为一个花盆，被蜷缩在阳台一个很小的角落里。

然而，三角梅却没有被局促、虚拟的世界压垮，无论酷暑严寒、阴湿干旱，它都从容地保持着花开了谢、谢了又开，长年都有鲜花挂在枝头的洒脱状态。

能够从容面对环境打击的三角梅，在我看来，应该属于强壮植物的行列了。通常，进入春节，阳台上的三角梅就开始脱叶换装。脱叶的三角梅，看上去依然精神，所有枝节都饱含着力量。

我之前很担心，一是害怕三角梅的生命激素分泌太强、太盛，要翻越栏杆，沿墙蔓延，搞“红杏出墙”招惹麻烦。二是“人不为己，天诛地灭”，害怕它会出于生长惯性，扩大地盘，做大做强，伤害到其他花卉的生存权。

通过对三角梅的观察，我发现它竟然以常人难以想象、极为苛刻的克制力，严格控制着欲望，没有放任本性肆意发展扩张，而是把所有生长蔓延的力量，都紧缩成一个看上去很小的圆。这个圆以它自身的主干为中心旋律，那些发达的茎，无论粗的、细的，步调一致，都绕着这个中心上下盘旋。这样一来，它的所有生命也就完全与阳台花园的环境交融在了一起，呈现出和谐、蓬勃的圆形美。

三角梅宁愿委屈自己，也要捍卫团队整体和谐的生长策略，透露出的不仅仅只是谦逊仁和的君子之风，完全就是一种不索不求、埋头付出，“泌之洋洋，可以乐饥”的高尚品格了。

阳春三月，三角梅的枝条上冒出了嫩芽。等到新叶换装成功，枝头上的嫩卉就开始着色，又过一段时间，深深浅浅的，那些紫色的花儿竞相绽放，就像是挂在枝头上的一行行精美错落的诗句。顿时，整个阳台都晶莹靓丽起来。

紫色的三角梅花开在茂密的枝头上，又像是阳台上一串串跳动、迷离的音符，令人心旷神怡。那绽放着的每一个音律，都是三角梅歌唱生命、歌唱生活的心语，它们从不同的角度弹奏着年轮中的妖娆和俏丽。没想到，阳台上平平凡凡的三角梅，内心深处竟是如此地丰富、精致。

确然，壮志凌云是一种高度，平凡精致，谁说又不是一种境界呢？

一年四季，那一朵朵、一串串的三角梅花，跳动、旋转着，俨然阳台众芳的形象代言人，宛如清浅生动的旋涡，不停地弹拨起阳台上的绿色溪流，让我的“空中花园”每天都有清脆、响亮的歌声在流淌。

原载《华西都市报》2020 年 11 月 14 日

冬天的一缕阳光

◆卜 舒

卜舒，本名蒲三文，绵阳市第三人民医院（四川省精神卫生中心）政工师，四川省作家协会会员，四川省散文学会会员。作品散见于《散文选刊》《参花》《陕西文学》《四川人文》《左诗苑》《青年作家》《剑南文学》等刊物。出版作品《卜舒作品集》《唱给西蜀的歌》《西蜀闲话》《川北情缘》。

冬天的阳光依旧明亮而不刺眼，温和地照着城市和乡村，却没有厌弃每一个人，阳光看着时代的变迁，看着人们的远离和回归，看着我们心头抹不去的童年，长大后的奔波、磕碰、受伤、成熟、理解、爱，它总是不离左右地陪伴着，总是照亮迷茫无助的路，不温不火，像父亲母亲，深厚绵长地爱着我们。

有人曾经说过，冬天的阳光明亮而温和，像个忠厚的长者，洒下无言的爱。这是因为饱经风雨后的宁静，狂热昏乱后的沉淀，淡泊明志，宁静致远，冬天的阳光大爱无声。山村的太阳，总是早早就照在院子里，照着院子里的柴火，照着院子里的鸡，父亲母亲早起，搂一把柴火，准备烧水做饭，不一会儿，家家烟囱冒出了白烟，村子里充满了鸡叫、狗咬的声音，巷子里传来叫孩子吃饭的吆喝。

许多年过去了，不少的地方公路通了，人来人往，车水马龙，变化大了。然而，处于山巅的村子，与几十年前没有多大区别，没有多少变化。为了生存和发展，大部分年轻人离开了山村，选择了逃离，去了南方，去了城市，离开山村。

离开了山村的年轻人久违了乡村的味道，住在鸽子笼一样的楼房里，远离了庄稼的气息，远离了泥土的味道。在纷扰复杂熙熙攘攘的城市里，人活得根本没有农村人纯朴、简单，根本没有发自内心的微笑，没有朴素得像庄稼一样的茂盛劲儿。

在寒冬里，阳光让我们躁动的心宁静，不再被奢华和烦恼所萦绕，感受一下属于自己的那种安适的心情，用触摸点滴幸福的温度来温馨一下自己。冬日的一缕阳光，能使人顿感和煦与温暖，而冬日的人间一份真情，同样也可给人留下难以忘却的温馨。

冬天，对于阳光，是生灵的救世主，把孤寂的人推向大地，把奔波的人带回家里。有关阳光的记忆，晨曦里的梦想，夕阳中的山村，拯救过的少年，慈善的使者。

冬天，沐浴在阳光下，目不暇接的新奇占据了心灵，笔直的大道，宽阔的田野，冬天里枯萎寂寥，阳光的抚慰下，也是安然有序。享受着阳光的温暖，静静地走在风景里，淡淡的忧愁暗藏在心头，阳光满屋。谁不怕骤雨降临，疑惑冬雷夏雪，怀疑青春，懊悔何必当初，誓言风雨无阻，写下生存意义。也许，你不知哪个该拿起，哪个该放下，不知在十字路口选择哪个方向，甚至不知幸福确切的味道。

冬天一缕阳光，洗涤人们心灵，一身轻。花开又落，云卷又舒；山水依在，路仍在延。有过的或许是邋遢，逝去的或许是精华。漫漫的人生路，是何等的好风景，览一路风景，尝四季风味，品人生百态。

冬天的一缕阳光，经过许多年的演化，今天变成了散文、诗词、罗曼蒂克、蒙太奇……像朋友温暖而淡淡的友情。

冬天的一缕阳光，像人间真诚的爱心和友谊，像母亲轻柔的抚摸和慈爱的叮咛，像良师深深的关爱，像亲人平淡的问候，像同事亲切的微笑将我永恒地包围在幸福里，截一片冬日的七彩阳光，让她永驻在你我的心田。

原载《自学考试报》2020 年 11 月 13 日

美好的遇见

◆孙红梅

孙红梅，实验中学教育集团（九中）文科教师。有多篇文章发表在《绵阳日报》《民族作家》《语文教学与研究》《教师报》《光明教育家》等报刊。

7 月 13 日，2017 级 2 班毕业了，像龙应台《目送》中所说那样，我怀着不舍和期待目送他们远去的背影。我就像码头上的舟子，他们则像行色匆匆的旅人，即将奔赴人生的下一个征程。也许从此，有很多孩子将天各一方，无缘再见。但回忆起我们相处的点点滴滴，依然特别温馨。

最后一次摸底考试，陈俊宇无比伤感地写道："我突然想起，班主任已经很久没有发火了。最近总是柔声细语，和颜悦色。哦，我们就要分开了……今晚，操场上月亮格外亮，格外美，是为了让我们留下醉心的回忆瞬间吗？啊！再也没有机会一起打球，再也没有机会一起上课，再也没有这样一起度过的夏天……"

我和他们的第一次相遇，是在桂花飘香的 9 月。我忐忑而愉快地站在他们面前，面对着五十多双纯净的、满含期待和信赖的眼睛。我暗下决心，一定尽我所学，带好他们。虽不能让他们个个都成为 A 优 B 优，但一定努力让他们成为好孩子，我愿和他们共同成长！

我知道绝没有时间让我循序渐进，慢慢成长。语文是要天天备课的，我每天都要钻研教材，翻各种资料，看各种上课视频，修改课件……一篇课文，内涵没有发掘到极致，课件准备得不完善，思路整理得不清晰，绝不敢到课堂上去信口开河。

走在路上，躺在床上，送儿子的途中，散步在绿道上……脑子里都在盘算，手上都在忙碌。有时是为一堂课的思路，有时是为设置一篇小打卡，有时是为了点评学生的诵读，有时是为了编一本习作集。

那时，我会为一堂好课而兴奋不已，也会因一堂课的失败而耿耿于怀（当然，尽管如此，令自己满意的课依然不多）。“你必须很努力，才能看起来毫不费力。”表面云淡风轻，实则常常手忙脚乱，整天忙忙碌碌而又乐此不疲。我身边那些手持书笔，端坐桌前，目光如炬，心无旁骛，从早至晚，步履匆匆，穿梭于课堂、食堂、宿舍、操场，和风细雨、苦口婆心教育学子的同事不更是如此吗？正如谢云老师说的：“因为爱，所以爱，为了爱，不存在。”

赵余菲这样描述我们的课堂：“她给我们上课的时候像个舞者或精灵。当然，我的意思是太入戏了。我时常这样想，讲课时讲到她最喜欢的一段课文，她总是不禁手舞足蹈起来，做出很享受很欢乐的样子，教室里好似暖风阵阵，温暖如春。讲到比较悲伤或者离别的文章时，她很入戏地为我们描述离别的场景，让教室里也仿佛凉风嗖嗖，凄凄惨惨戚戚，让我们有身临其境的感觉。讲到好词好句的时候，她着实像得到一颗糖，而不禁开心得跳起来的孩子。如果涉及历史之类的知识，她又好像如数家珍，把知道的都倾囊付出。”

每周一次的课外阅读分享，每周一单元的《渔夫阅读》。除了固定的晨读和诵读外，还有每周的微信打卡诵读，以及不定期的读书分享会、小老师教课外古诗、小古文诵读……

校园里蔷薇花缀满院墙的时候，桂花喷香扑鼻的时候，银杏叶子如蝴蝶般纷纷飞扬的时候；运动会上此起彼伏的呐喊，艺术节上激情澎湃的吟诵；每一次郊游，每一个周末活动；课堂、同桌、老师，都如此生动地活跃在他们笔下。

最初的作文是无趣的、流水账似的、错别字连篇的，为作文而作文的。毕业的时候，有好多同学的作文依然如此，真是无可奈何！但毕竟还是有很多同学，有了突飞猛进的变化。

文静而又乖巧的王思琪，他笔下的向前老师是这样的：“个子高高的，戴着眼镜，上课时总拿着一个水杯进来，像一个老干部，发型是中老年人最喜爱的地中海。向老师还特别爱惜他的发型，时不时用手去整理一下，这个动作就成了我们模仿他时的招牌动作。向老师给我们讲课时，讲得那是声情并茂、手舞足蹈、眉飞色舞，总是把我们带入情境中。他幽默风趣，每次都能把我们逗得哈哈大笑，导致我们班一上历史课就莫名地兴奋。”——

让人如见如闻。

敏锐的董月，她笔下的唐友清老师是这样的："像穿了一身充气服，用他的话说就是'我质量比较大'。冬天的早晨,天蒙蒙亮,就可以看见一坨黑色肉球在走廊上'滚动'。如果只看外表，他绝对是令人胆怯的。首先，他那庞大的身躯就足以震慑到我们；其次，是他那凶神恶煞的眼睛，大发雷霆时从眼底流露出的愤怒，让人心惊肉跳。"——真是入木三分。

陈俊宇，那个个子高挑，艺术节上激情澎湃的帅小伙，他笔下的曹克友老师是这样的："一头油亮的黑发，睿智的眼里充满了坚定与自信，戴着一副无框的眼镜，刀削过的面庞满是沧桑，穿一件雪白的衬衫，很有一种领导视察工作的感觉。"——这又是多么敏锐的眼光啊。

还有陈奕杭笔下"颇有些稚嫩感，散发着花香的"的张帆老师，那朴素节俭、善解人意的奶奶;曲婧笔下"扎着低丸子头,一袭长裙款款走来"的王素兰老师,"留着蘑菇头，喜欢照镜子，呆萌呆萌的"的同学小付；胡建康笔下"炸药桶般一语不合就怼天怼地怼空气"的姚科；李馨悦笔下那粗心得把孩子都抱反了却又暖心体贴的爸爸；代雪飞燕笔下一声"城管来了"就惊得奔走四散的小贩等,都是如此鲜活,或让人感动,或让人捧腹。

还有孟祥华、刘晓芳，他们笔下的母亲，让大家收获了多少感动啊！李盛平将留守儿童对母爱的渴望刻画得如此细致入微，让人读之动容。代雪飞燕，看起来大大咧咧，但是看完她的《母亲》,就知道她是一个很懂得感恩的孩子,这个看起来无忧无虑的女孩，有一颗敏感的、细腻的心。还有我钟爱的唐佳，这个表面上看来性格温顺的女孩，她用她细致的阅读、工整的批注、大声的朗读，在坚持到三年级的时候，成功地让自己的语文成绩变成了优。

那次作新闻和特写，董月居然模仿领导人写重大军事行动的庄重语气来写月考，真是幽默感十足。而张羽茜为月考作的新闻特写，是我见过的最幽默的，对同学的批评既不失辛辣又充满着善意。在安静的课堂上，每一次从张羽茜身边经过，我都发现她的课本上都写得密密麻麻，她的预习笔记比别人新课笔记字数还多。这个目光炯炯、沉静自若的女孩，常常使我不由得对她刮目相看，并在心里为她点一百个赞，而她的作文，常常见解独到，角度新颖，文采斐然，见之忘俗。她的《蔡徐坤》里表现出的满满的正能量和非常有个性的语言，让我为这小女子既惊且叹。

还记得那一天，一场难得的大雪普降涪城，以至于代雪飞燕在《久违了，四川的雪》中上来就是一句"谢天谢地，你终于来了"，惊喜之情溢于言表。孩子们欢呼雀跃，在风雪中追逐打闹。天也像应景似的，由撒盐纷纷到漫天飞絮，于是，惊喜中，一篇篇风格各异的风雪的画卷在他们手中诞生了。虽然同一题材的作文在同一习作集中我坚持收录不超过三篇，但编这期作文集时，这组风雪图竟让我不忍删去。

还有李婧怡、朱帅、殷欢、刘志袁、胡羽梦、雷靖霖……

是的，生活在如此伟大的时代，置身于如此多彩的校园。面对亲情、友情、青春期的懵懂，这些敏慧多思的孩子有多少才情要抒写，又有多少心里话要倾诉啊！

……

我所在的学校，并非A类学校，也非B类学校。所教的班，并非A班也非B班，但是说真心话，这些学生，朴素、真诚、谦逊，绝不自高自大、自以为是。绝大多数学生好学、上进、勤奋不怠。即使拿名校的学霸，A、B班的种子选手，我也不换。他们多聪慧啊，只不过基础差了一点而已。

记得第一次改魏其林的作文，这个胖胖的，颇有一些幽默感和自信心的男孩子，一篇二三百字的短文，居然很难找到通畅的句子，让我死了不少脑细胞，几乎改得面目全非了，才稍稍有点文从字顺的模样。他后来的文章《大时代》《晒晒我们班的牛人》，虽然说不上尽善尽美，但已经颇有文采和深度了。

刘杨雯馨的作文曾经是干巴巴的，但是你看她的《我快消失了》，这文静的女孩，为了说明两种树的生存环境，用了两个生动形象的比喻，“皇家园林”“平民百姓”。多么聪明的女孩子啊！还有那篇《雪》，她把雪比作玉屑、梅花、羽毛，又是多么贴切，多么优美。

李知蔓、陈俊宇和董月已经脱去了曾经的稚气，居然尝试着写起了长诗。也许他们觉得只有诗才能表达内心火一般的热情。李知蔓在《青春之花》中赞美运动健儿多么热情洋溢，从大自然中的花朵过渡到青春的花朵又是多么自然。陈俊宇已经在《了不起》这首诗中思考人生的意义和价值。在他的心目中，一个善良的人是了不起的，一个奉献的人更是了不起的。这些都不够，一个人还要有目标，这个目标不是鲜花，不是掌声，而是一路的风景，还有阳光和星辰。这样的境界不值得成年人学习和深思吗？董月的诗歌《温柔》则告诉我们：温柔不是软弱，恰好说明一个人内心强大、心智成熟，只有真正强大、成熟的人才给得起温柔，在你足够强大的时候，要选择对全世界温柔。而在《樱花将灿，雾尽风暖》里，董月泉涌般的文采以及强烈的社会责任感深深地感染了大家。要知道，董月是远离父母的留守少年啊！

是的，我希望他们除了知道以外貌写性格，以行动写人物，以点带面，以小见大，欲扬先抑，开头的 N 种方法，结尾的 N 种技巧，以及如何选材立意构思外，还要懂得去观察去思考，去发现生活中的真善美。而不是为了应付考试去写一些无病呻吟、虚情假意的花样文章。那样的文章，看起来亮晶晶，实际上假惺惺。一句话：语文就是生活，作文就是做人！

我们班每期一本作文集，到初二结束的时候已经出了四本作文集了。有一次，本来已与王老师商定，这期的作文集就算了，不出了。说真的，太累了！平常的教学已是满负荷运转，编作文集更得加班加点，连续工作到夜以继日简直要脱几层皮。孩子们呢，期末那段时间也是天天和试卷、习题打交道。考完试大家都放松一下吧。

这么想着就去和科代表商量，他们说还是出吧。又去跟大家商量，异口同声说：编一个吧，编一个吧，将来我们长大了也是美好的回忆呀！啊，那好吧！再说了，真的不编，我自己就真能放得下吗？

第二天一整天没有看邮箱，晚上打开一看，哇，这么多！我一篇篇地将它们拷下来，到了第三天晚上一看都六十多篇了。他们的热情常常这样感染着我，感染着我。我忘却了疲惫，又坐到电脑前，逐一去校对这些文稿。孩子们的音容笑貌，像电影一样，又一一浮现在我的眼前……

还记得有一次，白天刚把作文集发到每个家长手里后，晚上，我的手机微信突然却跳出这么一条信息：“孙老师，为何作文集没我的作文？”是代雪飞燕，我的天，这是怎么回事？就在前天，这个热心的女孩，还和董月、赖芸熙、刘志袁一起校对全班的作文呢。忙了半天居然没有她的作文，怎么会有这么调皮的事，我一下子也蒙了。“真的，我一篇也没有！”我仿佛看见代雪飞燕欲哭无泪、伤心至极的样子。真的，对这个好学上进的女孩来说，作文集里没有自己的作文，是多么遗憾啊！飞燕，对不起！

在大家锲而不舍的坚持下，我们的作文集共出了四本。初三应对中考去了，没有坚持，至今遗憾。2019 年 5 月，响应教研室教研组长的号召，挑选了四十篇作文参加全国新课标作文比赛，获五个一等奖，九个二等奖，十一个三等奖。2020 年 5 月，参加涪城区政府主办，谢云老师亲自担任评委的欧阳修文艺新苗奖，我班陈俊宇的《了不起》、董月的《吾爱吾师》有幸获奖。若干作文发表在《新报》和各大公众文学平台上。最近的二诊，我和同事执教的初三语文，仅次于二中、七中，取得了不俗的成绩。

如果人与人的相逢是一种缘分的话，我要感谢这美丽的相遇。

三年来，一起阅读、涂鸦，奇文共欣赏，文章相与析，如此教学相长。你们的必读书变成了我的案头书，和你们一起在《海底两万里》畅游，为《简·爱》感动，体味《儒林外史》的林林总总，领略《昆虫记》的妙趣横生……这些书，以前大部分读过，但片片断断，浮光掠影。现在再读起它们，我又有了全新的理解。

即使最孱弱的小花，也是需要土壤的。感谢领导和同事，你们的鼓舞给我极大的信心，你们中肯的建议都让我受益匪浅，你们的课堂给了我很多的启迪。我的搭档 2017 级 2 班的班主任王素兰老师，这个兼具才情与勤勉，既有古道热肠又有君子之风的女子。三年来与我协同作战，劳心劳力。当我这个 C 类学校 C 类班级的语文老师第一次用颤抖的声音告诉她我们打算出一本作文集时，连我自己都感到惊讶。她毫不犹豫地支持，洋洋洒洒地作序，自告奋勇校改，每一个出作文集的日子，都是 2 班的节日。亲爱的，你的给力是我坚持下去的源泉和动力！还有我永远的吴姐吴建琼，这棵教坛的常青树，我最坚定的支持者和引领者，我们走进彼此的课堂，从课的构思到细微处的处理，既肯定我微不足道的进步，也毫不隐瞒地指出一个个瑕疵。正如许多年以前，我们两个走在开满鲜花的草地上。我在那里东奔西跑，时而采摘鲜花，时而被蝴蝶所吸引。而你始终好脾气地微笑着，引领我前行一样。

三年，有成功的经验，更多的是失败的教训。美丽的相逢亦带来诸多的迷茫。

初中时期无疑是一个人阅读的关键时期，如果这个时候孩子们没有去阅读长篇，阅读大部头的书籍，那就错过了阅读的关键期，将来的阅读就成为碎片化的、快餐式的，将来他们关心的有可能就是娱乐八卦，又何谈阅读能力的培养？何谈国民素质的提高？何谈文明的传承？但面对堆积如山的作业，单凭每周几节语文课谈何容易？面对一双双困惑、无助甚至有几分麻木的眼睛，我感到前所未有的迷茫……

另外，凡是能力的东西都必须在实践中培养。正如游泳必须在水里培养一样，而不仅仅是教练让学员站在岸上，一遍又一遍掰烂掐碎地讲技法，教练累得满头大汗，学员依然茫然不知所措，于是教练狠狠地骂道："好笨的学生！"

如何在能力培养和应试中找到结合点呢？我们是需要一个不错的分数，但这中间却有很多隐形的因素。是在一张张试卷中抹杀孩子的创造力和热情，还是让孩子在读写中成长。如何找到二者的结合点呢？

似乎越往前行，困惑越多。

未来呢，不长亦不短。抬头望，迷雾重重，不知所以。尽吾志也，愿无悔矣！

原载《中国教师报》2020 年 9 月 2 日

翅 膀

◆赖红梅

赖红梅，四川三台人，现在绵阳市实验小学工作。在《绵阳日报》《绵阳晚报》和多家自媒体发表散文数篇。2019 年参加《绵阳日报》副刊举办的庆祝建国七十周年征文比赛，获得一等奖，2021 年参加三台作协和三台文学艺术界联合会庆祝建党一百周年征文比赛，获得一等奖。

今年的春天非常特别，突然的疫情挡住了人们出行的脚步，但是季节的春天依然如期而至。窗外，梧桐树、女贞树抽枝展叶，一只只雀鸟在黄绿的枝叶间跳跃鸣叫，一片片新叶在阳光下仰起小脸。哦！春天来了！

3 月中旬，我约了朋友去远距离徒步。我们要把田野清新的空气装入我们的口袋，把树上缤纷的色彩装入我们的眼中。

春天的阳光明亮而又温暖，像无边的光瀑倾泻而下。在阳光潇潇洒洒的明媚中，我们登上了吴家大坡，一望无际的田野在眼前徐徐铺开，时间在这里放慢了它的脚步。田野是安静的，风缓缓地吹着，阳光暖暖地照着，植物的清香、菜花的芬芳在风中四处飘散；田野是宽容的，万物在这里竞相生长，连路边的小草都是蓬蓬勃勃的；田野是五彩的，一块块麦田青翠欲滴，一处处油菜金黄灿烂。来到宽广的田野，我们取下口罩，贪婪地呼吸着无处不在的清香，尽情享受着无处不有的春光。

顺着大道继续向前走，来到了范家村。在金黄的油菜地的尽头，一块又一块的田里长满了李子树，一排排李子树端端正正站立在田里，一朵朵、一簇簇李花挨挨挤挤地俏立在枝头。远远望去，那一棵棵长满白花的李子树，像一柱柱喷射的白花花瀑布，又像被点燃的一团团白色火焰，在阳光下静静地喷薄，在蓝天下静静地燃烧。

我们兴奋地跑到李花的面前，想拥抱，怕弄伤；想亲吻，怕碰坏。李花已经过了鼎盛时期，有一小部分李花已经开始凋谢，但是众多的李花依然风华正茂。一朵朵细碎的花朵，一根根细小的花蕊，羞怯而又娇媚，像一个个小小的欢乐，填满了我们的心房。

离开了李花，又走上了大道。道路的一边是长长的水渠，从涪江引入的清流缓缓流淌。水渠的那边是依水而居的农家，房前屋后开满花儿，仿佛是云蒸霞蔚、仙雾缭绕的仙家。两边的堤岸上种满了一棵棵果树。一会儿，一棵枇杷树迎了上来；一会儿，一棵梨树又冲了出来；一会儿，一棵樱桃又在不远处等待……枇杷和樱桃已经结果了，枇杷是一团团积聚在一起，樱桃是一串串挂在枝头。一颗颗小巧的青色小樱桃，像一个个圆圆的句号，在枝头上书写着一篇篇春天完美的篇章。

爬上一道长长的缓坡，桃花岭到了，一片片粉红在眼前蜿蜒而上，从右边的深粉，到左边的浅粉，气势磅礴地占满了整座山坡。在初春的阳光下，满山的桃树排列得整整齐齐，好像正在向着我们绽放一个巨大的微笑，我们立刻淹没在宏大的欢喜中了。

走进桃林中，一朵朵桃花正是年少轻狂的时候，它们恣意地张开娇嫩的红唇，嘻嘻哈哈地笑着，炫耀着美丽的芳华，展示着绚丽的青春。一根根桃枝上缀满一团团、一簇簇桃花，犹如缀满一个个喜悦。喜悦是不是轻盈的呢？不然，这一棵棵桃树怎么能承受得起那么多的花魂呢？

夕阳从那边山坡落下，路口高大的梧桐树上挂着一个个风铃，在夕阳中闪闪烁烁，好像一双双明亮的眼睛。一阵绵绵的风吹了过来，风铃叮叮当当地响起来。朋友抬头仰望着一树的风铃，满脸惊喜："我看到风的翅膀了！"

是的，风在飞翔，我们快乐的心也在飞翔。虽然疫情在这个冬天汹涌而至，但是依然没有挡住春天坚定的脚步。这里有美丽的田野，这里有缤纷色彩，这里还有眼睛里荡漾的盈盈笑意。

"江山如此多娇，引无数英雄竞折腰。"这美丽的田野，这满山的粉红，这叮当的乐音，不仅让我们看到风隐形的翅膀，还让我们看到春天的翅膀，更让我们看到疫情过后祖国依然翱翔的翅膀。

原载《华西都市报》2020 年 4 月 7 日

古长城下的最后一户人家

◆贺正义

贺正义，女，四川师范大学中文系本科毕业，现任绵阳市委统战部《情缘两岸》杂志主编，四川省老年诗词创作研究会副会长。出版长篇小说《呼啸的灵魂》《绿叶无悔》，与人合著出版《金陵艳》《中国古代诗词文选读》等作品。发表诗作一千余篇。有两部作品在喜马拉雅电台播出。《一滴泉水香九州》获全国城市电台优秀作品奖。

几年前应邀到银川西南边与内蒙古交界的地方采访，车离银川越远越荒凉，渐渐地没有了树，草也越来越少，无垠的戈壁上，遍地是黄沙、蒙上了黄土黄沙的石头，偶尔看到稀稀落落的几株趴在地上的小荆棘，都感到特别高兴，因为在没有生命的地方，我们看到了生命，虽然是那样微少弱小。后来连荆棘也没有了，只有黑褐色的石头。在戈壁上颠簸了一个多小时，没有看到一户人家。

车终于到达了目标地，一下车，我们，和我们一起到这儿的美国、日本、印度等国的朋友都惊讶地欢呼起来，为了那亘古就有的原始和苍凉。“大漠孤烟直，长河落日圆”，“羌笛何须怨杨柳”，“秦时明月汉时关”都是宁夏风景的写照。当我们站在贺兰山上亲眼看到塞上风光时，才体会到这些诗句的真实和经典。这里是贺兰山南麓，从这里开始，贺兰山山势渐渐陡峭巍峨，贺兰山上寸草不生，全是姜黄的石头，偶尔有一些干干的黄土，时见黑褐色峭壁，目之所及，一片赤黄。站在山高处，背后是苍黄高耸的大山，前面是茫茫大戈壁，极目到看不到尽头的天际，太阳在戈壁与天际相接不远处的云层背后探出脸来，闪着光芒，将天际处照得格外明亮。这里没有任何生命，只有大自然最原始的风光。但是就在这没有生命的地方，我们看到了两千多年前我们的祖先修筑的让人叹为观止的宏大工程，长长的秦代和明代长城从天的尽头并排走到我们的脚下，长长的并行的两道长城，到这贺兰山南麓的山脚下就分开了，秦长城顺着贺兰山的山顶，蜿蜒而上，可以看见很远的山顶上长长的弯弯曲曲的长城，顺着山势渐渐消失在远方。而明长城却顺着贺兰山山脚，在浩瀚戈壁上，直直地走向地平线，直到在阳光下也看不到的尽头。在秦长城和明长城交会处，我们爬上明长城，站在最高的烽火台上，背后是高耸的秦长城，虽然有些地段石头、沙土已经垮落，但站在近处，仍然感觉十分巍峨雄伟。我们十分惊异：两千多年前，我们的先人竟然在如此偏远荒凉的地方修出如此浩大的工程，没有现代设备的老祖先们，耗了多少人力劳力，才把这样多的石头、泥土运到这儿的啊！据史书记载，由于当地多沙砾少土壤，修长城的军士、百姓们遍剖崖谷找土壤，没水的地方，则专门制作几百辆水车，到几十里地外拉水，将水和砾石、土壤拌在一起，因此所修的长城十分坚固。宁夏的长城成为北控大漠的咽喉，抵御了入侵之敌。

一望无际的戈壁上，没有一滴水，没有一丝绿意，没有走兽，没有飞鸟，甚至连一只苍蝇一只蚊子都没有，太阳晒得地面似乎要起火，除了我们，这儿没有生命的存在。我非常疑惑，始皇、明帝为什么这样愚不可及，在这样荒凉的地方花当时浩大得难以想象的人力物力，劳民伤财地修长城抵挡蒙古的侵略者，侵略者到这没有生命的大戈壁来抢什么？正在思绪纷飞的时候，忽然看见在干燥的黄色中，在秦、明长城分道处，有两间石头垒的土房，难道还有人住在这儿？我们像发现新大陆一样向这两间土房走去，土房就坐落在两道长城的脚下，背靠长城，面向平原，离土房不远处原来应该有一条河，河道依然看得很清楚，可是早已经干枯，只留下河水冲刷过的痕迹。土房前宽阔的坝子里，凌乱地甩着一些牧民用的粗陋的农具，还没走拢，一条凶狠高大的狗就汪汪大叫着向我们扑来，我们吓得几乎夺路而逃，这时从屋里出来一个老头喊住了狗，我们仍然害怕，老人一边用双腿将狗夹住，一边对狗说着不能咬的话，我们这才胆怯地走上前去。老人看来已经六十多岁了，瘦高的他背已经有些驼，西北的太阳将他晒成了黑铜色，粗糙的皮肤，深深的皱纹，说明他曾经历无数风霜雨雪。老人姓董，叫董福贵，是父母殷切地希望他有福有贵吧，给了他这样美好的名字。

我们和老人攀谈起来，问他怎么在这儿住，吃什么喝什么。老人说他和老伴两人住在这儿，放羊，但我们没有看到羊群，老人说，附近没有草，羊要到很远的地方吃草，妻子跟着羊群走了。这儿没水，他和妻子、羊群喝水都从几十公里远的地方拉来，三天就要拉一车水，食物、生活用品也都得从外面拉进来，光运水就要花很多钱，老人伤心地叹息了几次，说：日子没法过了，羊没法放了，我们也要走了！我问你们到哪儿去干什么呢，他也说不出到哪儿去干什么，只说到那时再说吧。我又问，为什么你们会在这没水没草又没人的地方住呢，老人说这儿以前也有水，十多年前草都长得可好了，有的地方有半人高，也住了不少人家，可是放牧的人太多，羊将草都啃光了，渐渐也没水了，这里的人家先后都搬走了，就剩下他们老两口。我们临走时，这个黑瘦的西北老人，又深深地叹息：没法放羊了，最多再过半年我们也要走了。我很为他难过，老两口赖以为生的放羊的事不能干了，年龄大又没有其他技能的老人靠什么生活呢？福贵老人父母的希望何时能实现呢？哦，眼前干燥的戈壁，原来曾经一碧千里，地肥水美，牧草丰茂，曾经也是天苍苍，野茫茫，风吹草低见牛羊的膏腴之地呀！不仅出土的众多的古树木、古生物化石可以证明，我们眼前的董福贵老人都可以证明，这时我才明白不是秦始皇愚，而是我愚，这样富裕的地方，谁不垂涎三尺，必为我所得呢。因此从战国、秦、汉、隋、唐到明，各朝都在宁夏修过长城，在宁夏境内修筑的长城达三千多千米，仅明代长城就有四百多千米，现在宁夏境内残留的古长城还很长，因此宁夏又有中国长城博物馆之称。这片土地上，秦皇汉武、西夏王朝、康熙大帝都曾铁马冰河浴血征战过，积莽孤烟中，曾有蒙恬北上，抗击匈奴；苏武牧羊，卧雪食草；昭君出塞，泪洒草原。

可是如今我们眼前的双长城，却是生命的禁区，才十多年时间，就变成了戈壁荒漠，大风一起，黄沙飞扬，遮天蔽日，沙随风走，肆虐的沙尘又让更多的地方变成了荒漠。

几年过去了，老人的叹息不时还在耳边响起，触动我的心。老人已经搬走了吧，他们搬到哪儿，干什么去了呢，古长城下的两间土房还有人住吗？也许已经塌毁了吧，如果是这样，贺兰山脚的北岱口古长城下就再也没有人家了。秦皇、明帝地下若有知，不知作何感想。

原载《四川日报》2020 年 3 月 10 日

三月的乡村（组诗）

◆马培松

马培松，20世纪60年代生于四川三台，现居绵阳，中共党员，中国作家协会会员，中国音乐家协会会员，中国诗歌学会理事，四川省作家协会诗歌委员会副主任，绵阳市作家协会主席。有诗歌作品发表于《诗刊》《人民文学》《星星》《诗探索》《汉诗》等刊物，并多次收入《中国诗歌精选》《新世纪诗典》和《国际汉语诗歌》等选本。曾获《人民文学》「青春中国」诗歌优秀奖、四川省精神文明建设「五个一工程」奖、四川省巴蜀文艺奖等奖项。出版诗集《马培松诗选》《2011：发给自己的诗歌邮件》。诗歌《北京真大》《乐山大佛》《成绵高速路上的鸭子》《隔壁的姑姑》等产生较大的影响。

唐以全的麦田

太阳出来了，照耀着三月的乡村
也照着唐以全的麦田
和种粮大户唐以全
站在他家门口
谈论耕耘和收获
是一种久违又奢侈的愉快
望着他那在三月的阳光下
翻着绿色波浪的三千亩麦田
仿佛感觉脚下整个乡村
都在战栗、摇晃
像一艘正在开动起来的船
远山如波澜……
六十九岁的老唐
刚刚换过一口好牙
红润的面色自信而且饱满
他拍打着已经准备好的
收割机，旋耕机，播种机，除草机
像是拍打着他的老哥们儿

或者是他儿子的肩膀
然后，他转过身，双手叉腰
头微微昂起
面朝着波浪汹涌的麦田
而他却像一个得胜的将军
站在希望的黄金海岸
迎接归帆

在止语山庄

止语，不是不说话
是我们说得太多

路，有时在语言中开叉
而我们常常在这种状态下，失去自我

是时候在众声喧哗中
抽回我们的脚步痛定思痛了

有时生活让我们四顾茫然
也许，我们更需要师法自然

来吧，在这里
你当学会保持沉默，和习惯保持距离

去倾听
倾听自己，倾听别人

倾听一只蝴蝶，一只啄木鸟
或者花开的天籁

也许，在不经意之间
你会听见星星的话语，那是一种崭新的语言

“嘘——”

菩提庄园

那些盛开的花
不是菩提

那一串串诱人的葡萄
不是菩提

那些密织在天空中的
阳光的经纬，不是菩提

那些在花叶间飞舞的
蜜蜂与蝴蝶，不是菩提

那从棚架下传来的
采摘的笑声，不是菩提

亲爱的，我请你——
我们一边轻轻走过，一边细心辨析

开在农家小院门前的花

是三月，七里香应时而开
开在农家小院的门楣上
虽然早前她就生长在

距离小院不超过八百米的
半山小路的崖壁下
但是，细心的主人的移植
却并没有消除她内心的怯懦
很明显，她有一丝丝的不习惯
还有一丝丝与生俱来的害羞
即使这样，她还是一点一点地
鲜艳地开了
开在乡村的三月，开在三月的春风里
开在春风里的农家小院
开在万物生长的春天
开在我心心念念的故乡

原载《剑南文学》2021 年第 3 期

与山水有关的诗篇（组诗选三）

◆雨 田

仙海的两棵树

天龙山顶上的两棵古柏 你站在这里干什么
我不知道这里过去如何荒凉 但我明白
你在无数次的狂风暴雨中形成自己的躯骨
独自啜饮着生命的呼吸和你根上的故乡
我真的想 你的前世就是一对难舍难分的恋人
有着一段伤心的泪被风吹走 变成烟雨
此刻我站在你的面前 用悲苦把甜蜜唤醒

你见证过月亮在水面上升起 倾洒着忧郁与喜悦
激情的浅丘里 你的孤独成了一种信仰
把我深深地诱惑 大地震颤时你注视着
仙海湖封存的火焰 在挑战孤独时享受独孤

还有谁知道你扛着自己的命运 扎根在山水间
一刻不停地吸取阳光 活在速度之外 从不
屑于急功近利 但你从不寂寞 你的枯枝败叶
也自成一体地成为浅丘深处的风景 你没有
被狂风吹斜 是因为你懂得生命的意义在于正直

雨田，当代诗人。1956年生于四川绵阳，主要在《人民文学》《诗刊》《当代》《中国作家》等刊物发表作品多篇。20世纪80年代后，以其独立的意义写作成为巴蜀当代诗群中的重要诗人。已出诗集《秋天里的独白》《最后的花朵与纯洁的诗》《雪地中的回忆》《雨田长诗选集》《乌鸦帝国》《纪念：乌鸦与雪》等。诗作入选国内外四百多种选本，部分诗作被译成多国文字。曾获台湾《创世纪》诗杂志创刊四十周年诗歌奖、刘丽安诗歌奖、四川文学奖等。代表作品有《麦地》（长诗）、《国家的阴影》（组诗）等。

谁也不知道你在追问或留恋什么 阳光下
你凝视着一些赶路人 从你身旁悄无声息地走过

穿过火焰 你神圣的光环迷醉在音韵起伏的水面
我想在恍惚与欢乐的绿色之间去触摸你的恋歌
如此根深蒂固 我领悟到你上空空气的甜美
仙景之境界 有一种诗意正环绕 并穿梭在其中

微风用指尖触摸你的枝叶 你跳动的脉搏
日复一日地抵达内心 我知道比黑夜的深沉
更广阔无边的是你的温暖 你沸腾的欢悦
如同阳光之声 让你的躯骨更加坚硬而勃发
从第一眼认识你开始 我就陷入一种窘境
你的高度 你的光辉与永恒是你沉默的话语
我知道你的生命获得了阳光和土地的力量
不然 你怎么会这么有骨有情有义地守望在此

地球上的金湖

我从黑暗中醒来 饥饿的宁静比我还要悲伤得多
红土高原的一阵风卷走了会说话的石头
湖面上 水波翻卷着远去的钟声 你为什么不再喧哗
要沉思在冷漠的信仰中 让内心的镜子沉默 风化

如此的孤独阻挠着我的欲望 站在湖边
我始终保持着对水的敬畏 谁的品性使身旁的红河
有了阴影 暴力的言辞让我这把老骨头不能腐烂
明亮的月光下 我和玄武喝着美酒 说着脏话

暗潮汹涌在我体内的河流 反射的火焰在水中回旋

除了吼叫就是沉默 难道我真的
要在思念中向着一棵没有结果的树哭泣 回忆
一生的爱与恨 我万万不能 就是丧失做人的底线

在个旧 面对如此境界之水 我怎能成为岁月的标本
还是一阵风让我陷入一种无法言说的饥饿之后
热血澎湃 墨守成规 我必须告诉世界 告诉人类
地球上的金湖 你本身就是一方超越的极品神砚

日月山的吟唱

数不清的朝圣者在今日从远方以远而来
我不知道这日月山的全部含义 不过令我难以忘怀
却是山坡上成群结队的牛羊 同样是在今日
我用日月山的思念拴住遥远故乡一颗青春的心
今日 我在日月山只想着她 我可怜的思念别无选择

高原的风吹着这海拔最高的爱情 大唐在何处
公主迢迢千里而来 公主她守望着什么 也许我不该
在这最高的山巅上寻找着绣花鞋和车马
面对这 4877 米的高度 我不如高原上的一棵小草
我只是这日月山的过客 我的影子不可能留在这山巅

这里的树木喃喃地低语 高原上的风依旧吹着
任凭时光变幻 世人变化莫测 而日月山依旧神奇
有如这世界和荒漠 有如这月亮和太阳 日月山呵
可你早就不属于你自己的了 我唯一的请求是你应该
把我这位过客忘记 就像忘掉一棵枯萎的无名草

今日 我在日月山看见遍山的羊群 我真的不知道

这羊群中哪一只羊羔是文成公主的化身 她会
用什么样的命运牵领着 又将走向什么样的祭坛
在这个世界上 人的命运如同影子的梦幻或梦幻的影子
当你忘却相爱的梦想的幸福时 你已经沉沦为仙

遥远故乡的姑娘 如果你来到日月山会深想些什么哟
你是否能原谅我如今把你思念得那么痴狂 日月山
经幡飘扬 我想文成公主当年丢下的日月宝镜
莫不是悲凄的爱和伤痛…… 还是在今日我从日月山巅下来
从远处的天边飞来的一群乌鸦 遮蔽整个天空和我凝滞的眼睛

原载《诗歌月刊》2021 年第 8 期

有神相伴的人爱笑（组诗选三）

◆蒋雪峰

蒋雪峰，20 世纪 60 年代生于四川江油。著有诗集《琴房》《那么多黄金梦和老虎》《锦书》《从此以后》，散文随笔集《李白故里》《如沙》。曾获四川文学奖、《新世纪诗典》第七届 NPC 李白诗歌奖特别奖、中国诗歌排行榜双年度短诗奖、『磨铁诗歌奖·2018 年度中国十佳诗人』等奖项。作品被译为英、韩、德三种文字。写诗，喝酒，痛风，手机摄影，偶尔抬头望天。

都被自己看见

——听藏族诗人贺中唱歌

一座山跟在一座山后面
缓慢地在旷野里夜行
从云缝里漏出的天光
照亮了石头 石头停住了悲怆
不再向前滚动

风吹草低啊 所有的脸庞都是黑的
回头无岸啊 再往前走是否就是桑田
磨破膝盖的牛羊一边走一边在流泪
白云总是及时地从伤口里升起

这个世界把我们挤成一道闪电
消失前 该照亮的不该照亮的
都被自己看见

有神相伴的人爱笑

地平线是弧形的
地球是圆的
我相信了

在索南达杰自然保护站
我给一个队员取了一支烟
他独自留守
道别时
我看见了他眼睛里
对同类的留恋
这是青藏高原压榨出的孤独
我把剩下的烟都给了他

三块石头支口锅
朝圣的一家人
在路边熬酥油茶
雪下得那么大
他们都还在笑

在羊八井一抬头
我的天啊
好像来到葡萄园
星星又大又亮
伸手可触

大昭寺的喇嘛
对蜂拥的游客解说

“现在的人太聪明
连拜佛的酥油
也有假的了”
门口广场石板
被磕长头的信众
磕出了等身凹槽

布达拉宫
和一个喇嘛合影
他笑嘻嘻地放下
正啃着的鸭梨
是否有神相伴的人
总是爱笑

红宫顶上平台
那个外宾
跷着二郎腿
眯着眼晒太阳
仿佛在他的
祖国

我一直想看见一条河

没有名字 只是一条河
也没有声音
泥沙俱下后 清澈见底
在星辰下一去不回

但它保持着第一天的速度
仿佛在等我翻过

无数个自己后 赶上来
一眼就看见它——
啊 原来它在这里

我站在岸边
没有喝一口水
看见被淹死的一切
都浮出水面 看着我
我看见它们湿漉漉的
一 二 三 四 五
全部都在

我甚至怀疑
人类咽下去的血泪
都在这里汇聚
我血液里的千军万马
都跳进了这条河里
冷暖自知 从不咆哮
大地躺在地球上
它躺在大地的怀里

我一直想看见一条河
发源于我 却奔流无止境
我是它的父亲
也是它的母亲

原载《西藏文学》2020 年第 4 期

像一个白茫茫的梦（组诗选五）

◆野 川

野川，本名王开金，1967 年冬出生于四川三台。中国作家协会会员。著有诗集十部。《废墟上的月光》获第五届四川文学奖。

最多能让一片叶子晃一下

天空有两只鸟在飞
像情侣，冬日灰蒙的天空
有一丝初春的味道
不远处，还有一只鸟在飞
像第三者，动着歪念
这是我个人的臆想
坐在窗前，树丛太过安静
风制造的那点摇曳
最多能让一片叶子晃一下
又恢复原样。光阴如此漫长
整个下午，天空有两只鸟
在飞，另外的那只鸟
是我杜撰的，有些勉强

那声鸟鸣被风送错了地方

风送过来的那声鸟鸣
很短，短得让我

不得不怀疑那是鸟鸣
还是别的声音。但我渴望
那是鸟鸣，穿千山
越万水，来到我的窗前
很短，却刚刚被我听见
让我确信，远方
有一只鸟在对我鸣叫
虽然下意识里
我也担心——那声鸟鸣
被风送错了地方

仿佛在清风中自在地飘

梦里，我总想把自己
一瓣一瓣分给那些草
树、石头，虫、蝶或者飞鸟
这种感觉很美妙
仿佛在清风里自在地飘
梦醒，当我像往常一样
穿过它们，身子
却不由自主地紧缩
生怕有什么东西不慎掉落
被它们带到另一个地方

梦见一株水稻在哭

很多夜晚
我都梦见一株水稻在哭
悲伤如夜色汹涌
站不稳的星星

明明灭灭。一株水稻
像一个无家可归的孩子
蹲在田埂的黑暗里
大片的荒芜，淹没了蛙鸣、蜓舞
和星光的路
很想把她从梦中牵出来
离家多年，我的手
怎么都够不着她的孤独

像一个白茫茫的梦

一棵落光叶子的树
站在冬日的原野。冷风吹过
远山更远，原野更空
很多事物都在离去
包括伤中的疼痛……
落光叶子的树，孤独地站着
抱紧越来越大的虚空
抱紧我，一个两手空空的人
在冬日的原野，看雪花
从高处飘落，把人世充填
像一个白茫茫的梦

原载《中国诗人》2020年第2期

蚕乡故事（组诗选三）

◆温 芬

温芬，20世纪60年代末生于四川绵阳，现为四川省作家协会会员。业余时间写作诗歌、散文、歌词及文艺撰稿。现供职于绵阳市委宣传部。出版诗集《记忆的海岸》。

邻 居

心里一直惦记
邻家的红衣女子
标标致致的模样
衣怀中藏着毛小伙的青葱
细眼里是春柳回眸的轻扬

抬石头的汉子
脸上留着太阳的热
敞开的胸膛
起伏着打石匠的号子

多年之后
坎肩仍留在蚕乡
坎肩与蜘蛛装饰了雕花的窗
旧相框里
汉子戴着大红花
坎肩上浸着的汗渍
传出汉子的体温

回 乡

月亮湾的月亮
盈缺三十八年
知青点的知青
回城三十八年

形如小岛的水库
储的是岁月的酒
大坝上响起的号子
唱的是太阳的红

榆树坡的山花
香到小媳妇的灶头
苏大姐点燃的炊烟
填满饥饿的青春

回味蚕乡的滋味
偶尔会想起
一个石磨碾出的馍
一口井里喝过的水

母亲的心事

烈日下劳作的母亲
不愿停下手中的农活
多挣一点
听说供销社新进了广州产的理发工具
如果给女儿买一套

有这个手艺就不用晒太阳了

满院子养着下蛋鸡
母亲一个一个攒着
加上卖猪的钱
买回上海产的飞人牌缝纫机
女儿小心翼翼踩着
母亲自语
年关好多人等着穿新衣
排着队
来送过年钱
年货就不愁了
香肠 腊肉 门神 火炮儿
高一声低一声

多年后
母亲不在了
女儿回到乡下
在烈日下劳作
数着院里的鸡和筐里的蛋
置办年货
灌香肠 煮腊肉 贴门神 放火炮儿
有一茬没一茬

原载《剑南文学》2016 第 8 期

坏心情（外二首）

◆剑　峰

剑峰，本名郝剑峰，1967年生，现居四川绵阳。中国作家协会会员。曾多次在《诗刊》《人民文学》《中国作家》《中国诗歌》《星星》《上海文学》《花城》《作品》《四川文学》等刊物发表作品。有作品入选《1978—2008中国诗典》《见字如晤：当代诗人手稿》等选集。出版诗集《无意的时针》《城市深处》。

一把躺椅、一个茶杯
一台空气净化器对着我
这并非一间书房的格局
阳光在窗外，春鸟啁啾
坏天气从昨晚一直在内心徘徊
我妻子进门告诉我
岳母在医院，胆管堵塞
已是癌症中晚期，需要手术
或许还能活三年
但我知道最坏的结局不过是沉默
与生前一致的，不是死亡能带走的
唯一果实，会在下一个春天复活吗？
打破这漫长的古老规则
让季节颠覆一座城堡
把万千木马植入——
一代代宿主体内
一个电话突然传达的信息
是某个朋友意外地到来
我要起身出门，进入这个春天
眼前满目鲜花迎候，春鸟

扑哧哧从身边飞走

课程表

只有静止抵达一个
实体的想象之外
漫长的路程在一辆
马车的故事中结束
虽然夜雨来袭，但我们并未
慌乱地收走送达门卫的快递
从头顶投射的路灯
像星星落在沼泽地
在周围的坑洼中燃烧
我一次次回忆起
那个月夜不期而遇的突兀
你独自一人扛着猎枪
暗淡的灯火悬在你模糊的头上
一个路标，一个停留的逗号
它反射的光杀死自己
从火影中逃离的野兔
像难以抵达对岸的潮汐
我们在飞机荡起的迷雾中
看到一切死亡的幻象
正如我们在夜晚的操场上
谈论着第二天的早餐和天气

原载《星星·诗歌原创》2020年第10期

信 使

我们似乎无法
不走样地复述一个梦
特别是它里面的光、色彩、原味的情节
但它做到了，像一把穿着连衣裙的巨大雨伞
可以长久地接纳
多么灵动而静谧

我知道，也无法从时间的背影中
弥补曾经的伤痛
多少劳动的芭蕾，透过银河的另一面
伟大的磁力吸口：水在这里即是爱

那些村庄、农田、喷泉
还有网红的打卡地
带着上天签名的信使们

原载《星星·诗歌理论》2021 年第 8 期

感遇诗（组诗选三）

◆白鹤林

白鹤林，本名唐瑞兵，1973年生于四川蓬溪。中国作家协会会员。出版诗集《车行途中》，评论集《天下好诗：新诗一百首赏析》。作品曾获多种文艺奖项，并被译为英、日、西班牙等多种语言。

感遇诗，或蜀道春风吹

翠云廊是我们在未来建造的归宿，
是石头和树编辑的一部丛书。
它被一幅无限长卷的宣纸遮蔽又扶持，
通往我们记忆的最深处，
那一片如墨的绿荫。

古道春风吹，
如群山发布的浪漫主义宣言。
尽管暂时还没有吹热我们的柔肠。
却早已吹空了道上一株古柏
或许连它自己都已经深深遗忘的根。

最坚硬的当然不是那一块块大青石的心，
而是穿透云天和枝叶而来的阳光、雨水和风。
最温情的也不是那一条条根的沉默，
而是引金牛成道的五丁，
和一首让地崩山摧的《蜀道难》。

但当这一切坚硬的和温情的，

在千年后的某个春天的某个下午的某一刻，
同时被我们手机的镜头捕捉和收藏，
世界的确马上变得神奇了。
就像星际的惊鸿一瞥……

而你或许已经因此发现，
我们全部的历史，
不过是一幅集体写生的中国画——
它既传递着大道来处古老的问候，
更猜测着长廊深处幽远的期盼。

感遇诗，或蜀道别友人

蜀道是一条古道，
也是一条新道。
以包容的篇幅写满
自由的相聚，
和平仄的别离。
皆不失真诚。

君不见剑门关下：
贩夫、君王与书生，
匪寇、仙侠与诗人。
或踌躇或飘逸的身影，
咏叹着李白的难，
和千古的情。

烟霞是我们的身世吗？
终将逐一收编进
明天的新诗卷。

古柏是文曲星的妙笔吧?
早已悉数刊印在
昨日的古画图。

就此别过了啊兄弟!
沿蜀道可下绵州,
可上剑门,
可返回你的金陵。
飞机、高铁快过车马,
但请慢于微信发布的回忆。

感遇诗，或蜀道石头记

山间崎岖而幽静的小道旁,
有另一座由零乱的巨石堆砌而成的小山。
它与作为风景名胜的七曲山,
以及山上精致恢宏的古建筑之间,
形成了某种非正式的对话关系。
让无名的石头的讲述,
成为这个四月或春末的某种意义。

就像遗失的野史的一页或某个片段。
当时，我在给那些不知来处的巨石拍照,
径直走进杂草掩映的镜头深处。
而你恰好也在远处给石山以及我拍照。
因此，我与沉默而巨大的石头们,
共同构成了关于那次出游的,
残损不全的记忆的一部分。

原载《雨花》2021 年第 1 期

摆渡帖（组诗选三）

◆杨晓芸

杨晓芸，20世纪70年代生于四川绵阳。作品散见于部分诗歌刊物及部分诗歌年度选本。曾参加诗刊社第二十七届青春诗会。出版个人诗集《乐果》。

人类教育史

——致斯坦利·库布里克

黑色石碑带来隆重的墓地仪式。鞠躬，静坐，
面对方形黑板的呆板，漫游平行的理想国。
时长几秒的闪回段落，墙裂里嵌入古典花纹。
鸢尾花香的光线一次次刷亮左下角鞠躬少年
的背弓，像引火线奔向火苗。

高屈光度下的真理之鞭
啪啪甩出简化中文的花体字答案。
裂缝中的白色牵牛是隐秘的教者，早晚
在耳际吹奏明亮的暗号。

若干年后，成熟的书写像描绘蕾丝花边。
躲过流亡时代的红瞳检测仪，他和她如愿
厮守在暗夜，交换各自的词典但非新华词典。
几个明亮的词像幸存的萤火虫
抱团取暖。蕾丝花边波浪般席卷罗马柱。

肉身精致到极致，神启追溯至三百万年以前。
体内的激情是人猿暴走的激情；悲喜交加的
怒吼仿若婴孩初啼。阳光法则按时照耀黑色
墓碑；施特劳斯奏响《查拉图斯特拉如是说》。

还魂诗·冬

今日“山水何曾称人意”。
何况凛冬之南，暖景虚拟的逼真。
突袭的雪团包裹如斯暖意？
或许是呼啸的锥形铁。

花团锦簇升空虚张，
生动一张并不生动的脸。
北风急喘拍打遮羞窗像撩拨，
快递来颓废时尚。星际的

一粒幽粒里旋转放映《星际穿越》。
此域天地转换之法乃云雾之法。
何况泥沼的乌云替换了暗物质。

呜呼哀哉噫吁唏嚱……借偶尔的闪电
之光漏，白日夜游人，蜜熊寻蜜般
追逐丛林之蜂，游击于现实。

摆渡帖

呼吸空气如同嚼蜡。窗外恍若吊脚楼
下的滔滔深渊。
天雷勾地火的超市。一秒一变脸的电子窗。

油漆滴答流淌的红字“拆”。
通胀雷火连绵，世界一片焦……

焦怒，焦土，焦头烂额，瓜分豆剖之焦。
“饥饿艺术家”变身猥琐犀利哥——
“……我必须……我别无选择。”
虚空扣杀弧旋球，独与上帝

玩乒乓。独自焚香蹦跶读《心经》，独自瘦削。
多么艰难，非幻梦难以度日，
非嘻哈难以挨过下一秒。
脚步起落间，自绝的念头，捻灭一千次。

枪口瞄准眉棱闪闪的最后一刻——
响尾蛇溜进草丛。屏幕呲呲作响，
一片雪花旋转着放大，覆盖你的脸。
世界骤然变暗，变冷——多么艰难的时刻，
宇宙卡在黑洞的枯喉，一声啼哭响亮地蹦出。

原载《作品》2020年第2期

连心跳的声音都没有听到

（组诗选四）

◆刘　强

刘强，20世纪60年代生于四川江油。现为教师，四川省作家协会会员，主要在《人民文学》《诗刊》《星星》等刊物发表作品多篇。

麻雀是麻雀

早上下楼看见喜鹊
胖胖的喜鹊
从花树
跳跃到地面
我不快不慢经过它身边
它东张西望跳了几跳
我没想它是在觅食
唱歌
还是锻炼身体
这单纯的一幕被初春
平淡的朝霞辉映
对了，前几天我还看见
一树麻雀
在初春平淡的霞光中
上下蹦跳叽叽喳喳
它们不像喜鹊
离我这么近

这么亲切
怎么说呢
喜鹊是喜鹊
麻雀是麻雀

是想象，不是回忆

那是可以有枪的年代
我忘了那枪是谁的
那一年我趴在河滩的
石头上，趴了很久
等一只飞累了的肥鸟
落在我前面的另一块石头上
它东张西望不停歇
还是挨上了
我沉默已久的那一枪
但是我忘记了那是
哪一年哪个季节
大河的名字山川的走向
更是忘了鸟的类别
鸟的表情神态
有没有一声惨叫
现在我才开始想象
它的父亲母亲伴侣儿女
是的，是想象
不是回忆

攀登者

我刚好走到西山山顶

在最冷的时候也就
打打霜
结些薄冰
寒风永远长不出刀刃的西山
想起珠峰
一群人在那里爬
那么大的风
那么厚的冰雪
垂直的坡度
氧气少到你的身体器官
无法正常运转的程度
人在哭
在笑
在死
在攀登
我常常不由自主这样想
这样与世隔绝

今天没有太阳

今天没有太阳
喜鹊和麻雀
叫得还是很欢
白花开了一些
红花开了一些
黄花也开了一些
柳条上的嫩芽冒出来了
微弱的香气
凑近了才能闻到
这是自然，寂寞

又清新的事情
今天不用上班
不用买菜
我安静地把这些香气
一丝丝梳理得
光滑笔直
幽蓝的荧光
可能就要闪现

原载《汉诗》2020年第一卷

遇见一群喜鹊（外一首）

◆布　衣

布衣，本名蒋秩宏，20 世纪 70 年代生于四川三台，四川省作家协会会员。作品在《诗刊》《草堂》《天涯》《星星》《诗歌月刊》《诗选刊》《诗潮》《芳草》《延河》《边疆文学》等刊物发表。著有诗集《墙上的马》《鸡毛信》，散文集《比草还长的日子》。

这些年，我们这群人
已经成为候鸟
到春节，或者清明节
才有时间和年迈的父母
回到白鹤湾，穿林跨沟，跪拜
与山坡上泥土里的老祖先人
黄纸聊天，鞭炮拜年

弯弯曲曲的羊肠路上
一个一个地数
邻居小琼小伟，同桌小美
本家长辈大华大牛
还有上沟的某某某
下湾的某某某
却一个也没有碰见

只遇见一群喜鹊
在树杈上叽叽喳喳
偶尔，又落在地里埋头寻觅

这些黑白相间的碎片
我们一走过去
它们就驮着时光，飞了

春天到来

春天到来，我会跟着一只小鸟
含一片嫩叶，东张西望，迎风振臂
用绿色的口吻，暗自赞叹
空气，多么新鲜，多么美好

春天的枝头，我要向小鸟学习
建造小小的窝，在那高高的别墅里
读圣贤书，做春秋梦
当你经过，有几滴露珠
那清凉的，正好落在你的手背上

乒 乓

每一年的春天，都会找到
一些丢失的东西
比如，今年的含笑花下
躺着去年的一个乒乓

把乒乓捡起来，又扔到地上
跳，跳，跳，又跳了跳
啊，它和生活一样
还一点儿也没有老

那只乒乓的胸前
沾了一枚小小的绿叶
仿佛，它要去出席
第一百亿届春天代表大会

原载《诗潮》2020 年第 11 期

迂　回（外二首）

◆粒　粒

粒粒，本名杨娜，20世纪90年代生于四川渠县，现居绵阳，四川省作家协会会员。诗作在《诗刊》《山花》《西部》《诗林》《诗歌月刊》《四川文学》《山东文学》《上海诗人》《延河》《诗选刊》《诗江南》《扬子江》等文学刊物发表。已出版诗集《冷藏的风景》。

我匍匐在地上，滑行
一双翼翅在肩膀猛烈地震颤
迅速与之向上的拉力形成对抗

隐藏的火在前进，在引力中
经历焚烧之苦

靛蓝色的夜
焊接的火星在相互推敲
词语间的铁水在沸腾
在轰鸣声中锈住一个小丑的灵魂

面具之下是更多的面具
孤独在繁殖，一张密织的
大网紧贴我坚硬的躯壳
起点和终点利用一场迂回战术衔接

高空中，我应该摇晃不止
应该打开紧闭的门舱
与水和舒适区对立

与梵音、虚无产生共鸣

我戴着面具，平缓落地
在一席盛大的冥想中
航线是受限的
夜，在无物之上闭合

回到原点，面对相同的脸孔
行径的人们走下铁梯
以虚之名，指认
代罪时间的出口方向

清　晨

清晨在一只酒杯中盘旋
在城市锋锐的铁顶饱腹

清晨，梧桐树白色的羽毛
在醒转，轻轻垂落
在门与窗之间失眠

在清晨准备一场博弈
直击猛兽内核，暗潮涌动
幽黄的灯在惊惧中浮现

冬天把清晨的梦敲醒
让空气的琉璃碎裂
在众多矮墙的包围下
雕刻出清晨纯粹的理性

云端之上

云端之上是月亮，菱形的
立体的，云端之上有一双眼睛
万物在它的视野及掌控之中

云端之下
仓鼠在墙角打洞
房间里传来病痛致死的呼声
婴儿坠地，在哭号
在思念曾经的乳名

月亮啊，躲在夜里最阴暗的地方
解开汗湿的纽扣
巨大的希望和抵抗
交织着光亮，在步行道上
像空气逃进一座被纱布包裹的城市

在那里，孩子依然奔跑
雨，执着于自己的命运
树木竭力伪装成
被遗弃的，云端之下的黑夜
而今，闪电般的美
悦耳的笑声，在老人的信仰中成立

月，树丛的阴影在跳蹿
迅速地，在烟尘弥漫之地融化
在将死者的喘息里保持抗拒
黑色香樟，风，笼罩了他们的心

原载《椰城》2020 年第 1 期

与木龙河有关的文字（外二首）

◆陈邦林

陈邦林，20世纪70年代生于四川绵阳，绵阳市作家作协会员，游仙区作家协会副主席。作品散见于《剑南文学》《绵阳日报》等报刊。曾获深圳红棉文学奖。

木龙河的春天是可以耕种的
给我一片天，就把小阳春贴上去
桃花杏花最多情，开一场
布谷鸟就出来，赶趟儿
想好一场布局，用水墨打底
用啁啾，用燕影，丰富街市
用春风做探子
春天就比一溪的水，深了千尺
唐诗宋词就算了，字里行间的雨
会在两岸：一下就是千年
眨一眼，云肥了，枝头胖了
掐一把，谷雨喜极而泣

念的是高堤的柳，一剪羽翼
风裁了，雨裁了
裁不裁童谣，短笛，都无所谓
我想让他们去枝头交换一下
惊喜的眼神

期 许

试图将新芽扶起，拈一场雨
做酒，催情
最好邀了小阳春，贴身
邀了小翠，不讲《聊斋》，讲三江的水
讲一场花事，讲田野的一茎心动

唯有这个季节的期许，是报幕
是豆角满了，是初夏的姿势
高，与犁浪比肩
低，便到尘埃里去

愿只愿：过往，欢笑，阳光，律动
空亮亮地铺满田野

原载《剑南文学》2020 年第 5 期

红军道，在时光的清影里踩出响声

一段路，在故乡打着张声
碎石，泥泞，枯枝，落叶
被云雾笼成了山腰子里轻轻的叹息
有山雀的鸣声，有山泉的叮咚
有一群人经久不息的掌声
更有，鞭子的脆响和千斤之力的杵子
击打一个时代的沉闷

一段过往从二十世纪三十年代的某枚叶缘鲜活

至今，粗布的伢子，草鞋的汉子
他们的刚毅，在山间敲打着律动的拍子
骡马的响蹄将驮负的希冀
深深地踩碎在咧嘴的石窠子

其实，石阶上的每次叩响，每一次叹息
连同每一个日子，每一次风霜雨雪
不过是历史遗失的某个字符
甚至，终究成了一个逝者永远也解不开的结

今天，红军道在我的记忆里
时时踩着探路人、挑夫和骡马的声息
浓墨与否，皆是十里山坳的原风景

原载《剑南文学》2021 年第 3 期

内心生活（外一首）

◆龚志坚

龚志坚，1967年生于江苏江阴，现居四川江油。诗文散见于《星星》《诗歌月刊》《诗潮》《滇池》《西部》《四川文学》等杂志。

此刻，从我的位置
离大海，至少一千七百公里的距离
最近的湖泊也有上百公里
但我的内心起了波澜
即使黄昏，风速减缓
我仍被掀起的波浪打湿，像一个渔夫
湿淋淋，拖着渔网回家
而我披头散发的女人
在门口，已等候多时

原载《青春》2020 年第 2 期

景象：村庄或其他

一些景象已经鲜见，比如
村庄背后素净的寺庙
敞开的门户，散养的鸡鸭

黄昏里，飞临村庄的麻雀
也越来越少

原载《青春》2020 年第 4 期

诗路绵州（组诗选三）

◆瓦 片

瓦片，本名李资富，20世纪70年代生于四川绵阳，四川省作家协会会员，游仙区作家协会主席。著有诗集《虚掩之门》《更远处》《诗路绵州》等。

七曲山

水往高处流。九曲潼江爬上山，先留七曲
在唐玄宗诗文里，为尼陈山更名

一曲挥汗，在晋书里栽柏，翠云
一曲炼丹，归隐于古谱，成为洞经

潼江研墨，张亚子挥动笔上的神
点魁星，画丹青，写文昌的千里江山

多少皇家事，全在牌匾中。骑白特的亚子
在方块字的南国，君临天下，也法道，顺自然

明清的红墙细瓦，是部博物的线装志书
多少轻烟浅铃，净瓶水滴，镌刻进木质的年轮

翻不出，大庙这枚文化印章的最初工匠
也找不到，晋柏长寿的丹方秘诀

金牛古道的丝线，将满山泛翠的历史，或墨砚
系在川西北脖子上，北耀长安，南照巴蜀

唯有洞经的琴瑟，浅呼时光里的野草闲花
轻唤浪迹天涯的潼江水，偶尔化雪，飞天

李杜祠

离去或归来，擦肩而过的地理
养芙蓉花，结网，弄舟
画一渡口，渡北来南往的方言
不渡笔墨里的蹄音孤旅

临水写一院落，用书卷暖炕
煮茶，烹鱼

盐亭笔塔

宝台的观宇，从唐朝，开始研墨

云溪的弥江，写下杜甫的地理
也写李白的，负戴书

严震的家国，文同的竹林
赵蕤的《长短经》，胜过一枚盐
是最好的墨锭

砖石或陶雕的笔塔，虚拟狼王的尾巴
在山水间，让砚台里的盐亭话
吟诗诵句

仓颉的方块字，可砌一座城
一座诗的酒的国度

孔圣的《论语》《春秋》，可建一座桥
在虚无的时光上，一步也千年

魁星蘸墨最多，七步即达云霄
点一下是太阳，点两下是月亮
在盐亭的志书和辞典里，打马江湖

风铃在案头高蹈，恰似书声琅琅
也如蝴蝶，振翅向上

选自诗集《诗路绵州》，团结出版社，2020 年 8 月

王家堰（外二首）

◆黄　晓

黄晓，本名黄晓勇，1977年5月生于四川江油，四川省作家协会会员。有作品先后发表于《诗选刊》《绿风》《中国诗歌》《星星》《青年作家》《诗歌月刊》《剑南文学》《黄河文学》《青春》等刊物，部分作品入选《中国诗典》等多部选本。出版诗集《70后印象诗系：瓷片》《遗忘之夜》。

王家堰，其实并没有
储水的堰。王家堰的水
比王家堰人的汗还贵
直到这个姓李的城里人
来到这里，王家堰
才有了真正的堰
王家堰人的汗才比水贵

所以，我喜欢看他
黑得发亮的肌肤和身影
喜欢听所有关于他的
那些平淡的故事。但是
我不想提及他的名字
我害怕，那个普通的名字
会重重地压垮他

天水乡的橙子熟了

“天水乡的橙子熟了！
果子金黄，满山遍野

每一枚都像早晨的太阳
……”

但多么遗憾!
我居然不能确定
这个美好消息来自何方
出自谁人之口
恍若秘境中的某个农人
在晨雾袅袅的果园里
杵着他的锄，悄声地告诉
某个匆忙离开的人

但我相信，那时
他一定看到了最美的太阳
就像那些迷茫的人
看见了希望

枫叶牧场

他们在努力收集
阳光，雨露，泥土
以及，四季的风

多么高尚啊!
他们要在一片枫叶上
建造一座巨大的牧场
像养育后代那样
耕作，放牧
饲养家畜

他们要赶在秋天
把一大片闪闪发亮的金黄
还给狂躁的世人

原载《剑南文学》2020 年第 6 期

改 造（外二首）

◆赵克强

赵克强，20世纪60年代生于四川三台。诗作入选《新世纪诗典》《中国口语诗年鉴》《磨铁读书会》，出版诗集《我告诉你什么叫穷凶极恶》《假牙》等。

六里村路在改造
九洲大道在改造
绵兴路在改造
三里桥在改造
剑南路在改造
……
绵阳的路
好像过去都犯了错误
现在
统统在改造

选自《新世纪诗典》第八辑，中国友谊出版社，2020年10月

儿子的理由

儿子把一块他嚼过的凉拌鸡
搛到我的碗里
说："老汉儿，这个好下酒"
我说："你吃过的喊老子吃"
他说："你孙儿嚼不动

吐出来的
我一样吃
你吃你儿嘴巴头的有啥子”

蚂 蚁

孙儿在地上逮蚂蚁
拈不起来
就用指头
把蚂蚁
一只只摁死
我旁边看见
忽然心紧
万一蚂蚁正好是一个外出打工的父亲
或是留守在家
四处闲逛的
孩子呢

原载《诗潮》2021年第5期

去羌山，与一朵云彩同行（外二首）

◆许 星

许星，1962年生，现供职于绵阳日报社，中国诗歌学会会员，四川省作家协会会员。有作品在《人民日报》《诗刊》《解放军文艺》《北京文学》《四川文学》《星星》《Prosopisia》等国内外一百五十多家报刊发表。曾获2008—2011年中华宝石文学奖，第三届国际『大雅风』文学奖，共青团中央、中国作家协会第二届『志愿文学』征文报告文学类三等奖。著有诗集《顺河而上的花名》《虚掩的村庄》《诗歌里的故乡》。

在这片瘦弱的土地上
我以诗歌的名义
铺展蓝天为笺
写一封脱贫攻坚的信
与一朵牵挂的云彩

五月是羌山的春天
轰轰烈烈的阳光 擦干了
曾经的不快和忧伤
那些行色匆匆的人
总是把精准的目光放得很轻
很轻 激情的翅膀
惊起五月 一夜槐花的喧闹
或看麦浪起舞 潮起潮落

与泥土亲近 丰满的琴声
让我无法闭目去怀想
一段青春的剪影和如火的岁月
只闻到她温暖的体香
压弯枝头的累累果实

都是党旗下庄严的誓言

每一朵云彩都是羌山的雨
谁漫步微风 看花影婆娑
谁站在山口 放歌昨夜绵绵情义
谁又在一米阳光里披上了
绿荷花香 风不说
鸟儿也不告诉我

在我的眼里 所有的庄稼
都是羌山的手语
满山花瓣不需要人懂
感恩的天空 举着白云
也举着光阴和梦想
还有我心中那一缕甜蜜的乡愁

你在清晨递我青花杯
我把一杯苦荞饮成温柔黄昏
在羌山的背影里想些过去的心事
当一匹月光从树枝上流下
羌山头顶的那朵云彩
是我窗前那盏如虹的灯……

原载《草原》2020 年第 3 期

花开羌寨

再相聚时 羌寨胖了许多
门前的池水花开一圈又一圈
满头青丝的柳絮轻叩

羌山和鸟儿温暖的目光
所有的笑容在一杯咂酒里
怀旧或相见恨晚

今夜我听见每一扇虚掩的门
在月光下柔和的歌唱 那些被梦想
点燃的乡愁似一阵春风
在午夜的枝条上飞
今夜高挂的灯笼或是一把锁
也锁不住羌寨花开的生活

原载《草原》2020年第3期

女人船

安静的月光下 一朵梅花
咬破爱情的手指与冬天山盟海誓

我把春天的第一滴血剪贴在古老的窗花上
看小桥流水 蝶舞纷飞和烟雨江南
船头那个红肚兜女子 她飘飘的长发如盛开的橹歌
轻轻摇动着我的三月

在一杯酒里 我们暗自呼喊着那些其实已经走远了
很久很久的时光以及两个刻骨铭心的名字
燃烧的七里香 怒放的樱桃花 与枫叶有关的情节
甚至哭泣的诗歌与所有的新仇旧恨和无奈

女人船 被风抽打的月光
翻新着潮起潮落的太阳 覆水难收……

原载《人民日报》(海外版)副刊2020年11月20日

时光之书（外一首）

◆史　鸷

史鸷，本名史志卫，1971年生于四川绵阳梓潼。作品散见于《星星》《草堂》《中国新诗》《散文诗世界》《剑南文学》《独立》等刊物；作品入选《中国诗歌精选》《2016年中国青年诗人作品选》《当代新现实主义诗歌年选》《新世纪诗选》等选本。著有诗集《河流》。

多年后，他终于明白自己是在从时光中打捞一本书
他不过是时光的见证者，和代言人。他的使命，
只是永不放弃对时间流逝的好奇。
时光之书，缀满阳光的闪烁，春雨的点滴，
缕缕秋风，和雪花的飞舞。一代人在时光中远去，
有些人又沿着原路返回。铁轨上两列火车
相对错过，一座房子里，留有很多人的余温
和泪滴。桌边的画架还是过去的样子，墙上的钟，
停留在某个时刻（来而复去的人物，他甚至没能
看清楚他们中一些人的面孔）。时光之书，
弥漫尘世的烟火。那本书浩浩渺渺，漫漶得
像没有尽头。有些人物刚刚出发，另一些
已完成了一生。他们相互交织，纠缠，分不清
谁是主人公，主要人物与次要人物，在时光里，他们
都是自己命运的主角。场景一幕接着一幕（从手工业
跨入电子，泥泞小道变成了高铁。哦，村庄
都快消失了，他们还不想结束）。所有的故事，
都不过是时间的故事，“凡未经时间淘洗的，都是
浅薄的”。时光中，谁安排了我？这不能完成的重负，
唯长歌可以当哭。他为很多事无能为力，内心惶惑，

却又释然，“我们都是过客，唯有时间
是唯一的主角”。是时间那温柔的手臂
先将一切给出，然后又轻轻抹去……

石榴记

五月，门前的榴花照亮了黯淡山村的一瞬
它小朵的火红里含有一丝羞怯，它
太过年轻，小胸脯没发育完全，乡村的新嫁娘
还过于青涩，在一排排普通的柏树、桤木的喧天鼓锣里
闪躲。以至于当我回忆，一棵石榴树像从来
就没存在过。但记忆中分明又有点点苦涩的甜
曾将我浸润。一株孤独的石榴从何而来，我要如何
拨开时间的迷雾才能找到它，一棵苦难生活的树，
真能结出甜的果子吗？那棵石榴树，因太过独特
曾对自身充满否定，恨不能不是石榴，不要
结什么果实，不要露出满口生脆的牙齿。
在乡村，过于醒目是危险的。那么些年，它故意
长得疙里疙瘩，丑陋不堪，尽量让果实小，更小
味道涩酸，以躲过残酷岁月的掠夺。“那棵石榴，
她还在吗？她的儿女可已长大？”我问母亲。
某次回到老家，看到田埂上的石榴树
已经老了，满身疤痕，枝干弯曲，在
已几乎无人的乡间，还孤独地活着，仍在挂出
瘦硬乳房：那被人嫌弃的果实。乡村的牙齿
又小又老，已咬不动太多陌生而坚硬的事物

原载《草堂》2020 年第 11 期

十号馆的旧时光（组诗选三）

◆雨　然

雨然，本名吕齐健，20世纪80年代生于四川蓬安。2010年至今发表诗、文百余首（篇），散见于《星星》《散文诗》《散文诗世界》《经典美文》《扬子江诗刊》《中华文学》《小小说大世界》《中国当代爱情诗精选》等刊物和选本，三十余次在全国各种诗赛中获奖。

惊　蛰

蛰虫未被惊醒，灰暗的
眼神延伸到山尖
把油菜嵌入丘陵深处。远方
是飞鸟的尽头
窗内的影子才是自己的

不断拉长。黑暗
才是这条孤独的鞭子
姗姗来迟的春雷
不以刻意的方式
刻意地改变着节气、规律

我们是两粒对立的尘埃
在加速度和灯光的碰撞里
改变雨水倾斜的角度
过剩的空气
让不合时宜的橡树，窒息

这个时代还会有人
乱扣帽子，体制内
是一件密不透气的皮衣
尽管他的诉说无人倾听
没头没脑的人们
总是会遮蔽局部的光芒

他陷入自己的言辞
几乎相信了，春天
可能发生的事情太多了

复制的风景

以累赘的目光看待一棵树
带上生长的枷锁，顺应世态但不是心态
长不大的年轮即便长大了
也会被多余的皮囊、表情
用横向生长的肚腩代替
笔直的纹理，平躺下来
和茶水隔着红色的避孕套
就能改变蛀虫侵扰的错觉?

穿过这道门槛，月光就被拦截
楼台亭榭在它们之上，潜水的鸭群
暂且以这样的命名方式
让走廊夹持来自山涧的风
这种迂回方式过于古板、固执
累赘不足以改变树冠的朝向

挑破水缸的波浪，底色失色

青黛溶解于石头里，取出一枚睡莲
能够复制，却无法粘贴在墙面上
过路的风声挤掉泪痕，老树躺成会议桌
石头站立成椅子，不被轻易挪动的
树根，镂空的心思还沉入水底

十号馆的旧时光

时间，空间，生活方式
这个坐标系从转角、楼梯和琴台
延伸、无限拉长
连接到这个城市的夜晚
和贴梗海棠浅红色的花苞
这些月光下晾晒的事物
是被水蒸气滤过之后变得透明的
排除芥蒂、对号入座
一个人只有打开自己
才能真正地打开他的世界

把话题放进复古的钟摆
加温、烘焙，少剂量的黑色素
和恰到好处的交流方式
某个时代的浪漫主义
玛丽莲·梦露，埃菲尔铁塔
岁月的留声机和黑胶片摩擦
沙沙作响，和窗外落叶的乔木
在目光对接的时候

灯光柔和地打下来
喜怒哀乐，稀释、降解

贴上标签和名词
串联在小提琴的低音弦上
昨天是真实存在的
从伯爵的燕尾服上抖落的尘埃
我们找到活着的证据

原载《椰城》2021 年第 6 期

破 灭

◆葱 葱

葱葱，本名张益聪，20世纪90年代生于四川富顺。作品散见于《诗刊》《青年作家》《绿风》《江南诗》《诗歌月刊》《四川散文》等刊物，入选《天下好诗：新诗一百首赏析》《2020年中国新诗日历》《2020年中国青年诗人作品选》《中国地学诗歌双年选》《女子诗报年鉴》《青年诗歌年鉴》《中国汉诗》等多种选本。在征文大赛中获各种奖项数十次。

你从对面走来
回忆先说话了
秋天的叶上
全是相思的脉络

小巷里的阳光不耀眼
我在草丛里
翻找干净、美好的四叶草
时间就这样挣脱逃逸了

我们沉默时
天上跑过的云朵都生锈了
秋天里寂寥的风
把你的风衣吹成一面窗

我们不太轻盈的心事
落在彼此消瘦的目光里

故事一边温煮
一边掉泪
一个个空荡的酒瓶
全塞满了同样的破灭

选自《2020年中国青年诗人作品选》，成都时代出版社，2020年7月

重复论（外三首）

◆黑　辞

黑辞，本名李成林，2000年10月生于四川雅安，绵阳市作家协会会员。作品散见于《草堂》《星星》《青春》《中国校园文学》等刊物，曾获中国校园『双十佳』诗歌奖、零零国际诗歌奖。参加2021年《星星》诗刊举办的星星大学生诗歌夏令营。现就读于西南科技大学。

母亲拆掉灰毛衣的线，如今又要把它织回去
父亲撒下燕尾草的种子，夏天还要把它挖出来
我们一直在做消耗生命的事情，但在拒绝落日的时候
语气依旧很强硬

我曾经的朋友们都去了新的战场，在不同的地方
念金光咒。能够从一种形象里获得力量
而夜晚时我偷偷外出，月色倒在我身上，像狼皮
途经小山冈，我要坐下来，就像要四肢着地似的
思考阳光的来之不易

原载《星星》2020年第9期

手指回想

我看着左手无名指上的环行阴影，它太静谧
如逝者的注视般恒久。我仔细观察，二十年来
我第一次对它进行系统的猜测，形状不规则
前生婚姻的样式肉眼难辨，往更悲惨的地方设想
上辈子我是个断指之人，凭九株小树辛苦地活着

我因多疑而慌乱：我今世究竟要付出什么，以偿还
补足空缺的因果。有时我把手指看作青山，人们用
滚石，填上衰竭的矿坑，但这些原料从哪里搬来
会不会造成新的伤口。我为此忧心忡忡
因为经验显示：痛苦如此精准，永远都不会落在
我已有准备的地方

原载《中国校园文学》2020 年第 10 期

野　穗

雨点拍击地面，我的好朋友野穗突然想起了凌晨一点的惶恐
黑色在狭小的空间里不断密集，她告诉我
灯坏了，这座城市唯一的检修工人去世于昨夜
留下苔藓般的经验之谈
我说，在时间面前，经验始终承受被肢解的痛觉
痛觉是一种警醒，现实冷峻的锉刀下
她以逸待劳，在自己左腿上留下排列巧妙的指甲痕
喝一口自来水，野穗的目光中又重新出现了大海
多巴胺填满了过去的两三年，黑辞，我和你略有不同
我的心像过了水的麦子，你的心
像过麦子的水

原载《中国校园文学》2020 年第 10 期

哑　鸟

去图书馆转角的路上，天空出现沉默的斑点
它们和民族一样聚集，构成了闪电。霹雳
久且长，与穹顶摩擦，点燃久违的雄心

在天堂门口兀立，空望银河，真空中
装了一个故乡，它们如今，是秋水一般的
投影。黑暗在其中，面孔贴地的男人呢
遮住了少许夏季，翅膀高绝，飞行是它们的命

衔着一束鱼肚白，概念上的火焰，你看到了吗
哑着的飞鸟永远不会落在人声鼎沸的路口
岩浆装满胸腔。人们永远记住了：鸟群是流星
光线是天空的伤口，一段时间就这么耗尽
我才走短短一截。没有翅膀，我的生理结构
赋予我另外的神圣

原载《中国校园文学》2020年第10期

午　后（外一首）

◆秦　歌

秦歌，本名秦胜，1966年生于四川梓潼，中国诗歌学会会员，绵阳市作家协会会员。曾在《诗潮》《绿风》《鸭绿江·华夏诗歌》《剑南文学》《企业家日报》《长江诗歌报》《参花》《湖北诗刊》《山东诗歌》等报刊发表作品。部分作品入选作家出版社、香港金陵出版社出版的选本，并获多种奖项。

阳光穿过堂屋
墙壁像一面反光的镜子
时间透亮 自屋檐向西
缓慢地移动

寂寞是安静衍生出来的词语
这个午后 慵懒的猫咪
身不由己地
接受温暖的问候
和抚摸

它开始醒来 轻轻走动
犀利的眼神
骤然发现
自己的影子
是自己的同伴

抱在一起撒娇 打滚 各种亲昵……

继续，将落下的光斑

当作一只歇在地上不飞的蝴蝶

仿佛，抓住了什么
那么孤独
还那么兴奋

原载《诗潮》2020 年第 1 期

司马相如读书台

——和诗人白鹤林夫妇，及肖桂、梁旭登长卿山

冒雨上山
出潼城，登司马相如读书台

雨是掌声的另一种解读
迎接我们的还有
一张古琴

和烟云中
缥缈的读书声

石头漏水
更多潮湿的细节
滴落下来
像复述一曲《凤求凰》
如诉如泣的哀怨

一座山
也许是一首诗的按钮
我们的目光，在他衣袍里

寻找隐秘的开关

读书台为我们所用
随行而来几把伞 默默
站在门外
做了书童

后生围在先生面前
听雨，读山，观风景……

原载《鸭绿江·华夏诗歌》2020 年第 10 期

河　流（外三首）

◆刘川石

刘川石，原名刘兴武，1938年生于四川绵竹。四川省作家协会会员，中华当代文学学会会员。有新诗和散文诗入微刊、纸刊、选本及年选，著有散文诗集《词语在时间的欲望里歌唱》。

做不完的事说不完的话
语言的河流正遇洪水暴涨
游泳是危险的 观赏是可取的
发现锦鲤的人一定是天才

钟　声

生命的危机在全球曼延噩耗
错误的生活导致了正确的苦难
奔跑的脚步声和欢呼声是多么响亮
可上帝死了 再没有谁去敲响天堂的钟声

冬　天

冷空气一来就降温不正常地偏低
缺乏热情的太阳也躲起来不想看见我们
那我们就把自己包裹起来用内心的太阳取暖
照样堆雪人看雾凇在雪原上奔跑 还有就是
打扫门前的道路 就像消除假设的咸甜之物

步 入

天天都在行走 你不可能原地不动
行走就要步入 嘿 你步入了些什么
陷阱圈套谎言骗局疯狂 或者是敞亮
背景场境和样儿 就是你的图像
时间里留下的 就是你步入的戏文

选自《中国先锋作家诗人》新年专刊，团结出版社，2021 年 1 月

今年秋天，我去乡下走了一趟

（组诗选三）

◆赵加辉

赵加辉，1964年11月生于四川盐亭，四川省作家协会会员。1985年开始从事文学创作，先后在《剑南文学》《南国诗报》《诗神》《四川文学》《四川戏剧》《诗歌月刊》《火花》《星星》《北方文学》《牡丹》《鸭绿江》《参花》等刊物上发表作品。已出版诗集《狂躁中的宁静》《我向诗歌道个歉》。

地木耳

生活在坟旮里、草根上、牛粪旁
生活在潮湿不见阳光的地方
像一个一个萎靡不振的散兵游勇

还是邻家老二长能耐
把它们召集一起
进行自信和素质提升

它们精神了，它们健壮了
它们所向披靡
攻占村外，一座又一座新高地

山洼里，那一垄带刺的月季

它还住在那里
看起来，性格有些孤僻、怪异
也不修边幅

一点都不像记忆中的名门望族

它有许多邻居和亲戚
大多断了往来
连开朗活泼的花喜鹊
也与它闹了隔阂

我试着向它靠近
用一种友好的方式和它交流
它却在风的怂恿下
狠狠地，咬了我一口

我微笑着，让血液
一滴、一滴注入它的身体
我想明年秋天再回去时
它至少能给我一个好脸色

看望旧友

去看望一位儿时的玩伴，偏偏遇上
一条毛色油亮的大黑狗
它冲我摇着尾巴，不紧不慢地嚷着
它说什么，我听不太懂
从它的眼神可以断定，它没有恶意
更没有想要攻击我的动作

我试着靠近它，不紧不慢地说
你可能不认识我，你祖先和我很熟
曾经，我送过它们
从家里偷出来的肉骨头

我说什么，它也听不太懂
依旧冲我摇着尾巴，不紧不慢地嚷着
它身后是一幢三层小楼
安静的小楼，像刚刚开圆的花朵

原载《剑南文学》2020 年第 6 期

钟楼晓音（外一首）

◆何美然

何美然，20世纪70年代生于四川平武。作品散见于《滇池》《椰城》《剑南文学》《绵阳日报》等文学刊物。

瓣瓣紫薇轻叩琉璃筒瓦
钟的声音唤醒山水
一双守望的眼点亮一方横匾
天音醒世紫薇醉

古朴穿越龙安山河的苍劲
北山的骨，涪江的魂
深省晨昏脱尘脱俗

晨钟暮鼓拉深尘缘
钟声涤荡王玺父子的山水恩
王氏父子的功德载进铭文
一种善根源远流长

花绽花落伴蒲牢
钟的声音韵远
光振龙山龙水，山高水长

御碑亭

山风撞响叮叮当当的声音

寻声 飞檐展翅
檐角悬挂铎铃
一帘禅境弥

幽深曲径 古柏参天
大雄宝殿后阁之前
两座琉璃碑亭
重檐八角南北守望

穿越厚重的石碑
是谁将这巨大的石碑竖立
神仙指路 鲁班传经
堆土竖碑 神龟驮碑

垒土 堆成斜坡
横竖原木数根
绳索拴牢巨碑边堆边拉边填
闪烁的智慧耸立天地间

南碑篆刻“万乘皇恩”
北碑镌刻“九重天命”
“即是土官不为例
准他这遭”

明英宗皇帝的圣旨
深深地刻进云墨石
一道朴实的光在闪耀
王玺的功德和御碑亭一起千秋

原载《滇池》2021 年第 8 期

神降临的安昌河（外一首）

◆郭诗莉

郭诗莉，1974年生于四川绵阳，四川省作家协会会员，鲁迅文学院青年作家班学员。出版个人诗集《让玫瑰说话》，与人合著《十二》。作品散见于《诗歌月刊》《星星》《四川诗歌》《延河》《诗选刊》《四川文艺》等刊物。作品曾获多种文学奖项，多首诗歌入选《2019中国年度优秀诗歌选》《中国新诗百年·民进百名诗人诗选》《中国星星诗历》等多部选本。

风止于水，镜未磨。
云朵卷舒。飞鸟婆娑。
投下目光的美好。
山、花、树，
在水的镜像中。
胜过了宋词的婉约。
鱼群的脸。满脸祥和。
红嘴鸥，舒缓地收拢舞蹈的姿势。

置身安昌河。
她们，
散发着这般的快乐与静然。
几乎穿越了，我所有的暗晦。

经过幻象的画镜。沿着河水的光，
我仿佛听见，她们的合唱：
来到世上，要活得轻松，
要充满光，还要闪亮。

举着善良的身体，

我不急于，匆忙地穿过小小神界。
而是，缓慢地行走。微笑。鞠躬。
并不停地唤醒：
光、佛、神。
在这儿，在那儿。
在生命停止以前，
来释放出它的辉煌。

原载《大河》2020 年第 5 期

仙海湖的眼神

群山环绕的那面镜子
仿佛 深邃天空的另一种蓝色
明亮光滑
镶嵌在青翠的沉默中

风 弯下腰
它静谧的眸子泛起深情
这青花的镜子 这桃花心木的镜子
在众多靓影中 挑选

人间佳丽。桂花，面带温软的羞涩。
在镜中。静静地 开 开 开
这小颗粒的情欲
清婉而炽热

我喜欢被这氤氲的小金黄
围困
我喜欢被这清澈的小灵魂

蛊惑

这是在秋天。一切都刚刚好。
我们深陷于 仙海湖的眼神

闲闲地看 湖光 秋色
闲闲地看 桂花 落 落 落

原载《椰城》2021 年第 1 期

你走进我的心房（外三首）

◆瞿　军

瞿军，笔名嘉州故里，1961年6月生于四川乐山，现居四川绵阳。曾从事过泥水匠、打铁匠、油漆工、汽车修理工、警察和记者等职业。发表小说、散文及诗歌作品数百篇。著有散文集《心灵的旅行》，小说集《桥头堡》，诗集《啜饮集》《瘦笔轻描》等。

去年三月那天
也是杏花满天时节
也是一场春雨
忽然想起了你
忽然想起戴望舒的雨巷

杏花年年
你紧皱的眉头
是否也结有丁香般的愁绪
蒙蒙细雨中
我仿佛看见一个如水女子
婷婷而来
从此走进我心房

雪在烧

这个春天
一场初雪
冷寂时光里飘来好多雪花
我忘情呼吸

拼命接受它的冷静爱抚
渐渐忘记了你的温度
你无法将我冻结
我也没能将你融化
也许我们一同坠落更好

生命无数次挣扎
摆脱一个又一个旋涡
惊心也刺激
让人感受那些律动
也许
爱的结局最终如此
不是燃烧
便是轰轰烈烈地毁灭

别来无恙

朋友请别问何时花开
又何时凋零
爱情苦涩味道
总是不经意划过忧伤的心
伴着风夹着雨
也许这才是生活的真正模样

时光飞跃总是搁浅在生活的远方
失意徘徊游走在痛苦边缘
我们都凌乱地爱着
不知几时才学会遗忘离别的伤痛
学会说那句
朋友别来无恙

孤独旅人

我是黑夜尽头那抹晨曦
为迎接地平线黎明

我是飞折翅膀的雄鹰
心仍向往广阔天空

我
就是我
一个失意不失志
一个孤独旅人

选自诗集《啜饮集》，团结出版社，2020 年 12 月

年终记（外二首）

◆张洁玲

张洁玲，2001年生于四川巴中。作品散见于《飞天》《散文诗》《原点》《零度诗刊》等。现就读于西南科技大学。

新年的第一天，去看一场电影
用足够的好奇心接近陌生
小土丘上种着蔬菜，篱笆围起人世喧嚣
汽车扬起一阵阵尘土，如同我
被生活的谜语激荡，又抛下

过去的一年，独自行走、漫无目的
是我做过最多的一件事
在这里，我迷恋上日落——
它足够浩荡足够悲壮，足够
清洗我的虚无

尽管它不那么温暖也意味着结束

我曾在暮色里产生过很多次怜悯
尽管我也有着未知的一生
和孤单且挣扎的年华

隆冬，雨过天晴

寒冷的十二月，拉开窗帘看见隐隐的日光
是醒来第一件幸福的事
不应该离去，漫无目的才是我的方向
银杏纷纷落下，盖住灌木的头顶
也盖住了日子的单调贫乏
我选择在这样的一天有所收获
比如找到一处空旷的农田，看一只狗
坐在路边，等着谁。替明天做完几件
讨厌的事
早早熄灭所有刺目的
光，随着饮水机“咕嘟”一声
我的夜色，就沉入梦中……

十九岁

写一首迟到的诗，像这些年
有过的后知后觉
河水涨了又退，日子新了又旧
枯萎和盛放，一样值得拥有

陌生的脚步踩踏熟悉的月光
很多时候，耳畔的声音消逝了就不再回来
我已习惯这样流逝的时间
和奔走的青春，以及所有的
不辞而别
十九岁了，许多事情不再有因果

但我依然对千姿百态的日落情有独钟
依然愿意，走很多陌生的路。毕竟
要看过成千上万的树，才能对一片叶子
心生悲悯

夏末的校友林鸟声嘈杂
而十九岁的列车有点空旷，要记得
为它的孤独开一扇窗

原载《散文诗》（青年版）2021 年第 7 期

风吹野草（外二首）

◆杨剑横

杨剑横，20世纪60年代生于四川盐亭，中国诗歌学会会员，四川省作家协会会员。作品散见于《人民日报》《中华辞赋》《星星》《绿风》《中华风》《诗领地》《山东文学》《北方文学》《文学界》《青年文学家》等。出版个人诗集两部。

风吹山坡上的野草
高高低低胖胖瘦瘦的野草
傍晚夕阳点燃红红燃烧的野草

比我还长得高占据山头和天空的野草
过去的岁月和我一样贫穷得无地容身的野草
这些不停地往外攀爬扎根山坡的野草
这些遭恶人不停砍杀的野草
这些在石缝中留下种子的野草
这些遭遇万人蹂躏又挺直腰杆的野草
历经沧桑五十多年挣扎之后
它们躲过风霜雨雪的摧残
战胜恶魔的诅咒禁欲
迎来了阳光的春天
在山清水秀的大地上
获得重生
然而，一个个无数次摧残野草的人
等待野草掩埋枯尸的到来
必须低下高高的头接受野草鞭打
用残喘的余身向野草谢罪

城市过客

回家？蜗居的小屋空空荡荡
很久没有见过家人
徘徊？上班的道路说短也短说长也长
如孤独的孩子那么忧伤
没有多少幸福的微笑
有谁陪我走这漫漫长路
有谁同我咀嚼短暂的味道

我内心激动不已
你在哪里？
别再让我窥视你的孤单
别再让我打湿你的眸子
缓缓流淌的上塘河
反复穿梭过的小桥
不吵不闹把我押送回家

再等几年，要有机会
回忆曾经的微笑
一个过客会落荒而逃
揭开黑夜的面纱
都市夜里沉睡的悲欢在等待黎明
走过许多城市
也曾在山村里风雨缥缈

流浪在江南

我早就知道，骨髓里具有流浪的基因

曾经流浪在长沙，而今流浪到江南
怀揣梦想
拥有风霜雪雨的人间

租借的公寓，步行在运河边
夜晚，为梦中情人写的情书
写痛了手，写空了世间信笺
把相思豆藏在心底发芽

暂居江南，烟雨楼台
走古镇，跨古桥，写千古丝绸
品西湖，登楼外楼
聆听江南诗话

净化心灵，排除杂念
穿越时空
囚禁在南宋遗风里
遐想

或许
天暖的时候，我就写春天的诗
天冷的时候，我就围炉品酒
把江南醉倒，把天地醉倒

原载《绿风》2020 年第 2 期

每片雪花都是忧伤的词语

（组诗选三）

◆姜 合

姜合，1969年4月生于四川三台，绵阳市作家协会会员。曾在《星星》《广西文学》《四川林业报》《四川文艺报》《四川诗人》《校园诗歌散文报》《贡嘎山》《剑南文学》《绵阳日报》等省市级报刊发表散文、诗歌百余篇（首），诗歌作品获由中国诗歌学会及四川省作家协会主办的首届『文昌杯』华语诗歌大赛二等奖、第二届『文昌杯』华语诗歌大赛优秀奖，有作品入选《我爱这土地优秀作品选》。现供职于梓潼七曲山风景区管委会。

高处的事物

站在树下，树上的叶子是高处的事物
站在山脚，山顶的石头
树木和寺庙，是高处的事物
终于站立于山顶，那些更高山上的
云雾、积雪、冰川，又是高处的事物
而无论站在哪里
太阳、月亮、星星和天空
都是高处的事物

高处有高处的风景，不一样的风声
高处也有高处的冷寂和空无
除了天空，没有比它更高的事物
除了天空，所有高处的事物
都在不停地下落

碑

过往的时光将我一次次分割
我在每一处消失，也在每一处
重现或停留，于是一块块碑
寂静地竖立，并将我铭刻

在一块碑上，我看到花朵
一直开放的花朵，如一个人的面影
铺满一条黄昏时的林荫路，也许月色下的
窗口，但没人知道这一切，只是此后无数的
岁月里，路一直向前，延伸着美好

在一块碑上，我看到雪
洁白的孤独的雪，在没有人的地方恒久地隐藏
每一片雪花都是我灵魂里忧伤的词语
每一片雪花都是烛照我生命的光亮
积雪覆盖大地和河流，那是我一直以来从未间断的歌唱

在一块碑上，我看到笑容
从身体里渐渐分离出来的笑容，浮在各样明暗的
光影里，像甲胄一样也像武器一样，抵御着
人世的虚无和寒冷

和　解

想到大风与树木
想到河流与山川
想到流水与石头

而更多地想到我们的一生

有形或无形的疆域中，战斗
从未间断地发生，许多阵地
失而复得，而又得而复失
愤怒、挣扎、阻挡、抵抗，抑或不甘
寂静的呼喊和泪水，然后不断地投降和溃败中
终究达成和解，以树木的弯曲、石头的光滑
以山体的断裂，以长久疼痛的忍受
以身体和灵魂领地的一点点割让
最终，以相守或死亡

原载《星星》2021年第5期

秋日墨村

◆晗　溪

晗溪，本名蒋丽君，20世纪70年代生于四川北川。热爱文学，喜欢用素净的文字梳理和记录生活。出版诗集《活出向日葵的模样》，2018年获得首届『澳华杯』全球小小说大赛二等奖。现为澳大利亚墨尔本维州华文作家协会会员、四川省作家协会会员。

你是那么令我惊喜
单说那金灿灿的黄叶
还有那如酒似红火的红叶
在阳光下格外绚丽
就已引出我的声声赞许

你是那么令我好奇
无论是逶迤的山区
还是城市繁华的中心
甚至是我们居住的每个社区
总有那么多一片片
一团团或者一条条
红红黄黄的壮丽
恨不能尽收眼底

你是那么令我诧异
记忆里
北半球的秋天
总是

萧萧落木衰满地
即便有了红黄满树
脚底也永远只是
那一味枯黄

而你
竟如此新奇
配上绿油油的草地
还有蓝天白云
与金色阳光的齐聚
这等完美
实在令人着迷

秋日的墨村啊
穿梭在你诗一般的画卷里
我的心充满了说不出的欢愉
哼着小曲儿
恨不得变成一个摄影师
去拍下你的每一处美丽
恨不能变成一个模特
穿了各色长裙
融合在你斑斓的色彩里

秋日的墨村啊
实话告诉你
“喜欢”已不足以表达我的情感
唯有“爱”字
方可让你明白我的心意
甚至，因了你

我愿百年之后
也长成你的一棵参天大树
永远与你相守相依

选自诗集《春天的来信》，江苏人民出版社，2020 年 6 月

深秋，天渐凉（外二首）

◆李月荷

李月荷，1978年3月出生于湖北，中华诗词学会会员，绵阳作家协会会员。作品散见于《星星》《剑南文学》《山东诗歌》等刊。现居绵阳。

一片片落叶告白了枝头
又告白着整个秋天

那飞旋的身影在西风里起舞
却在北风中落幕

一次辗转轮回
便是一个灵魂的摆渡

所有夏季留下的悬念
都将在天渐凉的时候一路展现

备好的衣衫，到嘴边的暖言
秀出季节又一个美丽的弧线

生活、爱情再次和自然接轨
完整地勾勒月缺月圆

选自《2020年中国新诗日历》，江西高校出版社，2020年5月

灵魂深处的音符

由远而近，由近变远
指尖的清泉流向了不知名的远方

我亦呆立，遥想着背后悬崖的高度
心绪已然成为一片羽毛
在空气的对流中逐渐下坠

有一个声音如同千万条丝绦
从我不知道的地方飘来
愉快地亲吻着耳垂

突然，身体和灵魂都已透明、澄净
只剩下一串音符
在意识的最高层面建立理想的国度

原载《文化艺术报》2020 年 11 月 11 日

那一幕

一滴泪嵌进桃花的眉心
点点碧绿的疏枝便莫名地
迎着东风颤抖，不惜落下
几滴潮湿了的红

似乎，这是一场较量
没有胜负，也看不见对手
却又或许早已注定了结局，我想求证

苏格拉底凸出的眼睛，闪着不同颜色的光

而我，又有些惊慌
望着深不见底的蔚蓝
我的智慧再一次短路
头上那朵飘荡的孤云渐行渐远

“知我者，谓我心忧，
不知我者，谓我何求。”
一朵开过了的桃花
在雨丝中等着那个弹琴的人

原载《江苏工人报》2020 年 3 月 13 日

雪花还未飘落（外一首）

◆王恩贵

王恩贵，1970年1月生于四川盐亭黄甸镇，绵阳市作家协会会员，四川省诗歌学会会员。作品散见于《天涯诗刊》《启明星》《作家报》《鸭绿江》等报刊。

此时，山很隐忍
落叶的疼痛正在一点点愈合
落寞的风
跨过垭口，一路狂奔而去

天空澄澈
流水静静梳理着
季节留下的诸多烦乱

雪花还未飘落
枇杷树先于蜡梅
把一簇簇洁白的花献给大地
炊烟袅袅，似在呼唤
觅食的灰麻雀已纷纷归巢

我会赶在河水封冻之前
返回。手握的每一粒滚烫的字
都是故乡枝头上嫩嫩的芽

原载《鸭绿江》2021年第4期

茶　缘

时光已将岁月的风雨
淬炼成淡雅的铅字
刻满我苍翠欲滴的经脉
历经千百次的搓揉，烘烤
终于可以在黎明，安然
等待一朵莲的盛开

此时，你带着一泓煮沸的清泉
穿越茫茫人海，策马而来
金色的阳光在圣洁的眸子里倾泻
我轻舞霓裳，为你坠落红尘
那莞尔一笑
竟是前世万千次的回眸

唯愿，今生沐浴在你的霞光里
而你，也在那片氤氲里润泽
当一丝苦涩
让你的唇记忆深刻，你是否会
在我淡墨素笺的空白处禅定
低吟浅唱一世的馨香

原载《渤海风》2020年第4期

烟火红尘（组诗选三）

◆郭明金

郭明金，20世纪50年代生于四川三台。作品散见于《剑南文学》《草地》《绵阳日报》等报刊。

农家嫁女

屋檐，一棵树的生成
离不开沃土阳光空气雨露
你不具备，出生贫瘠山凹之地
家中排行老二，还要背弟弟
粗茶淡饭中泡满泪水
一根藤上繁衍着原始的根系

最终，来自母亲深夜一声长长叹息
你将一方香手帕密藏心底
湿了干干了湿于枕下，反抗无力
下嫁比家还穷的贫瘠后山一聋哑后生
本想等待欢乐绽放的好日子
不料苞瓣践踏散落一地

面对红纸上的鲜红喜字
你笑不出来
为兄换回一门亲事
连接根脉不得不将你做了调换亲

抗不过命运的泪水打湿鲜红的枕巾
内心深处埋着多少个不愿意

草 药

乡下人生病
诸如伤风感冒都不是事
扯几把野茅野草
甩进瓦罐熬成水治病

很早很早
咽下的药水比茶苦
树根，树叶，藤蔓的头头根根
往陶罐里一塞
熬出浓浓苦涩岁月记忆
从远古走到今天
村里还是这般朴实

屋中老伴老汉
围着一碗汤药谈天
苦是苦了点
只要能治病
味儿就甜

小村的草药味儿
袅袅缈缈飘向天空
合成一朵朵南去北往的云
卷成股股浓浓草药味
四处弥漫
告诉他们的儿女

年终了
外面天寒地冻
该回去看看那些伤感境
问问痛心的人

村口古柏

多少年了，迎来送往
早忘了临春独放的金色小米粒
栽树人或许
没看到
早已作古千岁
秋风一吹脱层老皮
雪花一压又隐藏生机
世人又何尝不是如此
一场生衍生另一场死
又多像眼下打工后生
一些人回来一些人又出去
冰冷两条铁轨如鞭子
猛劲抽打着拥进拥出人的神经
出去时那件补巴衣裳和一双解放鞋早已丢弃
今天回来一身崭新整齐的西装革履
站在村口的古柏还在守静迎来送去

原载《剑南文学》2021 第 2 期

皎皎白玉兰（外一首）

◆李　洁

李洁，笔名深蓝，20世纪70年代生于四川江油，现为江油市作家协会副秘书长。作品散见于《文学百花苑》《中国民间短诗》《甲鼎诗刊》《新诗歌》《纸上雪》《零度诗刊》等刊物。

三十年前
父亲被烟熏黄了的手
执笔写下《皎皎白玉兰》
我以为
那不过是赞美春的芳菲

父亲没有活到庚子年
他本命年里发生的
和命运一般多舛

病毒阻了出门的脚步
百无聊赖
翻开父亲留下的笔记本

白玉兰
皎皎如白衣天使
向天的花苞
更像他们的手
拂过人间
便不染纤尘

迎风却不摇曳
勇敢与疫情相搏

我不知道
父亲知不知道
他当年爱慕的白玉兰
历经了多少载风霜
容颜不老 傲然绽放

选自《白衣执甲——四川抗疫诗歌精选》，成都音像出版社，2020 年 5 月

雨

滴答滴答 雨的猫步
哗啦哗啦 雨的赛跑
润物的雨 春越过夏
刚刚和秋哥重逢
彼此就以泪洗面

以为雨酿了琼浆
合宜檐下对饮听曲

怎知碎步羞怯的小雨点
忽然间挽起衣袖
叉腰粗口唾沫横飞

怕是谁倾翻了酒樽
乱了雨的分寸
灌醉了江河
搅黄了秋色

原载《文学百花苑》2020 年 9 月刊

血，在天一方沸腾

◆银　军

银军，20世纪70年代生于四川三台，国防大学科学社会主义与国际共产主义运动专业研究生毕业，法学硕士。已在国内主流媒体发表文学、新闻、理论研究等作品近百万字，曾多次有作品获奖，并被转载或收入多种选本。

血 以沸腾的温度
炙烤灵魂绽放光芒
我青春之梦想
正跋涉于 军旅征途
豪情满怀地昂首阔步

那些与我一起怀揣初心
来自天南海北的革命兄弟啊
自南昌城里枪声响过以后
每当面临生死抉择的紧要关头
都会豪爽又无情地抛下我
去穿越炮火硝烟的封锁线
又舍生忘死地浴血搏杀后
毅然决然地 抢先上路
用他们食不果腹的身板
挡住子弹的疯狂
用他们被战争吞噬的
残肢断臂
开辟通往今天的道路

我就那么眼睁睁地目视
他们血气方刚的躯体
倒在战火中躺在草地上
又猛然站立 站立成
我永恒不变的 信念
特别是倒下又站立
那一瞬间 我看见
他们的鲜血喷涌而出
挥洒在腥风中凝成旗帜
映红了整个历史天空

血 在天一方沸腾
颜色 永远鲜艳夺目
沿着他们倒下和站立时
目光 怒视的方向
流淌成一条条阳光大道

今天 我们行走在道路上
肩负重任而又如履薄冰
尽管沿途两边的花草树木
湮没了兄弟们的笑声
我依然能深刻地感受到
他们笑我现在的 诗
因缺乏战火硝烟的味道
而难现坚硬底气和铁血气质
铅华洗净凸显的初心啊
历经多年风雨冲刷涤荡
已繁衍成理想信念的火种
播撒在每个中国军人心田
发芽生根 甚至开花结果

血 在天一方沸腾
如同阳光在我头顶灿烂
映衬出他们当年倒下的影像
永恒成我精神家园的丰碑
凝望丰碑
薪火将血染的基因铸进军魂
我思想与信仰的力量
突然间有了钢铁意志

血 在天一方沸腾
从 1927 年 8 月到今天
整整九十余载 戎马倥偬
那是谁的灵魂火花
在星空 熠熠 闪耀

原载《山西文学》2020 年第 7 期

红珊瑚（外一首）

◆李长空

李长空，本名李家庆，1971年生于四川三台，中国作家协会会员，中国文艺评论家协会会员，中国诗歌学会会员。出版诗文集十余种，作品散见于《人民日报》《人民文学》《诗刊》《中华辞赋》《北京文学》《上海文学》《作品》《散文诗》等海内外六百余种报刊，被选入二百余种诗文选本。曾获『中国第三届网络文学大奖赛·诗歌组诗奖』等多种文学奖项。作品被翻译成英、德、意等文字。

在盐水里浸泡的玉树琼枝，她试图
开出苦咸之外的一种美丽。亿万年的海底
阴暗而冷，她以一树冰凌的姿态伸展心事
以不媚不俗不腐的晶艳亮质
见证沧桑岁月

潮起潮落的日子，伸出海面的心思
烙下一抹阳光的血色，把世世代代贮存的
遗传密码破译出一种浓浓的相思
冰晶的骨骼就红艳起来。红珊瑚
她不是美艳的代称，她是血液里的热焰喷发
照亮了海底海岸阴冷的世界

读着大海老人精心镌刻的天书文字
一尾鱼渐渐游近她的躯体，触及
生命骨骼构建的伟岸瑰丽。有悠悠
远远的思绪，陷入天籁之音的沉思

暖暖的阳光铺在海面上，海风
是另一种温暖。天地间一个小小的我
纵然建构不起庞大而伟岸的风景

也可结晶一粒不朽的骨骼

空贝壳

在阳光明媚的海滩，我邂逅一只
被遗忘被风化的空贝壳。随潮浪的缘分
结珠的贝壳啊，你孤零零地
躺在那里苦思冥想什么呢

在那幽深的水底，黑暗打不开
你内壁的彩焰，玉洁的骨骼，灰黑的外衣
和幽幽吐纳的语言是个阴暗而咸涩的世界
把心中的瑰梦交给阳光吧
你爬上了岸，却被剥离了血肉
只留下孤零零的空壳

一串串耀眼的珍珠，挂在贵妇人的
项脖，好雍容华贵的气派
一粒粒圆润的珍珠被病者入药
入药的煎熬则是粉身碎骨
——有多少有血有梦的生命被掏空了呢

在一面扇形的彩虹世界，我读到
涛声的呼唤和阳光的梦幻
你的孕育是一种美丽，回忆依然是
一种美丽。我把我的心灵画笔
刻入你光彩照人的内壁骨骼
唤不醒这个世界的良知
但愿能够珍惜一份美好的情愫

原载《星河诗刊》2020年秋冬合卷

穿越时空的风，吹向我（组诗选三）

◆王开平

王开平，20世纪60年代生于四川盐亭，口腔注册执业医师，四川省口腔医学会会员，四川省作家协会会员。一个生活在川北中部浅丘陵地带，对文字敏感而又敬畏的乡巴佬。著有诗集《独语在第三自然界》《寄回风中的牵挂》《阳光中的过尘》，散文集《蠕动的梦》，历史人物研究专集《大唐宰相李义府》。

只想给你看，看那些激情荡漾的方块字，还原那方镂花窗棂的盐亭，如何长出缠绵的花朵，如何对接了深邃长夜中闪烁的星子……

——题记

远去的人文始祖

丝，丝，如歌如泣，似梦……
五千六百年了，如水的月光
丝绸开花千万，嫘祖啊，水一样的女子
轻抚大地沧桑的手，放在哪儿了
青山隐隐，田埂绵延，丝带飘飞

那时，我还未醒，一切都不是我的
鸟的叫声，翻山越岭，扬花的翅膀
咽下了，一个飘雪的冬天

最后的光阴，在盐亭的河边，在青龙山下
是嫘祖，从沧海桑田里取走那一只又一只蚕蛹
在水色充盈的春天，洗尽尘世阡陌

之后
那丝，那绸，包裹了人间生活
还有她的花蕊，多少夜晚翻动着青春光芒

五千年浩瀚，薄薄如丝的岁月中
前尘堆积的大风，鲜血，骨头，还有满地的泪水
在中原大地，聚在一个夜晚来临的路口

三月的一草一木，来之不易的春天
是风信子的花语，绊住了嫘祖的衣衫
在从容走动下，她看到了自己的飞翔
之后
将神奇阳光，从家门铺到轩辕的卧房
春天哪，从盐亭赶过来的春天
那春风抱紧了，孤独与苍凉
她只有一个念想，揽月入怀，撬动长夜漫漫

在场的宿命，都是你同事伸出的舌头

我在历史烟雾的路口，等了你一千三百五十三年
就这样，一年胜于百年
湮没了，不仅仅是我，还有你所有的才情

从盐亭到《咏乌》，是你的距离
长安，那么大
那只乌鸦飞出了，上林苑没有
蓬蓬勃勃的《承华箴》中所有的词语，岁月温柔
这样的温柔，比风更美

锋利，从《度心术》中长出来，让月光智慧

匆匆的光阴，只为寻求忘记了的“语言”
穿过树荫的阳光，落地才是温暖
一部人间书简，越尘世而孤盏夜未眠

你不能叫“武媚娘”，只能叫“皇后娘娘”
你的声音，肯定吵醒了午睡的唐高宗
你的盐亭腔，一定是惊动了“头痛”中的皇上
你不减肥，嘴唇与说话的重量，比李治重
你不洗脸，唐高宗说，不洗脸就不上朝了

这声音，犹千万条春雨中的度心之术
读书的人，懂了
写书的人，不懂
你没有漏掉生命中，每一个场景的“痛”
之后
所有在场的宿命，都是你同事伸出的舌头

春天中的《长短经》，长满了相思

我是你的朋友，你却不知道
线装的盐亭，书中的马啼惊醒了赵蕤
老师呀，天空很明亮
户外阳光很好，你的智慧不能躺在书中

春天中的《长短经》，长满了相思
怀揣的家国事，满身的忧患
只要说一声，我会与你一起上路

生活具体，而又激荡春怀
你给我看春草细软，杨柳轻荡

你给我看小街，胡同，山水流动
匆忙的诗句，诗中的行人
让我魂不守舍，像你给我的心潮澎湃

不敢走出，那间空荡的房舍
烟柳书屋中，有你一缕柔软的心事
那穿越时空的风吹向我，嗅一嗅
多像我，亲爱的父亲

选自诗集《阳光中的过尘》，四川人民出版社，2021 年 4 月

星期天（外一首）

◆何仁君

何仁君，20世纪60年代生于四川盐亭，现居绵阳。80年代末开始诗歌、散文和小说写作。曾在《人民日报》《解放军报》《星星》《重庆日报》《四川经济日报》《四川工人报》等纸媒发表作品三百余件。作品多次获得全国性小奖。

就像一个逗号
这天，光景美好
没有忙碌咬住轻松的亮度

那么，一同去看流水
日子的碎片，轻快地咬住堤岸
遥想少壮或童时
每一双眼，却都蒙上了云烟

在一本书中，寻找自己的恋爱
岁月隆起结实的肌肉
蜜蜂忙碌，刺中一朵花
完成一粒种子的宿命

一再拉紧锯条下的木料
希望如一盏灯，你还可选择
苟且，或者偷生

而我，将给力于
催开黎明的星辰

采撷一滴清亮的露珠

台 灯

台灯之光，正在喂养梦想
从稿笺上，提起空白页
述说着金属般的阳刚

它厌世的光芒
屈从于宁静的夜晚
亲近深黑与浅暗的色调
奋力地，把黑暗拯救

作为旁观者
擅于用情人的姿势
伴你，又嚼碎我一首诗的情绪

这，星一样的器物
我颤于用情人的姿势
伴你，咀嚼一首诗里的浪漫

这，星星一样的器物
让我保持低调和沉默
让我闭上眼睛，就想起
夜空的清晰和澄澈

原载《陕西文艺》2020 年第 6 期

琴泉寺

◆杨　莉

杨莉，20世纪70年代生于四川三台，绵阳市作家协会会员。作品散见于《星星》《诗歌月刊》等刊物。作品入选《2019四川诗歌年鉴》等选本。

再高一点
一定高于红尘
高于生活

更低一点
一定要低于欲望
低于罪恶

夙愿随晨钟、暮鼓、烛火
从古银杏树的枝头
袅袅升腾

原载《星星·诗歌理论》2021年第6期

和水稻在一起（散文诗二章）

◆王德宝

王德宝，20世纪60年代生于四川阆中，现为绵阳市文学与书画艺术研究院副院长、绵阳市作家协会副主席、《剑南文学》主编。20世纪80年代开始文学创作，作品多见于《星星》《散文诗》《诗歌报》《散文诗世界》《青年作家》等刊物，作品多次入选《中国散文诗大系》《中国散文诗精选》《中国最佳散文诗选》《中国优秀散文诗选》等散文诗年度选本。著有散文诗集《浮出泥沼》《一路走来》，与人合著纪实文学作品集《挺起不屈的脊梁》《感恩的心》等多种。

住进稻田里

住进稻田里，我就必须成为一株水稻，能感应稻子和水之间的默契和主张。

能看到那些栽插的素手，还停留在稻子的根部，托举着他们的期望，让稻子灌浆。

能闻到稻叶上的汗香，在青青葱葱的生长中，蜕变成露珠的模样，让太阳把自己的每一天照亮。

能接受鸟儿们的建议，能听懂蛙们的弹唱。

住进稻田里，我就必须像这里的水稻一样，习惯人来人往，习惯大呼小叫。

就必须和泥土搞好关系，学会躲风避雨的技巧，提防那些飞来飞去的想法和利嘴。

住进稻田里，我就要和这里的每一株稻子一样，心无旁骛，专注于自己的成长。

离开稻田的早晨

住在陆游诗句里的鸟，突然飞过我的头顶。
鸣叫滴落在稻田里，将稻子们在梦里形成的想法，逐一点醒。
拔节扬花，生儿育女，让每一双素手梦想成真。
稻子们知道自己那些还没有做完的事情。

阳光已经在勾勒一天的图景。
稻田与稻田迅速联手，田埂在阳光下一条条消失。
我和鸟儿这时都收到稻子们转发的消息：同心协力，战天斗地。

我赶紧慌张地转过身，回房间收拾行囊。
我的田地在远方，我不知道我为什么还在这里踟蹰、彷徨……

原载《星星》2020年第6期

儿歌组章

◆赖松廷

赖松廷，1940年11月5日生于四川罗江金山乡。中共党员，中国作家协会会员。长期在四川省绵阳市党政部门担任领导职务。在主流报刊上发表文学作品六千多件，出版儿童文学专著二十八种，荣获优秀儿童文学作品奖二十多项，其中包括两届冰心文学奖、两届陈伯吹国际儿童文学奖。因坚持儿童文学创作六十多年，成绩显著，被中共四川省委组织部、中共四川省委老干部局授予全省离退休干部先进个人荣誉称号。

植 树

岸边插柳，
山上栽松；
东沟泛绿，
西岭披红。
我也浇上一瓢水，
我在植树大军中。

稻穗儿

腰儿弯，
头儿低。
一声谢谢没出口，
先给大地敬个礼。

太阳快过来

太阳太阳快过来，
小苗怕冷想晒晒。

太阳太阳真听话，
晒得小苗头儿抬。

小蜗牛

小蜗牛，
慢悠悠，
背起房间到处走。
不耕地，
不挤奶，
它夸自己也是牛，
——你说羞不羞？

悄 悄

月悄悄，
虫悄悄，
窗帘台灯也悄悄。
悄悄悄悄悄悄悄，
娃娃看书正入迷，
它们悄悄不打扰。

鸟 窝

小小鸟窝，
架在树杈。
北风来吹，
大雪来压。

风吹不冷，

雪压不垮。
鸟儿搭窝，
不会掺假。

捏

和泥儿，
捏人儿。
捏出大猴儿抱着小猴儿，
捏出小狗儿牵着大狗儿。

选自《中国好儿歌 300 首》，长江少年儿童出版社，2020 年 9 月

蜀道放歌

◆高显齐

高显齐，1932年生，曾任中国楹联学会常务理事，四川省楹联学会副会长，四川省诗词协会常务理事，《天府联苑》主编。著有《三余庐诗钞》《三余庐楹联丛钞》《蜀汉风云》，以及历史小说《蜀汉名臣蒋琬》、川剧《红颜劫》等。2015年荣获四川省离退休干部先进个人称号。

君不闻，秦蜀四万八千年，云山阻隔少人烟。
君不见，蜀道难，黄鹤止飞猿愁攀。
韩信暗度陈仓道，诸葛木牛运粮艰。
改革开放春雷响，朝霞捧日照清霜。
恩流雨露滋蜀道，铁蟒飞驰破天荒。
老夫高铁凭窗望，雄关险隘彩龙翔。
山环七曲烟霞隐，绿绕飞阁翠云廊。
君不闻，植柏表道成追忆，人怀翼德说老张。
君不见，万叠奇峰眼底去，科技新城壮绵阳。
金牛阴平交会处，蜀道咽喉一身当。
而今天府连丝路，巴山蜀水梦魂香。
高铁穿山通无阻，互利共赢辟康庄。
千里朝发夕即至，欧亚物流翅膀长。
新理念，新气象，面对宏图斗志昂。信美矣！
万众创新百业旺，黄肤碧眼赞辉煌！

选自《中华国学范例教材》，中国文艺出版社，2020年4月

古韵三唱

◆左代富

左代富，20 世纪 50 年代初生于四川绵阳，现为中国作家协会会员，中华诗词学会会员。在《人民文学》《诗刊》《中国诗人》《中华诗词》《星星》《诗潮》《人民日报》《文艺报》等报刊发表作品，先后出版诗词集《涪水行吟》《萧萧集》《羌山天难》《此处宜人》。

喜迁莺·乘警

朝日开，晓风和，街树乱莺多。睹闻汽笛唤长车，悠缓过城河。　　征程衣，流霞面，施礼迎宾入站。牵情问候赠吉言，百步送平安。

一剪梅·擦鞋翁

踏冻还履共月寒，小巷风霜，瘦影衣衫，归息睡晚早复回，简料摊头，行坐阶前。　　忍冷迎人亦细观，目极途远，面叙忠言。盘膝施手净征程，鞋脚升辉，笑领君欢。

锁窗寒·洁夫

夜草痕寒，天空雪紧，静街气冷。幽灯暗淡，浅照旧城残影。梦中人、取暖如春，眠床好梦难初醒。览三江六岸，灯红水绿，宛如幻境。

扫径，翁扶病。却振臂躬身，放眉引颈。中池拂帚，整备新洁长梗。洗尘埃、挥汗风亭，十街百巷无一剩。到归时、赏望千家，粉壁明如镜。

原载《星星》2021 年春季诗词版

古风五章

◆雍明远

雍明远，1964年5月生于四川绵阳，现任科技城在线站长、总编辑，四川省楹联学会副主席，绵阳市诗词楹联学会主席。作品在《诗刊》《星星》《解放军报》《战旗报》《西藏日报》《西藏民兵》等报刊发表，已出版诗词专集《故土情》《今朝心悦独吹笳》《清平乐》。

减字木兰花·从富乐山往东津渡有赋

千山霜染，柳瘦荷枯金菊艳。万岭云缠，雁去无声冬鸟怜。
心愁千结，万道梧桐飞落叶。芦苇花扬，一片相思在故乡。

水调歌头·秋游梓州杜甫草堂

难忘梓州美，未许梦中萦。菊正妍放，采风文友喜同行。骚客草堂观景，杜甫门前挥笑，诗画满楼亭。千客院前照，万雀树旁鸣。

深秋去，檐下客，草堂情。抬眸远望，秋日四射碧空明。正值天高气爽，恰遇艳阳辉映，结队拜诗林。同赞牛头好，怀古颂精英。

如梦令·观风清影竹秋景

沃野中秋金镀。丹桂菊花香吐。大坝话桑麻，仰望沙鸥飞处。
仙路。仙路。俯视山川无数。

清平乐·初夏访鱼泉村玫瑰园

山青水墨。花艳玫瑰溢。今日园中同镜拍。娇面三分喜悦。
小鸟欢跃幽林。馨香到处可寻。围堰清波荡漾，告知初夏来临。

踏莎行·春上汇森园

轻雾晨光，暖阳天气。花香鸟语争春意。房前紫燕哺儿忙，池中麻鸭休无意。
绿树依栏，青枝覆地。依依杨柳随风起。春晖煜煜紫阳斜，残花点点青枝缀。

原载《星星》2020 年第 2 期

寿楼春·清明悼母（外一首）

◆任德益

任德益，1950年8月生于四川南充，现居绵阳。现为绵阳市诗词楹联学会常务副主席。

听轻声呼儿。叹时光荏苒，哀哭家慈。怎述今生离恨，恍然期颐。难抹去，艰辛时。母子仨，柴门牛衣。把瓜叶粗盐，苕根拌泪，供姐弟充饥。　遗容在，黄钱飞。又高堂祭日，幡冷声凄。痛念阴阳相隔，梦萦萱仪。恩似海，愁如丝。老屋前，风萧鹃啼。对霜草春晖，儿悲甚矣肠断兮。

喝火令·郎当驿怀古

目下郎当驿，曾经夜雨狂。残碑古柏记沧桑。亲历紫幡华盖，蜀道过三郎。　美酒餐无味，幽居寝不香。松风檐下响铃铛。最是怜花，最是爱霓裳。最是惬心无度，孤枕梦黄粱。

原载《星星》2020年第2期

潼川古城重光赋

◆左 启

左启，1957年生于四川三台，中国楹联学会会员，三台县诗词楹联协会名誉主席。著有《三台简史》《三台县博物馆馆藏书画撷珍》《萧龙友医学传略与传薪》《西平客家》《涌泉纪胜》。主编《中国对联集成（三台卷）》，出版诗联集《飞花集》《枕泉集》等。

东蜀无双首府，古郪第一文乡。何止名高潼水？自来誉盛梓江。夸富，则铜山盐水；说饶，则果实农桑。作巴阆之襟喉，两川要扼；为益州之门户，四达冲当。阁贮真经，慵争洞天福地；风流雅韵，兼备文庙草堂。益州城，梓州城，龟蛇伯仲；东川锦，西川锦，唐宋颉颃。居郡清廉，之官马一，还马一；明心琴鹤，赴任伴双，去伴双。[①] 敢移江以息患，尚书政美；乐约己而裕民，知府名香。[②] 贫不能归，百里送行忧父母；怀而且畏，一朝致仕断肝肠。[③] 名宦璀璨，乡贤琳琅。东观宫中画像，郑纯高洁；

---

① 东汉刘宠，绵竹人，先后于成都、郫县、郪县为令，皆垂政绩。迁太守，初乘一马之官，布衣蔬食，俭以为教，居郡九年，仍乘一马而还。北宋赵抃，衢州人，弹劾不避权倖，号称铁面御史。知睦州，移梓州路转运使，改益州，始终以一琴一鹤自随。

② 唐开成时，东川节度使郑复，发士卒三千移涪江，梓州洪患锐减。南宋魏了翁，蒲江人。嘉定时知潼川府，约己裕民，厥绩大著。

③ 清乾隆时，柴鹤山任潼川知府，吏民畏威怀德，郡称大治。致仕（退休）去，士民遮道送之。

清光绪时，冯元谟官三台县丞，约己清廉，明敏善断，严定规则，诬告之风以息，狱讼大减。以忧（家室丧事）去任，贫不能归，部民醵全相送，百里不绝。

安阳亭西祠宇，王涣至刚。① 赵处士术数，长经与短经双绝；李波斯本草，海药同中药齐芳。② 何淑妃婉丽多智，册后皇宫大内；苏状元风度奇秀，赐宴琼林中央。③ 报国无门，歌诗每叹惊人句；消忧有酒，翰墨争传醒世章。④ 德树省台，扬清激浊威千载；训遗石马，现在未来福两行。⑤ 观鹿山张氏兮，功名炳耀于朝廷；萝渡溪谭氏兮，威风抖擞乎疆场。⑥ 四面牌坊兮当路，谁匹总河显赫？四大名医兮居首，岂因公馆堂皇！⑦

风水轮流，岁月沧桑。昔日繁区，渐趋冷落；从前闹市，终转凄凉。棚户之求，何期立应；甘霖之盼，孰意遽尝！说了算，定了干，力行身体；白加黑，五加二，负重图强。恢原貌兮，复旧观；留绝版兮，救危亡。皓首专家，智忠毕献；丹心公仆，宠辱偕忘。内企抢滩，先争百业；外资登陆，秀竞千行。冷巷兮顿成闹市，废墟兮翻作商场。秋水廊桥，云间渔樵兮唱和；春风杨柳，天上鸥鹭兮翱翔。堤展雄姿，何逊西湖长胜景？馆藏瑰宝，岂输南国大名堂？

歌曰：

谯楼把酒兮落霞红，后乐先忧兮思范公。
半座老城兮留惠政，两江碧水兮播仁风。
老街旧巷兮展新图，留我乡愁兮城一隅。
美酒香茶兮歌盛举，途歌里咏兮赞公仆。

原载《中华辞赋》2020年第10期

---

① 东汉郑纯，郪县人，任益州西部都尉，为政清节，迁太守秋毫无犯，在官十年卒。列画，颂东观。
东汉王涣，郪县人，初为太守陈宠功曹，割断不避豪右。举茂才，除温县令，境内清夷。为洛阳令，得宽猛之宜。元兴元年卒，百姓立祠祭祀。

② 唐人赵蕤，隐居长平山，以术数与李白文章齐名。所著《长短经》，被誉为千古奇书。波斯（今伊朗）人李珣，晚唐时居梓州，著《海药本草》，词称大家。

③ 晚唐何淑妃，婉丽多智，昭宗册立为后。北宋苏易简，太平兴国五年状元，官至参知政事（副相）。

④ 北宋苏舜钦，苏易简孙，以诗、书名世。

⑤ 元代赵成庆，官至御史中丞，激浊扬清，官吏畏服。于石马湾立碑，刊其遗训云：现在福不可过用，未来福不可不修。

⑥ 三台县北观鹿山，明代张氏于此发祥。三台城西萝渡溪，清代谭氏于此发祥。一文一武，后先辉映。

⑦ 清代显宦王新命，官至江南河道总督，于州城大十字建四面坊。清代拔贡萧龙友，名著杏林，被誉为近代北京四大名医之首。

鹧鸪天·九寨秋（外一首）

◆杨小骝

杨小骝，20世纪40年代出生，现任绵阳富乐诗联书画院副院长。作品曾获绵阳市迎春诗会一等奖。

莫道霜天不胜春，金秋十月彩池滨。静湖飞瀑羌姑绣，流水高山藏女裙。　　风淡淡，露津津，雪峰红叶遏行云。林中待客何须酒，捧起甘泉亦醉人。

满庭芳·大秦岭掠影

山水森林，终南幽谷，五台太白归春。此时观望，两汉壮三秦。烽火硝烟已逝，再回首、律法崇尊。长亭梦，丝绸栈道，马队傍岑云。　　感恩，环四野，朦胧细雨，又见新村。看紫柏天坑，叶落归根。绿树繁花晓月，遗址下、剑胆琴樽。南车越，风驰电掣，碧野洒梁尘。

选自《天籁之音》，中国文联出版社，2020年9月

旧体诗三首

◆向　阳

向阳，1945年生于四川三台，四川省老年诗词创作研究会会员，绵阳西蜀诗书画研究院会员，绵州诗联会员。有诗词在《诗词世界》《晚霞》《巴蜀诗词》等刊物发表。

凤仙花

草木之中自化身，英英秀质是花神。
紫冠昂举真仙子，靓羽舒张瑞凤魂。
彩色皴来窗前艳，香风沁醒梦中芬。
愿和葵蕊同凉热，鲜朵喜朝阳面伸。

原载《晚霞》2021年第13期

浣溪沙·咏梅

银甲狂飞压断山，百花难耐避严寒。虬枝梅蕊笑开颜。
衔雪临风香漫野，破冰炫彩艳惊天。甘为信使报春还。

原载《晚霞》2020年第3期

卜算子·枫林晚趣

寒露润枫林，红叶迷游客。满目山丹醉晚霞，雁爽云调瑟。
不畏冻霜欺，铸就原生色。堪与春花比靓鲜，约菊同凉热。

原载《晚霞》2020年第21期

禹里感怀（外二首）

◆王培芳

王培芳，笔名石纽山，1964 年生于四川北川，四川省作家协会会员，现为禹风诗联学会会长、沙汀文学馆馆长。曾在《中国文化报》《词刊》《北京文学》等报刊发表诗文、歌曲五百余篇（首），有作品入选《广播歌选》《垂钓春天》等多种选本。出版诗集一部、社科专著六部，著述逾四百万字。

治水兴邦三过忙，以民为本化洪荒。
禹生石纽山犹在，见证神州奔小康。

羌城永昌

金乌玉兔两轮勤，林茂河清业态新。
笛动羌红歌伴舞，满城游客爱山珍。

文旅资源普查

陪星伴月常伏案，问禹询羌暑与寒。
才到云端尝野果，又来林下饮甘泉。
妹儿累坏心头苦，小弟忙晕梦里甜。
眠雾难藏山中宝，天织蜀绣美无边。

原载《绵阳日报·西蜀副刊》2020 年 12 月 13 日

七排·春深（外一首）

◆也牧云

也牧云，本名王怀东，20世纪60年代生于四川盐亭，中国诗歌学会会员，绵阳市作家协会会员。在《诗刊》《中华辞赋》《当代文学家》《人民日报》《中国诗歌报》《作家报》等报刊和『学习强国』等媒体发表诗歌、散文、评论等作品一千余件，并入选多种选本，有自选集《偶尔彳亍》，诗集《鸿阡骛陌》即将出版。

纷纷葱郁正绵稠，解冻钟声晓探头。
去势叶飞飘泥淖，经春花暖慰风流。
谁将柔软恬斯友，总向红白撑眼球。
踮脚都凭撩客意，对枝已惯望溪楼。
岁寒翻页皆新色，晨事摇芳比栉秋。
鸟乐微云朝霭阔，燕衔轻雨少年讴。
再来梅李须如律，喜见康宁早就啾。
独是江山申远虑，双成水鹳自宽游。
孤帆一点偏离棹，兰气芝香尽在眸。

原载《诗刊》2020年增刊

一斛珠·犀牛山景观道截句

一环如练。崇山自此无危巇。红蓝紫白簪花钿。画阁亭台，几鸟声如侃。

搂定小城多缱绻。铺开岁月飞弦管。那边湍水流香软。满斛珠玑，撒落新黄甸。

原载《中华辞赋》2021年第6期

咏绵阳市花月季（外一首）

◆赵铀光

赵铀光，生于1961年，绵阳涪城区人。曾从事教育、新闻工作，爱好诗词联赋写作。现为绵阳市诗词楹联学会副主席，绵阳西蜀诗书画研究院院长。

春来一笑到穷秋，觅尽群芳谁比俦？
香艳袭城盈巷陌，绵州无日不风流。

原载《中华辞赋》2021 年第 5 期

游匡山李白读书台

初临仲夏慕名寻，一望高台绿洗心。
石涧叮咚平仄韵，玉阶蹬踏羽宫音。
云来云去如舒卷，树北树南成日吟。
弱水三千堪尽取，纵情醉入夜深深。

原载《星星》2020 年第 2 期

透视人物复杂个性，继承、创新、续好《红楼梦》

◆周玉清

周玉清，1934年生，四川师范大学本科毕业，一级作家，中国作家协会会员，中国红楼梦学会会员，绵阳师范学院教授，四川师范大学客座教授。出版《红楼梦新续》《金陵十二钗》等书，与贺正义合著出版长篇小说《乱世红妓陈圆圆》《金陵艳》。七部作品在喜马拉雅电台播出。发表诗词楹联两千多首（副）。《红楼梦新续》获中国通俗文艺优秀作品二等奖。其人和事被中国作家协会编纂的《中国作家大辞典》《世界名师录》等大典和湖北大学编写的《中国文学史》、李悔吾编写的《中国现代文学史》收入。

《红楼梦》是一座艺术性极高的神圣宫殿，可惜曹雪芹没有把它建筑完成就辞世了。之后探佚续作，仅清代就三四十家，可惜都被称为“续貂”而见弃于世。

高鹗的续作较好些，保持了原著的悲剧结局，却弄了一条“兰桂齐芳”、家道复兴的光明尾巴，故事情节又沉闷板滞，说神道鬼等因素很多。自清代以来，疑问者便层出不穷。此续作没能把握住原著人物性格的基本特征。像凤姐，被写得口笨智拙，失掉了才华；宝玉疯疯傻傻，失落了灵气，变得恶浊而不可爱；林黛玉极为小家子气，没有了诗意。许多人物的命运安排不合理，如宝、黛、钗的婚姻纠葛，薛蟠第二次打死人，夏金桂在香菱奄奄一息之际还给她吃砒霜，贾母死后仅留惜春一个未成年的小姑娘看守屋子，探春的雄心没有一点展示，鸳鸯尽愚忠上吊殉主等，都不合情理，与原著提供的轨迹和人物性格殊为不类。

续书的确是很难成功的。特别是要在《红楼梦》这部艺术宫殿的顶峰上再走一程，其难度之大，可想而知。就以《红楼梦》的语言风格、艺术结构来说吧，如果续书的语言不姓“红”，读起来就失掉了亲切感，读者就不认可是《红楼梦》。其人物性格定了型，为大家所熟悉，你稍微写走了样，人们就会说，这不是贾宝玉，不是王熙凤，不是贾母，不是林黛玉，当然就不首肯、认可。虽然前八十回对人物命运的结局提供了一定线索，但有的较隐晦，有的较薄弱。探佚学者们又仁者见仁，智者见智，各执一端，纷纭相左，给续作者出了很大难题。如何才能既体现原作者的意图，保持原书的艺术氛围和人物性格的稳定性，而又有所发展、创新？我想，便是任何高手，遇到这些，都会感到棘手和困惑，因为这些都是面对续"红"必须要解决的问题。

我的指导思想是：从总体上把握曹著的悲剧意图，沿着前八十回提供的轨迹，顺应故事情节和人物性格发展的必然，自然合理地延伸。作为续书，自然要尊重原著提供的轨迹。但是我们不要忘记一个基本事实——曹雪芹本人就批阅了十载，增删了五次，经历了一个从肯定到否定再到肯定的过程。我们不能把作者自己已经扬弃的东西捡起来，奉若神明，一成不变，画地为牢，硬说成是他原来的意图。比如"情榜"，许多重要人物未列入，如姑娘中的薛宝琴、邢岫烟、李纹、李绮、尤三姐，晴雯、鸳鸯、袭人、紫鹃、莺儿等入又副榜，而无双、云屏、秋桐、翠墨、春纤、佩凤、偕鸳等人反入副榜，与前八十回中人物的主次轻重完全不合，甚至完全没有这个人，情榜怎么还能是曹雪芹原来的意图呢？情榜我认为可能是曹雪芹最初设计的一个提纲，像托尔斯泰写《战争与和平》那样，之后在写作过程中顺应人物性格、故事情节的发展，已经做了很大改动。如果我们还捡起来，食古不化，硬说成是曹雪芹的原意，岂不前后矛盾，不完整了吗？所以续"红"还要有创新意识，一是要把握住小说的悲剧意图，二是要准确地透视理解、把握住人物性格的细微特征——《红楼梦》中许多重要人物的性格，不是单向性的，好人都好，坏人都坏，而是复合性的艺术典型。只有对人物细微的个性特征能多层次、多角度、多方面去心领神会，准确把握，才有可能塑造好《红楼梦》中的人物。

如宝、黛、钗的婚姻纠葛，几乎把书中重要人物都卷了进去，包括贾母、贾政、王夫人、王熙凤等。这里想谈谈贾母。

贾母和王夫人就其本质来说，没有什么区别。但同一阶层的人，并非属于同一模式、同一类型，会存在个别差异，典型完全可能丰富多样。在对待宝、黛、钗的婚姻问题上，贾母和王夫人的态度从头到尾就完全不同。

贾母是贾府中的最高权威，掌握着贾府的命脉和导向。林黛玉是贾母的外孙女，从小没了母亲，贾母对这个骨肉关心备至，非常不放心。其时，林黛玉的父亲还活着，身边只有这个女儿。贾母竟然不顾林如海的孤寂，派贾琏将黛玉从南方接到北方的贾府来，让她与自己同吃同住。其爱的程度，已在诸孙女之上，只有贾宝玉能与之比并。宝、黛那时十多岁，封建社会男女居处有别，即使年岁还小，也应该避嫌疑。贾母竟然让她与贾宝玉同居在一个碧纱橱中。可见林黛玉一进贾府，贾母就已经确定了她宝二奶奶的身份和地位，有意识地培养宝、黛爱情的萌芽。

王夫人第一次见到黛玉就警告她："你以后总不用理会他（宝玉）。"一开始对此就怀有极大警惕和戒心，王夫人对袭人的嘉奖，就是为拆散宝、黛已经萌动的爱情。贾母让宝玉住进大观园，让他自由自在，不受贾政管辖，过一种轻松愉快的生活；王夫人从袭人进言起，就一直想让宝玉搬出去方是清静。贾母视黛玉如心肝肉儿，知宝、黛口角，急得流泪，说什么"不是冤家不聚头"；王夫人喜钗厌黛的情绪异常明显，一巴掌打得金钏儿投了井，就是这种潜在意识的流露。此外，王夫人对晴雯刻骨铭心的恼恨，也因为她眉眼长得像林妹妹触了霉头；贾母对晴雯的评价则不一样。

贾母自始至终支持宝、黛联姻，这一观点，荣、宁二府，从上到下，无人不知，无人不晓，贾母从未加以否认，所以王熙凤才敢公开同林黛玉开玩笑："你既吃了我们家的茶，怎么还不给我们家做媳妇？"还指着宝玉说，"你瞧瞧，人物儿、门第配不上，根基配不上，家私配不上？那一点还玷辱了谁呢？"这不是聪明透顶的王熙凤，认准了贾母的意向，有意在她跟前讨好卖乖吗？薛姨妈也摸准了贾母的意思，当面对林黛玉说："若要外头说去，断不中意。不如竟把你林妹妹定与他，岂不四角俱全？"一直到第六十六回，贾琏的小厮兴儿还告诉尤家姐妹："将来准是林姑娘定了的。因林姑娘多病，二则都还小，故尚未及此。再过三二年，老太太便一开言，那是再无不准的了。"前八十回中，有许多对贾母在宝、黛婚姻态度上的描写，贾母表示过异议吗？没有。贾母简直是完完全全地默认。这种默认，实质上就是对宝、黛爱情和婚姻的公开支持。

高鹗的续书竟然让贾母成了宝、黛婚姻的掘墓人，让她正式出面，反对他们的婚姻，如此一来，人物性格就没有了连贯性，断裂了。贾母果然为挽封建末世的狂澜于既倒，而必须缔结"金"和"玉"的联盟吗？我以为从贾母的角度考虑，这种选择不可能。因为"金玉联盟"至少要金和玉都存在，才联得起盟，如果一联盟，就必须以牺牲她的心肝肉儿两个人的生命为代价，她会去干这种傻事吗？请想想一直到第五十七回"慧紫鹃情辞试莽玉"，紫鹃不过向宝玉说了一句林姑娘要回南边去的玩话，贾宝玉就气疯了、气傻了，"气死了大半个"，也不准别人姓林了。贾母急得甚至用哀告的口气对众人说："以后别叫林之孝家的进园来，你们也别说林字儿。好孩子们，你们听了我这句话吧！"见状，"众人忙答应，又不敢笑"。林黛玉说一个"去"，贾宝玉就"疯"，如果金玉联姻，以黛玉那样病弱的身体、那样孤高的个性和对爱情的执着，她且能够不死？黛玉若死，宝玉还能够活吗？贾母是何等精明的人，怎能不了解二人的心事？又岂敢斗胆地再冒一次险，去牺牲她的两个心肝宝贝呢？

封建社会本来就很重视这种血缘的联姻关系。汉高祖的皇后吕后，竟把她嫡亲的外孙女配给她亲生的儿子孝惠帝做皇后，这有对自己骨肉的爱，更是巩固权势的需要。贾母难道不爱她自己的骨肉，她的心肝儿？难道甘心贾府的大权完全旁落在王氏族系之手而被架空？就从维护自己的权益出发，她也不会做这种抉择。更何况贾府是否真的到了必须借助薛家的财力，才能维护这种颓势不至于倒败呢？既然如此，难道前八十回贾府就没有衰落，而后四十回才突然衰落的吗？为什么前八十回贾母不考虑薛宝钗而要确认林黛玉？即使如高鹗所写娶了薛宝钗，未气死贾宝玉，金玉结了联盟，请问，在挽救贾府颓败的命运上，又有什么作用和优越性呢？

贾母这人外柔内刚，大将风度，指挥若定，不怒而威，掌握着贾府的命脉和走向，她是有底线的，不容侵犯。像贾政因为宝玉与蒋玉涵结交，违反封建家族利益，痛打宝玉几乎至死。贾母就不能容忍了，站出来坚决予以反对，以毒攻毒，责备贾政不孝，并不以宝玉结交蒋玉涵等行为为不端，反过来，还为他大开绿灯，将贾政的小厮唤来吩咐："以后倘有会人待客诸样的事，你老爷要叫宝玉，你不用上来传话，就回他说，我说了：一则打重了，得着实将养几个月才走得；二则他的星宿不利，祭了星不见外人，过了八月才许出二门。""会人待客"是封建社会何等重要的事，贾母不予以理会，给予免除，让他在园中过自由快乐的生活。即使是出于老祖母对孙子的溺爱，也可看出，当封建家庭利益和贾宝玉的行为发生冲突的时候，贾母总是舍鱼而取熊掌，站在宝玉这一边。在宝、黛、钗的婚姻问题上，她怎么可能一反常态，去干牺牲两个心爱的骨肉，又达不到挽狂澜目的的蠢事呢？所以，我在处理宝、黛、钗的婚姻纠葛上，就让她坚决站在宝、黛一边，与王夫人、贾政的立场对立。但祖母党为什么会被以王夫人为首的母党打败呢？因为母党中有一个可以压倒贾母的更高权威——元妃。元妃代表皇权，在前八十回中就鲜明地表态支持钗、玉的婚姻，所以在贾母已经同意宝、黛婚姻之时，王夫人逼王熙凤出点子，请元妃赐婚，打败了祖母党。权力就是真理。婚姻的抉择也依附于权势的大小，而不决定于个人的选择，注定了宝、黛婚姻悲剧命运的必然。

关于赵姨娘和邢夫人联盟，以宝、黛爱情作为突破口，中伤攻击的问题，我以为站在赵姨娘的立场，攻击宝、黛，气死林黛玉，对贾宝玉究竟有什么损害？相反，黛玉死，薛宝钗就必然自动地顶替上来，从而加大了王氏族系的力量。赵姨娘是希望宝玉和黛玉联姻对自己有利，还是宝钗和宝玉联姻对自己有利？赵姨娘受王熙凤的气已经够多了，怎么可能赞成宝玉再娶薛宝钗，以加大王系势力的重量？

至于薛宝钗，何以非下贱到挖空心思，夺到宝二奶奶的地位不可？以她的富有，她艳冠群芳的姿容，她对功名权势的向往，她温柔敦厚的品格和处世之道，何愁找不到一个合适的夫婿？何以对于一个无意仕途，终日混迹于脂粉群中无所事事，志不同、道不合的贾宝玉如此倾心？她对宝玉是不了解吗？既了解，宝玉是她理想的人选吗？何况当时贾府颓堕之势已成，宝玉又变得疯疯傻傻，素日如此持重、自尊自爱的大家闺秀，怎么可能低三下四，冒名顶替，去嫁一个家道中落，并不志同道合，又不爱自己的傻子呢？宝姑娘是没人要她了吗？她与其选择贾玉，何如选择甄宝玉或者平原侯之孙蒋子宁、锦乡伯公子韩奇等，何必非贾宝玉莫属而置林黛玉于死地呢？我这么说，并非认为宝姑娘没有对贾宝玉产生过爱情。聪明、灵秀、飘逸、潇洒的宝玉的确是惹人怜爱的，人的感情也很复杂。但薛宝钗的主导思想却非常重视经济仕途、光宗耀祖这一套"上青云"的"好风"，所以并非非宝玉莫属。但为什么我又安排她最后与宝玉成就婚姻呢？宝钗是一个贤淑的淑女，因为元妃已经赐婚，她别无选择，而且我也没有把宝玉写疯写傻。黛玉死后，她知道宝玉最大的可能是以死殉情，她就会成望门寡了。为了挽住宝玉不死，成就这段婚姻，她下了最大决心，搬去潇湘馆守灵，跪下去便不起来，哭得哀哀欲绝，这当然也因为她原来和黛玉感情好的缘故，但更重要的还是为了争取宝玉。所以除了痛哭，还在灵前坦率地告诉宝玉黛玉的死因，劝他不死，去深山老林出家，也是殉情之法，并为宝玉备好了银子，表示自己甘心守望门寡。宝玉果然极大地感动，而不再去出家，成就了这段婚事。这样处理，我以为有利于表现宝钗深层次的性格，也缩小了她和宝玉之间的距离。以后宝钗在宝玉的熏陶之下，临死前忏悔：我不是你的知己，没有能得到你的心。你的心在林妹妹那儿，你是对的。我们回南京去种田。便缩小了与宝玉的距离。这样写既有新意，也合乎人物个性发展的逻辑。

对宝玉和黛玉，我处理为：贾母欲结木石姻缘，王夫人暗中反对，由王熙凤出点子，请元妃赐婚，又怕宝玉不从，让他随贾政去南边查看工程。在此期间，将黛玉嫁给甄宝玉，那时，宝玉返家，黛玉婚姻已就，木已成舟，便只好屈就"金玉良缘"了。对黛玉，只言订了宝玉，黛玉必喜。即使成婚后知是甄宝玉，一则木已成舟，再则甄宝玉相貌又与贾玉相同，且甄家既富且贵，黛玉还有什么不乐意的？这是王熙凤设计好的如意算盘，只料万无一失，诸方皆好。连贾母在元妃赐婚后，也觉得只有如此，方才妥当。孰料甄宝玉又是一个"须眉浊物"，园中相逢，黛玉终于辨识庐山，痛感丧失知己，气绝身亡。黛玉临死前不是怨恨宝玉，变得如此小家子气，我是让黛玉更加诗化，思念宝玉不已，并同游太虚幻境，以展示思念的极致和理想境界的幻灭，最后泪尽而逝。而不因甄宝玉与贾宝玉相貌相同而与之合，表现了以生命殉爱情的忠贞和执着，其形象更加完美和高大。也替甄宝玉找到了一个合适的位置。试想，甄宝玉此时尚无一点作用发挥，在前八十回曹著中，岂不成了多余人物？这里方不失为贾宝玉形象的影子。故事情节也矛盾迭出、波澜起伏、摇曳多姿，合理生动多了。

探春的判词是："才自精明志更高，生于末世运偏消。清明涕泣江边望，千里东风一梦遥。""寿怡红群芳开夜宴"里，探春抽的笺是"日边红杏倚云栽"。众人开玩笑说："我们家已有王妃，难道你也是王妃不成？大喜大喜！""大喜"二字点得何等明白，确定结局是王妃无疑。又探春放的风筝是凤凰。凤凰的内涵在中国非常确定。"日边"和"凤凰"，我以为都是暗示王妃的结局。所去的地方应是东边而非南边，因为"日边""千里东风一梦遥""莫向东风怨别离"，皆是指"东"，而不是南。我因此安排她与东海王邂逅相逢，志同道合，嫁东海国。东海国这个国名是虚构的，《红楼梦》中虚构的地名、官名非常之多，不再一一述说。曹雪芹原著中，探春有极高的才智、抱负、理想和雄心，早说："我但凡是个男人，可以出得去，我必早走了，立一番事业。"以后应该有合理的发展和交代。不当像程高处理得那样没有一点作为，草草嫁一个平平常常之子和人家。我故让她一展胸襟，渴慕昭君、辽后，而有自动和番的意思。她也异常悲切凄楚，是因与骨肉分离一去而不返也，而不是一味地哭得凄惨。在封建王朝，和番算不算悲剧呢？只要看看对昭君和番的描写，读一读汉代刘细君乌孙公主"吾家嫁我兮天一方"诗，便知道了，故仍当入"薄命司"。从对探春的处理来看，程高本确系一本续书，因与曹著原来暗示的结局，殊不相类。

惜春是宁国府贾珍的嫡亲妹子，从小死了母亲，寄居荣府，没有得到过母爱。她为什么会那么冷酷无情，撵走贴身使唤的丫头入画？许多人责备她自私凉薄，我则以为不然。请看七十回继抄检大观园之后的描写：惜春遣人请来尤氏要她带走入画，"任人怎么说，只是咬定牙，断乎不肯留着"，甚至说："不但不要入画，如今我也大了，连我也不便往你们那边去了。况且近日闻得多少议论，我若再去，连我也编派。"以后又说："怎么我不冷！我清清白白的一个人，为什么叫你们带累坏了？"尤氏心内原有病，怕说这些话，听说有人议论，已是心中羞恼。

请问，惜春闻得的是什么议论？为什么"尤氏心内原有病，怕说这些话"呢？只要联系下一回"开夜宴异兆发悲音"，就可明白惜春话内的文章。原来贾珍以习射为名，开局聚赌，日日杀猪屠羊，斗鸡走马，为所欲为，尤氏带着小银蝶儿在窗下瞧见的恶浊不堪的画面，难道还不够淋漓尽致地将那些丑态展示无余？惜春虽然深居大观园中，也不能不有所风闻，所以她要“避嫌疑杜绝宁国府”，断绝和哥嫂的一切往来，以保持自己的清白。

当她知道入画的哥哥在贾珍那里，实际是侍候赌徒，他不明不白得来那些东西，竟藏到入画这里时，就怎么也按捺不住了。她之所以要坚决撵走入画，就是对贾珍的行为极端的不满和无限愤慨的总爆发和抗议。入画不过成了爆发的突破口而已。何况入画的哥哥不明不白得的这些东西，又被抄了出来，是藏在她房内的。一个年幼孤弱、洁身自好的女子，怎么能不感到羞耻而有嫌疑？为维护自己的清白声誉，她当然要避嫌疑杜绝宁国府，而与纸醉金迷、酒绿灯红的哥哥彻底决裂。所以对尤氏说：“你这一去了，若果然不来，倒也省了口舌是非，大家倒还干净。”我因此高度评价惜春，她绝不是那种平凡、麻木不仁的女子。她的冷介和孤僻，内蕴非常深刻。撵入画和与尤氏口角的矛盾冲突，正是她不愿意同流合污，与腐烂的封建家族彻底决裂的悲壮壮举，值得我们深思和赞许。

薛家的破灭，高续用很大篇幅，反复纠缠薛蟠第二次打死人。其实曹著第四回“葫芦僧乱判葫芦案”已经有所保留。贾雨村要发签抓人，葫芦僧递眼色制止而献“护官符”，这于贾雨村是有恩的。贾雨村于是弄神弄鬼，诳骗舆论而放走了薛蟠，又反过来恩将仇报，充发了葫芦僧。那么，对他效忠的门子（葫芦僧），会有什么想法呢？能心安理得地忍受而不报复吗？门子的被充发，已经埋下了一条尾巴，不仅是贾雨村遭到灭顶之灾的爆破点，也必然因此牵扯出薛蟠，贾府也就被牵连了进去。何必再写他第二次打死人？高续用很多篇幅，反复纠缠于薛蝌为救薛蟠，银子花得水淌似的，而导致薛家的败落，有必要吗？

又夏金桂不爱薛蟠，只一厢情愿地爱薛蝌，却忌妒到非毒死香菱不可，合乎常情吗？一般来说，对不爱的人是不会吃醋的。何况香菱已病得昏迷不醒，还有必要去毒死她，背杀人的罪名吗？对夏金桂、宝蟾诸人，程高本离开主要情节，节外生枝。写什么“宝蟾送酒”之类，与原著提供的线索颇不相合。像薛家那样显赫的家庭，夏金桂在娘家与人苟合还有可能，若在婆家就那么明目张胆，一厢情愿，公开去调戏小叔子，恐怕有悖于情理。我让夏金桂在婆家另结新欢，以后欲结成长远夫妻而遣人告发薛蟠打死人，导致薛府败落，贾府也就牵连了进去。宝蟾后来亦与伙计勾结，席卷资金，远逃他乡，给奄奄一息的薛府以致命一击。我以为比较近情理，且对次要人物也作了合理的交代。

王昆仑先生在《红楼梦人物论》中提到薛宝琴八岁时，随父亲经商到过西海岸，很希望她能介绍一点西方 18 世纪先进的文艺，但她回来仍然只吟咏《赤壁怀古》之类，感到有些失望。王利器先生也研究了《红楼梦》中舶来品数量之多，非常惊人，并通过凤姐的口说:“那时我爷爷专管各国进贡朝贺的事,凡有外国人来,都是我们家养活。”(《耐雪堂集，红楼梦与舶来品》）反映曹雪芹对西方文明的向往，所以才将他笔下的人物写到西海岸去。但他自己又不曾去过西方，对那边的景况自然描绘不出，薛宝琴也就只能够咏怀古之类的诗了。我们今天对西方的一切已能了解，曹雪芹向往而做不到的遗憾事，为什么续书时不能补进去呢？我因此让薛宝琴介绍莎士比亚的《罗密欧与朱丽叶》，并让她说几句英语。她到过西方,回来说几句西方的话,非常自然、正常。这也是一种创新，与高鹗的处理，截然不同。

程高本中，对史湘云完全没有正面描写。林、薛、史三鼎脚中的重要人物之一，让其失踪，处理过于草率。我据“湘江水逝楚云飞”，“终久是云散高堂，水涸湘江”，写她丈夫早逝，随公婆外任到衡阳。后夫家抄没，湘云坐渔船回京师寻找宝玉，女扮男妆，沿途打道琴乞讨，遇卫若兰相救回京师，死于宝玉怀中。曹著中多次提到史湘云幼时喜扮男孩子，自然不是偶然的闲笔。这里派上用场，与前面情节相照应。死于宝玉怀中，与“金麒麟伏百首双星”挂上钩，又加强了悲剧气氛。贾宝玉爱过的林、薛、史三位姑娘都死了，悲愤痛苦之余，上山采药，不知所终，实际是浪迹江湖，成为隐者，于悲剧氛围亦有所裨益。

贾政是个老学究，书呆子，我写他途穷落寞之际，保持腐儒晚节，回金陵老宅做了馆学先生，似较符合他的性格特征。贾环沦为小流氓，也符合其原著的个性。

凤姐的判词是:“一从二令三人木，哭向金陵事更哀。”即被贾琏休弃。尤二姐的死，早伏下凤姐被休的基因。贾琏无后，封建社会，不孝有三，无后为大。而尤二姐打下来的又是男胎，贾琏对凤姐会有什么想法？且贾琏一贯受凤姐挟制，压力与反抗力成正比。更何况贾府的抄没,与凤姐关系又非常大,贾琏能够容忍吗？久郁在胸中之气,一旦爆发,发展至休妻，应视为意料中事。

凤姐被休途中，贫病交加，鸳鸯乞讨以济凤姐。破庙中遇做生意的柳湘莲搭救。鸳、柳二人在照看凤姐过程中渐生爱慕，最后由凤姐做主，结为夫妇，凤姐大笑死去。故事性强，读起来也无牵强之感。这不仅因为两个青年男女，患难中可能产生爱情，且鸳、柳两人性格接近，两个都是冷人，都有一副侠义心肠。二冷相逢，可能一热，再说柳湘莲背的鸳鸯剑也与鸳鸯的名字相合，难道会是无意识的巧合吗？鸳鸯在贾母死时，没有必要尽愚忠去死,因贾府衰败之势已成,贾赦还有三年居丧的时间,贾赦的威胁已不存在,她有什么必要非死不可？凤姐被休，鸳鸯是南边的家生子，父母都在南方，平素又与凤姐感情极好，性格又刚强，那时平儿已经扶正，由她陪凤姐回南边老宅是最妥当不过的人选，以后与柳湘莲结为夫妇也完全合情合理。

对于妙玉，程高本写贾母死后，竟然有强盗深入国公府内宅，将贾母的财产洗劫一空，又第二次入大观园，将妙玉劫出去，糟蹋至死，有可能吗？按妙玉的结局应为“可怜金玉质，终陷淖泥中”，明白地说她要堕入风尘。但妙玉的性格比林黛玉还孤高，若让她真的卖身为娼，断无再活下去的理了。我另辟蹊径，让她被贾环、赵姨娘骗卖入妓院，妙玉和芳官都以死相拒，后被卖唱的藕官、蕊官等几个女孩相救，替这几个女孩写写唱本，沦为乐妓。在妙玉来说，也就算“终陷淖泥中”了。故事情节也曲折而富感染力。

贾宝玉是作者追求向往的理想人物，具有灵性甚至佛性，是中外小说中从来没有过的艺术典型。他的灵性，我以为主要集中表现为以下方面。

（一）他热爱大自然

他“看见燕子就和燕子说话”，“河里看见鱼就和鱼说话”。仿佛这些大自然之物都是他的朋友、他的知音，完全可以感情相通而进行交流。所以别人说他是“呆、傻、痴”，实际正是他灵性特质最本真、最具体的流露和体现。超凡脱俗，缥缈虚无，有一种蕴含禅意和佛理、空灵的境界。作者一开始就说他是一块灵性的石头，大荒山、无稽崖、青埂峰、太虚幻境、茫茫大士、渺渺真人、警幻仙姑等，无不蕴含禅和道虚幻的意蕴和元素。所以他热爱自然的赤子之心，令人有见其一遍绿洲之感。

（二）他有世法平等的观念

佛是主张世法平等的，映射在贾宝玉的身上，表现为他非常珍重人性，主张平等。如对丫头们，他关心、爱护得无微不至，同她们嬉戏，玩耍，充当保护神、阿弥陀佛、元始天尊。柳叶渚边，春燕的娘要打她，他将她保护起来；藕官烧纸，被婆子责骂、惩罚，他站出来，说是自己叫她烧的；等等。这种思想也体现在对待小厮们的态度上，他从不对他们尊大，盛气凌人，摆主子架子，责备他们。兴儿曾说：“没个刚气儿。偶尔有一回见了我们，喜欢时，没上没下，大家乱玩一阵；不喜欢，各自走了，他也不理人。我们坐着、卧着，见了他不理他，他也不责备。因此，没人怕他，只管随便，都过得去。”（第六十五回）小厮们遇到他，“一个个都上来，解荷包，解扇袋，不由人分说，将宝玉所佩之物尽行解去”（第十八回），他也生气，但不加责备。呈现贾宝玉平等、爱人，以人为本、原始本真、人性光辉的一面，具博爱思想的萌芽。是“性本善”的一种回归，含“不二法门”真如佛性的菩提心肠。

（三）他泛爱所有纯洁、善良、美好的女儿

贾宝玉是“灵”的化身。他的名字就关联着与他关系最密切的两个人：“宝”连“宝钗”，“玉”连“黛玉”。宝钗暗示富贵，她戴的金锁，可以人为。宝钗、金锁，其象征是富贵的、人为的、世俗的。黛玉的前身是绛珠仙草，是“木”，“林”又是双木，与贾宝玉的“灵”谐音；黛玉，是深绿色的美玉，其本质都是木石的、自然的、本真的、灵性的、天籁的。因而灵性的宝玉自然与诗性的黛玉相通，向往灵性的木石姻缘，而排斥富贵的、世俗的、人为的金玉姻缘。他最爱的人是林黛玉，却又不限于仅仅爱林一个人，其他凡是纯洁的、善良的、美好的女儿，他都热爱喜欢她们，与她们保持非常友爱、亲密、昵敬的关系，但又不是那种乱七八糟的肌肤滥淫。

他还总结出一些独具个性、最最出名的话：“女儿是水做的骨肉，男人是泥做的骨肉。我见了女儿，我便清爽；见了男人便觉得浊臭逼人。”（第二回）水的特点是晶清、澄澈、纯洁、透明、柔和，象征女孩子具有纯净、洁白、真、善、美的心灵，所以贾宝玉喜欢、亲近、爱她们，但又不是乱七八糟的关系。如有一天晚上天很冷，晴雯出去了回来，宝玉说：“这样冷的天，你出去，怕不冻破了你的皮。”叫她到自己被窝里来暖和。两个青年男女，又如此相爱，同在一个热被窝里，竟然没有两性关系，我以为是宝玉最纯洁、最崇高、最神圣、最高层次灵性的折射和袒露。

而清代的续书人，由于受到时代的局限，审美情趣低下，硬抱着大团圆僵化庸俗的思维定式，一定要写成大团圆结局，让贾宝玉既娶薛宝钗，又娶林黛玉，还要娶他和林、薛的一群丫头。这样一来，贾宝玉娶了十来个妻子，成了一个淫棍、好色之徒，还能有半点灵性可言吗？由于一是他们生长在那个时代，审美情趣低下，二是掌握不了人物性格特征，反其道而行之，胡乱安排情节的缘故所致，所以作品怎么会不成为“续貂”而见弃于世呢！

我是新社会培养的知识分子，是我的家乡、人民、师友、领导培养、教育了我，故审美情趣可能站得高一点儿，对人物性格，可能把握得准确一些，理解得深透一点。因此，许多资深历富的专家学者对笔者的续书给予了高度评价。如红学大师王利器教授说：“深深觉得续得如此，实是莫大成功！”“要跳好这个舞多不容易呀！但如果果真有好的续作问世，我们能闭住眼睛不看，甚至不承认这回事实，这种态度行吗？特别是在我们现实社会的今天，更当为之拍手称快，庆贺我新中国《红楼梦》结局的探索又出现一新硕果也。”红学泰斗周汝昌来信：“洵为胜业鸿功，必将传世无疑。”并写诗称赞“蜀中才秀况吾宗，蔡女班姑世所崇，续罢红楼诗意好，传来华涵字尤工”。原《红楼梦学刊》副主编杜景华在评论中说：“如果我们脑子里不是早装着一个续书的观念，其实在阅读中是很难觉察是在读续书。”上海著名评论家张国瀛在《澳门日报》《新民晚报》说：“与曹雪芹原著前八十回衔接得天衣无缝。”黑龙江《妇女之友》以《女性续红第一人》登头版头条，说：“这就是将被写进文学史的周玉清，人称女性续红第一人。”著名评论家吴野以《独立人间第一香》为标题，评论：“周续使人惊讶于它的像，从人物语言的把握，到文学语言的使用，简直像煞了雪芹的原著。”全国人大原代表钟树梁教授评论为“四合”之作——“合情、合理、合意、合色。近世所罕见也”，并说：“《红楼梦》小说已成为完本。金陵十二钗的形象可以说已经塑造完毕。”原全国《三国演义》学会副会长李悔吾教授来信：“超过了所有续红的著作，在我写的小说史中特别提到。”美籍华人作家王鼎钧来信：“为红学殿堂立了一尊罗汉，足与原著共垂不朽，今后研究红楼者，不能不知新续。”周汝昌的同学、红学家石建国来信：“对你的文笔细腻、语言生动等，拙意以为颇似前八十回，阅读时常感乱真，洵佳笔也，我自愧弗如。当时，我准备写拙著《佚貂》受到影响。为了藏拙，就长避短，改为只勾勒故事情节，不做文学描写……书名亦由原拟之《红楼貂续》改为《红楼貂续本事》。”全国《三国演义》学会副会长陈辽教授评论：“在有着十一亿人口的中华大国，毕竟江山代有才人出。20世纪80年代，四川绵阳出了位才女周玉清，数十名专家、教授交相称誉，……我认为此书是曹雪芹的原意，《红楼》笔墨，应该看作是中国文学的新收获。……在宝钗、黛玉的性格发展上超过高鹗。写得更感人、更动人，也更为合理。湘云、惜春、妙玉、贾政、鸳鸯等许多人物的性格都写得恰如其分。”四川省委宣传部原文艺处处长朱启渝来信：“作为一名女教师，孜孜不倦，自强不息，写出如此有功力的作品，不能不令人油然而生敬意。”重庆作家协会荣誉副主席李敬敏高度赞扬：“最突出的是语言方面的成就，无论是人物语言和叙述人的语言都非常好，有前八十回曹氏语言的风味。”著名小说家克非称赞：“是所有续红著作中，续得最好、最成功的一部。”出版后又鼓励作者，“再努力几年，与曹著合在一起出版，这块金牌你是拿得到的。”青岛现代文学研究会高培文来信：“《新续》一书，写得很好，可谓红学史上的又一奇花。……续书是很难成功的，即使作者本人，如活到今天，也不一定写得更好。《李自成》一书即如此，可足证也。”（本人是小人物，哪里敢与曹大师相比。一直没有引用过这一条。但他绝不是有意逢迎。信中还提了不足处：“该书还不够沉郁凝重。”为了成真，故保留在此。）四川电视台原台长卢子贵来信：“出版前就拜读过你寄给德曼的几章，已拍案叫好。”出版后又说，“更是感慨良多，不仅佩服你的才华和毅力，更为你对原著的深刻理解和独到见解而兴奋不已。”著名诗人李滨先生写诗称赞：“玉为圭宝实堪称，清水溪流万古心。女士才华夸绝代,《红楼新续》举成名。红续举世早知名,新续才人周玉清。一读佳章一回首，似曾半个过来人。”邢台读者王栖果来信：“我家几代人争相传阅拜读。结局太贴切了，文笔太美了，诗词绚丽极了！这是目前唯一的最好续书，我家先后从成都购了十册，几乎人手一册，个个爱不释手，百读不厌，越来越觉得周教授你对红学的贡献是无法估量的。”

如果说我的续书真的取得了一点儿成绩的话，应当归功于我的家乡、人民、师友、各级领导，以及我们伟大的时代。因为只有伟大的时代，才能使我站得比较高些，写出这样比较接近原著的作品。这是伟大时代的成果，不是我个人的成果，大家称颂它，是称颂我的家乡、人民、师友、各级领导、我们伟大的时代，不是称赞我个人。我不过站得高一点,钻研得深一点,有一点创新精神而已。再一次感谢大家对我续书的关注和支持。

选自《门外集》，四川民族出版社，2020 年 12 月

文学初象的历史构造

——关于四川当代散文缘起的一种理论描述

◆冯　源

冯源，20世纪60年代生人，重庆人。教授，研究方向为区域文化与文学、文艺理论、中国当代文学。

作为一种具有区域文化意义与价值的文学现象，四川当代散文是何时兴起的，导致其兴起的原因又有哪些？这无疑是一个散文研究者应当首先树立的问题意识，或者说是一部关于区域性散文研究的理论著述需要首先分析清楚和阐释明白的问题。因为只有建立在这种清晰而明了的基础上，我们才能够准确把握四川当代散文的发生发展，梳理清楚它的历史起点、创作传统、艺术继承及其内在动能、发展流变、审美演进，深刻认知它在区域文学的系统构造中所具有的美学意义和文化价值，乃至于在整个民族文学中所富有的重要地位和作用。

同许多区域性文学现象的产生一样，四川当代散文无不是在多种因素的相互作用和共同影响之下才得以兴起的，概而言之，这个多种因素主要包括两个方面，即文学外部因素和文学内部因素。由是可以见知，一种文学现象的发生，不仅要受到历史与现实、政治与经济、社会与文明、文化与媒介等这些源于文学外部因素的影响，同时也受到文学遗产的继承、文学传统的发扬、文学资源的开掘和文学发展的规律、文学格局的形成，以及整个作家群体的构成，尤其是主要作家的文学创作的理念与思想、审美境界的追求与探索、精神建造的能力与水平、创作方法的多样与丰富、艺术技巧的成熟与升华、文体形式的钟爱与执着等这些来自文学内部因素的作用。倘若从更加具体和更为深入的维度进行理论考察，我们便不难发现这样一个无可辩驳的事实：无论是文学外部的因素，还是文学内部的因素，它们所产生的作用和所发挥的影响，并不全然是一种等量性质、均衡意义的简单呈表，而是有着力量强弱与作用大小的差异和不同。纵观漫长的文学发展历史，它所受到的外部因素影响，其实要远远多于也大于其内部因素的影响，特别是当这个民族处于极其重要的历史转折节点，或者是遭遇重大的社会事件、经济事件、政治事件、法律事件、文化事件时，文学所受到的影响，就显得愈发地剧烈而强大。究其根本原因，在于文学是一种特殊的审美意识形态，这样的存在就决定了文学与社会历史、政治文明、文化制度、人文思想等有着更加直接、紧密而又复杂、深沉的关联，它们对于文学的影响和作用也就显得非常深刻、持续而长远。从这个意义上讲，四川当代散文的历史缘起，文学内部因素的作用和影响自然必不可少，但更多的是倚重于文学外部因素的巨大作用和深刻影响。因为在那个历史时刻，中国正在发生前所未有的巨变，中国社会正在经历划时代意义的转型，中国人民已经彻底摆脱被压迫被奴役的悲惨命运，中华民族已然昂首阔步地跨入崭新的历史进程。正是源于这种文学外部的强大力量的作用和影响，无论是四川当代文学的缘起，还是整个中国当代文学的勃兴，就成为一种历史的必然，作为四川当代文学组成部分的四川当代散文，其产生也当是这种历史必然的结果。

为了能够更加深入地了解和把握四川当代散文的历史缘起，及其在最初的发展进程中所显示的内涵和特点，论者也主要从文学外部因素与文学内部因素的角度来展开问题分析。

中华人民共和国成立初期实施的政治方略与政治举措和推行的政治思想与政治文化，以及由此实行的文艺宣传政策、呈现的文学制度雏形，无疑是影响四川当代散文的历史缘起和初始发展最为重要的文学外部因素。在中华人民共和国诞生之初，作为执政党的中国共产党将工作的重点主要置于三个方面：一是集中军事力量全力围歼蒋家王朝的残余势力，以彻底赢得全中国的解放；二是致力于人民民主专政国家政权的建立、完善和稳固；三是着力于探寻社会主义革命与建设的道路。对于处在意识形态边缘的文学艺术的制度管理，主要是按照社会主义建设的总任务及其制定的相关文艺政策来进行。当然，这只是就宏观层面而言。在微观层面的制度管理上，则主要是遵循中华全国文学艺术工作者代表大会第一次会议上确定的文艺工作总方针，即毛泽东同志《在延安文艺座谈会上的讲话》（以下简称《讲话》）中的文艺思想来进行。据实而论，《讲话》虽然是在 20 世纪 40 年代初中华民族反侵略战争最艰难时发出的，是为了当时的延安整风运动而作，所针对的主要对象也是革命作家及其具有进步意义的作家，但关涉的文艺创作思想内容，却是相当丰富和具有划时代意义的，尤其是在文艺创作方向、文艺创作原则、文艺的审美特性、文艺的创作规律等诸多重要问题上都给予了全新的理论阐发和重点论述。

依据《讲话》中的文艺理论思想精髓而逐步建立的文学制度，无疑也是构成对四川当代散文的历史兴起和最初发展产生影响的另一个重要的文学外部因素。所谓文学制度，就是一个国家为了对本国的文学发展、文学运动、文学思潮、文学流派及文学机构、文学社团、文学期刊、文学出版、文学会议等实行有效的政权管控，经由某一官方机构制定和修改的各种规章与条例，它主要包括这样两种形态：有形的文学制度和无形的文学制度。前者是指制定和不断完善的相对具体的规章制度与条例，后者则是指业已形成的较为抽象、模糊的文学惯例或文学传统。无论是有形的文学制度，还是无形的文学制度，其目的在于严格规范各种文学活动，及时处理各种文学事件，有效管理各种文学组织，使整个文学得以按照国家预设的运行轨道前行。毫无疑问，任何一个国家或任何一个时代，都会有各自不同的文学制度，因为它是有效保障一个国家的文学运动能够按照自身预设的轨迹运行的基础。具体而言，中华人民共和国诞生之初所建立的文学制度，是以《讲话》中的马克思主义文艺理论思想作为指导思想，以中华全国文学艺术工作者第一次代表大会会议期间出台的一系列文件作为具体内容，尽管它还只是一种雏形意义的，也存在着一定程度的历史性和局限性，但它对于中国文学的当代崛起及其最初的发展历程的管控，却是较为具体和行之有效的，诸如，它指出了中国当代文学的发展路线、规定了中国当代文学的性质，乃至于对文学体裁、创作题材、艺术方法等都做出了较为具体而详细的说明和指示。在这种历史背景下，作为缘起之初的四川当代散文自然不能例外，无论是它的文学方向、文学观念、文学思想、文学精神，还是其具体的创作题材选择、人物形象塑造、艺术方法表现、审美内蕴传递，都可谓是受到了这种文学制度的深刻影响。当然，我们也必须清楚地看到这样的客观事实存在，或者说是比较特殊的历史、时代、政治因素：其一，在中华人民共和国宣告成立的一片巨大欢腾中，四川地区正处于国共双方军事力量的激烈鏖战中，是少数几个还未获得解放的省份之一；其二，在中华全国文学艺术工作者第一次代表大会的召开期间，尽管也有像郭沫若、巴金、阳翰笙、何其芳等著名川籍作家参会，但他们无法将这次会议的重要指示和精神及时传递给尚处于战火纷飞中的四川作家们；其三，绝大多数进步的爱国的四川作家，在此时正积极投身于同国民党腐朽政权进行最后决战的关键之时，普遍认为四川人民、四川全境的解放远比文学创作显得更重要和更有重大意义。正是由于这样一些因素的客观存在，无论是整个四川当代文学，还是作为它的组成部分之一的四川当代散文，不仅在兴起的时间上稍晚于中国当代文学，而且其所受到的文学制度的深刻影响，也应当是始于20世纪50年代之初。

随着中国当代文学艺术的推进和发展，一些问题也渐渐显露出来。这些问题，有的是先前已然存在、一直未有定论的问题，有的则是新近出现、至关重要的问题，既有像创作观念、创作思想、创作方向等这样的理论性问题，也有如创作题材、创作形式、创作方法等这样的实践性问题，由此引发了多种形式的思想交锋和学术争议，这其中，在文学界则主要是对胡风、冯雪峰等人的文学思想与文学理论观点所展开的批判。无论是思想上的交锋，还是学术上的争议，其实都应当是一种极为正常的文艺批评活动，如果开展得科学、合理、健康、有利，不仅有助于弄清问题的实质，更能够推动文学事业的繁荣。然而，一些批评活动非但没有按照文艺家们的良好意愿，朝着科学合理、健康有利的方向发展，反倒生发出严重的变味，或是逐渐演变成一场上纲上线的路线斗争、政治斗争，或者是异化为对人身的攻击和对人格的践踏，从而给为数不少的文艺家的内心蒙上了大大小小的阴影。究其主要原因在于：其一，是由于当时的中国文艺界正处于解放区的文艺家同来自原国统区的文艺家的相互汇聚和深入融合之中，不同的人生观、世界观、文艺观之间不可避免地会发生这样那样的交锋和争论；其二，由于是一些文艺家，尤其是那些来自于原国统区的文艺家，对《讲话》中的马克思主义文艺理论思想精髓，失之于透彻的理解和深刻的把握，对第一次全国文代会上做出的一系列文艺指示，也缺乏充分的认知和统一的思想；其三，是由于当时的文学制度正处于初创阶段，还只是一种制度的雏形，或者说是一种初级形态意义的文学制度，有待在具体的实践中不断修正、丰富和完善；最后，则是由于文艺家个体在文化素养、思想修养、理论积淀、文学视野等方面表现出的参差不齐，存在着或大或小的差距。正是非常清楚地意识到在文艺内部发生的这些有悖常理有违科学的事件，及其所带来的严重后果和深远影响，毛泽东同志站在政治、科学、文化的高度，撰写了《关于正确处理人民内部矛盾的问题》一文，其目的是为了告诫全党要分清楚何为人民内部矛盾，何为敌我矛盾，以及如何才能正确处理人民内部矛盾问题；在如何对待文学艺术、社会科学等问题上，旗帜鲜明地阐发了自己的观点，认为艺术上不同的形式和风格可以自由发展，科学上不同的学派可以自由争论。指出利用行政力量，强制推行一种风格、一种学派，必定会有害于艺术和科学的发展；艺术和科学中的是非问题，应当通过艺术界、科学界的自由讨论去解决，通过艺术和科学的实践去解决，不应当采取简单的方法去解决。由此，提出了著名的“双百方针”——“百花齐放，百家争鸣”。“双百方针”的提出，不仅廓清了当时在文艺批评领域里的思想混乱，有力阻止了类似错误事件的再度发生，而且为繁荣社会主义文化事业指明了前进方向，同时也成为那个时代进一步丰富和完善文学制度的重要思想。

当然，我们也无须讳言，随后掀起且不断扩大化的“反右派”运动，使中国当代文学的历史进程再生曲折，20 世纪 60 年代初的三年困难时期，也导致了其发展脚步的放缓，20 世纪 60 年代中期突起的席卷全国的“文化大革命”风暴，更使之滑入愈发艰难的地步。尽管如此，四川当代散文从未停止它在曲折与艰难中的前行，由此建造了四川当代散文早期的基本成像和特质。

从文学内部这个向度进行审视，文学遗产及文学传承、文学资源及开发利用和丰富的历史文化、深厚的巴蜀文化、多样的自然文化等，都对四川当代散文的兴起和最初发展产生了十分重要的作用和极其深远的影响。这其中，文学遗产的作用及其对之的继承和传扬，显得最为突出而关键。就文学遗产而言，它主要包括了古代文学遗存和现代文学资源两部分。

作为偏居西南内陆的古蜀之地，虽然距离远古时代的华夏文明中心——黄河流域的关中地区和中原地区并不遥远，但由于受到四面高山的阻隔和交通运输条件的限制，而长期封闭于这块盆地之内，成为一个地地道道的蜀犬吠日的独立王国。历史的前行不可阻挡，社会的进步乃是必然，历经一代又一代仁人志士的卓越奋斗，中华大地才彻底挣脱了王侯林立、群雄争霸、四分五裂的割据局面，最终迈入民族的融合和国家的统一。正是在这样的历史前行和社会进步中，古蜀之地才创造并拥有了属于它自己的古代文明。从农耕时代的水稻种植、蚕桑养殖、茶树栽培，到手工业时代的井盐制作、酿酒制造、刺绣工艺，再到商业时代的买卖活跃、贸易兴旺，以及多种文化的彼此碰撞和相与融合，慢慢形成了以益州（今成都）为中心的区域性的社会文明。伴随着这种区域性的历史发展和社会进步，古蜀之地的文学艺术也随之得到了相应的发展和不断推升。纵观源远流长的中国古代文学发展历史，无论是在发展之初的秦汉文学时期，还是在繁荣鼎盛的唐宋文学时代，抑或是在平稳推进的明清文学期间，古蜀文学都曾产生过深远的历史影响，既有如李商隐、杜甫、欧阳修、陆游等来自其他地域的古典文学名家，他们或是因为被朝廷派遣到蜀地为官，或是源于对蜀地秀美山川的钟爱，或者是为了躲避连绵不断的战乱，不得不长时居留或辗转迁徙于古蜀之中，由此写下了许许多多流芳千古的诗文名作；也有像司马相如、扬雄、李密、李珣、薛涛、李白、文同、苏洵、苏轼、苏辙、杨慎、李调元等出生于蜀中的古典文学名流，他们或是在故乡的土地上深情歌咏，或者是在他乡的山水间尽兴抒怀，留下了难以数计的文学佳品。正是这两支文学大军的聚力，才构建了古代巴蜀迤逦绵长而又奇异丰繁的文学盛景，也给这片土地留下了丰厚的古代文学遗产。就出生于蜀地的这些古典文学名流而言，文学成就最为突出、文化声望最为显赫、历史影响最为深远，当然莫过于诗仙李白和大文豪苏轼这两位标志性的人物。

出生于中亚碎叶的李白，在幼年时随父迁居古蜀之地的绵州昌隆县青莲乡，即今天的四川省江油市青莲镇。李白的一生写下了近千首诗歌，有些研究者则认为超过这个数量，不管具体的数量是多少，但有一点是非常肯定的：在中国古典诗歌创作领域，李白绝对是一位创作数量较大、艺术特征鲜明、作品质量上乘的伟大诗人。在这些诗歌里，诗人以其极度扬厉的浪漫主义手法和丰繁奇异的艺术想象力，深沉地吟咏纯美壮丽的自然风光、真实地书写底层民众的生存境遇、尖锐地批判当朝官场的黑暗现状，以及对于宗教情怀的抒发和对于宗教精神的追寻，特别是他的诗歌中所彰显出来的钟情自然、热爱和平、关注民生、抨击黑暗、追求理想等丰富的思想蕴含和明确的精神指向，不仅成为中国古代文学史上最伟大的浪漫主义诗人，而且深得后世历代诗人的大力推崇和文学家的深深景仰。从思想上的推崇和景仰，到方法上的学习和借鉴，再到精神上的承继和传扬，既是文学发展规律的一种显现，也是历经创作实践证明了的一条正确之路。因而，自唐代以来的宋元明清文学时期，便逐步开启了对李白诗歌的学习和借鉴，先后有不少诗人从不同角度模仿李白诗歌的创作，当时巴蜀地区的诗人们更是把李白诗歌奉为圭臬。当然，由于在社会发展和文学认知方面都存在着历史的局限性，这些古代诗人对于李白诗歌的学习与继承，大多限于创作方法、诗歌风格、艺术个性、审美内蕴等较为单纯的诗学层面。逮及现代中国，由于半殖民地半封建社会的现实存在状况愈发严峻，无论是中国现代文学，还是中国的现代作家，其历史使命都发生了根本性的变化，救亡与启蒙已然成为主调，再兼西方现代文学的影响不断扩大和深入，诗歌的主要地位被小说所取代，中国现代文学的创作格局也随之发生了显著变化。在这样一种新的文学创作格局下，部分现代诗人仍然持之以恒地钟情于诗歌缪斯，并努力汲取中国古典诗歌的艺术养分和思想蕴含，其所包纳的成分中，无疑具有李白诗歌的艺术菁华、思想内核。与此同时，随着中国现代学术的崛起和发展，一些著名的古典文学研究专家和学者，不仅致力于对李白等中国古代文学名流及其中国文学传统的研究，而且充满现代意义的精神观照，李白诗歌的思想价值和美学价值，才得以有着更显深层更趋全面的开掘，成为中国现代作家积极借鉴的重要文学遗产。就此而言，作为川籍现代诗人的郭沫若、何其芳，无疑是其中最典型的代表，李白诗歌对他们的影响和作用，可以说是巨大、深刻而又十分显在。至于对四川当代散文作家群体的影响，则更多的是内化为文学创作的思想动能、审美文化的精神引领。

较之于诗仙李白，出生于古蜀之地眉山县（今四川眉山）的苏轼，在诗词文赋方面的不凡造诣和卓越成就，对于四川当代散文初始的发展，则表现出尤为显在的影响和非常直接的作用。且不说苏轼在北宋词坛所做出的巨大贡献，就是在由唐宋散文八大家构造的优秀散文群像里，乃至于整个中国古代散文庞大的阵营中，都具有无可替代的历史地位和重大而深远的影响。深入考察苏轼的散文创作，我们不难发现，苏轼其实兼具了两重散文身份：他不仅是一位散文创作的实践者，同时又是散文创作理论的探寻者。作为北宋时期一代大文豪的苏轼，无论是在记游、写人、说理等题材方面，还是在叙事散文、抒情散文、议论散文等文体方面，都有着较为广泛而深入的涉猎，留下了像《范增论》《留侯论》《贾谊论》《潮州韩文公庙碑》《进策》《前赤壁赋》《喜雨亭记》《石钟山记》《凌虚台记》等脍炙人口的名篇,展示出散文题材内容的多样化和散文文体蕴含的丰富性。关于苏轼的这些散文作品，清代著名文论家刘熙载在其《艺概》一书里，都曾有过极其精要的分析和十分中肯的评价。就苏轼对于散文创作思想和理论的探寻而言，主要散见于《中庸论上》《谢欧阳内翰书》《上韩太尉书》《日喻》《答王庠书》《答谢民师书》《书子由〈超然台赋〉后》《凫绎先生诗集叙》《自评文》《南行前集叙》《祭张子野》等篇什中，既有对“文以载道”这一经久以来的传统文学思想观念的重新解释，有对“辞达”中绚烂与平淡的关系问题的进一步阐发，有对创作激情、灵感之类特殊的文艺心理现象的深入探微，有对文学创作的长期性与艰苦性、社会性与时代性的深刻揭示，也有对空洞无物的形式主义文风的批评。这些论述，不仅关涉散文创作的题材发掘、思想承载、创作方法、艺术表达等内容，也触及了文学创作活动、作者的创作心理等问题。在今天看来，苏轼的这些关于散文创作的论述，无论是其思想认知的层级性与深度性，还是其理论阐释的系统性与完整性，无不存在着某些历史的局限性，但对于散文大家云集荟萃、散文创作相当活跃的宋代文坛而言，无疑是对散文思想的表明、对散文理论的宣示，是对中国古代现实主义散文的极力倡导。除上述外，苏轼历经生命沉浮的一生，尤其是在不断被贬谪的生涯中，自始至终葆有乐观的思想、旷达的胸襟、豪迈的性情，这不啻是一份既难得又宝贵的人生财富，给四川当代散文作家以深刻的人生教益和启示。当然，我们应当清楚这样一个历史事实：由于种种因素的影响和制约，对苏轼文学价值的开掘相对滞后，在思想认知上也存在着诸多缺失，从而导致苏轼的影响无法与李白相提并论。

就四川的现代文学资源论，可以说是相当丰富而极为厚重的，其对于四川当代散文作家的影响和作用，则表现出更为切近、更加深入的特质。在整个四川文化界，长期流传着“蜀中五老”这个说法，借以盛赞巴金、张秀熟、沙汀、艾芜、马识途这五位四川文化名流在区域性文化发展史上做出的巨大贡献，也一直把他们奉为四川文化的骄傲和荣耀。在这样的称谓里，除张秀熟和马识途，无不是中国现代文学史上的著名作家或知名作家，如果再将郭沫若、何其芳、李劼人等川籍现代作家纳入其中，这无疑是一个声名显赫的现代文学阵容。正是因为这些川籍现代作家具有的显著文学成就及其深远影响，四川的现代文学资源方能辉耀出它丰富而厚重的内涵。也因为如此，四川当代散文的缘起和最初发展才有了较为坚实的基础和动能。为了使对这一问题的论述更有条理更显清晰，我们不妨从以下几个方面予以分析。从文学资源的文体类型看，巴金、李劼人、沙汀、艾芜的文学创作主要擅长现代小说，郭沫若、何其芳则展示出在现代诗歌创作方面的优势，与小说艺术、诗歌艺术相比，散文艺术固然存在着在文体形式上的细微不同，或者是在题材选择与意蕴开掘、故事虚构与情节演绎、形象塑造与意象营构等方面存在着较大差异，但它们毕竟是文学体内的同宗同族，彼此间一定有着非常密切的关联；从文学资源的时间存在看，这些川籍现代作家的文学创作，不仅在时间上同中国当代文学非常贴近，而且他们本人也都是从现代作家变身为当代作家，有着一脉相通的文体观念，只是在思想内容的表达上前后有别；从文学资源的功能表现看，巴金小说中对大革命时代青年的觉醒和对现代知识分子生存艰难的书写，李劼人小说中对近代四川的历史风云和川西社会世俗生活的观照，沙汀小说中对川西北乡土社会图景的描绘和对黑暗腐朽的旧制度的批判，艾芜小说中对流浪者形象的塑造和对于流浪小说的探寻，郭沫若在诗歌中展示出的叛逆精神和对旧世界的宣言，何其芳在诗歌中体现出的对文学传统的继承和现代超越，都显示出文学创作的积极意义和引领作用；从文学资源的阅读接受看，这些作家在其早期的文学创作中，或许存在着文白间杂的语用现象，但对于现代汉语的使用却是其主要的写作语言构成，几乎消除了散文作家在阅读接受时可能遭遇到的阻隔或障碍。由此而论，四川当代散文的发生，无疑同这一份丰富而厚重的现代文学资源有着非常紧密的关联。

从上面的这些论述中，我们不难看出，任何一种文学现象的发生，都是由文学外部因素与文学内部因素相互作用和共同催生的结果，四川当代散文的发生也自然不能例外。当然，作为一种区域性的文学现象，四川当代散文的发生又存在着某些微变与不同。如果不能厘清这些微变与不同，我们就无法正确认知和把握四川当代散文初象的内部构造和内涵装载。

参考文献：

[1] 洪子诚 . 问题与方法：中国当代文学史研究讲稿 [M]. 北京：北京大学出版社，2010.

[2] 颜中其 . 苏轼论文艺 [M]. 北京：北京出版社，1985.

[3] 吕慧鹃，等编 . 中国历代著名文学家传（第二、三卷）[M]. 济南：山东教育出版社，1984.

[4] 四川省十年文学艺术编选委员会编 . 四川十年散文特写选 [C]. 成都：四川人民出版社，1959.

[5] 四川省作家协会编 . 四川文学作品选 [C]. 北京：作家出版社，2009.

原载《绵阳师范学院学报》2020 年第 10 期

窥破玄机，参悟禅机

——绵阳“说唱俑”口语诗群漫谈

◆杨荣宏

杨荣宏，20世纪60年代出生，笔名杨汶山、蒲人，1986年7月毕业于成都中医学院，先后任攀枝花中医医院中医师，攀枝花电视台、游仙电视台、游仙报社记者，游仙区委报道组组长，游仙区委宣传部副部长兼外宣办主任，绵阳市文联秘书长兼办公室主任、党组成员等职务。2019年6月退休，现在四川文化艺术学院从事创意写作研究与教学。系中国文艺评论家协会会员、四川省文艺评论家协会理事、四川省作家协会会员、绵阳市文艺评论家协会主席。

中国科技城——绵阳以“李白故里”之名声播中外，因此，在谈到诗歌的时候，绵阳人有足够理由顾盼自雄，因为他们自认为“诗是吾乡事”，即使贩夫走卒都可以张口就来一首《静夜思》什么的；酒杯一端，必然是“三杯通大道”，此乃李白的原话；不经意地感叹一声，也少不了“蜀道之难，难于上青天！”依然还是李白的名言。这里的人，有文化啊，迷于诗耽于酒，煞是浪漫潇洒。但人们尚不知道，此地还出产“嘻哈”，藏于绵阳博物馆——产于西汉的“说唱俑”，动作夸张，表情滑稽，喜感十足，表明此地祖先不缺滑稽天性、幽默基因。那李白虽然才高八斗、豪情万丈，但骨子里依然是相当严肃的，他满脑子功名利禄，其实，他一辈子无论醒着、睡着，还是梦着、醉着，都不曾轻松过，怎么看，都缺少一点游戏精神，不太好玩。这，未免有点小遗憾。

如今，赵克强、莫高、陈庚樵、华少、来春等人，嘻嘻哈哈迈着不那么一本正经的步子，高举着“说唱俑”口语诗群的招牌登场了，他们，让我等看到了另外一道新的景观。

口语诗？对，口语诗。文字有文言文和白话文之分，语言有书面语和口语之分。口语，具有一些什么特征呢？非正式的、民间的、私下的、边缘的、通俗的、无伪装的、放松的、本色的、自由的。与之相反的书面语，则是正式的、官方的、公共的、中心的、高雅的、一本正经的、严肃的、拘谨的。

说唱俑？说唱俑。蛮有兴味地说，吊儿郎当地唱，接地气、说方言、讲人话，调侃、自嘲、讽刺，图己一乐，博人一笑，让人生来一点游戏精神，让诗歌多出一点娱乐色彩，让表达呈现一点嘻哈风格，让欢乐开怀，让眉头舒展。变一个视角，换一种眼光，改一副姿态，品咂日常俗世、烟火人间的本来滋味，岂不妙哉？

读罢几位诗人的作品之后，我感到特别有意思：这一伙写诗的人，不是艾伦·金斯堡的传人，不是于坚、伊沙们的学生，而是遥远的西汉那些从事说唱艺术的先辈隔代遗传的后裔！他们以“说唱俑”给自己这个群体命名，也许，虽然，仅仅出于直觉，可能并未经过如何缜密的思考，但显然颇为贴切。

我们都知道，所谓“诗人”，都是些识文断字的读书人、“文化”人。用文字写作，用书面语说话，是诗人姿态、腔调、身份、地位的体现，书面语不仅仅是语言本身，还意味着一种思维方式、情感模式、审美趣味和价值体系；人类是生存在地球上的，是生存在空气中的，且是生存在语言之中的。生存在书面语之中和生存在口语之中，是两种不同的生存状态。赵克强、莫高、陈庚樵、华少、来春这些人的语言环境里充斥着无处不在的书面语，他们，其实长期濡染在书面语的“大雅之堂”里，体面地、讲究地用书面语跟别人招呼、跟自己说话。为什么会突然间跟书面语反目了呢？这不能不引起我的高度注意。我们知道，语言与心灵（潜意识、体验、感受、意识、思维）是彼此影响、彼此塑造的。语言是思维的物质载体、工具，思维是语言运动的秩序、轨迹和方向。

语言就是人的（意念和功能）的延伸。美国人类学家爱德华·霍尔提出一个概念“人的延伸”。他指出，人的延伸分为若干世代。如体态语是第一代的延伸，口语是第二代的延伸，书面语是第三代的延伸，书面语掩盖口语，口语掩盖体态语（见《超越文化》，[美]爱德华·霍尔著，何道宽译，北京大学出版社）。体态语、口语、书面语三种语言，不仅仅是三种状态，也是三种不同的体验方式、思维方式和情感模式，甚至可以说，是三个不同的“世界”。最初的、原生态的、未经筛选的、不曾扭曲的内心世界，书面语完全不能精准呈现，口语也不能，最有可能较为精准地呈现，但又难以交流传播的是体态语言。无奈体态语言，又仅可意会，不可言传。不可言传、未能言传之内心世界（感受），是不能称之为“诗”的。诗者，“在心为志，发言为诗”，须“发”而为“言”方可成“诗”。那么，诗歌的语言形态就只剩下两种：口语之诗或者书面语之诗。

语言是人类与其他动物之间的分界线。“人类没有天生的语法思维模板。语言的相似之处并不源于语言的特殊基因，而是随文化和共同的信息处理解决方案形成的，并且拥有各自的演变轨迹。”（见《语言的诞生》，[美]丹尼尔·L.埃弗里特，何文忠、樊子瑶、桂世豪译，中信出版集团）不同的语言其内里和背面是相当不同的，使用什么语言来写诗，其实也就选择了这种语言的内里和背面。我们摒弃什么语言、选择什么语言，实际上是摒弃或选择什么身份、姿态、趣味，就是在给自己和他人画出一条分界线。从这个角度说，语言就是文化，语言就伦理，语言就是政治。推演到这个地步，我们就可以直接进入说唱俑口语诗群的文本了。首先，我们来读一读赵克强的《蚂蚁》：

孙儿在地上逮蚂蚁
拈不起来
就用指头
把蚂蚁
一只只摁死
我旁边看见
忽然心紧
万一蚂蚁正好是一个外出打工的父亲
或是留守在家
四处闲逛的
孩子呢

蚂蚁是何其寻常、何其渺小、何其卑微的一种动物？幼儿摁死蚂蚁的行为是多么司空见惯的、完全不值得惊诧的现象啊！摁死一只蚂蚁，何其轻易、何其简单？怎么会掀起什么波澜来呢？但，赵克强注意到了这只蚂蚁，聚焦蚂蚁之死，“小”题大做，推“蚁”及人，联想到了人类社会，联想到了中国，联想到了农村，联想到了留守儿童，将其与弱势群体的生存境况、人生命运相勾连，顷刻间便击中了自己内心世界最柔软的部分，让读者的心弦跟着他一起颤动。

这只微不足道的蚂蚁入诗，凸显了什么？凸显了诗人的底层视角、草根立场、民间姿态、悲悯情怀。

那么，这与《蚂蚁》一诗的“口语”特征有没有关系呢？我想是有关系的。一个用典雅的、讲究的、中规中矩的书面语写作的诗人，也许只会去关心风雅的、重要的、宏大的、关键的事物，而根本就不会关注这只蚂蚁，根本就不在乎这只蚂蚁的命运，根本就不会为蚂蚁之死而心有戚戚焉。但口语诗人例外，他们的神经末梢似乎都对这些微末之事、微末之物本能地敏感。我还读到了赵克强的《躲猫猫》：

小时候
女儿喜欢在家里
玩躲猫猫
前妻把她带走后
晚上回家
我总爱
床底下
窗帘背后
去看看
有时候一边拉衣柜门
一边喊：
“赵妹妹躲好没得
爸爸来了哦”

此诗，写的无非一个离异家庭日常生活的寻常一幕，写的无非是诗人的一个无意识的动作，一个往昔的寻常行为和如今的不寻常行为，恍然若梦，似幻还真，道出的是一种没有说出的和说不出的思念与牵挂，一种满含深情的、无限惆怅的无可奈何，令人心酸、令人心碎，令人潸然泪下。

这是诗人的酒后真言，是他的心病、他的一丝隐痛，是他跟知己摆的私密的龙门阵。这也是口语诗在选择题材时所呈现的一个特点：家长里短、鸡毛蒜皮。

在我有限的阅读范围里，我发现，口语诗人始终将目光投向底层。请见莫高的《我的眼睛吹进了灰》：

快被太阳烤焦的
建筑工地上
跑进一个女孩

在一个中年模样的工人面前
停了下来
"我考上了，爸爸"
女孩"扑通"跪了下去
她的爸爸愣了一下
立马耸掉扛在肩上的水泥
一把抱住女孩
大哭起来
那包水泥砸到地上
扬起一股很大的灰尘
我这才看清楚
爸爸的后颈项上全是水泥灰

此诗之妙，在于用场景、故事、情节、动作，以客观冷静的叙事快速地实现了抒情的目的。诗题《我的眼睛吹进了灰》与故事中的"水泥灰"紧密贴合，诗人将自己的情感浓缩进了一粒"灰尘"里，在波澜不兴的叙事下面藏着拍岸惊涛。

至于他的《华字辈的》，就更见风趣了：

说到美国对华为的打击
绵阳华丰的陈惠说：
"我们不会袖手旁观
都是华字辈的"

美国发起的贸易战，激发了十四亿国人的民族主义意识，特别是针对华为的种种极限施压措施，让全民为之关注，《华字辈的》用短短的三十二个汉字，匪夷所思地把这种群情激昂表达得淋漓尽致。"字辈"，本来指一种中国的姓氏分代排序的方式，是编织中国人家族谱系的一种方式。中国人以姓氏、字辈来判断源流、亲疏关系，辨别身份，以增强认同感。华者，华夏也，中华民族和中国之简称也。绵阳"华丰"与中国"华为"虽然都有一个"华"字，除了都是中国企业，其他的关系只能用"八竿子打不着"来表述，华丰的陈惠，把"华丰"跟"华为"扯在一起，已经非常勉强，硬将华为之"华"和华丰之"华"

附会为“字辈”，简直荒诞之极，而且还表态说“不会袖手旁观”，更是滑天下之大稽。同时，又让我们感觉到中国人在外敌挤压、欺侮我们的时候，那种万众一心、同仇敌忾的家国情怀。勉强也罢、荒诞也罢、滑稽也罢，最终都变成了热血喷涌的可爱与可敬。

在“说唱俑”口语诗群中，陈庚樵不可忽略。我们来读读《落下来的灯泡》：

“那个民工
就从这地方
啪，落下来
血溅了一地
妈都没来得及喊一声
就没动了
当时，大家都站得远远地看”
刘刚娃说这个事时
就像在说一个灯泡落在地上
碎了
大家怕伤了脚
都不敢走拢

此诗所讲述的，是一个民工之死。或因为轻生，或因为意外，诗人并没有交代。作者的重点也不在民工因何而死这个问题上，重点在讲述的情景和讲述者的态度上。那种不可直视、不忍直视又不可回避、不得不直视的惨烈与震慑，那种惊恐与冷漠交织的情感，那种跟别人之死感同身受又不敢与自我关联的微妙心态，通过“落下来的灯泡“这个比喻、很好地表达了出来。灯泡，何其薄、何其轻、何其脆弱、何其低廉！脆裂之灯泡何其尖锐！它在毁灭自己之后也许还能伤及他人！此喻真神来之笔！我不能不再次强调，口语诗人与底层血肉相连。当主流诗人们在为主旋律、为深刻、为种种重大命题绞尽脑汁的时候，在为充当鼓手、号手、瞭望者而争相登高而歌的时候，“说唱俑”诗群的同人只是愿意作为一个个见证者和目击者而低调地混入芸芸众生，他们只是要求自己“我在场，我看见，我说出！”别的诗人，也许还在固执地把高处、远方和诗联系在一起的时候，他们却以为，诗，就在当前、就在脚下、就在身边。

再来聊聊华少的《蜗牛》吧：

每次出差
都会觉得自己
像一只蜗牛
拖着行李箱这个壳
直到打上出租车
司机把我的壳卸下
放进后备厢
我钻进去
一个更大的
钢铁做的
壳

华少此诗让我想起苏格拉底所说的一句话，“未经审视的人生是不值得一过的”。熙来攘往的人们，满脸憔悴、满眼焦虑的人们，深陷于生活，深陷于挫折，深陷于成功，为名缰利锁所困，在生活的洪流之中喜怒哀乐、起伏跌宕、载沉载浮。他们深陷而不自知，深陷而不能自拔，因为他们没有审视过自己、没有审视过生活。生命的价值、人生的意义往往就在这种深陷之中逐步丧失。蜗牛的形象，是总在跋涉的，历来是慢的，是坚韧的并且是宿命的，它背着一个壳儿的样子，是沉重的、不自由的、不洒脱的。我相信，诗人华少审视生活、审视自己的那一瞥，是她整个人生的一条分界线。这一瞥，让我想起人类直立起来那一瞬间，人以及整个世界的改变。关于“诗”，关于“诗意”，人们有过无数的定义、无数的说法，于坚先生曾经有过非常简洁而高明的表述，他说：诗，就是换一种说法。这是从语言的角度、从修辞的角度谈论何者为诗。诗，肯定是语言，肯定是修辞，但语言和修辞并不能孤立于生命和生活而单独存在。因此，我想在于坚的基础上补充一点：换一种说法，换一种语言，就是换一种审视的角度，换一种思维方式和精神生活方式。我相信，生活从来不是什么“客观”的和铁打的、确凿的、固化的、静态的“事实”，生活，是始终跟对生活的感受、体验、理解、判断一并构成了生活本身的。生活的本质和真相跟人们的审视、理解、感悟之间，其实是一种“量子纠缠”般的关系。同样是码砖，一个苦役犯码砖和一个建筑艺术家码砖，其体验是截然不同的。所以，我说，换一种“说”法，其实就是换一种“看”法，换一种“想”法，并且，从根本上讲，就是换一种活法，以及换一个世界来活。所谓“诗意”，就是超越之意、超脱之意。一旦超越了庸常，超越了惯性，超越了功利，诗，便悄悄萌芽；生命，便徐徐绽放；诗意，便袅袅升起、弥漫、氤氲、笼罩。

最后一个“说唱俑”叫来春。来春的作品我读得不多，他的《儿时的家》给我留下了比较深刻的印象：

记忆中
母亲在灶门前生火
父亲从背后把母亲
连腿抱起来
在屋内转圈
母亲挥舞着火钳
骂父亲老不正经
奶奶和我们四兄妹
哈哈大笑

作者采用零度叙事的招数，全然白描，让动作说话，让场景（画面）说话，让事实说话，让故事说话，将一个家庭生活的片段置于读者眼前，“儿时的家”，如此温馨、如此美好。没有抒情，而情感在；没有议论，而判断在。来春的《调研》也颇值得一观：

主持人说
“领导对我们的工作
给予了高度的评价”
领导面无表情
“领导水平很高
对我们的工作指导很大
而且从不让我们写发言稿”
领导立即眉开眼笑
并做谦虚状

此乃官场常见景象，官场中人，可能对此熟视无睹，并视为理所当然，只有“体制外”的局外人，跟这一景象保持一定距离者，才会冷眼旁观，才有冲动把人们习以为常的某个瞬间定格、放大，品味把玩一番。不让给领导写发言稿，本是明文规定，理应是官场常态，但，实际上，离开了秘书，便重三巴四、颠三倒四、语无伦次的领导有之。“不让我们写发言稿”，是领导对我们的恩赐，“从不让我们写发言稿”是领导的美德，意味着领导作风好、水平高——可能吗？这是“主持人”在溜须拍马，给领导“上釉子”。从“领导面无表情”，到“领导立即眉开眼笑 / 并做谦虚状”，可知“不让我们写发言稿”的事儿，此景只应天上有，人间难得几回见。诗人咔嚓、咔嚓抓拍几个镜头，然后一拼接，如此这般“蒙太奇”一番，一幅“官场现形记”便活生生地呈现在我们眼前了，真是绝妙的讽刺！

将“说唱俑”作为一个口语诗群的共名，也许出自偶然，但这个名字可以成为“必然”，如何成为“必然”呢？研究说唱俑所产生的时代——西汉，研究说唱艺术的特点，赋予甚至叠加给这个诗群以“说唱”的审美特征，是完全可以让一“群”变成一“派”的。菲利普·利伯曼说，语言不是一种本能，不是基于离散皮质“语言器官”的编码并通过基因来传递的知识，而是一种习得的技能。作为口语艺术的“口语诗”当然也是习得。既然能够习得，何不“学而时习之”，实现从自发到自觉的学习，着意经营一番呢？那么，“说唱俑”诗群怎么来定位自己呢？总体面貌：游戏精神、娱乐色彩、嘻哈风格。如何才能实现这个定位、形成这个面貌呢？或冷嘲或热讽，或夸张或戏仿，或挖苦或自黑，或调侃或滑稽或幽默，总之，就是不要摆出在神坛云端正襟危坐、拿腔作调的架势，说人话、说方言、说自己的话，“黑夜给了我一双黑色的眼睛”，我敢拿它翻白眼。当今这个时代是一个开放、繁荣的时代，比较宽容和相对自由的时代，是一个可以娱乐、能够娱乐和需要娱乐，以及可以幽默、能够幽默和需要幽默的时代。中国是一个泱泱诗国，中国文学（诗歌）具有十分深厚的抒情传统，但，又是一个相对而言太过推崇雅正、太过刻板、太过严肃的国度，是十分缺乏游戏精神的国度！子曰：“小子何莫学夫诗？诗可以兴，可以观，可以群，可以怨。”——孔圣人说，诗可以怨，自然，诚然。但是，窃以为，如果诗人窥破了玄机，参悟了禅机，为何不可以“嚯嚯”一下，拈花一笑呢——诗可以乐，诗可以笑！兴观群怨，都是大人先生们所代表的主流，所干的合德、合法、合礼的雅事。乐和笑，也许只是小民百姓所代表的支流，所干的真情、率性、逗趣的俗事，但未尝不符合天道和诗教。从这个意义上讲，绵阳“说唱俑诗群”将大有可为。

原载《绵州艺文志》2021 年 7 月 7 日

用心书写当代英雄

——读陈霁《雀儿山高度——其美多吉的故事》

◆何琴英

何琴英，20世纪60年代末生于四川盐亭，四川大学中文系现当代文学专业硕士研究生毕业，绵阳职业技术学院副教授，绵阳市文艺评论家协会副主席兼秘书长。所撰写评论、文化传播类文章在《人民日报》《文艺报》、『华人头条』等国内外媒体、学术刊物上发表。多次获得省、市级优秀文艺作品奖，以及社科成果优秀奖、三等奖、二等奖。2020年获四川省文联百家『推优工程』文艺评论类原创作品奖。曾两次受央视专访，受到国家主要领导人接见。

一个阳光朗照的星期六，我拒绝了窗外的冬日暖阳，一口气读完陈霁的报告文学《雀儿山高度——其美多吉的故事》。作品中，人世间极致的温暖和大义大美深深吸引着我，让我好几次眼流下了热泪，那是心痛的泪，是感动的泪，是震撼的泪。在作家构建的世界里，我感同身受地走进了康巴汉子其美多吉的现实世界和精神世界，走进了写满生死传奇，写满亲情、爱情、友情、藏汉一家亲的英雄群体。

陈霁无疑是一个严肃的、有着高度人民情怀的优秀作家。当他毫不犹豫地放下自己正写得渐入佳境的小说，用几个月时间走进康巴高原，克服我们无法想象的诸多困难，用心、用情将英雄其美多吉的感人事迹收集、挖掘、整理、构思并高水准地呈现给我们的时候，他的写作事件本身便是一个动人的作品和标本。

他对生命的敬畏，对藏地及其文化的热爱，对这个世界真实、丰富又与众不同的解读，佐之以他志存高远的文学理想和足够的写作才华，他的《雀儿山高度——其美多吉的故事》便达到了写现实英雄人物报告文学的一个新高度。

陈霁笔下，康巴汉子其美多吉刚健、彪悍，具有与生俱来的英雄气质。他不畏生死，追逐梦想，开着自己痴迷的邮车，在“世界上海拔最高的、路况最险的公路”上，日复一日“蹚冰山、破雪障、闯‘鬼门关’、挑战‘鬼招手’”，三十年间“近七千次往返于甘孜与德格之间”。在这条“西藏与祖国内地联系的主动脉邮路”上，行驶里程“等于环绕赤道至少三十七圈。并且，他的邮车从未出过安全事故”，最险峻、最可怕，让无数人闻之胆寒、过之丧命的雀儿山也奇迹般地对他毫发无伤。他宽厚包容、古道热肠、侠肝义胆，似乎天生“就是专为雪线邮路、为在雀儿山冰雪中给他人解困而存在的人”。他是邮局兄弟的“其哥”；是英雄的五道班兄弟的生死之交；是孝敬父母的好儿子；是从小照顾弟弟妹妹的家庭顶梁柱；是忠于爱情、心疼妻子的好男人；是宽严相济、充满舐犊之情的好父亲。因善良而被伤害，因恪守职责反招杀身大祸。即便如此，却始终初心不改，处处为他人着想、时时以家国为念。

每一个英雄的出世自有其脱胎的母体。汉藏杂居，孕育了格萨尔王的广袤、辽远的康巴高原；有着战神嘉察协噶的历史遗存，被后人称作“铜墙铁壁”或“柳树河谷”、宛如桃花源一般的其美多吉的出生地龚垭村；丰盈过他少年梦想的格萨尔故乡、印经院、南派藏医发祥地——那个“像成熟秋天”的绛红色德格小城；童年时，父亲呷多以及说唱艺人关于英雄史诗《格萨尔王》的吟唱和讲述；成长记忆里痴迷过的《三国演义》《水浒传》《小兵张嘎》《雷锋》《渡江侦察记》……先祖丹玛及至亚东、降央卓玛，在这片神奇土地上代代涌现出的优秀儿女……这些场景和事实的还原，让我们洞见了英雄才俊辈出的康巴高原上，以其美多吉为代表的“雀儿山精神高度”形成的历史必然。

写英雄人物是有难度的，写现实的英雄人物更难。难在自然、真实，难在挖掘出有深度的具体事件，处理好矛盾的普遍性和特殊性，揭示真相和本质，然后不落俗套地表达得深入人心。我们高兴地看到，陈霁很好地做到了这些。

陈霁像一个画家。他拿着笔，从历史深处探索，在现实世界寻找，用文字描绘着这世界上只有康巴高原才有的阳光、险峻、清流、风雪、经幡、花朵、绿树、汉子、美女、苦难、笑容、慈悲、藏族风情、汉藏亲情以及属于世界级的雀儿山高度、英雄历史、英雄故事。他给他的人物精心选取、妥帖呈现出了一片厚重的历史土壤、文化基因、现实传承和生长过程的枝繁叶茂。

陈霁像一个作曲家。书中的“引子”像序曲，安安静静的文字，行者的记忆，自自然然就让主人公其美多吉出场，轻轻巧巧就领着我们走进一个陌生、凶险又满是侠肝义胆、充满生命温情的独特世界。序曲之后，以其美多吉的成长、工作、生活为主线，多声部合奏，或悠远，或平缓，或高潮，或回环……环环相扣，就像康巴高原的地貌，跌宕起伏，构成与天相接、雄阔无垠的生命世界、精神世界。

陈霁像一个悲悯的哲人。他写康巴汉子其美多吉，首先以敬畏、真诚的姿态走进藏族文化。真诚是这世间无坚不摧的通行证。《格萨尔王》传唱人阿尼，最后甚至将自己身上秘不示人的神秘标记都袒露给他。他心无褊狭，从千千万万的具象与抽象中将“雀儿山高度”抽出，以讲故事的方式，为那些像战士一样生活在康巴高原、不惧牺牲的英雄立传，为他们默默无闻却又义薄云天讴歌、礼赞。

他在书中警示，雄伟高峻与凶险艰难共生，圣洁护佑与魔鬼诅咒相伴。他告诉我们，像其美多吉这样善良、侠义的英雄，原本也是我们平凡人中的一员。他们担当，他们隐忍，他们高光背后的苦与泪、痛与伤，我们不应该忘怀，因为时代需要英雄。

陈霁更像一个鼓手，在雪山清流一样的文字背后，跃动的大勇大爱，炽如熊熊烈火——

驮着父亲远方归来的枣红马，世代传唱的格萨尔王，一片绛红色的格德小城，风中狂舞、漫山遍野的五色经幡，让恐慌的行者看到希望与归宿的绿色邮车，藏文化百科全书的印经院，从关羽、张飞到雷锋精神皈依，藏汉长辈共同作战的亲历传奇，邮电所汉族小伙的“冲爸爸”，拼命保卫邮车、保卫“机要文件”的包括其美吉多在内的邮车司机，帮助解放军开车过雪山，在毛主席纪念堂含泪祭奠时，他说：“在我们藏族人心中，毛主席就是神。”

一页一页翻过去，我们突然发现，一路走来的其美多吉不仅是一个英雄群体的代表，更表征了历史长河里多元共生的中华文明，表征了命运与共、生死相依的中华民族大家庭，表征了共和国高高飘扬的旗帜上各族人民用生命和鲜血的英勇捍卫，表征了为了梦想团结一致、一往无前、前赴后继、战斗不息的中国精神和中国意志。这一瞬，书中人的喜怒哀乐、生死传奇就如百川归海，冲击、震撼、激荡、洗涤着我们每一个读者的灵魂。

故事是生命的枝叶，是历史的回响，是传统的承续，是现实的因果，是将来的启示和鞭策。陈霁以康巴高原为主要背景，以雀儿山为主要地标，把其美多吉置于现实与历史纵深交织的中心，以诚实大气、轻灵厚重的笔触，在异域风情与汉藏文化和谐融合的调色板上，通过构建立体的内在逻辑结构，借助无处不在的矛盾冲突自然推进故事情节，塑造出了典型环境中的诸多典型人物，创造出了视野阔达、庄重鲜活、真诚细腻，具有多重审美特点、审美意蕴、极具感染力的艺术世界。

让英雄回归凡间，回归生养他的大地，在充满人间烟火的现场，让事实说话，让人物自己说话，这就是作品感人的要诀。

原载《人民日报》2020年2月7日

高贵广阔的民间立场

——三台当代文学创作之野川

◆张德明

张德明，生于1963年9月，西南科技大学文学院三级教授、硕导，中国作家协会会员，中国文艺评论家协会会员，四川省作家协会全委会委员，四川省文艺评论家协会网络文学专委会主任，四川省网络文学发展研究中心常务副主任。研究方向：文艺学，中国当代文学批评。在《光明日报》《文艺争鸣》等重要报刊发表各类文章二百余篇，出版专著两部。荣获高等教育四川省教学成果奖、巴蜀文艺奖、四川省文艺评论奖等省、市级文学奖及文学理论奖。

1

在今天的三台，不仅留有草堂主人杜甫和历代文人墨客的辉煌足迹，更有一个年龄结构合理、文体齐全、风格鲜明各异、整体成就辉煌的当代作家群体，野川（王开金）就是其中的杰出代表。野川从20世纪80年代中期开始发表诗歌，算起来，应该是一个年轻的诗坛“老人”。进入新世纪以来，诗人日益精进，以独特的生命经验和个人语型，成为四川现代汉诗写作中少数翘楚之一。他的作品入选《中国最佳诗歌》《中国诗歌精选》等三十余种权威诗歌选本，在《诗刊》《人民文学》等刊物发表作品逾千首。以罕有的速度和公认的成就推出了《天堂的金菊》《坚硬的血》《时光之伤》《废墟上的月光》《我如此爱着生活》《有一种力量想把我举起来》《野川诗选》《挥霍》《雨梯》《杂音》十部诗集，因写作成就显著获第五届四川文学奖。野川的诗歌写作受到中国当代诗坛的全面关注早已是一个不争的事实。

怎样全面认识和评价野川诗歌的价值和意义显然不是这样一个小节可以胜任的，在本文中我只讨论两个方面的问题，其一是他非常重要的民间主题（这里的“民间”立场可以理解为一种平民价值理念）；其二是他独特动人的诗歌风格。在野川的诗歌中，务实的生存伦理与强旺的生命感受有机融合，从生命直观与生存体验出发，不是置身于世界之外而是置身于这个现实之中；不是居高临下地审视主体，而是将自己作为生活与写作合二为一的平等参与的一分子。这种立场、视角与思维，使诗人的价值立场得到重新确认，形成了野川诗歌更大的自由度并获得更加丰富斑斓的面貌。

2

野川的写作擅长于在普通民间生活中发掘诗性，平实慧敏的叙述中饱含着浓浓的诗意。诗人用温婉的笔调、诗意的语言，书写平民生活，饱含追慕古雅的情感旨趣，具有强烈的抒情色彩，为读者展现了一个无限丰富的民间世界。

21世纪以来，伴随物质化、城市化与享乐主义的盛行与扩张，人们的精神价值系统遭遇到了前所未有的冲击而变得一片荒芜，人们甘愿在一个很低的价值平台上滑行，自然生态和精神生态的日益凋敝受到了良知诗人们的及时关切，他们步步紧逼真实的话语现场，将普通人的生活感受用充满现代情感的语言描绘出来，勤谨、踏实，自信而不争，在旷日持久的对经验和语言的诚恳探密中，终于形成了属于自己的智慧果实，拿出了有自身标志的上乘之作。纵观野川这么多年的写作，可以说，其作品总体质量稳定，很多作品都具有令人振奋和喜悦的时代效果。

3

野川思想尖锐、警敏高傲，表面言辞激烈而直白，实则激昂之中又暗含忧郁。野川有一种对语言高度敏感的天赋，在其支配下，野川悄然而精准地避开了很多现代诗歌中那些坚硬的部分，取道一条很典雅的中间路径，灵动、飘逸，温婉之中不乏坚韧，并伴随深深的优思和缅怀，他在竭力将个体对现实的感悟推进到对人类存在理解的高度，其中对时代的焦灼意识、无处不在的精神困惑、找寻文字古典唯美的高洁以及由乡愁、民本和仁爱建构起来的隽永回忆，无不坦诚从容地荡漾在野川的诗歌世界中。“剩下的日子 / 我开始割草，从早到晚 / 拼命地割草 / 一望无际的草 / 割了又生，生了又割 / 像一个诅咒 / 我在诅咒中拼命地割草 / 日复一日，年复一年 / ——我的前世 / 错把草籽当流沙 / 撒在了这片广袤的土地”（《我在诅咒中拼命地割草》）。诗是来自生活现场的心灵草稿，本诗把“平民”或“民间”内化到诗人骨髓里，关注身边的过往，关注并反思社会集团贫柔的灵魂，在商业化程度日益提高的当下，野川竭力用诗歌维护灵魂的羞涩与尊严。

4

野川为更加理想地表达自己孜孜不倦的民间精神，在日常表达中非常理想地将现实生态与人文理性怡然融合，表现出了一种宠辱不惊、疏淡自由的情感姿态，现身失去理性的商业社会的话语现场，他尽可能用诗来修补人们心灵国度的“最后的楼梯”。“天气阴暗 / 适合钻牛角尖，在折断的树枝上……天气晴朗 / 适合异想天开，在飘逸的云朵上……天气不阴不晴 / 适合静下心来，在妻子的目光中 / 修补旧家具，然后煮饭炒菜 / 两个人有说有笑”（《两个人有说有笑》）。从野川大部分诗中人们可以发现，他的心性中，无疑带着中国传统文化和民间审美精神的深层基因。野川积极的人生态度以及对诗性的高度敏感，使其顺理成章地倾向于对传统人文精神的高度认可，守势不妄，归根曰静。野川希望将那所剩寥寥的文化乡愁洒进普通人的日常故事中，清凉与澄明、月光与心香，恰如世袭的古意洞穿时空，轻拂日渐模糊而俗化的凡间心灵。这是一种诗性和心性合二为一的高远沉静的精神田园，其丰盈与坚实足以令人们产生返回灵魂故土的欣悦与感动。逝者如斯，唯山河不废，月色依旧。

面对当下的诗歌时尚，野川表现出了格格不入的反拨态度。随着年岁的增长，阅历的丰富，他诗歌中沉淀了越来越多岁月的年轮和相应的沧桑。他自己所坚持的民间立场意味着诗人的在场而不是高高在上，这不是一种准庙堂写作。生活在日常层面的人们的自由与堕落、奋斗与过错、欢乐与疼痛、荣光与梦想，都是诗人无法摒弃的一部分。野川的笔锋是苍凉的，思索是冷峻的，诗人道义地承受了这份平凡的沉重，在悲凉之中传达了一股慷慨之气，让人品味到了久违的汉魏风骨，给人一种悲壮感。正是在这样并不张扬的悲壮之中，野川悄无声息地完成了对民间意义的理想与纯情扫描。

5

野川的庄重申诉是直逼现实生活的，但显然又超越于现实之上，透过生活的在场上升到形而上的层面。很明显，这是一种非常典型的平民诗歌写作，用一种读者易于接受的语气和方式表达着底层的境遇、情感和方式，诗人肩负了审伪、审丑和审恶的临时使命，他用悲情、凄楚、无望、苍凉等诗歌元素正告读者在这个世界上真的还有许多人在哀鸣和挣扎，在生存底线上每时每刻进行着收获甚微的奋斗与努力，在美丽的表象下凄美而忧伤的故事随时在上演。在野川笔下，旺盛而持久的同情心正是以情感为核心的强大的生命意志的体现，毫无疑问，这是非常典型的平民素质。面对人们的愤怒，他表达同情；面对人们的悲伤，他由衷祝福；面对人们遭遇的强暴，他义勇抗议；当人们无助呼喊时，他为灵魂歌哭伤怀。

我们知道，平民立场内在的生命感受与生存伦理的冲突，相应地形成了普通的大众生存图景的两个方面，这也是有关民间生活描写最为重要的两个方面。对平民立场不同侧面的兴趣直接形成了野川丰富多样的诗歌风格。诗人的各种情思和所有感觉都需要相应的语言形态予以物化。这既是一个主题凝练过程，也是一个哲学提升过程。而今很多诗人太“讲究”语言，现代感变成了与生活、生命相隔膜的太过关心自我表演的极端形式，野川用洗尽铅华的清新与明朗，用朴素得近乎“原生态”的诗歌面貌对抗所谓优雅的贵族化，这种明白如话、朴素如泥的写作倾向，使他的写作明朗含蓄，拙朴奇巧，透过浅表的事物构成了洞开世界和灵魂的本质意义。

6

具体而言，野川的诗歌风格我们大概可以从三个方面去理解：

其一，丰富多元的语言美感与随意赋形相统一，实现意味阐释与形式开拓良好互动的绚烂美感。“没有风，花朵 / 依旧在落。这个春天 / 凋落才是最美的 / 很多事物露出伤痕 / 囚禁很久的痛 / 像鹰隼，一飞冲天 / 世界千疮百孔 / 花香如药，缓慢而执着”（《很多事物露出伤痕》)。这首诗精短，但诙谐、幽默、真诚、豁达，诗中透出一种朴实的讽刺和喜剧意味。在诗歌文体秩序不断收缩的今天，实在不易。这样一位公务人员在繁忙的工作之余隐身在他的密室里偷偷地写诗歌，表达他对世界、对社会、对人性的看法，这样的场景本身就非常有意思。

其二，借用各种诗歌艺术手段，形成陌生化与多义性的审美效果。野川特别关注弦外之音的复调系统的调动与运用，带给不同的读者不同的领悟。“很多梦中途夭折 / 捂住的哭声，如冬日衰草 / 春风一吹就会汪洋……从梦中滚出来，石头一样 / 散落路旁，望着高处 / 一路风化，一边流泪”（《又让另一群人紧跟其后》)。语汇间的重组与碰撞，氤氲出一种形而上的象征氛围，彰显了高远、神秘及抽象的美学旨归。

其三，注重内力，气格浑重。由于野川的诗歌不是那种陡然降临的精神幻象，而是顺势而然、情有所钟、魂有所系的本真的生命经验，所以，纵深投射，这就自然使其作品具有较其他诗人更扎实的境界和内凝的骨力。这种诗歌内力的实质乃是诗人与故乡的交感信息与升沉开合的错杂交融，当然也是野川智慧写作的体现。

置身于诗歌滑坡的无奈语境，野川虔敬地视诗为宗教，以其风格独具的个体化写作，为人们重新认知、表达世界和情感，开启了一条别具风采的新途径。至于他作品本身那种地道而纯粹的内质、从容信步的气度、自然率直的风范、雅洁高贵的温情，更非一般人所能企及。愿野川越走越远，越走越好，为当代汉诗写作再做新贡献。

原载《剑南文学》2021 年第 2 期

一曲激越而悲壮的教育改革颂歌

——读贺小晴的报告文学《天边的学校》

◆郭名华

郭名华，生于20世纪60年代，毕业于上海大学，文学博士，中国新文学学会会员，中国小说学会会员，四川作家研究中心主任，绵阳市文艺评论家协会副主席，绵阳师范学院文学与历史学院副教授。长期致力于小说评论工作，在小说创作、小说评论等方面著有三百余万字，在《学术月刊》《中国文学批评》《小说评论》《当代文坛》《文学报》《中国艺术报》《四川日报》等报刊发表学术论文等五十余篇，出版有学术专著《安昌河小说研究》等。获得沙汀文艺奖一等奖，绵阳市涪城区社会科学优秀成果一等奖、二等奖。2020年获得绵阳市文艺评论家协会『先进评论工作者』称号。

四川绵阳女作家贺小晴的长篇报告文学《天边的学校》，著名作家阿来评价很高，他认为这本书写出了通过教育扶贫，保持边远地区一个良好的文化生态的事实。在2020天府书展上，《天边的学校》是一个亮点，阿来等在新书发布会上发表了热情洋溢的讲话。紧接着，10月23日，四川省作家协会等几个单位，联合举办了《天边的学校》作品研讨会。一时间，《天边的学校》以独特的精神风貌进入读者的视野。

木里藏族自治县是四川省最为边远的地区之一。《天边的学校》围绕着木里中学这所县里唯一的完全中学，如何通过艰难、悲壮而激越的教育改革，最终实现了摆脱高考本科上线人数“个位数”的魔咒，如今每年的上线人数逼近百人大关的骄人成绩，展开了细节动人、结构紧凑、引人入胜的叙述。木里中学在教育改革中的凤凰涅槃重生，是从上至下、四面八方的各种合力所促成的。因而，书中所涉及的人物和故事，远远溢出了木里中学的范围。而且，《天边的学校》写的是整个木里藏族自治县的教育状况，包括过去、现在与未来。

这本书给我们带来思想的启迪。一项伟大的事业，必然就是一个系统工程。木里中学现在成了边远地区办好教育的一面旗帜，这与党和国家的相关政策是有着本质性联系的，具体来说，木里中学由曾经的“混乱”到现在取得的成就，这样的教育改革发展，和许多为此做出无私奉献与辛勤贡献的人紧密相关。没有哪一个个人能够独立完成这样“伟大的转变”。实际上，八年前，面对木里教育落后这样一个烂摊子，新任县教育局局长的胡启华，被委以改变木里中学重任的黄河，关心木里教育的棠湖中学校长刘凯，木里县长伍松、县委张书记，四川省教育科学院的学科专家，棠湖中学的九大学科专家，攀枝花的对口支援学校的老师……正是因为有了这样多的木里教育改革所需要的力量，要钱出钱，要人出人，才终于挽救了木里的教育，并逐年取得成绩，教育事业不断提升。

这本书告诉读者，一切进步都必须按照科学来办事。木里中学之所以取得改革成功，其中一个重要原因，就是有四川省教科院、棠湖中学这样的教育科研机构，成就斐然的教育教学旗帜作为坚强后盾。棠湖中学校长作为教育管理专家，教科院的学科专家、棠湖中学九大学科专家，在学校教育管理、教育教学方面，拥有科学的思想、理念、方法和经验。木里中学的教育改革伊始，就和这些教育方面先进的科学理论结合起来。如何守住校门，如何确保学校师生安全，如何形成一个学校的良好精神风貌……这些，刘凯校长都一一对木里中学的负责人进行传授。如何改变课堂教学满堂灌，如何在课堂教学中，以学生为中心，如何备课，如何制卷，如何分析学情，如何补短……省教科院的专家、棠湖中学的九大学科专家，都给予详尽的科学方案，口传身授。有了科学的教育管理手段，有了科学的教学方法，学校的面貌得到了根本性改变，包括课堂教学在内的教育教学取得了可以看得见的效果。

《天边的学校》是一本值得阅读的好书，还在于它富有情怀。现代生活中，绝大多数人都解决了温饱乃至于奔小康，然而，在物质生活稍稍好起来的情况下，人们有时候竟然会迷茫乃至迷失。这时，阅读《天边的学校》，我们从中找到可以借鉴的精神资源。

书中的教育局局长和后来的木里中学校长，似乎是连体儿，他俩在木里中学的教育改革中，要承担着一般人难以承受的压力，虽然这个过程是曲折的、艰难的，但是，他们终究还是站在一起，坚持到了教育改革初见成效的日子。改革面对的是陋习，面对巨大的阻碍力量，改革不被理解，改革还受到挑衅，改革充满着风险……这些，都是教育局局长胡启华和校长黄河必须要面对的，经历过的。这些年来，他们多少次夜半无眠，多少次心中流泪，只有他们自己最清楚。如果没有强烈的事业心，没有为改变边远地区教育落后的牺牲精神，就不会有这之后木里中学旧貌换新颜的成就。

整个木里藏族自治县的党政都是重视教育的，都是为木里的教育改革倾尽全力的。

其中突出的代表有县长伍松。在教育投入方面，几年的时间内，县财政拨付几个亿搞教育基础建设，拨付几百万上千万支持教师走出去学习培训、奖励教育教学成果。伍松县长亲临教育改革座谈会，被誉为木里教育事业的“遵义会议”。这个会议统一了全县教育的思想认识，也以摧枯拉朽的力量扫清了教育改革的阻碍，在人、财、物上面进行了有力的安排部署。当一个县的主要领导亲自抓教育，怎会没有好成绩？这就是一个关心教育、关爱民生的领导者情怀。

棠湖中学刘凯校长在木里中学的教育改革中扮演一个举足重轻的角色。他生于木里，有着深深的“木里情结”。刘凯校长关注边远地区的教育,体现了一个真正教育家的情怀。他把棠湖中学取得的教育管理经验，无私地传授给木里校长。书中写道：一方面，刘凯校长把木里校长拉到自己身边，手把手地教教育管理；一方面，刘校长在黄河校长上任后，每天和黄河通四次电话，讨论、教授学校管理。刘凯校长又通过自己的影响力，为木里中学在教育教学改革方面“输血、引智”，促成了省教科院、棠湖中学九大学科专家前往木里中学帮扶。刘凯校长在棠湖中学有自身繁重的管理工作,然而,他却如此关心、指导木里中学的学校管理，这是一种怎样的情怀?

是的，木里中学在七八年的时间里，教育改革就创造了边远地区教育的奇迹。这是许许多多为之付出、奉献的人们共同创造的。木里的教育行政工作者、教育教学的实施者自不必说，更有众多的包括攀枝花的对口支援学校、省教科院和棠湖中学的教育者们的无私奉献与教育情怀。这些教育扶贫者的名字，在这项给木里教育带来“伟大转变”的事业中，显得格外闪亮，由于人员众多，我们无法一一书写出他们的名字，然而，他们的情怀与奉献，已经铸入木里教育的史册。《天边的学校》中写道：这些富有经验的九大学科专家、督学专家和支援教师们，七八年来，每年都要来木里中学。他们有的要克服高原反应，有的年龄偏大……然而，心中都激荡着一种情怀，让他们一直坚持着参与到木里的教育改革事业中来。我们仍然想说，如果学一次雷锋，那是很容易的事，然而，一项无私奉献的事业，坚持八年，那就是非常了不起的情怀。而且，参与其中的，还不是一个两个人，还不是一家两家单位。它是一个新时代有中国特色社会主义的整个社会的行为。这是一种怎样的情怀呢？这也就是《天边的学校》在写作上最为深层的意义：它把我们社会中存在的极其感人的情怀，加以聚焦式的叙述与描绘，让更多在现代生活中的人，汲取一种来自边地的精神力量。

事实上，正如《天边的学校》所写，这些主导或参与到贫困、落后的边远地区木里的教育改革的人，一方面付出了许多常人难以想象的艰辛努力与付出，一方面获得了在现代生存中极其难得的精神洗礼，从而精神丰盈地生活在祖国的大地上，和边远地区的人们一起追求更加美好的生活。

原载《读者报》2020 年 11 月 5 日

基于整体性文学史观的学术构建

——关于《现代长篇小说边缘作家研究》的一种解读

◆孔明玉

孔明玉，20世纪80年代出生，绵阳师范学院教授，毕业于西南大学。先后在《当代文坛》《中华文化论坛》《四川戏剧》《文艺评论》《光明日报》等报刊发表六十余篇学术论文，部分论文被中国人民大学报刊复印资料系列刊之《文艺理论》《中国现代、当代文学》《影视艺术》作为重要文献索引。主持省、市级科研项目多项。出版专著《视听影像的中国符号：中国当代电视连续剧艺术论》。多次获绵阳市哲学社会科学优秀成果奖二等奖、三等奖。

一

第一次较为系统而完整地阅读中国现代文学史，是在上大学期间。因为那是20世纪80年代初期，并没有统编教材之说，也没有钱理群、温儒敏、吴福辉等人合作撰写且颇受高教推崇的《中国现代文学三十年》，众多大学使用的现代文学史教材是由人民文学出版社出版的厚厚三卷本《中国现代文学史》，而中国人民大学出版的上下册《中国现代文学史》则成为最主要的参考书。这两套教材，无疑是那个时代最富于权威性，也最具有代表意义的现代文学史读物。正是在历经了此次的阅读和体验后，便自以为这两套教材是对整个中国现代文学史最为全面、系统而又完整、详尽的写照，浑如一幅囊括了中国现代文学及其作家群体、文学观念、文学创作和文学潮流、文学风格、文学思想等不断流变与转换的全景图。

以事实而论，新时期以来的许多优秀的现代文学研究者，始终不渝地在肩负着这样的责任、使命和担当，他们尽力发挥自身具有的思想优势、研究才能、学术水平，或是从宏大的文学史视野出发，或是从具体的作家作品入手，或者是在现代文明的演进、现代文化的流变、现代启蒙的推升等向度上予以开创，或者是以综合论、整体论的方式进行建构，无一不是在殚精竭虑地从事着这项充实与完善工作，其曲折与坎坷、复杂与艰难的心路历程，只有他们自己知道。在历经了近半个世纪的艰苦努力后，这项艰难而复杂的充实与完善工作，毋庸置疑地收到了十分显著的成效，不仅如此，它还表现出了很大程度的开掘与拓展、丰富和深化。当然，更为重要的还在于它展示出一种不同凡响的超越性意义——催生了整个中国现代文学研究领域丰富多元、异彩纷呈的崭新特质和沉稳推进、健硕向上的大观气象：多元向度的重大论题和创新研究此起彼伏，多种类型的研究方法与学术实践层出不穷，林林总总的理论阐释与学术言说相互激荡，各种各样的研究力量和学术团队合力同构，所结出的累累成果更是令人目不暇接而又倍感振奋。倘若从另一个维度来进行深入思考和问题分析，我们便不难发现，随着中国现代文学研究的迅猛发展与快步上行，特别是其新颖特质的涌出和大观气象的彰显，不但改变了中国文学研究领域一直以来古代文学研究一家独大的格局，而且还大有实现整体性超越的发展势头。就这个意义而言，中国现代文学研究已然成为当代中国学术研究领域名副其实的显学，并富有重要的引领作用和积极的示范效应。中国现代文学研究之所以能够焕发出如此蓬勃的思想力量，之所以能够葆有如此旺盛的精神探索，之所以能够展现如此丰盈的理论成果：从表层看，是因为所有研究机构和研究者同心协作、合力奋进的结果；从深层看，又莫不与我国综合实力的日益强大、社会文明程度的不断提升、民族文化自信力的持续增强及其整个文学艺术事业的繁荣昌盛等有着非常紧密而深刻的关联。

二

综合考量新时期以来中国现代文学研究所取得的成就，无疑是具有多种维度和整体意义的，但笔者以为，其中的研究队伍的壮大、优秀人才的成长、专家数量的上升、顶尖学者的递增及其整体实力的不断跃升，却是最为重要和最为关键的所在。在中国现代文学研究这个阵容庞大的队伍中，陈思广先生无疑是其中的一位优秀者。自从踏上中国现代文学研究的漫长旅程以来，他先后出版了《中国现代长篇小说编年史》《审美之维：中国现代经典长篇小说接受史论》《中国现代长篇小说史话》《四川抗战小说史》《中国现当代文学前沿问题研究》（与人合著）等多部学术专著；近年来，他又联袂他的诸位弟子，合力出版了《现代长篇小说边缘作家研究》这部新的理论著述。从中不难看出，中国现代长篇小说史一直是陈思广先生学术研究的主攻方向，他从长篇小说的编年到经典长篇小说的接受再到长篇小说的史话，可以说不仅重点突出、方向明确、内在连贯、自成一体，而且显示出极为浓重的理论色彩和整体性文学史观的学术构建。因为有鉴于陈思广先生的其他学术专著已经先后有研究者进行过较为详尽的评述，本文只对他与其弟子合作的这部新作《现代长篇小说边缘作家研究》展开分析。初读这部学术专著，笔者便实实在在地感知到了作者鲜明的问题意识和学术探索精神，也真真切切地领悟到了它所蕴含的学术价值和研究意义。无可否认，这部学术专著的内容装载与体系架构，仍然是作者对中国现代长篇小说研究的一种继续和延伸，但其选择的研究对象几乎是我们过往研究的空白，至少也是研究得相当不够。当然，这不过是问题的一个方面，更重要的在于它再次凸显了两个重要的特质，或者说是陈思广先生在中国现代文学研究个中一以贯之的思想呈现与精神探索方式：其一，它是从整体性文学史观出发所进行的理论问题探讨，展示出一种独特而新颖的学术构建；其二，它是对于过往那些中国现代长篇小说研究中已然存在的遗漏与缺失，予以了具有宽度与力度的理论充实。

作为一种更加细分的学术研究门类，中国现代长篇小说史的研究，固然有它自身特定的学术内涵和内容装载，但从本质上讲，它仍然是一种文学史意义向度的研究，而树立正确的文学史观就是一个文学史研究者的首要选择和重中之重，否则，他所进行的文学史研究，就可能成为一种失去思想根基的研究，或者说是一种学术失范的研究。据此而言，置身于其中的任何一位研究者，就应当首先树立正确的文学史观，并且在自己的研究成果标识——重要的学术论文、单本的学术著作、系列性的学术著作等，传递出这种正确的文学史观，展示在这种思想观念引领下的研究价值与意义，进而令学界和读者产生较高程度的认同与信服、肯定与称道。在这个方面，那些蜚声文学史界的先贤，都给我们提供了非常有益的成功借鉴。对于此，作为一直以中国现代长篇小说为主研究对象，专业学识深厚、研究经验丰富的陈思广先生，自然是心有灵犀、深谙其理。也正因为如此，无论是在他先前出版的诸多学术著述中，还是在他与弟子合撰的《现代长篇小说边缘作家研究》这部新作里，都力表出他一贯秉持的文学史观，亦即整体性的文学史观。这也是这部学术新作的第一个显著特点。什么是整体性的文学史观？陈思广先生并没有在他的著述里给予广大读者以一个明确的解释或阐发，但透过他的这些著述，我们又能够非常清晰把握和认知。在陈思广先生的心里，所谓整体性的文学史观，就是从哲学思想和科学精神出发，把文学的发展历史视为是一个完整的不可分割、没有缺失的整体，无论是整个世界文学史，还是一个民族、一个国家的文学史，乃至于更加细分化的各个发展阶段或各种体裁形式的文学史等，都无一例外地应当是富于完整意义的学术建构和价值呈现。与此同时，他还更加深刻地意识到，任何完整意义的文学史都是由众多更为细化的局部构成，诸如小说史、诗歌史、散文史及其区域文学史等，只有在全部纳入了这些局部的建造之后，它才可能构建出自身的完整性。作为一个有志的文学史研究者，最主要的就是深入探寻那些被遗漏被忽视的局部，努力完成好对它们的精心建造。

正是因为长期秉持这种整体性的文学史观，以及对于它越来越全面而又深刻的理解，陈思广先生在中国现代长篇小说的研究领域一直拥有着较高程度的学术敏觉和睿智发现，找到那些在过往研究中的遗漏和缺失。由他作为统领及其主要撰稿人，诸位弟子全力协作的这部学术新作便是如此。在这本书的《后记》中，他这样写道："在撰写《中国现代长篇小说编年史》的过程中，我发现新文学史上许多写过长篇小说的作家，由于种种原因被人遗忘或被边缘化，于是就萌生了发掘他们的念头，虽不可能全部发掘出来（也没有必要全部发掘出来），但弄清一些在文学史上有贡献、有价值的作家的生平，探讨其创作的特色与意义，我觉得还是一件有意义的事。"① 在这段朴实而简洁的话语中，作者讲述了这部学术新作产生的缘起：之所以萌发对这些"被人遗忘或被边缘化"进行研究的兴趣，是因为他在研究中国现代长篇小说时的偶然发现。陈思广先生在这里所说的"发现"，我们既可以理解为是他在瞬时之间的灵光闪现和思想澄明，也可以理解为他的丰富研究经验的有力催生、强烈激发，但无论如何，都与其始终秉持的整体性文学史观不无关联。沿着这样的发现，陈思广携手他的诸位弟子，一同走进了这个长期被遗忘或被忽视的作家群落，通过对这些作家生平资料的收集、整理，特别是对他们的长篇小说创作的理性分析和客观评价，努力发掘他们在中国现代长篇小说史上的价值和意义，不仅成功制作了这个在完整性现代长篇小说史的建造中富有装配意义的局部，而且还传递出较为深刻的思想旨意："……不仅对中国新文学作家的历史有一个更为全面更为系统的认识和把握，也为构建新文学史的研究范式提供了具体而明晰的研究实例和有效的新路径。"② 显而易见，编者在这里所说的"更为全面更为系统"，既是对于陈思广先生一贯秉持的整体性文学史观的另一种表述，隐含着肯定与赞许之意，同时又发出了强烈的召唤：在对中国现代长篇小说进行研究时，我们应该把关注的目光，不仅仅是有重点地投向那些著名的现代作家，大力展现他们在中国现代小说史上的重要价值和意义，同时也绝不

① 陈思广等著：《现代长篇小说边缘作家研究·后记》，四川大学出版社，2019 年 1 月，第 215 页。

② 陈思广等著：《现代长篇小说边缘作家研究》，四川大学出版社，2019 年 1 月，封三。

能忽视那些众多的非著名的现代作家，要对他们进行客观而公正的评价，充分肯定他们的历史地位和文学贡献。这样的小说史研究，才是公正的、合理的、科学的。也唯有如此，我们才可能对中国现代长篇小说创作史具有一种充满着完整意义的学术建构。

以中国现代文学史上的那些边缘作家及其长篇小说创作为主要研究对象，力显出学术研究对象的新颖和研究视角的独特，是这部学术新作的另一个显著特征。倘若按照中国现代长篇小说创作研究的常理，绝大多数研究者都会把自己的目光首先置于那些著作等身、地位显赫、声名远播的著名现代小说家，诸如鲁迅、茅盾、老舍、巴金、沈从文、郁达夫、叶圣陶等，因为他们的小说不仅仅是中国现代小说最高成就的标志，更是我们建构中国现代小说史或中国现代文学史不可或缺的主体构成。也唯有如此，我国的现代小说研究，才能够凸显出它的研究重点和最高价值，一个现代小说研究者，也才有可能赢得巨大的成功。这已然成为中国现代小说研究领域的一种稳定发展趋向，或者说是一直涌动于整个文学研究领域的主流和风尚。纵观中国现代小说研究的发展历程，无论是在它的初始阶段，还是在它的上升阶段，乃至于当下的成熟阶段，大多是对这种趋向的循蹈，是对这种主流和风尚的接力。这种小说研究方式，固然有其科学的合理性和实践的可行性，并且还能够收到极为显著的实效，但同时也会带来某些弊端和隐患，因为一旦可资研究的对象和内容变得越来越稀少，又失之于最新原始史料的不断跟进，倘若研究者本人的思想能力、学术水平、研究方法、创新意识、探索精神等再有大的欠缺，那么这种蜂拥而至、众人云集的扎堆研究，就会慢慢演变为不同程度的重复研究，甚至陷入大量复制的泥沼。曾经一度，这种现象不仅弥漫于年轻的研究者群体之中，也流泛于全然失去了创新动力的中年学人群体之中，甚至还发生在个别已经功成名就的成熟学者身上。这不得不令学界的有识之士感到深深的焦虑和忧心。为数不少的优秀的中国现代小说研究者，正是在充分地认清了这种现象可能带来的弊端和隐患后，才变得非常清醒与明智，并对自己的研究对象、研究内容进行了主动而及时的调整和修正，他们细致深入地寻找在过往研究中留下的诸多空白，以崭新的内容充实了中国现代小说的研究。

陈思广先生正是富有了这种清醒与明智的优秀研究者，这部《现代长篇小说边缘作家研究》就是一个很好的确证。在这部研究对象清晰、学术意义纯质的理论著述里，作者并没有盲目地跟随在现代小说研究领域里盛行的所谓主流和风尚，而是别具只眼地把研究的目光聚焦于这几类现代作家：第一类，这类作家无论是他们在现代小说界的名声，还是他们的现代长篇小说创作的影响力，都显得极其低微和弱小，从而被主要形态意义的现代文学史全都排除在外，仅仅存留于那些影响范围极其有限的地方史志中，随着时光悄无声息地远逝，他们姓甚名谁以及曾经留下了哪些小说作品，便少有人知晓，如超超、孙梦雷、顾诗灵、汪锡鹏、王余杞、闻国新、李辉英、程造之、田涛等；第二类，这类现代作家的知名度其实很高，在不少的现代文学史著述里能够轻而易举地觅见他们的大名，但因为其主要的社会身份，要么是文学理论家，要么是哲学家，要么是革命家，要么是教育家，再兼其长篇小说创作的数量和影响都相对有限，从而未能进入现代长篇小说史家的法眼，如苏雪林、冯沅君、张闻天、陈铨、周阆风；第三类，这类现代作家的名声也可谓是大名鼎鼎，但因为小说史家重点关注的只是这些作家的长篇小说名篇，或者是在中短篇小说创作方面的显著成就，或者是在诗文、戏剧方面的突出业绩，而他们的其他长篇小说则被有意无意地忽视，如庐隐、吴组缃、欧阳山、路翎、柳青、丁玲等；第四类，这类现代作家的长篇小说创作之所以湮没无闻，除了其作品本身的数量和质量因素，更为重要的原因则在于他们的人生之中存在着重大的“劣迹”，因为在中华民族处于生死存亡的危急关头，他们不仅没有公开地站出来同侵略者进行殊死搏斗和英勇较量，反倒表现出不同程度的“附逆”，如袁犀、杨鲍、刘延甫、关永吉等。从中可见，无论是作者之于研究对象的选取，还是作者之于研究视角的呈现，都具有较高程度的新意。相比较而言，作者对于第一类、第四类研究对象的选取，所显示出的新颖程度则更高，因为这样的研究对象，无论是在过往的，还是在当下的现代小说研究中，可以说都很少有所涉及，更何况在收集文献史料、在分析小说文本时所面临的难度和选择；而对于第二类、第三类研究对象的选取，则显得较为容易一些，因为这两类现代作家毕竟有着一定的知名度和影响力，可参考的文献资料也较为丰富，自然其新颖程度也不尽相同。

在具体的小说文本分析个中，作者又是如何展现这种实事求是精神和客观公允思想的，我们不妨以这部学术新作里的几个实例来加以举证和说明。在本书第一章、第六章中，作者分别选取了一位我们非常陌生的现代作家超超、孙梦雷为研究对象，在对20世纪20年代中国现代长篇小说创作现状进行简要梳理，和对这两位作家的长篇小说作品进行深入分析后，认为超超的《小雪》堪称中国新文学萌芽时期的优秀之作，因为它不仅仅成功地塑造了第一个抑郁型儿童形象和第一个“恶母”形象，表现出在人物形象塑造上的独特与新颖，而且凸显出深刻的思想主旨和社会现实意义：怎样才能算是一个合格意义的母亲，如何去建设现代人的人学命题；认为孙梦雷的《英兰的一生》同样是一部长篇小说佳作，因为它无论是在典型形象塑造方面表现出的清晰度，还是在情节节奏上展示出的紧凑和跌宕起伏，抑或是在结构艺术上呈表出的均衡和完美，都可谓是富于了某种典范意义。然而，对于这样两位优秀的现代作家，我们的许多文献史料却鲜有记载，或者是记载得相当粗略，从而导致他们长期处于湮没无闻的状态。指出这是一种不正常的文学现象，因为它既是对现代文学历史真实的违背，也是对作家本人的不尊重。在本书第十二章、第十三章中，作者选取的研究对象分别是吴组缃、欧阳山这两位著名现代作家，其所采取的切入角度和分析方式也不尽相同。对于吴组缃及其创作的分析，主要是针对这位作家的长篇小说作品《山洪》来展开，显得较为细腻而深入，认为吴组缃这部小说的文学史价值要远胜于其文本艺术的价值，因为它是对抗战初期民众觉醒的真实书写，是对那个时代中华民族心灵史诗的有力呈现，同时也指出了这部小说存在的某些不足；对于欧阳山及其创作的分析，则主要是针对这位作家早期以罗西为笔名创作的七部长篇小说，一方面是分析这位作家的文学观念及其产生的缘由和历史背景，另一方面是对其七部长篇小说予以了简明扼要的分析，指出欧阳山早期创作的这几部长篇小说，虽然深受作家本人至情主义文学观念的影响，流露出不同程度的情感泛滥，但又为其后来小说创作的稳健与成熟的发展，奠定了非常坚实的基础。在这部书中，这样的例证还有很多，因为限于本文的篇幅，就不再举例说明。从上述的这些例证中，我们既可以窥见作者在对这些边缘作家及其长篇小说进行分析和评述时，表现出的实事求是精神和客观公允态度，也能感知到作者在尊重历史事实存在、尊重作家个体的创作之间体现出的那种学人风范。

除上述外，这部学术新作在文献史料的收集与梳理、分析与判断、开掘与发现及其文章内容的撰写等诸多方面也表现出了应有的学术规范和科学严谨。作为一部力图在现代长篇小说研究领域寻求突破和有所创新的学术专著，势必会遭遇到各种各样的困境或难题，诸如在收集相关文献史料时的极其不易，以及如何从有限的文献史料中发掘出可资研究的崭新论题，怎样才能做到对这些边缘作家及其长篇小说创作进行客观分析和公正评价，进而撰写出令人信服的学术新作，等等。这些无疑是一个作者必须要面对和解决的问题。

在这部学术新作的后记中已然表明，它是由多人合作撰写而成，可谓是一种集体智慧的结晶。但在笔者的细读之中发现，或许是因为每位作者的年龄、阅历、经验不同的缘故，各自具有的思想认知、问题意识、学术水平、理论才智、分析能力便存在着一定差异，所以在对这些边缘作家的小说文本展开分析时，各自所抵达的思想高度、精神深度也不尽一致，由此造成了本书极个别章节在质量上的略显欠缺。诚然，相对于这本学术新作在整体上所展示出的水平和质量，这种欠缺不过是一个小小的瑕疵，但仍需我们重视，并努力加以改进。

三

从这部学术新作营造的深沉与质重的氛围里走出来，再回首凝望和细细品味它在学术价值及其意义方面的建构，笔者深以为它不仅蕴含而且也昭示了另一个重要的意义：即当下中国的大学如何培养和提升在校研究生的研究能力和学术水平。人才培养、科学研究历来是我国高等学校的主要职责和任务，而承担这个职责和任务的主要力量是高校教师，特别是那些具有高级职称又身为硕导、博导的教师。这部分教师，不仅要努力从事学术研究、完成相关的科研任务，还需用大量时间和精力去悉心地指导学生，以使他们能够受到很好的教育与培养，真可谓重任在肩。回顾过去的培养方式，大多是教师只负责专业知识和理论方面的传授，对于学生具体的学术研究实践则指导得并不是非常精深而又面面俱到，一个学生能否成才，很大程度上取决于其自身的素养、专业才能的具备和刻苦努力。从这个意义上讲，这部学术新作便给我们提供了一种新的培养模式。它首先由导师提出问题或论题，弟子按照这个论题去收集相关的文献史料，采取各种小型会议形式对收集到的史料进行充分讨论和问题考量，在此基础上拟定出一个个既富有其独立意义又能融为一体的小论题，然后分别撰写不同章节的学术论文，最终以专著形式出版。在这种培养模式中，学生收获的并不只是其学术论文出版的喜悦，而是对于一次学术研究成功经验的拥有，乃至于成为一种受益终生的经验拥有。这种模式的核心或关键就在于：一个导师必须具有较高的学术水平和研究才华。显而易见，这不过是一种表象存在。倘若我们以更深沉的思考去透视这种模式就不难发现，隐于它背后的其实是一个导师的思想睿智、思想深邃、思想襟怀、思想境界及其所释放出的能量与力度，即我们通常所说的思想力。构成这种思想力的因素，可以说很多也很复杂，但具备丰富而广博的知识、精深的专业知识及其知识系统的素养，和善于问思与反思、怀疑与探寻的能力，无疑是其中最为主要的两个方面。与此同时，在面对纷纭繁复的当代社会时，还须葆有较高程度的内心笃定和人生智慧，懂得删除什么、保存什么。作为一名学子，如果能够从师者的身上透见和领悟到这些，并受到其无声而有力的引领，那就可能不仅仅是在学术意义上的成功，更意味着在人生意义上的成熟。这无疑也是师者所真诚期待和衷心祝愿的。当然，以上说的这些不过是笔者的一些陋见，若有不妥之处，还望各位方家予以指正。

人生前行永无止境，学术研究的道路亦然。愿正当盛年、勇攀高峰的陈思广先生再接再厉，为我们奉献出更多更新的学术力作，进一步完善中国现代长篇小说研究的学术图景。

原载《现代中国文化与文学》2020 年第 1 期